U0567616

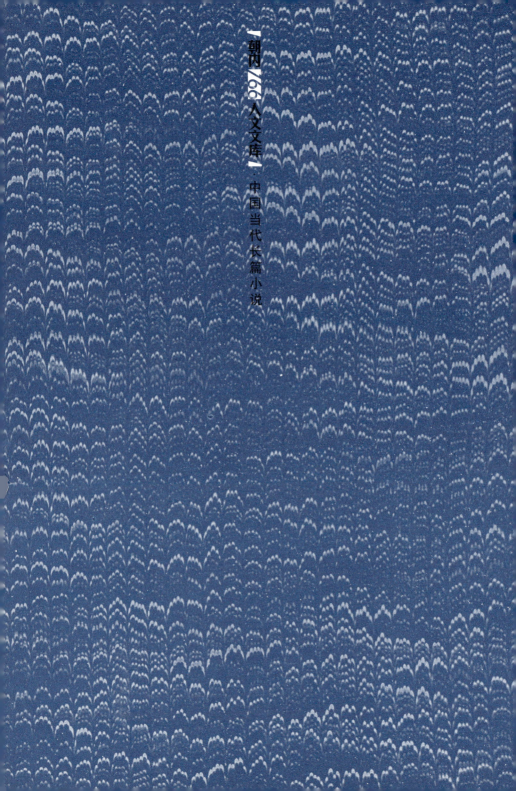

朝内166人文文库·中国当代长篇小说

我是太阳

邓一光 著

人民文学出版社

图书在版编目 (CIP) 数据

我是太阳/邓一光著. —北京:人民文学出版社,2012
(朝内166人文文库. 中国当代长篇小说)
ISBN 978-7-02-009405-9

Ⅰ.①我… Ⅱ.①邓… Ⅲ.①长篇小说—中国—当代 Ⅳ.①I247.5

中国版本图书馆 CIP 数据核字(2012)第 171806 号

责任编辑　刘　稚
装帧设计　刘　静
责任印制　史　帅

出版发行　人民文学出版社
社　　址　北京市朝内大街 166 号
邮政编码　100705
网　　址　http://www.rw-cn.com

印　　刷　河北新华第一印刷有限责任公司
经　　销　全国新华书店等

字　　数　380 千字
开　　本　880×1230 毫米　1/32
印　　张　17.75　插页 3
印　　数　1—10000
版　　次　1997 年 2 月北京第 1 版
印　　次　2013 年 1 月第 1 次印刷

书　　号　978-7-02-009405-9
定　　价　34.00 元

出 版 说 明

　　以"文库"形式荟萃本社历年出版物之精华,是国际知名品牌出版企业的惯例和通行做法。作为新中国建社最早、规模最大、读者知名度最高的国家级专业文学出版机构,人民文学出版社在自己六十余年的历程中,已累计出版了古今中外文学读物凡一万三千余种,沉淀下了丰富的精神资源,出版我们自己的"文库"不仅生逢其时,更是为了满足广大读者精品阅读的需求。

　　有必要对"朝内166人文文库"这样的命名予以简要说明:"朝内166"是我们赖以栖身半个多世纪的所在地,从这里走出了一位位大师,沁透着一股股书香,这里是我们的精神家园与灵魂地标;"人文文库"似已毋须赘言;而随后还将对文库该辑所集纳之图书某一门类予以描述,我们的描述将是客观的、平实的,诸如"经典"、"大全"、"宝典"一类的炫丽均不是我们的选择。

　　"文库"将分门别类推出,版本精良、品质上乘是我们的追求,至于门类的划分则未必拘于一格,装帧也不强求一致。总之,我们将通过几年的努力,为广大读者奉上一套精心编就的、开放的文库。恳请广大读者不吝赐教。

人民文学出版社编辑部

二〇一二年五月

目　　录

第 一 部

东北(1946 年 - 1948 年)

第1章 定 亲

关山林和乌云俩的婚事儿,要说起来,还是合江省军区司令员方强做的媒。

1945年8月15日,日本宣布无条件投降,抗日战争取得了全面胜利。偏居西北一隅的中共中央当机立断,派出彭真、陈云、张闻天、高岗、林彪、罗荣桓等近三分之一的中央政治局委员和近二十名中央委员、中央候补委员,调集十万大军和两万干部进入东北,抢占地盘。关山林就是那个时候带着一支由他的老48团营连排长组成的干部队从冀西到东北来的。

关山林原来是48团团长,出关后,他带领的干部队边走边收罗人马,等到了合江省时,他的部队已经恢复了团的建制,以后又陆续收编了一个保安团、一个警察总署、一支民间抗日(有时也干些打家劫舍绑票砸窑的事)的响马骑兵队,部队日渐丰满起来。到了1946年合江省军区整编的时候,关山林就当上了军区独立旅旅长。

关山林打起仗来很厉害,不要命。用独立旅政治委员金可的话说,关山林这人听不得枪响,一听见枪响就疯了。金可是关山林的老搭档,在48团时就给关山林当政治委员,他说这种话,绝对是有缘由的。举例子说,那年48团在冀西张北和一支日军火拼,48团攻,日军守,两厢实力相当,48团攻了好几次都没把日军攻下来,反倒丢了不少人。张北有一段长城,日军就是以那段长城为据守和48团从容对峙的。关山林眼看攻不下日军,急了,跑到前面去把担任主攻营的营长大骂了一通。关山林气咻咻地说,长城是中国人的长城,你狗日的让小日本趴在长城上打我们,你就不冒心火?骂完以后,关山林脱光了膀子,勾身抱起一挺歪把子机关枪,转身红着眼对通讯主任吼道,传我的令,全团一个不留,全跟着我上!冲锋号一响,48团倾巢出动,马蜂搅了窝似的扑向日军阵地,一个个嗷嗷叫着往长城上爬。那一仗打得壮烈,明明是一副和棋,硬是生生让关山林给做赢了。虽然48团伤亡也不小,但打死了日军四百多,活捉了五十多,还击毙了一个联队长,枪支弹药缴获了不少,毕竟是赚多赔少。为此,军区特地召开庆功大会,给关山林和他的48团披红戴花。关山林坐在主席台上,腰板儿倍儿直,一张铜皮似的脸笑得稀烂,那个得意劲儿,台下人看了,眼羡的也有,骂关山林摇落一树枣的人也有,总之赢了不少嘴票。所以金可就对关山林说,老虎,你害耳聋就好了,你要成了一头聋骡子,就听不到枪响了,你要听不到枪响,就不会发疯了。关山林在春风得意的时候从来不发恼,听了金可这话,只知道仰头冲天哈哈大笑。

关山林仗打得好,到哪里都是主力团队,有了名望,不免就有些骄傲,平时说话办事没个尺寸。部队出关后,捡了不少关东军的洋捞儿,武器被服什么的,都是抗战八年急需的。过去打仗寒碜够了,有时候要打稍厚一点儿的城楼,得到处去张罗着借炮。有一次关山林遇上了迈不过去的坎儿,找兄弟部队借了一门山炮、两发炮弹,等仗打下来了,坎儿迈过去,借炮的那个团长狮子大开口,硬讹着关山林要去了一半的战利品。关山林心疼地说,我打仗,你收高利贷,你这不是跟地主老财一样了吗?那个团长振振有词地说,没有我的炮,你拿什么打?你拿人肉做炮弹?谁叫你没有炮。一句话,把关山林噎在那里开口不得,以后就发毒誓要收罗炮,建立自己的炮队。现在情况变了,关山林是最早进入东北的,东北遍地是黄金,关东军的军营里、仓库里,甚至连野外的山洞里,到处都是武器装备,机枪一箱箱地没开封,野炮堆在那里没人管,老百姓只知道拆了炮车辖辘去做大车轮子,部队去了,打开仓库可着心地捞,完全捞足了,捞成了财主。虽然后来东北民主联军总部下来命令,武器装备要统一分配,不得私分私藏,但命令是命令,孩子多了,又个个儿能折腾,谁能保证不掖藏下个仨瓜俩枣的?关山林还是做了财主。眼瞅着部队的装备日新月异,关山林心里一高兴,就有点儿拿不住,放肆地说,要照这个样子,抗战再打一个八年也不亏。关山林这话正好被军区政治部主任张如屏听到了,张如屏指着关山林的鼻子说,老虎,你这是什么话,小日本侵占了我们整整八年,老百姓水深火热了八年,谁都熬急了,就你觉得没有够,还想再来个八年,你这话,犯原则。关山林瞪着一双外凸的豹子眼说,尻,犯什么原则?我说的是装备,又没说侵占,完全是懒婆娘睡在热炕上,一手搂儿子,一手搂男人,两码子事儿。张如屏和关山林是湖北老乡,平时两人关系不错,下大雨刮小风的时候,张如屏还爱跑到独立旅找关山林闹两口包谷烧酒喝,两个人喝着酒逗逗嘴,他知道关山林这人说话没多少心眼,也不和他争,一笑了之。

关东军的主力部队在东三省是向苏军马利诺夫斯基元帅麾下的贝加尔方面军投降的,根本就没有理睬抗联。他们恨透了那些兵不兵民不民,在白山黑水之间和他们纠缠了整整八年的半民间武装。虽然后来东北民主联军的主力阵容是由关内来的老八路构成的,关东军仍然不服气,拒绝向抗联缴枪。抗联也不是好欺侮的,憋着气和小日本干了八年,天天被小日本撵得钻老林子,睡荒屯子,嚼雪团啃树皮,受的不是人罪,这回逮着一个出气的机会,如何肯轻易放过?你不缴枪,我就揍你,反正你是在投降仪式上当着全世界人民的面签了字的,这就好比揍缚了双臂的人,未必你还敢还手不成?未必你还能还手不成?这样,部队软吃硬拿,多多少少接收了一些日本军队的投降,其中包括一些日本垦荒团的人。

垦荒团其实不是军队,是日本的移民老百姓,那里面有不少年轻的女人。日本女人长得都很漂亮,白白净净,收拾得整齐,走起路来莲花碎步,小腰扭得跟杨柳枝似的;见到男人,老远就站下,恭恭敬敬地弯了腰低了头,男人无论说什么,她们都轻声细气地说一声"嗨伊",温顺得像小猫。有一次,军区的首长和省里的领导在一起吃饭,军区司令员方强、政委兼省委书记李范五、省长李延禄、359旅的刘转连旅长、晏福生政委都在场。关山林的独立旅虽然不能和359旅这样的王牌军比,但在合江省军区是头号主力,所以,这种场合大凡都有他。吃着饭,关山林想起垦荒团的事儿来了,笑着对一旁的359旅副旅长谭支林说,妈的,日本娘们那个软和劲儿,天生就是给人做老婆的。谭支林也笑,说,好是好,可日本话谁懂,要讨一个来做老婆,还不跟讨一个哑巴似的? 关山林不服气,说,谁说不懂? 巴格亚鲁、米西米西、通通的、梭嘎的干活,这不是日本话是什么? 谭支林说,还有呢? 过日子,炕上灶下的,你不能总说这两句吧,你还得说些别的什么吧? 关山林举着筷子瞪着眼想了半天,再没有想起什么新词儿来,于是不无遗憾地说,还真是的,打了八年仗,和人家做了八年对头,全用枪做嘴了,除了这几句,别的什么也不会,你说这事闹的。大家听罢就笑,说这事儿怎么都没有想到,还真是枪代嘴了。不过学不学日本话也没多大关系,反正和小日本的仗打完了,鬼子已经认了输,以后恐怕也不可能把仗打到日本去,小日本的话,不会就不会吧。

大家在饭桌上说的这些话,被司令员方强听到了。方强当时没有说什么,隔天军区开干部大会,轮到方强讲话,方强讲完了形势和任务,说他还想多讲两句。方强多讲的两句是这样的:我们有些同志,以为八年抗战胜利了,小日本儿打跑了,革命就成功了,消极的思想也滋生了,开始有了撂挑子享清福的念头。我们有的平时打仗很勇敢的团长旅长,甚至还想讨一个日本女人来做老婆,这是什么思想? 这种思想要不得。

关山林坐在台下,正捏着铅笔头咬牙切齿一横一竖往本子上记着笔记。关山林没读几年书,识字不多,字写得跟鸡扒似的歪歪扭扭,有些生字还得画符号来代替,不认真都不行。认着真的关山林听司令员在台上这么一说,当时就愣住了,心里想,这话是我说过的呀,我在下面说的话,你怎么给端到台上说去了?心里这么想着,没忍住,站起来就冲台上的方强嚷,司令员,我只说日本娘们儿软和劲儿,天生是给人做老婆的,我没有说想讨一个来做老婆呀。我就是真想了,我能当众说出来吗?

台下的人本来都认认真真坐在那里听司令员讲话,关山林这么粗喉咙大嗓门地一嚷,大家都没憋住,哄堂大笑起来。

干部大会开完后,关山林气冲冲地去找方强。关山林进屋后也不坐,板着一张脸说,司令员,我对你有意见。我在下面说的玩笑话,本来不是那么回事儿,你给我当众晾在人面前,你这样做,是故意出我的丑,让我下不来台。方强做了半天报告,口渴,正在那里喝水,一口一口地烫得正带劲。方强在会上拿关山林当话由子来说事儿,主要是想找个例子来说明干部战士中间的一些消极情绪,并没有别的意思,事后一想,这个例子确实举得不是地方,但既然这话是当着全军区干部的面说出来的,他一个司令员,当然不能把话收回来。方强放下茶缸说,我说那个例子,没有说是你关老虎说的嘛,我说是你说的吗?我点了你的名了吗?关山林气鼓鼓地说,名倒是没点,可这和点了没什么区别。方强问,怎么没区别?关山林说,我不是当着人的面站起来承认了吗?方强哈哈笑道,这就对了,这就搞清楚了,并不是我点了你的名,是你自己站出来的嘛。你当众脱裤子,这怪得了谁?

方强把关山林绕了进去,又嘻嘻哈哈扯了些野棉花的话,把关山林打发走了。等关山林一离开,方强重新端起冷了的开水喝着,心里想,关山林是1928年三打光山时参军的老红军,论战功,大仗小仗打了数百场,论年龄,也是三十五岁的人了,这些年一天到晚忙着打仗,老婆也没能讨上一个,也难怪说一些风凉话了。

方强这么一想,就差人去把政治部主任张如屏找来。张如屏一进门,方强劈头就问,像独立旅关旅长那样没有老婆的,咱们军区干部中还有多少?张如屏愣了一下,后来明白过来是怎么一回事。方强说的和关旅长一样的,那是当时部队干部解决家属问题的一个标准,这个标准有三条,一是年龄要够二十六岁,二是军龄要满八年,三是职务要上正团级,俗称"268团"。这三条要不够,你就是白胡子一大把了,也只配眼巴巴地看着人家讨老婆。张如屏明白过来,就说,咱们军区,像关旅长这样的,还有二十七八个;副参谋长张坤、4支队队长李有财、保安团团长林福祥,都没老婆;主要集中在作战部队指挥员中,他们老有仗打,到处忙着扑火,搞对象的机会少,所以早着,情况比较严重。方强不满意地说,这怎么行?这些人都是我们党经过严峻考验培养出来的好同志,人家为革命流血流汗,把命都豁上了,咱们连老婆都不能给人家解决,这个命还有个什么革头?张如屏心里想,关山林只说了日本女人天生是做老婆的命,你就说人家消极情绪,你一个司令员,你说没有老婆革命就没有革头,你这算什么情绪?心里这么想,嘴上却说,不是我们没做工作,是工作难做。军区里女同志本来就不多,大家都抢,没结婚的掰着手指头都能数过来,早就名花有主了,我有什么办法?方强说,我们自己的女同志少,就不能找地方上想点儿办法?张如屏说,地方上也和我们的情况一样,女干部是沙堆里的金子,抢手得很。再说,我们的要求比地方上要高,相貌人品样样都得往上走,要的是尖子。你要人家的尖子,人家怎么舍得?死也不会干。现在的情况,是大家都缺人,359旅刘转连还在打我们的主意呢。方强一听,浑身一激灵,警觉地说,怎么,刘转连还想抢我们的人?不行,肥水不落外人田,这事儿说什么也不行。从现在开始,凡是我们军区的女同志,一个个都给我看牢,生死都不许离开一步,谁要放走一个,我拿他是问。张如屏说,就算这样,也是粥少僧多,锅里几粒米,数都数得清,不够和尚们分的。方强说,你再想想办法,你不是鬼点子多吗?张如屏摊开双手说,这能想什么办法,这又不是粮草,可以打大户,再不济,草根树皮也能抵挡一阵子,吃肉是命,嚼糠也是命,横竖混个肚儿饱。老婆的事,得是大活人,还得是各方面条件合适的大活人,我能弄什么来凑合?

方强听张如屏说得有道理,便摸着下颏在屋里走来走去地转圈子。方强毕竟是司令员,高瞻远瞩,这么三转两转,就让他把主意给转出来了。方强站下说,办法有了。咱们这样,在部队的干部战士家里找,谁家有姐姐妹妹的,都提供出来,一律提供出来,谁也不许藏着掖着。咱们几万名干部战士,这样一找,还不找出个加强团来,什么样的主儿找不着?方强说罢办法,又说原则,说,这事儿要注意两条原则。一是不能违反群众政策,人家女方有主儿了的,或者是不愿意的,千万别强迫,别来兵匪恶霸那一套。二是女方各方面条件都不能降低,咱们为干部找对象,要闹就得闹最好的,要让人家看着就眼馋。这事儿就这么定了,由你们政治部去办,办得越快越好。

张如屏接下了任务,回去就动手张罗起这事儿来。先做调查了解工作,一了解,还真给了解出不少人选来。其中有一个,就在关山林的独立旅里。当然不是女同志本人,是女同志的哥哥。关山林手下有个骑兵连长,叫巴托尔,是蒙古族人,祖籍是热河省平泉人,放牛放马,苦出身,后来全家迁居到伊兰,租了人家二亩地过日子。巴托尔有个妹妹,名叫乌云,年方十八,尚未说下婆家。张如屏派政治部的人去伊兰巴托尔的家实地侦察了一下,去的人回来报告,说乌云人长得那个俊,赛过年画上的美人儿,歌也唱得好,一张嘴就跟百灵鸟叫似的,还读过三年书,有文化。乌云家里的情况也不复杂,除了父母,有三个哥哥,巴托尔是老大,二哥在窑里拉煤,三哥刚当了兵,是梁兴初手下的战士,政治上十分可靠。去的人归纳说,总之一条,巴托尔连长家里的"敌情"于我十分有利。

张如屏听完汇报,觉得这事儿有谱,就把情况汇报到方强那里。方强听完汇报,一拍大腿说,就是她了。就把她定给关山林,先把狗日的嘴堵上。

方强这么一说,事情就给定下来了。所以才说,关山林和乌云的婚事是方强给做的媒呢。

话虽这么说,事情办起来,也有个曲折性,这中间许多辛苦周折,是旁人不知道的。

最先是关山林方面的工作要做。方强定下了乌云,但要做新郎倌的不是方强,而是关山林,所以还得经过关山林本人同意。张如屏代表组织上把这事给关山林说了。关山林听罢,一瞪豹子眼说,瞎扯淡,我关山林能打仗,未必就不能自己给自己找个老婆,要组织上操什么心?再者说了,我说谁,也不能说自己部下的妹妹呀,兔子还不吃窝边草呢。张如屏笑道,你也不用说硬话,就你这个条件,长得跟黑瞎子似的,年纪一大把了,又不懂得温柔,说个媳妇也许不难,说个好媳妇,就得另说了。你先别封嘴,还是先看看人再说吧。关山林摇晃着蒲扇似的大巴掌说,不看不看,又不是让我打攻坚,摸地形,有什么看的?我就是一辈子打光棍,也不在自己门前讨这份儿笑话。张如屏说,什么笑话?这算什么笑话?咱革命军人,咱要讨不上老婆,那才真让人笑话了。

张如屏软磨硬缠,把关山林推上了相亲的路。关山林老大不愿意地去了,去是磨磨蹭蹭的去,一会儿说要缠缠马鞭,一会儿说要换个马镫,半个时辰还没走出院子,回来时却是快马加鞭,路上一刻也没停留,把随行的警卫员邵越累得直吐白沫子,到家就虚脱了。关山林也不管邵越,连旅部都不回,径直奔张如屏而去,在政治部院子里下了马,不顾那马一身的汗直打干喷嚏,提着马鞭子就撞进了张如屏的房间。

关山林撞进门就大声说,老张,老张,咱们怎么搞?

张如屏正在灯下看书,看蔡诗奇翻译的《怎么办》。张如屏放下《怎么办》,从眼镜上方看了看一脸汗泥的关山林,问,什么怎么搞?搞什么?

关山林急得一跺脚,说,你装什么糊涂,当然是结婚了。告诉我,我什么时候和乌云结婚。

张如屏看关山林那副汗水淋漓猴急的样儿,知道他是把人相中了,而且不是一般性地相中。想着他先前说过的话,有心戏弄他一下,就慢吞吞地说,你说这事呀?这个嘛,还得慢慢考虑考虑。你说谎了,兔子不吃窝边草,别闹出什么笑话来,我琢磨,你这话有一定道理,我原来考虑得不周到。要都照这个样子,都在同志家里找媳妇,以后同志之间怎么称呼?叫舅子?叫妹夫?都不合适,不成体统嘛。

关山林一听张如屏这么说,急了,说,我操,未必当了同志,连妹妹也成了敌人?就得跑反了不成?怎么不想想,这是同志加亲戚,阶级友爱,越爱越亲呢?谁要这么嚼牛筋,我豁出这个旅长不当,立马毙了他!

张如屏一看关山林动了真性子,玩笑不敢再往下开了,连忙站起来说,好了好了,和你说着玩的,你就当真的了。就算这样,你也不能太急,婚姻问题,得有个过程。人家姑娘才十八岁,还小,再说对象对象,得互相对对才行,你看中了人家,人家没准还看不中你呢。

关山林板着脸说,你这样说,我可就不高兴了。事情是你先提出来的,不是我硬讹你,怎么反倒成我急了?

张如屏说,你不高兴怎的?你不高兴也得一步一步来,要不咱们革命军队,还能动抢?那不成了土匪了?留得青山在,不怕没柴烧,这事你先忍一忍,一切由我来安排。

关山林先前也没有打算瞒什么,知道自己被识破了,这时再急,也急不过政治部主任说的道理,纵有再大的想法,也只好听他老夫子的摆弄,于是变了脸,嘻嘻哈哈说些去伊兰的一路风景和遭遇。说了一阵,打马回旅里了。

其实,张如屏并不是成心想摆弄关山林,这事儿确实得一步一步来。敌情摸清了,地形侦察好了,还得火力接触呢,还得分割合围呢,还得发起冲锋呢。任何胜利都不是唾手可得的,仗得一下一下地打,搞对象也是如此。再说,方强作为军区司令员,和高高在上的父母大人似的,一张口"就是她了",把八百里之外什么也不知道的乌云姑娘定给了关山林,话说得轻巧,既不费嘴皮子又不费鞋底子。关山林砍樵撞着个仙女,冷不丁地乐昏了头,急着要做新郎倌,这念头当然痛快,可是,真正操办起来,不是就着棒子粥咬大饼,凑到嘴边就能吞下肚的事儿。别的不说,关山林和乌云之间,存在着相当大的差距。从年龄上讲,关山林三十五岁,乌云才十八岁,岁数上相差了整一半。从相貌上讲,关山林虽说人高马大,虎背熊腰,但胡子硬得能扎死牛,两天不刮就跟谁家门槛下的爷爷似的,皮肤粗得能当褪麦麸子的筛箩使,不动急还好,若再一动急,脸红脖子粗,眼睛瞪得能罩鸡蛋,和庙里的凶神恶煞没两样;人家乌云姑娘呢,张如屏是没见着,据政治部去调查的人回来讲,人长得如同出水芙蓉,长腿小细腰,白皙皮肤,嫩得轻轻一碰就能出水儿,关山林从伊兰回来后的猴急劲儿也证实了这一点,总之一句,俊俏。就这样战争双方力量的对比,人家姑娘能不能接受这门亲事,还是个不小的问号。巴托尔是部队上的人,巴托尔的妹妹乌云不是,人家一个老百姓,不在组织,部队就是看中了,看得眼里冒火花,也不能强迫。所以,这事儿得慢慢来。

张如屏毕竟是老政治工作者,办这种事儿,不说游刃有余,起码经验丰富。张如屏定下计划,先要人拿着部队的命令去伊兰招兵。当然不是大量招,只招一个,就是乌云。

那个时候,东三省的大部分地盘都在共产党手中。伊兰属于解放区,老百姓几十年来深受兵匪小日本的苦头,是共产党让他们翻了身,有了田地和主人的架子,在众多的武装组织中,老百姓爱戴的是抗联,亲近的是鲜人敢死队,敬重的是张帅的队伍,这三支队伍有个共同之处,就是既打小日本又剿土匪,还不骚扰老百姓。当然,三支队伍中,头一个要属抗联好,能招到抗联当兵,自然是一种骄傲。乌云有两个哥哥在抗联当兵,合江省军区招兵的人一去,乌云听说能和大哥巴托尔在一块儿,不知道有多高兴,也没多问一句,告别了父母,跟上招兵的人就来了。

人来了,先到政治部报到。张如屏亲自接待,见面一看,果然天仙似的人,模样儿单纯,只是有些羞答答的,无论站着还是坐着,一律脸儿绯红,轻易不开口和人说话。张如屏心里就暗下发笑,想难怪狗日的关老虎急了,这副人坯子,能叫人不急吗?

张如屏坐下来,细声细气地和乌云说了一会儿话,无非是问了一些家里的情况,本人对参加革命军队有什么想法,再就是说了一番大道理小政策。聊过,也不留人,直接把乌云分到军区独立旅里当兵,那意思是把人交给关山林了,怎么伺候,是关山林的事儿了。

乌云由政治部一位干事带着到独立旅报到。带队的干事把关山林介绍给乌云。乌云一看,原来这位到伊兰自己家里去过一次的黑大个儿竟然是自己的旅长,当时就吃惊不小,鹅蛋样的脸儿绯红着,手里揪着又黑又粗的大辫子,也不知道说话,只管低着头。穷人家的女儿,草原上长大的,平日没见过多少世面,兵匪什么的到是见识过,就是没见过这么大的官,只觉得这个官凶煞得很,见了部下连个笑脸也不给,不像他背后那个叫邵越的卫士,细眉细眼,娃娃脸,见人一脸的顽皮笑意。

正琢磨着,那边关山林一脸严肃,正眼也不瞟新来的小女兵一下,说了一句:把辫子剪了,领一身衣裳,去卫生队报到。说完这话,马靴噔噔一串响,人就走掉了。

乌云还在发愣,一旁的政治委员金可笑眯眯地过来,对邵越说,小邵你去,带小乌处理一下个人卫生,到后勤领一套军装,再通知卫生队来领人。邵越听了,响亮地答应一声,高高兴兴领着乌云出了旅部。

独立旅是战斗部队，下属两个主力团、一个保安支队、一个骑兵连、一个机炮连，三四千人马，全是光头和尚，没有一个女人。政委金可和参谋长倒是有家属，可家属在合江省城里，不随队，部队乍一下来了个女兵，且是如花似玉的妙龄小女兵，整个旅就像一包黑芝麻中掉进了个月亮，满包都被照亮了。

乌云被分到卫生队当护士，干的是洗绷带抹红药水的事儿。人到了不久，干部来看，战士来看，连远在几里地外的两个主力团队都有人往卫生队赶，有的看了一遍没过瘾，回去以后找着借口再来看一遍，把个卫生队闹得像个集市似的。乌云打小在草原上长大，人虽腼腆，性格却开朗，见了谁都是一脸甜蜜蜜的笑，拿那些干部战士，全当自己的哥哥弟弟，谁要涂抹点儿红汞什么的，她轻手轻脚地往伤口上涂，一边鼓着小嘴心疼地吹，也不管伤在胳膊上还是臭脚丫子上，一点儿也不嫌弃，还不停地眨巴着大眼睛关切地问，疼吗？疼吗？疼我再替你吹一会儿。兵们脸红了，连忙缩回脚，把臭脚丫子往鞋里塞，说，不疼，一点儿也不疼，挺好的。心里想，这小女兵，长的像观音，心也是娘娘心呢。这么想过以后，就心满意足地往连队走，回到连队，自然要把自己的故事渲染一番，惹得更多的人天天往卫生队跑。

那些日子，独立旅的病号特别多，而且一色是割了手划了腿儿的，忙得卫生队长差点儿吐血，红汞也用得快，三天抹去一小桶。卫生队长吃不住劲了，去找关山林，说，旅长，乌云不能待在卫生队，你快点儿把她弄走吧，再这样下去，我看不了人家的伤病，自己先得累死了。关山林问明情况，心里不免好笑，说，那些装病的，你不会撵走吗？卫生队长说，谁说他们装病？他们这个把手割破一道口子，那个把腿划破一块皮子，血淌得跟开屠宰场似的，你能说他们是装的？你就是能说，总不能不给他们处理吧？关山林想想，也是,这些大兵们,别的没有,一腔子血都旺,为了看漂亮的小女兵,这点儿血他们舍得淌。这种事,总不好当着全旅的面下一道命令,命令所有人一个不许去卫生所参观——你就是堵住了泡病号的,能堵住真病号吗?乌云的来由是军事秘密,这里面的内幕,独立旅除了五位旅首长,就是关山林的警卫员邵越和马夫靳忠人知道,连乌云本人也被蒙在鼓里,要说出去,让人家怎么想?再说,人放在独立旅里,长期以往也不是事儿。年初部队在北满东安、密山县的连珠山、黑台、半截河子一带打郭清典、杨玉范的东北挺进军,抓到了郭清典的五姨太双枪黑蝴蝶,人抓回来关上了,打算过一阵子押送到佳木斯去。哪知看守俘虏的一个排长竟和风骚的黑蝴蝶搞上了,两个人借着后半夜月亮下去了,躲在牢房里胡搞了一气,然后密谋着逃走,幸亏被查岗的发现,抓了起来。关山林一听这事儿,火冒三丈,二话不说,立马把那个排长和黑蝴蝶一块儿绑出去毙掉了,结果事情报上去,关山林还吃了个处分。关山林想起这事来,心有余悸。按张如屏的战术,自己和乌云还没有进行火力接触,自己和乌云的关系目前无法暴露,人放在旅里,一旅三四千如狼似虎的光棍汉,没准什么时候就给闹出了事儿,弄个老婆婆跌跤子,泼了鸡汤砸了罐。

关山林想着这事不是办法,就去找张如屏。张如屏早有准备,笑眯眯地说,这事好办,我早打听过了,省委在牡丹江市里办了个药科专门学校,地方上部队上的学员都有,咱们把乌云送去那儿,一来嘛,可以避嫌,躲个清静;二来嘛,可以让乌云读点儿书,学点儿文化——给咱们大旅长当老婆,没点儿墨水不行;这第三,你们旅部离市里不算太远,你有空的时候也可以常去看看,单独谈个话什么的,关心关心她。关山林一听,愁云顿解,咧开嘴笑道,还是你狗日的有主意,难怪让你当政治部主任,你这政治,算是做到家了。这事要弄成了,喜酒我先敬你。说罢,用力在张如屏背上拍了一掌。关山林什么样的劲儿,那一掌,拍得张如屏咧开嘴猛抽一口凉气,人差点儿没窝到地下去。

乌云第二天就接到命令,到牡丹江市药科专门学校学习。乌云人年轻,心里什么事儿也不装,纯得像一块白绸子,往日在家里,帮着父母做些家务活,和村里的姐妹们凑在一起做做女红,剪剪窗花,日子虽然清淡,却也无忧无虑,突然有一天,来了两个当兵的,把她接到了部队,当上了女兵,部队像个大家庭,干部战士全都不拿她当外人,哥哥弟弟一般地亲,她也知道,那些战士去卫生队里看病抹药水,多半是为了看她,她也不生恼,脸蛋长得俊长得丑,全是父母给的,就像草原上的花朵儿,长在那儿,你能不让人来看?这么快乐地过了几天,又稀里糊涂地接到去学习的命令,自己完全弄不清这里面有什么安排,以为当兵也好,读书也好,全是顺其自然的事,都是应该的。乌云去找哥哥巴托尔,告诉巴托尔自己要去佳木斯学习。巴托尔刚配合 359 旅外出打仗回来,正在刷洗倦怠的马匹,听妹妹这么一说,自然为妹妹高兴,说,上级要你去学习,你就去,部队只有考虑要重用的人才让去学习,你不要辜负了首长的希望,好好学,学成了回部队来好好工作。又说,部队和家里不一样,万事不能任性,要学会自己照顾自己,别给组织上找麻烦。乌云听了一个劲地点头,然后恋恋不舍地和哥哥道别,回到队里,收拾行李,等着旅里派人来送她到牡丹江。

送乌云去牡丹江,本来金可是要旅里那部日本吉普去的,那是关山林出关时缴获日军的,一直没上缴,这车就名正言顺地留在了独立旅。这车照说是旅长关山林和金可政委的座车,可关山林不喜欢车,喜欢马。关山林从小放牛长大,对牲口有着特殊的感情。在关山林的家乡,有牛的人家得是外面有地,囤中有粮的富裕户,有马的人家光有地有粮还不行,还得有势力。关山林家是雇农,别说家里连条牛腿子都没有一条,因为自家没地,连牛粪捡着都没处使,平时牵着主人家的牛去山上放,看着人家的马拉着胶皮轱辘轮大车威风十足地呼啸而过,心里十分眼馋。后来当了兵,与马有了缘份,从此便拽着马缰绳不肯松手。当兵的时候轮不上他有自己的坐骑,行军打仗若累了疲了,只配拉着首长的马尾巴摇摇晃晃地走。等到自己当上了首长,坐骑是一天不肯离身,有空的时候,还帮着马夫饮饮马,刷刷马,也学得了一套相马经。譬如好马讲究几宽几紧,蹄爪如何,四膊如何,皮毛如何,眼耳如何,腰肚如何;烈马如何驯,病马如何治,都有一套讲究。在延安抗大二分校学习的时候,学员中时兴照相的风气,别人照相,把收拾干净的人往镜头前一站就行了,关山林不行,站了自己,还得把马饶上。金可在抗大时就和关山林在一块儿,金可最不爱和关山林在一块儿照相,大家都一般齐站着,他偏骑在高头大马上,比别人长出一大截子来。金可不满意地说,怎么你就和人家不一样,非比人家高出一头,你这是闹特殊化。关山林反击道,特个鸡巴殊,当兵的和马,生成是一条绳子拴着的一对,谁比谁的命贱?不管别人怎么说,他还是整天不离马鞍,就差没搂着马睡觉了。老48团的兵都知道一个风景,那就是他们的团长骑着他那匹枣红烈马在白山黑水间风一样地呼啸狂奔。到了独立旅,有了车,若不是军情需要,关山林说什么也不坐,只骑他的马,所以几个旅部的首长中,只有他有马夫靳忠人,别的首长都没有。条件不同了,有了车,省了。

　　乌云去牡丹江市学习,金可的意思要旅里那部吉普车送一下。没承想反对的却是关山林。关山林说,不能拿吉普车送,吉普车是旅首长的专车,她没这个资格。金可说,送兵上学,多好的事儿,怎么就没有资格了?就算没有,还不能通融通融?关山林不容置疑地说,若是别人,通融也就通融了,偏偏她不行。金可问为什么。关山林一瞪豹子眼道,因为她是我老婆。金可笑道,瓜秧子没起蔓,八字还没一撇呢,就成你老婆了,好没脸皮。关山林嘿嘿笑道,情况再清楚不过了,这个山头,我关山林要拿不下来,也就白打十八年仗了。她不是我老婆,还能是谁?关山林这么一说,金可也不好再说什么,只好吩咐下面,换一辆马车,送乌云去牡丹江。

送乌云去牡丹江的是关山林的警卫员邵越和马夫靳忠人。

1946年开春那会儿,北满还很乱,虽说大部分城市和农村的地盘都在抗联手中,但土匪猖獗,仅刁翎、小石头河、依兰、林口、勃利等地,拥有千人以上的土匪队伍就有谢文东、孙荣久、张雨新、李华堂、郎亚斌、吴长江等八九支,零星的散匪则更多了。关山林的本意是要马夫靳忠人套辆大车把乌云送去牡丹江就行了,金可坚决不同意,一定要邵越也跟着一块儿去。邵越是1943年在辽西就跟着关山林的,小伙子二十出头,鬼机灵似的,心眼多,手脚快,打起仗来不要命,人说这点和关山林是一个模子出来的。邵越想打仗,好几次缠着关山林要到下面去弄个连排长什么的干干,关山林鞍前马后的用顺了手,就是不放他走。小伙子心里有意见,但意见归意见,首长不放人,闹也不管用,只能当好自己的警卫。

邵越和靳忠人俩人在旅部套好车。邵越胯前吊了支二十响德造盒子,怀里抱着一支苏式转盘机枪,屁股上还挎着四枚日式马尾手榴弹。靳忠人负责赶大车,也有三大件,除了手榴弹和盒子炮,腿弯上还夹了一支五连珠的捷克造马步枪。两个人收拾停当,赶着车去卫生队接了乌云,启程上路直奔牡丹江。

乌云认识邵越,她对这个精精神神的旅长的警卫员很有好感。等靳忠人一甩响鞭,马车撒着欢上了官道,乌云就问,小邵,你也去牡丹江?邵越坐在车辕边,晃荡着腿嗑着瓜子儿,说,那是。乌云说,你也去读书?邵越说,我不读书,我送你。乌云说,送我干啥?邵越吐出一片瓜子壳,看着它落到车轮后的尘土中,说,不让你被土匪抢了呗。乌云奇怪地问,为啥你送我?你是首长的警卫,首长离不开你,就算送,也轮不到你来送呀?邵越发觉自己说漏了嘴,灵机一动,改口道,这你就不懂了,你是咱们旅独一个女兵,你要出了问题,那咱们独立旅的女同志就全军覆灭了,我是旅长的警卫,我送,才显出重要性来。乌云侧头想想,这话也对,就问,这是你说的？邵越丢了一粒瓜子到嘴里,说,这你又不懂了,我说了管什么用？这话得咱们旅长说了才算数。停了停,又说,独立旅,也就旅长一个人能管住我,别人说话我还不爱听呢。

靳忠人在前面赶着车,听到邵越说这话,鼻孔里哼了一声。邵越听见了,扭过头去说,靳长子,你哼什么哼,你少阴阳怪气。靳忠人的绰号叫靳长子,因为人高,像根套马杆。邵越也有绰号,叫胯子,因为他老爱在胯上吊着两支匣子枪,走路晃晃荡荡的。邵越和靳忠人两人是一对轿子,平时老爱抬个杠逗个嘴,没事就寻着法子捉弄对方一下。靳忠人也不回头,瓮声瓮气地说,我哼什么,我鼻眼里飞进只蠓子,我连哼都不能哼了？邵越说,是蠓子？怎么是蠓子？是头牛吧？靳忠人说,你才牛呢,你都快牛死了。邵越说,我牛死了管你什么事？难道你还想吃牛肉不成？靳忠人说,美的你,也不看看你是什么牛,醋缸里泡了三天,酸得碜牙。我呀,我只拿你的皮硝软了做鼓,擂你。

两个人你一句我一句地逗着嘴。乌云瞪着一双明媚的大眼睛在一边捂着嘴可劲地乐,心想,他们这样多好啊,显得多亲热啊。这么想着,人就移过来,靠近邵越,说,小邵,你刚才说,是首长让你来送我的,这话可当真？邵越放过靳忠人,转过头来说,可不是当真,难道还是我编出来唬你的不成？乌云眨着大眼睛,由衷地说,没想到首长这么关心我,首长真好。邵越和靳忠人听了这话,心里都暗笑道,首长当然关心你,首长他能不关心你吗？

怕碰上土匪,路上还是遭遇了土匪。

天见傍黑的时候,人倦了,马乏了,靳忠人就和邵越商量,找个屯子歇歇脚,喂喂马,第二天再赶路。邵越不干,说也就几十里路了,又是官道,好走,不如乘着有点儿亮赶路,最多也就两个时辰便能赶到牡丹江,把乌云安排了,说不定还能赶上一场电影看,看完电影,再找个澡堂子泡上一宿,强胜过在野村里啃冷饼子。

两个人正争着,就听见远处浓浓的暮霭之中有嗒嗒的马蹄声传来。不一会儿，后面出现了一二十匹马，马上的人，头戴瓜皮里缎帽头或巴拿马礼帽，也有扣八块瓦的，身穿对襟黑布夹袄，一排拴摸疙瘩布纽一律敞着，怀里系着宽宽的腰带，棉袍一角撩起来掖在腰带上，下身是紧腿马裤，打着绑腿，露一截腿刺子刀柄在外面。那些人跟着大车走了一阵子，然后慢慢分开，从左右两边抄了过来。

邵越发觉情况有些不对，说，长子，土匪跟上了。靳忠人回头看看，扬手狠狠地甩了一串响鞭，将马车赶得狂跑。大车跑，那些骑在马上的人也跑，一气跑出几里地，愣是没能甩掉。靳忠人大喘着粗气说，胯子，咱们车重，跑不过人家。邵越早看出来了，怀里的转盘机枪搂孩子似的搂紧了，咬牙切齿地道，跑不过就停下，打他狗日的。日他妈，想劫咱们人，没那么便宜的事儿。靳忠人就放慢了车速，回手将马枪操起来，顶上了火，匣枪也褪了盒子，捏在手上。

乌云吓得不轻，连声说，怎么办？怎么办？邵越将自己的盒子枪掏出来，递给乌云说，你拿着这个，等我们开火了你再开火。乌云眼泪都快下来了，说，我不会使唤枪呀。邵越傻眼了，没想到身边这个兵，竟是不会用枪的。情况紧急，邵越来不及细说，把快慢机拨到连发上，打开保险，把枪塞到乌云手中说，你趴在厢板后面，别露出头来，等人靠近了，你只冲着人扣枪机就行了。又没头没脑地补充一句说，要打不赢，不想让人捉了去，对着自己开火也行。乌云就战战兢兢地接过枪，沉甸甸地捏在手里。

三个人准备停当，靳忠人让马慢慢拖着辕套走。那边二十几匹人马渐渐靠近了，其中一个戴着土耳其式水獭绒帽的，看样子是大哥或四梁八柱的人物，一搁马肚子，上前几步，在马背上欠了欠身子，开口道，报报迎头，什么蔓？

邵越和靳忠人不是关外人，听不懂绺子的黑话，不知他说什么，两人大眼瞪小眼。倒是乌云听懂了，趴在车厢板里打着颤说，他要咱们报个姓名,问咱们是干什么的。

邵越明白了,冲着那水獭绒帽说,老子是抗联的。你们是干什么的?

水獭绒帽说,原来是抗联的。在下里倒歪蔓,砸窑子、放台子、接财神、吃臭,一满转。

邵越和靳忠人糊涂,看乌云。乌云翻译道,他说他姓谢,打大户、开赌局、绑票、盗墓,什么都干。

邵越冲那水獭绒帽说,你们跟着我们老半天了,想干什么?

水獭绒帽的眼睛往邵越和靳忠人身上瞅,说,看两位掌柜的身板英雄,托底守铺,喷子亮,传正,不如挂了柱,靠窑咱们一块儿干。

邵越看乌云。乌云说,他说看你们两个人像英雄,信得过,枪又漂亮,胆子也大,不如入了他们的伙,一块儿干土匪。

邵越冲水獭帽说,放你妈的灯笼屁,老子堂堂正正的抗联,老子能干土匪?

水獭绒帽不高兴了,说,拉你靠窑,我是海瞧,挂了柱,咱包你大碗搬姜子,大碟啃掐边,海草够你抽,红票尽你玩,兰头可着你花,爷抬你的。二位掌柜可以访一访,咱滚山东号亮、局红,向来不晃门子。

乌云这回不用邵越看,马上翻译说,他说拉你们入伙,是看朋友面子,你们若是入了伙,包你们大碗喝酒,大块吃肉,大烟够你们抽,女人够你们玩,钱尽你们花,让你们享不完的神气,不信你们可以去问问,他的号叫滚山东,队伍兴旺,很有名气,从来不说假话。

邵越也生气了,说,假话真话,老子偏不吃他这一套。

水獭绒帽见三个人没有入伙的心思,又说,二位掌柜的不肯挂柱靠窑,也中,那就劳神二位留下喷子和压脚子,车上那位盘亮的斗花也得留下,二位掌柜的自己滑了吧。

这回乌云吓白了脸,邵越看她两眼,她才打着哆嗦说,他说你们要不肯入伙,就把枪和马留下,把我也留下,你们自己走人。

这话一说,别说邵越,连靳忠人也火了,说,狗日的,邪了,敢缴老子抗联的枪,扣抗联的人,也不打听打听马王爷长了几只眼。

那边,那二十几个土匪也不耐烦了,对水獭绒帽说,当家的,和他们胡掰什么,春点不开,瞎犊子,上几个弟兄,插了他们。

这几句话,邵越就算没听懂,也大致知道意思,那是叫把自己解决了。邵越什么样的机灵人,轮得着人家算计? 邵越低声对前面照顾着牲口的靳忠人说,长子,狗日的要动手了,咱们先下手为强,做了他们。靳忠人早等不及了,说声打,手里的马枪砰地就搂了火,只一枪就把水獭绒帽从马上撂了下来。

说时迟,那时快,邵越玩雪橇似的,身子一滑,屁股从车辕上滑了下来,双脚着地,后背抵着马车,怀里的转盘机枪咯咯咯地狂跳起来,子弹雨点似的泼洒出去,他那一边四五个土匪,连人带马都倒了下去,有一匹马没断气,还想挣扎着爬起来,一颗子弹飞去,将它漂亮的头颅击了个粉碎。

靳忠人用马步枪连打了几发,嫌慢了,丢开马枪,甩手用匣子枪对着另一边的土匪扫出一梭子,二十发子弹接踵出膛,土匪离着有二十来米,匣子枪准头不大,也被撩倒了两个,剩下的,马惊了,人乱了,都呼哨着跑开了。

土匪大多都跟在后面,枪一响,一蹬马肚都往前面跑,听见这边有人喊,狗日的管直,当家的烫了! 几个土匪抢上前去救水獭绒帽,邵越怀里的转盘机枪仍不停,继续狂扫着,眼见着又打倒两个。后面上来的土匪开始还击,子弹嗖嗖地飞过来,把大车板子打得白渣子直飞。邵越一边扫射,一边尖着嗓子喊,长子,还磨蹭什么,快走人! 靳忠人听邵越这么一喊,连忙掖了枪,回身操起马嚼绳,一甩鞭子,赶着车就跑。邵越退着身子又打了两个点射,扒着车板一个翻身滚进大车,正撞在乌云身上。乌云一直趴在那里,两手抱着头,被邵越这么一撞,手中捏着的盒子枪哗啦就响了,一串子弹擦着邵越的头皮小鸟似的飞向天空,惊得邵越一缩脖子大骂道,你妈的对谁搂火？你想做了我呀?！乌云也不说话，趴在那里声都不敢作，人吓得差不多已晕过去了。

靳忠人驾着大车一气跑出一二十里地，跑得马大汗淋漓，直吐白沫，看看后面没有人追上来，这才放松缰绳，让马慢了下来。靳忠人余悸未消地说，狗日的，不会再追来了吧？邵越说，看来不会了，都打成那样儿了，捡尸都捡不赢呢。靳忠人担心地说，要还来呢？邵越说，除非他生了十个胆。这么一说，三个人的心定了下来，想想，按刚才那种打法，要没生十个胆还真不敢再追来了，于是人松了一口气，邵越和靳忠人就开始回忆刚才那一场，怎么说的，怎么想的，怎么打的，谁打倒了几个，是死了还是伤了，两个人你说一样我说一样，没个统一，争得脸红脖子粗，倒把乌云一个人晾在了一边。

乌云被吓坏了。刚才枪响的时候，她一直是呆的，只知道趴在车厢板里发抖，直到现在还没缓过劲来。也难怪，一个十八岁的穷人家女孩，见过兵，见过匪，却没见过这种阵势，不说别的，光那枪子儿嗖嗖地在身边飞过，那声音就够叫人心怵了，更别说邵越、靳忠人一前一后三杆枪在她耳边放鞭似的扫个不停，这有生以来的第一仗，乌云没把尿尿在裤子里就已经算是好样的了。乌云后来想，如果邵越和靳忠人两个真把她丢在那里撒丫子溜了，或者没打赢让土匪们给掳了去，那结果还不知道会怎样呢，这么一想，好些日子她都手脚发凉。

天早已黑尽了，这回不用争吵，大家都不敢再提歇脚的事，邵越换了弹匣，枪警觉地抱在怀里，靳忠人瞪大眼，赶着马车，直奔牡丹江而去。到鸡叫头更时，终于进了市里，找药科专门学校又花了一阵工夫，等安顿下来，天已渐亮了。

第二天，邵越前后张罗，帮着乌云把到报了，分了班，安排了宿舍，一切安置停当，便和乌云告别。

有了昨天傍晚那一场遭遇战，三个人是真正的战友了，已经没有了生分。临走时,邵越把兜里没吃完的葵瓜子都掏出来,用块手绢包了给乌云,让她没事的时候嗑着玩。乌云舍不得邵越和靳忠人走,捧着葵花子送出了很远,看着马车已拐过了大街,还站在那里红着眼圈依依不舍地招着手。

邵越和靳忠人当天便赶回了旅部。回到旅部天已很晚了,关山林等在那儿,要听邵越汇报情况。邵越便一五一十地说来,路上怎么走的,说了些什么话,怎么和土匪遭遇上了,怎么打的,打完了怎么跑的,学校在什么地方,怎么安顿的,乌云分到哪个班,都学些什么,等等。

关山林认真地听,也不大惊小怪,也不插话,听到乌云差点儿把邵越脑袋开了瓢那一段,还嘀嘀地笑,笑得梁上的灰尘直往下掉。听罢汇报,关山林满意地点点头,夸奖说,事办得不错,仗也打得不错,以后就照这个样子办,现在没事了,你和长子去伙夫老王那里,自己弄点儿好吃的,明天跟我到勃利,咱们又有仗打了。

邵越答应着,出门叫了靳忠人,两人颠颠地去了伙房,找伙夫老王要狗肉吃。

第 2 章　饿豹在林海中觅食

1946 年,东北的局势千变万化,国共两党争夺东北的斗争进入紧张阶段。4 月份,国民党军队撕毁停战协定,乘着苏联红军回国之际,遣重兵对共产党发动进攻,占四平,进长春,到 5 月间,先头部队已占领了德惠——三岔河一带,与共产党驻守北满的军队隔松花江对峙,并扬言短期内定要拿下哈尔滨和牡丹江两地。东北的城市大多沦入国民党军队之手,但农村基本上还在共产党的势力范围内。国共两党相争,给了土匪可乘之机。北满山高沟深,林海雪原,土匪有休养生息之地,这时见天下乱了,都出来抢地盘了。绺子大的,当上了中央胡子,领状吃粮;绺子小的,靠不上国军的窑,自己也能折腾一气。

合江省境内有三十多支武装土匪,最大的数北满先遣军中将军长谢文东的绺子,号称十二万人马;最猖獗的数东北挺进军郭清典、杨玉范匪部,有二千来号人马。他们攻击共产党区乡一级的政府和武装组织,袭击进剿部队和运输车辆,破坏铁路和桥梁,杀害土改干部,最可气的是欺侮老百姓,奸淫烧杀,劫夺财物,无恶不作,弄得老百姓水深火热,民不聊生。老乡们吃的是橡子面,十七八岁的大姑娘系条麻袋当裤子,日子实在过不下去。

5月间,关山林的独立旅奉命开往东安、密山两县剿匪,先后在连珠山、黑台、半截河子一带打了几仗,将郭清典和杨玉范的东北挺进军击溃,以后又转战同江、勃利、依兰、通河、蔓北、凤翔、饶河,大战役五次,小仗上百次,消灭土匪六千余人,缴获大炮二十门,步枪三千余支。6月初,独立旅又配合359旅攻打下被土匪占据的宝清县城,进而追剿逃往富锦、桦川的二千名残匪,生俘匪团长二人,营长四人,匪兵一千名。

七八月间,进剿的部队将四大匪首中的谢文东、孙荣久、张雨新三部团团围在依兰、林口、勃利一带,军区司令员方强带前线临时司令部赶赴勃利,经过周密布置,逐步将土匪压缩到刁翎。

刁翎是合江省的土匪窝子,过去是三省分界、五县分管之地。说是分管,其实谁也不管,加上有三江交汇之地利和深山老林做依靠,成了土匪们的大本营。刁翎旧时叫兴隆镇,名字叫兴隆,确实也物产丰富。刁翎东边有个飞机场,进出方便,南面有个大甸子,出产大豆、玉米、小麦,还产水稻,出镇不远就是密林子,野味特别多,野羊、野鹿、野猪、狍子,走在路上都能撞上,也不避人,傻呆呆的,伸手就能捉住,猎户上午出门,懒懒地往林子里去,不到天黑就能收拾满满一挑子回来。镇上千户人家,一万来人口,有酿酒和榨油坊,饭馆茶馆澡堂子,艺窑赌局旅店妓院,吃喝玩乐不愁,由此中央胡子有首歌谣专门唱刁翎的,歌谣中唱道:刁翎甸子赛北平,难舍难离三道通,伤心落泪莲花泡,要吃要喝到刁翎。

刁翎既是土匪窝子,走在刁翎大街上,满耳灌的都是来往照面土匪们的行话。两个胡子街上撞着了,粗喉咙大嗓门地就嚷:

西北连天一块云,乌鸦落在凤凰群,不知是君还是臣?

西北悬天一块云,君是君来臣是臣,不知是黑云是白云?

黑云过后是白云,白云黑云都是云。

从哪儿来相府?

称不起相府,抱老把头瓢把子,吃排饭的。

嘎子,压连子,带这位兄弟进去和五梁八柱碰碰码,倒酒上烟。

谢大掌柜的啦。

——这是不熟识的。若是熟人,也少不得一通寒暄:

周当家的,哪哒子乐去了?

这不,刚砸窑回来。

和谁响?

一红窑。

可得你。

点正兰头海,吴掌柜不嫌弃,挑点儿?

甭啦,赶明儿我也叫崽子踩盘子去,砸它一窑。

可得小心。

咋?

没听说周昌窑变了?

咋就窑变了?

底线漏水,皮子没吃成。

小子点背呗。

张当家的,啃过了?

啃了。啃漂洋子。

去玉香堂压裂子?

追风走尘,乏了,不爱那个。

屋里来抽两口?

上灯花来吧。

行,我这儿候着。

看住皮子,别让它喘了。

‥‥‥‥‥‥

　　土匪们砸窑也好,接财神也好,劫道也好,只要挣着了,便回到刁翎挥霍享乐。娱乐的法子也多,除了吃喝逛窑子抽大烟,最多的还是聚在一起,押宝、看牌、下连、走五道、猜谜、看小戏、打飞钱。吃喝时必行酒令,酒令都带着福词,从一到十分别为:当朝一品卿,两眼大花翎,三星高照头,四季到五更,六合六同春,七巧八马九眼盗花翎,十全福禄增。引子另唱,两句:打开窗户扇,明月照当心。押宝看牌之类的游戏,必是带彩的,赢钱或者赢子弹,有的时候也赌女人。如果一个女人被两个土匪同时看上了,那就设局押宝看牌,谁赢了归谁。先把女人扒光了,让她躺在炕上,白花花的肚皮做擂台,比的是技艺和胆量。两人看着牌,一个说,我得抽一口。另一个明白,说,兄弟给你取火。说罢,去炉子上用二拇指捏出一块烧得通红的火炭,走过来举到对方面前。这一个也不示弱,撸开裤腿,露出大腿根子,说,先放这儿,出完牌再抽。那一个笑道,别价呀,先放我这儿,想抽时言语一声,我替你点。说罢把火炭搁在自己大腿上,大腿肉吱吱地直冒油,人却笑呵呵地边喝茶水边看牌。这一个见头一势没抢先,不服,就说,下晚没啃饱,饥了,让我先贴补一点儿。说着就从绑腿里抽出小别子,眼不眨手不抖地从自己大腿上割下一块肉,丢进嘴里嚼起来。这一个见势笑笑,说,腿肉绵,没啃头,还是顺风有脆劲儿。说罢也抽出小别子,一刀割下自己的耳朵,丢进嘴里嘎嘣嘎嘣地嚼起来。那局赌牌,胜负便大致见了分晓,女人这个时候就可以起来,穿上衣服跟着赢家走人了。

刁翎匪巢聚匪生乱,成了北满的一个祸害窝子。其间不是没有被进剿过。进剿一共有过三次。第一次是苏联红军干的,开始苏联人不相信土匪有多大能耐,没把刁翎放在眼里,后来土匪袭击了苏军的一支车队,苏军突然被袭,死伤四十余人,其中还有一名副司令,而土匪才死伤了上十人,苏军生气了,派出坦克大炮猛轰刁翎,但土匪知道了消息,撤得快,只毁掉了一些房子。第二次是抗联干的,抗联用缴获的日军飞机做幌子,假装国民党对谢文东等匪首加委仪式,诱其聚集,想一网打尽。但土匪狡猾,在集合的时候骗去了许多老百姓,鱼目混杂,埋伏在刁翎外围的抗联部队怕伤着群众,没有下手,撤了。

关山林的独立旅参加了第三次对刁翎匪巢的进剿。

在坦克和装甲车的掩护下,独立旅和359旅分进合击,一寸一寸攻进了刁翎。当时匪首谢文东、李华堂、张雨新、孙荣久、车礼衔等人都被困在刁翎城里,率有九千余匪徒。谢文东是光绪十三年生人,出生于一个贫苦农民家,属于满族正白旗人,年幼时在家种过地,养过蚕,当过马贩子,康德元年率众举事,打过伪满军,杀过日本人。康德二年,东北抗日联军成立总指挥部,谢文东被选为委员长,赵尚志当总指挥,李华堂当副总指挥。1939年,谢文东吃不住日本讨伐队的围剿,下山投降了日本人,抗战胜利后,他又打出了中央军的旗号。此人粗短身材,胆大心诡,办事有魄力,很有应变能力,他见民主联军动用了坦克和装甲车,火力威猛,枪响得不凡,攻势也很有套路,知道遇到的是关里来的老八路,便让九千个土匪据死抵抗,自己则与几个土匪头子商量着逃跑的计策。

激战经过了两天两夜。土匪在刁翎外围和镇上的每一条街道上都架起了日式山炮和平射炮,炮弹发出撕裂的尖叫声从发红的炮管中飞出,在冻结得十分平整的黑土地上升起一朵又一朵毒蕈一般的蘑菇云;机枪像是犯了顽固性哮喘的老妇人,整日整夜咯个不停。每一座青砖黑瓦的房屋都成了掘开了的坟墓,一个劲地往外冒着乌烟瘴气。土匪们光着膀子,不断地调换着被打烫了的武器,就像调换被他们玩腻了的女人一样,打累了,他们就放下枪支,到一边去勺一瓢烈酒来喝,再把大块大块的卤马肉填进嘴里生嚼。他们从这条街蹿到那条街,从这栋房子蹿到那栋房子,从屯子里蹿到屯子外,像三月间发情时的黑色兔子,快乐而又激动,枪炮声和死神的关照对他们来说,就像游戏时的伴奏那么妙不可言。

关山林的独立旅是从西北的达连河攻进去的。关山林的旅指挥部紧紧跟在担任主攻的二团之后,他光着脑袋,头上袅袅地冒着大股大股的青烟,胶底鞋能踢到最后一个主攻团战士的屁股。关山林就那么大步前行,踢着一个又一个战士的屁股,把他们用力踢到毒蘑菇的风源和蛇信子的石巢前去,让他们去砍毒蘑菇的根部和掐蛇脖子的七寸处。子弹泼豆似的飞来,每一粒都有可能在芸芸众生中平添一座新的坟墓,使更多人的命运得以改变,或孤儿,或寡母,或未亡人,关山林却看也不看他们一眼。炮弹一颗颗在完全无法预测的地方爆炸,将泥土砖块和人的肢体像七月麦收时节扬土尘一般扬向天空,然后落下,关山林就像一块打麦场,浑身上下都落满了泥土和人肉做成的麦粒,这使得他呼吸困难,忍不住大声地咳嗽起来。

邵越提着一支苏式格兆龙冲锋枪,躬着身子紧张不安地在关山林身边蹿来蹿去,扫视着可能随时出现的狙击手或者冷弹。每一次炮弹落下时的呼啸,都使他热情洋溢地扑到关山林身上,用身体去掩盖他的首长,即便关山林叱骂不休,他仍是热情不减。靳忠人一手提着他的马步枪,一手牵着关山林的那匹枣红马,一步不落地跟在关山林身后,随时准备把马缰绳递给关山林,让他飞身上马,直冲敌阵。枣红马目光炯炯,四蹄如槌,在枪林弹雨中兴奋地打着响嚏,如丝的马鬃在火浪之中飘展如旗,猎猎作响。

金可随在担任预备队的三团后面。金可对三团团长说,老虎又疯了。疯了的关山林在第二天傍晚把最后一伙土匪压制到兴隆镇十字街头一栋大院里。那个时候，刁翎的街道上躺着七千余名土匪的尸首，那些尸首千疮百孔，肚子上冒着黄色的油脂，身上缠着的子弹袋还在噼里啪啦地爆响，负了伤的惊马从街上狂奔而过，把他们早已没了知觉的光脑袋踏得熟瓜四裂模糊难辨。那个时候，匪首谢文东、李华堂、张雨新、孙荣久正带着不足四十人逃离战火硝烟中的刁翎，而让最后一股土匪守在十字街头的那栋院子里，做他们逃遁的肉票。

十字街头的那座院子，过去是一家烟馆，整日吞云吐雾、鸳鸯颠倒、凤凰扑跌，如今它仍然烟雾不绝，只是黑膏的香味换作了火药的呛人味。院子里聚集的最后一股土匪差不多全是土匪中的里外四梁，这些人个个是神枪手，平日练就了一手一里地外打酱杆儿、甩手打空中过鸟的本事，说打鸟头不打鸟脖子；若打小家雀，打花达子不算，要留整尸。除了这个，还得有十步装枪两腿填弹的绝活。所谓十步装枪，就是把手枪拆成一大堆零件，兜在衣大襟里坐在炕上，一声令下，要从炕上跳下，边走边装枪，走到院子门口，就得勾火打响。所谓两腿填弹，就是手使双枪，轮流射击，用腿弯处压子弹，要求枪声不绝，弹无虚发。有了这身本事，炮头们愁的不是打仗，而是仗打小了，人肉靶子不够分。

十字街头的最后战斗被争先恐后的炮头们操纵在手中，他们用护套保护着子弹袋不让被流弹打轰了，从墙眼里、窗户扇里、墙头上一边吐着烟圈一边拿威似的抠动枪机，幸灾乐祸地看着冲过来的民主联军战士一个个倒在街心处。

疯了的关山林在两次攻击均失利的情况下也拿了土匪们一把。他叫通讯参谋调来一辆坦克、两门山炮，向院内轰击。头一炮把院子里的一排酱缸炸得粉碎，酱霉和酱蛆糊了附近的炮头们一脸，硝火浓烈的空气中立刻充满了大豆尸体的香味。第二发炮弹落在院子西胡同的鸡架上，崩死一窝鸡崽子，糊上了鸡屎的羽毛满天飞,落下来沾在炮头们身上,让这些英雄好汉们全都变成了奇形怪状小丑式的土著野人。第三发炮弹在院子东侧马圈里的罗花木上爆炸,面目可憎的马头飞起来砸在一个惊惶失措的炮头身上,把那个炮头从正房一直砸到了西厢房的炕头上。第四发炮弹是坦克打出来的,那炮是平射的,炮弹直截了当飞进大门,在影墙上开花,将影墙两侧和东西胡同里藏身的炮头们炸了个血肉模糊。院子里燃起了大火,火高数丈,窗户纸全都震裂了,炮头们这才发现自己的一身本事,那些百步穿杨、十步装枪、两腿填弹、枪打过头鸟全都是狗屁,在坦克炮和山炮火药的巨大的威力下,他们耗费半生练下的技艺和胆略连一粒小小的灰尘也不是。他们无计可施,无路可逃,他们像握着柴禾棍一样地握着他们心爱的长枪短枪,站在那里,望天长叹。

关山林站在坦克后面,双手叉腰,指着那座十字街心正在冲天烈火中坍塌的院子兴奋地吼道:打! 打它狗日的! 那座青砖黑瓦的大烟馆在关山林的吼声中拔地而起,连同它昔日说不尽的风流史一块儿消失了;那些英雄半世造孽半世的炮头们连同他们的刀枪战马一块儿,像一群火中的虱子一样恋恋不舍地消失了。

第3章　远藤熏一老师

乌云在那段日子里非常愉快地学习和生活着。

在药科专门学校里,乌云被分在第三班。班上的学员五花八样,有小学毕业后考进来的,有地方政府派来的,也有和乌云一样从部队送来的,甚至还有两个教堂里来的修女。这所学校很有些历史,早年是一个德国传教士开办的,校址在奉天,庚子赔款后,政府拨银将学校扩大了,附设了一家医院,日本人占领东三省后,学校迁到牡丹江,学校的老师除了少数几个留下来的德国人和白俄,大部分是日本侨民,后来共产党接收了这所学校,老师没变,课程没变,只是学校的归属变了。

乌云学的是药剂。学校开了好几门课,有药理学、药物学、药剂学、解剖学、外科学、内科学,还有拉丁文。功课很多,每天都有好几堂课。讲课的老师大多是外国人,不过他们在中国生活过多年,都是中国通,中国话说起来很麻溜,听起来一点儿不犯难。乌云读过三年私塾,初小文化程度,但她天性聪慧,灵气过人,一边抽空补习文化,一边跟学校的课,很快的,她就跟上了班里的进度。说来也怪,那些生涩枯燥的药理学、药物学和古里古怪的拉丁文,到了乌云这里,全成了生动可爱的小生命,和乌云交上了朋友,乌云完全被它们迷住了,她整天沉醉在课堂上和书本中,成了一个名符其实的好学生。

实际上,乌云确实是好学生,在班上,她的学习成绩一直是最好的,每一门功课的老师都十分欣赏她。除此之外,她还是班上的文娱骨干。乌云有一副天生的好嗓子,她一开口,连百灵鸟都会羞得把脑袋埋到翅膀底下。她唱的蒙古牧歌,甜美中带着一丝野性,辽远而豁畅,让人陶醉。她还会唱二人转,边唱边舞,两方手帕上旋下绕,丢得滴溜溜地飞,舞姿活泼俏皮、玲珑可爱。班上和学校里搞活动,乌云的牧歌和二人转是保留节目,每场必上,而且场场都要获得满场的掌声。有一次,省里欢送土改工作队下乡,搞了一场演出,药科学校拿出了这两个节目,省委书记张闻天在台下看过乌云的演出,转过身来对身边的秘书说,这个小丫头是哪儿的?跳的不错嘛,我看嗓子不比鲁艺的演员差。去了解了解,把她弄到省里来。秘书当场找到学校校长,说,刚才你们学校唱蒙古曲子的那位同学叫什么名字?我们省委张书记说了,要调她去省里工作。校长为难地说,这件事,恐怕不行呀,那位同学叫乌云,她是军区独立旅的战士,调动的事我们做不了主。秘书回去向张闻天汇报,张闻天那个时候正兼着军区政治委员的职务,一听说乌云是军区独立旅的人,笑道,是关老虎的兵呀,一家人嘛,这么说就行了。

乌云在学校里开始有了朋友。和她最要好的两个都是她一个班的,一个叫白淑芬,是省直机关的,比乌云大两岁,人泼辣直率,胖胖的,爱吃零食。那个时候实行供给制,没有薪水,白淑芬馋糖葫芦和脆枣吃,把一点儿菜金全换了零嘴吃了。几个好朋友在一起谈理想,白淑芬就说,她最大的理想就是到奉天城里去美美地吃一顿各种美味小吃。乌云笑她,说,你都这么胖了,还吃,也不怕吃成肥婆,将来说不到婆家呀。白淑芬认真地说,我爷爷瘦,我爸也瘦,如今翻身了,解放了,你叫我还长这么瘦,那还干什么共产主义呀。乌云听她这么为自己狡辩,也不和她争,只是捂着嘴笑。

乌云的另一个好朋友叫德米。德米也是部队上送来学习的,她是蒙古骑兵师的卫生员。德米也是蒙族人,但她的父亲是,母亲不是,母亲是一位贵族白俄女子。德米出生于蒙古腾格达家族,她的父亲是腾格达家族的一位王爷,早年被送到英国读书,后来回到上海,在上海加入了共产党,以后奉命回到家乡组建蒙古骑兵部队。德米的父母亲是在英国认识并结婚的,生下了德米,把她带回了中国。德米的母亲在颠沛流离中染上了肺痨,没条件医治,死了,父亲便一直把德米带在身边。德米长得很漂亮,高高的个子,白皮肤,蓝眼睛,会弹六弦琴,唱俄罗斯民歌。德米很郁忧,不爱说话,常常在晚上一个人唱一首名叫《你好,妈妈》的俄罗斯民歌。

你好,妈妈,我又梦见了你的歌声。
你好,妈妈,你的温情似溪水明净。
世界灿烂辉煌不是由于阳光,
大地到处沐浴着你的善良。
你耗费的精力,汇入我的生命。
你衰老了,你的年华化为我的年龄。
永远别对我说你有多大年纪,
在我眼里你始终和草地一样年轻。

世界上好人真不少,善良的人真不少,

但仍然是我的妈妈最好。

你好,妈妈,妈妈。

德米在唱这首歌的时候,漂亮的蓝眼睛里总是流露出一丝淡淡的忧伤,乌云觉得这个时候德米是最美的。乌云很喜欢德米,她觉得像德米这样,父母亲都出生于显赫家族,自己却一点儿小姐的架子也没有,真是难得的很。

乌云、白淑芬、德米,三个人好似一个人,学习生活都在一块儿,朝夕相处,互相关心和鼓励。那时学校里有党团组织,乌云和德米都不是党团员,只有白淑芬是党员,还是学校新民主主义青年团的副书记。白淑芬对两个好朋友十分关心,经常以组织名义找乌云和德米谈话,介绍她们读一些政治书籍,带着她们参加一些政治活动。乌云学习上进步很快,又能积极参加各种社会活动,到学校几个月后,她就在白淑芬的介绍下,光荣地加入了新民主主义青年团。入团那天,乌云高兴极了,她站在团旗和马恩列斯毛朱像前,庄严地举起右手宣誓,激动得泪水流了出来。宣完誓,第一次过组织生活,大家七嘴八舌,都说乌云到学校里来后进步很快,能虚心学习,能团结同学,能积极参加各种政治活动,阶级觉悟高,是非分明,旗帜坚定,但是也提出一些意见,比如在自己学习进步的同时,也要帮助别的同学一道进步,在思想上还要向高标准看齐等等。乌云一边听一边认真地点头,一字不落地把它们都记在本子上。她在心里默默发誓,一定要在今后的学习和工作中坚持自己的优点,改正自己的缺点,不辜负组织和同志们的希望,争取早日加入中国共产党。

乌云自从加入了新民主主义青年团之后,学习上更加刻苦,思想上更加从严要求自己,和同学们的团结也更加密切。在政治上,她差不多就是团书记白淑芬得力的小助手。她甚至还协助白淑芬去给班上那两个修女做思想工作,要她们积极向党组织靠拢,把那两个修女紧张得一个劲儿地在胸口上划十字。德米不以为然地说，人家信的是西教，人家也是有信仰的，你们何苦去逼她们？白淑芬说，德米，你这是什么立场？你不要替帝国主义反动派说话。德米说，什么帝国主义反动派？宗教是没有阶级、没有国界、没有贫富区分的。白淑芬说，这还得了，不讲阶级，不讲贫富，那成什么主义了？我还从没听说过有这种主义呢。

乌云不想朋友之间吵起来，她也觉得德米这么说太混淆了，阶级和贫富是明显存在的，怎么能够视而不见呢？乌云就真挚地对德米说，德米，我爷爷，我爹，他们都信老佛爷，他们信了一辈子，仍然穷，别说家里穷得没有自己的一分地、一头牲口，连吃饱都是困难的事，菩萨并没有救他们，可见这种信仰根本没有用，它们只能欺骗和麻痹老百姓。德米，咱们是好朋友，好朋友也要讲立场，讲原则，你说是不是？德米并没有被说服，从小到大，她走过的地方，看过的事，经历过的遭遇太多，她觉得这个世界不是简单到只有是非二字便能说明白的，但是她看了看乌云那一双明亮无染的大眼睛，它们在那么真切地看着自己，她还是犹豫着轻轻地点了点头。

这段时间发生了一件事儿，这件事儿和乌云的感情生活有关。

学校教药理学的老师是一个日本人，名字叫远藤熏一。远藤熏一是一位相貌英俊而又严谨的年轻老师，他和他的妹妹远藤理智两人都在药剂学校供职，远藤熏一做教师，远藤理智做教职工的生活服务员。远藤熏一平素不爱和别的教职工来往，总是独往独来，对学生十分严厉。讲课的时候，他从来不坐下，也不随意走动，挺胸收腹微扬下颔站在讲台上，目光深邃地盯着自己的学生。远藤熏一是位十分出色的药理学老师，他毕业于日本的早稻田大学，又在法国留过学，他讲起课来深入浅出，旁征博引，很受学生欢迎，可就是脸上从来没有笑容，这一点，和他那位活泼爱笑的妹妹简直判若两人。一开始，乌云对这位英俊而又严谨的远藤老师有着两种戒备心理，一是恨，二是怕。乌云的二哥被日本人抓过劳工，一直在煤矿作苦力，受了不少罪。乌云的爸爸还挨过日本讨伐队的打，差一点儿连命都丢了。对日本人，乌云有着深刻的民族仇恨，这种仇恨无一例外地迁怒到远藤身上。乌云对远藤老师更多的是怕。远藤是个刻板的教书人，他对学生要求极严格，不允许学生出错，学生要出了错，他会板着脸大声地训斥，并且是当着全班人的面，一点儿情面也不讲；急了的时候，他甚至还操着日本话骂学生两句，全班学生除了白淑芬，没有不怕他的。白淑芬对日本人没有好看法，她觉得远藤太过分了，有时候白淑芬故意和远藤作对，远藤这时候就用他那深邃的目光盯着洋洋得意的白淑芬，一字一句地说，你是一名未来的医务工作者，面前只有一个敌人，那就是疾病，你要是个有志气的人，就应该去和疾病赌气。远藤这么说，其实他不但对别人严格，对自己也是严格的。有一次，远藤在批改作业时，把乌云的一道有关催眠药和抗惊厥药的药理区分题判了错，乌云不服，拿着作业本和讲课笔记去找他，他听罢乌云的分辩后又仔细地看了一遍乌云的作业，并翻阅了书籍，当下什么也没讲。第二天上药理课时，远藤走进教室，放下讲义本，直接朝乌云的桌位走来，当着全班人的面大声说，乌云君，昨天那道催眠药和抗惊厥药的药理区分题，你做对了，我判错了，这是我的失职，我向乌云君表示深深的歉意，并请乌云君接受我的检讨。说完，远藤在众目睽睽之下深深地给乌云鞠了一个躬。乌云始料不及，愣在座位上，脸蛋儿红红的，她没有料到远藤老师会承认自己的错误，更没有想到远藤老师会向自己道歉，尤其没有想到远藤老师会当着全班人的面纠正自己的错误并向自己表示歉意，这完全超越了她十八年来的经历和经验，她面对远藤老师一句话也说不出来，直到远藤走回讲台，打开讲义，开始讲课之后，乌云仍然在那里发呆。

乌云从心里承认远藤是一位好老师，他教给她很多知识，她的药理学是全班甚至全校最棒的，这当然是和他严格的教导分不开的。实际上,她发现这位药理学老师对自己有一种特殊的好感。他对所有成绩优秀的学生毫不掩饰地加以赞赏,而赞赏最多的则是乌云。他总是在乌云的课堂作业本上写一些诸如"乌云君,好样的。""乌云君,加油。""乌云君,纠正水电解质和酸碱平衡药物理论是你的弱点,要多记几遍,要努力呵!"等等鼓励的话,这些话总是让乌云感到心里热乎乎的,充满了上进的信心和劲头。乌云暗自发誓,决不辜负远藤老师对自己的鼓励,一定要学得棒棒的。不过,远藤老师在作业本上写了很多鼓励的话,却很少和自己的学生乌云说话,除了表扬和批评,别的话他从来不说。乌云觉得这个老师有点儿怪怪的,很难接近。

有一件事,使乌云对刻板严谨的远藤老师有了新的看法。那是一个黄昏,乌云从江边洗衣服回来,她端着装着湿衣服的脸盆路过学校教职工宿舍,看见了远藤老师。在宿舍外面的长廊上,远藤老师正在给他的妹妹理智梳头。理智的头发很长,她老是顽皮地晃动着身子,让笨拙的哥哥手忙脚乱地弄乱了已经梳整齐的头发。远藤一点儿也不生气,脸上带着平时从来也不曾有过的微笑。他的微笑很迷人。他的目光中充满了爱怜、温柔和宽厚。兄妹俩一边梳着头,一边轻声哼着一支日本民歌。晚霞如辉煌的轻纱,斜披在他们的身上和脸上,他们所表现出来 的一切情绪都是那么的放松和自由,让人体味到温馨如兰的人情味,那种场面,竟让乌云不由自主地在那里呆呆地站了很久。

后来,乌云有过一次和远藤老师单独谈话的机会。那是一次学期测验的前一天,乌云吃过晚饭后到江边背功课。夏天的时候,牡丹江显出热烈的样子,江水被晚霞镀上了一层迷人的瑰丽色彩,许多鸟儿从水面掠过,留下一道道银箭似的 爪痕,鸟儿飞过之后,便有肥腴的鱼儿从水中探出头来,窥视一下鸟儿扇动着的羽翅,待鸟儿重新飞回来的时候,鱼儿便又潜入水中。乌云坐在江堤边背拉丁文,正背得专心,远藤熏一远远地走了过来。

远藤是吃过晚饭后出来散步的,看见乌云,便站下了。乌云连忙站起来,向远藤老师问好。远藤说,乌云君在背功课呀,乌云君真用功。乌云脸红了,说,我怕考不好,抽空背背拉丁文。远藤说,乌云君不要客气,坐下吧。乌云坐下了,远藤也坐下了,两个人看着波光闪烁的松花江水,慢慢地说着话。也许是没有其他的人,也许是傍晚的江边环境优美让人放松,两个人说话都很随意。乌云没有平日的拘谨和戒备,问了几个功课方面的问题,话题就自然转到其它方面去了。

　　乌云说,远藤老师的妹妹真可爱。

　　远藤笑道,乌云君也是这么看的吗?乌云君不是在说客气话吧?

　　乌云说,我说的是真话,远藤老师的妹妹真的很可爱。

　　远藤说,乌云君这么说,我真是很高兴。理智她确实是个好女孩,我要把乌云君的话告诉理智,她一定会高兴地跳起来。谢谢乌云君了。远藤说完,真的就慎重地站了起来,非常认真地给乌云鞠了一躬。

　　乌云觉得远藤老师这个样子真是太客气了,捂着嘴轻轻笑着说,远藤老师怎么这么客气,就算我说了远藤老师的妹妹可爱,也没有必要这么客气吧?

　　远藤认真地问,为什么呢?

　　乌云说,你是老师,我是学生呀。

　　远藤说,老师和学生,难道不是平等的吗?老师只是教授学生知识,他们同样需要对方的尊重和热爱。我这样说,乌云君是赞同的吧?

　　乌云有些感动,一感动,她那双大大的眼睛就熠熠闪光,十分动人,嘴唇和脸蛋也变得红润可爱,像熟透了的樱桃和石榴。

　　远藤迷恋地看着乌云说,乌云君也是很可爱的。远藤说这话时,语气十分真诚,深邃的目光盯着乌云的脸一眨不眨。

乌云有些猝不及防,说,远藤老师不要开玩笑,我有什么可爱的。

远藤安静地说,是吗,乌云君怎么认为我是开玩笑呢?我说的可都是真话呀。乌云君长得很漂亮,青春洋溢,像三月的樱花一样,而且,乌云君的性格也好,好像总也没看见乌云君生气吧?成绩也是拔尖的,真不简单。我不是奉承乌云君,我说的,也是真话呢。

乌云听着这话,心里又高兴又温暖,远藤说的那么真切,不容她再去反驳他,竟红着脸接受了。

远藤又说,听说乌云君歌唱得很好,是这样的吗?可惜我没能亲耳听到。我想这种传闻一定不会有假吧?

乌云听远藤这么说,就想起那天傍晚她从江边洗衣服回去,看见远藤给妹妹理智梳头,兄妹俩轻轻唱着的那首日本民歌。乌云说,远藤老师没听过我唱歌,我倒是听过远藤老师唱歌呢。

远藤吃了一惊,说,是吗?怎么会有这种事呢?我可是从来不唱歌的呀。乌云就把那天的事说出来。远藤恍然大悟说,原来是这样,乌云君是偷听的呀。不过,这首歌倒是我喜欢的,乌云君要是想听,我就唱给乌云君听。

乌云高兴地鼓掌道,想听,当然想听。乌云说了这话,方知自己有些失态,不由脸红了,吐了吐舌头。

远藤一点儿也不生气,看了看乌云,笑眯眯地就唱起了那首日本民歌:

> 随你去,我跟随你去,这事早已定在当初,
> 我们从现在开始一起去旅行,踏上征途。
> 只要你能约我同行,就不怕那千辛万苦,
> 我们借助星座地图遨游整个宇宙,寻找幸福。
> 随你去,我跟随你去,立即起程,决不后悔。
> 是你这样告诉我,信任就是爱,令人羡慕。

我手捧一束蔷薇花,穿上结婚礼服,
你的眼里闪烁着灿烂的星光,银花火树。
来吧,乘坐流星,横跨浩浩银河,漫漫云海路,
来到星星的世界,身边洒满耀眼的珍珠。
穿过天马星座,绕过山羊星座,途经螃蟹星座,
现在我要和你这狮子星座一起跳舞。

远藤的嗓子不算太好,但是他盘着腿,挺着腰板,目视前方的江面,唱得十分投入。唱完,他告诉乌云,这首歌的名字叫《少女星座》。

乌云自始至终都坐在那里认真地听远藤唱。她被那首歌中的词感动了。她觉得歌中的那些话说得太动人了。有生以来,乌云第一次感到有一只温柔的手在轻轻地、不易觉察地拨弄着她少女尚未启蒙的情怀。远藤的歌唱完后,乌云很久很久都没能从沉浸中苏醒过来。

第4章　花杂票子

刁翎战役之后,北满土匪主力大部被歼灭,独立旅奉命留下一个营的兵力,外加骑兵连,配合嫩江军区部队继续追剿流寇谢文东等人,其余部队回到合江整修。

刚回到驻地,张如屏就打电话过来说,老虎,你怎么回事儿,也不去看看人家乌云,你把人家姑娘撂在那里,一撂就是大半年,这算什么?关山林嘴里含着一口牙膏粉子说,怎么不看,我当然要看。我正收拾着呐。我正准备洗澡。我惹了一身虱子,身上的泥有一寸厚了。我总不能就这样去人家姑娘那儿吧?张如屏在电话里笑道,嚯,这回怎么这么客气,人家人家的。人家是我说的,轮不着你说。又叮嘱说,刮刮你的胡子,重点是你的胡子,别让人家姑

娘以为是来了劫匪。关山林嘻嘻哈哈说,我就是劫匪,我不是劫匪又是什么?两人在电话里说笑一阵,各自放下电话。关山林让张如屏的电话一搅和,心里犯急,嚷嚷着大火烧水砺石磨刀,洗了澡刮了胡子去牡丹江看乌云。

乌云对关山林和邵越的出现又惊又喜,惊的是几个月不见,旅首长竟会亲自来看望她,喜的是邵越一见面就告诉她部队刚打了大胜仗。乌云拉着邵越的手又蹦又跳,高兴极了。

关山林和邵越到牡丹江市里住的是旅店,关山林没有亲自去学校,坐在旅店里,叫邵越去把乌云从学校叫出来。乌云也没问他们来做什么,找学校请假。学校纪律很严,一般是不让学员请假的,知道乌云部队的首长来看望她,才准了半天假。

加上在伊兰家里和去独立旅报到那次,这是乌云第三次见关山林了,照说不该陌生了,可乌云还是觉得局促,进门冲关山林敬了一个礼,叫了声首长,再没有什么话。不管怎么说,关山林是旅里的最高首长,乌云是旅里最新的兵,两下里差着三四千号人。再说,关山林一直板着一张脸,腰板挺直地坐在炕头,拉长了声音问着乌云一些关于学校里的事情,砍木头似的,硬绷绷的,问过之后就再没有话了,让人感到紧张万分。乌云倒是和邵越有说的。邵越告诉乌云,部队最近都到了什么地方,打了一些什么仗,消灭了多少土匪,缴了多少枪炮,说得眉飞色舞,唾沫直飞,乌云听得津津有味。乌云也告诉邵越一些学校里的新鲜事,怎么学习,课余有些什么活动,同学中有些什么趣闻,老师又怎么样,同样把邵越听得大眼瞪小眼,新鲜极了。两个年轻人又说又笑,抢着打断对方的话头,说自己知道的新鲜事,你一句我一句,一边说一边就坐到一块儿去了,倒把关山林一个人冷落在一旁。

关山林有些犯困,坐在那里一连打了好几个哈欠,又接不上什么话。邵越看见了,心里清楚自己的任务,不能喧宾夺主,就收住话头,说,旅长,你在路上不是说,到了牡丹江,要请我和乌云好好吃上一顿吗？你看天已晌午了，咱们该吃饭了吧？邵越这么一说，关山林来劲了，立刻活了起来，说，行，我说了请你们吃饭，我说话算话，你们说吃什么，你们点。邵越闹着要吃驴肉饺子，乌云抢着说要吃小点心。东北传统小吃不老少，像酥脆咸香的缸炉椒盐饼、皮薄馅嫩的三鲜烙盒、蜜甜筋糯的糖皮果子，这类小吃平时乌云看着眼馋，就是捞不到嘴里，这回有首长请客，拿邵越的话说，叫打首长的土豪，正好美美地享受一顿。

这么一说，邵越拉关山林下炕穿鞋，三个人出了旅店，沿着街走，找了一家挂着"八珍林"朱红大字漆面招牌的酒楼，进去坐了。跑堂的见来了主顾，立刻过来让座抹桌斟茶，招呼客人点了菜，唱着名号进去烧锅了。乌云见一下子点了四五个菜，吓了一跳，说，小邵，要了那么多菜，得花不少钱吧？咱有那么多钱吗？邵越得意地说，乌云你放心，这次来，我把咱首长的家当全带出来了，别说这桌菜，就是躺在牡丹江市里吃喝三天，咱也不赊账。说罢，从随身背着的日本造牛皮文件包里抓出一把花花绿绿的钞票来给乌云看。乌云笑道，瞧美气你的。

一会儿，菜上来了，三个人就着一大箩白面煎饼敞开怀可劲地吃。关山林和邵越抢着给乌云撄菜。关山林说，小乌你吃菜，你多吃菜。乌云说，我吃着呐，我都没停下来，这菜真好吃。关山林说，好吃你就多吃，多吃你才能长胖。你长胖了才能有劲儿，才能有力气打仗。邵越说，旅长，你说错了。关山林说，说错了么？我怎么说错了？邵越说，乌云是学习，乌云不是打仗。关山林说，谁说她不是学习了？我说了她不是学习么？她学习是为什么？她学习就是为了有本事打仗，要不是为了打仗，她学个什么劲？你看是不是这个理儿？你看我这样说，错了没有？邵越说，你这样说当然就对了，你这样说是躲猫猫呢。关山林说，这怎么是躲猫猫，这是迂回，迂回你都没弄懂，你白跟了我三年。关山林说完，眨着豹子眼哈哈大笑。乌云被关山林的笑声感染了，也跟着笑，笑得差点儿岔了气,那一笑,就把她和关山林之间的戒备和隔阂消除了不少。乌云想,原来首长不光会板脸,也会笑呀。

三个人说着吃着,风卷残云地把桌上的菜一扫而光,饼也吃光了,吃得三个人直喊肚子撑得慌。吃过,邵越叫来跑堂的算账。邵越掏出一把钞票数给跑堂的。跑堂的看一眼邵越递过去的票子,没接,说,老总,边区票我们不收,您给换换。邵越就另换一把。跑堂的还是不接,说,华北金圆券我们也不收,您老再给换换。邵越就再换。这回是蒙古币,老大一把,又花哨又有堆头。跑堂的看着直摇头,说,老总,咱们也别费周折了,您哪,有白的黄的就掏出来,要没有,黑的也行,除了这三样,别的我们一概不收。又补充道,不是我们一家这样,您出门打听打听,兵荒马乱的,中央军已打到松花江对岸了,谁还敢收那些花杂票子呀?邵越抠着头,为难地道,掌柜的,银元黄金烟土,咱一样也没有,咱只有这一大堆花杂票子。要不,都给你成不成?跑堂的把头摇得拨浪鼓似的,说,不成,老总您若这样,您就是放我们老百姓的血了,您就是砸我的店子了。邵越窘得不得了。乌云在一旁也窘,吃了人家那么一大桌菜,吃也吃好了,喝也喝足了,到头来却付不起饭钱,不是讹人是什么。乌云就小声埋怨邵越道,小邵你也真是,你也不事先问问,这些花杂票子能花不能花,还说躺着吃三天也不赊账,现在好了,让人以为咱们吃混。

关山林先坐在一边等着邵越付账走人,听见邵越和跑堂的说了半天,乌云又责备邵越,起身过来说,你这是什么话?谁说咱们吃混?咱们民主联军的人,能吃天,能吃地,能吃老百姓的混?不能嘛。说着,就转头去问跑堂的:该你们多少钱?跑堂的先前就一直在注意关山林,看他穿着日本的黄呢军大衣,知道他铁定是个当官的,又见他剑眉豹眼,虎口狮鼻,胡子刮得青茬茬的,举手投足之间让人隐隐嗅到一股没洗净的血腥味,心里先就有些怵,赔着笑脸说,长官,不敢说该,照说呢,您老三位能来小店吃饭,是瞧得起,给了面子,不敢找您老讨赏,只是小店本钱小,生意难做,实在赔不起。关山林说，你这人好嘴碎，问你该多少钱，你照直说就行了，怎么全是废话？跑堂的连忙笑道，长官骂得好，小的就是嘴碎，小的再不说废话了——按说呢，五个菜，三荤两素，一笸饼，两壶茶水，该收两块三毛，咱给长官添了气，这零头就舍了，您老给两块就中。关山林从上衣兜里掏出一块镀金怀表，往饭桌上一搁，说，你看这个值不值？跑堂的也不拿表，斜着眼看了看，说，这是瑞士货，二十块也添不进来呢。邵越急了，说，旅长，这可是司令员送你的，你还指望它打仗呢。跑堂的一听关山林是旅长，脸都白了，说，旅长爷您快把宝贝收好，您这是扬威呢，我就是饿死，也不敢讹您老的宝贝呀。说着就从桌上拿起表来往关山林手里塞。关山林接了表，捉住跑堂的手，大巴掌一拍，愣又给他塞了回去，也不说话，拽着邵越和乌云就往饭馆外面走。跑堂的追出来，三个人走得快，哪里还追得上，早没影了。

关山林出了饭馆就大步往前走，邵越和乌云得小跑着才能跟上。三人一气走出两条街，关山林还不住地往后看，问，追来没有？追来没有？邵越喘着气说，舍了烂豆，换了犍牛，谁还会追？你以为都像你呀？做了赔本买卖还像亏了多大心似的。关山林听说没有追，这才把一颗心收回肚子里，放慢脚步，抹一把额头上的汗珠子，嘿嘿笑道，你别说，我还真觉得亏心，幸亏我有块表，要没那东西，我就寻思着先把你押在饭馆里，让你替人家做两天苦力抵饭钱。邵越瞪了眼大叫，你要这么说，你就一点儿首长的样子都没有了，哪有首长把自己警卫员卖劳力的？我是替你心疼那块表，你倒寻思着算计我，你对你的牲口也没这样呀。关山林见邵越这么当街一嚷，街上的人都转过头来看他们，连忙拉了拉邵越的袖子说，你小声点儿不行，你让人家看咱们西洋景呀！邵越还在生气，说，谁叫你打坏主意，你打坏主意，我连嚷也不能嚷呀？牲口急了还叫呢。关山林说，我不打坏主意了还不成吗？我就是打了，不是还没把你押出去吗？

两个人在那儿逗着嘴，乌云就在一旁捂着嘴偷偷乐。乌云觉得，这两个人真逗，哪里像首长和警卫的样儿，到像是一对进城卖了柴禾争着做主买糖瓜还是打老酒的父子俩。

这么乐着想着，三个人沿着大街又往前走了好长一段。乌云心境好，就说，旅长，您到市里来一趟也不容易，我请了半天假，干脆，我就陪您和小邵逛逛吧。关山林拘谨地说，逛哪儿？这溜直的大街，满街是人，走悠了不得劲，走急了又撞人。乌云说，去戏园子听戏吧，那里面人多是多，不走动，也撞不上。关山林摆手说，我不听戏，一张脸涂得红黑花杂的，像活鬼，叽里哇啦扯着嗓子吼，半个字儿也听不懂，不去不去。乌云说，那我陪您和小邵逛公园去怎么样？关山林一听就摇头，说，公园？公园有什么逛头，不就是花呀树呀的，假模假样的，哪有甸子里那些草花实在，要看我不会上甸子里看去，我看它？

乌云听关山林这么一说，脸上的笑容就有些呆涩，心里想，陪你逛戏园子你不爱，陪你逛街你不爱，陪你逛公园你又不爱，你当大首长的，原来就这么难侍候。

关山林也看出乌云的为难了，心里想，人家女同志是一份好心，人家这也是阶级感情，这么一想，就有些过意不去，连忙说，我看这样吧，你和小邵一块儿去公园，你们年轻人，喜个花呀草的，喜个风景儿，你们去公园不冤枉。我回去睡觉，这两个月打仗打乏了，把我困得够呛，我乘这个空补补。

邵越在一旁说，那怎么行，那成什么了？乌云心里没谱儿，以为关山林那样说了，疲了累了想睡觉是实话，就说，我看这样也行，首长回旅店睡觉，小邵咱俩去逛公园，两头都就着好，我看没什么不行的。邵越还想争辩，关山林一旁急得发火道，这是我的主意，有什么不行的？我现在命令你们，邵越乌云，你们两个听令，立刻跑步去公园，不到天黑，不许回旅店吵我，谁要吵了我，我拿马鞭子抽他的屁股！

邵越见旅长动了真格,不敢再犯犟,一旁乌云过来拉了他,两个人高高兴兴奔公园而去。关山林送走了他们,这才心满意足地寻道回到旅店,开了门,去了鞋,拉开被子,衣裳也没脱,蒙头大睡起来。

邵越果然到点灯时分才回到旅社。邵越玩得满头大汗,一回旅社就抱着茶壶大口灌凉白开。关山林被闹腾醒了,披着大衣迷迷糊糊坐起来,说,回了?邵越说,回了。关山林说,她呢?邵越问,哪个她?关山林说,还有哪个她?你狗日的少装糊涂,小心我踢你。邵越笑着放下茶壶道,我送她回学校了,学校只给了半天假,点灯以前必须回学校报到。关山林有些遗憾,说,怎么就回去了?怎么就给了半天假?半天假够什么?邵越也不理,忙着找东西擦汗。关山林摸摸索索起来,坐在床头,拿眼睛不住地睃邵越,看邵越没搭理,又咳了几声,邵越还是不理,关山林急了,骂道,你小子浑球儿,平日一张嘴快得针都缝不住,怎么今天到成哑巴了?邵越就笑道,你是首长,你让人说人才敢说,你要不让说,谁还敢找骂呀?关山林说,我就骂了,你能说我军阀作风不成?你要再给我拿爪,我还骂。邵越知道不能再逗他了,就坐下来,也不擦汗,从头到尾把自己和乌云怎么在公园里玩的,玩了些什么,两个人都说了些什么,一样不落地详细说来。关山林听得很认真,听完,还不解气地追问道,就这?邵越说,就这。关山林说,这就完了?邵越说,不完了还能怎么?关山林怀疑地说,你小子没藏着掖着什么吧?邵越说,你要真觉着不过瘾,我就给你现编点儿什么吧。关山林一瞪豹子眼说,你敢,我不撵了你!邵越连忙躲开,到一边去擦背,擦完穿好衣服。

关山林睡了半天,觉得肚里饥了,就打发邵越去弄点儿吃的。邵越有了中午在饭馆那一出,不敢再冒次,出门去找旅店的掌柜说好话,好歹用一把蒙古币和金圆券换了两张大饼,又顺手牵羊,在后院灶房里偷了一把大葱,把大饼和葱拿回房间,找掌柜的讨了点开水,两个人一口大饼一口开水,美美地对付了一顿,然后躺下熄灯继续睡觉。

乌云请了半天假,不好再请假,关山林留在牡丹江市里也没有多大意思了,这样他和邵越俩第二天就启程回到合江驻地。

金可一见关山林就问,老关,怎么样,这回打上了吧?关山林装糊涂道,什么怎么样?打上什么了?金可说,还能有什么?攻城呗,打阻击呗,目标明确,战略战术咱可是早就订好了的,未必你打错了目标不成?关山林说,谁说我不明确?谁说我打错目标了?我明确得很,半点儿目标也错不了。金可说,那不就结了,那你倒是说说,这回打上了没有?关山林脱了大衣,卸下身上的枪带,一边找水来洗一脸的灰尘,一边吞吞吐吐地说,你当搞对象和打仗一样容易呀?就是打仗,也得分个阶段来打吧。金可狐疑地盯着他的脸看,说,老关,你不用转移目标,我看,这回是凶多吉少,八成你是被人家小乌冷落了吧?关山林正往脸上撩着水,一听这话急了,也不顾脸上脖子上全是水,大声嚷嚷道,谁冷落我了?我被谁冷落了?我能被冷落吗?我刚才是不稀得告诉你,怕你听了眼馋。我实话告诉你,我和乌云,我们不但吃了饭,我们还在一起逛了大街,逛了公园,一直逛到天黑,我们亲热得跟什么似的。你倒是说说,有这种冷落法吗?你有本事,你照这个样子冷落一回给我看看。

金可听关山林说得这么威风,有些不相信,心想,就凭你,人家乌云怎么能够像你说的那么热闹,心里这么想着,一眼看见邵越躲在门外偷偷地乐,就叫道,邵越你进来。邵越听政委叫,连忙止住笑,进屋了。金可说,邵越你给我说老实话,这回你跟旅长去牡丹江,小乌对旅长怎么样?邵越绷着脸,立正道,报告政委,这事儿我不知道。金可狐疑地说,你怎么会不知道,难道你们没见着小乌?邵越说,报告政委,见是见着了,但是我只见着一面,过后旅长就把小乌拉走了,直到天黑才回来。我光在旅店睡大觉了,所以不知道。

关山林先是紧张得出了一头汗,听着邵越这么说,才舒了口气,洋洋得意地对金可说,怎么样,我自己说了没用,人家群众说了该有用吧? 你听听群众是怎么说的,打一大早出门,到天黑才回,就我和小鸟俩人。不用我细说,你自会知道这仗打上没有,打成了什么光景儿。不是我说,我关山林从来不吹牛。金可这回信了,又换了担心说,好你个老关,人家乌云才十八岁,你把人家往公园一带就是老半天,你也不怕作孽呀。关山林借梯子上房,自己把梯子抽了,赖在房子上不下来,拿腔拿调地说,我怕什么,我死也死过几次了,能活多久不知道,就这副德行了,什么也不怕。我是憋着憋着,早估摸着该这么打上一回了。接着又一横眼说,邵越你站着犯什么傻? 你不会去帮靳忠人遛遛马去? 邵越听了,一缩头,偷偷乐着跑出屋去。

到了晚上,邵越给关山林打水烫脚的时候,关山林想起什么,对邵越说,你今天,嗯,这个,在政委面前办的那件事,你是办对了,办得好。不过我警告你,这事只此一回,要是我发现你在我面前也玩这一手,我可对你不客气。邵越把擦脚毛巾递给关山林,不服气地说,要是下次还遇到这种事,我还玩不玩这一手? 关山林瞪邵越一眼,说,你当还有下一次呀? 你别做梦了,下一次,你给我老老实实待在家里,我一个人和小鸟逛公园去。

关山林话虽这么说,但上房是人家推他上去的,在房子上图了一回嘴上痛快也是人家帮忙的,事情真要按他吹的那样办起来,却并不那么可心。下一次果然是一个人去的,但去的人不是关山林,而是邵越。

1946 年下半年,东北的战局变化莫测,四平战役使国共两军大伤元气,杜聿明占领长春、永吉之后,为了实行南攻北守、先南后北的战略,调集八个师约十万兵力围剿民主联军南满 3 纵和 4 纵,与此同时,东北局书记、东北民主联军总司令兼政治委员林彪也在北满组织大部队围剿土匪。国共两军都期望自己的地盘上局势稳定。到下半年,北满共产党的根据地越来越稳定,而南满的国统区却被民主联军的部队骚扰得天无宁日。关山林独立旅所在的合江军区担负着北满剿匪的主要任务,关山林带着部队整日钻老林,涉荒原,卧冰雪,撵得残匪连喘气的机会也没有。入冬以后,剿匪的战斗进入关键阶段,在民主联军的大部队围剿下,土匪已陷入绝境,穷途末路,粮源断了,只能靠杀马充饥,盐也吃不上,人人浮肿,走不动路。

11月20日,独立旅8团2营5连副连长李玉清率十几名战士经过一个月的追踪,终于在勃利县牡丹江边马弓架山的土地庙里活捉了匪首谢文东。12月12日,东北先遣第1军司令李华堂又在刁翎西北山为独立旅8团1营1连生擒。时过半月,8团2营又在四道河子活捉了匪中将副指挥车礼衍,击毙匪参谋长潘景阳,以后又俘获伪中将军长孙荣久,缴获步马枪千余支,短枪百余支,转盘枪五支,自动枪四支,轻重机枪四十二挺,掷弹筒九个,平射炮一门,迫击炮四门。东北民主联军合江军区司令部和政治部发出布告:

> 合江境内土匪,大股谢李孙张。老谢黑子被擒,活捉李匪华堂。打散了郎亚斌,歼灭了吴长江。本军对于残匪,决予继续扫荡。务求彻底肃清,不留一匪一枪。如果残匪投诚,绝对不咎既往。不打不骂不杀,遣送回家为良。没有地分给地,生活定予保障。倘若执迷不悟,难逃本军铁风。特此剀切告谕,勿再自误彷徨。

布告是政治部主任张如屏起草的,关山林拿着布告认真地看了半天,铜皮似的一张脸严肃着,对金可说,好,写得好,老张不愧是秀才,这词儿用得就是好,听着念着上口,每句字都一样,不多不少正好六个,也够他编的了。金可听出了关山林的话外音,就说,他也就是编顺口溜,你叫他来带兵打仗试试?关山林听了金可的话,心里受用,嘴上却说,话不能这么说,不能小看老张的墨水,他这一个字,顶得上一门大炮的威力,要真在纸上比试,他一撺我就得一跟头,比我这没文化的大兵强多了。金可拿手指关山林的鼻子,说,没劲了吧,没劲了吧。关山林就嘻嘻地笑,说,咱不能样样都骄傲,该谦逊的地方还得谦逊,你说是吧?

关山林忙着带兵剿匪,骄傲是有,心里也没忘记在牡丹江读书的乌云,有时候带部队打牡丹江市旁边路过,自己走不开,就打发邵越进城去看看乌云。入冬以后,又叫邵越给乌云送去了一件裘皮大衣和一双靰鞡。大衣是从老毛子那边弄过来的,上好的水龙皮,领子是银狐皮做的,脸一贴上就发烫。靰鞡是上等牛皮做的。做靰鞡很有讲究,材料得从活牛身上扒下来,取皮时,先把牛的四蹄皮从脚跟割开,再把牛头从嘴割破,一直卷到脖子,然后一拧,狠狠掐住,用铁丝拴在桩子上,再用木棒狠击牛的屁股,牛负疼往前猛地一蹿,整张皮就从头到尾被褪了下来,牛皮冒着热气,皮不充血,平整,厚薄均匀适度,这样整张的牛 皮,去掉四肢、脖子和肚皮上的部位,剩下的才用来做革。这种鞋,帮底相连,不分左右脚,穿时得光着脚穿,要不就觉着烧脚。

乌云正愁冬天没御寒的,邵越给送去大衣和靰鞡,乐得她什么似的,当下就穿上靰鞡和大衣,在屋里来回走了几步,惊喜地说,暖和,真暖和。又问邵越,你怎么知道我正需要过冬的衣物?邵越说,你是独立旅的人,供给关系在旅里,除了咱们旅,谁还能给你置办过冬衣服?乌云说,那,这大衣,这靰鞡,都是上好皮货,放在以前,地主老财家要置办也得狠狠心,凭什么就给了我,我也就是独立旅的战士呀。邵越不敢说这是旅长专门为照顾乌云弄来的,怕她有负担,不要,便扯了个谎说,咱们不是打下了刁翎和勃利吗,咱们缴了不少皮货,人人都有份儿,也就是随便给你拿了一件,你要不爱要,你脱下来我带回去,给靳长子捂马。乌云听他这么说,连忙说，谁说不要了？要是人人有份儿，我当然要，我这两天冻得都不敢起夜呢。

乌云高高兴兴把皮大衣和靰鞡拿回班里去，惹得班上的人争着摸那毛色。白淑芬瞪大眼说，嘀，水龙皮呢，乌云你这回威风了，看夜里捂着烘不死你。又说德米，你也是部队上的，老看着人家乌云部队上送东西来，你们部队连人影子也见不着一个，你们那是什么部队，连起码的阶级友爱也没有。德米淡淡地笑了笑，也不说话，低头看她的书。白淑芬见德米不搭话，知道那是德米的脾气，也不计较，转回头来小声对乌云说，乌云，我看每次来的这个小邵，对你那么好，那么亲热，别是对你有什么意思吧？乌云不省事地怔怔看着白淑芬，说，什么意思？你是指的什么呀？白淑芬拿指头戳乌云的额角，说，你这丫头装什么迷糊，什么意思，还能有什么意思，当然是看上你了呗。乌云闹了个大红脸，说，白淑芬你胡嚼什么，人家是一个部队的战友，根本没那回事儿。白淑芬说，战友怎么了，战友就不能处对象了？要都这样，咱们革命队伍不就后继无人了？乌云羞得不行，说，白淑芬你越说越没样子了，你再这样说，我可就不理你了。白淑芬说，我也是为你好，我是看着小邵那人不错。乌云说，人家当然不错，人家可是旅长的警卫员，担着干系呢，要没点儿觉悟，没点儿本事，能让他当旅长的警卫员？白淑芬笑道，看看，还说没什么事呢，我还没说什么，自己倒夸上了，俏妹妹夸情哥哥，这可是不打自招。乌云愣了一下，知道是中了白淑芬的套子，让她拿着了，一时再找不出话来抵挡，扑上去就挠白淑芬的嘴，白淑芬抵挡着，两个人闹成一团。

邵越来过学校好几次，每来一次，都要带些东西来，有时还带点儿瓜子糖枣什么的给乌云，照例说是打了胜仗人人有份儿。乌云习惯了，也不追问，只是不肯吃独食，吃的用的，都拿回班上去共产，大家一块儿享受。乐得大家都说，乌云你介绍咱们也去独立旅当兵吧,这兵当得,有吃有用,怎么也不冤枉。

乌云离开独立旅好几个月了,心里也着实惦记着旅里。虽说她到独立旅当兵没几天,可心里,她早已把独立旅当成了自己的家,把旅里的干部战士当成了自己的兄长。只要邵越一来,乌云就缠着打听旅里的事,邵越就眉飞色舞地说给她听,说旅里最近在什么地方,打了什么仗,歼灭了多少土匪,缴了多少枪支马匹;说谁谁捉了多少土匪;谁谁在马上打瞌睡,行军时摔了下来,把脸摔肿了;谁谁没护好枪,冻了枪栓,逢了遭遇战一时没拉开枪栓,让土匪的子弹咬了腔。说得最多的,当然还是旅长关山林,说他怎么指挥打仗,怎么身先士卒,怎么三天三夜不睡觉,带着部队在深山老林里追剿土匪。邵越一说到旅长就来情绪,眼珠子也亮了,耳轮子也红了,连比带划,唾沫星子直飞,把乌云听得张口结舌入了迷。乌云就想,咱们旅长可是个英雄呢! 这么想了,觉得不过瘾,把这个想法说给邵越听。邵越不以为然地说,瞧你这话说的,咱们旅长他当然是个英雄,他能不是英雄吗? 他不是英雄谁还能是英雄? 咱们旅长红军时候就当连长,爬雪山,过草地,没少吃苦,没少打仗。抗战时我在冀西跟他那会儿,有一次吃了日本鬼子的包围,他腿上挨了一枪,腰眼里也中了一枚手榴弹弹片,就那样,他还撑着用刺刀拼倒了四个小鬼子。让你说说,不是英雄,谁能做成这样? 乌云听得眼睛都瞪大了,热血在周身里蹿,缠着邵越要他多讲些旅长的故事给她听。邵越也不拒绝,把他知道的关山林的事儿,择一些血腥味浓的绘声绘色讲给乌云听,让乌云听得心惊胆战又欲罢不能。等回到班里,乌云就把那些故事学说给班上的同学听,听得那两个修女连忙划着十字走开。班上的同学们都羡慕地说,乌云你有这么一个勇敢的旅长,可真福气。乌云嘴上不说,心里自然有许多的得意,想自己因为有了一个勇敢的旅长,比班上别的同学,怎么也多了一份荣誉呢。

邵越每次奉命到牡丹江市里看望乌云,回到旅里,关山林都要他细细地汇报乌云的情况,政治上如何,生活上如何,学习上如何,人高了胖了没有,点点滴滴都要说仔细了。邵越说油了,有时候不免不耐烦,说,每次都这么汇报,也不嫌罗嗦,干脆,下回你自己去得了,省得我来来去去过嘴,牲口贩子似的。关山林一瞪豹子眼说,你说什么?谁是牲口?你说乌云是牲口,你小子好大胆子。邵越辩解说,我说乌云是牲口了?我说了?我没说嘛,是你自己说出来的,你不能胡赖人,首长也得有个首长的样子,首长要赖人就不像首长了。我的意思是说,你完全可以自己去看看乌云,省得我在中间夹着,有什么话你们也说不上。

关山林知道邵越也是替自己着想,坐在那里不吭声,再吭声时,眼也直了,声音也颤了,铜打铁铸的汉子,生平头一回让自己的警卫员看到了眼里的雾气。关山林低沉着嗓子说,小邵,你这话,算是说中我了。你当我是什么?你当我就不想去看看小乌?我当然想,王八犊子养的才不想。我不光想,我还做了梦。我梦里都和小乌在公园里逛着,你别说,那假模假样的花呀草呀景呀,摆在那个场合,还真让人舒坦。我怎么不想?可现在部队正打仗,我怎么离得开?哪有部队在老林子里躲死奔生打着仗,当旅长的却在牡丹江和对象逛着公园?你让人家怎么说我?我关山林参加革命二十年了,还从没让人指着脊梁骨说过小话,我就是再想,也得挺着熬着,我得拿出一个共产党旅长的样子来给人看看!

邵越那一刻看关山林,平时鬼机灵的兵,这个时候眼里也有了雾气,心里打着颤地想,旅长,我的旅长。

第5章 血战四平

1947年,东北的局势发生了戏剧性的变化。三下江南和四保临江战役过后,杜聿明已无力再向北满的民主联军主力进犯,东北形势骤变,国共双方,攻守之势易手,东北民主联军在全国的共产党军队中,率先由战略防御转入战略进攻。甚至在民主联军第三次南下之时,杜聿明本人的车队在路上还被民主联军的先头部队截住,双方激烈交火,杜聿明见势不妙,命令自己的座车冒着枪林弹雨冲出了包围,才侥幸逃得一条生路,而随行的大卡车则全部被民主联军截下了。

关山林的独立旅参加了三下江南的战役。部队整天处在远距离奔袭——打仗——远距离奔袭之中,非常疲劳。不过,疲劳归疲劳,部队的士气非常高,大家一边急行军,一边唱顺口溜:国民党,兵力少,南北满,来回跑;南满砍掉他的头,北满斩断他的腰,让他来回跑几趟,一筐豆子筛完了。部队就念着这首顺口溜,参加了姜家屯全歼国民党88师全部和87师一部的战斗。

5月份,关山林奉命带着整编后的独立旅加入东北民主联军1纵建制,关山林任8团团长。关山林本来想借这个机会去牡丹江市看看乌云,可是部队行色匆匆,加上有许多补给方面的事要做,他一时走不开,这个念头也只好埋在心里。

关山林是6月初带着整编过后的8团赶到四平城外围的。在此之前,1纵主力和6纵、5纵已将国民党71军陈明仁部团团围困在四平城内达二十三天之久,并相继拿下四平周围城镇,扫清了外围据点。东北民主联军总司令林彪意欲报去年四平失守之仇,专程从双城赶到四平城下,亲自指挥攻城。

总攻日期定在6月14日下午2时。关山林的8团被指定为主攻团之一。

从早上开始,天就下起了倾盆大雨,关山林和金可带着8团的人蹲在壕沟里,没有雨具,被淋得落汤鸡似的。金可顶着大雨摸到关山林身旁,说,老关,这样不是办法,这么大的雨,枪和弹药都得淋湿了,到总攻的时候,屁也放不响了。关山林抹了一把脸上的雨水,对通讯主任说,去,告诉参谋长,叫他打电话问问前指,到底是怎么回事,什么时候开打?我们也不能老这么洗着澡呀。通讯主任人还没走,团参谋长已派了人来报告,说是总部指示,因炮兵阵地被雨水浸泡,炮座松软塌陷,必须重新加固,攻城时间延迟,什么时候打再通知。关山林生气地说,搞什么名堂,没放一枪,倒让人在雨地里泡了半天澡,早干什么屁事儿去了。于是命令部队撤出战壕,先找地方躲雨。

下午四五点钟的时候,天放晴了,部队正在弄饭吃,突然命令下来,叫立即进入阵地,20点准时发起总攻。部队二话没说,丢下饭碗立刻往壕沟里跑,有的战士机灵,顺手抄了一把米饭团巴团巴窝在怀里,等到了壕沟里,再掏出来慢慢啃。关山林看战士们确实可怜,就叫后勤组织炊事员,把米饭都捏成饭团,挨着壕沟送到班排连,让战士们抓紧时间填点儿东西。关山林说,谁知道待会儿炮一响,人上去还能不能回来,怎么说,也得让人吃上这最后一顿。

炮群是晚上8点钟准时响起来的,几百门大炮一起发射,暗淡的天空中突然被成百上千条醒目的弹道拉出一袭明亮的天罩,大地在振聋发聩的炮声中剧烈地颤抖着,遥遥望去,四平城完全被炮弹爆炸的云烟和火光淹没了。关山林和金可躲在碉堡里,张着大嘴,以免被群炮巨大的轰鸣震聋了耳朵。按关山林的命令,8团攻击时,排长下尖刀班,连长下尖刀排,营长下尖刀连,他当团长的就该下到尖刀营,政委和参谋长则在后面掌握全团的进展。关山林拉着金可的手大声说,老金,我先上去了,你在后面,可别拉我的后腿。金可捏着关山林的手说,老关,你也别蹿得太快了,也得照顾一下我这老寒腿,别让我跟不上趟。两个人说着,不觉都有些再不能见面的异样情绪。

8点40分,炮群开始延伸射击。关山林掐着钟点跃上壕沟,一扬手臂大声吼道,吹冲锋号!司号员挣着脖子吹响了冲锋号,一气吹了八遍,愣是把气管吹炸了,等号音一停,人直直地就瞪着眼珠子倒了下去。

部队跃出战壕,通过开阔地带,潮水似地往城里涌,所经之处,城墙和堡垒全被炮火摧毁了,鹿砦和梅花桩也都飞扬到一边,丈余深的护城河被炸平了,虚土足有两尺厚,人踩上去直打晃。关山林跟着尖刀营,顺着被轰开了的城墙冲进四平城,一直跑出了几百米,才遇到了第一道阻击的弹林。

激烈的巷战实际上是从15日凌晨开始的,一开始,就是整整的十天。陈明仁守军据守住了市区里的每一条街道,每一栋房屋,凭利死守,死不缴枪。陈明仁不愧为国民党名将,抗战时,他指挥部队进行过闻名中外的淞沪战役,让日本人吃尽了苦头,而眼下,他以两万守军对付民主联军的十几万兵力,同样打算演一出壮烈的守城之战。与此同时,郑洞国率53军,孙立人率新1军南北两箭直指四平城,企图解除四平之围,同时与民主联军主力决战于四平城下。四平城战火犹酣,到处是枪炮声,到处是白刃肉搏的场面。尸体堆满了街巷,血浆在烈日下缓缓流动,然后凝固,整个四平城像是铺了一层红色的地毯,战斗之惨烈惊神泣鬼。陈明仁的71军每一名士兵都接到了战至最后一兵一卒的命令,他们不可能逃出四平城,也不打算逃出四平城,他们甚至没有打算活着离开四平城,就连71军军长陈明仁本人也电告杜聿明,铁心以身殉国,壮志成仁。

关山林率8团尖刀营从城西攻入市区,自此陷入拉锯似的激战之中。战斗打得相当残酷,每一条街道,每一栋房屋,都要付出相当的代价才能夺下来。尖刀营在15日当天就伤亡过半,开始不断地补充建制,到第七天部队打到市中区铁路线时,全团伤亡已超过五百人。关山林那个时候已不顾一切地下到了尖刀连,亲自指挥部队一寸一寸地向前靠近。关山林光着头,敞着怀,汗如蒸锅,目似喷火,手里提着一支打烫了的卡宾枪,指着前方出现的任何障碍声嘶力竭地喊道,打掉它! 关山林嗓子干哑,嘴唇皲裂,浑身上下都被鲜血染透了。他跌跌撞撞地往前跑,又不断地被邵越扑过来按倒。关山林对邵越拳打脚踢,吼道,你狗日的不往前冲,抱着我干吗! 邵越已经负了伤,下颏被一块炮弹片崩去了一大块皮,脸上糊满了血,就这样,他仍然寸步不离开关山林,闭着嘴护犊子似的一次又一次用身体去挡关山林,挡飞向关山林的子弹炮弹。

战斗进行得异常惨烈,到第八天下午,四平城铁路线以西已全部被民主联军占领,陈明仁军部的核心阵地也被突破,71军守军伤亡过半,陈明仁的胞弟陈明信也做了民主联军的俘虏,陈明仁率残部退守路东地区,以死据守。

8团终于跨过了铁路线,开始向市中心水塔的敌军发起进攻。在三次进攻被打回来后,衣衫褴褛浑身鲜血的通讯排长把电话塞到了关山林手中,民主联军参谋长刘亚楼在电话里大声训质关山林,扬言8团若再拿不下水塔,他就毙了关山林。关山林说不出话来,甩手将话筒丢在地上,眼珠子往外渗着血,气喘咻咻,抬头盯着不断向外吐着火舌的高大水塔浑身发抖。8团那个时候已将最后的预备队投入了战斗,再没有兵力可补充了。金可抽出手枪说,老关,你喘口气,我来吧。关山林说,咱们分过工,我打前,你打后,我还没打倒,你凑什么热闹。金可说,连文艺兵炊事兵都上来了,哪里还有什么前后? 关山林抹一把脸上的血水说,狗日的火力太猛,烫手。金可说,先拿炮轰他。

于是,8团调了82平射炮和60迫击炮来,对准水塔猛轰一阵。水塔是大理石和青麻石砌成的,难轰,水塔下又有地下室,炮一响,守军就往地下室里钻,躲过了炮轰,等8团往上冲时,再钻出来从枪眼里往外开火。关山林看这架势不起多大作用,就说,这样不行,得派掷弹手抵近了打,把狗日的火力压制住,部队同时发起冲锋。金可说,我看行,你指挥,我带冲锋队上,这回非打下他不可。关山林看政委也是强缠着要打这一仗,便说,也行,我先让掷弹手爬到水塔下面打上一气,你看我把火力压制住了,你再冲锋,动作要快,只要贴进了水塔,狗日的就拿你没辙了。

大家分头准备了一阵子,金可带着冲锋队,都爬在铁道后面,关山林让五六名掷弹手准备好,先叫平射炮和60炮照着水塔猛轰一阵,掷弹手乘着炮火爆炸的间隙,猫着腰顺街道两边的墙角穿过过街天桥抵近了水塔,然后趴在地下,用掷弹筒一人朝着水塔的火力点打了两发掷弹头。水塔上一片火光,大理石和青麻石的粉尘四下飞扬,罩住了炎炎烈日。金可看着水塔上的火力被压制下去了,就带着冲锋队一跃而起,朝水塔冲去。谁也没有注意过街天桥上有什么异样,等邵越看出那里有什么不对劲,拉着关山林着急地喊,团长,天桥上有埋伏时,局势已无法挽回了。

埋伏在过街天桥上的是两个大麻袋,每只麻袋都有一条绳子牵往水塔。麻袋和绳子先前都是静静的不动声色,在硝烟和火光中阴险地守候着在那里,耐心地计算着它们的猎物。它们像死去了的动物尸首似的,没有引起任何人的猜测和怀疑,这就使它们的威胁发挥到了极致。当金可政委带着冲锋队的战士冲过铁路,冲过大街,从过街天桥下穿过的时候,联系着麻袋的绳索被水塔里的守军拉动了。两只麻袋同时开了口,从桥上下雨似的倾倒下上好的黄豆,那些滚圆的豆子立刻铺满了街道,冲锋的战士踩在上面,站不住,一个个猝不及防地摔了下去,手中的武器摔得老远。水塔在这个时候像突然醒过酒来的妖怪,睁大了眼睛,黑洞洞的窗口同时吐出重机枪、轻机枪、冲锋枪的火舌,子弹的火网将黄豆和黄豆上面的冲锋者打得乱跳,东倒西歪,街道上立刻像开了屠宰场,躺满尸体,淌满鲜血。

关山林一腔热血从脑门上直蹿而出,冲着冲锋的人大声喊道,回来! 快撤回来! 冲锋的人听见小喇叭命令撤退的声音,纷纷往回撤,但他们越是急,越是不能保持住平衡,爬起来,又踩着黄豆滑倒在地,爬起来,又踩着黄豆滑倒在地。四平城突然变成了一座站立不住的浮岛,那些贸然撞入的水手一个个都像晕了船似的在上面跌爬滚翻,而水塔则以不变应万变的阴险和冷静嘲笑着用死亡接待了他们。

关山林目瞪口呆,光着的脑袋上坚硬的头发冒着火苗,浑身冷汗如雨。他为这种从未见识过的卑鄙无耻的战术怒火中烧,愤恼欲绝,同时又无计可施。他看见好几个战士被子弹击中了,在街道中心抓着黄豆痛苦地在血泊中爬动。他看见政委金可坐在黄豆上面,似乎无法相信地看着一地的黄豆摇着头。一串重机枪子弹飞来,将金可的胸膛打得稀烂。金可差不多是被拦腰切成了两半,在他倒下去的时候,他还把手中的加拿大手枪指向水塔,似乎在最后时刻,他还想弄清站立不住的浮岛之谜。

黄昏时分,伤亡过半的8团奉命撤出战斗。他们在夕阳惨淡的余晖中抬着战友们流淌着鲜血和耷拉着肢体的担架缓缓离开铁路线,从城西出城。十天以前,他们就是从这里高举着战旗呐喊着冲进城来的。灼烤的夏风中,城外的血腥味比市区中的血腥味淡了许多,也纯粹了许多,也许是这个原因,8团的干部战士突然之间一下子都蹲在地上,号啕大哭起来。

二十四小时之后,攻城的枪声骤然停止下来。所有攻城的部队同时接到撤离战斗的命令,一夜之间,十几万民主联军的战士撤出已被打得支离破碎的四平城,井然有序地消失在夜幕之中。撤退的命令是民主联军总司令林彪亲自发出的。郑洞国和孙立人的两路援军已经和担任打援的部队接上了火,而四平城还有一半在陈明仁手中,林彪担心拿不下四平,使全军陷于被动局面。其实,他的担心是多余的。郑洞国和孙立人此刻最担心的不是救不出陈明仁,解不了四平之围,而是担心林彪最擅长的围城打援战术,所以53军和新1军的行动非常谨慎,非常缓慢,几乎是走一步看三步,民主联军完全有足够的时间和兵力给四平守军以最后一击。

而四平的守军确实也顶不住了,连陈明仁本人也已将一支2号勃郎宁手枪顶上了子弹,装在衣兜里,准备随时以身殉职。他完全没有想到攻城的部队会在突然间自动退去,还他一条生路。陈明仁自然就更没有想到,半个月之后,他将携夫人一同飞往南京,接受蒋介石的亲自授勋,成为黯然失色的黄埔将领中的一颗希望之星。

包括8团在内,所有民主联军攻城部队的撤退从容不迫,没有受到任何威胁。

第6章 媒 妁

1947年秋季攻势结束后,在政治委员罗荣桓的提议下,东北民主联军改称为东北人民解放军。部队在纷纷扬扬的大雪之中,开始了休整和大规模的诉苦复仇教育。关山林和乌云的婚事在这个时候被提了出来。

8团在四平战役中打得很苦,损失惨重,2营基本上是打光了,1营和3营也各有伤亡,部队需要大量整补。1947年东北人民解放军的实力已今非昔比,部队在兵力和装备方面的补充已得到相当保障。兵力的来源主要是地方部队和解放兵,部队在兵源补齐之后,开始了长达一个多月的诉苦复仇教育运动。关山林这时心里就估摸着,认识乌云也有一年多了,也该结婚了。当时部队正驻在林口,离合江省军区很近,关山林就骑着马去找张如屏,想让张如屏替自己拿拿主意。

张如屏刚从下面检查土改工作情况回来,见了关山林很高兴,立刻叫手下的通讯员去弄点儿酒来,也没有现成的菜,炒了点儿黄豆,两个人围着炭火边喝边唠。关山林见不得黄豆,一见黄豆就要呕吐。关山林本来在炕头上坐着,看见通讯员端着黄豆进来,一抽身站起来,凶神恶煞地说,你把黄豆弄走,我恶心。张如屏很奇怪,说,你怎么会恶心,往日喝酒没黄豆,牲口饲料里你还抓一把呢。关山林站在那里不说话,浑身发着抖,脸色铁青得难看极了,半晌克制下来,就把四平战役自己吃的亏说给张如屏听,说到政委金可牺牲的场面时,喉咙里已有了哽噎。张如屏听了,唏嘘不已,他知道关山林和金可是老战友,抗战八年几乎在一起,感情上撕裂不开,金可的死对他说怎么也是一次沉重的伤害。张如屏立即让人把黄豆撤了,两人索性什么也不要,光喝酒。

几杯酒下肚,关山林热了,脱去大衣,脱去靰鞡,把靰鞡散开放在炭火边烤着,一双赤脚臭烘烘地搁在火盆上,搓着脖子上的汗泥说,老张,我来找你,想和你商量一下,你看我那事儿怎么整?

张如屏嗞地呷一口酒,问,你的什么事儿?什么怎么整?

关山林不高兴了,说,还有什么事儿,当然是我和乌云的事儿。

张如屏放下酒杯,冲关山林指了指自己的空酒杯,示意关山林给自己倒酒,又问,你和乌云怎么了?

关山林没看张如屏的空酒杯,说,我们也该结婚了吧。

张如屏笑道,怎么,急了?

关山林说,急不急的,我们也处了一年多对象了,也该结婚了。

张如屏看关山林只顾了说话,没有心思照顾自己的酒杯,就拿过酒壶斟上,端起酒杯说,你们哪里是处了一年多对象,你们统共就见了三面,没说上十句话,只能说是认识了一年多,那也叫处对象?

关山林伸手一把抓过张如屏手里的酒杯说,你不用拿话堵我,我是真处过了,馆子也上过了,公园也逛过了,不叫处叫什么?话是你说的,你当时说,乌云还小,事情得一步步办。现在乌云二十了,不小了,见过三面也好,说过十句话也好,反正我得结婚。

张如屏朝关山林伸手要酒杯,说,怎么是二十,是十九嘛。

关山林不给张如屏酒杯,说,十九进二十,吃着二十的饭,不是二十是什么?

张如屏说,那你是怎么打算的,说结就结?

关山林说,部队正在休整,我瞅着这是个机会,再过些日子,冬季攻势又要开始了,要再往后拖,拖到明年解冰后,那就更闲不下来了。东北的情况你是知道的,这仗如今只会越打越大,四平战役我就看出来了,几个纵队,十几万人一起上,到了还是没打下来。老金咱们同志快十年了,我是亲眼看着他被打烂的,他坐在那里,屁股下垫着黄豆,连叫也没叫出一声来。我琢磨着,说不定哪一仗,我也就这么光荣了。我倒不是怕光荣,革命这么些年,也算老党员了,这点儿道理还能不明白。不过,我和老金不能比,他是有老婆的人,壮烈得不亏,我长这么大,连女同志的手都没挨过一下,所以,我想早点儿和乌云结婚。

张如屏听出关山林话里的伤感,抬头看看他,看出他眼睛里的潮气,自己也不由得动了情,伸手抓过关山林手里的酒杯,将杯中酒一口饮尽,说,老关,你的心思,我是能够理解的。好,这事我来办。你放心,我就是再怎么,也一定让你把老婆讨上。

关山林听张如屏这么说,感动得不得了,说,老张,谢谢你。关山林一边说一边伸出手去,两个战友的两双大手,隔着通红的炭火紧紧地握在了一起。

关山林惦记着部队,当天就赶回林口驻地去了。张如屏说办就办,当即派人去牡丹江,把乌云从学校接回军区。

乌云不知道是什么事,被人带到政治部张主任的屋里。张如屏看乌云,人胖了,脸上红彤彤的,一双大眼睛要多精神有多精神,齐耳短发掖在帽子里,穿一套洗得发白的军装,浑身上下洋溢着一股青春活泼的朝气,比一年前又漂亮了许多。

乌云一见张如屏就挺着小胸脯给张如屏敬了个礼,说,张主任,战士乌云奉命前来报到。

张如屏笑呵呵地走上去握着乌云的手说,咱们的女学生回来了。好啊,很好。小乌你不要拘谨,小乌你坐。乌云就坐下。张如屏也在乌云对面坐下,让勤务兵给乌云端来一杯开水,又找出一些松子来,抓一把在乌云手里,让乌云嗑。张如屏先随随便便问了一些乌云在学校里的情况,乌云认真地做了回答,然后张如屏就把话题转到正事上。

张如屏说,小乌,我今天把你接回来,是想和你谈谈你的个人大事儿。

乌云没有思想准备,一时没有明白张如屏说的个人大事儿是指的什么,压根儿也没往那上面想,觉得有些唐突,又不便问,只是用一双明媚的眼睛看着首长,听他往下说。

张如屏说,原来呢,考虑到你刚来部队,年纪又小,个人的事情不便立刻处理,所以就往后拖了拖。现在嘛,组织上考虑,你的年纪也合适了,时机也成熟了,这件事,也可以考虑了,我就代表组织上找你谈谈心,商量商量,看怎么把你们的个人大事儿解决了。

张如屏这么一说,乌云才明白,对方说的个人大事儿是怎么一回事,脸立刻就红了,一直红到脖根下。乌云一明白过来就有些犯糊涂,想自己从来没有考虑过自己的终身大事,首长怎么就提出这样的事情来了呢?就算自己是独立旅惟一的女兵,部队上有这样的规定,女兵一过十八岁"年纪就合适了",就"时机成熟了",就得处理个人大事儿,组织上热情地关心,总得有一个目标吧?个人大事儿不是指一个人的事儿,而是两个人,得有两个人,这事才算有个眉目,才能算大事儿,那么,那一个人又是谁呢?这么想着,张如屏又说话了。

张如屏看乌云在那里犯着愣,就说,怎么样,小乌,你也谈谈吧,谈谈你是怎么考虑的。你放开谈,不要有顾虑,组织上考虑这事,主要还是从工作上出发,当然,生活上也是需要考虑的,组织上会考虑各方面的情况,总之是要把这件事办好。

乌云嗫嚅道,首长,我,我没有什么考虑,我从来没有想过这件事儿,我说不好。

张如屏觉得有意思,笑着说,怎么没有考虑呢?怎么没想过呢?怎么说不好呢?不能吧?这么大的事儿,当然是要考虑的,当然是要好好说道一下的。你们接触也有一年多了,他又去牡丹江市看过你,你们就没谈过这方面的事儿?

乌云想,原来首长说的是邵越呀。她一下子恍然大悟。乌云这么一明白,不知为什么,脑子里突然闪过远藤熏一的影子。她也不明白为什么就会想起自己的药理学老师。

这几个月里,远藤老师越来越表现出对乌云的好感,而且,他经常在散步时碰到在江边背课的乌云,两个人坐在江边十分轻松地说一会儿话。6月份学校因战局不稳准备撤出牡丹江,在收拾搬迁的时候,乌云和远藤熏一在一块儿捆教学设备,不知怎么的,两个人的手碰到了一起。两个人都愣住了,有些发窘。后来远藤熏一怔怔地冒出一句话,说,不知将来乌云君会喜欢上哪一个人,那个男人真是世界上最幸福的呵。乌云当时很慌乱,没有接远藤老师的话茬,事情也就这么过去了。以后远藤老师也没再提什么,倒是乌云感到有些隐隐的遗憾,想着当时自己为什么那么没用,为什么就不把话头接过来,让远藤老师说下去,说出让她更慌乱的话来,又有些期待的心情,觉得远藤老师一定会再来找自己。可是这样期待下去,远藤老师就是没来找。找也是找了,就是谈话的内容和乌云想的不一样。乌云有一回夜里做梦,梦见自己和远藤老师在一起,远藤说自己是乌云的哥哥,要把乌云带回家里去,乌云心里很难过,觉得哥哥不好,很委屈,想流泪。乌云梦醒之后发了好长时间的怔。这件事,班上两个好朋友也看出来了。白淑芬对乌云说,你发没发觉,远藤熏一对你有点儿意思呢。乌云知道她说的是什么,偏偏装傻,说,你说的是什么呀?白淑芬说,你少装傻,你精灵豆一个,还能不知道这个?乌云说,我就是不知道嘛。白淑芬说,你是真不知道还是假不知道?你要真不知道我就告诉你,他是看上你了。乌云红着脸说,别瞎说,瞎说烂舌头。白淑芬说,什么烂舌头,你以为我支持你呀,我才不支持呢。远藤熏一是日本人,小日本欺负咱们这么多年,欠下咱们多少民族血债,如今他打败了,他还不甘心,还想变着法子来占咱们的便宜,他是怎么想的。德米在一旁说,你这是什么话,日本侵略咱们,那是日本军国主义和政府干的,和老百姓没关系。日本的老百姓也是受苦受难的,怎么能混为一谈呢?乌云你别听她的。白淑芬说,好哇,德米你这是什么思想,我看你这种觉悟十分危险,你可是解放军的战士,怎么能帮着小日本打咱们姑娘的主意?乌云见她俩越说越没有谱,又气又急地捂住耳朵说,你俩别争了,这都是哪儿跟哪儿呀,别人心里根本就没想过这事。乌云这么说,其实也真没敢有太多的想法,学校里学习很紧张,容不得她有太多的时间和精力去考虑这种事,她是抱着听其自然的态度来对待这件事情的。现在这件事终于被提出来了,可是对方却不是远藤老师,而是小邵。部队首长根本不知道远藤这个人,所以首长不会提到远藤。不知为什么,乌云心里有一种失落的感觉,有些替远藤抱不平。

乌云当然不可能把心里的想法告诉张如屏,只是赶走脑子里的念头,对张如屏说,首长,我确实没考虑过。他去牡丹江,主要是给我送东西,我们没有谈过这件事儿。

张如屏呵呵地笑,说,你看你,小乌你看你,你还想对组织上打埋伏。怎么主要是送东西?送东西,那是次要的,不是主要的。主要的,他早就给组织上汇报了。你们不是在一起吃过饭,逛过街,还一起逛过公园吗?你想想,在一起呆了那么久,干了那么多事儿,哪能不谈谈个人问题嘛。不谈个人问题,那你们谈什么?

乌云低头着,捏着衣角,害羞极了,心里想,这个小邵,也真是,怎么可以对组织上瞎说呢?就算在一起吃过饭,逛过街,逛过公园,也不能说什么都谈过了呀。何况,就算有什么事儿,这种事儿也向组织汇报,也太那个了吧。乌云说,首长,我们是在一起吃过饭,逛过街,也逛过公园,但我们在一块儿只谈部队上的事儿,真的没谈过别的什么。

张如屏看出乌云不是掩饰的人,就说,真这样呀? 真这样那不能怪你,应该怪他。都一年多了,他都干了些什么? 庄稼也收两茬了,还老嫌地荒着,自己不把握嘛,怪得了谁? 张如屏摸着下颏想了想,问乌云,这么说,这件事,你们俩人谁也没把窗户纸捅破,对吧?

乌云臊得慌,咬着嘴唇摇摇头。

张如屏说,你看这事弄的,不是被动了吗?

乌云盯着自己的鞋尖小声说,首长,不被动,一点儿也不被动。我还小,现在还不想考虑这种事。

张如屏说,你岁数是不算太大,可他年纪不小了呀,人家在他这个年纪上,娃都抱上好几个了。

乌云有些犯糊涂,抬起头来看张如屏,说,首长,他不才二十出头吗? 难道部队上也兴这个年纪就抱几个娃的?

张如屏盯着乌云,好半天才问,你说谁呀?

乌云发觉不对,也盯着张如屏说,首长说的是谁呀?

张如屏说,还能是谁? 当然是你们关旅长了,难道还能有别的人?

乌云脸上腾地涌起红晕,脱口道,我还以为首长说的是小邵呢。

张如屏一愣,说,怎么会是小邵? 小邵他菜瓜刚起蒂儿,早着呢,你怎么会想到他? 这事怎么会弄成这样?

这一下,两个人才明白事情全给弄扭了,两人说的根本就不是一回事。张如屏便从头问起,这才弄清楚,原来乌云到了独立旅,再从独立旅到学校,期间关山林根本就没有对乌云提到任何关于这方面的事儿,别说没提到过这方面的事儿,甚至连马路和公园也没逛过,逛过的是邵越,和关山林没关系,关山林和乌云差不多连话都没说上几句,从头到尾,关山林只是一厢情愿,人家姑娘还蒙在鼓里呢。把事情弄清楚了,张如屏哭笑不得,心里想,老关呀老关,你这都是怎么搞的,自己老大一把年纪,人家姑娘在身边呆了一年多,结果还是个局外人。就算这样,就算这事儿没捅破,你也不能瞎吹牛吧,说什么上馆子呀,逛公园呀,说得挺邪乎的,弄得大家都信了,害得自己差点儿没做个乱点鸳鸯谱的乔太守。

乌云这个时候呆呆地想,怎么会是这样?怎么会是自己和关旅长的事儿?自己被部队招来当兵也只一年多时间,也没说是和关旅长处对象呀?谁也没有告诉过自己呀?再往回一想,自己到部队上,怎么见的旅长,怎么安排的工作,怎么去的学校读书,首长又怎么去牡丹江看自己,这么一想,就全明白过来了。乌云明白过来了,心里就像打翻了五味瓶,不是个滋味儿。对于关山林,乌云是非常敬佩的,人家是大首长,大英雄,当过红军,爬过雪山,走过草地,打过仗,负过伤,是战士们心目中崇拜的偶像,要论贡献和地位,是乌云可望而不可及的。但是,说到处对象,说到结婚成家,那又是另外一回事儿了。乌云就算是从乡下出来的女孩子,就算是一名刚参军不久的女战士,对个人问题就算没有细细地琢磨,也不是没有一丁点儿考虑的。关山林三十五六岁了,年纪怎么说也是一大把了,又不太爱收拾,看着胡子乱糟糟的,皮肤又黑又粗,人显着老气,要放在别处,这是有经历、老成,若放在对象上来考虑,怎么也让人不能接受,两个人站在一起,倒像是父女俩一样,叫人怎么说?这是其一。其二,过去没人对自己提起过个人的终身大事,自己也不曾有时间精力来考虑,现在既然提起了,乌云就不可能不想到对自己心思的人。那个人,怎么就不是远藤老师?怎么就不是小邵?怎么就偏偏是关旅长?如果是远藤老师,乌云也许不用考虑就会一口答应下来。如果是小邵,乌云也许考虑一下就会答应下来。而组织上对自己提出的那个人,却是自己没有丝毫念头、没有丝毫精神准备的。乌云一时被堵在那里,怎么也理不清自己的想法,只觉得心里乱糟糟的,理不清个子丑寅卯来。

乌云心里想什么,张如屏不知道,但张如屏知道自己该做什么。张如屏弄清楚了情况,身子坐正了,摆出一副从头开始的架势,说,小乌,过去咱们没把情况弄清楚,现在咱们弄清楚了。弄清楚了就好,弄清楚了,咱们就可以把它解决了。你先说说,你对关旅长——现在是关团长,有什么意见没有?

乌云坐在那里不说话,低着头搅着手指头。

张如屏看她那个样子,不说也知道,事情来得突然,人家女同志没有精神准备。照说,也应该让她认真地想一想。张如屏是个文化人,又长期做政治思想工作,不是那种不通情达理的人,可是事情被提出来,也没时间让人平心静气地捉虱子了。关山林说得对,部队说动就得动,哪有什么时间让人反复琢磨呢。

张如屏耐心地说,小乌同志,我知道你没有心理准备,这事乍一提出来,一时有些琢磨不过来,也许还有些不好意思。其实嘛,这事也没有太多好想的,关团长的情况是很清楚的,他十六岁参加赤卫队,十八岁参加红军,觉悟高,立场坚定,对敌人狠,对同志亲,打仗勇敢,大大小小立过十几次战功,不管在什么地方,他都是我们党的骨干,是党信得过的好同志。组织上之所以考虑你和他的事,也是对你的情况做过了解,认为你们的条件相当,认为你们是合适的。结了婚,成了家,一方面,你可以帮助组织上照顾好关团长,让他能安安心心打仗,解放全中国;另一方面,你也可以从他身上学到很多好传统。你们夫妻俩比翼双飞,共同进步,这是一件大好事,是组织上对你的信任。你看,这样说,咱们就把一切事都说清楚了吧?现在就差你的一句话了。

张如屏看乌云,等着乌云表态,可乌云不说话,仍然低着头搅手指。

张如屏说,乌云同志,你表个态,表个态这事就成了。你不要不好意思。我刚才说了,这是好事,既然是好事,有什么不好意思的呢？

乌云没动静，坐在那里，头越来越往下低。

张如屏有些急了，说，你说话呀，你怎么不说话？你不说话，组织上就不好办了。你不能让组织上不好办，不能让组织上为难。我们刚才已经把情况说清楚了。我们简单一点儿，这件事，你是同意还是不同意？你同意，就说同意。你不同意，就说不同意。

张如屏说完，就等乌云表态。他又等了好长一段时间。他开始觉得这事有些棘手了，不那么好办了。他在想，看来问题不那么简单呢。他想，自己是不是应该还说点儿什么，或者也许得考虑改变方案了。他正打算开口，乌云低着头说了一句什么，他没听清。

张如屏问乌云，你说什么？

乌云抬起头来说，首长，我同意。

乌云说完这话，眼眶里噙着的两颗泪珠儿扑簌簌地落了下来。

张如屏一拍巴掌高兴地说，你同意好嘛。你同意就好了嘛。你同意，事情就简单了嘛。小乌你不要哭。小乌你哭什么呢？这是件大喜事，应该高兴，怎么你倒哭起来了？

张如屏不说还好，一说，乌云眼泪刷刷地就直往下淌，再也止不住，她索性就坐在那里，低着头，搅着手指头，呜呜地放声大哭起来，把个张如屏，哭得丈二和尚摸不着头脑，不明白她到底出了什么事儿。

第7章　大雪中的小木屋

张如屏当天留乌云吃了一顿饭，然后派人送她回牡丹江。

在吃饭的时候，张如屏和乌云商量了结婚的事。说是商量，其实一切都是由张如屏代表组织上决定下来的。张如屏说，既然事情定下来了，乌云你也同意了，咱们别拖，部队上的事，说忙就忙起来了，没有太多的时间和精力去考虑，结婚的日期，我们干脆就定在五天之后，地点就在军区，仪式由军区政治部张罗。你和老关来人就行，先把家成了，缺什么，以后慢慢再考虑。

乌云哭过一场，心里舒坦多了，只是没胃口，菜没怎么吃，饭只吃了一小碗。至于结婚的事，既然组织上已经决定了，自己也点了头，婚什么时间结、怎么结，对她来说其实都是一样。在整个吃饭的过程中，乌云都没有说话，张如屏说"定在五天之后"她没有说，张如屏说"先把家成了"她也没有说，只是最后吃完饭离开军区上车之前，她对张如屏提了一个小小的请求，结婚那天，部队不要用车去学校接，也不要告诉学校她要结婚的事儿，她自己回来。张如屏不同意，说怎么能让你自己回来呢？你是关团长的未婚妻，结了婚，你就是关团长的妻子，大老远的，部队让你自己回来，这像什么话？乌云坚持不让去接，说如果要去接她她就躲起来。张如屏看乌云态度很坚决，不像那个抹着眼泪说同意的小丫头，这才勉强同意了。张如屏到最后也没弄明白，乌云之所以不让车去接，是不想让学校里和同学们知道了这件事。乌云不想让人知道她要结婚了，她是不想让远藤老师知道了。乌云抹不开那个脸。

乌云回到学校，先悄悄一个人找学校里请了假，只说部队五天后有重要的事情，自己必须赶回部队，没说别的。对关系最好的白淑芬和德米，乌云也只字没提她要结婚的事。那几天，乌云总是走神，上课也发呆，吃饭也发呆，像是掉了魂似的。再就是一见到远藤老师，就没来由地一阵心跳，老是忍不住要多看他几眼，又不敢真看，远藤老师一过来，乌云就往一边躲，好像怕那个英俊而略带着一些伤感的青年人。

乌云的这些反常表现，别人没觉察出来，德米觉察出来了。有一次两个人单独在一起的时候，德米问乌云，你这两天老是心神不定，没出什么事吧？乌云吓了一跳，掩饰说，我出了什么事？我怎么心神不定了? 德米说,还说呢,你看你这样子,就像做了什么亏心事儿,给人捉住了似的。乌云强作笑脸道,你做了亏心事儿,你才给人捉住了呢,我没做亏心事,我怕谁来捉? 德米说,乌云,你平日总是很快乐,老远都能听到你的笑声,这两天,你老是发愣,也不笑,也不唱歌了,究竟发生了什么事儿,让你这个样子? 乌云急得赌咒发誓说,真的没什么事儿,我不骗你,骗你是小狗! 德米见乌云赌咒发誓都用上了,用她那双蓝眼睛看着乌云,良久才轻轻地说,其实谁心里没点儿事儿,你不说,我也不打听。乌云,你记着,你要有什么需要我帮忙,就对我说,别忘了,咱们是好朋友。乌云感激地抓住了德米的手,点了点头。

五天的时间很快过去了。第五天清晨,天还没亮,乌云就早早地就起来了,换了一身干净的衬衣,换了一套干净合身的军装,洗了脸,刷了牙,仔细地梳过了头,照了照小镜子,看见自己在镜子里的模样干净又整齐,这才收拾好东西,也没惊动任何人,蹑手蹑脚出了门。

乌云走过学校教职工宿舍的时候,不知怎么就站住了脚。她朝远藤老师住的那两间房子看去。她看见远藤老师房间里亮着灯,有人走来走去,还有洗脸刷牙的声音,然后是理智和她哥哥说什么话的声音。远藤大概说了一句什么有趣的话,惹得理智格格地笑。乌云的心好一阵跳,她埋下头,快步地从屋前走过,出了校门。

婚礼是在军区的礼堂里举行的。证婚人是省委书记张闻天和军区新任司令员贺晋年。主婚人是张如屏。关山林一大早就骑着马带着邵越和靳忠人赶到军区。关山林那天着意修饰了一番,胡子刮得干干净净,下巴修整得像是一块刚出泥的青萝卜,换了一身只下过一水的新军装,绑腿也是新的,皮带上的手枪擦拭过,着意吊出半尺长的红绸布来,显得威武精神。

张如屏笑道,老关,你今天是新郎倌儿,你又是带枪又是带兵,搞得像抢人似的。

关山林呵呵笑道,你算说着了,我今天就是抢人来的。我寻思着,要是今天你老张不让我把婚结了,我就真动手抢。

张如屏看关山林猴急的样子,乐着说,你急什么,就算人来了,你也不能立时把人关到洞房里去呀。我们操劳了这么久,酒还没喝,等我们喝了酒才轮到你的事儿。今天你做好准备,我打算组织人闹洞房呢。

关山林这个时候不显摆英雄了,放下架子求情说,老张你行行好,你把事情弄简单点儿,别闹复杂了。

张如屏悠悠地摆谱说,这件事嘛,待会儿我和大家研究研究,简单也好,复杂也好,就不干你的事儿了。

等到天擦黑,乌云到了。乌云是搭一辆顺路的大车来的,经过一路的风,脸儿红扑扑的,越发显出水色来了。和关山林一见面,两个人都很拘束,感到不好意思。大家就笑,说关团长和小乌你们有什么不好意思的,你们革命已成功了一半,再过一会儿你们就该共同进步了,多好的事呀。张如屏把大家止住,说,收起来收起来,首长都在礼堂等着呢,咱们先办仪式,有什么话待会儿让你们说个够。

仪式不复杂。先是首长讲话。张闻天和贺晋年都发了言,无非是做革命伴侣,共同杀敌,共同进步,这种话说了不止一回,词儿都背下来了,顺嘴。张闻天还代表省委送给乌云一个笔记本,算是送给新娘的礼物。然后是新郎新娘讲话,介绍恋爱经过。恋爱没有经过,虽说两人认识了一年多时间,组织上认定的时间比这还要早一些,但毕竟不曾真正有过什么经历,若有,也只是关山林一个人的事,与乌云无关,不能算经过。主婚人张如屏见机行事,把这个环节省了。

往下是新郎新娘发言。新郎发言很简单,关山林嘴拙,平时不怎么爱说话,关键时刻也能说几句,比如争任务的时候,或者冲锋陷阵的时候,可到这个时候就不行了,只知道一个劲儿地搓着大巴掌傻笑,一副摩拳擦掌的样子。在大家的追逼下,只说了一句感谢党、感谢组织的关怀就完了。倒是乌云,人显得比关山林大方,虽然害羞,没有准备说什么,在大家的要求下,仍然涨红着脸说了一段话。乌云说,我是一个不懂事的苦孩子,是共产党把我一家人从苦水里救出来,是部队接受了我,让我参了军,成了一名光荣的革命战士。如今组织上要我和首长结婚,我感谢组织上的关怀,一定不辜负组织上的希望,好好服侍首长,努力向首长学习,争取成为一名合格的革命战士。大家都笑,说,小乌真会说话,说得一套一套的,就是不该一口一个首长,夫妻之间,哪里有什么首长,今天这个场合,应该叫爱人才对。说得乌云一张俊俏的脸臊得像红布,坐下去就低着头再不做声了。

接下来的仪式是新郎新娘敬礼。先向马恩列斯毛朱的照片敬礼,再向到场的首长和战友们敬礼,再是新郎新娘对敬。关山林平时大大咧咧,从来不听吆喝,今天很老实,叫敬都敬了,规规矩矩的,一个没落下。

仪式到这里本来就结束了,剩下的事就是大家在一起吃一顿饭。但是吃饭只安排了首长和相关人员吃,其他的人就不干,说还要加一个节目,让新郎新娘两个人一起咬山楂果。大家闹哄哄地把山楂果用一根线拴住,吊在中间,让两人一起咬。乌云很大方,叫咬就咬。关山林却说什么也不干,涨红了脸,差一点儿就急了,到了没咬成。还是乌云晓事,一个人把那枚山楂果咬进嘴里了,解了关山林的围。

吃饭就在军区小灶安排的。张如屏特意叫加了几个菜,准备了不少酒。张如屏给关山林说,果子你不咬就算了,酒你得喝。凡是参加吃饭的,你和小乌都得敬到。你们这事儿组织上从上到下都操了不少心,可以说是一场大战役了,你要不敬到,你就太不讲阶级感情了。

喝酒不是咬山楂果儿，关山林不怕，果然就一个一个敬，而且一人一律敬两杯，喝得豪爽利索。乌云不会喝酒，但关山林敬酒，她不能不跟着敬，酒喝过一巡，确实喝不下了，有心让关山林帮着喝，拿眼神关照了他好几次，但他一点儿反应也没有，当着人，又不好说出口，情急之中，只好借着喝酒的时候，故意往身上酒，把胸前的一朵大红花，浇得水洗似的。张如屏眼明，说，小乌，小乌你怎么十冬腊月的出汗呀？瞧把衣服汗湿成这样。这话把乌云臊得不得了。

一顿饭吃了两个钟头，吃得大家都一头大汗，玩笑也开了不少。后来大家要乌云唱一首歌，乌云不推辞，大大方方唱了一支蒙古族歌曲，大家都鼓掌，说小乌唱得好，胜过奉天的张秀云。

关山林没听乌云唱歌，在乌云唱歌的时候，他把张如屏拉到一边，说，老张，咱们同志多年，咱们也不说什么客套话，有件事你给帮帮忙，今天晚上，你别搞什么闹洞房了，好不好？

张如屏笑眯眯地看着关山林，说，你想怎么着吧？你说个理由出来。你若有理由说服我，那就成，若没有理由，洞房就还得闹。

关山林装了一肚子酒，脸如关公，气也粗了，说话嗓子也直了。他说，老张，我关山林放牛娃出身，打小受苦，长大了参加革命，打了半辈子仗，死也死过几回，从来就没曾想过这一辈子还能讨上老婆。如今老婆让我讨上了，这一辈子也算圆满了。我这次回来结婚，是把部队撂在那儿，结完婚就得往回赶，赶回去，还不知会怎么样。老金的事你是知道的，他是当着我的面给生生打烂的，说不定什么时候，我就和老金一样壮烈了。死我不怕，我就想今天这个百年之好的日子里能有个团圆，所以，你就让我和乌云今晚有个囫囵的日子吧！

关山林说得动了情，眼珠子都红了。张如屏听得也动情，一边听，一边就把一张微笑的脸肃穆下来。听完，看了关山林半天，说，老关,你的心情我理解。好吧,你不用再说什么了,就依你,今晚咱们不闹洞房了。我让人在屋外给你布个哨,你和乌云,你们就安安心心地好你们的吧!

关山林感激不尽地说,老张,这我就向你敬礼了。我也没什么能感谢你的,待我回了部队,多杀几个敌人来报答你吧。想了想又说,还有一件事,我的警卫和马夫,他们跟着我不容易,吃了不少苦,今天是我的大喜日子,你给弄几样菜,弄一瓶酒,也让他俩醉一场,就说我关山林谢他们了。

张如屏红了眼圈说,老关你放心,这事我一定办好,就算把我的马杀了,也给他们添两个菜。

张如屏说完就去布置,让人把邵越和靳忠人招待好;又去通知人,今晚该干什么干什么,闹洞房的计划撤销了。

大家听说洞房不闹了,都很遗憾,特别是那些年轻点儿的干部,早早就准备了一些精彩的乐子,说不让闹了,都失落得很。张如屏叹口气,说,省着吧,要真想闹,以后找一个在后方待着的人闹,闹三天三夜也行,老关他们在前面打仗,时间金贵,就饶了他们吧。大家听张如屏这么说,都理解了,一个个过来和关山林握手告别,都散了。

这中间出了一件事,就是乌云的哥哥巴托尔。在独立旅整编成 8 团的时候,巴托尔的骑兵连留在了合江军区,划归在军区警卫团编制下,没有跟着关山林走。对妹妹乌云和关山林的婚事,巴托尔是始终不知道的,只是乌云和关山林结婚的头一天,张如屏才通知了他,并和他商量,是否把他父母从伊兰接来,参加关山林和乌云的结婚仪式。巴托尔听说乌云要嫁给关山林,大吃一惊。巴托尔在关山林手下干了两年多骑兵连长,对关山林打仗方面的能耐是佩服的,但是他不喜欢关山林。关山林火暴脾气,粗野,爱骂人,而且关山林没有多少文化,又不像旅里别的几个首长那么爱学习。别的首长一空下来就找书来看,看《矛盾论》、《实践论》、《反杜林论》,最不济,也看一些《七侠五义》之类的话本。关山林不看,有空宁愿下部队汗流浃背地帮着战士下操,也不肯看书。关山林一看书就打瞌睡,但他不说他一粘书就爱犯困,而是说,老子红军随营学校、抗日军政大学都念出来了,老子双料大学生,还识个什么破字?

巴托尔听说妹妹要嫁给关山林,心情很复杂,但乌云和关山林的婚事是组织上安排的,他再有意见也是白搭。妹妹结婚是终身大事,巴托尔不来不好,他来了,但他坚决反对把自己的父母接来。这样,张如屏也不好坚持,这种事,不能靠组织上的行政命令来解决。巴托尔作为乌云的亲属参加了婚礼,在婚礼仪式上,他自始至终板着脸坐在那里,要他说话他也不说。吃饭的时候,他坚决不肯留下来,只把妹妹乌云拉到一边,嘱咐妹妹自己多保重,成了家,做了人家的老婆,不似在家做姑娘时,一切都不可再任性。巴托尔叮嘱完,红着眼圈骑上马走了,乌云和张如屏怎么留也没能留住。

饭局终于散了。军区和省里的首长们忙,和关山林、乌云握了手,说今后你们两人要团结起来,共同进步,然后各自上车走了。其他的人,也都打着酒嗝离去了。张如屏平时很周全的人,这回也没理首长们的碴,谁爱走谁走,也不送,自己领路,把关山林和乌云两人领到新房里。

新房是专门布置出来的一间小木屋,张如屏特意叫战士把新房打扫得干干净净的,把炕烧得暖暖的。外面下着大雪,一进屋暖得就穿不住大衣。屋里布置得很简单,除了一张炕,另外有两张凳子,一个马扎子。炕上有两床新棉絮,窗户上贴了一对囍字窗花。马扎上放着一个簸箕,里面装着花生、红枣、榛子、冻梨,是用来待客的。

张如屏抱歉地对关山林说,老关,事情来得太急,本想好好给你们布置一下,弄得体面一点儿,大家再热闹热闹,现在也只能这样了,你担待点儿。

关山林感激地说,老张你别这么说,我和乌云的事儿全靠你周旋,你算我们的半个月老,我感激还来不及呢。再说,这屋子够阔气的了,想想我那些现在还躺在林口雪窝子里的战士,想想老金,我这已是共产主义天堂了,还有什么不满意的。不说别的,这辈子能在这样的新房里躺一夜,赶明天壮烈了都值!

张如屏说,老关你快打住,我知道你大喜之日,心情激动,但是也不能放马由缰地胡说。你给我好好过你的新婚之夜,好好地多住些日子,咱们那么苦的日子都熬过来了,咱们眼见已熬到共产主义的门口了,还不争取好好活它一把呀。行了,良宵夜短,这里没我的事儿了,我也该知点儿趣,早早走人。

张如屏说罢,又转身笑眯眯地对一旁的乌云说,小乌,我今天可是看在老关的面子上,替你打了掩护,明天你和老关得回请我。菜我准备,酒钱你们掏,明天你就是喝醉,也得敬我三杯。

乌云拘谨地说,首长,那我明天说什么也敬你。

张如屏说,别叫首长,照今天这场子,我该叫你弟媳妇。三天之内,爱叫你叫我哥,不爱叫你叫我大名,咱们过了三天再照规矩办。好了好了,我得走了,再说下去,这夜又短去一分,遭人骂。

张如屏笑嘻嘻地说着出了门,一会儿又推开门探进脑袋来说,老关,门口我已给放了个岗,下命令天王老子也不许来打搅你们,你们就放心歇着吧,啊?然后收回脑袋,把门带死,咔嚓咔嚓踩着院子里的积雪走了。

张如屏走了,屋里就剩下关山林和乌云俩人。一时间,两个人都没话说,呆呆地站在那里。屋里有一股淡淡的木头和新棉絮的味道,很好闻。炕烧得烫烫的,两人刚进屋时就脱了大衣,这时关山林仍然觉得身上发烧。他呆呆看乌云,乌云有些紧张又有些拘谨地站在那里。因为结婚穿了一套新军装,军装很合身,衬托出她好看的腰身。她的脸蛋红红的,因为喝了点儿酒,眸子里明亮如星,比往常更多了一份俊俏妩媚。

屋里很静,两人呼吸声可闻。

关山林站在那里,知道今夜这个沉默得由自己来打破,他用力搓了搓大巴掌,开口道,咱们坐下说话吧。关山林说着,自己先在一张凳子上坐了下来。乌云先是犹豫了一下,也在另一个凳子上坐了下来。两人坐在那里,隔着有好几尺远。关山林看乌云。乌云把脸转到一边,看地上。关山林忙收回视线,没来由的,头上渗出了汗珠子。

关山林说,屋里真热。

乌云低着头,没答话。

关山林说,老张他把炕烘得太热了。

乌云瞄了一眼静静的土炕,目光停留在那两床印着鸳鸯鸟儿的新棉被上,立刻红了脸,收回视线,头埋得更深。

关山林说,首长和同志们太热心了,我都出汗了。

乌云抿着嘴偷偷笑了一下,但她很快又住了那笑。

关山林说,你的衣裳都让酒给染了。

乌云低头看自己衣襟,衣襟上别着的大红花被酒浸褪了色,在胸口上洇了一大片。她连忙用手去护住胸口,但她发现那个动作太幼稚,连忙把手拿开,脸上红得像熟透了的山楂果。

关山林关心地说,把衣裳脱掉,换换吧,看捂一身酒味。

乌云低着头小声说,待会儿,待会儿再说吧。

乌云这么一说,关山林就没话说了。两个人又沉默了,听屋外有哨兵在雪地里来回走动的声音,听炕洞里柴火噼啪燃烧的声音,听马灯里火星子爆裂的声音。

又坐了一会儿,关山林小心翼翼地问乌云,你累不?

乌云点了点头,又摇了摇头,抬眼迅速看了关山林一眼,又把眼睛埋下。

关山林咽了一口唾沫,说,天不早了,咱们,咱们歇着吧。

乌云坐在那里，一动没动，连呼吸都像是没了。

关山林见乌云没动，不知她是什么意思，硬着头皮又坐了一会儿，就站起来，往炕边走去。走到炕边，坐下，脱鞋，脱衣服，拉过新棉被，准备上炕。

正在这时，乌云突然叫道，别忙。

关山林一愣，不知乌云叫什么，转过脸来看她。

乌云从凳子上站起来，朝这边走，但不是朝炕边走，而是走出屋去。

关山林不知乌云要干什么，坐在炕边心神不宁地等。过了一会儿，乌云进来了，手里端着一盆热水，走到炕边，把水盆放下，埋了头不看人，轻声说，洗脚吧，哪有不洗脚就歇下的。

关山林有些发怵。从十几岁当兵打仗起，脚是洗过，但那都是行军走路走乏了，烫烫脚，解个乏，若不是这个，没有谁洗脚，平时歇下，身子一歪就睡，哪里还有洗脚的习惯，如今乌云叫他洗脚，让他突然感到一种温暖的关心和照料，也有了一种陌生的约束。

乌云见关山林呆在那里，就蹲下身子来，把他的脚从炕上拿下来，放进热水盆里，然后一双手放进水中，轻轻替他洗起来。她的动作很轻，手滑腻而柔软，随着动作，有一缕柔软的头发滑落到她光洁的额前，使她显得那么温顺动人。

关山林心中涌起一股强大的暖流，眼圈红了。他猛地俯下身去，从水中捉起乌云的一双手，激动地说，我来，我自己来。

乌云要从关山林手里抽出自己的手，说，你累了，你歇着，我来吧。这事本来就该我做。

关山林不让乌云抽去自己的手，用力晃着她的手说，不，这事不该你做。咱们是革命同志，咱们不兴老百姓那一套，不兴谁侍候谁。

乌云睁了一美丽的大眼睛说，那怎么行，那，你娶我干什么？

关山林急了，说，我娶你，我是和你过日子，我不是要你给我做丫鬟！我关山林放牛的苦孩子出身，我能有今天，我能娶上你这么个俊媳妇，我该满足了！我再使唤你，我不成了地主老财了？

关山林把乌云的手紧紧拽住，埋在怀里。他的脸膛上满是红光。他的豹子眼异常明亮。他的额头上往下淌着大颗的汗珠子。他呼吸急促地说，乌云，我打小起当兵打仗，在枪子中钻了二十年，打当兵那天起，我就把脑袋拴在腰袋上了。看着身边的同志一个个倒下，我也没少挨枪子儿，这一辈子，我就没想过能娶上媳妇，能有成家这么一天。掏心窝里的话说，我喜欢你，一见你的面，我就喜欢上你了。我感激组织上对我的关心，感谢组织上替我做媒娶了你，现如今我只想着两件事，一件是从今往后好好带兵打仗，报答革命，就算把命豁上，也在所不辞！一件是这辈子好好待你，只要不叫枪子儿撵上，就做一辈子你的丈夫！

乌云先前被关山林捉住手，心里一阵慌乱，后来听关山林说了那么一番话，一下子就被感动了。想着虽说关山林年纪比自己大不少，资格比自己老，是英雄，是首长，但也和自己一样，是穷苦出生，要论根子，俩人原是一根蔓上结的瓜。听他说得激动，自己也受了感染，后来又听关山林说到把命豁上的话，乌云急了，用力抽出一只手，上去就捂着了关山林的嘴，说，别说这个！快别说这个！今天什么日子，怎么能说这个！

关山林说，这就是一个比方，我是要你明白我。

乌云轻轻地说，我明白。我都明白。你放心，我心里明白，组织上要我嫁给你，是组织上对我的信任，也是我的福气，打今儿往后，我会努力向你学习，也会好好替组织上照顾你的。

关山林听乌云这么说，激动得什么似的，有满腹的话要说，却不知该怎么说，一用劲，就把乌云搂了过去。

乌云挣扎着要从关山林怀里解脱出来，说，别忙，我还没洗。等我收拾一下，身上埋汰呢。

那天夜里雪很大,屋外的哨兵抗不住,躲到马厩里避雪去了。

鹅毛大雪无声地飘舞下来,将小木屋严严实实地掩盖住了。

那天夜里关山林将滚烫的土炕变成了他另外的一个战场,一个他陌生的新鲜的战场。他像一个初上战场的新兵,不懂得地势,不掌握战情,不明白战况,不会使唤武器,跌跌撞撞地在一片白皑皑的雪地上摸爬滚打。他头脑发热,兴奋无比,一点儿也不知道这仗该怎么打,只是凭着矫健、英勇、强悍、无所畏惧、使不完的热情和力气没头没脑地发起冲锋。在最初的战役结束之后,他有些上路了,有些老兵的经验和套路了。他为战场的诱人之处所迷恋。他为自己势不可挡的精力所鼓舞。他开始学着做一个初级指挥员,开始学着分析战情,了解战况,侦察地形,然后组织部队发起一次又一次的冲锋。他气喘吁吁,大汗淋漓,精神高度兴奋。他看到他的进攻越来越有效果了,它们差不多全都直接击中了对手的要害之处。这是一种全新的战争体验,它和他所经历过的那些战争不同,有着完全迥异但却其乐无穷的魅力。他越来越感到自信。他觉得他天生就是个军人,是个英勇无敌的战士。他再也不必在战争面前手足无措了,再也不必拘泥了,再也不会无所建树了。对于一名职业军人来说,这似乎是天生的,仅仅一夜之间,他就由一名新兵成长为一位能主宰整个战争局面的优秀指挥官。

乌云始终温顺地躺在那里,直到关山林把战争演到极致,直到关山林尽兴地结束战斗,翻身酣然入梦,她都一动不动。后来乌云悄悄地移开关山林搭在她身上的胳膊和腿,悄悄地爬起来,穿上了衬衣。她在炕沿上坐了一会儿,听着身边的关山林发出香甜的心满意足的梦酣声,然后起身,轻轻走到窗前,站在那里透过窗玻璃朝外面看。

屋外大雪纷纷,雪花在空中飞舞着,在黑夜中发出幽蓝色的光泽,落到地上的积雪之中,就像消失了一样无踪无迹。乌云着迷地站在窗前,看着那些轻盈的雪花在窗外飘舞翻飞。她发现,雪花只有在无所着落的空中才是有生命的。乌云想，这一切都像是一场梦一样，一年多以前，自己还是个年少无知的穷人家闺女，虽说家无隔夜粮，世道又乱，但自己是家里最小的孩子，在父母兄长中使气撒娇的快乐还是有的；几天之前，自己还是个无忧无虑的女战士、女学生，虽说军龄和学龄都不长，但自己聪明好学，无论什么事都做得让人夸奖。可仅仅是一天之中，自己就完成了人生的一件最重要的大事，做了人家的妻子。这里面有许多的不能接受、许多的不情愿、许多的委屈、许多的遗憾，全让这漫天的大雪给掩盖了，说不出，也不会再让人知道了。从此以后，自己做闺女、做一个无忧无虑的女学生的日子就结束了，再也不复存在了。从此之后，自己就有了一个新的责任、做妻子的责任，要去扮演一个自己陌生的角色了。她还来不及适应这一点儿，还来不及整理好自己的心绪，还说不上从容。但是，乌云毕竟是从穷苦人家出来的女孩，她知道自己早晚是要做人家媳妇的，她明白自己作为一个女人要去做的事，要去尽的义务。她现在站在那里，站在新房的窗前，看着窗外飘飘洒洒的幽蓝色大雪，安静地在心里对自己说，我如今已经不是一个女孩子了，我如今已经是做了人家妻子的人了，从今以后，我一定要好好的，让丈夫满意，让组织上满意。

乌云这么想着，不知道自己在窗前站立了多久，然后她才悄悄地走回去，重新脱去衣裳，在炕上躺下。她躺在那里，在黑暗之中瞪着眼睛，看着屋梁，听哨兵在屋外的雪地里跺着脚，听马匹在马厩里懒散地翻动夜草，听关山林在身边响亮而又舒畅地打着响酣。

远处，有第一声鸡鸣传来。乌云明白，她的新婚之夜已经过去了。她轻轻地拉过被角，蒙在脸上，两串泪水，无声地顺着耳侧滚落下来，迅速地洇溇进崭新的棉被里去。

关山林和乌云在合江军区又待了一天。这一天，关山林的一些老战友听说关山林结婚了，在家的，都骑上马坐上车赶来了。有的是认识乌云的,免不了要开个玩笑,说个笑话;有的不认识乌云,一见新娘的面,先是发一阵愣,然后把关山林拉到一边,酸溜溜地说,你狗日的,弄这么个年轻俊气的女同志做老婆,知道的是老婆,不知道的还当是闺女,你也不怕伤天害理?

关山林心里明白那话是嫉妒了,愈发是要摆谱,哈哈笑着,大声嚷嚷着要乌云给人倒水拿花生。但水和花生不能最终解决问题,大家都是枪林弹雨中出生入死的战友,水和花生哪里显得出深厚的阶级感情?到后来,都闹着要喝喜酒。

关山林也爽快,让邵越取了早已备好的票子,拉上张如屏,一行人去了镇上的饭馆,好菜好酒闹了一大桌。都是割头不换的战友,大家都为关山林高兴,话没少说,酒没少喝,结结实实闹了一大通。关山林心里高兴,别人找理由和他喝,他没理由也找人家喝,见乌云不能喝,凡敬乌云的酒,他都一概代了,喝得豪爽酣畅。乌云在一边,看着关山林那么猛地喝酒,心里过意不去,怕他喝醉了,借着大家没注意的工夫,拉拉关山林的衣襟,小声说,别喝得太猛,你也吃点儿菜。大家哪儿能不注意,都注意到了,就起哄,说,你们才做了一日夫妻,你们一个护犊子,一个犊子护,你们就只讲夫妻恩爱,不讲同志感情,你们还让我们活不活了?关山林呵呵笑着,说,好好,就算我媳妇这话不该说,就算这话打击了你们的阶级感情,我认罚,我代媳妇喝一碗。说罢,不用人劝,自己倒上一大碗酒,端起来,一扬脖咕咚咕咚地就灌下去了。大家说,你代乌云的,那你自己的呢,你也不能当逃兵。关山林大义凛然地说,罢,罢,我知道你们,我今日就当是一场恶仗,宁可战死,也不失了半世英名气节。说罢又倒上一碗酒,乌云一旁没拉住,让他一气就灌了个底朝天。大家说,美人也是他的,英雄也是他的,气死人。于是又喝酒,一直喝得个个眼直腿软才罢休。

那场酒喝得关山林回头就醉了,醉得一塌糊涂,不省人事。乌云送走了别人,把关山林架回新房里,弄热水来给他擦洗,给他脱了衣服让他上炕躺下,又去找来一碗老醋给他灌了,让他解酒,然后把弄污秽的衣服装在盆里,拿到井边去洗了,架到火盆上烤着,一直守着烤干,叠得整整齐齐地,放在自己枕头下压着。

等收拾完这一切,天已经黑了。乌云也不觉肚饥,看关山林睡得沉沉的,胳膊腿大伸着,被子撂到一边,乌云走过去给他盖被子。先前替关山林脱衣服时没留意,这时才发现,关山林的身上,密密麻麻的全是伤疤,有的凹陷下去,像被剜掉了一块肉,有的生着鲜嫩的肉瘤,像刚冒头的蘑菇,数一数,竟有一二十处。乌云像是让人狠狠地踢了一脚,踢得一口气上不来,人愣在那里,心里慢慢就涌起一股痛惜的感觉,一种壮烈的感觉,一种撕裂的感觉。那个壮实的身体是陌生的,但是昨天晚上,他和她毕竟有过了肌肤之亲,毕竟实实在在地接触过了,她的体内已经留下了他的烙印。此刻,看着那伤痕累累的身体,乌云心里有一种剜心的疼痛,一刀一刀地抽搐着。那种疼痛化冰似的,一缕缕慢慢沁渗开来,就好像那些伤疤是长在自己光洁如玉的身体上似的。乌云眼里有些潮润,愣了片刻,轻轻拉过被子,为关山林盖好,然后在炕洞里添上几块绊子,把火拨旺,再回到炕头,守着关山林,等他夜里起来闹水喝。

乌云就那么和衣坐在炕头,看一眼酒醋中熟睡不醒的关山林,发一会儿愣,再看一眼关山林,再发一会儿愣,一直坐了一宿。

第二天,关山林和乌云就打算回队了。一方面是关山林惦记着在林口休整的部队。金可阵亡之后,上面一时还没派新政委到团里,自己一走两天,上千口人马全靠参谋长和副团长张罗,心里放不下。二来乌云也惦记着学校,反正婚也结了,组织上交待的任务也算完成了,乌云不想为这事耽搁太多的学习。两人这么一商量,就决定当日分手,各自归队。

张如屏知道后赶来送行。张如屏见乌云仿佛比往日里更水灵了些,眼珠子也愈发亮了黑了,脸蛋儿也愈发有了光泽,像是涂了一层薄薄的胭脂,显得妩媚动人。他就开玩笑说,小乌,你看我当初是怎么对你说的,你看我当初没骗你吧。我说老关是老革命,你跟上他,你进步一准不小,我这话没说错吧?

乌云不知道张如屏说的是什么,扬着脸蛋用一双俏丽的眼睛看张如屏。

张如屏睃一眼一旁的关山林,笑嘻嘻地对乌云说,你看你跟他只在一个炕上睡了两宿,你人都精神多了,再往后,还不进步得什么似的?

乌云这才明白张如屏说的是什么,一张脸立时红得活像山楂果。

邵越先前没有机会,这时也凑过来,小声对乌云说,我是该叫你首长夫人呢,叫你嫂子呢,还是叫你乌云同志?

乌云红着脸打了邵越一掌,白他一眼,说,去,别在这儿使乱。

邵越躲到一边,冲乌云嘻嘻笑着说,哎,哎,你才进步了两天,就闹起军阀作风来了,你要这样,我往后可不敢再往学校给你送东西了。

乌云知道邵越是和自己开玩笑,并不当真。说起来,自己参军以后,不管是在过去的独立旅还是现今的8团,战友中最熟识的,还要算是邵越。自己结婚,他和靳忠人,一个警卫一个马夫,硬被赶到一边,糖也没捞着吃,婚礼也没捞着参加,也是太委屈了。这么一想,乌云就走过去,拉过邵越,把一大包红枣糖梨之类的食物塞到他手中,说,小邵,我刚才是和你闹着玩的。咱们是战友,咱们不兴生分,过去你管我叫小乌,今后你仍管我叫小乌。这些东西你带着,留一些你和小靳吃,剩下的带回去给别的同志们。你们都辛苦了,受累了,酒没闹上,就拿零嘴顶吧,日后有机会,我再给大家补上。又说,小邵,本来照顾首长的事该我来做,但组织要我学习,我一时不能跟着首长去,你就替我多担待点儿,让你受累了。首长性子急,打起仗来什么也不顾,你替我看着点儿他,别让他……别让他往枪子儿太密的地方冲。我在这里，就先拜托你了。

邵越本来是和乌云闹着玩，没承想引出乌云这一番话来。想到乌云到部队里一年多，一直是快快活活、无忧无虑、心里什么也不装的，如今刚一结婚，就说了这么一番话，像一下子成熟了，心里装事了，知道替首长负担了。邵越这么一想，一下子就严肃了，心里也有了一丝怆然的沉重感。邵越轻轻地点了点头，说，你放心，我会好好照顾首长的。有我在首长身边跟着，我保证有一百个枪子儿我也用身子挡着，半个也落不到首长身上。

乌云急得跺脚，说，你胡说什么！我挂记着他，我能不挂记着你？你不也是我的好同志、好兄弟！我不要谁替谁挡着。我不要枪子儿落到谁身上。我要你们都好好的，谁也别出事。我要你保证，下次我见着你们，你们还是你们，一根汗毛也别少了我的！

邵越愣在那里，眼圈红了，好半天才用力点了点头，说，小乌，你的心眼儿真好。

当下大家都说了一些辞行的话，关山林和乌云俩反倒没捞着机会说更多的。也是人太多，众人面前，想说的该说的都不是机会。就这样大家分了手，关山林带着邵越、靳忠人骑马回林口驻地，乌云由张如屏安排派人送回牡丹江。只是乌云有话在先，送只送到市里，到了市里她就自己回学校。这样一决定，大家就此告别，分头离开了军区。

送乌云的胶皮轱辘大车先驶出屯子，那时北满的形势好转，土匪基本上不闹腾了，路上安全，就没安排人送，大车上只坐着乌云一个人。马车缓缓驶出屯子，拐上官道，车夫爱惜着马，先由着马的性子小跑了一阵，胶皮轱辘碾得官道上的积雪咯吱咯吱作响。太阳很好，高高地挂在天空中，使天地间的一切都发出耀眼的光亮。官道两边高大挺拔的白杨树和桦树在微微的小北风中抖瑟着稀薄的树叶，像是在对乌云做着恋恋不舍的告别。乌云坐在大车上，看着屯子渐渐远去，先有了一种淡淡的怅惘。她想把这种怅惘赶走,却没能成功。就在这个时候,乌云听见了一阵急促的马蹄声。乌云抬起头,扭过身子往后看。她看见屯子的方面,远远地出现了三个小黑点,那三个小黑点迅速变大,成了三匹骏马。她看见头一匹马上的骑手,正是高高大大的关山林。乌云的眼睛一下子就潮湿了。

关山林带着邵越和靳忠人两人本是走的另外一条道,但走了一会儿,关山林突然勒住了马,什么话也没说,调转马头就朝乌云离去的方向追。邵越和靳忠人也不问,跟了上来。他们追上了乌云坐着的大车,三个人三匹马,在蓝天白云之下,绕着大车转了两个圈儿。关山林披挂整齐,在他的那匹枣红色的关东大马上稳稳地坐着,显得威风凛凛。马绕着大车转圈儿,关山林的目光却始终只在乌云身上。乌云将手撑在车板上,也始终绕着圈地看枣红马上的那个人。大车继续走着,枣红马绕了大车转,大车上的人眼睛绕了枣红马上的人转,这样两下里什么话都没说,又送出很远一程,然后关山林先打住,一带缰绳,马站住了,让大车离去。

三匹马离开了大车,朝另一条道上奔驰而去。马蹄扬起的雪粉子在空中洋洋洒洒,好半天才落尽。

乌云当天就赶回了学校,结婚的事,自然是嘴严,一个字也不曾向人透露。白淑芬问过乌云回部队做什么去了,乌云想编个谎话把事情遮掩过去,但她一向也没有说谎话的经验,吞吞吐吐半天也没能把谎话编出来,反倒闹了个大红脸。德米聪明,在一边拦住话头子说,白淑芬你问她做什么,部队上的事情,有多少都算是机密,你一个老百姓,你问不合适。白淑芬说,我问有什么不合适,我不是部队上的人,我总还是党员吧。德米说,党员也得讲个组织纪律性,党员更不能包打听。乌云该告诉咱们的,她自己会说,她不说的,就是亲爹亲妈也不该问。白淑芬想想,德米这话说得也对,就不再问了。乌云解了围,这才松了一口气,她向德米投去感激的一瞥，然后走开，去做自己的事。

乌云表面看上去一切都很平静，和几天前离开学校时没有什么两样，白天上课时依然很用功，但是一到夜晚，等大家都就了寝，躺在床上，想着这两天的事情，自己稀里糊涂地就结了婚，嫁了人，好端端一个快乐的女儿身就失去了，就算这事不说给人家听，但毕竟自己已经是做了人家的老婆，再不是原来的自己，这事想起来，真是有些不能相信。不过，经过了这一场，乌云已经没有了先前的伤感和委屈，有的只是对自己已经托身给那个人的一些淡淡的苦苦的记忆。乌云希望自己能尽可能多地想起关山林的种种事情来——他的经历，他的性格，他的脾气，他的好处和坏处。她想尽可能详细地总结一下她所了解得他。不管怎么样，他已经是她的丈夫了，她这一辈子，铁定是要跟着他了，她不能不了解他。乌云在整个晚上都那么睁大眼睛躺在床上想着、回忆着。遗憾的是，无论她再怎么想，她都无法搜索到和整理齐一个她所知道的他。

她对他，实在是了解得太少了。

半个月后，东北解放军总部下辖的东北护士学校来药科专门学校挑学员，乌云和白淑芬、德米作为优秀学生都被挑中了，转学到哈尔滨，作为东北解放军自己培养的医疗骨干继续学习。

临走的时候，学校开了欢送会为乌云等十几个学生送行。乌云她们向老师和同 学一一告别，别人都向远藤熏一告别，独有乌云没有找他。后来远藤熏一挤过人群来到乌云身边，把一个精美的笔记本送给乌云。远藤说，乌云君，我们认识了一年，这一年来，乌云君对我的帮助太大了，我真的很感谢乌云君，现在要分手，我真是舍不得。乌云君的前程重要，我也不能说挽留的话，我就送乌云君一个本子，衷心地祝乌云君前程远大。乌云不知所措，接过烫手的日记本，愣在那里半天没说出一句话来，然后便逃进人群中，远远地避开了远藤熏一。

12月份,乌云和白淑芬、德米到哈尔滨的东北护士学校报了到。学校重新分了班,乌云仍然学药剂,白淑芬和德米转到了护理班。战争的局势发生了显著变化,部队急需大量战场救护人员,白淑芬和德米都被选中了。乌云看到很多人都被转到了护理班,她急了,也向学校打了报告,要求调到护理班去。学校方面找乌云谈话,说她学习成绩不错,要求她仍然安心留在药剂班学习,不管学什么,都是革命工作的需要。东北护士学校和药科专门学校不同,是东北解放军总指办的,学校一切均按部队编制操作,校领导和教师也全是部队上的,领导既然这么决定了,乌云纵有一百个不愿意,也得按领导的安排执行,所以乌云仍然留在了药剂班。

　　腊月时,靳忠人到哈尔滨来看望乌云。靳忠人是受关山林指派来的,一来给乌云送些日常用品,二来也是替关山林告个平安。关山林那时已经升为8师副师长了。关山林这一辈子不愿给人当副职,曾经有过好几次调他到副职的岗位上,他情愿不升那一级,也死犟着不干,这次是实在犟不住了,才勉强上任,但前提是仍然带他的老8团。那个时候主力部队师一级干部大多有车了,马再用不上,靳忠人作为马夫也就失业了,可关山林用习惯了,不肯放他走,他就改行当了勤务兵。靳忠人告诉乌云,部队在冬季攻势中很忙,几乎天天有仗打,不过和入冬前不一样,现在战略上的优势基本上在我们一方,仗打得有条有理,差不多是想怎么打就怎么打,游刃有余;后勤补给也上去了,打起来不窝火。关副师长这段时间累是累了一些,但情绪很好,不怎么发脾气,有时候还和下级指挥员开开小玩笑。比如有一次,他带着邵越、靳忠人几个师部的人去下面一个营检查工作,那个部队刚打了胜仗,正闹着庆功,麻痹了,关山林不直接进去,领着邵越、靳忠人悄悄去村口摸哨,把乏得靠在鸡窝边打瞌睡的哨兵的枪下掉,绑了起来,抬到营指挥所里去,要拿人换酒喝,臊得那个营的营长教导员恨不得踢那个倒霉的哨兵的屁股。

乌云听靳忠人说关山林的事儿，听得很亲切。乌云希望听靳忠人多说些什么。但靳忠人口笨，不像邵越那么会说。乌云想问，也不知道问些什么好。后来乌云就问关山林有没有负伤，有没有生病。

　　靳忠人说，没有，关副师长很好，怎么也没怎么，就是到师里以后，不像在团里那样自由了，一般情况下捞不着上火线，前面枪一响他就骂娘，老是摔帽子。想了想，又补充道，有一回烤火，烤着烤着睡着了，被火燎着了鞋，不过没伤着脚。

　　乌云愣了一会儿，就说，他睡觉时不安分，爱踢腿伸胳膊，你们多留一份心，睡觉的时候让他离火远点儿。另外，你让他别摔帽子，天寒，小心冻着。他要心里窝火，想摔点儿什么，你就让他摔别的。

　　靳忠人点点头，因为想着早点赶回部队，就干巴巴地问，乌云同志还有什么事没有，没有事我就往回赶了。

　　乌云就把靳忠人送出学校，看着瘦瘦高高的靳忠人熟练地跨上关山林那匹失了宠的枣红关东马，一磕马肚子一溜烟儿地走了。乌云又怔怔地在那里站了一会儿，这才回到学校去。

　　那个冬天，乌云把自个儿完全拴在学习上。在新班中，她的学业仍然是最好的，即便这样，她仍然不放松自己，夜里读书做笔记直到熄灯后。学校设在一所日军留下的被服仓库里，没有暖气，一个宿舍发了一个泥炉子，煤是含硫很高的煤烟，浓浓的烟将银花纸糊裱的顶棚熏成了墨绿色。淬缭的纸窗一入夜便被凛冽的北风吹得呜呜作响，像鬼叫似的。乌云做姑娘的时候像是一只倦猫，瞌睡大，老也睡不够，每天早上都要人来叫。在药剂学校的时候，白淑芬和德米两人就最喜欢看乌云早上倦倦慵慵爬起来的那副样子，那个小娇娃的模样让人怜爱不够。白淑芬常常跑上去拍着乌云梦眼迷离残红懒布的小脸蛋叫乖乖。自从结婚后，准确地说，是自从守着醉酒的关山林度过了那个不眠之夜后,乌云嗜睡的习惯没有了,每天清晨都是第一个早早地起来,也不惊动别人,穿好衣服,叠好被子,洗了脸,拿上书本,轻手轻脚出了宿舍,到仓库外面的荒岗子边上坐着背书。冬天的哈尔滨,即使在早晨的时候也像一大块化解不开的冰坨子,云在天上沉凝欲堕,十天半月看不到太阳的影子。天气好的时候,满世界被疏朗冥朦的银雾罩着,大街小巷铺着清旷莹明的积雪,乌云就在这雾和雪的无声呵护下安静地读书,有时候,也支着腮帮子,眼睛看着远处发一会儿愣。

第8章 攻打锦州

　　1948年最初的那两个月的冰期里,关山林所在的部队利用战役间隙开展了大规模的新式整军运动,诉旧社会和反动派给劳动人民带来的苦,查阶级、查工作、查斗志,弄清剥削阶级与被剥削阶级的关系,划清阶级界线,坚定革命斗志。部队在经过卓有成效的诉苦和三查运动后,立刻拉上了战场,开始了冬季攻势。

　　战争局势已进入一个历史性的转折点。在整个东北,蒋军遭到东北解放军的夏季和秋季攻势的连续打击,已压缩到沈阳、营口、锦州的狭小地区内。陈诚的机动防御体系完全破产了,为了维持残局,便于机动,陈诚又增编了三个军和三个师,使正规军的数量扩大到四十五个师计五十八万人,主要布置在沈阳外围和北宁路沈锦段及其两侧地区,企图一面保持东北和关内的联系,维护辽西走廊和沈阳的主力安全,一面打通沈阳至长春、吉林的铁路交通。东北解放军此时兵力已达七十三万人,其中正规军三十五万人。冬季攻势的目标,是首先对沈锦段开展进攻,迫使沈阳、锦州之敌增援,争取歼灭沈锦段上一切城市的守敌和大量援军,尔后转兵沈阳以南,攻歼辽阳、鞍山、营口等地之敌,孤立沈阳。

关山林所在的部队在冰期时节一直在辽南一带运动作战，先后参加了攻克辽阳、鞍山、营口的战役，大大小小打了二十多仗。冬季攻势结束之后，部队往东运动，在稍做休整之后，投入了攻打长春的战役，结果首攻长春不利，强攻改为长久围困。部队在长春外围，除了每日例行的政治攻势、收容守军逃兵、打空降物资的飞机之外，几乎无事可做。眼见着兄弟部队漂漂亮亮地打过来打过去，过足了瘾，而自己却只能干巴巴地守在长春外围数天上的星星，部队的情绪多少有些低落。关山林像屁股上长了疮，整天坐不住地在师指挥部里转来转去地骂娘，一天听不到枪响就口干舌燥，不住地往前沿阵地跑，过一下用高射机枪打大肚子运输机的瘾。

　　那一段时间，关山林的胡子长得特别快，脸也瘦了，眼也眍了，又不爱拾掇，模样很难看。师部几个首长都知道关山林娶了个又年轻又漂亮的小女兵，就拿关山林开玩笑，说，老关，你看你这个样子，像鬼一样，要是这个时候你媳妇冷不丁儿地来，让你一撞上，还不给吓死？关山林没好气地说，她来干什么？她来看我在这里打坐念佛呀？要真来了，不用她先吓死，我就先臊死了！

　　关山林的烦躁情绪一直延续到雨季之后。9月份，辽沈战役先在北宁路山海关至唐山路打响。8师接到命令，撤出长春外围，将阵地移交给地方部队，然后迅速南下，和其他部队一起进至锦州以北新民以西地区，完成集结兵力并对锦州、义县的包围。8师的指定地点是锦州西城。部队一到指定地点就开始了坑道作业，像老鼠似的将一条条坑道挖向锦州城墙。守军调用迫击炮集群轰击作业面，企图阻止解放军的坑道战术，解放军就用重炮还击，炮弹炸得一座锦州城像筛糠似的，坑道作业仍不停下。二十来天时间，硬是把坑道挖进了锦州城，有一条坑道还挖塌了守军的一座暗堡。上面的人连人带机枪一下子垮下来，埋住了挖坑道的战士。战士从土里爬出来，吐着嘴里的泥，上去就闷头闷脑给不知发生了什么事的敌士兵一个耳光，骂道，你狗日的胆子不小，敢拿屁股墩坐爷爷,你长了几个脑袋?敌士兵弄明白什么事以后怵头怵脑地问,共军长官,我这算投诚还是算起义?战士说,我不挖你,你能下来?你这什么也不算,要算只能算俘虏。敌士兵笑嘻嘻地将机枪送上来,说,成,成,只要不挨你们的大炮,算什么都成。

10月14日,总攻锦州的战斗开始了。上午10时,炮纵和各部队的几百门大炮同时打响,各种口径的榴弹炮、加农炮、山炮、坦克炮和迫击炮发出振聋发聩的怒吼,锦州城顿时成为一座火城。城墙、碉堡纷纷倒塌崩陷,铁丝网、梅花桩四散飞扬,丈余宽的护城壕都被轰平了。四十分钟后,炮火开始延伸,八颗炫目的照明弹飞上天空,担任主攻的3纵率先朝突破口潮水般地涌去。8师作为二梯队也冲进城去。到中午的时候,各路大军相继突入市区,开始了激烈的巷战。

围城一个月,守军范汉杰的炮弹已消耗殆尽,实际上处于被动挨打的地位。战斗虽然十分激烈,但属于一边倒的局势,所以二梯队预备队全都加入了战斗。关山林在战斗打响之前就把师里打前卫的任务抢到了手上,战斗打响之后,关山林率领先头团从城西一直往城东打,先还遇到了一些顽强抵抗,到黄昏时分,范汉杰守不住了,开始向城外突围,城里的敌军大股的跟着坦克装甲车仓皇逃命,小股的只能听天由命,攻入城内的解放军实际上已没有太多的阻碍,于是纷纷开始抢夺地盘、捉俘虏。

关山林率领的先头团在城里冲来冲去,不断遇到自己的友军,不断地走岔了路,部队进展得太快,连电话线也来不及铺,到后来就和师部失去了联系。关山林那时也顾不得什么了,下令哪里有枪炮声部队就往哪里打,心想有枪炮声不就是有战斗吗?谁知这么想的指挥官不止关山林一个人,有好多部队的指挥员都这么想,结果有好几次,人家的部队先到一步,正在那里打着,关山林带着部队冲到了,也闹不清楚是怎么一回事,部队刹不住脚,直接从友邻部队的阵地上冲过去,杀入敌方阵地。也有自己正打得上劲时,不知打哪儿钻出一支友邻的部队,呐喊着冲进了敌方指挥部,稀里糊涂就把胜利果实抢走了,闹得两下里都不高兴,闹出一些矛盾。但不管怎么样,锦州的攻坚战打得极其顺利,到第二天的黄昏时分,经过三十个小时的激战,战斗就基本结束了。东北人民解放军全歼锦州范汉杰集团十二万人,生俘范汉杰、卢浚泉以下将官四十三人。

锦州一仗,8师作为二梯队打得不错,俘敌数千,缴枪上万,还接管了一个装甲团,这些基本上是关山林带着先头团打下来的。在一天半时间里,关山林带着先头团在锦州城里冲来冲去,像一群得了青草地的羊儿似的,痛快是痛快了,但却不解气。主要是打得太顺了,基本上没有碰到恶仗。部队所到之处,势如破竹,抵抗差不多都是象征性的,枪管没打热对方就举小白旗了,有时甚至枪都没放一下,部队刹不住脚,直接就从对方阵地上冲过去了,也不想费劲回头,只留下两个人收容俘虏,这就算是打完了一仗。还有比这更绝的。在往金鑫大楼方向去的时候,尖兵报告说金鑫大楼发现有敌人的重火力布置,大楼的窗户伸出重机枪筒,一个窗户伸出一支,足足有好几十挺,楼外的沙墙后卧着几门平射炮,旁边还停着三辆坦克,都不动声色,俨然是严阵以待的样子。关山林一听报告就兴奋了,想着总算捞着一场硬仗打了,一边领着邵越和靳忠人往前边跑,一边向先头团团长发布命令,说1营怎么样2营怎么样3营怎么样。谁知人刚跑到前面,对方蹬蹬地就奔过来一名挂着上校肩花的高个子军官。军官军容整齐,马裤呢军便服上没有一个褶子,风纪扣扣得严严实实的,只是一头的汗。

上校军官一见关山林就埋怨道,你们怎么回事儿?怎么才来?我们都等一整天了。

关山林有些发愣。关山林问你是谁?

上校军官也发愣,这才发现自己操之过急,少了一样必要的规矩,于是一磕马靴,啪地来了个立正,大声报告说,东北剿总某某军某某师某某团上校团长某某某率全团弟兄向贵军投诚,全团武器弹药车辆无一损坏,请贵军验收。

关山林问,人呢?你说全团弟兄,说得那么热闹,怎么没看见人?

上校团长说,人都锁在地下室里,怕到处乱跑让流弹给打伤了,也怕造成误会。

关山林心想,这个上校当得还算有点儿心肝,知道体恤部下的性命。但毕竟没捞着打,心里就有了些失落,想你衣服穿得那么挺括,又有那么些坦克大炮机枪放在那里,守着钢筋水泥的一栋大楼,一两千生猛壮丁,干吗不认认真真打一仗,偏要死乞白赖地跑来投降?关山林这么一想,眼光里就流露出不屑来,又有些不甘心,于是便问,你的部队伤得厉害?

上校误会了,以为关山林是嫌他把部队打废了才来举白旗的,连忙申辩说,自己的建制完好无损,军官士兵无一伤亡。关山林就有些不耐烦,说你既然建制都在,看你样子也不是给人提马桶提出个上校来的,为什么不鼓劲打上一仗?关山林说这就难怪范汉杰了,有这样的军队,输还不是注定的。

上校这回听懂了关山林的话,一张脸立刻红得像块烤煳了的尿布。关山林也不管他,将手中的汤姆式冲锋枪关了保险,倒提了,转头吩咐先头团团长安排人受降,部队再往其它地方去找仗打。

谁知人还没安排妥,不知打哪儿钻出一支友邻部队来,喊着叫着就冲进了金鑫大楼。先头的兵都光着头赤着腰,还有的头上扎着浸血的白绷带,边冲边搂火,冲锋枪打得大楼里砖尘四扬,进去就威风凛凛地大叫缴枪不杀,解放军优待俘虏!

大楼里的兵早就有了命令,知道仗是没有打的,都心如止水地坐在地下室里听枪响,有的已打起了瞌睡,这时见冲进一队兵来,又是放枪又是冲自己喊,明白自己做范汉杰的兵这时便做到头了,都乖乖地举起了双手,排队走出地下室到指定的地点集中。

情况的变化真是快得令人目不暇接,本来范汉杰的这个团在枪声一响之后就拿定了主意要投降解放军,为此人家把武器装备一样样全部收拾停当,放在那里,兵都集中关在一起,人是急不可待地找上门来向关山林投诚的,谁知半路杀出个程咬金,另一支解放军的部队不知打哪儿钻出来,半道上端走了煮烂在锅里的鸭子,让关山林站在那里,半天没省悟过来是怎么回事。

打了一天一夜,算起来大大小小也有十好几仗,但真正的硬仗一次也没捞着,关山林本来就有点犯躁,这下他就有点儿火了。关山林大踏步朝院子走去,后面跟着一拨参谋警卫。他一只手将汤姆式举起来,枪口指着一个正站在院子当中吆喝着军官俘虏到一边集合的干部模样的青年军人,说你是谁?你们是哪支部队的?

那青年军人头上缠着绷带,衣服上满是血痂,他看了看关山林,看出关山林是比自己大的军官,又见是在问自己,就稍做表示地将腿站直了,说,我们是独一师五团的,我是五团参谋长徐水清。

关山林说,你独1师不是打城北吗,怎么打到这里来了?

徐水清说,原先是打城北,谁知道怎么就打到这里来了,反正到哪儿都是打,现在整个锦州城都是练武场,管它打哪儿,只要有仗咱就打。

关山林说,你打仗就打仗,你怎么抢我的胜利果实?

徐水清说,我怎么抢你的胜利果实?这大楼是我先冲进来的,人是我从地下掩体里掏出来的,怎么倒成了你的胜利果实?

8团团长在一边不高兴地说,同志,这位是我们关副师长,你说话客气点儿。徐水清并不怵,说,副师长怎么了?副师长也得凭个先来后到,要凭谁官大,那好,那我们谁也别动手,都坐到城墙根下晒日头捉虱子去,这满城的俘虏,都等着林总一个人来抓去。

8团团长生气了,说,你这个同志,你怎么不讲道理,横扯歪经呢?我说这里是我们的胜利果实,我能说出道理,你就不能。我问你,你在这里吆喝了半天,知道你俘虏的这支部队的番号吗?

徐水清眨巴眨巴眼说,不知道。

8团团长说,不知道我告诉你,是范汉杰38军的装甲团。又问,你既然受降了这支部队,这支部队最大的官儿在哪里?

徐水清连忙说,这你难不住我,我刚才清点了一下,副团长就有两个。

8团团长说,我给你看个更大点儿的。说着把站在身后的上校团长推了过去,说,喏,这位是这支部队最大的官儿,是你那两个副团长的头儿。人家投降仪式都办了,你还有什么话说?

那个上校团长心里放着事,这时就上来热情地劝解道,都是贵军,都是贵军,我做谁的俘虏都行,只是请你们快点儿安排我们去俘虏营,我的人都饿着肚子呢。俗话说,人是铁,饭是钢,一天不吃饿得慌,我的部队三天没开过伙了。

徐水清一看,就明白是自己闹错了。徐水清推开上校团长,说吃饭的事你找他们去。说着就吆喝自己的部队撤出金鑫大楼,重新集合另谋战场。

关山林叫住徐水清,说,这样吧,反正你们已经忙上了,不如你们在这儿忙着,我们走人。

徐水清大度地扬扬手说,算了,都是自己人,胜利果实装在哪个兜里都是往自家扛,你们先来,你们就该先尝个鲜,我们走人。说着招招手,带着人走了。

15日夜,锦州战役全部结束。黄昏时分,关山林在指挥8团拿下了银行大楼之后,枪声在整个锦州城内突然停止下来,城内一片寂静。关山林带着邵越爬上银行大楼楼顶,他站在那里极目远眺。消失了枪炮声的城内四处烧着大火,大火的舞蹈使停止了枪炮声的这座城市有了另一种生动,火光像疯长的蘑菇一样四处开放着,把城市的夜晚变成了白昼。关山林站在那里,夜风强劲,揭起了他被硝烟烤煳了的衣襟,他眯着眼睛,望着哈尔滨的方向,一直在那里站了很久很久。

其实,这个时候乌云根本不在哈尔滨。她和关山林在同一个地方,在锦州。

10月份的时候,乌云结束了在东北护士学校的学习,回到了部队上。

学习是提前结束的。大反攻已开始了,部队对卫生人员突然加大了使用量,学校里除了几个护理班,连乌云这样的药理班学员也都提前结束了学业,分往各个作战部队。分配是统一的,乌云和德米没有分回原先的部队,而是分到东野1兵团野战总医院。白淑芬原来是地方上的学员,按规定毕业后应该回到地方上去,现在部队急需用人,立刻就发放军装参了军,把白淑芬高兴得什么似的。

分配当天,乌云和白淑芬、德米拿了命令就收拾行李离开了学校,三个人爬上一辆卡车到了哈尔滨,再从哈尔滨坐火车到靠山屯。当时长春尚在郑洞国手里,还没解放,火车往前不通了,三个人又撵着一支支前大军的队伍,坐着人家的胶皮轱辘大车到了1兵团的野战总医院。报到当天,工作分配下来,白淑芬和德米仍然继续往前走,直接到前方战地医院,乌云却被留了下来。

乌云知道自己被留在了野战总医院后急了,立刻去找干部主任,问为什么三个人来,独把她留了下来。干部主任说这是工作需要。乌云说,前边打得那么激烈,前边更需要人,我要求去前方。干部主任耐心地说,前方需要人,后方也需要人,后方都是重伤员,工作担子一点儿也不轻,你就安心在这里工作吧。乌云说,这么说,你就是不想让我到前面去。干部主任急了,说,你这个小同志,怎么刚来就对工作挑肥拣瘦呢?我还想到前线去呢,我报告打了一百次,不是也没去成吗?我找谁闹去?乌云知道自己没了希望,快快地出来。白淑芬和德米见乌云眼里有了泪水,马上安慰她,说既然这样,先在这里干着,反正仗是越打越大了,战场救护人员如今成了金子,还会大量要的,说不定明天就会通知你上前线去的。当下三个好朋友就告别,白淑芬和德米背着被包继续往南走,乌云则留在了总医院。

其实,乌云不是个喜欢枪炮的人。乌云不喜欢战争,她并不希望仗越打越大,相反地,她倒是希望这场战争能突然一天结束才好。乌云从小在兵荒马乱中长大,一家人吃尽了战乱的苦头,从心眼里,乌云恨透了打仗。打仗就让人无法过安宁日子,打仗还会死人伤人,而这一切都令她反感。但是命运这种东西就是那么奇怪,你不喜欢的东西,它反而总离你那么近,你讨厌它,它却偏偏追踪着你,让你不能摆脱。乌云憎恶战争,但是这场战争却有她的三个亲人在其中,大哥巴托尔、三哥博奇、丈夫关山林。他们全都在作战部队,整天与枪林弹雨为伍,和腥风血雨作伴,这不能不使乌云担心。

乌云始终挂牵着自己的三个亲人,而在这三个亲人中间,乌云牵挂得最多的还是关山林。说来真是让人不可思议,巴托尔和博奇是乌云的同胞手足,乌云从小就是巴托尔和博奇宠护着的小妹,而关山林在乌云生命的前十八年里完全是一个陌生人,就算他们后来成了夫妻,彼此的了解和共同生活的经历也是非常有限的,乌云甚至都说不清关山林到底是一个怎么样的人。但仅仅是因为他们有了夫妻这个名分,他们在合江省城里的一个小木屋里共同度过了两个大雪纷飞的夜晚,乌云对关山林的依恋和担忧,就多了一份比血缘更浓的感情,而且这种感情因为两人分离时间的渐长变得日益沉重和缠绵。乌云想到前线去,想到战斗中去,她的最直接目的,就是想到自己的丈夫和自己的两个哥哥身边去,和他们在一起。既然他们都在那里,那么她也应该在那里,无论她是否憎恶或者是害怕战争,她都应该在他们的身旁。

乌云对战争的了解是从她来到野战总医院的第二天才真正开

始的。

乌云留在了野战总医院,分配给她的工作是做护理员,洗绷带、蒸煮器械、倒屎倒尿、做杂活、帮老护理员照顾伤员。野战总医院送来的全都是重伤号,有的被打废了,有的子弹或弹片还留在身上没来得及取出来,送来时大多支离破碎。乌云第一次走进病房的时候完全被吓坏了。病房里躺着的那些伤员,要么昏迷不醒,像一截截木头似的躺在床上,醒着的大多都在叫唤着,轻一声重一声,声音瘆人得很。而且,他们中间没有一个人是成形的,不是缺胳膊就是少腿,要不就是身上什么地方炸开了大洞。

有一个小号兵被汽油弹烧得几乎成了一截焦炭,他躺在白色的床单上一声不吭,几乎让人看不出那截乌黑的焦炭曾经是一个血肉之躯。乌云愣了好半天才在小号兵的床边蹲了下来。她在他那张皲裂成大烟土色的脸上找到了两个洞。因为有太多的眼白,她知道那是一双眼睛。它们一眨不眨地看着她,让她心里感到一阵抽搐。小号兵烧得完全没有形状的嘴巴动了动。乌云把头倾下去,贴近他。她听见他微弱地说,大姐,给我说两句话吧。乌云不知说什么。她什么也说不出来,眼泪在她眼眶里打转。她把一只手颤颤地伸出去,想去握住小号兵的手。有一个护理兵正在给一个伤号换药,见状大吼道,别动!护理兵冲过来对乌云说,你疯啦,你想要他的命呀!看见乌云吓得脸色苍白的样子,护理兵换了一种口气,说,他烧成这样,身上一滴精血都没有了,你一碰他就往下掉肉,他就疼,他一疼就打滚,一打滚身上的肉就往下掉,掉得只剩下一副骨头架子,明白不?你不能碰他,你就给他说几句话吧。

这以后的两天时间里,乌云一有空就到小号兵的床前来陪他,给他说话。病房里满是焦灼的血肉味。不断有人被抬出去和被抬进来。有人不声不响,有人大声地骂人,有人死去活来地呻吟,有人在昏迷中高声喊叫着冲呀!乌云说话的声音几乎完全被淹没了。她只是在那里徒劳地说着。小号兵一动不动地躺在雪白的床单上,眼白过多的一双眼睛像两个洞一样睁着。有一阵子他似乎安静地睡着了。但其实他并没有睡。他用低得几乎听不见的声音说,大姐,你的声音真好听。乌云听了说不出话来,就又想伸出手去摸他。但是手伸出去僵在半空有好半天落不下去,知道不能摸,一摸他就掉肉,后来把手缩回来,去捡床单上一粒炭屑,捡了好半天都没捡起来。

就算这样,乌云陪小号兵的时间仍然是很有限的。总医院住的全是重伤员,不是重伤员到不了这里。重伤员都需要照顾,给他们换药、替他们擦洗、翻身、喂饭、照料他们大小便,干完这些还得抓紧时间洗大堆血乎乎的绷带和床单。乌云整天忙得像什么似的,头发一天到晚都是湿漉漉的。伤号们都是战斗英雄,战斗英雄脾气都不大好,一疼一躁就骂人,逮住什么人骂什么人,逮住什么事骂什么事。也有不骂的,不但不骂,什么话都不说,整天瞪着一双眼睛盯着天花板,躺在那里一动不动,像死了似的,这反而让乌云心里更难受。乌云倒是希望他们骂,怎么骂都行。乌云就说躺在那里一动不动的伤员。乌云说,你说点儿什么吧。说点儿什么都行。你要愿骂人也行。你骂。你骂心里就畅快些了。你别这么憋着。憋着难受。乌云已经习惯了。她已经习惯了充满血肉味的焦煳味、支离破碎的人体和粗野的叱骂。她在病房里走来走去,身边全是被战争改变了形体和命运的生命,以及由这些生命触发出的各种各样的响动。她的充满青春活力的躯体和思维在这个环境里显得那么格格不入。她像风一样无声地走动,却深深地感到无地自容。

到第四天的时候,乌云用一床白被单把小号兵裹了起来,让人把他抬走了。小号兵死了。他直到死的时候都没动弹一下,两个眼白过多的黑洞依然那么睁着。乌云在把他裹起来的时候忍不住伸出手去抚摸了他一下。她想她这个时候可以抚摸他了。她指头触摸到的肢体已经完全没有弹性了,干涩涩地和一段真正的木炭没有什么两样。不过他没有往下掉肉。他根本就没有什么肉可以往下掉了。他的身上已经没有严格意义上的肉了。乌云说什么也不让别人动小号兵。她坚持要自己亲自把小号兵抱到担架上去。她就那么小心翼翼地把小号兵抱到担架上去了。

乌云最终还是上了前线。

几天以后,总医院送来一位师长,是2兵团炮纵的,被飞机炸弹炸伤的,送到医院后,医生一看,说腿保不住了,得锯掉。告诉师长,师长说锯吧,上半身给我留着。只要能坐,能坐我就还能指挥部队打仗。于是立刻手术。乌云被临时拉进手术室帮忙做麻醉。院长说人手不够,你学药理的,懂麻醉。其实所谓麻醉很简单,也就打一针奴夫卡因,一针杜冷丁。乌云从来没有进过手术室,没有临床经历,只知道截肢是把坏死的肢体部分拿掉,不知道锯是 真锯。看着两个医生撸起衣袖,先用手术刀把腿上的脂肪和肌肉切开,用止血镊子夹住血管,再用剪子把附近的脂肪和肌肉剪去,留出工作面,接下来就用一把钳工用的钢锯,沿膝盖以上刷刷地锯起来。先一个人锯,锯得满头大汗,然后再换一个人。乌云从来没见过这个阵势,她不知道截肢就像木匠锯木头一样,也不知道原来人的骨头竟这么难锯。一握粗细的股骨,竟然锯断了三根锯片。乌云目瞪口呆地站在手术台一旁,被那个场面吓得心惊肉跳。她恶心得直想呕吐。那一刻她想到了关山林。她想到了关山林怎样在冲锋的时候把头上的帽子摔到一边,不顾一切地抱着机关枪冲在队伍 的最前面。她想到一颗炮弹是怎样在关山林身边爆炸,把他掀到天上又落了下来,然后关山林又怎样拖着一双被炸得血肉模糊的腿在泥土中爬动,去找自己被掀掉一半的脑袋。有好几次乌云都把躺在手术台上那个钢牙咬得嘎嘣响的师长当做了关山林,差一点儿就扑了上去。

乌云的承受力完全崩溃了,手术一结束她就去找了政委。她坐在政委面前反反复复只有一句话——我要上前线。你让我上前线。

乌云终于被批准上前线了。乌云到前线时正赶上锦州攻坚战打响。乌云跟着一支救护队冲进被炮火轰成一片火海的锦州城。这个时候,乌云已经知道关山林的8师也在攻击部队中,而且已经冲进了城。乌云甚至还救起了一位8师先头团的战士。那个战士腹部受了伤,脸色苍白地躺在一堆冒着黑烟的沙袋的后面。乌云利索地用刀挑开他的衣服,用急救包填住他的肠子,包扎好,把他扛上担架。乌云问那个战士知道不知道关山林。战士说知道。战士说打锦州女中的时候他就是从关副师长身边冲过去的。他听见关副师长正在对他们团长吼,别跟狗日的耗!把炮调上来轰狗日的!乌云由此知道了关山林还在,关山林还活着,他甚至活得完好无损。乌云的一颗心一下子落到肚子里去了。那一刻,她的腿软得几乎站立不起来了。

乌云在两天一夜的战斗中出了十几趟城,都是护送伤员出去的。后来用不着出城了,战地救护队把急救帐篷迁进了城,人也分开了,一个救护员带一副担架,哪里有战斗往哪里冲。原则上是先往下抬伤势重的,伤势轻的就地包扎,然后叫伤员在原地躺着别动,等着担架空闲了再把人抬下去。乌云领着两个老乡满世界跑,两个老乡是支前队的,都年轻,是表兄弟,跑得气喘吁吁。乌云记不清自己救下了多少伤员,发下来的几十个急救包全用光了。急救包没了,就找来一床被单,用刺刀裁成几十条,就急用。两个表兄弟在家时就参加了保安队,仗也打过一些,先看一个水灵灵的漂亮女兵来带他们俩,模样不到二十岁,心里就有些小看,暗自嘀咕这回铁定要被这位年画上人儿似的大姐拉了后腿。谁知乌云进城时跑得比他们还快,全然不惧飞来飞去的流弹,看着伤员就往前扑,经常是他们俩还在喘气,她就为伤员做好了紧急包扎。还有一次,他们在一个地堡里发现了一个伤员,伤员在里面呻吟,洞口被炸塌了,熊高马大的表兄弟俩进不去,急得什么似的。后来还是娇小玲珑的乌云钻了进去,一点点儿把伤员移到洞口,再把他顶出来。这以后表兄弟俩就服了乌云,知道她不光战场救护技术好,还是个不怕死的角儿,两兄弟就时时表现出对乌云的信赖,乌云说歇一会儿就歇一会儿,乌云说走就走,三个人就像一个人似的,很团结。

乌云到处打听8师,到处打听关山林。有人不知道,有人知道,还说看见了,说半个时辰前还在什么地方打着呐。乌云听了就带着表兄弟俩朝那个方向去。但是锦州城太大,道路四通八达,战火又让城市变成了一座辨别不清方向的迷宫,参战的部队又多,二三十万人一下子涌进了城,再加上几十万地方部队和支前队,满城都是部队,满城都是人,哪儿响枪人就往哪儿涌,战斗越是激烈的地方部队越是涌得起劲,几十万部队,乌云又到哪儿去找8师,到哪儿去找一个光着脑袋抱着机枪往前冲的关山林?实际上,乌云和关山林两人根本不可能见面。关山林的部队打的是城西,而乌云虽说是从城西入的城,但她找关山林心切,不辨方向,人跑着跑着就跑到了城北,两下完全是南辕北辙。乌云并不知道,仍然继续打听,而且每救下一个伤员就先问人家是哪支部队的,当然就不是8师的。乌云开始有些迷惘,不知道为什么那么多伤员,怎么就再没有一个是8师的,难道8师突然之间消失了?后来她反而有了一种释然。她自己安慰自己,心想,没有8师的伤员更好,这说明8师没有碰到恶仗,即便关山林急得跳脚,没有恶仗,他的安全总是多得了一分。

锦州战役结束的那天傍晚,乌云已经累坏了。在护送伤员下去的路上,她好几次摔倒了,有一次她甚至摔倒在一具死尸身上。救护队的人都很累,甚至比战斗队的人更累,战斗队打一阵还能换下来休息,他们没有时间休息。战斗刚结束,救护伤员的任务更重,他们得抢着把那些伤员往下送。但送着送着就发现出了问题,有好些伤兵躺在那里昏迷不醒,等抬到目的地,昏迷不醒的伤兵却睁开了眼,跳下担架活蹦乱跳地跑掉了。开始救护队不明白是怎么回事,后来才弄清楚,原来,攻击锦州的部队经过连续多天的激战,人已累得非常疲劳,战斗一结束,许多战士什么也不顾,在尸体纵横的战场上倒头便睡,担架队上去后,一看血泊中躺着的是自己人,一摸鼻子还有气,二话不说就往担架上搬。有的战士睡得死,抬到地方才醒来,有的迷糊着,知道有人抬,眯眼看看,合眼再睡,等到了地方,人也睡得差不多了,自然跳下担架就开溜,气得抬担架的老乡大闹情绪。政工干部马上就给担架队的做思想工作,说战士们打了那么多天,都是几死几活了,那是累坏了,也不是故意赖咱们抬的,咱们应该理解嘛。这么一说,担架队的才不闹情绪了。

那天晚上,乌云和表兄弟俩组成的救护小组仍然穿行在锦州城的城北一带,在坍塌的楼房和废墟之中寻找着遗漏的伤员。他们来到观音庙的时候,不知为什么,乌云突然站住了,停在那里朝城西的方向看。表兄弟俩不明白乌云是看什么,但是他们已经和乌云很熟了,他们甚至已经很信赖很喜欢这位年纪轻轻的女兵了。他们见她站下,也站下,什么也不说地就站在她的身边。

锦州城在那个时候燃烧得正旺,满城的大火在夜风中彼此呼应,像一条首尾相接的火龙,城市在大火中如同白昼一般。乌云站在那里,手里提着一个装着绷带的包袱,腰里别着一支美制柯尔特六发装手枪,衣襟上满是发硬的血迹,大火映红了她,也映红了站在她身旁的表兄弟俩。乌云的脸蛋因为硝烟、烈火和夜风的缘故显得红扑扑的,一双丹凤眼也由此熠熠生辉。

她就那么站在那里朝城西看着,心里充满了一种铭心刻骨的思念。

第9章 大凌河之约

关山林并不知道乌云曾经和自己同在一座战火纷飞的城市里,并且她为了寻找自己跑遍了半座锦州城。当乌云站在城北的观音庙向城西眺望的时候,关山林已经走下银行大楼。他找了一件血迹不多的大衣,走进一间屋子。那间屋子里堆满了TNT烈性炸药和一些黄色的铜皮雷管。他把那件肮脏的大衣往身上一裹,就在那些炸药箱中躺了下来,并且很快就睡着了,旋即发出震耳欲聋的鼻鼾声。

半个小时之后,关山林睡醒了,精神抖擞地走出房间,命令部队打扫战场、清点战果,并与师部取得联系。

仅仅一天之后,一份来自纵队司令部的命令就递到了关山林手上。命令上说,让关山林立刻接替9师师长的职务。

9师师长杜德怀是东野在锦州战役中阵亡的最高级别指挥官,他是15日傍晚战斗行将结束的时候被一发迫击炮弹击中并当场牺牲的。关山林接到命令后,立刻带着邵越和靳忠人赶到9师。9师政委吴晋水是老359旅的人,东北剿匪的时候就和关山林熟。两人见面,也没有多的话,各人伸出一只大巴掌来,半空中一握,都透着一股子力量,那许多的关照那就都在里面了。当下自然是先熟悉情况,吴晋水让警卫员把参谋长袁正芳叫来,两个人分别向关山林介绍部队的现状,无非是部队建制、武器配备、参谋人员、主力营以上指挥员的情况,等等,捎带也把这次战斗部队伤亡的情况介绍了一下。锦州战役9师和8师担任的任务一样,都是二梯队,最初撕裂城防时的血搏没捞上打,伤亡情况并不严重,而且战斗一结束,师里就把耗员情况报告给纵队首长,只等着补充兵员了。关山林把部队的情况一了解,心里就有了底,开始还遗憾没有把自己的老底子48团带过来,这时才知道,9师的老底子多是出关时的老八路,论兵力和战斗力,比8师还要强一些。关山林又让参谋长袁正芳陪着到下面几个团走了一圈,很快就和几个团长弄熟了。大家闹着说打了胜仗要喝酒,关山林也不推辞,立刻要人去张罗,当夜就和大家痛饮了一气。下面部队也有安排,支前队送来整猪整羊,上好的白面,各连各排都吵闹着包饺子,只可惜部队不让喝酒,要不吃得就更热闹了。

本来部队接到的命令是赶筑工事,迎接廖耀湘兵团和侯镜如兵团的进犯,部队也确实在两天之内把锦州的外围工事恢复如初。谁知东北剿总司令卫立煌却不顾蒋介石收复锦州的命令,下令廖兵团和侯兵团立即回师退守沈阳。侯镜如怕死,急急领命西退,骁将廖耀湘不服气,辖麾下十万精兵在新立屯一带徘徊,这反而给了东野一个可乘之机。东野挟大捷之雄气,做出了围歼廖耀湘兵团的决定。关山林的9师被指示立即放弃构筑工事,北渡大凌河,向廖兵团侧翼迂回。

部队出发上路一天后,一份由东北野战军司令员林彪、政治委员罗荣桓、参谋长刘亚楼签名的政治动员令送到了关山林的吉普车上。动员令上说:我军决定全力乘敌撤退中与敌决一死战,以连续作战方法力求全部歼灭敌人。此战成功,则不仅能引起全国军事形势之大变,且必能引起全国政治形势的大变,促成蒋介石政权迅速崩溃。我全体指战员须振奋百倍勇气与吃苦精神,参加这一光荣的大决战,不怕伤亡,不怕疲劳,不怕遭受小的挫折,虽每个连队遭受最大伤亡(每个连队打得只剩几个人也不要怕),对全国革命说来仍然是最值得的。

关山林坐在吉普车里看完这份政治动员令,转头交给政委吴晋水。吴晋水很快也看完,再交给参谋长袁正芳,说,立刻向全师指战员传达,通知部队,加速前进。

部队以急行军的速度很快赶到大凌河边。先头营立刻沿河边的村庄展开,收集渡河船只,并寻找徒步渡河的最佳地点。关山林和吴晋水、袁正芳几个师首长站在大堤边上,袁正芳召集几个团长布置部队渡河的位置和渡河后集结的地点。河边视野开阔,有一股凉爽的风不断地从河面上吹来,关山林突然就在那一阵阵的河风中想起乌云来了。关山林觉得整个的心像鱼漂子似的猛地往上冲了一下,心口一阵紧抽,人站在那里发愣,愣了一会儿就叫邵越。邵越赶紧颠颠地小跑着过来,叫了一声首长。关山林却又没有什么话再说。邵越鬼心眼,瞟了一眼关山林呆呆的脸,心里什么都明白了,明白了也不说,知道这个时候说也是白说,又悄悄地退到后面去。

这一切都被吴晋水看在眼里。吴晋水矮个子,头大眼细,长于琢磨,一琢磨一个点子,是个长心眼的人,喜欢开玩笑。吴晋水悄悄地把邵越拉到一边问,师长刚刚叫你干什么?邵越说,师长什么也没说。吴晋水说,小鬼,你不要给我打游击,我就站在一边,我知道师长什么也没说,师长什么也没说就等于师长什么都说了。邵越知道这个政委和笃实的金可政委不同,这个政委是明白人,瞒不住的,就说,师长是想小乌了。吴晋水说,小乌是谁?邵越说,小乌是师长的爱人。吴晋水说,哦。吴晋水这下就全明白了。吴晋水在359旅的时候就听说过合江军区独立旅关山林娶了个又年轻又漂亮的老婆,那个时候讨老婆是件大事,讨了年轻漂亮的老婆就更是件大事了,说起来大家都喜气洋洋,当然也有妒嫉的,总之是个好话题。吴晋水这才知道原来关山林那个年轻漂亮的老婆叫小乌。

吴晋水回到关山林身边,站着看了一会儿河岸上蚂蚁似的一队一队跑来跑去忙碌着的部队,说,老关,部队准备得差不多了,我看可以渡河了。

关山林说,让28团派一个营在南岸这边支撑住,27团一个连先渡,过去后把北岸滩头阵地建起来,大部队再过。

吴晋水说,后面友邻都快过来了,师部是不是也先过去?

关山林点点头,说,让老袁和刘副师长殿后,咱们先过去。

吴晋水说,我看这样可以。吴晋水这么说了,顺嘴似的问道,小乌现在在什么地方?

关山林愣了一下,转了脸过来看吴晋水。

吴晋水一张脸笑眯眯的,也看着关山林。

关山林剑眉一挑说,你说谁?

吴晋水说,还有谁,你老婆呗。

关山林叹了一口气,回过头来仍然看河滩上忙碌的部队,说,我也不知道。要是不挪窝,她应该还在牡丹江。

吴晋水说,有几百公里路呢。

关山林说,可不。

吴晋水说,多久没见面了?

关山林说,春前分的手,说话快一年了。

关山林这么一说,就想起新婚之后和乌云分手时的情节。当时人太多,都热热闹闹地说些分手的话,倒是他和乌云没捞着说,也是想说的话在人前无法开口。关山林是个粗人,但并非没有柔情。和乌云结婚是关山林生命中的一个绿色季节,是他人生的一个重要节日。新婚两天后他们就分了手,纵然有许多的理由,许多的性格沿袭,关山林仍然有一份惆怅被点燃了,仍然有一份怀想被种植下去了,而且很快就生了芽。新婚两天,他们分手之后,关山林突然勒住急奔的枣红马,沿着来时的路狂奔回去,在另一条官道上追上了送乌云回牡丹江的那辆胶皮轱辘大车。在蓝天白云之下,乌云独自坐在缓缓驰动的胶皮轱辘大车上,风吹起她柔柔的青丝。关山林骑在枣红马上,绕着大车转了两个圈,眼光也追随着她,一句话也没说,然后关山林就离开大车,朝着另一条道奔驰而去。这个情景深深印在关山林的脑海里。他一想起乌云就想到她独自坐在胶皮轱辘大车上的那个样子。

吴晋水听关山林说两人分别快一年了,就有些同情地说,这也太长了,长得完全没有道理。

关山林吐了一口粗气,哑着嗓子说,妈的。

吴晋水问,你老婆在哪个部门?

关山林说,她念书。

吴晋水皱了皱眉头说,念个什么劲儿,弄到身边来算了。

关山林说,我倒是想,可整天这么东奔西跑的,一时顾不上。再说,咱们战斗部队,弄来往哪儿放?

吴晋水说,哪儿不能放!卫生科,宣传队,都是革命工作,都需要人。老关我告诉你,咱们带兵打仗的人可是提着脑袋玩的,上了战场,今天你躲过了,今天是你的福气,明天你让子弹咬上了,明天老婆就不是你的了。我就是这么想的,你说我这想法有没有道理。

关山林打心眼里承认吴晋水这说法有道理,但他不说是不是,只问,你老婆呢?

吴晋水不明白地问,我老婆怎么了?

关山林说,你老婆在哪个部门?

吴晋水深谋远虑地说,我老婆在军部后勤,管民工。

关山林就有些羡慕,说,你狗日的好。

吴晋水得意地笑笑,说,可不是。我有计谋,有仗就打,不打了,要想要人,顺手就能摸来,省得鞭长莫及。

关山林也笑,说,难怪让你狗日的做政委,你这心眼,不做政委做什么?

两个人就这么又说了一会儿,看着先头连已分别乘着几只船渡过了对岸,并很快在对岸构筑起滩头阵地,先头团团长也打发人来报告,说徒步涉河的地点已选好了,问大部队是否现在过河。袁正芳走过来征求两个人的意见。

吴晋水扭了头看关山林,说,怎么样,老关,咱们也挪窝吧?

关山林深深地吸了一口气,把先前的那些儿女情长的念头全部都从脑海里赶走,赶得一丝一毫也不剩,然后大声地说,走!说罢他带头大步走下河堤。

　　命运有时候就是这么机巧。在关山林的9师挥师渡过大凌河的时候,乌云所在的救护队也开始向大凌河进发。他们的任务是与北上歼灭廖耀湘兵团的迂回部队保持最近距离,以便战斗一旦打响,能够立刻抢救伤号。

　　乌云所在的救护队日夜兼程地往黑山大虎山方向急行军。救护队和9师走的虽说是一条大道,但9师作为迂回部队先行了一步,本来相差了两天的时间,乌云和关山林两人根本不可能碰上。实际上,当时各个部队集结的地点不一样,就是锦州战役之后,北渡大凌河追击廖兵团的部队行走的路线也不尽相同。乌云所在的急救队能和9师走一条路线,这本来就是一个巧合了。而更巧的是,9师刚刚渡过大凌河,正准备轻装开拔的时候,兵团总部一道命令下来,因为要渡河参加围歼廖兵团的部队太多,大凌河的渡口需要扩大并加以保护,9师停止前进,原地构建新的渡口,并保护所有后继部队安全渡过大凌河。

　　关山林已经过了河,并且已经坐上了随后运过河来的吉普车,一接到兵团的命令就来火了。本来锦州战役,让他作为二梯队上,他就意见一箩筐。原以为这次先行一步,打的又是廖耀湘的十万精锐之师,总算能一泄积怨,过一把子瘾。谁知人都坐到桌面上来了,筷子都拿上了,又让自己撤下席来,站在一边给人家当跑堂,那股气怎么也咽不下去,当时就在那儿骂开了。也不只关山林骂,9师的指战员都骂,骂也不敢骂下命令的人,下命令的人是兵团首长,兵团首长那是能骂的吗?骂只能骂自己的运气,骂在那里悠然流淌着的大凌河,骂风和日丽的天气和附近村庄围来看热闹的那些狗。倒是吴晋水冷静,知道光骂没有用,现在是大兵团正规作战,不比过去打游击,连兵团都是东野首长棋盘上的一枚棋子,战役怎么打,部队怎么运作,那都要讲究个战略战术,讲究个合作支援,轮到自己做跑堂时,骂也是没有用的。吴晋水就劝住关山林,并要通讯员立刻把几个师首长找来,就在河滩上摊开地图布置任务,谁谁收集渡河工具,谁谁搭栈桥,谁谁担任警戒,谁谁加固码头好让大部队的辎重顺利通过。任务一布置完部队就分头行动。毕竟是支纪律严 明的部队,懂得军令如山倒这条戒令,说动就立刻动起来了。一时间,大凌河两岸人喊马嘶,炸药也用上了,把河边碍着事的土堆都炸掉。除了担任警戒的那个团外,其余三个团全都就地变成了工兵。不出半天,两岸就扎扎实实搭起了好几座渡口,河面上也浮起了几座栈桥。

就这样,关山林和乌云在大凌河河边邂逅便成了必然。

乌云所在的急救队日夜兼程地往大凌河边赶。在同一条大道上,急行军的还有别的主力部队、地方部队、支前大队。那是一支阵容庞大的队伍,队伍踏起的 尘土遮天掩日,使1948年的秋天完全不像一个秋天。

急救队在这支庞大的如同滚滚向前的泥石流的队伍中就像是一粒沙子。一天之后,这粒沙子到达了大凌河南岸。那里已经集结了很多部队,大家都急着过河,都急着找渡河工具和道路,到处都在吵吵闹闹,还有的部队因为争抢船只打了起来。负责安排渡河的9师就派出战士来阻止。打架的部队说,我们得先过去,你得让我们先走,我们去晚了就捞不着打了。劝阻的战士一点儿也不同情,气呼呼地说,你捞不着打,你起码还能闻着点儿血腥味吧?我们连血腥味都闻不上,我们只能闻你们留下的马尿味,我们怨谁?打架的部队看没有通融,就打算动手抢船。劝阻的战士拉开枪栓朝天就是一梭子,说,谁敢犯抢?谁犯抢老子立刻把他撂倒在这河滩上!打架的部队一看这阵势就知道不能硬来,硬来伤和气,再说,你渡过河去打仗是你领有军令,人家守在这河边安排队伍过河人家也是领有军令,于是就乖乖地待在河边,等着人来打发自己过河。

急救队到达河边的时候,已经有十几万部队渡过河去了,大凌河南岸至少还有十几万人马,大多是地方部队和支前的民工,还有更多的队伍正在源源不断地开来。大凌河渡口两岸的庄稼地全被过往的部队踏成了操场,附近的村庄被过往的部队弄得面目全非。南岸原来有几百丈长的一段泥土垒的堤坝,现在全被踩塌了,滞留的部队就在那段新鲜的泥土上埋锅造饭,并且留下大量的战争垃圾。急救队队长是个年轻的政工干部,他下令急救队原地待命,他自己则穿过四起的炊烟和炮车留下一地的机油到河滩边去联系船只。

关山林那个时候正在河的南岸指挥部队渡河。他和吴晋水站在那里,身边围着一大群参谋警卫。参谋长袁正芳和副师长在河的北岸,两岸互相呼应。急救队队长让人把他带到关山林的面前,他向这位看上去十分剽悍并且十分冷峻的渡口最高行政长官提出安排他们尽早渡河的请求。关山林听说是战地急救队的,不知怎么就想起了老战友金可,想起了金可坐在一地的黄豆上胸口被机枪打得稀烂的样子。他看着眼前那个显得十分疲惫和焦灼的年轻人,目光中突然有了一种温柔。关山林转过头去对身边的一个参谋说,安排他们先过河,去几个人帮他们一把。参谋答应着去了。急救队队长没想到事情竟会如此顺利,高兴地向关山林举手行了个礼,颠颠地跑去集合队伍了。

关山林朝队长跑去的那个方向瞟了一眼。他看见河边一群扛着担架的军人和一群穿着老百姓衣服的人,那里面还有几个女兵。他只瞟了那么一眼就收回了视线。他不知道乌云此刻就站在那群人之中。要渡过河去的部队太多,安排让急救队先过河,不过是他一时的心软。现在一切都安排好了,他不用再管他们了。

女兵都是喜欢水的,看见河水的时候女兵都欢呼起来。她们比男人跑得更快。她们脱了鞋欢笑着冲下河堤。在急救队长去找人联系过河的时候,有几个女兵已冲进清冽的河水中去了。有人叫乌云,乌云也就笑着跑去了。乌云不知为什么有些激动,她把双手浸进翻着浪卷的河水里的时候不知为什么感到了一种颤抖。她用力呼吸着河面上清新的空气,觉得有一种久违了的亲切感。她在那里发了一会儿呆。有一个同伴用水来撩她,她打了个激灵,快乐地笑起来,也撩起水来回敬同伴,于是河边就有了一片银光四耀的水花和一片银铃似的笑声。

这个时候急救队长跑了回来,要大家收拾东西上船。队长喊,别闹了,快点儿拿上东西走,人家等着我们呐。乌云和女兵们连忙上岸,背上自己的背包和卡宾枪,大家一起朝渡口跑去。等在那里的参谋已经替他们安排好了两条船,领着几个战士把急救队的人和器材分别装进两条船里,扬了扬手让船老大把船撑离了岸边。

两条船离了岸,慢慢地往河中间划去。这个时候,正是黄昏时分,太阳在西边悬得很低,仿佛受了河水的吸力,看着就要落进河里了,河面上的船和通过浮桥的部队像是都要躲开落下来的太阳似的,都急急地划着跑着。一河的船和浮桥一起晃荡着,把一河的镀金流红晃得碎成了无数片闪闪烁烁的鳞片,让一条大凌河热闹起来了。

本来关山林是看不到乌云的,那一河都是船只划子,来来往往,同一时间里上千人都在船上,到哪里去看乌云? 偏偏急救队上船以后,大家心情松弛了,都知道乌云的嗓子好,有人就怂恿乌云唱一支歌。乌云也不推辞,站起来,理了理被风吹乱了的头发,亮开嗓子就唱起来了。乌云唱的是《三保江临》。乌云的嗓子云雀似的脆亮,穿云戳日,又有河风帮着张扬,立刻就引得满堂彩,旁边船上的战士都大鼓其掌,喊道,好! 好!

关山林在岸上并没有注意河里的歌声,注意到的是邵越。邵越站在关山林身旁。他先听到一阵熟悉的歌声。他朝歌声的方向看。他一看就看到了站在船首正唱歌的乌云。邵越脱口喊道,乌云！然后撒腿就朝河滩上跑去。邵越一边跑一边扯着嗓门大叫，乌云！乌云！

乌云听见岸上有人叫，一边唱着一边扭过脸来，那一扭就看见了朝河边奔来的邵越，并顺着邵越往后指着的手看见河岸上站着的关山林。乌云嗓子眼里的歌声戛然断掉了，接替而来的是从心腔直蹿到嗓子眼儿的一颗几乎停止了跳动的心。她的脸刷地白了，傻了似的站在船头，目光呆呆地盯着远远站在河岸上的关山林。

邵越冲得太急，没刹住脚，直接就冲进河里了。邵越从水里爬起来，吐掉嘴里的河水，站在水中，朝着快到河中间的船喊，回来！快回来！

船上的人都看到了邵越。船上的人不明白，都看乌云，问，怎么回事儿？出了什么事儿？

乌云却在那儿发愣，一动不动，也不说话。船老大眼见着船已靠进中流，又没人发话，自然不会往回打转，舵一挺，船头就朝中流冲去，急得邵越在那里乱蹦，蹦得水花四溅。

这时，乌云突然醒过来了。乌云醒过来后，二话没说，一个猛子就扎进了河里，吓得一船人大惊失色。

急救队长爬在船尾喊，乌云！乌云！

几个女兵也趴在船边大惊失色地喊，乌云！乌云！

乌云从两丈远的地方浮出水面，也不答理船上的呼喊，扬手飞快地朝南岸游去。水边的邵越见了，立刻卸下身上的枪，扑进河里，奋力朝乌云泅来。

关山林是在邵越向河里冲去的时候看到乌云的。关山林一下子就看到了站在船头的乌云。关山林的目光突然亮如流星，呼吸也骤然加剧了。他下意识地向前冲出了一大步。但他又站住了，死死地站在那里，只是把目光丝毫不移地投向金光闪耀的大凌河。当乌云突然跃入大凌河的时候，他的喉结哽噎了一下，然后他看见乌云从河水里冒出来,飞快地扬手朝这边游来。他看见邵越也扑进河里,飞快地朝乌云游去,两个人很快游到了一块儿,又一起朝河边游来。关山林在这期间一动也没动,他站在那里就像一棵成熟的塔松。

吴晋水很快就明白发生了什么事。那个先站在船头唱歌后来又跃入河中的女兵,那个被邵越和船上的人叫乌云的女兵,就是师长新婚之夜分别后再也没有见过面的妻子。吴晋水突然觉得这个场面真是好,这个场面真是令人高兴。他本来想在关山林站住后催他继续往前走,去迎接他的妻子,去拥抱他的妻子,但他看了看关山林那张脸,就不说了。

那个时候,大凌河的两岸滞留着至少有十几万人,本来是吵吵闹闹的,突然之间全安静了,连战马都不叫了,风也不吹了,水也不流了,天地间安静得只听见一双胳膊划动大凌河水的声音,一双脚跌跌撞撞迈上大凌河岸的声音,然后人们屏住呼吸,看着那个美丽的女兵湿漉漉地踩出一串水花扑上岸,朝着河滩上奔去,朝着站在那里的关山林奔去。那个美丽的女兵张开双臂,她的湿发就像一片沉重而骄傲的黑色旗帜,她在十月天高云淡的大凌河边奔跑得就像一只从水中跃出的梅花鹿。她朝那个高大魁梧的军人奔去,热泪盈眶,心里不断地呼喊着他的名字。那条路太长了。它们简直太长了。它们长得仿佛永远没有尽头,永远没有希望。人们甚至已经无法容忍这样的漫长了。人们已经等不及了。

那个美丽的女兵,她似乎知道这个,知道漫长和人们的无法容忍。她在拼命地跑,拼命地跑。她要战胜那条漫长的路,她要跑到他的身边去。她做到了。她真的跑近了他。他却没动,睁着一双豹眼看着她。她像是要扑进他的怀里似的。她心里就是这么想的,这么渴望的。但是没有,她在离他几步远的地方突然站住了,胸脯起伏着,喘着气看着他。他也喘着气。他也看着她。他们就那么站在那里,眼睛眨也不眨地互相看着,痴迷地看着。然后她开口说话了。

大凌河两岸的十几万人都看到了那个场面。他们的目光模糊了,眼睛潮湿了,心尖颤抖了。他们都为这个场面说不出话来。但是他们谁都没有听到她对他说了一句什么。

只有站在关山林身边的吴晋水听到了那个美丽的女兵的话。吴晋水一时没有明白过来,但那是真的。

她轻轻地说,首长。

她似乎已不会说别的什么。她说出这话以后,眼泪就刷刷地顺着那张美丽的脸蛋流淌下来了。

吴晋水是最先从沉默中醒过神来的。吴晋水冲着站在那里张口结舌的参谋警卫们大声吼道,站在那里傻看什么? 去! 都到河边帮助下力气去! 都给我去!

火红的太阳在那个当口缓缓落入河水之中,哧啦一声,将一条大凌河染成了一条火红的绸带。

让乌云留下过一夜的主意是吴晋水坚持决定的。吴晋水要一个参谋主任过河去,找到已经渡过河去的急救队,告诉他们,乌云因为有重要任务,需要在大凌河边停留一夜,急救队不必等她,第二天一早,9师会用车送乌云追赶上他们。

急救队队长亲眼目睹了河岸上的那一幕,知道了河岸上那位被人簇拥着的首长就是乌云的丈夫,也知道了乌云结婚后这还是第一次和自己的丈夫见面,二话不说就爽快地答应了。不但队长答应了,那些女队员们也爽快地答应了。唱歌唱得最好的乌云有重要任务被留下来,女队员们都很感动。她们唱《民主联军战歌》,以示对战斗部队的敬佩:我们民主联军的战士,是东北人民的子弟兵,保护人民的和平生活,要建设民主自由的新东北。我们有无数英雄的指战员,我们要团结得像钢铁一般;东北四千万人民,紧紧地和我们血肉相连。战斗啊战斗,胜利一定属于人民的自卫战。

扭扭捏捏的反而是关山林。关山林埋怨吴晋水说，留下干什么，面也见了，话也说了，她没事儿，我也没事儿，她该忙她的了，我也该忙我的了。

吴晋水说，夫妻俩，也不能光说说话吧，光是见个面，那算什么夫妻？再忙也不缺一个晚上的，没事儿还不能闹点事儿出来？

关山林挠挠大脑壳说，这个，这样不好吧？

吴晋水说，什么不好？你是说把人留下来不好？你又没留人家的老婆，有什么不好？关山林还想说什么，吴晋水不耐烦了，挥手截断他，毋庸商量地说，用不着废话了，这件事属于政治思想工作，政治思想工作我说了算。这件事我做主了，就这么定了。

吴晋水说罢，不再理会关山林，转身去布置乌云住的房间，并要人去张罗几样好菜，晚上款待从天上掉下来的乌云。

邵越和靳忠人喜坏了，跑到大老远的村里去买鸡，回来的路上邵越还顺路采了一抱野花，拿一发炮弹壳盛着，水灵灵地送进了乌云住的房间。乌云那时正在收拾关山林的皮箱子，把一些破破烂烂的东西往外拾掇，看见新鲜的花儿，先是一喜，捧了花儿把箱子丢到一边，又拉着邵越说话。邵越高兴万分，那么长时间没见面了，该有多少话说不完，把肩上的枪往怀里一搂就盘腿上了炕，乌云也搂着花儿盘腿上了炕，两个人脸儿对着脸儿说开了。先一人抢着说一段，后来就由邵越一个人说。说的基本上是关山林的事，说首长如何指挥打仗，如何如何身先士卒冲在前面；说首长如何如何在战场发脾气，子弹和炮弹又如何如何冲着首长发脾气，尽捡着精彩险恶的段子说。邵越自己说得眉飞色舞，却把乌云说得脸色煞白，一颗心直在嗓子眼吊上吊下，等到邵越明白过来的时候，再看乌云怀里那束花，那束花早被乌云下意识地掐成一堆花泥了。邵越这才明白自己说漏了嘴，不该说这一档子事，让乌云担心了。乌云却不让邵越打住，一个劲儿地追问邵越，问首长伤过没有？邵越说没有，连毫毛都没有丢一根。乌云不信。邵越急得指天发誓，说你要不信你可以检查,你要看出首长哪里少了一根毫毛,你把我秃光了,让我做一只没毛的鸭子! 乌云听了便化惊为喜。两个人就这么一直说到掌灯时分。

吃过晚饭之后,吴晋水就把关山林往房间里赶。吴晋水说没你的事了,你该干什么干什么去。

关山林不干。关山林说,炮纵今晚过河,我得到河边盯着。

吴晋水说,炮纵有我,河边有我。

关山林说,那我找人加固浮桥去,今天踩了一天,浮桥虚得厉害。

吴晋水说,浮桥的事你别管,今晚你百事不管。

关山林说,我是师长,我不管谁管?

吴晋水听后生气了,说,你这是什么话,未必我这个政治委员就是吃干饭的,我就光是个摆设? 你当9师就你是能人? 你也太目中无人了。告诉你,没有你关老虎,9师我照样指挥得滴溜溜转,信不信?

关山林不睬吴晋水,扭头蹬蹬地走了,气得吴晋水干瞪眼,在关山林身后破口大骂道,你狗日的少给我摆这号谱,什么玩艺儿!

关山林怎么说的,吴晋水怎么骂的,乌云在房间里都听了个一清二楚。乌云那个时候正坐在炕头梳她的头发。乌云吃过晚饭后就把房间收拾了一遍,然后打来水,关上门,痛痛快快地洗了个澡。乌云很长时间没有这么从从容容地洗澡了。锦州战役时她整个身子都在血水里浸了一遍。她把那些伤员和烈士背在背上搂在怀里的时候,他们的鲜血浸透了她的军装。因为没有时间换衣服,锦州战役之后,她的衬衣已经结死在身上,几乎脱不下来了。现在能够痛痛 快快地洗个澡,这是一件多么好的事儿。乌云洗过澡之后就坐在炕上梳头。她慢慢地梳着,心里充满了平静。她听见关山林蹬蹬离去的脚步,这时她已梳好了头发,把湿淋淋的头发拢在颈后,开始洗自己那身湿军装和收集来的关山林的衣服。乌云洗完衣服以后找来针线,为关山林缝补衣服。关山林的衣服平时是邵越缝的,结实倒结实,就是针脚歪歪扭扭。乌云把那些地方都拆开,再用匀称的针线密密实实地缝了一道。乌云不知道时间是怎么飞快地消失过去的,她做完这一切之后,鸡已经叫头遍了。远处的大凌河边火把冲天,有轰隆隆的炮车在通过,还有人的喊叫声,战马的嘶鸣声。乌云站起身来,走过去,把灯盏里的捻子拨亮,用剪子剪掉灯花,然后又坐回炕头。她就那么一直安安静静地坐在那里,直到鸡鸣二遍。

关山林是被吴晋水硬绑回来的。吴晋水后来真的发火了。吴晋水催了关山林好几次,关山林就是赖在河边不动。吴晋水说,你这个人怎么这么拧筋呢?我还从来没见过你这么不通情达理的人,你就像个二屎!吴晋水后来干脆不再和关山林磨嘴皮子,他要自己的警卫员找来几个五大三粗的战士,硬把关山林架上了吉普车。

车是邵越开的。邵越把车开得像一头发癫的骡子。关山林挣扎着说,邵越你停车。邵越踩油门。关山林喊,邵越你听见没有?邵越把车灯开得大亮。关山林吼道,你再不停我毙了你!邵越那时已经把车停在房子前面了。邵越把车门拉开让关山林下来。关山林气呼呼地说,好哇,我的话你竟敢不听!邵越傻不拉叽地瞪着眼问,你的什么话?关山林说,我要你停车!邵越说,风太大,我没听清,我以为你叫我开快点儿呢。邵越说罢就溜上车,摔个盘子就把车开走了,留下关山林一个人气呼呼地站在那里发愣。

关山林在门外站了一会儿,后来推开门进了屋。关山林一进屋就把乌云搂进怀里了。乌云让他搂了一阵,觉得整个筋骨都被他挤碎了。乌云说,你胡子也不刮,扎死人了。关山林呵呵地笑。乌云推他,说,去洗脚。关山林说,洗什么脚,我刚从河里出来,脚还没干呢。乌云说,那是那,这是这。关山林往炕上坐。乌云吓唬他说,你要不洗我不让你上炕。关山林说,鸡都叫二遍了,咱们抓紧吧。关山林说着就又伸出手来拽乌云。乌云脸一下子就红了。乌云红了的脸蛋儿在灯下娇态妩媚。乌云轻轻地说,你别,你要不想动,就在那儿坐着,我给你打水去。

关山林真的就坐在那儿,等着乌云打了水来,唏里哗啦地一通洗,洗得水洒了一地。乌云瞟他一眼,说,早急什么去了?关山林也不答话,赤着脚去倒水,回来的时候,乌云已经把灯吹了,人也移到炕上去了。等关山林上了炕,一把把乌云收罗过来,纳进怀里,乌云就把一张滚烫的脸埋在他的胸膛上,在那上面用力地磨蹭。

关山林说,乌云。

乌云说,嗯?

关山林说,乌云。

乌云说,嗯?

关山林说,乌云。

乌云就再不开口,仍是蹭。

关山林说,乌云你让我想死了。

乌云还是不开口,却有两行泪水滴落在关山林的胸膛上。

关山林感觉到了。乌云的泪水是烫人的,她的身子在他怀里压抑着轻轻发着抖,还有她紧贴着他的胸膛的嘴和喉咙里的呜咽。关山林一时间被感动了,说不出话来。他不再呼唤她,待了一会儿,他把她抱得更紧,开始在她身上用劲。

乌云突然把关山林推开了,头也从他的胸前钻了出来。乌云说别忙。

关山林不知出了什么事。乌云让他躺好,他就愣愣地躺在那里,然后觉出乌云的一双手触到了他。

乌云的手停顿了一下,深深地吸了一口气,慢慢地、小心翼翼地、一寸一寸地在关山林身体上游动起来,先是他的脸、脖颈、胸,然后是他的腹部、腿,完了又轻轻地示意他翻身,那双手又攀上了他的脊梁。那双手温温的,软软的,游动起来既温柔又缓慢,透着一股子提心吊胆,一股子豁出来的勇气,一股子必然要明白的决心。那双手一直把关山林检查了一个仔细,直到彻底地不怀疑了,这才无声地叹了一口长气,娇弱无力地瘫在一个地方,再也动弹不得了。

关山林不知那是一套什么把戏,他就问。乌云沉默着,人俯下,把脸又重新移过来,钻进关山林的怀里,好半天才轻轻地说,小邵没说假话,真的是一根毫毛也不少呢。

关山林一下子愣住了,这才明白,乌云那双柔弱无骨的手,原来是一双担着牵挂的眼睛,是在看自己有没有新添的伤疤呢。

关山林明白了这个,不由得喉头哽噎了一下。他展开结实的双臂,把乌云拥进怀里,慢慢地,一点点儿地加重力量。他听见她在他的怀里发出呻吟声,但他丝毫不放弃,直到他把她整个地嵌进了自己的身体里。

鸡叫四遍的时候,两个拥在炕上的人停止了说话。

外面的天已经有了一缕朦朦胧胧的白,窗纸没糊严的地方已经被露水浸湿了,雾像淡淡的烟一样从那里袅袅钻进屋来。有一只狗嗅着味道从窗前跑过。稍远处的地方,游动哨耐不住寒冷,在轻声地踏脚。

两个人躺在炕上沉默了一会儿,乌云说,我该起来了。

关山林不肯松开怀里那个温柔的人儿,说,还早呐。

乌云说,不早了。乌云说着重新把身子蜷着钻进了关山林厚实的胸怀里,脸贴在他的胸膛上深深地嗅着。

两个人都不说话。

又过了一会儿,乌云真的挣开关山林起来了。她很快穿好衣服,用一把木梳梳了头,问关山林有没有牙粉。

关山林这时也穿了衣服起来了,站在那里,呆呆地看乌云像小猫似的一捧一捧掬着盆里的清水洗脸。

乌云洗了脸,把炕上收拾了一遍,地也扫了,找出一块包袱皮,把昨晚洗了没干的湿衣服打了个包。待一切收拾停当,她就转身看关山林。

关山林像个呆子似的站在那里,也看乌云。

乌云拢了一下头发,轻声说,那我走了。

关山林闷声闷气地说,嗯。

乌云说,你把胡子刮了。

关山林说,不刮又能扎谁去?

乌云说,记着洗脚。

关山林说,谁管我?

乌云目光很深地看了关山林一眼,沉默了。又站了一会儿,听见远处又有鸡叫了起来,乌云就说,我说别的你都可以不听,有一条我要你答应我。

关山林说,你说。

乌云说,还是那句老话,一根毫毛也别少了我的。

乌云说这话是红着眼圈说的,关山林一时无话可接。

乌云又说,那,我走了。

关山林说,你走吧。

乌云拎起包袱走到门口,在门口站了一会儿,也许只一会儿,也许有很长时间,这个过程里关山林始终站在原地,没有走过去的意思,乌云就伸手拉开门闩,开了门,走了出去。

乌云一走出门就打了个寒噤。外面下着露,很冷,但是乌云并不是因为冷才打寒噤的,乌云是被吓了一跳。乌云看见院子里的柴禾堆里蹦出一个人来,手里提着一支汤姆式冲锋枪,她好半天才看清那个人是邵越。

邵越也看清弄出响动来的不是坏人,是乌云,就松了一口气,一边揉着睡眼惺忪的眼睛一边把枪挂到肩上。

乌云走过去,说,小邵,是你?

邵越孩子似的笑了笑,一个哈欠没打出来,被他机警地憋了回去。

乌云说，小邵，你这么早就起来了？

邵越说，不早，我昨晚一夜都在这儿。

乌云一惊，说，怎么，你昨晚就睡在柴禾堆里？

邵越说，又暖和又新鲜，比火炕不差。

乌云眼睛里有了潮气，轻声说，这又何必？

邵越说，我们做警卫的，首长在哪儿人就得在哪儿，再说还有你。邵越说完又孩子气地笑。

乌云一时说不出话，后来轻轻地说了一句，小邵谢谢你。

吉普车就停在院子外面。邵越先上去，把车子发动了。乌云坐上去。邵越回头看看，并不走，按喇叭。喇叭响了几次，屋里没有人出来。后来乌云就轻声说，小邵，咱们走吧。邵越就把车慢慢开出院子，拐了个弯，开上了去河边的大道。

吉普车开走之后关山林才从屋里出来。关山林从屋里出来以后就去了河边。关山林在河边看到了吴晋水。吴晋水一身泥水，一脸疲惫。吴晋水说，人送走了？关山林说，走了。吴晋水不高兴地说，怎么没跟我打声招呼就走人了？还把不把我这个政委放在眼里？关山林说，我都没捞上几句说的，何况你。吴晋水眨巴眨巴眼睛，突然咕嘎一乐。关山林怀疑地盯着他，问，你笑什么？吴晋水说，你狗日的，哪辈子修的福气，画片似的女人，怎么就让你讨上了？关山林不说，目光下意识地沿着浮桥朝白雾弥漫的大凌河对岸投去。

那个时候，大凌河是一天中最安静的时候，晨风挟裹着露水正迅速地朝河面 上涌来，连河对岸风儿吹动树林的声音和吉普车渐渐远去的声音都能听清楚。

第10章 战 神

9师完成在大凌河渡口的任务之后,围歼廖耀湘兵团的战斗早已打响了,等9师向地方部队交待了移接手续,马不停蹄地赶到辽河边上的时候,连廖耀湘本人都已经成了解放军的俘虏。廖耀湘十万铁甲精兵,关山林一个也没捞着打,看到人家部队大把地抓俘虏,心里那个窝火,简直比猫挠还难受。

那个时候,辽西战场一片混乱,到处是坦克、战车、武器,到处是鼠窜的廖兵团士兵,解放军满世界地追着抓人,9师下面的部队看了心里发痒,就请示关山林,仗虽没捞着打,是不是把部队放出去,也抓几个俘虏过瘾?袁正芳本来已经答应几个团长,帮忙在关山林面前说说话,吴晋水的意思是同意的,抓几个俘虏,缴几条枪,这样对平息部队烦躁的情绪是有好处的。但是关山林没有同意。关山林多了个心眼。关山林想,锦州打下来了,长春打下来了,廖耀湘的十万大军也被消灭了,辽西作战就基本上结束了,剩下的,就只有沈阳和营口的两大股敌人了,吃掉这两处的敌人,显然是势在必行。围歼廖耀湘之战,解放军各部队实施的是渗透穿插的战术,这样不仅使廖兵团建制大乱,解放军参战的各兵团建制也乱了。各师、团、营、连单独作战,穷追猛打,哪儿有敌人就打到哪里,围歼战结束时,各兵团已经无法集结,师、团位置极为分散杂乱,很多连长营长团长根本就找不到自己的大部队,这对部队的整体行动势必有所影响,如果这个时候奔袭的命令下来,部队不乱成一锅粥才怪。关山林不想在关键的时候让自己的部队失去了调度,他让袁正芳通知各团,9师的人一律不许去抓俘虏,一律不许去捡枪支浮财,原地集结,等待命令。关山林怕袁正芳没弄懂,又补充道,告诉下面的部队,不要怕打不上仗,不要学那种没脾气的猫,只知道盘死耗子,谁的耐心最好,谁就可能捉到大老鼠。

后来的事实证明,关山林的判断是正确的。总部进军沈阳的命令很快就下来了。总部在命令中说,全军指战员,向沈阳英勇前进!还说,各兵团和师在运动中掌握部队,调整行军时间和路线,能在运动中归还建制则好,万一不行,到了沈阳再说。总部显然知道下面部队乱成了什么样,所以才做了那个补充。

因为总部的命令无法按照正常程序通知到各部队,命令的传达形式是组织宣传队和向导队敲着锣鼓扯着嗓子大喊大叫下达的。一时间,在广阔的辽西战场上,成千上万支部队都在调整各自的方向,一齐直扑沈阳而去。那些失去了与大部队联络的部队,那些因为捉了太多俘虏捡了太多洋捞变得臃肿不堪的部队急得嗷嗷叫。宣传队和向导队也叫,说,你们还呆在那里犯什么傻?俘虏交给地方同志,民兵、民工、老百姓都行,武器弹药也交给地方同志处理,赶紧往沈阳跑吧。那些部队听了这话才醒过来,丢下俘虏武器撒腿就往沈阳方向奔。

9师就没有那么狼狈。9师在整个辽西战场上是最冷静的一支部队,同时也是建制最整齐的一支部队。命令下来的时候,9师几乎是闻声而动。部队行进在路上的时候,袁正芳不无钦佩地说,师长,怎么就被你算上了?吴晋水也说,老关,开始我还以为你是在赌气呢,原来你不是赌气呀。关山林洋洋得意地说,要么我怎么叫关山林,别人不叫这个名字。又说,不是算,不是赌气,我就认死一个理儿,东北那么大个战场,千军万马都动起来了,决不会只盯着一个小小的廖耀湘,大头绝对在后面。我还认一个理儿,要不叫我关山林恶恶地打一仗,那世道也就太不公平了,老天都瞎了眼。吴晋水叹息一声道,在合江时就听说省军区的关老虎一听见打仗就犯疯,果不其然。

9师由于建制整齐,奔袭迅速,是最早抵近沈阳的部队之一,并且立刻向沈阳城内发起了攻击。其他相继抵达的部队还在归还调整建制的时候,9师已经突破外围的城防工事,进入市区了。

9师突入市区的时候是10月1日拂晓。关山林让刘副师长带着27团在全师的前面,部队呈品字形由西向北进攻。沈阳比锦州大多了,马路也宽敞得唬人,部队一进入市区就听见四面八方都有炒豆似的枪炮声传来,后来才弄清,原来独10师已从城东,12纵和独1、2、3师已从城北打了进来。关山林当时不知道这些,只下令部队猛打猛冲。关山林问袁正芳,周福成的司令部在哪儿?袁正芳说,刚才抓了个俘虏,弄清楚了,周福成的东北剿总和8兵团的司令部在银行大楼。关山林问,银行大楼在什么地方?袁正芳摊开地图,指着一个红点说,在这个位置。关山林从地图上抬起头,说,告诉刘副师长,部队别恋战,别缠着那些腥不拉叽的小鱼小虾,直接插到银行大楼。关山林说着自己就往外走,邵越和靳忠人立马跟了上去。

师部先设在一所教堂里,后来又往前迁,到后来越迁越快。先头团进展得太快,后面的二梯队都得接上,否则就有可能被人家一个反冲锋包了饺子。师部无法安定下来,参谋人员都在那里蹿来蹿去。关山林干脆要人把指挥部搬上吉普车,随时前移。只是通讯兵苦了,到哪儿都要忙着找电话线头,要是电话没接好,前面和后面的部队联系不上,关山林就要发火骂人。

9师一路突进,所向披靡,连着敲掉了好几个敌军的工事和据点,待进入市中区后,情况就发生了变化。关山林一直以为打锦州的范汉杰就打得够容易了,老范稀松,完全不经一打,没想到周福成的8兵团比老范还不如。沈阳就像一只鸡蛋,外壳的城防工事还有那么点硬度,城防工事一旦敲开,里面就是一锅不经碰的稀汤。市区的守军望风而降,到处是成帮结队的溃兵,要么打着白旗,要么脖子上缠着红布带,个个兴高采烈,主动打听解放军的位置,要求投降。一些军官开着美式吉普车满城乱转,找解放军去他们兵营受降。还有的为了争着先受降互相打了起来。

9师势如破竹，由于没有受到什么抵抗，进展神速，部队很快就分散了。先是以营连为单位各自为战，后来营连也嫌大，便以排，以班，甚至单独作战。27团4营4连一个战士，当兵只两个多月，锦州战役时还是个听见炮弹响就往胯里埋头的，这时胆大了，一个人冲进一座兵营，兵营里整整齐齐坐着七八百周福成的兵，一看见4连那个战士端着枪冲进来就一齐高呼，解放军来啦！解放军来啦！几百人蜂拥而上，将那个战士团团围住，纷纷问，枪缴到哪儿？战士随便往东一指，很威风地说，枪都堆到那里，都码整齐。俘虏喜滋滋地往东跑，将枪码成一座小山垛，码好枪又跑回来，问，人呢？人到哪儿集合？4连那个战士就往西指，说，人去那儿。俘虏就喜滋滋地往西涌，集合了，排好队形，然后几百双眼睛齐刷刷地盯着解放军，等待发落。4连那个战士也不知道下面该怎么办了，拿那一大堆俘虏无法处理，走人吧，丢下那些俘虏怎么办？不走人吧，往下都该演些什么，不知道，就站在那里发愣。战士发愣，那些俘虏也发愣，发着发着就开始交头接耳起来。战士以为要生事，就有些紧张，枪栓拉开了。这时一个俘虏跑过来，怯生生地对他说，共军大哥，有吃的吗？我们都已经投降了，是不是该发东西给我们吃了？战士这才松一口气，抹一把额头上的汗，说，急什么，等着，等联系上就有吃的了。

9师在偌大的沈阳市区内如入无人之境，除了零星的抵抗以外，基本上就是拉着队伍在城内接受俘虏了。电话不断传到师指挥部，也有送信来的，说这里捉了一个团，那里缴了几辆坦克，有的部队抓俘虏抓得太多，人得单个儿分开才能应付局面。关山林晦气地说，妈的，这哪里是打仗，这比下河撵鸭子还简单。袁正芳怕关山林又烦躁了，连忙说，不简单呢，下面的指战员都直喊累，跑不过来呢。吴晋水也在一旁说，累就累一点儿吧，捉俘虏也是一宗，只要有胜仗打，部队的情绪就好了。关山林不阴不阳地说，那是。

到中午的时候,沈阳市大部已落入解放军的手中,周福成见部队降的降,逃的逃,剩下他一个光杆司令,谁也指挥不了,无计可施,便率8兵团机关三百多人正式宣布投降。沈阳市里,只剩下青年军的207师还在负隅顽抗。

207师属于国民党的嫡系部队,装备精良、军纪严明、训练有素。该师驻守铁西区的东大营和乔家窝棚,自攻城起,东野12纵和独立师就开始猛攻207师,战斗打得相当激烈。207师虽然先前已在辽西失去了许万寿旅,仍凭借杀身成仁的气节和凶猛的火力网顽强抵抗了两昼夜。周福成投降之后,曾下令207师放下武器,207师对周福成的命令却置若罔闻。12纵眼见打不动了,撤了下来,换上9师所在纵队。纵队司令员见207师不吃劲,气得一挥手说,坚决彻底歼灭它,说完就布置兵力。先问哪支部队现在建制最完整,能够迅速拉上去。参谋人员说,6师、9师、独4师。司令员说,都调到铁西区来。参谋人员就连忙下去布置。

关山林没想到仗打到收手时,竟还能捞上一块硬骨头啃,精神立刻来了,马上命令袁正芳集结部队,拉到铁西区。关山林是最先赶到铁西区的,一到那里纵队首长就给布置任务,叫打东大营。关山林领了任务,带周副师长和参谋长袁正芳到前面看地形。东大营是旧时的一座兵营,建筑修盖得密密匝匝,外围十分结实,四边有一片棚区,还有一座教堂,塔顶尖尖的,像是一座磨锐了的烟囱,207师一个旅外加一个坦克营就守在这里。

关山林把地势看明白了,就命令部队发起攻击。27团担任首攻,号声一响,团长胡至杰就带着部队迅速向前运动,没等部队通过棚户区前的那一片开阔地,207师就开火反击了。果然是赫赫有名的青年军,火力之猛烈,反击之顽强,应变之迅捷,让关山林感到吃惊。关山林在望远镜里看到27团在密集的火力网前根本抬不起头来,都趴在地上,那座教堂上也有火力居高临下地往下扫,不少战士趴在那里动也没动就被打中了。关山林放下望远镜,摇摇头说,不成,这招不成。

27 团真的没冲上去,在二梯队的火力掩护下,勉强退了回来。袁正芳在电话里冲着 27 团团长胡至杰喊,马上组织第二次进攻!关山林回过头来说,叫他组织火力,进攻前先把那座教堂敲掉。袁正芳就冲着话筒喊,师长要你先把教堂敲掉!

胡至杰自然是恨透了那座教堂,立刻组织起火力,一通猛轰。再好的上帝也不是武力的对手,可怜那座美丽的教堂,顷刻间便成了一堆废墟。

第二次进攻时,27 团增加了一倍的兵力,进攻也强悍得多,恶狠狠地直扑开阔地而去。战士们一边冲锋一边猛烈射击,开阔地间火网结得泼水不漏。207 师却像一个惯于碰硬的拳师,知道遇着了强悍的对手,反而兴奋了,竟然从棚户区里冲出一支反冲锋的队伍,双方在开阔地里短兵相接,浴血火拼,两边的士兵都像成熟的高粱秸似的,成片成片倒下去,倒下去了手中的冲锋枪还在继续搂着火。相峙一阵,207 师宁死不退,27 团无从得手,眼见伤亡不断增加,胡至杰只得下令吹撤退号,把队伍又撤了回来。

关山林在指挥所里看得一清二楚,气得把望远镜一摔,说,27 团怎么看不见火力支援?胡至杰那狗日的,把重火力窝着下崽呀!周副师长连忙说,我去 27 团吧。关山林说,告诉胡至杰,冲得再狠些,别停下来,一分钟也别让狗日的喘气,今天晚上一定要把阵地给我拿下来,拿不下来我下他的头!

说是那么说,战争有自己的规律,不是想怎么就怎么,仗一打起来就是另一回事了。到第二天黎明时分,27 团连续发动了十四次进攻,次次都是泼命似的猛冲猛打,笃定是势在必夺,却仍没有拿下东大营。也不是没有战绩,半夜时分,27 团发挥打夜战的看家本领,终于攻入了棚户区,并占领了那片已被炮火夷为平地的阵地,但再往前,待到攻打兵营时,所受到的抵抗就更加顽强了。207师那个旅剩下的兵力全部躲藏在密密匝匝的建筑里,每座建筑,每个窗口门洞都成了死亡的出入口,不断喷射出灼人的火舌。还有更绝的,他们把坦克营的八辆坦克开进营房里,各据一隅,然后把营房炸塌,将坦克埋起来,只露出炮口和窥视窗,炮口平直,专打集团冲锋的人群。进攻一方的重火力这时一点儿显不出来了。炸塌的房屋自然也埋了一些人,但因为建筑密集,炮弹就算落在近处,因为隔了一堵墙,杀伤力也会被封锁在墙的另一边。27团后来也弄了几辆坦克来加强火力掩护冲锋,但坦克在建筑群中行动呆笨,又没有遮掩,很快被对方的暗火力打废了两辆,瘫在那里冒着黑烟。对方的坦克因为掩埋在坍塌房屋中,即便挨上两炮也无伤关节,反而更加气焰嚣张。27团不喘气地打了十多个小时,豁出全部家当了,伤亡十分重。有两个连是整连打光了。有的战士哭着去找连长,说他那个排的排长被坦克炮炸飞了。连长说哭个尻,排长不在了你就做排长,你领着人冲。战士说我领谁去?我们排就剩下我一个人了。还有的连队打得所剩无几,命令下来要接着再冲,剩下的几个人急红了眼,一边流着泪,一边脱光衣服,往身上密密地绑了一圈手榴弹,怀里再抱一包炸药包,点上火就冲进建筑群里,死活是一拼,反正把人打光了,你再有命令下来就不是我的事了。就这样,仗打得惊天地泣鬼神,27团直到打得失去了进攻能力,到底没能攻入敌营。

关山林在指挥所里,早就五内如焚了。关山林摔了帽子,亮出热气腾腾的光脑袋,衣扣一溜地拽开,困豹似的在屋里走来走去,乒乒乓乓地摔打东西,把挡道的参谋推得东倒西歪。关山林要打硬仗的渴望和遇到硬仗时的兴奋早已被久攻不下的烦躁和耻辱替代了。纵队司令员三番五次打电话来。司令员说,关山林,你到底能不能打下来?你要打不下来别充硬汉,言语一声,我立刻换人上!关山林撂下电话,哆嗦着嘴唇,脸色都变了,咬牙切齿地说,我就不信,青年军他未必就不是娘生的,他就比老子多出一个头来!他就是多出一个头,我也要把他活活咬下来!关山林一脚踢翻面前的一只手榴弹箱,大声说,参谋长,把胡至杰撤下来,换二梯队上!吴晋水在一边说,老关,这回我上。关山林说,行,让28团和29团同时上,特务团做接应,你我各领一个团,从两头往里打。这回要打不下青年军,不要说9师在纵队首长面前抬不起头,我关山林头一个找块石头撞死!老袁你带特务团,你在家里守着。袁正芳说,师长还是你在家里守着,我和政委上。关山林豹眼一瞪,说,你狗日的存心抢我?袁正芳见关山林动了性子,知道争也没用,人家是一号首长,人家说了算,便闷闷地不开口。关山林又说,老袁你也闲不下,你去给我们收集点儿火焰筒和手榴弹来,越多越好。你再把特务团看住,你看我们僵住了,你就带人往上冲,踏也把狗日的207师踏平了!

关山林提着一支冲锋枪赶到28团阵地时天已大亮。28团团长屈高阳一见关山林就匆匆迎上来,说,师长,咱们怎么打?关山林不说怎么打,问屈高阳,你手上有多少重炮?屈高阳说,榴弹和加农没有,82和60有不少,27团还留下三辆能用的坦克。关山林说,炮弹呢?有多少炮弹?屈高阳说,三五百发总有。关山林说,你先让人把炮弹全打光,一发不剩。屈高阳就让团参谋长去执行。一会儿炮就响了,一发发直往敌营里飞。关山林说,组织几支重火力队,专门负责解决敌人的坦克炮,部队以连为组,每组负责一栋房子,用榴弹轰!用火焰筒烧!用炸药炸!一个点一个点地干,把东大营所有的房子都给我炸平!屈高阳听得直点头,听完之后就下去布置。

28团打响的时候,吴晋水领着29团也在另一个方向打响了。一时间,整个东大营一片轰鸣,一片火光。关山林亲自率领28团步步为营,沿着军营的外围一栋房子一栋房子打,拿榴弹筒轰,用火焰喷射器烧,使炸药包炸,解决了一栋房子,再往前继续打。重火力组事先就瞄准了对方的坦克炮和平射炮位置,凭借建筑物的掩护抵近了,用集束手榴弹一顿狂轰滥炸,炸不哑炮,炮手也被震死过去了。就这样,很快就把硬胡桃似的敌营建筑群堡垒的外围砸开了。

207师虽是一支骁勇善战的铁师,但何曾见过这种又刁钻又泼皮的死缠滥打法,眼见得阵地在一寸寸失守,连环堡似的亡命屏障被撕得千疮百孔,对方又是以连为单位各自为战,自己的坦克堡垒又多数被炸哑了,守在建筑物里分明是等着人家来连锅端了,血性的207师便组织起一支敢死队来发起反冲锋,决意把进攻的部队赶出兵营。猛烈的枪炮声中,只见一大群手持冲锋枪、卡宾枪,怀里抱着机关枪的青年校尉军官从兵营的中心建筑群中冲将出来,直扑28团进攻阵地。

关山林早防着这一手,先就准备了一支预备队,见对方要拼个鱼死网破了,急令打突破的部队撤下来,令预备队迎上去。预备队也是心狠手辣的,先把距离拉得开开的,胡乱放着散枪,诱着青年军的敢死队远离自己的支撑,又使用几具火焰筒,绕到敢死队后面,尖啸似的几声响,在敢死队身后布下几条火龙,将人封锁在外面回头不得,那时才轻重火力一起开了火。青年军的敢死队以为打的是零散作战部队,没想到这里还埋下了一支伏兵,支持不住,欲想抽身,身后早已是一片火海,回头不能了。只见密集的弹雨之中,那些青年军官们一个个扭曲着身子倒下,也有被汽油裹住了的,伸着手臂在火阵中东跌西撞。

关山林见对方炸了阵,下令部队发起冲锋,他自己则提着一支装满子弹的苏制波波斯43式冲锋枪率先冲了上去。邵越端着一支美制7.62口径MIAI卡宾枪,并不射击,只拿一双眼睛东睃西瞄,兔子似的在关山林前面蹦跳,拿身子把关山林挡住。

关山林老是被邵越挡了道,奔跑得不顺畅,烦不过,就拿脚去踢邵越的屁股,说,你狗日的拦我的道干什么?!

邵越被踢疼了,急了眼,回过头来冲关山林喊,你一师之长,你就知道冲在前面图痛快,你还踢人家屁股,你哪里像当师长的!

关山林平时还容得商量,这时根本没有商量的余地,一脚将邵越踹出老远,吼道,老子就是这样的师长! 你要再敢挡老子的路,老子就照你的屁股来一枪!

关山林一边说一边抠动扳机。关山林当然不是对邵越,他是打那些敢死队。一看关山林射击的架势,就看出是一个地道的老兵来了。若是新兵,激战时,手中要有一支快慢机,准是一匣子连发,一搂到底的,打的是气势,打的是壮胆,打的是痛快。关山林不,关山林打的是点射,少则两三发一个点,多则四五发一 个点,不求张扬,要的是个准头。枪指处必有目标,枪响处必定倒人,而且是在奔跑中射击,凭的是手法和感觉。换匣也快,最后一发弹壳还在空中飞舞的时候,左手拇指已经按住了退匣钮,空弹匣借势自动脱落,右手早已摸出新弹匣,擦着落下的空弹匣就拍进匣仓里了,就势 一带枪栓,子弹就顶入枪膛了,此时空中飞舞着的那粒弹壳才落到地上。这种射击架势,说起来有个过程,做起来却只是眨巴眼的工夫,就是射击时的那个声音,也能听出一种意思,哒哒,哒哒哒,哒哒哒哒,那是有张有弛,有节有奏,不显山不露水,不拖泥不带浆,老道、阴毒、从容、直接,全是一种技巧、一种性格、一种气质。关山林就这样,像一头绷紧了肌腱的豹子,在火海中跳跃奔跑,怀中的冲锋枪点射不断,将一个又一个 207 师敢死队的队员打倒在自己脚下。

阵地上子弹四处横飞,关山林的裤腿衣袖不断被穿出窟窿来,冒出一缕青烟,又很快熄灭了。炮弹和手榴弹的弹片擦着他的脸颊飞过,把他一脸的胡子削出一道道的槽,他却全然不觉似的,只知道在火阵之中奔跑、跳跃、射击。他就像一块黑乎乎沉甸甸的陨石,在阵地上飞速通过,而那些擦身而来的代表着死亡的子弹,只不过是陨石四周飞舞着的美丽的星星。

28 团的指挥员看见他们的师长如此矫勇,一个个血都涌上了脑门,直往前冲。207 师打反冲锋的三百来名敢死队员,不出一顿饭工夫都做了冤死鬼。28团预备队冲得狠,一时刹不住脚,一下子就冲进了中心建筑群。207师残余之敌此刻只能做困兽斗,把所有的火力都搬出来封锁前进的道路。28团的战士也猛烈还击,双方的人成片成片往下倒。

关山林趴在一堆冒着热浪的废墟上,大喘着粗气。他知道这便是最后时刻了。他回头嘶声裂气地冲邵越喊,叫号兵吹号!调特务团上来!

邵越听关山林那么喊,便提着枪转身猫腰跑开去找号兵。

袁正芳带着特务团上来时,敌营中心建筑群后面也开火了,那是政委吴晋水带着29团打上来了。关山林听得真切,一双豹眼瞪得往下滴血,使丹田之气吼道,冲锋!把狗日的锤平!吼罢,他一下子就跳了起来,扬着手中打烫了的波波斯式冲锋枪往前扑去。

那颗炮弹就是那个时候在关山林身边炸响的。那是一发82毫米口径的坦克炮弹,是那种弹头里填充了高效炸药的专打散兵的爆炸弹。炮弹是从兵营中心一辆残存的坦克上发射出来的,因为是平射,炮弹飞出炮口不到一百米就直接命中了一栋楼房。数百块分裂的弹片充当了第一批杀手,紧接着的是强大的气浪和天雨似狂泄而下的碎砖。

关山林只觉得眼前火光一冒,万朵金星使他的眼睛立刻失去了视觉。最先受到打击的是关山林手中提着的那支冲锋枪,枪管被飞来的弹片雨削断了,飞得老远,这使剩下捏在他手中的部分显得奇形怪状。紧接着,关山林整个的人都飞了起来,高高地飘在空中。在他失去知觉之前,他听见不远处传来邵越绝望至极的一声嘶喊:师——长!

乌云是在励家窝棚受的伤。

那是廖耀湘兵团被最后打散的地方。

廖兵团先是企图向北退回沈阳。东野5纵和6纵已先期赶到,在姜家屯、二道河子一带摆出强大的品字形阵地,将廖兵团向沈阳退却的铁路和公路全部堵死了。廖兵团欲退不得。东野各路纵队纷纷赶到,采取渗透穿插战术,楔入敌阵,战斗在廖兵团腹部各处打响,一下子就把十万大军打散了。廖兵团的官兵像遭了雪雹打击的羊群,惊惶失措地到处乱蹿,东边炮响就往西边跑,西边炮响又往东边跑,浪头似的忽东忽西。田野上、村庄里,到处是胡撞乱蹿的散兵。解放军战士、后方的医生、护士、炊事员、宣传员、民工,无论男女全都投入了抓俘虏的战斗,有枪的拿枪,没枪的拿棍子扁担,连棍子扁担也找不到的,就赤手空拳抓人。乌云一气抓了二三十个俘虏,抓住了押往集合地,返过头来再去抓。开始是几个人一道,男兵和女兵分了组,到后来就跑散了,乌云独自一人去抓。

乌云在一条小河边捉住了一个躲躲藏藏的老头,一问,老头竟是49军郑庭笈的少将高参。乌云高兴坏了,押着高参就往回走。走到一个村庄前,听见村里有人喊站住,有一个穿着廖兵团军官服装的人没头没脑地跑出来,后面有一个解放军战士在追。军官空着手,解放军战士拿着枪。军官跑得快,解放军战士眼见追不上。解放军战士远远看见乌云,就喊,截住他,那是个当官的!乌云一个机灵,就把手中的卡宾枪举起来,冲着那个奔跑着的军官尖声喊,站住!军官抬头看见了乌云,扭头就往另一个方向跑。乌云喊,不站住我开枪了!军官站住了,手往怀里掏着。乌云不知道他掏什么,心里一慌,就开了枪。子弹飞出去,远远地落在军官的脚边,军官却扬手丢了一枚瓜型手雷过来。乌云没有战斗经验,不知道那黑乎乎的家伙是什么,呆呆地站在那里。远处那个解放军战士急忙喊,快趴下,是手榴弹!乌云听了才明白,连忙趴下。手雷在这个时候已经爆炸了,把乌云重重地一掀,她就失去知觉了。

乌云醒来的时候,人已经躺在急救队的病房里了。乌云受了伤,但不是皮肉伤。乌云没有被手雷的弹片击中,击中乌云的只是爆炸产生的巨大气浪和泥土块。据急救队长说,乌云被人送回来时,整个人就像泥猴一样,给她洗了个脸才认出她是乌云。急救队长原来是作战部队的教导员,受了伤,落下残废,才转到急救队来的,对打仗很熟悉。急救队长说乌云,简直是奇迹,手雷就丢在你身边不远,周边又没有障碍物,而你却完好无损,不是奇迹是什么。急救队长告诉乌云,那种手雷是奥地利生产的,样子像小甜瓜,所以叫瓜雷,使用的时候保险销往外一拨,身上一磕,丢出手,七秒钟以后就爆炸,别看只拳头大小,个头不大,炸开后能产生四五十块弹片,有效杀伤面积为二十米。是不是恰巧丢向乌云的那枚手雷威力就要小些呢?当然不是,它的威力并不小,可以说威力发挥得很正常,因为乌云抓住的那个俘虏,就是49军郑庭笈的那个少将高参,他就被炸死了,炸得脑浆四溅。乌云后来觉得有点儿可惜。急救队长瞪眼道,这种险事,人家万幸还来不及,你还说什么可惜的话,你脑袋是不是有问题?急救队长本来是顺口说说的,谁知乌云就感到头真的有些隐隐地疼,像是有个什么东西被置放到脑袋里面去了。

急救队里都是救护兵和抬担架的民工,医生只有一个。医生很忙,忙着在帐篷里开刀取子弹缝合伤口。医生匆匆忙忙过来给乌云检查了一下,翻翻眼皮子,敲敲脖颈,说,是轻微脑震荡,不是什么打紧的事,休息几天就好了。急救队长就吩咐乌云休息,实在休息不住,就在驻地帮助做点儿洗绷带烧水之类的轻便活儿。但乌云不干。乌云要到战场上去。乌云说,我是团员,我不能泡病号。

乌云硬从床上撑起来,谁也拦不住。急救队那时接到命令赶到大黑山六纵的阻击阵地上去救伤员,乌云也带着一副担架上去了。乌云在接下来的两天时间里一连抬了九十几个伤员下来,累得天昏地转,小辫上都往下滴着汗,有两次还恶心得直想吐。乌云把这一切都遮掩住,没有让任何人知道。

当然,乌云自己也不知道,这个时候她已经把将伴随终身的头疼病种植下来了。

还有一件事乌云不知道,那就是关山林负伤的事。

辽西战役全部结束之后,乌云所在的急救队也奔往沈阳去了。这个时候,沈阳的战役已经全部结束了,周福成的十三万守军全部被歼,沈阳已经解放了。乌云他们是坐着一辆美式十轮卡车从西城进城的。就在他们进入市区的时候,一辆道奇车与他们的车擦边而过。那辆道奇车开得飞快,一路按着喇叭,急吼吼的,转眼就消失了。乌云和几个女兵当时正在车上大声唱着一支歌,她们因为进入东北最大的城市而兴奋不已。唱着歌的乌云不知道,在刚才与她们擦身而过的那辆道奇车上,正躺着昏迷不醒的关山林。

关山林当然也不知道这件事。

关山林被人从战场上抬下来以后就一直处于昏迷状态。他的身上至少留下了十几块弹片,全身血肉模糊,腹部被炸开了,左手肘关节被炸得露出了白森森的骨头,最重的伤是左颞颥处,有一粒弹片切掉了他的半只耳朵,从他的左颞颥钻了进去。

邵越把关山林从硝烟浓闷的血泊中抱起来的时候以为关山林已经死了。邵越号啕大哭起来。邵越尖着嗓子喊,师长!师长你把眼睛睁开!你把眼睛睁开呀!

部队那个时候已经冲进了兵营的中心建筑。28团团长屈高阳吊着一只血淋淋的胳膊跑回来摸关山林的鼻息。他摸了一把朝邵越吼道,你号个屁!他还有气,快找人来把他抬下去!

关山林在自己师里得到了急救,并做了第一次手术。纵队司令员在电话里一个劲儿地问吴晋水,老关怎么样?有危险没有?吴晋水抹了一把汗说,不知道,正在救护。司令员说,你给我把他救活,你要救不活他我就撤了你的职!

吴晋水放下电话就往卫生队的帐篷里跑。医生正在把关山林身体表层看得出来的弹片往外掏，一下一下掏得铮铮作响。吴晋水问医生，他怎么样，会不会死？医生一边忙着掏弹片一边说，现在还不知道，很难说，我看十有八九保不住。吴晋水说，必须把他保住，保不住我撤你的职！医生说，他失血太多。吴晋水说，你把血止住，不让它流！医生说，我没办法，我止不住它。吴晋水吼道，没办法也得有办法！必须有！医生不再说什么，硬着头皮上。关山林身上的伤口太多太密，血又旺，直往外冒，堵都堵不住。医生只好拿剪子来，剪掉被血糊在身上的衣裳，把人剥光了，拿绷带将关山林全身死死缠住。就这样，殷红的血水还在一个劲儿地往外浸，医生就又缠，一层一层的，把关山林绑得像个布袋人似的。腹部的伤口和左肘部的伤口手术整整做了三四个时辰，做完之后，医生累得一屁股就坐在地上了。

吴晋水让袁正芳和周副师长领着部队打扫战场，自己则一直守在帐篷里。手术做完后，吴晋水问医生怎么样，人能不能救回来？医生说，得看他自己了，命大就能活回来，但是人得赶快往后方医院送，左颞颥和左肋上的两处盲管伤，必须尽快做第二次手术把它们取出来。

吴晋水立刻要人找车，安排把关山林往野司总医院送。邵越自始至终一直在一边垂泪。吴晋水看了心烦，说，你现在哭有什么用？师长已经这个样子了，你早干什么去了？邵越已经悔得不想活了，再听了政委这么训他，越发抽搭成一个泪人儿。

正在把关山林小心翼翼往车上搬的时候，袁正芳喘着气跑来了，说，总部三号首长来电话问关师长的情况，说一号和二号首长知道关师长负伤的事了，都很着急，要我们不惜一切把师长救活。三号是东野参谋长刘亚楼的代号，一号二号是司令员林彪和政治委员罗荣桓的代号。吴晋水听了袁正芳的话就把脸阴沉下来。袁正芳又说，三号要你立刻回个电话。吴晋水闷闷地说，先把老关送走再说。

关山林被送到了后方医院。其实后方医院并不远，就在沈阳城外。但是第二次手术并没有马上做。院长亲自为关山林做了伤口的重新处理，又为他检查了颧颥和肋部的盲管伤。院长用一根金属探条往伤口里探了探，说，弹片钻得太深，伤员又失血太多，在伤员没有苏醒之前，手术万万做不得。

关山林在第二天醒过来了，整个人像白痴似的，处于一种失语状态。手术抢着做了。院长是哈尔滨医科大学毕业的外科高手，做这种手术没有难处，有时手头窘迫了，连麻药都不上，绷带绑了人的手和脚，往嘴里塞一块毛巾，就敢剖开人肚子往外掏弹头，所以手术做得从容不迫，两块黄豆大小的弹片也取了出来。但是手术后，关山林又昏迷过去了，而且情况越来越糟糕。院长检查了，断定是术后综合症，人又失了太多的血，恐怕是活不过来了。

邵越那时候已经不知道哭，提着盒子枪就去找院长。邵越红着眼珠子说，你不能让我的首长死！他要死了我就和你玩命！

院长很镇静地说，你把枪收起来，小心走火伤人。你也看到了，从我这手术室里抬出去的也不是一个两个，我有什么办法。

邵越说，你拿刀来，把我剖了，你把我这一腔子血都给我的首长！

院长生气了，说，你这个小同志，你当这是什么，你当这是浇庄稼呀？你这不是胡闹吗！

院长说完就匆匆地走了。手术室里还躺着好几个受伤的战士等着做手术呢。

邵越看那架势，知道犯横也救不活关山林了，开着车飞快地返回师部。吴晋水听邵越说过后眼圈就红了，半天不说话，然后把政治部主任叫来，要他立刻设法找到乌云，并且把人送到后方医院，让她最后见关山林一面。政治部主任为难地说，现在这个情况，到哪里去找人？吴晋水说，上天也好，下地也好，梳遍整个辽西战场和沈阳城，反正得把人给我找到。连个人都找不到，我要你这个政治部主任有屁用！

吴晋水说罢就去给纵队打电话，汇报关山林的情况。撂下电话，带着邵越就匆匆赶往医院去了。

关山林再次苏醒过来是七天以后的事。

关山林睁开眼睛的时候，迷迷糊糊感到有人趴在他身上哭，等他睁开眼睛一看，就看到了乌云。关山林有好长一段时间脑子里一片空白，不知道发生了什么事，也不知道自己在什么地方。

乌云见关山林苏醒过来，睁开了眼睛，一时觉得心跳都快停止了。惊乍乍地呼喊道，他醒了！他醒了！立时就有几个穿白大褂的医生护士过来，手脚利索地检查了一遍。虽然有严格的职业规范和一些陌生的隔膜使他们没有多说什么，但一种惊叹和感慨全然从眼里流露出来了。

医生离开后，乌云又急不可待地伏向床头，一张泪脸扑朔迷离，脸颊上还挂着两行清泪。

关山林裂开干裂了皮的嘴唇，无力地问，怎么是你？你怎么来了？

乌云不答话，只是抽着气哭。

关山林又说，你哭什么，你别哭。

乌云仍然哭，止都止不住。

关山林说，你看你，眼都肿了。关山林那么说，其实他自己的眼才是肿的。他肿得眼睛只剩下一条缝，要严格起来说，根本就不是眼睛了。

乌云就哭得更厉害，全身抽搐着，只把一只手在关山林裹满绷带的脑袋上一下一下地抠。

关山林没了力气，也不说了，只任乌云在那里尽情畅快地哭了个够，自己昏昏沉沉地又睡了。

乌云哭够了，止住泪，又不好意思，拿手去抹关山林胸前被自己泪水浸透了的绷带,想遮掩自己的失态。好在关山林早已睡沉了,没有注意到这个。

后来关山林才知道,他所躺着的地方是沈阳城里最大的一家医院,是法国人办的。他是被人从后方医院送到这里来的。乌云是在他送到的第二天赶来的。乌云一来就哭,一直趴在关山林身上,哭了六天六夜。医院的医生说,关山林能够活过来,当然和医院的抢救条件治疗技术有关系,但最重要的还有两点。一是靠关山林自己。一般说来,这种术后综合症能够活下来几近奇迹。医生有些迷惑地说,这位长官身上好像有一种什么精神,他不想死,而且他做到了。二是靠乌云。乌云一来就哭,山塌地陷的,海枯石烂的,但凡有口气的,没有不被她哭醒过来的道理。医生更加迷惑地说,这位夫人身上有一种魔力,她不想让这位长官死,而且她做到了。

关山林活过来以后乌云几乎虚脱了。乌云受到的惊骇和死亡的折磨是致命的。整整六天六夜,她都在那里哭,滴水未进。有一段时间她自己都快要死去了。如果他死了,她真的有可能跟着他走,被他把生命带走。

乌云流着泪冲着邵越喊,我说过的,我说过别少我一根毫毛的!你赔我赔我赔我!

关山林后来醒过来了。邵越反复向乌云认错,乌云这时却什么话都说不出来,人虚软得就像一缕飘在半空中的云。

关山林后来恢复得很快,乌云那时就跑去向邵越认错。乌云抓住邵越的衣角说,小邵我不该吼你,小邵你别记恨我。邵越红着眼圈说,我怎么会记恨你,倒是你别记恨我才是。首长伤成这样,全都怪我,我是应该寸步不离的,当时怎么就离得那么远,悔都悔死了。别说你吼我,就是打我一顿也是应该的。乌云急得直跺脚,说,你看你说的是什么话,你难道容易吗?你这样说就真是记恨我了!两个人就愣在那里,竟一时没有话说。

关山林活过来了乌云也就活过来了,而且活得有了主张。医院的医生后来发现,这位年轻貌美的女兵原来也是一位同行,学的是药理,护理做得也不错。她把医院派来的护理员赶走了,坚持要自己亲自照顾关山林,从换药打针到喂水喂饭,她都一个人干。白天她整天都待在关山林身边,陪他说话,给他唱歌。她的歌唱得好极了。她唱歌的时候窗外的鸟儿都不会叫了,支着脖颈歪着头在那里听,听迷醉了就一只只往树下掉。走廊里医生护士全都把脚步放得轻轻的,生怕碰着了她的歌声,把她的歌声碰吓着了。关山林困了乏了的时候,她就住了口,任他睡,自己则守着床头,手里做些杂活,不停地看他,目光中充满了温柔和疼惜。到晚上的时候,她也不离开病房,就在病床前的地上,铺一床军用呢毯,大衣一裹,夜里就睡在那里。只要关山林有一点儿动响,她眨眼就爬了起来。

医院知道这样熬着不易。医院也是有护理员的,伤员又是解放军送来的重要人物,隔三差五就有人来探望,走时还要反复留下要紧的话。医院就提出,仍由院方来护理伤员。邵越也三番五次要替换乌云,乌云就是不干,任谁说也是白说。乌云又是个好性子,见了谁都是一脸的笑,见了医生喊大夫,见了护理员喊大姐,连医院的勤杂工她都客客气气地说话。医院的人就感叹,说,这哪里是官太太,分明是菩萨下凡。

乌云当然是不再哭了,看着关山林一天天好起来,一张脸总是笑眯眯的,像日头下的牡丹一样,开得灿烂无比。

有一天,趁着没有人的时候,乌云坐在床头,抿着嘴角偷偷笑着,抚弄关山林下颌的绷带。

关山林不明白乌云笑什么,就问,你乐什么?

乌云先不说,后来就趴在关山林身上,一脸认真地瞪了一双大眼睛说,知不知道,我是重新捡回一个你呢。

乌云这么说,其实不知道自己已是消瘦了,憔悴了,圆圆的脸蛋尖了下颏。她捡回了关山林,她是把自己耗费出去了呢。

关山林自然看得出来,心疼地说,你要注意自己的身体,你看你都瘦多了。

乌云喜滋滋地说,我瘦不打紧,只要你快点儿好起来,我就是瘦死也心甘。

关山林说,胡说什么。我不要你瘦,你瘦我心里发慌。又说,我这也不打紧,又不是头一回挂彩,只要死不了,照样带兵打仗。

乌云本来想说她已让他吓死了,日后再别提挂彩的话,但话到了嘴边却变了。乌云叹口气,说,现在什么也别想,先养伤,等伤养利索了,你再去带你的兵打你的仗。

关山林知道乌云不爱听,可人活过来了,精神也活过来了,偏偏要拿乌云开玩笑,说,要还挂彩呢?

乌云脸白了,但仍然硬撑着,憋了半天才说,任什么都行,只要人活着,留一口气给我,让我能哭回你来,我就知足了。

关山林的伤势恢复得很快,把邵越高兴得不得了。邵越恢复了胯子爱吹牛的习性,洋洋得意地对医生显摆,说,我们首长不是一般人。我们首长只要死不了,活起来比谁都旺盛。我们首长呀,他是属马的,经折腾。医生说,难怪,给他做手术时,看他一身的伤,整个人像是打烂了又重新缝合起来似的。邵越坐在那里,跷着二郎腿晃着脑袋说,这回你们开眼界了吧。

关山林身上的重伤有四处,腹部、肋部、肘关节和颞颥处,因为手术做得干净,愈合得很快,到冬天的时候,伤口处就长出了新肉,全部结了痂。

关山林的伤还没好彻底就开始吵着要出院,可是组织上不批准,组织上要他把伤彻底养好了再说。

冬月间,9师奉命南下,去打平津。9师离开沈阳南下入关的时候,吴晋水来医院探望关山林。关山林说,老吴你帮我向组织上说说,让我归队。吴晋水说,我说有什么用,为你挂彩的事,我在组织面前头都抬不起来,司令员前几天见了我还带搭不理的,我算熊到底了。关山林说,你就说说,你现在帮我担待点,等日后你挂彩了,我也替你担待。吴晋水说,老关你狗日的咒我呢。关山林说,你到底说还是不说?吴晋水摇摇头说,不说。关山林就发火道,我知道你狗日的心眼,你是想把我甩了,没我这个师长,你一个人在9师当王爷图痛快。吴晋水也不恼,瞟了坐在一旁替关山林烤棉裤的乌云一眼,笑眯眯地说,我当然是一个人,我怎么不是一个人,你这倒是两个人呢,你两个人在这小屋里一关,要多亲热有多亲热,一辈子的热烙话任捡着说,你这是什么样的神仙日子,我若是去替你说了,你还能做这样的神仙?我不说,你不谢我,反倒恩将仇报,你自己说说你有良心没有?关山林见没有希望,气得不理吴晋水,躺到床上蒙了头不再和吴晋水说话。

那个时候,东北已经全境解放了,部队接到指示,秘密入关,完成对平津地区的包围。关山林人不在部队,没有消息来源,但毕竟是领兵打仗的人,凭着对局势的分析和军人的直感,也知道又有一场大仗在酝酿之中了。

有一天,趁乌云去洗衣服的时候,关山林偷偷溜出去散步,在院长办公室里看到几份沈阳出版的报纸,其中一份刊登了一篇题为《中国军事形势的重大变化》的新华社评论员文章。关山林没读过书,是参加革命之后才扫的盲,识字不多,报纸却是磕磕巴巴读得通的。那篇文章里有一段引起了他的注意。那段话说,根据人民解放军的优势力量,原来预计的战争进程会大为缩短,原来预计从1946年起,大约需要五年时间,现在看来,只需要从现时起,再有一年时间,就可能将国民党政府从根本上打倒。

读完那篇文章后,关山林背上流下一汪热汗。这篇文章证实了他的判断。现在已经是1948年的年末,如果以一年计,在今后的不长时间里,解放军必定会在全国各个战场连续发动大的进攻,仗是会越打越大了。

关山林在院长室里闷闷不乐地坐了很久,等回到病房时,乌云已急得满世界找了他好一会儿了。乌云一见关山林就问他去了哪儿,也不说一声,也不叫人陪着,害得她到处找人。关山林像是没听见乌云说什么,上床拉过被子蒙头就睡。

晚上吃饭的时候,关山林吃着吃着突然把筷子甩了,说,不行,我一定得回部队去。没有我,这仗他们打不成。

乌云很奇怪,问,打什么仗?没有你怎么了?

关山林看了乌云一眼,说,你别问,这事儿你不懂。

关山林也没胃口吃饭了,披上棉大衣就往外走。乌云见状,连忙搁下碗,一步不离地跟着关山林往外走,一边走一边问,你去哪儿?你去哪儿?

关山林开始策划返回部队的事。

关山林这人是犟牛的性子,一旦拿定主意,上天的事他也做得出来。乌云见他的架势,知道他要做什么,就说,你伤还没全好,你别给组织上找犯难的事。关山林拿眼瞪着乌云,说,什么找犯难的事?我一个带兵打仗的,我回部队是正经事,你少给我掺和。又说,我告诉你,你嫁给我做老婆,那是组织上要我帮助你进步的,你要有革命觉悟,要把革命进行到底。你支持我,你就是革命的老婆,你要拉我的后腿,你就不是革命的老婆,你就不革命了。

乌云还是头一回看见关山林冲她发脾气。关山林说的又全是道理,当下乌云再不敢说什么,只能眼睁睁地看着关山林把他的计划一步步地做到底。

关山林计划的头一步是找院长,连说好话带摆架子地要出院。院长给关山林做了检查。伤口确实是愈合了,只是这种大面积的火器伤,一腔血都流淌光了,即便伤口好了,也需要有个调养过程,让血慢慢地长回来,否则弄不好就有复发甚至伤口绽裂的可能。院长说,得休养一个时期。关山林说,养就到部队上养去,在你这儿我是病号,在部队上我是首长,我那光景,要多风光有多风光,省得在你这儿,一个丫头片子都敢折腾我。院长吓了一跳,说,长官,你这话重了。你是解放军,敝院虽说不归贵军领导,医务人员职业道德还是有的,怎么会出现折腾你的事呢?关山林一本正经地说,你们那些护士给我扎针,尽往疼处扎,还不许叫。院长方才明白是怎么回事,心里不免好笑,想解放军这么大个官,一发炮弹下来,把人都炸得没有形了,人抬来医院时,一只脚已经迈入了阎罗殿,手术做了七八次,血流了一大盆,硬是哼都没有哼一声,却怕打针。心里这么想,脸上却不能笑出来,只说,你要走,回贵部去,也行,只是你们的上级有交待,说一定得把你彻底治疗好,没有他们的认可,我不能放你走,我放你走吃罪不起。

关山林做到了这一步,就完成了他最先的预谋,接下来就是对付组织上。关山林原来想假借院方同意出院的话来说服组织上,但是局势发展很快,他所在的纵队已经离开沈阳入关了,此刻正在围困北平,联系是决不可能的。东野总部倒是留有后方办事机构在沈阳,于是关山林就去找总部的办事机构。总部的办事机构说,这事我们管不了,要么医院直接送你回部队,医院不同意你就得待在那里,擅自离开医院就和逃兵的性质一样。关山林说,医院同意了。对方洞悉一切地一笑,说,那你还找我们干什么?你不用找了嘛。关山林被揭穿了,脸上挂不住,发火道,你怎么这样跟我说话?你才参加革命几天就摆资格?你是坐在这里,要是在我的部队里,我早一枪毙了你。

关山林没有讨到通行证,气呼呼地回来了。但关山林不罢休,罢休就不是关山林了。关山林有另外的办法。他把邵越招到房间里,神秘兮兮地关上门,落了锁,然后要邵越坐,然后十分亲热地和邵越拉家常话,拉得天上地下,八竿子打不着边。

邵越发觉不对,就说,师长你别兜圈子了,你有什么话就说,你这样不白不黑的,闹得我提心吊胆,心里没有着落。

关山林嘿嘿地抠着光脑袋笑,说,小邵你这么说,我就不兜圈子了,我就直说了。你去帮我找医院。你去找医院,就说组织上要你把我接回部队上去。

邵越说,这怎么行,这不成了撒谎吗?

关山林说,这怎么是撒谎? 这要分情况。情况不一样,就不能一概而论。再说,有的谎还是可以撒的嘛。

邵越说,不行,你这说法没道理,我从没听说过有的谎不能撒,有的谎能撒。我不撒谎 。

关山林朝邵越移近了些,黑着脸说,我平时待你怎么样? 我平时待你不错吧? 三打临江那会儿,你说你想打仗,我不是也让你去了吗? 你想打仗我就让你去,我不也撒了谎吗?

邵越不进油盐,说,那是那,这是这,不是一回事。

关山林虎了脸,说,你别那这的,你就说你去不去吧?

邵越坚定地说,我是党员,党员要坚持原则性。不去。

关山林霍地站起来,把大衣一摔,说,你原则个屁! 你知道什么是原则? 部队眼看要打大仗了,我一个当师长的,在这里好吃好喝地养肉,我这叫什么原则?

关山林发着火,看邵越还在那里坐着,就说,你给我站起来。

邵越刷地站了起来。关山林上去,一脚就把椅子踢倒了。

邵越委屈得眼圈都红了,说,你这是耍军阀作风,你不是师长。

关山林在屋内大步转了一圈,然后站定在邵越面前,盯着他咬牙切齿地说,好,好,你说的,我不是师长,那你给我走。从现在起,我不要你了,我换人。

关山林说罢,摔门就出去了,留下邵越一个人在屋里落泪珠子。邵越落了一会儿泪珠子,把脸擦干了,就去找关山林。关山林已在那里乒乒乓乓地收拾东西,那副架势,是有没有谁批准撒不撒谎他都要走人,立刻就走。

邵越斜着身子站着,嘟着嘴说,首长,我去说。

关山林头也不抬地说，你说什么？

邵越说，我说组织上要我把你接回部队上去。

关山林哼了一声，说，你爱说不说。你说我走，不说我也走。

邵越说，我说。

关山林停下来，转过身来看邵越一眼，脸上立刻就有了笑，走过去扶住邵越的肩，亲热地说，小邵你这就对了，你这就对了嘛。你这样做就是好同志、好兄弟，你就理解了我的意思。我看你是很理解人的嘛。

邵越本来就很委屈，一听这话，哇地一声就哭了起来。

关山林说，小邵你别哭，你哭什么？你说了就对了嘛，你对了还哭什么？

邵越一边哭一边抽搭道，那你还是不是师长，你说你是不是师长？

关山林说，怎么不是师长？我怎么不是师长？我不是师长，我还能是什么？

邵越说，那你还要不要我，你说你要不要我？

关山林听后呵呵地笑着说，我怎么不要你，我当然要你，谁说我不要你了？我说了吗？这不是扯淡嘛。

就这样，关山林完成了他当逃兵的所有计划，拿到了医院开出的出院通知单，当然还有一大包生肌和消炎的药。没有人阻止他。实际上没有人能够阻止他。医院是地方医院，管不了他；总部的那些年轻的政工干部太嫩，他根本不把他们放在眼里；乌云是革命同志，是老婆，应该支持他；邵越倒是和他一样犯犟，但关山林不怕，他有办法对付，他不还是他的师长吗？关山林就这么一意孤行地完成了他的逃兵计划，从从容容地做好了返回部队的准备工作，剩下的事，就是和乌云分手了。

乌云当然不能跟关山林一起走的。乌云有自己的部队。乌云的任务只是在他临死前见他一面，到后来他没有死，就换成照料他养伤。现在他的伤已经养好了,用不着再养了,他要返回自己的部队了,乌云的任务也就完成了。事情就是那么简单。

再度的分别使乌云很难过。那两天乌云怅惘且忧郁,也不说话,也不唱歌,只是时刻地守着心情舒畅的关山林,拿一双湿润的黑眼睛一刻不歇地罩住他。关山林当然也是不情愿乌云离开自己的,两人认识三年了,结婚也有一年多了,但两个人见面的次数,连婚前带婚后,满打满算也就五六次。不管乌云怎么想,关山林自己就有些烦躁。要是乌云不出现,要是关山林不和乌云结婚,这种烦躁也许就不会时刻地袭了来,就会来得迟一些、淡一些,就不会成为现在的这种样子和滋味。关山林是真心地喜欢和看重乌云的。他说不出什么是爱。他对乌云从来没有说到过这个字。他只是觉得她对他很重要,简直太重要了。但是对关山林来说,这种感情不是最重要的。他是军人,对于军人来说,最重要的是战争,是战争中需要的勇气、力量、谋略、胆识、决断、武器、兵力、搏击和胜利。没有什么比这些更让一个职业军人倾心和自豪的了。在荣誉感的光环之下,儿女情长实在是太柔弱太渺小太微不足道了。有的时候,它甚至有些让人感到自己的琐碎和卑小。作为一个军人和一个男人,关山林处在两难之中,而这两种身份都让他得到了荣誉和自信,他是不会放弃任何一种身份的。

关山林用一种坚定的口气告诉乌云,她先回到她所在的急救队去,等他回了部队,他会设法把她调到身边,即使师里不行,纵队总是没问题的。

乌云听了关山林的话,什么话也没说,只是轻轻地点了点头。对于关山林的安排,她不会说什么。她不会认为那有什么不对,甚至不会有自己的意见。她只会点头,小鸟依人般温柔地点头,然后刻骨铭心地看着他。

关山林皱了皱眉头说,你不能光点头。你不能光看着我。你光点头表示心里没有通。你光看着我表示你有意见。你有意见,心里没有通,就是有抵触情绪,再点头,再看着我,就是违心。你不能违心,违心你就不是我的女人。

乌云仍然看着关山林。她看他十分认真地看着她,目光里有一种灼灼逼人的东西,是要定了她的支持的。她知道他要的支持不是小鸟依人,不是轻轻,不是温柔,也不是刻骨铭心,而是坚定不移的鼓励,是扭着秧歌,唱着进行曲,锣鼓喧天地把他往前方送。他要的就是这个。乌云动了动嘴唇,鼓足了劲儿,却怎么也说不出关山林要的那样东西来。

关山林明白过来了。关山林一点儿也不烦躁,相反的,他笑了起来。关山林说,我知道你在想什么。我知道你在想什么。你是想,我这次回到部队上去,我又要发疯了,我又要打仗了。我发疯,我打仗,不知道那些枪子儿,那些炮弹,它们会不会关照我,会不会和我一样发疯。你是这么想的,对吧?

乌云的眼圈红了。乌云不肯说出来,却咬着嘴唇,点了点头。

关山林站了起来,走向乌云,把手伸出来,伸向乌云,让她抓住它。然后关山林一使劲儿,把乌云从凳子上带起来,带着乌云,他们走出了病房,走到了屋外。

刚下过两场大雪,户外一片洁白。关山林和乌云站在白雪皑皑的大地上,两个人立刻被一股新鲜的空气笼罩住了。

关山林鼻孔里喷着白气,伸出胳膊,眯着眼,指着地平线上刚刚升起的那一轮红日,问乌云,那是什么?

乌云被阳光照射得有些头晕目眩。乌云伸出一只手,在眉梢上搭了个凉棚,看清了关山林手指的方向,说,是太阳。

关山林兴奋地说,对呀,那是太阳。关山林把身子转过来,朝着乌云,用一副肯定的口气对她说,那是太阳,我也是太阳。你见过太阳躺下不干的时候吗?你听说过太阳再不升起的时候吗?太阳会落下去,还会升起来;你让它升它升,你不让它升它也会升。我也会落下去,我还会升起来。今天把我打下去了,明天我照样能再升起来！

阳光和泪水迷住了乌云的眼睛。乌云拼命睁大眼睛。她不想在此刻让泪水迷住了眼睛。她想仔细地看清他在阳光中的样子、太阳的样子。乌云想，他说得多好啊。乌云想，他被一颗坦克炮弹击中了，身子炸烂了，血淌光了，死过去了，又活回来了，那是她多大的福分哪。现在他活了过来，活得精神勃勃，他升起来了，想要急迫地返回部队去，回到战场上去，回到天空中去，那她就依了他，让他回去吧。

分别的头一天晚上，关山林和乌云睡到了一起。

在此之前，虽然他们一直住在一个病房里，但并不睡在一张床上。乌云始终睡在地板上。他们只不过是一个伤员和一个护士而已。

最后一个晚上，他们很自然地住到了一起。

关山林在拉熄电灯之后抱住了乌云。关山林说，我们明天就要分手了。

乌云有些伤感地说，你要是一直就这么伤着就好了。你要是一直伤着，我就可以一直待在你身边，我们就用不着分别了。

关山林拿胡茬在乌云娇嫩细腻的脸蛋上蹭着，很肯定地说，有机会的。这样的事有机会的。

乌云慌乱中用手捂住关山林的嘴说，不，我不要这样的机会，不要这样的机会！要这样，我宁愿一辈子不见着你！

关山林不说话，一双大手在乌云光洁结实的身子上抚摸着，一心只想要施展他积蓄已久的力量。

乌云的身体在轻微地发着抖。她把自己深深地埋进关山林宽厚的胸怀里。她感到了他令人炫目的热情和摧毁性的威力。

关山林在黑暗中说，乌云。

乌云把冰凉的嘴贴在关山林的耳边，轻轻说，你要想怎么，你就怎么好了。任你怎么都行。

关山林听了,纵身而起,挥师而上,整个大地在他强悍的摇撼之中地震般地晃动起来。

乌云躺在那里,在摇荡之中,她心疼地伸出一双圆润的玉臂去阻止关山林。乌云在黑暗中喘息着说,别,你别太使劲,你的伤还没全好。你要想得厉害,就让我来。

那个时候,病房外面开始飘起了雪花。1948年的冬天出奇地暖和,也许因为战争的灼热,飘落下来的雪花在还没有接近地面之前就融化掉了。入冬以后,东北境内只断断续续下过几场小雪,这是1948年的头一场大雪。铜板大的雪片无声地舞动着落下来,不一会儿就将大地严严实实地掩盖住了。雪光如萤,整个世界圣洁得没有丝毫污染,除了满天飞舞着的雪花,除了黑暗的病房中那一对水乳交融的壮士娇女,整个东北都在沉睡着。

关山林第二天一大早就带着邵越走了。当他们头也不回地踩着积雪嘎吱嘎 吱地走出医院大门的时候,站在窗前目送他们离去的乌云突然感到一阵强烈的恶心。她想忍,但没有忍住,然后她跑到外面,扶着一株高大的松树惊天动地地呕吐起来。她吐得畅快淋漓,吐得地倾天翻,好长一段时间后她才止住了。

乌云从衣兜里掏出手绢来,把嘴角边的污物细心地抹干净。有几片雪花落在她的头发上,绒绒地像是睡着了的花。乌云想起两个月前大凌河边的那个晚上,那个如梦如幻的不眠之夜,脸上隐隐地浮现出两朵醉人的红晕。她就那么站在那里,站在洁白的积雪和无声飞舞着的雪花之中,手心里捏着一方手绢,安静得如同一个冰清玉洁晶莹剔透的人儿。

第 二 部

中原(1949 年－1950 年)

第 11 章　路 阳 出 生

1949 年元旦那一天,关山林伤愈归队。十四天之后,关山林率领 9 师参加了平津战役,协同另外的二十一个师对天津守敌发动了进攻。

在二十九个小时的激战中,浑身注满了新的活力的关山林像一只出林的猎豹,带着 9 师猛打猛冲,如入无人之境。关山林的新换的军装再度被硝烟和烈焰熏得驳斑满目,缕缕如残旗。关山林新生的胡茬再度被战火烧灼得焦黄拳曲,挓挲得如荆棘。关山林兴奋异常,不断地蹿出他的指挥部,下令他的部队向敌方的阵地冲锋再冲锋。邵越此番如同一块黏糕,如同一袭锁金铠甲,半步不离地黏着护着他的师长。关山林浑然不觉。关山林所能看见所能听到的只有对手的阵地和悦耳动听的枪炮声。关山林在枪炮声中手舞足蹈,如醉如狂,心旷神怡,五脏通泰。他像一个得了游戏机会的顽童,又像一个踏入火阵的战争之神,目光炯炯地在前线跳来跳去,不断地大声喊着,打呀! 打他狗日的! 关山林的那股子炽烈的热情和痴迷的疯狂劲儿迅速地感染了他的所有士兵,一时间,9 师的冲锋队伍杀声震天,狂飙席卷,攻入天津市内的一万五千余名 9 师的士兵全都变成了狂热的关山林。

这种演变在第二天达到了极点。第二天清晨,9 师率先打到天津城防的核心阵地指挥机关——天津警备司令部。在沈阳铁西区伤亡惨重后重新得到补充的 27 团奉命发起进攻。下午 10 时许,27团在团长胡世杰的带领下攻入天津警备司令部内,天津防区的总指挥陈长捷和86军军长刘云翰被该团生俘。随后,守卫城北的敌主力151师在坚守了十几个小时后举旗投降。至此,天津战役宣告结束。

天津战役结束,部队转而挺进北平城下,北平城门旋即洞开,华北剿总傅作义通电起义。

元月31日,解放军进入北平城。北平和平解放,部队在平津一带稍做休整。此时,东北野战军改称第四野战军,关山林和吴晋水的9师建制归顺肖劲光12兵团。

2月,部队开始南下。

3月,部队过黄河,进入豫南鄂北,兵逼大武汉。

关山林整日忙着带领部队行军打仗。他为新的猎物而兴奋不已。他像一头嗜血的猎豹,紧张而快乐地翕动着宽大的鼻翼,捕捉着再度搏击的机会。他投入得全神贯注,以至完全忘记了他曾经对乌云做过的许诺。在鄂北山区那些淫雨连绵的日子里,他差不多已经完全忘记了乌云。

4月,部队作为中路军的一支,沿平汉路东侧向武汉前进。

5月,部队在几乎没有遭到抵抗的情况下渡过长江。5月16日,关山林的那双几十天没有洗过的大脚踏上了汉口一马平川的柏油马路。

就在关山林昂首站立在大汉口的柏油马路上,用一种胜利者矜持的目光审视江汉关钟楼的时候,乌云却挺着大肚子在后方的一所战地医院里洗着一大堆污血的绷带和被单。

乌云困难地跪在鸭群嬉戏的小河边,吃力地搓揉着那些几乎看不出本色的杂布头,把一遍遍污黑的血水拧进河水中。由于肚子腆得太厉害,她不可能蹲着或者坐着,只能采用跪着的姿势,这样就使得她更加地吃力。她的手和脚都浮肿了,显得臃肿不堪,并且皮肤容易破裂。长期的洗涤工作使她的皮肤备受磨砺,手上的皮肤磨破之后,露出嫩红的肉来,一浸入生水中就疼痛难忍。因为工作的劳累和缺乏营养,她的脸失去了原来的红润,显得纸一般苍白,在五月的阳光下,就像一个透明的人儿一般。

乌云怀孕已经八个月了。她一直盼望着关山林派人来接她,就像他许诺的那样,接她到他的身边去。他需要她,需要她的关心和照料,需要她的温柔和体贴,需要她督促他刮胡子、洗脚、换衬衣,需要她来提醒他他有一个妻子,而且他的妻子时时刻刻都在挂记着他。现在她更需要他了。当乌云最初证实了自己已经怀孕的时候,她被一阵惊慌和害怕的情绪挟住了。仅仅是在两个月前,在大凌河边,她才真正完成了一个女儿向一个妻子的过渡,一个女人的过渡。而现在,她却要承受另一个生命的侵入。她还没有做好必要的心理准备。

乌云自然已经不是原来的乌云了。那个不懂事,单纯快乐的乌云自从成为一个军人的妻子之后就消失了。新生的是一个迅速成熟、有了心事、知道牵挂的乌云了。乌云不再那么爱唱爱跳,做女孩子时的那些莫名其妙的傻话也没有了。她变得沉默寡言。尤其是在她牵挂着关山林的时候,在她知道她肚子里已经新添了一个小生命的时候,人们几乎再也听不到她说话。乌云只知道整天地干活,拼命地干活。她没有对人说出自己怀孕的事。直到有一天,她在背一个受伤的战士撤下阵地时,因为妊娠反应晕倒在地上,人们才知道了她怀孕的事。

五个月之后,乌云开始出怀,并且迅速地挺起了她的大肚子。她当然不能再上战场。组织上将她安排到一个后方医院,做一些勤杂的活。这算是最好的照顾了。乌云对组织上的照顾感激不尽。她知道自己现在已经在给组织上添麻烦了,心里忐忑不安,这使她愈发地少话,同时也愈发地拼命干活。乌云负责洗晒全院使用过后的纱布、绷带和被单。这是一件十分埋汰和笨重的活,但是乌云很喜欢。乌云喜欢的当然不是那些充满血腥味的脏布。乌云的喜欢是她可以一个人躲到河边去洗那些东西。河边很安静，除了河里游弋着的麻鸭和小鱼，河畔灌木林中跳来跳去的小鸟，再没有别的什么生命来打搅她。有时候洗累了，乌云就在一块石头上坐下来，安静地看小河里的水无声地流淌。如果这个时候肚子里的孩子拿脚踢蹬她，她就会惊喜地拿手去按住他（她），脸上露出恬静的笑。乌云这个时候就有一种慈爱和宽厚的感情在心里滋生出来，像小河里的涟漪一样，一圈一圈地荡漾开去。

乌云其实想得更多的是关山林。她极想知道他现在在什么地方、在干着什么、是不是在打仗、他的伤是不是完全愈合了、有没有复发？乌云每天想的都是这些事，自然也想不出什么结果来。这么温习功课似的把这些念头梳理一遍，乌云又撑着手从石头上起来，腆着大肚子，用手小心地护着，在河边跪下来，再去洗那些脏布头。河水从不知晓的远处流来，在她那双渗着血水的浮肿的手边划了个弧，然后又朝远方流走了。

河水永远这样，总有流来的，总有流走的，却总是流淌不尽。

关山林想起乌云的时候是盛夏季节，部队那时在鄂南集结休整。部队几个月来连续打仗奔袭，一气从河北跑到河南，再从河南跑到湖北，其间翻涉了不少高山大河，零零碎碎打了不少仗，又和小诸葛白崇禧的几十万军队兜了那么久的圈子，实在是困顿了，疲乏了。野战军总部那时也需要考虑怎么寻找战机的问题，所以部队就得到了休整待命的指示。这一休整就休整了一个月。

那天，关山林去下面部队检查训练回到师部，觉得渴得厉害，也是闲得有些发躁了，就叫靳忠人去弄一只鸡，弄些酒，又要邵越去把政委叫来，两个人饮酒说话。吴晋水来时，酒已斟上了，噼啪地在大海碗里冒着气泡。关山林嫌天气热，早已脱了个赤膊。两个人不说话，桌前坐下，先各饮一大碗，重又斟满碗，这才把陶钵里的炒豌豆一个人抓一把往嘴里丢。

关山林就在那个时候突然想到了乌云。

关山林嘴里含着几粒豌豆，眼珠子陡然直了，呆呆地愣在那里。

吴晋水先还一边动手撕着鸡皮子，一边说着部队里的事情。吴晋水吃鸡不吃别的部分，只吃鸡皮子。吴晋水一边说话一边撕鸡皮子吃，突然发觉身边的那个人没了动静，一看才知道是在发呆。吴晋水做政委做出了门道，又和关山林朝夕共处这些日子，知道关山林这人心里从不放事，天大的难事到了他那里也存不下，从没见他有过皱眉头的时候，真正是个油锤一敲一冒火花的铁打钢铸汉子，吴晋水就猜测他是在想老婆了。

吴晋水把酒碗端起来，说，老关，喝酒。

关山林和吴晋水磕了酒碗，两人吱啦一声各饮一大口。

吴晋水放下酒碗，说，天热得很了，不挪窝都整天一身臭汗。

关山林直着眼珠子，六神无主地说，你一个南蛮子，油锅里泡出来的，怎么也说热的话。

吴晋水说，都是肉长的，怎么就不知道热？好比你有一张嘴，我有一张嘴，都是要吃的，你长一个屌，我长一个屌，都是要屙尿的嘛。

关山林笑笑，说，老吴你邪了，什么时候听你说过这种话。

吴晋水说，咦，你这是什么话？怎么这种话，你们说得，我就说不得？未必做政治工作的人，都活该吃素呀？

关山林说，你这个人，你吃什么素？你怎么吃素啦？你老婆一直跟在后面，我们到哪儿，屁股没坐热，她就到了，抢人似的。你前两天不是还去了汉口吗？你一整夜没回来，你说你吃什么素？

吴晋水笑道，我去汉口那是开会，你又不是不知道。搂草打兔子的事，你总不能说我是犯自由主义吧？

吴晋水这么说，知道话已经说到节骨眼儿上了，就又呷了一口酒,放下酒碗说,老关,为什么不把你老婆也弄到身边来呢？弄到身边,有个照应,大家都好嘛。

关山林听了吴晋水的话,有一阵不做声,用蒲扇狠狠地扇着胸脯,过一会儿才说,我怎么不想弄来,年头从医院回来时就有了这个主意,谁知回来就打起来了,打完一抬腿又过了黄河,一抬腿又过了长江,蹿出上千里地,别说离得太远够不着边,忙也忙昏了头,完全忘了那码子事。也罢,看这形势,若是打得上仗,解放全中国也远不到哪儿去了,等到了全国解放那一天,我头一桩事就是告假去沈阳,把老婆接了来。

吴晋水听关山林说得有些凄惶,心里就拿定主意,这事他得管,说什么也得把师长的老婆弄来。

当下自然是不说什么,过后吴晋水就开始行动。那段日子,部队休整待命,有时间操办这件事。吴晋水先是要政治部主任去汉口办事时把师长老婆的行踪打听清楚。政治部主任到了武汉就找先遣兵团的人,通过军用台和沈阳方面联系,费了几道周折,弄清楚乌云现在是在一家战地医院里。

政治部主任回来以后就把情况向吴晋水汇报了。吴晋水写了一封信,要通讯员送去军部自己一个搞后勤的老乡那里,信上把关山林的情况说了,乌云的情况也说了,再花费了一些笔墨在信中说了些动感情的话,要老乡帮忙把乌云调到他那里来。老乡读过吴晋水的信,爽快得很,当下就叫通讯员带了张纸条回来,纸条上只有两个字:放心。吴晋水看过纸条便会心地一笑。

事情办到这一步,万事只欠东风了。吴晋水便去找东风。东风是关山林。吴晋水一五一十,把事情全告诉关山林了。关山林先是一阵激动,后来又为难,因为部队已接到命令,向湖南开拔,要打白崇禧了。关山林犹豫着说,要不,等打掉白诸葛再说吧。吴晋水恨铁不成钢地说,你这人怎么这么傻,小乌弄来又不是要她去打仗,军后勤多大的摊子安不下她,要她跟着你去风餐露宿地拼命?

关山林想想也对,就同意下来。剩下的就是派谁去接乌云的问题。

乌云不可能自己一个人来部队。那个时候关山林不知道乌云怀孕的事,知道了就不会是那个样子了,可是不知道。接乌云的最好人选是邵越,但是马上要打仗了,关山林身边缺不了邵越,想来想去,决定还是靳忠人去。吴晋水当下把靳忠人找来,事情交待清楚,又让人带着去供需处领了一笔盘缠,说走就走,第二天人就上路了。

靳忠人一路风尘,十天之后赶到乌云所在的那所野战医院,其间少不了费了一些周折。

靳忠人的出现让乌云好一阵惊喜。乌云看着靳忠人,人愣在那里,喉间哽噎如涩,半天说不出话。

更加吃惊的却是靳忠人。靳忠人是被一个快出院的伤员领到河边去的。那个大腹便便、面色憔悴、手脚浮肿、衣着不整、手里拎着一床水淋淋满是血污的床单的女人听见有人叫,便回过头来。靳忠人一下子竟没认出乌云,好半天他都不敢相信那个臃肿的女人就是乌云。乌云呆呆地愣在那里,手中的湿床单弄湿了她的衣服。还是靳忠人跑过去,把跪在河边的乌云用力架了起来。

靳忠人一向憨讷少话,他不明白乌云怎么会弄成这样,怎么会落得这样潦倒,虽然他目光回避着乌云的大肚子,但首长让他来接人,有些情况仍然忍不住要搞清楚。其实又有什么要搞清楚的,人家那个样子,人家一个大肚子挺在那里,还有什么不清楚?靳忠人虽说不善言辞,闷闷的,但想着乌云从前那个光彩夺人的小葱样,再看看眼见这个地覆天翻的乌云,心里便涌起一股酸楚。

乌云不知道靳忠人怎么想的,却对靳忠人的突然出现惊喜万分,像万般危急中抓住一根救命稻草似的一把拽住靳忠人,倒把靳忠人吓了一大跳。乌云那种失态是有道理的。乌云那时怀孕已足月,说话间就要临盆了,要说人在医院里,生个孩子不是什么大不了的事。但医院是野战医院,管的是伤兵,不是产妇,不要说野战医院自己就整天忙得手脚朝天,就是孩子生下来,谁又能照料乌云呢?乌云是头胎,没有经验,不知应该如何应付,心里慌得很,正是没主张的时候,谁知天上就掉下来一个靳忠人。

靳忠人将乌云搀扶到河边的石头上,垫了一件衣裳,让她坐下。乌云和靳忠人就守着河边那一大堆脏被单说话。

乌云说的不是自己,而是关山林。乌云向靳忠人急切地打听关山林的情况。乌云把关山林从头发到脚趾都问了个遍,知道关山林确实没出什么问题,人好好的,这才松了口气。

接乌云走的事,是靳忠人说出来的。乌云听了以后,一时说不出话来,轻轻撩了撩滑落到额前的一绺散发,眼圈竟有些发红。乌云就把自己的情况说给靳忠人听了。靳忠人来之前并不知道乌云怀孕的事,连人都是找了几个地方一处一处问到的,任务里是接乌云回部队,没有说接乌云和乌云肚子里马上就要临产的孩子回部队,这时就有些拿不定主意,不知该把乌云怎么办。乌云却铁定了心要走,立刻走,到关山林身边去。乌云要把孩子生在关山林的身边,那样她才有一种真正的安全感。靳忠人的任务本来就是接乌云的,虽然情况有些变化,但乌云既然已做了决定,他也不再多话。

当下两个人就回到医院做准备。靳忠人拿着介绍信去找组织,乌云收拾自己的东西。其实也没什么可收拾的,无非几件换洗衣物,几本书而已。乌云出门时梳了头,换了衣服,加上逢着喜事,人精神多了。

临出门时,乌云突然问了一句,小靳,你说他要是见了我这个样子,他会怎么想?

靳忠人当然知道乌云说的那个他是谁。靳忠人愣着。靳忠人不是关山林,无法回答这个问题。

两个人都是归心似箭,一刻也不愿耽搁,当天就离开了野战医院。先搭一辆送伤员的车,在路上颠簸了一夜,中途又转了一道车,第二天早上到了平汉线上的一个重镇。靳忠人把乌云安置在火车站旁边的一家大车店里,自己跑去打听车次。乌云实在是累极了,怀里抱着包袱,歪在那里就睡着了。一觉睡醒,靳忠人才回来,抱着一包烧饼,还有一个西瓜。靳忠人告诉乌云,下午就有一趟车往汉口去,说着就拿烧饼给乌云吃。乌云确实饿急了,抓过烧饼就啃,一口气吃下四个,把靳忠人看得目瞪口呆。两人吃过烧饼又开了西瓜。西瓜有些生,但两个人都不是娇贵的人,依然香香甜甜地把一个西瓜吃得瓜皮泛白才罢休。

东西吃罢,已是中午。靳忠人去把账结了,拎着包袱,带着乌云去车站等车。乌云那时就觉得肚子有些隐隐作疼。她先是有些发慌,不知道是不是要临盆了,但想到一会儿上了车,只需一个晚上,明天天一亮就可以到汉口,便有了些宽慰,有了些希望,自己就暗暗忍着,没有告诉靳忠人。

两个人到了车站,等了一阵,火车果然来了。上车下车的人很多,扛包的拎箱的,站台上一片混乱。靳忠人一手拎着包袱,一手紧拽着乌云,拼命往车上挤。乌云只知道拿手护着肚子,什么力气也用不上,等于是一只大包袱。好容易挤上了车,靳忠人把乌云安置在一个位置上,顾不得擦一把汗,就去办票。

等靳忠人办好票回到车厢,却看不见乌云的人。他沿着车厢找了一圈,男女老少各色人等都不少,只是见不着乌云。靳忠人这下急了,跳下火车,满站台寻人,终于在一堆棉花包边找到了垂头丧气抱着包袱坐在那里的乌云。原来乌云坐在车上的时候,车长从那里过,车长一看乌云的肚子,看出她是个孕妇,且是瓜熟蒂落的样子了,就问乌云。乌云不知道掩饰,据实说来。车长是过来人,掐指一算,知道这女人是要生了,车长就不要乌云乘这趟车,怕的是把孩子生在车上。车是一开动就停不得的,找人接生已经是个问题了,若是有个好歹,谁又来负这个责任?车长不知道乌云是解放军,当下就把乌云往车下赶。乌云腆着个大肚子,拖累得连说话的念头都没有了,自然是被乖乖地赶下了火车。

靳忠人听了乌云的诉说,很生气,火车眼见要开了,也顾不上许多,拉了乌云重往车上走。谁知车长是个有心的,料定大肚子女人会乘着混乱再度上车,先就在登车处等着了,见了乌云来就伸手拦住。

靳忠人说,你让她上车,我们要去汉口。

车长说,你们去汉口可以。你们去哪里都行。可你们不能上我的车。

靳忠人说,票我已经办了,又不赖你的。

车长说,不是票,是人。

靳忠人说,人你怕什么。我们是解放军。我们又不做坏事。

车长说,解放军我知道。你的衣服我认出来了。我也有个兄弟在当解放军,还是班长。但是你们还是不能上车。你们要是把孩子给我生在车上,我怎么办?

靳忠人说,我们不会生。我们保证不生。

车长咧嘴一笑,说,生孩子的事,你当是什么。你保证不了。

车长虽然笑,却把车门堵得死死的,一副毫不通融的样子。

乌云护着肚子站在一边,只觉着愧得脸红,开不得口。

靳忠人口笨,不善言辞,碍着对方是老百姓,有纪律保护,发作不得。眼见火车鸣了笛,绿衣红帽的站长提一盏信号灯往车头车尾摇,火车就要启动了,没时间废话,靳忠人拽了乌云的手就往车尾跑。跑到最末一节车厢时,人家车门已经关了,靳忠人就去拉下车窗,先把包袱丢了进去,再把乌云扛起来,二话不说就往车窗里塞,先塞进了乌云,自己再爬了进去。

车长在那一头看得一清二楚,想要追上来时,人早已爬进车厢了。车长急了,返身上车,找了两名年轻力壮的乘务员,直奔最后一节车厢而来,一来就拽起乌云要往下抬。靳忠人上前阻拦,无奈两个乘务员力气大，又有车长在一旁相帮，哪里拦得住。这时，火车已在徐徐滑动，乌云已被人抬到了门口。

靳忠人一时急了，顺手就把腰间的匣子枪拔了出来，高高地举起，冲车长和乘务员吼道，你们找死！你们把她放下来，否则我毙了你们！

车长和乘务员哪里见过这种阵势，脸都吓白了，连忙松开乌云。车长拿手去拦靳忠人，说，解放军同志你别开枪，有话好商量。

靳忠人红着眼说，你们让坐车就商量，不让坐车，你们就和我这枪商量。

车长连连说，让坐，让坐，尽管坐好了。一边说着一边往后退，退到车厢门口，算计着子弹打不上了，转头就溜了。两个乘务员自然也是比着谁的腿长，也跟着溜了。

等车长和乘务员离开后，靳忠人收了枪，抹一把额头上的汗，帮乌云找地方坐下来。车上人很多，逢着南边战事频繁，人大多是部队上的，也有地方上的干部、商人、学生。有几个当兵的知道了乌云也是军人，很同情，就挤出一个位置来让乌云坐。靳忠人千感激万感激，自己已是没位子了，只能站着。他见四周的人都朝他和他腰间的枪投来各种各样的目光，脸就红了，一时觉得背上汗淋淋地难受。

乌云在卡车上敞着风颠簸了一昼夜，本来已经累坏了，又受了一场折腾和惊吓，一旦坐定，松出一口气，肚子又开始疼起来。起先她还忍着，后来疼得厉害了，额上就有汗珠子往外渗，脸也变得蜡黄。

旁边一个解放军发现了，就说，同志，你怎么了？是不是不舒服？

靳忠人站在一边打着盹，听了这话，连忙睁开眼扭过头来看，一看就吓了一跳。靳忠人说，乌云同志你怎么了？你怎么了？

乌云说不出话，却疼得叫了出来。她双手护住肚子，人也开始往座位下滑。

靳忠人吓得连忙把乌云抱住,旁边的几个解放军也七手八脚的帮忙,把人扶起来。几个先前坐着的解放军干脆起来,把位子都让给乌云,让她在那上面靠着。

靳忠人慌慌张张地说,乌云同志你说话,你说话呀?

旁边的解放军说,她是疼,她怎么说得出话?你快去给她弄一杯水来。

靳忠人连忙跑去找乘务员弄水。这回没有多费口舌,人家立刻就给了。靳忠人端着水杯回来,一路洒了半杯,送到乌云嘴边,乌云却不喝,只是闭着眼睛呻吟。靳忠人不知乌云出了什么问题,急得直跺脚。旁边有一个地方干部,看模样是过来人,这时就说,她不是口干,她是动了胎气,要生了。靳忠人听了,立刻目瞪口呆,额头一片冰凉。靳忠人此番北上,任务是要把乌云接回部队,这任务分明担着首长的干系,如今首长的老婆,眼睁睁就要在他面前生产了,就算不说干系的话,他长这么大,既没见过生孩子,也不知道孩子怎么生法,让他拿一个眼见着要临盆的乌云怎么办?

靳忠人急,急得汗如泉涌。靳忠人这么一急,反倒把一个木讷口笨的人,急出了一番惊世骇俗的话来。靳忠人拨开众人,在乌云面前蹲下,咽了一口干唾沫,说,乌云同志,我知道你是要生了。你要生,当然可以,我这个做叔叔的,也是急着要看这孩子一眼呢。可是你生,你不能在这车上生。车上生的孩子不见天不着地,日后你让他怎么长?你耐着,挺着,把他带到汉口去,你在那里把他生下来。孩子是你的,也是咱部队上的,是咱部队上的种,咱首长在等他,咱部队上千千万万叔叔伯伯在等他,等他去,要欢迎他呢。就冲着这个,你现在不能生,你得忍着,挺着,抗着。你就忍一忍,你把他带着。你把他,把这个孩子,生到咱们队伍上,生到首长身边,好不好?

靳忠人说完,自己都被自己这番话感动得红了眼圈。

乌云半靠在那里,听见了靳忠人的话。她闭着眼睛,轻轻点了点头。过了一会儿,乌云伸出一只手去够椅背,想要撑起身子来。靳忠人连忙去扶乌云,帮她把手够住了椅背。乌云抓住了椅背,撑了起来,坐直了,先是把疼痛咬在碎米似的牙齿间,不呻吟了,接下来就把眼睛睁开来。

　　大家下意识地往后退了一步。大家看见乌云的眼睛骤然一亮,脸上浮现出一种明白,一种决心。她把身子挺直了,用力夹紧双腿,然后把上身蜷下去,用头和膝盖做成一个坚定的城堡,紧紧地护住她的肚子,再也不动弹,再也不声响。

　　人们站在那里愣了一会儿。人们突然就明白了——这个女人是在用这种奇怪但却坚决的姿势挺着。她是要护住她肚子里的那个孩子。她真的听信了靳忠人的话,要把她肚子里的孩子执拗地带到汉口去生。人们一下子就被她的这种近似于无望的举动所感动了。人们的眼睛全都潮湿了。

　　靳忠人的眼睛没有潮湿,他干脆就让眼泪流淌了下来。靳忠人在哐当摇晃的火车上像个木头人似的站着,再也开不得口。他就那么一动不动地站着,站了一夜,一直站到汉口。

　　火车经过了一个漫长夜晚的奔驰,第二天太阳升起来的时候停在汉口江岸站上。靳忠人几乎是半抱半挟地把乌云弄下车,直奔车站边上的一家私家郎中的诊所而去。那是一家牙医,门口吊着一个用纸糊的灯笼做成的巨大的牙齿。

　　几分钟之后,乌云在这家牙医的诊所里生下了她的孩子。孩子是个男孩。

第12章　兵败青树坪

　　乌云在汉口江岸车站旁的一家简陋的私人牙医诊所里生下孩

子的时候,关山林正带着部队行进在湖南永丰、界岭一带的崇山峻岭之中。

在此之前,经过休整后的9师奉命接替疲惫不堪的兵团先遣师,与躲在湖南、广西一带的白崇禧桂系主力周旋,打了几仗,所获不大。邵阳兵变之后,9师追击叛军,曾在黄土岭地区追上了敌人的一个团。当时天正在下雨,侦察兵和前卫部队报上来的情报都有失准确,只说是一股零星逃兵,因为部队强行军一整天,战斗力下降,关山林没有引起重视,只指示一个营去进行战术性包围,师主力则安营扎寨准备过夜。谁知被包围的是敌军138师的一个整团,到了后半夜,雨越下越大,该团开始突围,只个把小时,该团就轻松地撕开包围圈,大摇大摆而去。等关山林接到报告赶去时,看到的只是一片乱糟糟的脚印,阵地上留下几十具尸体,其中有一半是我方的。关山林那一气非同小可。也就是这一气,导致关山林犯下了他一生中最致命的错误。

一周后,9师追踪一支流窜之敌来到永丰地区,在永丰打了一仗,没有遇到什么麻烦便占领了永丰。关山林求战心切,命令各部在永丰不做停留,朝青树坪方向攻击前进。次日,9师进抵青树坪,当即遭到界岭守敌桂系第7军的顽强阻止。枪声一响,关山林激动得连头发茬子都竖立起来了。天津攻坚战后,部队一路南下,过黄河、渡长江、进汉口、下鄂南湘北,一直没有碰到一个像样的对手,半年多不痛不痒的战事,关山林早就手痒了。一周前在黄土岭本来咬住了敌人的一个整团,却因情报不准和自己的掉以轻心而误失战机,让敌人跑掉了,作为一个军人,关山林备感奇耻大辱。现在突然遇到这样一个对手,哪里还肯放过。

军部这时传来兵团的命令,命令9师不得盲目前进。关山林从袁正芳手中接过那份电报看了看就丢在一边了。他现在已经把所有来自他之外的命令都置之度外了。他用一种近似于平淡的口气指示袁正芳:下令部队咬住敌人不放,在青树坪与敌军决一雌雄。吴晋水有些担心地说，老关，兵团的命令很明确呀，我们是不是再考虑一下？关山林不屑地道，兵团根本不知道我这里的战局，谈什么盲目不盲目？他们的话只当是没听见，要问起来，就说接到命令时我们已经收不住手了。关山林说罢便伏身于地图，再不与人交谈。

关山林的错误自然有刚愎自用、求战心切的成分在内，但更多的原因是他完全不了解解放战争的总体局势。如果说战争是一盘棋的话，他只不过是这一盘棋中的一枚小小棋子。战争的总体局势并不操纵在他的手中，而是战争双方的主帅手上。关山林根本不知道，就在他打算与对方决一死战的时候，作为战争主帅的另一方，白崇禧也打算吃掉他这个孤军深入的共军师。半年来，白崇禧空拥几十万大军，被解放军从长江以北撵到江南，又从武汉撵到湖南贵州的大山里，撵得苦不堪言，窝囊之极。白崇禧英雄一生，谋略一世，这也算是平生头一回的大耻辱了。此番9师孤军深入，与他的主力7军相遇，算是撞到他的枪口上来了。白崇禧谋略过人，算计是精到的——青树坪在湘贵线上，进可经两湘威逼长沙，退可挟宝庆作壁上观，再不然，就退到怀化打游击战。这一仗要打赢了，给对手林彪算是个不大不小的教训，同时亦可对战局起到扭转作用；如果打输了，退路是留在那里的，即便贵州也无立锥之地，南下回广西老家当山大王总可以吧？所以，白崇禧在关山林下达战斗命令的同时，也向自己的副官口述了他的战斗命令：明日晨，令7军171师、172师、236师全部向青树坪反击，171师从正面 攻击，172师和236师从两侧迂回；电告广州派一中队空军来助战，必欲将林匪的这个师全部吃掉。

与此同时，在武汉的四野司令部作战室里，四野司令员林彪和参谋长肖克正在等待来自青树坪方面的消息。他们很清楚，白崇禧在那里的是一个主力军，而附近地区没有我方的其他兵力布置，双方兵力悬殊过大，这一仗若是打开了，9师必输无疑。林彪站在地图前眯眼凝思,等待着参谋人员送来的战况报告。肖克急得直搓手,说,明知骨头太硬,为什么不知进退?如果7军今天行动,可就撤不下来了。林彪皱着眉头开口道,不能等白崇禧的冲锋号了,命令9师立刻撤出战斗,退回永丰一线集结待命,令145师马上出发前去接应;41军45军各派一个师朝永丰方向运动。过了一会儿,又说,搞什么名堂,9师为什么对我们的电示置之不理?这个师的师长是谁?我怎么一时想不起这个笨蛋的名字了?肖克看了看林彪,没有说什么,立刻进入通讯室吩咐发电报。肖克知道一向沉得住气的司令员今天为什么会这么烦躁。宜沙战役中部队出现了不少失误,但那只是放虎归山,如今可不同了,是老虎下山咬人。白崇禧的部队能打仗,与四野接触后,顶多被拔下几根胡须,要是9师被吃掉了,就不单单是一场局部的败仗,连四野的英名都将被玷污掉!

青树坪的战斗打了两天两夜了,双方都投入了全部的兵力。战斗打得异常激烈,一时相持不下。关山林是在与上面完全失去联系的情况下打这一仗的。9师的电台出了故障,报务员换了一台,频率怎么也调不好,两天两夜内没收到上面任何消息。实际上,这两天两夜的时间里,天空中始终游动着焦灼得几乎快吐血的电波,野司一遍遍电催兵团,兵团一遍遍电催军里,军里一遍遍电催关山林,而关山林却是个聋子,什么也不知道。后来一份兵团转野司的急电放到了军长面前,急电如下:每隔半小时,给9师重复发一电,电文后加上一句,如不撤出,军法处之。给145发电,速去接应。军长看了电报,痛苦地闭上了眼睛,他想他这个军长恐怕是当到头了。

关山林对此一概不知。他此刻已经打红了眼。关山林这时仍然陷在一种错误的判断之中,甚至不知道对方是三倍于他的一个军,且是桂系的王牌主力军。他只是一味固执地认为,他咬住的是一块肥肉,他惟一想做的就是把这块肥肉一滴油也不剩地一口吞掉,补补身子骨;就算他吃不下,也得把这块肥肉咬住,等友军赶到,再将这块肥肉分而享之。关山林就是这么想的,想得如此轻松,想得如此单纯,他甚至还在为越来越激烈的战斗感到侥幸。他认为7军逐渐增加的兵力是对手孤注一掷的决一死战,战斗越激烈,就预示着自己吹总攻冲锋号的时间越近。

9师和7军在青树坪方圆几公里的几个山包上你来我往地展开了拉锯战。9师一个冲锋把7军打下去了,夺下一个山头。7军又一个冲锋把9师打下去了,夺回一个山头。一直到第二天下午,9师开始显劣势,将兵力退缩到几个互为连环的山包上,据地抵抗7军的激烈进攻。进攻一浪高一浪,攻击一方以整营整团的兵力发起冲锋,守军则以牙还牙,宁死不后退。到第三天破晓时,这种对峙的阵地战还在继续。

第三天的太阳和前两天的一样大,一样烈,但显示出的炽灼却与往日不同。山头的树木和小草在太阳一出来的一刹那间就枯萎了,冒出黑色的轻烟。山下有一条小河,刚才还在波光闪烁地流淌着,顷刻便消失得无踪无影,只留下河底龟裂的卵石和枯柴似的鱼干。空气中有一种令人窒息的浊闷。一只红颈蓝翅的杜鹃从那里飞过,一眨眼就被烤化了,连抽搐也没有便变作了一捧灰烬,扬扬洒洒地落到地上。

关山林突然发现情况有些异样了。天一亮,敌方的火力骤然强了许多,半小时之内,9师的阵地上至少落下两千发炮弹,且有相当数量是重炮炮弹。关山林凭着炮弹呼啸的声音和弹着点的准确度判断出,这些炮弹来自于好几个炮兵阵地,而这些炮兵阵地离自己都不远,头两天的战事中却并没有使用。关山林有一种不祥的预感,他开始感觉到舌间有一股胆囊的苦涩。他叫袁正芳去看看电台是否修复好了。回答说电台没修好。关山林皱着眉头说,派两个人,骑马回永丰问问情况。

派去永丰的人刚走,电台却又修好了。立刻和军部联系,这才知道他们所处的险恶之境。关山林倒抽了一口冷气,目光中立刻弥漫起一层冰冷的云雾。袁正芳着急地说,师长,撤吧。吴晋水也说,老关,情况不妙呀,人家是设了个套子让我们钻,这里打了两天两夜,该迂回的迂回了,就等着包我们的饺子了,再不撤就晚了。关山林知道自己算计错了,悔恨难当,一副钢牙咬得直落铁屑。他知道现在不是说愧的时候,跺脚道,撤!

等到关山林说撤的时候,天际边传来滚滚雷声,不一刻,十几架 B-17 轰炸机飞临阵地上空,拉屎似的扔下一串串炸弹,阵地立刻捣浆似的烂了。部队惊慌了一阵,撤下阵地设法躲避炸弹。刚把部队撤下来,雨点般的排炮又接踵而至。天上飞机炸,地上大炮轰,侦察兵又报来消息,两翼各有两个整团的兵力正朝这边压来。走是不可能了,此时走,无疑自取灭亡,只能等到天黑再伺机撤退。关山林这时反倒是冷静得很,说,打吧,人家盛情挽留嘛,今天看来只有拼了。老袁,通知部队拉上阵地,陪咱们的对手练一回。说罢停顿了一会儿,又说,告诉各部队,与阵地共存亡!

这无疑是四野南下后最壮烈的一仗了。十来个小时中,9 师顽强顶住了天上飞机地下大炮的轰炸和来自三面的数十次进攻。7 军以整营整团的兵力发起冲锋,9 师前沿阵地的部队也是整排整连地打光。阵地被一批又一批炮弹掀得翻来覆去,完全看不出本来面目了。每一个被争夺的山头都变成了一片火海,阵地上尸首遍地,汽油弹将那些尸首烧得吱吱直冒黄油,烧得熟烫了,胀鼓的肚子就乒乒乓乓地轰然炸开。

9 师的师首长全都下到各团督战。关山林所在的 28 团,据守在最前沿的阵地,在这里,7 军的攻击最猛烈,伤亡也最惨重。品字形阵地的最前沿口是 121 高地,28 团 1 营 1 连守在那里,打得只剩下 9 个人。关山林要 1 营营长亲自带一个连支援那里。1 营长带着连队赶到时,正遇到 7 军发动一次新的冲锋。7 军的士兵潮水般地往高地冲来,1营长当即命令部队打反击。先扔了一批手榴弹,然后战士们手持上了刺刀的步枪红着眼向山下的敌人压去,一直把敌人压到山脚下。

中午过后,6架B-17轰炸机再次飞抵121高地上空,轮番低空轰炸。飞机飞走之后,高地上的浓烟久久没有消散,紧接着又是地面炮火的猛轰。7军一下子组织了三个营的兵力朝121高地发起了进攻。

下午二时左右,121高地上发生了惊心动魄的肉搏战。将近一个团的7军士兵涌上了121高地,与不足两百人的9师士兵厮杀作一堆。对手之间离得太近,枪炮完全失去了作用,枪声停止了,人们搂抱到一起,用刺刀,用拳头,用牙拼死搏击。7军的士兵大约是五六个对付9师的一个人,把9师的士兵压在身下,把他撕裂成碎片。9师的士兵在绝望之中,纷纷拉响了身上的手榴弹,121高地上霎时间升腾起一朵朵美丽的火光。一小时后,121高地终于失守,守军全部壮烈牺牲。

关山林在团指挥所看得真切,哑着嗓子要28团团长屈高阳立刻组织反击,把121高地夺回来。屈高阳哽噎着说,部队伤亡太大,是不是把部队退到二线来,121就不要了。关山林红了眼说,不行,121要丢了,我们所有的阵地就成了一条线,到时对方想打我腰子打我屁股都由他了,必须把它夺回来,一分钟也不能等!

屈高阳领命组织团预备队打反击,连团部的通讯员炊事员都组织起来了。关山林通过电话下令全师的炮火向121高地射击,射击一停,反击的队伍就呐喊着往上冲。7军占领121高地的部队尚未站稳脚跟,被一阵狂轰滥炸,又一阵泼命似的冲锋,大部消灭在121高地上,剩下不多的撤了下去。关山林在望远镜里看见自己的部队上去了,放下望远镜,啐一口牙血说,妈拉个巴子,你也知道我的厉害了!我要有你那兵力,你那火器,什么样的山头攻不下来!

关山林这么说,9师的阵地并没有从困境中解脱出来。打了三天三夜,7军也有些躁了,冲锋越来越频繁,越来越凶狠,甚至采用了令人瞠目结舌的同归于尽的炮灰战术。他们先组织敢死队往9师的阵地上攻,在双方士兵进行肉搏战时,炮兵阵地就瞄准人群开火,将9师和7军士兵一块炸上天,然后二梯队再冲上去占领阵地。9师的阵地就这么不断地失守,越丢越多。

　　关山林从来没有打过这么艰难这么失去理智的仗。当他看到9师的战士在自己火海一片的阵地上挺着刺刀杀入冲上前来的敌群时,当他看到双方的士兵一块被啾啾飞临的炮弹炸得飞上天时,他的豹眼中同时闪耀着火光和泪光,他的嘴里和鼻孔里堵满了被炮弹掀起的黑色焦土。有一段时间,关山林突然像是自己被击中了似的,一句话也不说,无力地站在那里,眼睁睁地看着自己的阵地一处处失守,焦土上更易大旗。

　　平时脾气温和的袁正芳从29团阵地上打来电话。袁正芳在电话里大喊大叫,并且大骂身边的人。袁正芳声嘶力竭地喊,师长,我的面前至少有一个师的敌人!我已经打退了敌人的三十七次进攻!伤亡太重,我快支持不住了!

　　关山林什么也没有说,默默地放下电话。一发炮弹在附近爆炸,掀起的泥土落了他一身,他一动没动。半晌,他叫过通讯主任,口授一份命令:全师指战员,师长下团,团长下营,营长下连,连长下排,排长下班,共产党员、共青团员的战斗位置是阵地的最前沿,全师即便战至最后一个人,也要把阵地踩在脚下!

　　关山林平静地吐出最后一个字,然后转身,一只大手朝身后的邵越伸过去。邵越知道这是最后时刻了,默默地,也不说话,将一支填满弹匣的汤姆式冲锋枪递给关山林。关山林提着冲锋枪,大步朝121高地走去。不断有呼啸的炮弹飞来,在关山林的身边爆炸。弹片擦身而过,将他的军衣切割得丝丝缕缕。他的橡胶鞋被焦灼的土地烫掉了底,只剩下一对套在脚脖子上的鞋帮,他却毫不在乎,赤着脚丫子步履坚定地向枪林弹雨的深处走去。他的巨大的头颅开始冒出青烟。他的身体开始渐渐发红,越来越红,以至于全身的军装都被迅速地烤焦,化成灰烬,一片片地掉落下来。

121高地已经被打成了地狱,高地上,除了仍在互相撕咬的那些疯狂的士兵,已经没有了任何绿色和生命。因为炮弹早已将高地上的每一寸土地都炸得虚土三尺,架不住机枪,那些红了眼的士兵就把他们同伴的尸体拖过来堆成两尺高的掩体,趴在上面拼命射击。

关山林一上121高地,什么话都没说,搂着冲锋枪便开了火。关山林的脚下躺着一名被炸开了胸膛的小战士。关山林记得他是在津门攻坚战之后才入伍的,行军时还因为脚上打了泡拽过他的马尾。现在他死了,年轻的目光仍然一动不动地注视着天空。关山林伸出一只被战火烤焦了的巴掌,轻轻抚去小战士脸上的泥土,将一张包机枪子弹的油纸盖在小战士的脸上,然后继续射击。关山林几乎是一口气就打光了弹匣里的所有子弹。他将手中空了弹匣的冲锋枪丢在地上,俯身抱起一挺机关枪继续扫射。

对关山林来说,现在已经没有任何战争的技术可讲了,战略和战术此刻已经完全失去了意义,现在只剩下一件事——把自己化成一块石头,钉在121高地上,即便被炸成粉齑,也一尘不漏地洒在121高地上。

太阳是在剧烈的痉挛中跌落到山下的空河谷里去的。青树坪一带,直到第二天黎明时分都是殷红一片。子夜时分,9师拼死打开一个缺口,朝永丰方向撤退。同样伤亡惨重的7军没有追击,9师的撤退寂寞无声。

145师在永丰接应了伤痕累累的9师。145师知道9师已经两天两夜没有吃饭了,立刻架起大锅,将全师半数干粮袋丢进锅里煮,煮得米香弥漫。等145师把做好的饭送到9师集合地时,却见全师官兵都东倒西歪地睡着了。他们躺在那里,浑身硝烟,面如烤炭,呼吸消失,心跳停止,怎么叫也叫不醒。

全师惟一没有睡的只有师长关山林。他盘腿坐在一个生满青苔的盘碌上,腰背挺直,目视前方,一动不动地坐在那里,像是死过去的样子。他那个样子,让145师所有的人都不敢走近他。

实际上,关山林并没有在青树坪之战后失去他对9师的指挥权。虽然他向军里坦白承认在战斗打响之前他就收到了那份"不得盲目前进"的电报,但是不知道是军长根本就没有把这事向兵团和野司汇报,还是兵团和野司体恤打得太苦的9师,在处理意见上装了马虎,总之,关山林还是当着他的9师师长。9师后来甚至还参加了衡宝喋血战和广西围歼战,一路打遍了半个南中国。只是在这之后,9师再也没有被重用过。凡遇大战,9师一律被充做预备队,坐在后面一边晒太阳一边听前方的枪炮声。

青树坪战役9师伤亡三千,动了大元气,部队的情绪很长一段时间没有缓过劲来,不安排这样的部队去啃硬骨头合情合理。关山林对这样的安排始终没有表示意见。他不说话,甚至也不发脾气。只有一次,四野在北流线打桂系7军的时候,9师再度充当看客,袁正芳气鼓鼓地说,7军磕了咱们的牙,军长又不是不知道,不让咱们打别的仗,7军总该让咱们报一箭之仇吧?也欺人太甚了!

关山林站在一棵荔枝树下看一队队红须蚂蚁忙上忙下的吃蚜虫。关山林听到袁正芳的话,愣了半天,叹了口气,沉沉地说,败军之将何言勇,是我折损了9师。

吴晋水在一旁,看了关山林一眼,想说什么,终究没说出。

只有吴晋水明白关山林。虽然关山林从来不说什么,但是吴晋水知道他的心时时都在疼得淌血,他的耻辱浓得化解不开,他的仇恨积淤得无处发泄。白天一言不发的关山林在夜晚的睡梦里却高声大骂,切齿得时常从梦里坐起来。

后来吴晋水调任军政治部主任,赴任前吴晋水和关山林以酒话别。吴晋水好几次都想把话说出来,让关山林解了心里的疼痛,然而他欲言又止。能说什么呢?对关山林这样的军人,任何开脱和安慰都是一剂砒霜,能把他的荣誉感再度旧创迸发七孔淌血。吴晋水只有和关山林碰酒,两个人一碗接一碗地喝。

话最后还是关山林先说出来的。关山林几碗酒下肚,已经有些醉意了。他眼睛盯着酒碗,不看吴晋水,说,老吴,记着9师。到了军里,别的关照不需要,只求给9师一个雪耻的机会。

吴晋水也盯着酒碗,不看关山林。他知道这时的关山林会有怎样的泪眼。吴晋水的喉咙也有些颤了。他在心里仰天长叹道,伙计呀伙计,你是真痴了还是怎么的,你就看不出来,就算上面不记9师的过了,给9师一个机会,让9师捡回一个面子,如今仗打到这个份上,还有多少机会留给你呢?再今后,可就是太平天下了呀!

1949年末,中南五省全境解放,四野百万大军已无大仗可打了。9师此时已经习惯了无所事事,很多干部战士在几个月的消闲时间里都学会了识字认数,甚至学到了一手漂亮的女红。关山林在这个时候接到了去南京五零速中学习的命令。

关山林离开9师的时候没有留下什么话。他从营房里出来,头也不抬,登上送他到南京去的吉普车,嗓音低哑地对开车的战士说了声,走吧。他的目光始终盯着前面的道路,甚至没有转过头来向送行的师部的几位首长和他的警卫员勤务兵们招招手。

第13章　舐犊之情

关山林是在长沙得知乌云的下落的,并且知道自己已经有了一个儿子。长期沉默着的关山林知道这个消息时眼睛一亮,精神为之一振,当下改变行程,要吉普车转调方向,赶往武汉。当关山林风尘仆仆冲进军管会,出现在乌云面前的时候,乌云喜出望外地惊叫了一声,抱在怀里的一叠材料掉在地上,拿拳头堵住了自己的嘴。好半天,她才从一阵支撑不住的眩晕中平定下来。

关山林当天并没有看到他的儿子。儿子被乌云寄托在武昌的一个纱厂工人家里。乌云一位同事的父亲是纱厂的保全工,乌云把孩子放在同事家中,由她做家庭妇女的母亲照顾,乌云每隔十天半个月过江去看望一下。乌云把自己的菜金节省下一大半来,设法换成现金,给同事的母亲做补贴,有时候也托熟人弄点儿奶粉和麦乳之类的食品。

关山林因为不能当天见到自己的儿子而显得有些烦躁不安,但很快地,他就把热情转移到乌云身上。

关山林呆呆地盯着乌云,看了半天,愣头愣脑地说,你长胖了。

乌云的脸红了,把视线移到别处,躲避开关山林火辣辣的目光。

乌云其实一点儿也不胖,她还是那么苗条。她的腰肢柔韧有力,两腿修长,生过孩子之后她的皮肤越发显得白细,富有弹性,剪成齐耳的短发乌黑油亮闪着光泽。也许是孩子的出生给了她一种召唤,一种鼓舞,她有些丰腴了,所以关山林才说她胖了。

乌云现在在军管会工作。乌云带着关山林到军管会食堂去吃饭。食堂原来是间仓库,有一些陈旧的木头箱子可以让大家坐下来。乌云去窗口端来两大盆饭菜,饭是馒头,菜是粉条烩小白菜。关山林真的觉得饿了,大口吃着,把菜汁滴得到处都是。乌云的眼睛一眨不眨地盯着关山林看。她觉得他倒是瘦了,脸颊上的肉很紧,露出很明显的颧骨和下颏,只是依然显得那么结实,举手投足富有弹性和力量。而且他是那么高大魁梧,比食堂里所有的人都引人注目。她觉得他吃饭的那副专注劲令人着迷。他当然是她所见过的男人中最有吸引力的。乌云的目光落到关山林的脸上,在那里颤抖着停留了很长时间,终于没有忍住,伸出手去摸了摸他面颊上的一块丑陋的疤痕。

关山林停下了往口里填馒头的动作,抬起头来,咧开嘴笑了笑,说,这样更威风,是吗?

乌云没有说话,缩回手,心里一阵酸楚,好一会儿才说,是在哪儿落下的?

关山林偏着头认真地想了想,没有想出来。他抱歉地看着乌云说,记不得了,大概是信阳那一仗。要不然是在阳朔?关山林有些把握不准自己的记忆,说完他又埋下头去对付饭盒里剩下的那些汤汤水水。

乌云却始终没有向碗里伸一筷子。她就那么看着关山林,直到他心满意足地把两盒饭菜席卷一空。

关山林吃完了饭把大嘴一抹,说,咱们走吧。

乌云问,去哪儿?

关山林把眼睛瞪得大大的。什么去哪儿?他说,当然是去看咱们的儿子!

乌云头一次笑了,把嘴掩着,以免关山林害臊。你怎么忘了,乌云说,不是说好了吗,咱们明天才能过江去。

关山林抠着脑袋,不好意思地说,你看我,怎么一下子就给忘了呢。

关山林第一眼就喜欢上了那个小家伙。

关山林吃惊地喊道,这是我的儿子吗?他怎么会是我的儿子?他大步走过去,把那个在床上爬动着的胖乎乎的男孩抱在手上,高高地举了起来,入迷地打量着他。孩子被举在空中,很兴奋,格格笑着,手舞足蹈。关山林也乐得不得了,不停地哈哈大笑。

关山林问乌云给儿子取了个什么名字。乌云告诉关山林,儿子叫关路阳,因为她怀他的最后那几个月整天在太阳下面洗东西,而且差一点把他生在路途中。关山林想想说,这名字不错,响亮。但关山林在这之后并不叫儿子的名字,他叫他小东西。他说小东西,你叫我,你叫我爸爸。他说小东西,你走几步路给我看,你走一二 三,听我的口令走。他快乐地躺到床上,把儿子抱在身上,让儿子骑着自己,让儿子踩着他的肚子和大鼻子,在他的身上爬来爬去。当孩子肥嘟嘟的光脚丫弄痒了他的时候,他快活得哈哈大笑,他自己那个样子就像一个孩子似的。

乌云倚在门边,看他们父子俩疯闹——其实不是父子俩在疯闹,那孩子根本还不会疯呢,完全是他的爹在那里连叫带喊地满床打滚儿——她的脸上浮现出一抹安静的微笑。有时候她忍不住地说,唉,小心点,别弄疼了他。但更多的时候,她什么也不说,只是微笑着看着那父子俩,眼里有些润润的潮湿。乌云觉得她眼前的这个场面真是太好了,好到不能再好。

倒是纱厂女工的母亲担心了。老太太姓何,乌云叫她何妈妈。何妈妈在床前颠过来颠过去,不放心地连声对关山林说,你会吓着宝宝的,你会吓着宝宝的。

关山林谁也不听,依然和孩子滚来滚去地疯着,一点儿也不担心吓着了谁。关山林疯够了以后从床上爬了起来,他把孩子放在自己的大巴掌上,让他摇摇晃晃地站着,玩把戏似地,一只手举着孩子在屋里走了几圈,哈哈大笑,开心得不得了。

关山林和何妈妈的关系也处理得很融洽。他把孩子挟在胳肢窝里,像挟炮弹箱似的,靠着何妈妈坐下,讨好地问,你把小东西养得这么肥,你是拿什么喂他的?

何妈妈得意得不得了,乐得嘴都合不拢了。何妈妈神秘而又严肃地小声对关山林说,你想也想不到我是么样养伢的,我给伢喂洋芋,喂苕。你说说看,他不苕长还能么样?

老太太也很喜欢热情魁伟富有动感的关山林,在厨房做菜的时候,她对乌云说,我看得出来,他心眼善良,一点架子也没有,是个大好人。又问,他很有力气对啵?

乌云心里想,他真的很有力气呢,他搂人能把人的骨头都搂碎。乌云这么想着,不说,只是抿嘴笑着,点点头。

何妈妈后来又好奇地问,师长是个多大的官?能管几百兵吧?

乌云说,不是几百,是上万。

何妈妈惊得目瞪口呆,过后有好长时间不自在,再看关山林时,只拿眼角怯怯地看,话也不敢讲了。

还是关山林觉出了什么蹊跷,认真地对何妈妈说,何妈妈,你怎么了?怎么老躲我?是我做错了什么吗?我要做错了什么,你拿大巴掌使劲扇我屁股,别讲客气,尽管扇。

乌云被关山林的认真劲儿逗得喷饭。何妈妈也松弛了,不再拘谨,只是在称呼关山林的时候,她不再随着乌云叫关山林老关,只肯叫他关同志。

吃过饭后,关山林带乌云和孩子上街去逛,两个人都换了便服。关山林把小东西抱在怀里,后来又托在肩上。小东西一路咿咿呀呀,使他精神劲儿十足。乌云先紧傍着关山林走,后来她就把手悄悄揽进关山林的手臂里,为此脸红心跳了好一阵,当她发现关山林并没有注意到这一点儿而是只注意他肩头的小东西时,松了一口气,就让自己和关山林靠得更近一些。一个高大魁梧的男人,肩上扛着一个手臂舞动着的新鲜的婴儿,身边傍着一个同样新鲜的年轻貌美的女人,这幅景象吸引了不少路人注目。

后来关山林终于明白别人看什么了。关山林站下,把胳肢窝里乌云的手臂松脱出来,说,这像什么样子?咱们两个军人,在老百姓面前影响多不好。

乌云申辩说,咱们又没穿军装,有谁知道?

关山林奇怪地说,这和穿没穿军装有什么关系,难道没穿军装,咱们就不是军人了吗?就算光着屁股,咱们还是军人嘛。

乌云臊着连忙看四下,埋怨道,你轻点儿,说这种话你就不怕

183

影响不好了?

关山林呵呵地笑着说,我说什么了,我说什么了,我什么也没说嘛。我就是说了,我们现在不是没光吗。

以后两个人不牵手了,去逛百货公司。关山林给何妈妈买了一顶帽子,一双鞋。关山林说,武汉这鬼天气,干冷干冷,老人怕冻脚呢。接下来关山林就开始给小东西大买特买,吃的穿的玩的,看见什么买什么,不管小东西用得用不上,他都买。买完以后他又后悔不迭,说是原打算把身上的盘缠留一半下来给小东西做生活补贴的,这一买,钱全花光了。乌云就安慰他,说自己有菜金,能变通着换点儿现钱出来养孩子,叫他用不着操心。这时天已晚了,他们就往回走。依然是关山林把小东西扛在肩上,走回家才发现小东西尿了关山林一肩,这又惹得关山林哈哈大笑,得意得不得了。

乌云只请了一天假,当晚得赶过江去,不能在何妈妈家久留。分别的时候关山林有些伤感,一次次地把小东西抱起来,亲了又亲。小东西让关山林的胡茬弄疼了,哇哇大哭。关山林失魂落魄手足无措地说,你怎么还会哭?你这个样子真难看。何妈妈看出关山林的难过样来了,就从关山林手中把小东西接过去,说,你们走吧,伢一开始都这样,不碍事。你们放心,伢我会带好的。关山林和乌云就走,两个人走出纱厂附近的棚户区,回头望望,何妈妈还抱着小东西远远地朝他们招手。小东西已经不哭了,也没看他们,手里摇着关山林给买的一个拨浪鼓,聚精会神地玩着。关山林就更加伤感,说,他怎么就不看我呢?我还没走远呢。乌云说,他还是个孩子呢,知道什么。关山林说,他是谁的孩子?他不是我的孩子吗?乌云就偷偷抿着嘴笑,心想,还是头一回见他这么缠绵呢。

过江的时候天色已快黑尽了,船老大缓缓地摇着橹。关山林突然觉得自己忘了一件什么事,后来他才想起,今天给小东西买了东西,给何妈妈买了东西,就是没有给乌云买东西。但是这个念头只是一闪而过,他很快就忘了这件事儿。

头一天关山林是住旅店的。乌云和军代室的一个女同志共住一间屋,那个女同志知道两个人一年多没见面了,明天关山林就要赶去南京,就把自己的被子抱到别处和人家挤一晚,空出屋子来。

当天晚上他们住在一起。他们说了一会儿话,乌云去打来水两个人洗。武汉冬天的水浸骨头,两个人洗着,忍不住发抖,颤着声儿地乐。然后他们上了床。床很小,是单人的。在黑暗中,乌云觉得床突然变得像一只船那么大。她怕冷似的直往关山林怀里钻。两个人都丝毫不挂,是真的光着身子。乌云先不太习惯脱光了睡。他们在一起的日子只有几次,但自从有了沈阳那一夜后,她开始喜欢这样了。他用力搂着她,确保她真的在他的怀里,而且很快变得暖和了。她的身子光滑细腻,仍然富有弹性,充满魅力。他的抚摸有些生疏,但很快就渡过了那一关。他显得有些急躁,手忙脚乱的,弄得她一直有一种抱愧的心理。即使这样他还是出了一身的汗,在12月的大冬天里把被子踢到了床下。

后来他安静了,他们开始说话。她先说,说得很杂碎,一边轻轻抚摸着他结实的胸前的汗毛,满怀欣喜之情。他在黑暗中盯着天花板,突然说,他很壮,是个讨人喜欢的小东西,是吗?她开始没有回过神来,后来明白他是在说他们的儿子。她在黑暗中就立刻喜悦起来,说,他可会吃了,我担心他会把何妈妈吃穷呢。他呵呵地笑。她也格格地笑,笑得丰满结实的乳房一阵乱颤。她感觉到他的一只大手又在那里了,开始渐渐地亢奋和有力起来。她明白他要什么,有些疼惜地说,赶了几天路,累了吧?他不说话,俯向她,吐着很粗的气息。她说,你要注意身子,咱们的日子还长着呢。他当然知道这一点儿,而且他很知道,他再度燃烧起来的激情就是一种证明。他把嘴放到她的耳边,充满力量地说,我要你再给我生个小东西,再生个儿子。

第二天他们却吵架了。

　　第二天清早,关山林收拾好东西启程去南京。乌云要送关山林。

　　关山林说你别送。你就留在家里。

　　乌云说我送送你。

　　关山林说你已经请了一天假了,别再请假。

　　乌云说我已经给主任请了假,我说我送你去码头。

　　关山林生气了,说,你怎么这样,你把革命工作当什么了。

　　乌云说,我没有当什么,我只是送你。难道我送送你都不成吗?

　　关山林坚决地说,不成。我自己能走,我要你送什么?

　　关山林说完就提着包出了门,昂首挺胸地大踏步走了。关山林走出很远后,发现乌云还跟在后面,关山林就站下了,眉头皱得很紧。他说,怎么回事,不是不要你送吗,你还来。

　　乌云脸色苍白地说,你是不是讨厌我。

　　关山林说,扯淡!简直是扯淡!你们女同志怎么这么粘粘乎乎的?

　　乌云嘴唇哆嗦着说,你这一走,又不知什么时候才能见面。我就是送送你,我犯了什么错?

　　关山林说,我是组织安排的,是革命工作,你到底要怎么样?

　　乌云眼圈里已经有了泪水,声音颤抖地说,我不想跟你吵架。我们别吵架。

　　关山林气呼呼地说,是你要吵架,不是我,你要明白这一点儿!

　　那时候正是早上上班的时候,军代室很多人都往院子里走,都奇怪地看他俩。关山林觉得脸都没地方搁了。他狠狠瞪了乌云一眼,转身走了。乌云站在那里没动,看着他走出院子,消失在人群中。泪水顺着她的脸颊流淌下来。

　　我不该惹他生气,我真该死。她肠子都悔青了地想,这是我们头一次吵架呢。

关山林在南京五零速中读了半年书。这是一所军队为高级军官办的基础文化补习学校,学校开了语文、算术、历史、地理、哲学几门课,也开了诸如战术学、参谋学、后勤学、兵器学、指挥学之类的军队课程。学员来自全军各部队,团长师长军长都有,有的还是刚刚从战场上下来的,身上充满了硝烟味。

关山林不习惯学校生活。开头一段时间,他老是做些奇怪的噩梦。关山林的梦多数与打仗有关,他差不多总是在梦中输给对手。有时候他喊叫着从噩梦中惊醒,猛然从床上坐起,大汗淋漓地坐在那里,发上半天呆。

最令关山林头疼的不是噩梦,而是学校里的那些课程。它们像蛇一样地令他尴尬和手足无措。关山林小时候没有读过书,扫盲是进入部队之后的事,以后虽然在红军随营学校、抗日军政大学学习过,可是那一类学校并不以教授文化为主,它们主张给自己的学员一种思想、信仰、纪律和规范。关山林头疼那些文化课程。他老想躲避它们。

有一次关山林心虚地冲一个教员叫嚷。那个教员是个老教员,过去教的是国民党的军官。老教员教的算术和语文,他在一次课堂作业中给关山林判了最低分,这使关山林十分恼火。

关山林拿着作业本去找教员,说,你以为我没读过书吗?我读书读够了,我读了两所大学呢!

老教员不屑地说,两所大学,你却连分母和分子都没弄懂,有什么用?

关山林被损了面子,冲那个老教员大声叫嚷道,你以为你有什么了不起?你以为你算什么?你懂分母和分子,不是仍然叫我把你打败了吗?

关山林这次喊叫的结果是受到一次严肃的批评。队里党支部书记和纪律委员找关山林谈话。书记是一个小团的参谋长,而纪律委员是一个军政委,这种搭配让关山林无话可说。书记委婉地说,关山林同志,革命虽然成功了,但是我们还要建设社会主义,我们要成为有文化的革命者,否则革命就会半途而废。纪律委员则来得干脆,说,你朝人家老师要什么脾气?人家过去是过去,现在参加了解放军,就是同志了,人家教你书,人家是比你强才当老师,你有狠气,你教一回试试。谈话进行了半点钟,结果是关山林在党员会议上做了一番痛苦的自我批评才算了事。

关山林这个人吃软不吃硬;最受不得的就是激。关山林心想,我的胡子长在我脸上,凭什么要你们来刮?我就不信,参加革命这么多年,连这点儿觉悟还没有,未必这学文化,比攻城堡打山头还难不成?

关山林从此发狠学习,课堂上什么也不说,整堂课都坐在那里恶狠狠地盯着黑板,样子是要把黑板上的字全吞进肚子里去。下课以后也不休息,一个人在课堂里背书演题。春天到来的时候容易犯困,关山林为了不让自己打瞌睡,就拿一支钢笔,笔尾顶着上衣的第一颗纽扣,笔尖顶着喉咙,人坐得直直地念书,若犯困了,头往下一垂,笔尖就戳着下颏,人就疼醒了。这办法果真管用,只是下颏上从此干净不了,总染着黑乎乎的墨水。

关山林吃了不少苦,进步很大。有一回写作文,还是那个被他吼叫过一回的老教员判卷子,作文的题目是《如何关心你的士兵》。关山林写道:对士兵最好的关心是,一、不作战时,发狠练兵,对那些偷懒的兵用力踢他们的屁股;二、作战时,用好兵,当冲则冲,当撤则撤。最重要的是消灭敌人,只有消灭了敌人才能保住我自己的兵;三、教兵成为明白兵,让他们知道,为什么打仗,为什么冲锋,为什么流血牺牲。只有让他们明白了自己的信仰,才是最重要的关心。

老教员很欣赏关山林的这篇作文,用红笔在卷子上批了个很气派的"优"字,还拿来在全班做范文讲读,说这篇作文的优点是什么什么,闹得关山林红着脸又得意又不好意思。不过关山林的算术课不行,不管怎么用功也没用,老是算错。关山林气馁地说,狗日的这些字码,我恨不得通通毙了它们!

关山林的文化课一直是中不溜,时好时坏。军事文化课中偏上,主要是关山林老是在沙盘演练时突发异想,把这个课的教员弄得糊里糊涂的。教员们私下里承认,关山林是个天生的军人坯子,但他有时候是靠信念而不是靠技巧来指挥作战,这种军人做不了中级指挥员。教员们总结说,如果他当不了大军事家的话,那么他只能去做一个勇敢的士兵了。

如果仅仅是这样,关山林真是要被羞死了。但是关山林有一项是整个学校里无人可比的,那就是操练。五零速中是军官学校,作为职业军人,操练是必修课程。关山林一上起操练课来就浑身发热,精神抖擞。单杠他能一气来十个双臂大回环,鞍马的旋子及格数三个,他能连着旋二十个不撒手,单兵动作的障碍跑,规定四分钟通过五百米的十一道障碍,他只需要两分半钟,大家看着他像豹子似的在沙坑上飞跃,像一只生了一对巨大翅膀的大鸟似的,一跃而过,都惊得目瞪口呆。最露脸的是兵器使用,十八般兵器关山林样样玩得娴熟。轮到实弹射击,学员们倒是个个能使枪,只是有的官当大了,枪法生疏了,打得很臭。关山林上去,用一支五发装步枪打了三组,十五发子弹打了一百三十九环,打得其他的学员个个倒抽冷气。

关山林因为在军事操练课上无人能比而洋洋得意,有时说话不免显出骄傲的样子,所以老是受到批评,他自己也老在党小组会上做自我检查,弄得他灰溜溜的,于是就总盼着学业快点儿结束,结束了就立刻离开混账王八蛋的学校,回到部队上去。

数着日子过五零速中的生活,6月份时,学员毕业了。关山林接过毕业考试成绩单和毕业书,看也不看就塞到兜里,连忙跑回宿舍去打背包准备大步开拔。这时总参谋部在北京办了一所高级指挥员培训大学，到五零速中来挑学员。关山林知道这件事，一来他头疼读书，二来他也知道自己的考试成绩不拔尖，挑两三圈也挑不到他头上，自然不往心里去。他请了假上街去给小东西买东西，打算买点儿糖果什么的，回来就上路去武汉。谁知关山林还没出校门，就被队里的书记撵上了，通知他已被总参的那所高级指挥员学校录取为第一批学员了，要他去校务部报到。关山林发誓说一定搞错了，如果不是五零速中的全体学员一块儿被录取的话，那一定是文书在填表时填错了姓名。但是人家后来核实了，确实没搞错，确实是关山林而不是别人。教过他们的教员一共有十一个，除了哲学课教员外，其他十个教员都极力推荐这个名叫关山林的学员上高级指挥员学校。

这事儿弄得关山林很沮丧。后来他似乎有点儿明白了。我不喜欢他们，老是和他们作对，给自己做下了冤家对头。关山林心想，这些狗日的知识分子，他们是在报复我呐！关山林后悔不迭，但是这已经晚了。

第 三 部

河北(1950 年 – 1954 年)

第14章 邵　　越

关山林四十岁那一年终于和乌云团聚了。

高级指挥学校毕业后,关山林分到总参谋部工作。两个月后,他通过组织上把乌云调到了北京。乌云被安排在一家军队医院里,并且干上了她的老本行,做了一名药剂士。小东西也被从何妈妈那里接到北京,放在一所军队办的幼儿园里。幼儿园实行全托制,孩子每个星期的星期六晚上接回家,星期日下午送回幼儿园。

乌云对这种安排心满意足。和关山林结婚到现在,两个人做了三年夫妻,这回能调到关山林身边,儿子路阳也带在身边,用不着寄放在别人家里了,一家人终于能够团聚在一块了,知道这个消息的时候,她高兴得差点儿没叫出声来。儿子寄托在何妈妈家里时,每次乌云去看望儿子回到江北,都要伤心地哭一场。现在她不用再江南江北地跑,也不用再抹眼泪了。乌云自己也总算回到了老本行,这种结局真是做梦也不敢想的。

乌云那段时间脸上总是带着笑,有事没事就哼歌子,快乐得像只得了阳光和森林的小鸟。关山林对此也十分满意,老婆弄到身边了,是实实在在自己的老婆了,再用不着揪着心想呀盼呀的了;小东西更令他快慰无比,他老是嫌小东西在家待的时间太少,一到星期六,早上翻身起来就问乌云什么时候去幼儿园接小东西。星期天若是部里没公事,他要么是在床上和小东西疯闹一天,要么是将小东西往肩上一扛,带他去逛大街。到下午该送小东西回幼儿园时,他总是抱着小东西不放,闹到最后,总要小东西大哭一场,他才余兴未了地撒开手。

那段时间是关山林和乌云最融洽的一段时间。工作也好,生活也好,日子过得从来也没有这么舒坦和开心过,夫妻生活也正常多了。关山林对乌云的身体痴迷入魔,在他心情舒畅的时候,他决不会让乌云安静下来。乌云对关山林的激情和力量抱有同样的兴趣,不管他如何摆布她,她都心甘情愿。更多的时候,她和他的激情同样的炽烈。四十岁的关山林正是年轻力壮雄心勃勃的时候,他对总参谋部的新工作表现出了极大的兴趣。一切都是新鲜的——他的全身心投入是新鲜的,他所处的这个时代是新鲜的,连他刚刚开始的家庭生活也是新鲜的,这是多么好的日子呀!

关山林双手叉腰在屋子里走来走去,挺着胸昂着头大声对乌云说,这就是革命,这就是我们为之奋斗、为之流血流汗的结果!

乌云坐在关山林的对面,眼睛随着关山林在屋子里转来转去,望着他甜甜地笑。她想,他说的多么好呀!

关山林过上安顿日子之后想到的第一件事情,就是把他的警卫员邵越调到身边来。他真的做到了,把邵越调到了北京。

邵越那时正准备下部队去当连长,听说关山林要他去他的身边,二话没说就收拾东西。组织上对邵越说,你要考虑好,你当警卫员都七年了,你总不能一辈子都当警卫员吧。邵越奇怪地说,为什么不能呢? 有什么不能呢? 我当警卫员,又不是给别人当,是给首长当呀。

邵越到北京的时候关山林非要自己去接他。邵越背着背包一在车门边露面,关山林就撞开人群奔了过去。四下的人不知出了什么事,有两个挎着枪执勤的解放军纠察还往这边跑来。关山林把邵越连背包带人抱住了,半天没容他脚着地,邵越哎唷哎唷地直喊骨头断了。关山林松开邵越,退后一步,上下打量他,呵呵笑道,你狗日的,叫你当连长你不当,要来给我当勤务兵,你有什么出息。邵越有些腼腆地笑着说,连长算什么,营长我都瞧不上眼。我一人之下万人之上。关山林瞪大眼睛,当胸擂了邵越一拳说,好小子,原来你有野心呀。

乌云也去接邵越了。乌云远远地站在一边,看着两个年龄相差甚大的战友在那里旁若无人地捶打大笑,眼眶里不禁涌出了泪水。乌云想,他们的感情太深了,他差不多就是他身上的一块肉呢!

乌云没有想到,这两个水乳相融的兄弟会在那么快的时间里就隔阂了、分手了。他们用自己相互的生命搏来的关系,居然仅仅为一件小事就断裂得不可收拾。

邵越调到关山林身边后给关山林做勤务员。关山林待邵越很好,甚至比过去更好。关山林要乌云把家里的所有权力都交出来,交给邵越掌管。那时实行供给制,一切由组织上包揽,家里的权力实际上是有职无权,空的。关山林是要邵越在这个刚组建的家庭中有一份地位和自信。

邵越来时带来一个小包,小包沉甸甸的。第二天邵越把这个小包当众打开,关山林和乌云都吃了一惊。他们看到一堆金镏子和金条摆在他们面前,闪闪烁烁的,分量显然不轻。邵越洋洋得意地告诉关山林,这些金子全是关山林的。关山林目瞪口呆,说,扯淡,我哪有这些金子,我从来就没有过金子。邵越就把金子的来历说了出来。原来,战争年代,部队有时候条件好点儿,会发些伙食尾子,有时发些盘缠,也有时分几个浮财,让大家买点儿香烟什么的解解馋。关山林在钱财方面是个马大哈,从来不留心,邵越都给他一一收好了,存了起来。那时金子便宜,又好带,伙食尾子用不了的,邵越就把它们换成金子,一攒攒了七年,攒成了眼下这一堆飞来横财。

弄明白这些金子的来历后,关山林揶揄邵越,说,你这个守财奴,你该当后勤部长,当勤务兵真是太亏了。可是轮到讨论怎么处理这笔财产的时候,三个人发生了激烈的分歧。关山林的主张是把它们交给组织上。关山林说,我一个共产党员,不能私藏浮财,我拿这些金子不就成了财主了吗?那时候你们都可以打倒我。我才不想让你们打倒我呢。邵越坚决不同意把金子交公。他把金子迅速裹好,坐到屁股下,很不高兴地说,这又不是咱们偷的抢的,是一点点儿从牙缝里攒下来的,打仗那会儿,最危险的时候我都没有丢了它,这会儿要我交出去,我不干。乌云觉得邵越说的在理,那些金子,在邵越眼里已经不光是钱了,关山林在南京和北京学习那一阵,邵越看着这些金子就会想起自己的老首长来,这哪里仅仅是财产的问题呢,这是阶级友爱。乌云对关山林说,你不是打算回老家看看吗,咱们一点积攒也没有,你拿什么回去?关山林最后还是屈服了。他倒不是考虑回家的盘缠,他是觉得邵越刚回到自己身边,要他掌管这个家里的事,头一桩就不依他的,那以后还有什么威信?金子的事就由邵越做了主,留下了。

三个人谁也没想到,这包金子在日后会引起一场灾难,要是知道了,恐怕邵越头一个就会把这个祸根丢进护城河里去。

邵越在这个家庭中的头几天是风光的。关山林在部里的事需要邵越办的不多,大单位的机关和作战部队不同,这里一切都有专人司职,连送文件打开水都有专人负责。邵越实际上不是关山林的勤务员,而是他的管家。邵越好动不好静,在机关里,没事干时老打瞌睡,求着关山林要事做时,关山林往往拿不出来,有时逼得没办法了,明明可以打电话办的事,干脆把电话晾着,写个条子,要邵越去办。

回到家里的时候,邵越的事就多了。那时候的家并不是现在概念的家,所谓家,只是关山林分的宿舍。乌云在自己的单位住,有规定军官家属每周才能回家一次。这样的家,邵越才能做主管。操持关山林的日常起居是主要的,有了两间房子,也有了简单的家当,收拾照料都需要人来干。邵越乐此不疲,满腔热忱,里里外外反反复复地忙来忙去。有的时候关山林晚上把文件带回来处理,需要安静,邵越却老是去打扰他,一会儿让关山林起身,好让他拖地板,一会儿翻箱倒柜,弄得屋里惊天动地,恨不得床脚都一天擦拭八遍。

关山林说邵越,你不要弄了,屋里不是很干净了吗?

邵越一边忙着一边说,你觉得干净吗? 我怎么老是觉得不顺眼呢?

关山林说,打仗的时候总也没见你这么爱干净过,十天半个月也不洗脸,眼屎半寸厚,都招蚊子了,也没见你洗一洗,什么时候变成这样的。

邵越振振有辞道,打仗的时候没条件,现在革命成功了,有条件了,还不兴人家讲究讲究吗?

关山林说,就算讲究,也得有个分寸,哪有一天到晚拿这两间屋子出气的。你自己看看,这地板都被你拖得快穿底了。

邵越突然灰心丧气地丢了抹布,一屁股坐下,说,我不这样又能干什么? 没有事干,人都闲得快发霉了。

关山林说,你不会干点儿别的,比方看点儿书、识点儿字、学学文化,比抹地板不强百倍?

邵越神经兮兮地笑,说,我又不是不识字。我能写自己的名字,还会背小九九,再多了我也拿它没有用。

邵越说罢把关山林甩在一边,又去抹他的地,弄得屋里水淋淋地,像闹了洪灾。

关山林拿邵越没办法,只好躲到一边,由着他折腾。关山林担心的是邵越不安心,待不惯了他会闹着走。关山林不想邵越离开自己,所以对邵越听之任之,有时候简直就是怂恿他胡来。

有一次,邵越出门买东西,在街上遇到一个在空军工作的老乡,两个人越谈越近乎,跑到小饭馆里要了一瓶二锅头,就着一盘饺子喝着。喝罢酒,邵越又跟着战友去空司大院玩,一直玩到吃晚饭的时候还不回家。

关山林在家里左等右等,邵越没回来,就有些急了,不知他出了什么事。那天是星期日,乌云在家里。乌云安慰关山林说,邵越那么大个人,又是个机灵鬼,出不了事。关山林说,要是遇到国民党特务呢? 明枪易躲,暗箭难防。乌云说,你怎么老是往坏处想呢? 你就不想想他会好好的回来。关山林急坏了,豹子似的在屋里走来走去,口里念念有声地说,他可别出什么事,他要是闹出什么事,我非毙了他。乌云说,你能不能安静地坐着? 你这样转让人头晕。

邵越是半夜里回来的。他哼着小调,微醺着一个人走了二十里地,从京郊走回家。当他推开门的时候,关山林和乌云还坐在灯下守着。邵越嘻嘻笑着,说,怎么还不睡? 你们聊天呐? 乌云怕关山林发火,拿眼色关照关山林。关山林没发火,问明了情况,脸上的表情春夏秋冬地变幻了一阵,后来开口说,你吃饭没有,要没吃乌云给小东西买了包饼干,你拿开水泡泡吃了它。邵越打个酒嗝,说,吃了,吃了,现在还撑得慌呢,就是有点困,你们要没事,我先睡去。说罢起身回到他的房间,一会儿房间里就发出轻松的鼾声。

关山林起身进了邵越的屋子,给邵越盖好了被子,拉熄了灯,回到自己卧室里。乌云正给小东西掖被子。乌云把小东西手脚掖好,脱了衣服,熄灯上床,躺到关山林身边,忍了一会儿没忍住,说,唉,你就没注意到,邵越他喝了酒呢。

关山林说,我怎么会没注意,他一进门我就闻到了。我总不能让他把酒吐出来吧。

乌云说,那你也不能不批评他。他又是喝酒,又是深更半夜才回来,要不批评,日后他说不定还在外面过夜呢。

关山林半天不说话,过了好一会儿,才在黑暗中闷闷地说,你让他怎么办? 他当了那么久的警卫员,整天精神高度紧张,现在一闲下来,还不闲出毛病来?

乌云说,你这是宠着他往自由散漫去。你这样宠他,迟早会闯出祸来的。

关山林不爱听,说,算了算了,不说这事,睡觉。

关山林说完就翻了个身,把背朝着乌云睡了。

乌云一时睡不着,一种担忧强烈地漫上心头,使她睁眼直到天亮。

乌云的担忧果然应验了。

第二个星期日,关山林到外面开会,乌云在饭堂里洗衣服,邵越带着小东西玩。小东西渴了,要喝水,邵越就去倒了一杯开水。这时一只小鸟飞来,落到窗台上,小东西指着鸟儿说,要。邵越本是精灵细心的人,多一个心眼也就把祸避开了,可他却大大咧咧地把开水杯往那里一搁,蹑手蹑脚就去外面捉那只小鸟。小鸟没捉到,却听见屋里小东西一声尖叫,然后是撕心裂肺的哭声。邵越冲进屋里,见小东西坐在地上,空杯子滚在一边,那滚烫的一杯开水,全倾在小东西的脖子里了。

乌云正端着一盆衣服往回走,听到小东西的那声哭喊,毛骨悚然地丢下盆子就往家里跑。跑进屋一看,邵越正把小东西抱在身上,到处翻找着消失了的开水。乌云一把从邵越手中夺过小东西,手往棉衣上一摸,摸着热手处,七手八脚解开小东西的领扣,扒开一看,小东西的脖颈早烫出一片鲜红了。乌云不敢怠慢,抱上小东西就往医院跑。小东西哭声不断,在医院里做处理时嗓子都哭哑了。医生用黄连水清理伤口时,小东西哭得差点儿背过气去。乌云心都碎了,流着泪一遍遍对医生恳求道,请你轻点儿,请你轻点儿!

邵越完全吓傻了。他一直站在急诊室外面,一副无所作为的多余人的样子。他的脸色苍白,始终拒绝看小东西的伤口,也不看乌云的眼睛。

把小东西抱回家的时候,乌云已经平静了。她心里恨邵越。他怎么可以把一杯刚烧开的水放在一个两岁的孩子面前呢?但是等到把小东西哄睡了之后,乌云开始思考别的事情了。最重要的不是小东西的伤,而是怎么向关山林交待。年近四十才得了这么一个儿子,关山林对小东西的疼爱简直超过了一切。他整天都把胖乎乎的儿子扛在肩上,乐呵呵地到处走。小东西要是打了个喷嚏他都会大惊失色,而现在小东西的胸前被烫掉了鹅蛋大小的一块皮,那差不多就是一个两岁大的孩子的整个胸脯呢!如果关山林知道这是谁干的,他会在半分钟内把那个人活活撕掉的!

乌云这么一想,就把一直躲在外屋的邵越叫进屋里,告诉他,第一,小东西被烫伤的事情,尽可能不让关山林知道,能瞒多久瞒多久。反正第二天就要把小东西送回幼儿园。幼儿园有医务室,一周以后,孩子的伤就会结痂的。第二,如果万一关山林知道孩子受了伤,最起码不能让他看到伤口,只说受了一丁点儿伤,不要紧。乌云补充说,最最重要的,是别对他说是你干的,得说是我,明白了吗?

邵越听了以后脸上麻木着,点了点头,什么话也没说,低了脑袋出去了。

乌云在身后看着邵越,突然就想,邵越怎么就变得手脚有些僵硬了?当年那个鬼机灵似的邵越,他到哪儿去了?

关山林回家的时候,小东西已经睡醒了,有些恹恹地,坐在那里玩纸叠的小船。关山林高兴地拎着小东西转圈,要小东西在自己的脖子上骑大马,小东西却怎么也乐不起来。关山林觉察出来了,问乌云小东西怎么了。乌云拿话搪塞,说是大约有些感冒。

邵越本来一直没做声,也不该做声,这时突然就走进屋来,把小东西被烫伤的事说了出来。他干巴巴地说,我不知道他会自己去动那杯水。我以为他会等着我回来。他没有等我。他自己去端水杯子。

乌云没有想到邵越会自己把事情说出来。她想拿脚去踢邵越，阻止他说下去，但已经来不及了。

屋里的空气立刻沉闷了。三个人谁也不说话。只听见小东西在那里咿咿呀呀自语。

乌云紧张得要命，心里怦怦乱跳，拿眼角偷偷瞟关山林。

关山林脸色铁青，腮帮子抽搐了两下，突然一下把手中的小东西丢在床上。小东西被摔得往前一跄，哇地哭了起来。

乌云和邵越一愣，都同时扑上前去抱小东西。

乌云不顾一切地冲关山林喊，你干什么摔孩子？你拿孩子出什么气？

关山林不理乌云，伸出胳膊，拿手指着哭得直抽的小东西，生气地说，我就摔死你！你算个什么东西！你仗没打过，苦没吃过，有什么值得人来宠你？还要人来给你赔礼？你就烫死了又能怎么样？你若把你邵越叔叔烫着了，你拿什么来赔我？

乌云和邵越这才听懂了，关山林气的不是小东西被烫伤了，他气的是邵越为这件事受了惊吓，还陪着小心承认错误。他替邵越委屈，认为那不值。

乌云那一刻把小东西藏在怀里，紧紧搂着，心里直替小东西委屈，替自己委屈，委屈到了极点，身子发着抖，却一句话也说不出来。

邵越却呆着，怔怔地站在那里，再一会儿，就有两行泪水哗哗地流下来，止也止不住。

小东西就像一只刚吐出绒毛来的小鸟儿，伤口好得很快，半个月后就可以洗澡了。疤是留下了一块，但医生说，这是浅表层疤痕，孩子若不是痕迹性皮肤，日后不会留下什么。乌云有了那一次委屈，事情过去以后，也想开了，反过来安慰邵越，说没有关系，哪个男孩子身上没有两块疤呢，没有疤就不是男孩子了。就算日后留下疤痕,也不至于影响吃饭干活。邵越勉强地挤出一个笑来,算是回答了乌云的安慰。

自从出了这件事以后,邵越的话越来越少了,一天到晚除了不得不说的话,几乎不再开口。人也变得沉闷了,很少笑,也很少出门。倒是有两件事做得精心,一是每到星期六就抢着去幼儿园接小东西,接回来就带他玩,警卫似地跟在小东西身后,脸上紧张兮兮的,整天不撒手,有时连关山林都很难从他手中把小东西夺过去。第二件事就是老擦拭关山林的手枪和皮鞋,没事的时候就坐在那里一声不吭地擦。关山林的手枪长期不用,擦擦也好,只是可怜了那双崭新的制式皮鞋,上好的水牛皮,硬是被他擦得毛了皮子。

乌云先看出了邵越的异常,悄悄对关山林说,邵越的样子不对劲呢。

关山林不在意地说,有什么不对劲,我看他不是很好吗。

乌云说,什么很好,你看他,眼睛都眍了。

关山林不以为然地说,年轻人,到了这个年龄,谁没有点儿心思,说不定是想要找对象了。

乌云摇头说,我看不像。

关山林说,那你看像什么?

乌云说不出像什么,只是说,是不是叫他出去玩玩? 老在家里关着,活蹦乱跳的人也关病了。

这个想法关山林倒是不反对,关山林就叫邵越没事时出门去逛逛。北京那么大,好玩的地方多的是,要不买东西,也花不了什么钱。如果逛不出什么兴致,找他的那些老乡玩玩也行。

邵越很听话,叫出去就出去了,出去时还特地换了一件干净衣裳。但不到一顿饭工夫,又快快地回来了。问他,他说没什么逛头,街上人倒是很多,谁也不认识谁,反而不如过去打仗,战友就不说了,就是敌人,也是一个对头关系,能死缠烂打一番。关山林拿这样的邵越一点办法也没有,毕竟不能把他关在门外,只好任他这样了,心里却有了些纳闷。这人原先是最爱热闹的呀,过去在东北时,部队打下一个鸡蛋大的小集镇,他也要在裤腰带那么长的街上挺着胸脯着肚来回走几遭,怎么进了京城,反倒见不得世面了?

关山林弄不懂邵越,也只能任他那样了。

于是,邵越最终离开关山林,就成了一种必然。

关山林要邵越把那份公函送到一个部门,邵越神情恍惚地,竟把公函弄丢了,到了地方才发现,回头找时已经无影无踪。关山林容得儿子烫得半死,却容不得人拿工作开玩笑,他大发雷霆,把邵越狠狠地熊了一通,还命令他写一份思想检查。邵越站在关山林面前,低着头一声不吭,脸上也看不出什么,只是有点儿绝望的蜡黄,离开的时候还规规矩矩地朝关山林敬了个礼,关山林也没理他。

第二天,邵越把检查交了上来。不是一份,而是两份。字都写得歪歪扭扭,但看得出来是下了工夫的。关山林看完检查,觉得认识还算深刻,只是错别字太多,一笔一画很用力,错也错得认真。再看另一份,却是一份请调报告。关山林有一阵子没有回过神来,看完了以后又看了一遍,然后把两份报告都放到一边,拿帽子把报告压住。

邵越要求调回原部队去,说明原部队已改为109师,正准备赴朝作战。师里同意邵越调回去,还当他的连长。邵越在请调报告中写了这些,但没说理由。

关山林想了两天,没有答复邵越。在这两天里,邵越该干什么还干什么,只是床头已方方正正摆着一个打好了的背包。两个人见了面,也不提这件事,像是这件事从来没有发生似的。

第三天早上上班之前,关山林把邵越叫到他的房间,眼圈乌黑地把那份报告递给邵越。邵越先没接,后来接了,看那份报告已被揉过几道,皱巴巴的,在报告的上方有几个艰涩的字:同意。关山林。邵越拿着报告呆了一会儿，然后说，谢谢首长。说完这话就低着头走出了屋。

邵越走的头一天，关山林打电话叫乌云请假回家。关山林要乌云上街买菜买酒。乌云买了血肠和烧鹅，这都是平时不容易吃到的菜。关山林还叫乌云买了臭咸蛋，这是邵越喜欢的东西。吃饭的时候，三个人围着桌子坐着，都不说话。关山林叫乌云把酒杯倒满。乌云照做了。然后大家喝酒。其实别人也没喝，就关山林一个人喝。乌云不会喝酒。邵越不喝，拿筷子头蘸着酒在桌子上写字，菜也没怎么动。关山林一杯接一杯喝二锅头，喝光了一瓶又去启一瓶。乌云有些害怕，没见他这么发狠地喝过，就去抢酒瓶子，哪里又抢得动，让关山林一下子就推开了。

关山林终于把自己灌得大醉，吐得一地都是。乌云和邵越把他弄到床上躺好，盖了被子，又拿拖布把一地污物收拾了。乌云想，夫妇三年了，算上结婚那次，他这是第二回醉呢。邵越站在那里，说，嫂子，你到外屋去睡吧，我来守他。乌云心里咯噔一声，心想邵越一直是叫自己小乌的，这还是头一次叫嫂子。乌云心里便发涩。乌云知道今天晚上应该这样，把他交给他。

乌云没说什么，到外屋睡去了。躺在床上翻来覆去地睡不着，后半夜爬起来披上外衣走进里屋，见邵越还坐在那里，坐得笔直，一动不动。乌云站在那里，不知道该不该叫邵越去睡。

邵越第二天背着小包离开了北京。关山林没去送，是乌云去车站送的邵越。

一路上，两个人都没有说话。邵越不说。乌云不知道说什么。

火车开动的时候，乌云眼圈红了，追着徐徐前行的火车喊，小邵，来信啊！

邵越头一直背朝着站台这边，不看在站台上奔跑的乌云。后来邵越站起身来，把车窗关上了，乌云喊小邵保重的话，也不知道他听见了没有。

火车越来越快，风吹得人眼睛发涩。乌云追不过火车，站下了，伤感地想，不是火车快，是邵越想快点儿离开，风才这么吹眼睛的。

邵越回到部队后，就随着部队去朝鲜了，从此再没有和关山林联系过，一封信都没有。

几年之后，志愿军凯旋归国，关山林曾托人打听过，没有打听到邵越的消息，因为109师一到朝鲜建制就被打散了，人分到各个部队。

关山林此后再没提起过这事儿。倒是乌云放不下，直到六十年代初，她还在邵越家乡的报纸上登过寻人启事，最终也没有消息。有关邵越下落的传闻倒是有两个。一是说他在朝鲜战死了。釜山战役的时候，邵越所在的那个师被包围了，打了几天几夜，冲不出来。后来上级下令，让部队放下武器，停止抵抗。邵越那时已是营长了。邵越那个营打得很惨，伤亡过半。邵越自己也负了伤，肠子都打出来了。邵越接到命令后把步话机踢进了山沟里。美军上来时，战士们都一脸蜡黄地坐在阵地上，搂着空了弹匣的枪一动不动，好多战士都哭了。邵越突然抱起一个炸药包，拉了导火索朝敌群中扑过去。邵越大骂道，我操你祖宗！我操你祖宗！全营的士兵都含着泪听到了邵越的那声叫骂，并看到了他们的营长和一群美军士兵被一团骤亮的火光托上了天空。另一种说法，是邵越没有死，还活着。有人在河北某地看到了邵越。他拄着双拐，下半身空荡荡的，衣衫褴褛，面如呆鸡，坐在一个满是驴屎马粪的集市上，卖一分五一个的红薯饼。红薯饼放了很久了，已经长了毛，上面附着一层被风刮来的粪草，跟满地的驴屎马粪没有什么两样。

这两种传说都是乌云打听到的。乌云终于还是忍住了，没把这两种传说告诉关山林。虽然关山林不提邵越的事，但他一直是抱着一种希望的。乌云坚决地相信这一点儿。乌云不想让关山林的希望破灭。

第15章 同学相聚

邵越的离去使关山林的家发生了分裂。

邵越走后,关山林开始显得烦躁,脾气变得越来越坏。乌云原先以为那是因为邵越离去的缘故,后来发现并不是。关山林的烦躁是因为生活得太平静。关山林在总参的工作是一种指导性工作,一种战略性工作,大机关的高贵气派和颐指气使很浓重,同时还有一种权威感和神秘感,但这与关山林喜欢和习惯了的那种方式不一样。关山林热衷于做一些带有刺激性的具体工作。他喜欢冒险,喜欢激烈,喜欢征服,喜欢把自己置身于困境与危险中。乌云有时候觉得这个阳气逼人的男人自己太紧张,也让人太紧张,他总是不满意自己,有时候他还不经意地表现出嗜血的一面,因此也不满意他人。

抗美援朝开始的时候,关山林要求入朝作战,这个要求没有被批准。以后关山林就开始不厌其烦地找理由离开总参那栋土红色森严壁垒的办公大楼。关山林最终还是得逞了,他被调往东北的一个军事部门,虽然人依然在总参管辖之内,但离实际工作近了一步。

乌云当然不愿意离自己的丈夫太远。当她无法阻止他的时候,她总可以迎合他吧。乌云请调的理由十分充分,但要等待组织上的协调和联系。这一次没调成,因为等乌云把一切都联系好了的时候,关山林又不满意他在东北的那个工作了,他再度请调,要么去西藏,要么去福建,这两个地方都有可能接触战争。他被调往福建。

乌云为调动工作又开始新的一轮联系。仍然是通过组织上。

这耗废了她相当长的时间和相当多的精力。眼看办得差不多了，乌云都开始收拾东西了，关山林又从福建调往广州，再调往沈阳。这两次调动不是因为关山林，是组织上的安排。

连续几次折腾，乌云已经绝望了，她疲惫不堪，心灰意懒。当一只四处觅食的饿豹在森林里蹿来蹿去的时候，你怎么能够接近它呢？乌云索性放弃了调往关山林身边工作的奢望。她有自己的工作，并且热爱它，她总不能因为想调到丈夫身边而荒芜了自己的职业。再说，没有什么比一天到晚翻弄地图和计算两地间的距离更让人痛苦的了。没有希望倒落得干净，落得心如止水。不管你是只什么样的豹子，你总有歇下来的一天吧。乌云就是这么想的。乌云这么想了，真的就心安理得。乌云才二十二岁，正是精力充沛的时候，这种精力充沛使她的热情和能力得以充分地发挥。她入了党，当上了团支部书记，业务上也得以长足地发展。北京确实是个好地方，这里远离战争，远离流血和死亡。再说不光有北京，还有个小东西呢。乌云的工作和生活，在这段时间里倒是非常充实。

乌云以为这种日子还会延续下去。她并不奢望那只饿豹会很快吃饱了。但有的时候，人已经放弃了的东西反倒会自动找上门来。有一天乌云下夜班，十分倦怠地回到寝室，看见一个满脸灰尘的军人站在寝室门口。在晨曦之中，那个军人不断打着哈欠。那个军人对乌云说，我们校长要我来接你。乌云有些手足无措，主要是没有思想准备。不过，新上任的河北空军干部学校校长关山林即便是突然想起她，并派人来接她去团聚，这件事总是让她激动的。

在收拾东西的时候，乌云对军人说，你能不能在门口等一会儿？乌云把门掩上一半，自己在床上呆呆地坐了很久。她听见那个军人在门外踱来踱去的脚步声越来越拘谨，后来就停了下来。她突然发现，她是那么渴望到他的身边去，渴望他身上那股让她眩晕的气味。她把这个念头深深地埋藏在工作之后,只不过是害怕再一次的失望罢了。现在他想起她来了。他要她了。他要她到他的身边去。他为此专门派人来接她。这是不是说,她从此就不会再有什么失望了?

调动手续办得十分快捷。东西不过是两个旅行包,外加乌云自己的档案袋。三岁的小东西倒是有些沉手了,告诉他立刻要去见爸爸,他就格格地笑,说,我要玩爸爸,我要玩爸爸。这时的乌云已经是医院的业务骨干了,医院不太愿意放她走,至少不太愿意马上放。但这无济于事。关山林的行动果断、快捷,具有权威性。他知道战争是怎么回事。他从来不会拖泥带水。凡是他想要的东西,他一定要得到它。乌云的调动就是一个实证。

乌云怀里抱着儿子关路阳登上了北去的火车,这是1952年的事。

关山林和乌云的再次结合,使这个家庭又有了一段令人回忆的时光。

关山林在河北空军干部学校任校长,这个学校为中国刚成立不久的空军培养着最早的正规飞行员。乌云调去后在学校的卫生所工作,做司药,也兼做护士。卫生所不比大医院,条件简陋,一共只有六个医生三个护士,所以每个人的工作都很饱和。乌云很喜欢新的工作。这里的病人都是学校的学员。他们年轻、英俊、有知识、朝气蓬勃、对人彬彬有礼,学员来看病拿药,进门时和出门时总要对乌云正正规规敬个礼,弄得乌云忍俊不禁。总之,和这些小伙子们相处,令乌云十分愉快。

关山林的工作很忙,乌云很难见到他一面。学校也是军营,所以有规定,军官和家属平时不住在一起,军官有军官宿舍,家属有家属宿舍,两头分住着,只有星期六晚上和星期天才能待在一块儿。学校里带家属的军官有几十个,但孩子不多,没有托儿所,儿子路阳跟着乌云,组织上给乌云请了个阿姨,让阿姨帮忙搭搭手。乌云的快乐是因为又回到了关山林身边。就算一个星期两个人只能见一面,她已经很满足了。有时候关山林在星期天里带着乌云和路阳去逛街,更多的时候他们待在家里,关山林看文件,或者拿一本教材翻到画有飞机的图片给路阳看,父子俩做一阵莫名其妙的交谈。乌云则洗衣裳,再做几样可能弄到手的小菜,三个人和和美美地吃一顿饭。乌云发现,关山林这段时间情绪很好,性格开朗而豁达,脾气随和,对未来充满信心。有一次,他居然瞒过岗哨把乌云带进了训练场。他拽着乌云的手像猫一般地溜过铁丝网,对哨兵的茫然无知洋洋得意,像个顽皮的大孩子。他指着停在训练场上的几架训练机对乌云说,瞧瞧这些家伙,咱们打台湾,打美帝国主义,全指望它们了。他说得自豪极了,似乎一旦战争真的打起来,他会成为冲锋陷阵队伍中的第一名士兵似的。

那段时间他们在一起的时候很热烈。他们都珍惜着难得的相处日子,决不肯随意放弃在一起的一朝一夕。二十四岁的乌云更加成熟丰满,并且懂得了怎样使丈夫充分地快乐起来。她不是习惯,而是迷恋赤身裸体这种方式,并且让这种方式表现得淋漓尽致魔力无穷。她知道他是渴望她的,每一次她都让他感到惊奇,感到痴迷,感到不可抑制。在这方面,他始终是一名勇敢得近似于莽撞的士兵。他的永无止境的力量让她迷惑不解,但她更醉心于他的执著。她总是把自己小心翼翼地纳入他结实厚重的怀抱里,在内心的叹息中听凭他惊心动魄地把她碾碎。偶尔会有一种困惑令她不解,她有时候真的弄不懂他究竟是谁。当他山呼海啸一般几乎把她揉成粉齑的时候,他完全不像一个人类。他的纯净、力量、专一和渴望撕咬简直就是一个可怕又可爱的食肉动物。她已经深深陷入对他的痴迷和依恋中了。她甚至希望他就是那样的。

好运并不仅仅是这些。对乌云来说,生活就像一眼被突然掘开了的泉水,清冽的甘甜一汪汪全从泉眼里涌出来了。乌云知道她会在这里见到分别两年的丈夫,她就是冲着这个来的。她没有想到她还会在这里见到另外一个人,一个分别了四年的朋友。

上班的头一天,乌云拿着调令去找卫生所所长报到。所长正坐在办公室里和一个医生谈话。所长背对着乌云,严厉地批评那个医生不该对病人发火。乌云看不见所长的脸,但是一刹那间,乌云嗅到了一种熟悉的糖葫芦和榛子的甜味。白淑芬一眼就认出了乌云,两个人都惊喜地叫了出来。白淑芬越过两只凳子扑向乌云,把凳子踢得东倒西歪。那个挨批评的医生不明白出了什么事,严厉的所长怎么会突然间变得失态起来,甚至搂着那个新来的美丽的女人又蹦又跳。后来医生发现,这个屋里没人再注意他的存在了,他决定还是走掉为好。

白淑芬和乌云俩兴奋了好长一段时间,一直到中午吃饭的时候她们还格格笑个不停。下午有一次出诊,白淑芬回来以后,坚决要乌云到她宿舍里去说一晚上的话。那一夜太短暂了,她们根本就没说够,两人说了一夜的话,要说的和想说的十分之一也没说完。

白淑芬握着乌云的手,羡慕地看着乌云的脸说,你还是这么漂亮。你比过去更漂亮了。白淑芬自己倒是比过去白了,只是有些多余的胖,这样就使她更像一个慈爱祥和的大姐,而不是一个卫生所所长。白淑芬告诉乌云,她也结婚了,丈夫也在空干校工作,是一个学员大队的大队长。后来乌云见到了白淑芬的丈夫,那个大队长瘦瘦的,沉默寡言,有些萎靡不振的样子。当白淑芬知道乌云的丈夫就是关校长时,眼珠子都快瞪出来了,不无嫉妒地擂了乌云一拳,说,好妹妹,你是怎么把他给弄到手的?告诉你,他可是空干校的第一英雄,空干校所有的女人都眼热他呢,包括我。乌云被白淑芬的伶牙俐齿逗得直乐,乐得眼泪都出来了。

两人疯过一阵又坐下说悄悄话。白淑芬告诉乌云,当年她去了前线,在前线和德米分了手,打下张家口后,她负责送一批伤员北返,其中有一个腿部负了贯通伤的营长,这个营长整天愁眉苦脸,不爱讲话,白淑芬这人热情,就有事没事去找他说话,三说两说两人就好上了。有一天那个营长突然亲了她的嘴一下,她受了欺侮似的大哭一场,并发誓要向组织上汇报。白淑芬当然没汇报,后来两个人就结婚了,结婚后白淑芬再没有离开过河北,1951年成立空干校时,他们夫妻俩一同调来,他当学员大队大队长,她有文化,打过仗,就做了卫生所所长。情况就是这样,白淑芬说。

接下来她们又说到自己的丈夫和孩子。

白淑芬没有孩子,至少目前还没有。谁知道出了什么问题,一个炕头都睡了三年了,一点儿动静也没有。白淑芬有些惆怅,这是她第一次显出她有心思。但是她很快又恢复了开朗的样子,管他呢,反正现在还年轻,日子还长,说不定明天就能怀上,一怀怀个龙凤胎。白淑芬发狠心地说,说了自己都忍不住笑起来。

乌云说起儿子路阳时,怎么也压抑不住自己的喜悦。白淑芬也陪着喜悦,但有一会儿她的话变得少了。乌云没有心眼,半天才悟过来,于是把话题改变了。

白淑芬说,大队长人不错,打仗立过好几次功,也知道体贴她,就是有一点,三脚踹不出个屁来,哪像你那口子。白淑芬眼珠子闪烁着说,全校干部战士训话时,往台上一站,铁塔似的,说话不带使喇叭的,大嗓门一喊,震得人头皮发麻,不用听声儿,看他一眼身子都酥了。白淑芬说着,还跳下床学关山林的样子。同志们——稍息!她把手叉在腰里,胸挺着,她那副认真样逗得乌云噗嗤一笑,很自豪的。

白淑芬后来问乌云,乌云就告诉她,他们结婚已经4年多了,那时她还在药科专门学校读书,就是请假回部队那次。因为不好意思,所以瞒着没对任何人说。他人很好,直率、勇敢、心眼好、忠诚革命。也许他岁数大了一点儿,性子急了点儿,而且他们老是分离,她还没有习惯怎么照料一个比自己大十八岁的丈夫。

白淑芬不以为然道,岁数大点儿怕什么,岁数大一点儿的男人知道疼媳妇。你说,他是不是很疼你?

那倒是。乌云想着和关山林在一起时候的事儿,脸颊上不觉浮起两朵红晕。

白淑芬哈哈笑道,你瞧,我说对了吧。

乌云承认白淑芬说的对,而且她发现,和人说起关山林的时候,她突然有了很多的话。

她们还说了别的,说到了德米。对另外一个好朋友,她们都表现出了怀念之情。据说德米回内蒙了,不知道她现在怎么样。

天亮的时候,她们发现她们的劲头依然十足,兴奋不减。乌云跳下床,赤着脚跑去推开窗户,让清新的空气无拘无束地灌进屋内。她回过头来对白淑芬说,咱们今晚再聊它一宿,怎么样?白淑芬奇怪地一挑短而粗的眉毛,说,那当然,难道咱们还能干别的?

乌云在河北空干校最初的日子快乐而又充实。

乌云发现自己又怀孕了。这是回到关山林身边两个月之后的事儿。这次的妊娠反应比怀路阳时还厉害,有好几次乌云差点儿把整个苦胆都吐出来了。

关山林知道乌云怀孕的事儿后欣喜不已。关山林说,你别老窝在床上,你起来跑跑,你把身体养棒了,儿子才会活蹦乱跳。

关山林坚持认为乌云肚子里的孩子是男孩。他问乌云想吃酸想吃辣。

乌云想了想,说,都不想,没胃口。

关山林不耐烦地说,给个杏你吃不吃? 山楂呢? 酸梅呢?

乌云喜欢吃果子。乌云喜滋滋地说,吃!

关山林并不是真要给乌云水果吃,这几样军营里都没处寻。关山林只是拿果子做测试剂,试探乌云。关山林听乌云要吃果子,乐得一拍巴掌,说,这不,我说是儿子吧?我说中了吧?酸儿辣女嘛。又张了大嘴傻乎乎乐着说,我关山林生就生儿子,闺女我生不出来!

乌云不在乎儿子闺女。乌云希望犹存地问,那,果子呢?

关山林不明白地看着乌云,反问,什么果子?

乌云说,杏、山楂、酸梅,什么都行。

关山林明白过来,耍赖说,你还真要呀?

乌云委屈地说,怎么是我要,是你自己说出来的嘛。你说给个杏吃不吃,还问,山楂呢?酸梅呢?

关山林不承认,挠着大脑袋说,我说过吗?我什么时候说过?

关山林这么说,还真的把这事记下了,后来气喘吁吁地弄来一大筐沾满了新鲜泥土的地瓜,往乌云面前一放,说,怎么样,够你吃到把孩子生下来了吧?

乌云看着那些疙疙瘩瘩的丑八怪,失望地说,这算什么果子?

关山林耐心地解释说,果子不是果子,水分一样足,我尝过,还真有点儿酸劲呢。

对乌云怀孕,最为关心的是白淑芬。白淑芬表现出了极大的热情,告诉乌云要吃些什么调胃口,要忌些什么口,还帮乌云做小衣服。卫生所里一个老医生笑白淑芬,说,白所长,人家小乌是生过孩子的,人家有经验,你又没生过,你怎么知道养孩子的事儿?白淑芬白了那老医生一眼,说,去去,女同志天生就会生孩子,用得着谁来教?不像你们男同志,只会种瓜,瓜长瓜落的事一点儿不懂。乌云觉得白淑芬那话说得太露骨,拿手偷偷去拽白淑芬。白淑芬也不臊,羡慕地对乌云说,你看你多福气,大的刚三岁,肚子里又揣上一个,哪像我那个老莫,荒倒是开过不老少,种子也下了不老少,一粒不生芽,让人干着急。闹得乌云一脸通红。

乌云当时只知道臊了,过后细细一想,才觉出白淑芬那话前半茬和后半茬不搭界,说的好像不是一样的事儿。

乌云怀着孩子,依然当她的司药和护士。那时也不兴有什么照顾,是女人都怀孩子,也不讲什么预产期,什么时候肚子疼了,把手中的工作交待一下,腆着肚子自己往产房里去,生下孩子再托人给丈夫捎个信,说大人孩子一并平安,孩子是男孩女孩,不惊不乍、天经地义的事。乌云虽说是校长的妻子,和别的女同志并没有两样,一切唯工作第一。

　　好在妊娠反应很快就过去了,乌云开始有了胃口。后勤和学员伙食标准不同,那点口粮标准不够乌云吃的,乌云每餐都是把饭碗舔得光光地能照见人影,让人看着心里过不去。卫生所一个老医生就对乌云说,你不同别人,你现在是两个人吃饭,你就不知道找关校长说说,要他给你补几斤粮食?乌云确实觉得饿得慌,有时候肚里饥得眼睛都冒金星,乌云就对关山林说了。关山林说,那怎么行,口粮标准是组织上定的,不是我定的,我一校之长,我不能为了自己的老婆犯纪律。乌云说,不是为我,是为孩子,是他要吃。关山林说,他要吃是你的事,我管不了他,我管的是空干校这一档子事儿。

　　关山林这里分明是没有通融的,乌云也知道指望丈夫不行,只能自己想办法。乌云有一副玉镯子,是结婚时大哥巴托尔送给她的,她托人把那副玉镯子卖了,换了些钱,然后到学校附近的老百姓家里买了些土豆,饿了的时候就烤几个吃。这方法果然管用。土豆经饿,又催人,乌云的肚子飞快地挺了起来,才六个月就像要临盆似的。关山林吃惊地说乌云,你是怎么养的,才一个星期不见,就发面馍馍似的挺起来了。乌云忧心忡忡地说,谁知道是怎么回事,别是个双胞胎吧。关山林一听喜得合不上嘴,说,双胞胎好,你要真给我生个双胞胎,我弄一条狗腿来给你发奶。老大路阳因为寄托给人带,没吃上乌云的奶,为此关山林一直耿耿于怀,所以他提发奶的事。

　　乌云没敢告诉关山林她肚子大是吃土豆吃的,她怕关山林知道了批评她。但是批评还是没逃过。

批评乌云的不是校长关山林，而是所长白淑芬。白淑芬有一次找乌云谈话，板着脸对乌云说，你不能再在所里烤土豆吃了，大家都在工作，你烤土豆吃影响不好。乌云说，那我以后躲着烤还不行吗？白淑芬坚决地说，不行，躲着烤也不行，你一身土豆味，大家都能闻到，瞒得过谁？乌云本想说我饿，我真的很饿，但是最终她还是没说。白淑芬说的对，谁不是一副肉做的肠子，谁没有个渴时饥时，你一个人吃烤土豆，吃得一嘴乌黑，一边给人看病一边打土豆嗝，影响当然不好了。于是乌云就不再烤土豆吃。那些买来的土豆堆在床下，乌云只是上下班时偶尔馋馋地看它们一眼，直到有一天，乌云发现它们突然都长出黄绿色的芽苞来时，它们还放在那里。

第16章　难　产

乌云怀孕八个月的时候，关山林出事了。

关山林出事的时候乌云并不知道。有一天关山林的通讯员忽然来卫生所里找乌云，说首长要几件换洗衣服。乌云问要换洗衣服干什么，他星期六回家来换不就行了吗？他以往一直是这样的呀？通讯员吞吞吐吐的，一会儿说首长要去北京开会，一会儿又说首长暂时不能回家。乌云被弄得神秘兮兮的，属于组织上的事，又不好打听，只能回家收拾了几件换洗衣服，让通讯员带走了。

那个星期六，关山林没有回家来。乌云等到天黑尽了还没见到人，感到不对劲，往校长办公室打电话。接电话的人吞吞吐吐的，没说几句就把电话挂上了，乌云就觉得事情不大妙。

后来乌云才知道关山林出了什么事。

关山林是被作为贪污分子隔离审查的。定性的证据是从他家里查出一包金镏子和金条。三反运动在部队开展已经半年了,空干校开始也弄出几个贪污、浪费和官僚主义的干部。比如学校有个管后勤的干部,回家探亲的时候把部队的一床新棉絮带回家去了。再比如有一个教员把废旧汽油拿回家去烤火,占了不少公家的便宜。最严重的是一个副校长,他管教学,这人脾气急,对考核不及格的学员,他老骂人家笨得像驴,还不让人睡觉,罚人站着反省。学员大多数是部队上挑选来的,战斗英雄居多,半文盲也不少,考试有个不及格,也算正常情况,哪里任你像训孙子似的训?三反运动是学校政委抓的,政委老觉得学校里的政治思想工作不如业务工作做得好,有心借这个机会抓一把,迎头赶上去,就做动员工作,深入挖掘问题,一动员一深入就出了大成果。政委先是从一个副校长的通讯员那里听到关校长家里有金子的说法。那个通讯员是从关山林的通讯员嘴里得知的。政委找关山林的通讯员谈话,晓以道理,证实了这件事。政委很高兴,觉得这回能挖出个大老虎来了。政委谆谆善导,动员关山林的通讯员把那些金子交出来,并且站出来揭发。通讯员先是犹豫着,但对于一个南征北战经验丰富的政治委员,一个战士的本能抵抗实在不是什么了不起的事,通讯员最终屈服了,把金子抱到学校政治部,并且交了一份经过若干次辅导修改的揭发材料。

关山林一开始对此事不以为然。他几乎忘了金子的事。他的私人财产没有几样,大多的是带有纪念性质的,这些东西在邵越离开他之后全都由新分给他的通讯员保管着。这些金子是战争年代一点儿一点儿从牙缝里抠出来的,来路正当,如果组织上认为一个军人不应该拥有它,它们完全可以充公,实际上,两年前关山林就准备把它们交出来了。关山林的这种解释当然让人不满意。有人会承认自己从仓库里拿了一只装飞机备件的木头箱子回家装衣服,但没有人会承认他贪污了公家的一大包金子。关山林原来的部队已解散了建制,重要的当事人之一邵越又下落不明,外调无法进行。实际上,进一步推断,提供这种外调背景就是一种抗拒交待的表现。关山林发现问题比自己想象得要严重多了,但这时他已经无法说清了。

关山林被宣布隔离审查了,开始受到更多的攻击。关山林突然发现他像一头陷入困境中的豹子,他的四下都是陷阱和明枪暗箭。他过去得罪了太多的人,几乎所有的校级领导都与他有过矛盾,有的是工作上的,有的是性格或人格上的。学校有一个副校长,家属来校探亲时,他在小灶食堂炒了四个菜,还把给飞行员吃的苹果拿了几个回去给老婆吃,关山林开大会时一点儿面子也不给,批评了副校长,并命令他把多吃多占的东西退回来,闹得那个副校长几天没脸出门。还有那个管训练的副校长,骂学员笨得像驴,关山林知道了也骂他,说你连驴也不如,你知不知道他们为什么反应慢?那些反应快的都是洋学生,反应慢的是从部队挑选来的战士,他们没文化,可他们是战斗英雄,是流过血丢过命的革命者!关山林手叉着腰怒气冲冲地朝副校长喊叫着。他还发誓说,如果他再知道有学员被罚晚上不准睡觉,他就让想出这个馊主意的人也睡不成,他说到做到。关山林就这么一步步做成了自己的陷阱和祭台。他第一次发现自己和同志的关系这么糟糕,糟糕得连他自己都吃惊。在交待问题的党委会上他怎么也说不清楚了,党委委员中有一大半人的目光中充满了那种对他不利的东西。于是,他成了空军干部学校在三反运动中被挖出来的最大的老虎。

乌云终于得知关山林被隔离审查的原因之后如棍击头,半天说不出话来。关山林连着两个星期没有回家,这已经让她心有疑虑,忐忑不安了,现在她的不安得到了证实。乌云几乎想也没想就跑到校政治部,把金子的来龙去脉讲了一遍。关于这段过于简单的故事,人家早已从另一份交待材料中听到过了,自然不会引起更多兴趣。政治部的同志要乌云回卫生所去继续工作,不要乱蹿,不要乱讲话,不要扰乱三反运动大方向。现在的问题不是再发现几个小狼崽小狐狸,而是要把已经掉进陷阱里的老虎捉进笼子里去。

知道这件事情之后,白淑芬表现得相当冲动。她当时就跳了起来,红着脸说,胡扯,关校长决不会贪污。关校长决不会是那种人。空干校的人全都是贪污犯他也不会是。白淑芬激动地说,乌云你得去把情况说清楚,你得去找组织上,不能让他们这么埋汰关校长!但是后来白淑芬不那么激动了,渐渐地她不怎么说话了。有的时候乌云晚上跑到她那里去哭,她还显出烦的样子,说,你老哭有什么用?看你这副娇气包的样子,你哭就能把他哭干净了?白淑芬总是拿一种异样的目光盯着乌云看,看得乌云到后来心里都有些发毛了。乌云觉得白淑芬的那种目光太怪,怪得人心里没个底。

乌云有五十天没见到关山林了。那段时间她坐立不安,思念苦涩,老是做噩梦。乌云听说,被隔离审查的关山林先是暴跳如雷,继而傲慢冷淡,到末了就沉默无言,对谁也不理不睬。乌云怕关山林经受不起,有时候她觉得自己魁伟英雄的丈夫其实脆弱得很,和她怀里抱着的路阳差不多。乌云怕关山林挺不住,胡乱应下什么,玷污了半世英名,就写了一张纸条,托一个靠得住的人偷偷带给了关山林。

关山林在与妻子隔离五十天之后收到了妻子的一张纸条,尚未读纸条上的字眼圈就红了。关山林后来读那张条子,条子上写道:人正不怕灯影子歪,有什么就说什么,没有的宁死不承认!关山林看过把条子揉了,后来又展开再看了一遍,这回没揉,而是把纸条交给了政委。

政委狐疑地问关山林,你把它交来是什么意思?关山林说,我关山林堂堂正正,正大光明,若不是睡觉闭着眼睛,一生哪里又有黑处。我是要让你们知道,我关山林没有什么需要瞒着组织上的。政委却不那么理解。政委想,这不是夫妻俩的攻守同盟又是什么?政委立刻要人到卫生所,组织对乌云的批评和拯救工作,希望乌云能"反戈一击",把关山林所有隐瞒的问题都交待出来。

批评会很快上升为批判会,并且从卫生所发展到整个学校的家属参加,原因是乌云太顽固,她不但不检举交待关山林贪污公家金子的事实,而且一口一辩,死死地替关山林叫屈。

白淑芬突然站到自己好朋友的对立面去了,积极地组织和领导每日对乌云进行的斗争会。白淑芬作为所里的领导在会上带头揭发乌云的事,那些事几乎都是乌云的私生活,甚至包括夫妻之间的隐秘。只有乌云明白白淑芬是怎么知道这些事的。乌云在斗争会上娥眉冷锁,眼睛一眨不眨地盯着白淑芬白白胖胖的脸,显出怒气冲冲的样子。

白淑芬说,乌云你盯着我看干什么?

乌云说,我谁也没有盯,我想怎么就怎么。

白淑芬说,乌云你必须老实交待你的问题。

乌云说,我没有什么好交待的,我心里没有鬼,谁心里有鬼谁自己清楚。

白淑芬大声说,你要明白,你保不住他!

乌云也大声说,他是清白的,我就是要保他!

白淑芬气得大叫,你们腐化堕落,贪图安逸,只知道迷恋自己的小日子,不知道革命!

乌云也大叫,他不是阶级敌人!我不是反动分子!我就迷恋他!我就迷恋又怎么样?!

乌云这个时候完全失去了以往那种恬静温柔的样子,她就像一只母豹,一分一寸也不让人接近关山林,不让人说他的坏话。她那时怀孕已足月,挺着大肚子,骄傲地站在那里,脸上带着凛然不可侵犯的红晕,样子即傲慢又美丽。

连家属们都觉得乌云这个样子也太过分了。你有什么了不起的,不就是脸蛋长得俊点吗?不就是男人级别高点儿吗?就算别人万事比不上你,未必别人的男人都不是男人?乌云和关山林一样,犯了同样一个树敌的错误,你把自己的优秀展示给人家看,你就是在宣布别人不如你,你到处招摇美丽的孔雀羽毛,你就是分明瞧不起麻雀和乌鸦,你就挖好了自己的陷阱。问问进山猎虎的猎人,谁不是看中了那一身斑斓华贵的虎皮才朝老虎下手的呢?

斗争会开始升级。家属们个个在会上和乌云争吵叫骂。她们早已忘记了乌云过去带给她们的那些好处,以及过去建立在她们之间的那种纯真的友谊。家属们眼里只有乌云无法容忍的骄傲和高贵。她们发誓要把她的摆谱打下去,让环球同此凉热。斗争会越来越激烈也越来越婆婆妈妈。有一次,一个不太擅长说话的家属因为乌云冷笑地看着她而让她更加不知道怎么说话,一急之下,冲上前去打了乌云一耳光。学校三反运动领导小组派来的干部看到这一幕,觉得无聊极了,觉得再这么下去,就该互相扔烂茄子了,再说他早已弄清楚了,除了女人们无遮无拦的嫉妒之外,上面所需要的东西,这里一星半点儿也弄不到,于是他就回避开了,回到三反领导小组去汇报。至于这里的事情怎么收手,何时收手,他没有征求上面的意见,上面也没有问。

乌云那几天开始觉得肚子发坠。有时肚子里的胎儿会一阵抽搐,心惊肉跳似的。夜晚的时候,她一个人默默流泪,但是一到白天,她把自己打扮得漂漂亮亮,然后才打开房门挺着胸脯走出门去,脸上干干爽爽的全是骄傲。乌云不想让人看到她因为丈夫的事情而表现出丝毫的怯懦和可怜。她计算了一下日期,算出肚子里的孩子还得一段日子才出生,于是她再也没有什么顾虑,开始在无休无止的斗争会上和对手大吵大叫起来。她们拿她没办法,一点儿办法也没有。她们简直想象不出,这个年轻美丽,平时温静得像只小猫一样的女人何以变得如此坚决,如此执著。

有一天,白淑芬突然在批斗会上说出了一个秘密。白淑芬说乌云,你还犟什么犟,你以为关山林希罕你是不是?他才不希罕你呢。你知不知道组织上是怎么知道你们攻守同盟的事情的?告诉你,是关山林自己说出来的。你给他写的那张条子,他立马就交给组织上了。

乌云先还在和人吵闹,听到这话就不吵闹了。她转过头来,傻了似的看着白淑芬。她站在那里,突然之间有一种来自身体内部的强烈恶心和意志崩溃。

白淑芬洋洋得意地看见自己击中了目标。她看见乌云的脸色全变了,慢慢地蹲了下去,像一座迅速消融了的冰山。她要她站起来,要她交待问题,别像一条癞皮狗似的不说话。但是乌云站不起来,蹲在那里。她的脸色如纸一样的白,她的全身都在痉挛着。白淑芬说,你怎么啦?你怎么害怕啦?你不是嘴挺硬的吗?你干吗不说话呀?你干吗发抖?你心虚了是不是?你害怕了是不是?白淑芬说,我看你也没什么了不起的嘛。你以为你是谁?你以为你有什么了不起?你不过就是比别人娇气一点儿、妖气一点儿、会蒙蔽人一点儿罢了。白淑芬发泄地大声说,你给我站起来,老实点儿!

有一个家属最先发现情况有些不对头。那个家属看见蹲在那里的乌云裤裆湿漉了,然后她看见有一条小溪流似的血沿着乌云的脚脖子流了下来。那个家属说,血!血!

大家很快就看见了。真的是血,殷红殷红的血。它们流淌得很快,一会儿就在乌云的脚下蓄集成了一片湖泊。大家先是一起闭了口,不说话。后来有人如梦初醒地叫道,不好啦,她是要生孩子了!

乌云的这一胎是难产。乌云差一点儿就死在产床上了。婴儿的一只脚先露出来,然后是一只小胳膊。它们伸向空中的样子很奇怪。它们一遇到干冷的空气就瑟瑟发抖,并很快青紫了。为乌云接生的医生希望能改变这种对产妇和婴儿同样致命的横位。她先打算把婴儿的手和脚弄回产道里去。但这样不行。她想她该切开产口,让婴儿的头部露出来。产口被切开之后,婴儿仍然没有出来。婴儿太大了,像一个巨大的土豆。羊水一开始就流尽了,产口干涩如毫无生命的沙漠。医生一头的汗，结结巴巴地说，小乌你使劲。小乌你挣。小乌你用力挣。小乌你喊着挣。乌云喊不出来。乌云的嗓子已经嘶哑了。她在斗争会上把嗓子喊坏了。她没有力气，但她还是用劲，拼着最后的力量用劲。她知道这是她的责任，没有人能替代她。泪水从她的脸上流淌下来，她的头发全都被汗水沁湿了，像水草一样乱糟糟地贴在她的脸上和脖子上。她紧紧地拽住床沿。她的手把床沿的木头都掰下一块来。医生有些乱了阵脚。医生满脸都是汗。医生说小乌求求你了。乌云躺在那里，突然对肚子里的那个婴儿憎恨透了。她想尽快地让他（她）离开她的身体。她想要是这样，她的整个身体就被掏空了。她耳语一般地说，让我死吧。其实她并没有说出这句话来。她的干裂的嘴唇始终紧闭着，似乎横了心似地不启开。她感到她的生命在往下坠落，无法阻止地迅速坠落，这之后她就失去了知觉。

等乌云再度醒来的时候，她发现她躺在急救室里，好几个医生护士围着她转。乌云迷迷糊糊感到身体里空空的，那个婴儿不在了，她的身体里有另外一种东西在往外流淌，像决了堤的河水似的，猛烈地向外流淌。乌云感到一种快乐，一种解脱的快乐，一种释放的快乐。她听见有人在紧张地说，得止住血，否则她会死的！她觉得这个主意不好，一点儿也不好。她才不想止住它呢。她渴望这种自由流淌的快乐和轻松。她想要把她所有的积怨全都释放出去。那种汩汩流淌的感觉，那种忘情投入的倾泻，那种不顾一切的释放，它们来得多么的及时，多么的好，她简直被它们的到来而迷住了。她想告诉他们，别止住它，别拦住它，她需要它们。

乌云无力地启开了苍白的嘴唇。这一回，她真的说出来了。乌云说，让我死吧。

乌云死里逃生。产后的大出血使乌云差一点儿就丢了命。卫生所没有血库，学校在市郊，派人到市里医院去弄血浆来回至少得两个小时，根本来不及。是那些学员救了她。不知消息是怎么传出去的，先是一个乌云护理过的四川籍学员走进卫生所。小伙子涨红着脸说他是 O 型血，他可以为乌护士输血。然后是另外几个学员，更多的学员，越来越多的学员。卫生所从来没有聚集过那么多的人，他们全都是年轻而且英俊的小伙子，他们纷纷卷起袖子，露出肌腱结实的胳膊，那种阵势真是蔚为壮观。每个人都争着为乌护士输血，都争先恐后地撸起袖子把胳膊伸向采血的护士。有几个家属也挤进献血的学员队伍中。她们也参加过乌云的斗争会。她们解释说，她们这样做不是为了乌云，主要是为了孩子。孩子要吃母亲的奶，母亲不在了孩子的奶也不在了。这和乌云没关系。实际上，乌云并不需要这么多的血，这么多献血的人。这么多血，这么多献血的人，足足可以让一百个木头人活过来。乌云也不需要那么多的医生。卫生所有六个医生，其中四个医生都抢着上了手术台。实践证明，他们全都是临危不惧的好医生。他们苦苦地和死神搏斗着，抢救着乌云，硬是把乌云的性命生生地从死神手中夺了回来。

乌云是在第二天的中午完全清醒过来的。她被告知她有了第二个儿子。儿子生下来八斤九两重，一落地就睁着眼，却不哭，怎么拍打屁股也不哭。孩子是剖腹拿下来的，脐带在他脖子上缠了两道，如果再晚一点儿，不但大人，连孩子的命都保不住了。乌云腹部的那一刀很果断，但产口侧切的刀口和撕裂部分很零乱，处理起来很费了点儿工夫。卫生所条件简陋，没有预备足够的羊肠线，缝合伤口的线，有一部分只能用缝衣线替代。不过这没有太大关系，如果伤口不感染的话，它们只是在拆除时要多一点儿痛苦罢了。关于伤口的问题，乌云本人一直没有关心过。她似乎对什么都不关心。她清醒之后一直没有说话，躺在那里，目光呆滞，一动不动。有人弄来了一碗红糖水煮的鸡蛋。鸡蛋放的时间有些久了，散了黄儿。他们希望她能把那碗稀世珍品趁热喝下去，补补气。但她没有动它,直到凉了为止,它还放在那里。

关山林是在孩子满半月的时候被宣布解除隔离审查的。没有证据说明他贪污了那些金子。最主要的是,中共中央批准了安子文、廖鲁言关于结束三反五反运动的两个报告,这个批示适时地传达下来了,关山林不过是从扩大化运动中抢救出来的众多的干部当中的一个。空军的一位副司令员后来说,妈拉个巴子,才几年没打仗,就这样见人疯,开始整起自己人来了,连关山林这样的人都成了贪污分子,那我们的干部队伍还不全烂掉了!

关山林走出机关大楼时胡子拉碴,豹目沉凹,脸色灰暗,步履生涩。和煦的阳光使长期见不着阳光的他感到一阵眩晕。

关山林解除隔离后做的第一件事是去看望自己的儿子和妻子。乌云已经下地了。儿子躺在摇篮里熟睡着。关山林把儿子从摇篮中抱了起来,瞪大了眼睛看他。乌云没有阻拦关山林。乌云对那个过早地来到这个世界的孩子显得有些冷漠。因为动了刀,她没有奶水喂他。然而孩子却很知足。那个身强体壮的婴儿,他以一种最激烈的方式顽强地来到这个人世,一旦落地后,却显出了一种怡然自得,拉汽油车的马挤的奶他喝,小米粥他也喝,来者不拒。关山林把这孩子捧在手里的时候有一阵诧异的感觉。孩子从睡梦中醒来,用一种漠然的眼光打量着他。也许我的胡子太长了,他一时不能适应。关山林这么想。他把他重新放回到摇篮里。孩子并没有因此而啼哭。然后关山林转过身来看着乌云。两个人隔着一段陌生的空间。她很削瘦,孱弱不堪,头发零乱,脸色苍白。他试图在她脸上找到往日为之醉迷的光彩。但没有。她轻轻地说,你回来了?他看见她的身子在说这句话时轻微地颤抖了一下,好像有什么东西坠落下来似的。

乌云坚持给他们的第二个孩子取名叫会阳。

会阳的到来给这个家庭带来一种无法说清的阴影。这种阴影在相当长的时间里没有散去。

关山林解除审查后依然做他的校长。如果不算甄别期间所做的那些检查和后期的党内警告处分，他还是他，较之战争年代的那些生杀予夺，这种结局几乎就算是一个美好的童话了。而乌云则不同了。乌云是在斗争大会上生下的会阳。她站在那里，有什么东西带着她整个地往下坠，殷红的鲜血小溪似的顺着她的脚脖子流到地上，在那里汇成了一条河流，而她则像是一座孤独地浮在血河之上的孤岛，无依无援。乌云在路上生下了路阳，在会上生下了会阳；一次是为了寻找她的丈夫，一次是为了保护她的丈夫。如果有什么相同的话，那就是这两次她都是以生命做为赌注，获得他们的儿子的降生。

关山林始终不曾提到乌云难产的事。乌云也从不提及那张纸条子的事。这是他们之间的一种默契。关山林甚至回避接触乌云腹部的那道伤口。那道伤口很长，结疤之后扭扭曲曲的，像一条行走着的蚯蚓，让人厌恶。乌云从此之后再也不肯脱去衬衣睡觉，也不肯走进公共澡堂。即使在丈夫关山林面前，她也紧掩着那道伤痕。很久以后，他们夫妻间又开始有了肌肤之亲，关山林的手在接触到那道伤口时火灼一般缩了回去。他不明白出了什么事。乌云已经很冷漠了。那种冷漠是那个孩子带来的。他的一条腿和一只胳膊在干冷的空气中冻得乌紫，因而瑟瑟发抖。它们让人体验到一种厌恶。乌云从来没有反对过关山林作为丈夫的要求。她的顺从和体贴与以往没有两样。但是她再也没有迎合的燃烧了。有时候在一切都结束之后，关山林会听见乌云在黑暗中伏到一边作呕的声音。如果能忍住的话，她不会这么做的。

和往日没有什么两样，乌云还是牵挂着关山林。她依恋着他，关照着他，甚至这种表现更为强烈和外露。她的洁癖就是在这段时间里养成的。她要他洗脚后上床，每隔三天换一次衬衣，经常刮胡子。她不惜为此而和他吵架。但是更多的时候，关山林表现出的倔犟却是这个家庭的惟一战胜者。在关山林的内心深处，有一种情愫是一味慢性毒药，一座火山，他绝对不会任它们挥发出来。这是本能或者是一种信念。他知道那是他的克敌。一旦他失去了对它们的统治他就会被击中要害，继而轰然倒地。

作为从战场上下来的人，关山林也好，乌云也好，他们对战争的把握和对自我的控制都相当成功，以至于他们能迅速地从尸骸遍地的血泊中爬起来，踩着埋满弹片的虚土，迎着尚未被风吹尽的硝烟，踉跄着向对方走去，回避着彼此的伤口，将对方重新搂进怀里。又有了倾诉声、叮嘱声和笑声，因为再没有温情的隔阂同时也有了吵闹声。他们发觉其实他们更加地接近了，甚至不用思念，不用希望，不用怨恨。他们只要随意地看对方一眼，轻松地向对方伸出手去，彼此就在一起了。

让关山林和乌云心里惶恐不安的只有一样，那就是会阳。这个孩子像一个幽灵，扰乱着这个家庭里的和谐气氛。有一次，他从摇篮里爬起来，站在那里，目不转睛地看一壶烧得滚开的开水。还有一次，他把哥哥路阳的一个木头娃娃抓在手中，脸上露出平静的微笑，把它丢进了火盆里。他干这种事情的时候十分安静，就像一个胸有成竹的大人似的，这让关山林和乌云非常吃惊。他们感到了一种恐惧，一种恶毒，一种让他们自惭形秽的嘲弄。如果他们正在谈话，他们的谈话便会突然中止。如果他们正在说笑，他们的笑声会戛然消失。他们尴尬地看着他，看着那个像大人一样平静地微笑着的孩子，彼此默默地对视一眼，然后走开去，找一件合适的事情来干。他们开始冷落那个孩子。他们对他的冷漠其实只是一个理由，一个拒绝说出害怕真相的理由。

而那个孩子，那个浑身散发着土豆气味的孩子，在他荆笼似的摇篮里，谁也不看地走来走去，嘴里念叨着一种谁也听不懂的神秘语言。更多的时候，他是躺在那里，呆呆的目光盯着什么，很长的时间都不会改变这种姿势。

第 四 部

湖南(1955 年 – 1964 年)

第17章 孩　子

　　1955年,部队实行军衔制,关山林被授予少将军衔,肩章上佩上了一颗金星。

　　这一年,关山林离开河北空干校,调往总军械部工作。在北京的日子不到半年,他就被派往湖南负责组建一座大型的军事工业基地。

　　乌云这次是跟随关山林一同调动的。政权的稳定和国内形势的发展足以保证他们不再两地分居。干部部门的一位负责人特别叮嘱说,首先保证关山林同志的工作和生活,如果必要,乌云同志可以考虑脱去军装,转业到地方。乌云对此表现出了顽强的抗争。为什么非得要我转业呢? 我跟着他走好了。她气咻咻地对干部部门的领导说。我决不离开部队。

　　南下湖南再度走京广线,路线是乌云熟悉的,这回却是家大口大,又是跟着关山林将军,不必再让马夫顶着从车窗外往里爬了,也不再害怕在车上生孩子了。乌云这时已经生下了她和关山林的第三个儿子京阳。她怀里抱着刚满月的京阳,警卫员一手牵着六岁的路阳,一手牵着三岁的会阳,赵秘书拎着两口箱子,他们全都跟在空着手大步走在前面的关山林,浩浩荡荡的去找7号软卧车厢。

　　车到长沙的时候,他们遇到了一点儿麻烦。他们站在车站外,等着办事处的车来接他们。京阳尿了尿,乌云忙着给他换片子。

路阳要吃冰糖葫芦,赵秘书带着他去买。会阳站在那里香甜地吮着手指头,突然朝一个蓬头垢面的乞丐跑去,急得警卫员连忙去追。

这个时候,两个头戴钢盔肩佩袖章的解放军纠察走了过来。他们看了看关山林和乌云的肩章,站下,立正,然后举手敬礼。

关山林随便地还了个礼。但纠察不走,说,将军同志,请您把帽子戴上,把风纪扣扣好。然后纠察转向乌云,说,上尉同志,请不要在大街上给孩子换尿片,如果你一定要抱着这孩子,请您换上便服。

乌云刹那间脸红到耳根,臊得恨不得立刻钻到地缝里去。关山林却很镇定,把充当扇子的大檐帽戴好,系好风纪扣。他嘴角带着一丝嘲讽对纠察说,我这样行了吗,上等兵同志。

纠察说,行了。但是纠察并没有离开,把纠察记录本递到关山林面前,说,将军同志,请您在这上面写下部队的番号,然后签上您的名字。

关山林皱了皱眉头,说,非得这样吗?

纠察板着稚气的娃娃脸说,必须这样。

关山林指了指牵着路阳回到这里的赵秘书说,能不能让他代替我写?

纠察说,不行。他没有违反军风纪,按规定必须由您亲自写。

关山林写了。他接过纠察手中的纪录本,刷刷地在上面写下了部队的番号和自己的名字,然后把纪录本还给了纠察。他的字很大,很气派,足足占了好几行。

纠察验看过关山林和乌云的军官证,很满意地冲他们敬了个礼,向左转,两个人一同向远处一个正在吃香蕉的士兵走去。

关山林发现警卫员正在偷偷地笑。关山林不满意地说,你笑什么?

警卫员立正道,首长,我没笑。

关山林说,你怎么没笑?我看见你笑了。你笑了就是笑了,有什么不敢承认的?

警卫员说,是,首长,我笑了。

关山林说,这就对了嘛。你笑了你就承认。你承认了就对了。现在我命令你,把乌云同志怀里的孩子接过去,你抱着。

警卫员茫然地看着关山林。关山林却再不理会警卫员,转身一脸严肃地对路阳和会阳说,你们俩听着,不要大人牵,自己走,跟在赵叔叔后面,听清楚了吗?

关山林布置完毕,自己先大步朝前走去。他的身后跟着乌云,再后面是赵秘书,赵秘书身后是两个甩着手挺着胸膛的孩子,以及小心翼翼抱着婴儿的警卫员。在长沙街头,这是一支令人忍俊不禁的队伍,作为一种新鲜的景观,他们引起了路人长久的驻足观望。

发现会阳有些不正常,是在他三岁左右的时候。

会阳的愚讷和沉默寡言引起了乌云的注意。会阳从来不争抢什么,对路阳的欺侮毫不反抗,没有什么事能激起他的兴奋。他总是一个人躲在一边,怯懦地看着他的哥哥路阳在屋里冲来冲去。他喜欢躲在某个角落里,一动不动。如果有人试图把他从角落里拖出来,他就会咬那个人的手,哪怕那个人是他的妈妈乌云。

乌云有一次忧心忡忡地对关山林说,你有没有发现,会阳有点儿不对劲呢。

关山林不明白乌云的意思,拿眼睛看乌云。

乌云就说,你看,他和别的孩子不一样,他从来就和别的孩子玩不到一块儿,而且他老是往角落里躲。

关山林不以为然地说,我看没什么不正常的。他就是胆子小一点儿。新兵都这样。哪天我带他去靶场打一梭子机枪,他就正常了。

关山林后来对乌云越来越重的疑心和唠叨有些烦了。他真的把会阳弄到靶场上去了。机枪一响的时候，会阳的瞳孔突然放大了。他站在那里呆呆地一动不动，然后就尖声地大叫了起来。他绝望而无援的叫声把所有的人都吓坏了。

做一次全面检查看来是非常必要了。乌云带会阳到医院去检查。检查的结果是，这孩子没有器质性和精神性疾病。也就是说，从生理的角度来说，会阳没有什么毛病。但是他表情木讷，反应迟钝，举止异常，这又不太正常。医生问乌云，你和你爱人家里有没有精神病史？乌云说，在世的没有发现有，去世了的不清楚。医生又问，你和你爱人是不是有血缘关系？乌云这次给予了否定。医生想了想说，这就不好做出判断了，只能往后观察，这得等孩子大一点儿才行。

乌云回家把医生的话告诉关山林。关山林说，扯淡，他能吃能睡的，有什么病？有病能这样吗？就算人笨一点儿，念不了书，还不能当兵打仗？你别操那份闲心了，你操那份闲心是自己吓唬自己。

关山林的话并没有解除乌云的忧虑。乌云扭过头去看会阳。会阳坐在一边玩一只铜弹壳。他把那只铜弹壳举到阳光下面呆呆地看。阳光把那只铜弹壳照得闪闪发光，但是会阳的脸上却没有半点儿高兴的样子。

关山林对会阳的漫不经心还是刺伤了乌云。乌云知道关山林很忙，他手头的工作很繁重。到湖南以后，关山林已经不在军官宿舍里住了，组织上分了一套住宅给他，住宅很宽敞，也没有星期六才准回家的纪律约束。但是关山林仍然很少回家，有时一个星期回家一趟，有时十天半个月回家一趟。回家也是匆匆忙忙的，多数时间是看一眼就走，留宿简直就是一种奢侈。乌云已经习惯了秘书来家问问情况这种事，但是她却不能原谅关山林对会阳的冷淡。关山林不喜欢老二，这是肯定的。对老三京阳，他也没有太多的热情。他只宠爱老大路阳。这是一种顽固愚昧的定势。关山林每次回家的时候都要在门口大声喊,儿子!儿子呢?其实他所说的儿子,只是老大路阳一个人,而不包含老二会阳和老三京阳。要是会阳和京阳这么认为,傻乎乎地迎出去,那就大错特错了。关山林最多拍拍他们的脑袋,轻描淡写地说声去一边玩去吧,就把两个孩子打发了。而对路阳他则不是这样。这种太分明的父爱表现深深刺伤了乌云。乌云自己对会阳也没有太深的感情,或者说,没有太深的好感。这孩子伤害了她。他那向干冷的空中伸出的青紫色的手充满了死亡。他一开始就打算要她的命。但不管怎么说,他总是她的儿子,是她新鲜而赤裸的骨肉,由于他的怯懦和退缩,她对他更生出一份小心的呵护。

有一次,在路阳欺侮了他弟弟会阳之后,乌云严厉地警告了那个狐假虎威的小肇事者。乌云说,你再欺侮你的弟弟,我就把你的图画铅笔收起来。她把"你的弟弟"这四个字说得很重。

有一段时间,乌云被会阳的事弄得精疲力尽。她在基地卫生队上班,以后改成基地医院,这个时候她开始逐渐脱离司药的本行,做一些办公室的工作,一些行政领导工作。她很忙。医院在不断扩充,人员在不断调入,她得费心地熟悉它们。难道就没有自己热爱的工作吗?有时候她想,管它呢,也许往后一切都会好起来的。但是她还是没能忍住。有一次她为了关山林对待老二会阳的事情和关山林争了几句。这件事也给了关山林一个吃惊。他不知道发生了什么事,使一向温顺和服从的她有了一种令人讨厌的脾气。

这是关山林第一次向乌云妥协。他买了一些糖果回来。他把那些糖果交给老大路阳,在与大儿子亲昵过后补充了一句:儿子,别一个人吃独食,给你弟弟分一些。说过这句话之后他特地回过头去看了看乌云。

乌云没有看关山林。乌云把手伸向墙角,那里蜷着一动不动

· 233 ·

的会阳。乌云冷冷地对会阳说,我们走。

　　基地的筹备工作只用了短短一年,一年以后,生产开始投入运转。关山林在这段时间里更少回家了。这是另外一场战争,他喜欢这种新鲜的带有挑战色彩的刺激。这是一个联合军工基地,生产枪支、大炮,甚至还生产一种新式坦克。它们当然不会被用来开荒种粮食,这就是关山林的痴迷所在。

　　乌云两头忙。医院在最开始的那段时间里几乎成了一家战场救护所,不断有被炸伤炸死的干部工人送到医院来。乌云急需几名有经验的枪伤专家,并且需要一辆改进后的救护车,为此她费尽了脑筋。

　　乌云不得不把老大路阳送到寄宿学校里去。这个七岁的小东西长得人高马大,脸上总是带着一种让人琢磨不透的怪笑。他已经学会了在半天时间里把一件新衣服弄得千疮百孔,而且知道怎么老道地从两个弟弟手中骗过分给他们的糖果,并且毫无廉耻地把它们吃掉。令人吃惊的是路阳非凡的组织能力。他的身边总是围绕着一帮和他年纪相当的孩子,也有的孩子比他大一两岁,但他是头儿,他们管他叫司令。他们玩打仗的游戏,一拨当红军,一拨当白军。他们在院子里冲来冲去,把白军捉住并把俘虏的衣服扒光,然后一个个押往刑场枪毙掉。有一次他领着他的铁木尔支队从一个旧仓库里偷出一些报废的子弹,用它们来做炸药,企图将一座水塔炸掉。后来因为卫兵的警觉,他们的阴谋没有得逞。还有一次他们用弹弓射击路上"敌人"的军火车,路阳精确的"枪法"使一个司机受了伤。但是事情追查下来的时候,至少有两个孩子站出来说这事是他们干的,与他们的司令没有关系。而路阳却站在一旁,一边吃着爆米花,一边天真烂漫地看着前来调查的保卫干事和他气急败坏的母亲。乌云拿这个小魔头束手无策。他原来是个胖乎乎可爱的孩子,湖南的这个弥漫着瘴气的山沟使他变坏了。

乌云只能把他送到寄宿学校去,至少在森严壁垒的学校里,他没法弄到子弹和炸药。

解决掉了路阳,乌云深深地喘了一口气,但是事情并没有结束。路阳可以送寄宿学校,会阳却不能送托儿所。先头也送了一段时间,会阳回来后越发沉默寡言,时常在睡梦中大哭不已。他从来不在清醒的时候哭,哪怕路阳狠狠地揪他的耳朵他也不哭。但是他却在睡梦中哭。他一定有什么心事,乌云这么想。但她已经肯定他不能再待在托儿所里了,那些孩子对他愚讷的鄙视会要了他的命。乌云把会阳从托儿所里接回家里来。她宁肯让他一整天躲在某个角落里,也决不能忍受其他的孩子冲着他吐唾沫。

现在,乌云必须亲自操持会阳的生活了。家里倒是有个勤务员,但是这个十七岁的湘潭小伙子太稚嫩,再说他也带不了孩子。京阳的阿姨朱妈也管不了会阳,这个山东海城来的年轻的寡妇倒是十分贴心能干,但是多病的京阳和繁重的家务活已够她忙碌了。没有谁能帮助乌云。乌云有时候会在医院里突然心惊肉跳起来。她担心这个时候蜷在角落里睡熟着的会阳会不会被一群老鼠咬伤,或者是一个特务分子溜进屋里去把他抱去丢进山沟里。事实上,特务破坏的事件在基地已经发生过两起了。有一次卫兵在油库附近捉到一个鬼鬼祟祟的男人,这个男人招供他想点燃那个油库。还有一次基地里发现了两份反动传单,保卫处追查了两个月,最终没有查出结果。乌云整天提心吊胆。她热爱自己的工作,全身心地热爱它们,她不可能一心二用。最后,她决定把会阳送回伊兰老家去。

关山林对送会阳去伊兰的事没有反对。他对乌云说,这事你看着办吧。乌云有一刹那觉得很委屈,甚至有些愤怒。不过她没有表现出来。要不把孩子送到洪湖老家去?乌云这么问关山林。这个念头当即遭到关山林的坚决否定。一年以前,关山林带着乌云和老大路阳回了一趟湖北洪湖老家,这是他参加革命二十八年之后第一次回去。关山林的老父亲已于几年前去世了。关山林为父亲恭恭敬敬地盖了一座坟。他真的是衣锦还乡,荣归故里,连县长都陪同他迈进了他家的那三间茅草屋。关山林不是独生子,他的哥哥也参加了革命,1933年战死在淮州。他的两个妹妹早已出嫁,孩子都一大群了。关山林在家里待了三天,他试图说服母亲跟他一起到湖南生活,可母亲却说什么也不干。母亲要守着老伴的坟,她担心有土獾什么的把坟头的小树糟蹋了。关山林当然不会把会阳送回老家去的。乌云恶毒地想,如果换一个,换了老大路阳,也许他就会爽快地同意的。

这之后他们吵了一架。回家过周末的路阳把会阳推倒在地上,让他做自己的战马。乌云再也忍不住,捉住路阳,在他的屁股上狠狠地打了两巴掌,并且警告他,不许向父亲告状。晚上关山林回到家,路阳果然没有告状,可他始终愁眉苦脸,让关山林十分不解。吃饭的时候,叫了几次路阳都不肯上桌,问他,他说吃不下,再问为什么,他说屁股疼。关山林就像自己屁股上挨了一脚似的,放下筷子就去扒路阳的裤子。乌云让路阳折腾得没办法,干脆地说,别看了,是我揍了他。结果夫妻俩吵了一大架。在他们吵架的时候,路阳躲进厨房里,将一卷油汪汪的千层饼从容不迫地塞进嘴里,同时还没忘记摸了两只熟鸡蛋塞进衣兜里,为晚上和伙伴们约好的游戏准备干粮。

第18章　大尉茹科夫和少尉女翻译

关山林是在经过了好几次接触之后才记住了这个名叫范琴娜的少尉俄文翻译的。

关山林这个人对与战争有关的东西记忆力十分惊人,比如地形地貌,他只要实地看上一眼就能烂熟于胸,比自己家的炕头还明白。但是对人,尤其是女人,他的记性差得让人失望。有好几次他都客气地询问范琴娜,小鬼,叫什么名字?到军代室工作多久了?这么问过以后,他仍然没有记住她,不是把她叫成范风琴,就是把她叫成方琴娜,连赵秘书都替范琴娜抱屈。

后来关山林终于记住了范琴娜。

开组织生活会的时候,年轻的中共预备党员范琴娜噙着泪水给关山林主任提出了尖刻的批评。关主任有严重的 官僚主义。关主任一点儿也不关心下级。人家在军代室工作了几个月,人家不止一百次地告诉过关主任自己的名字,可他过后仍然记不住。这个批评有充足的依据,关山林就是不服也不行。

关山林一挑浓眉,扭了头问赵秘书,真有这样的事儿?

赵秘书说,有。

关山林用力抠着脑袋,说,妈的,这事做的,小赵你看我这事做的。

关山林其实并没有什么官僚主义,他对官僚主义是深恶痛绝的,经过那一次当众批评,当然就记住了范琴娜。

其实,这个新分来的漂亮活泼的俄文翻译确实有被记住的充足理由——中山大学西语系毕业生,二十六岁,瓜子脸,丹凤眼,会跳新疆舞,热情洋溢,充满活力。这样的人到哪儿都会让人过目不忘,关山林主任要是把眼睛稍稍从枪炮车间里拔出来,往身边挪上一挪,那理由不光成立,而且就被记住了。

范琴娜是军代室派给苏联军事顾问团的随团翻译。军事顾问们和关山林领导的军代室来往十分密切,这样关山林和范琴娜接触的机会就会有很多。范琴娜一开始就被关山林的气质和风度迷住了。他站在那里,高大魁梧,一点儿也不比西伯利亚熊单薄。他的身上有一种令人炫目的阳刚之气,它们十分强烈,逼人融化。他不会开玩笑,却自有一种纯朴的机智和幽默。他哈哈大笑的时候地都被震得发麻,那些腆着小肚子的俄罗斯或者乌克兰人却只会嘎嘎地干笑。他永远都是一个中心,无论是和国内的同志还是和苏联老大哥在一起,人们的目光总会停留在他身上。他从来都不矫揉造作,但是要给他做翻译却是十分困难的事。他说话干脆激烈,刚愎自用,不容商量;他的语言中夹杂着大量的俚语,有时候甚至会带上两句令人脸红的粗野话。不高兴的时候,他决不会顾及你的身份,用不着第三句话就可以把你顶到南墙上去贴着。作为翻译,范琴娜十分为难,但她毕竟聪颖过人,很快适应了关山林,并且知道怎样随机应变才能既不致于造成双方的误解又能让关山林满意。

有一次,苏联军事顾问对生产线上的一项中国技术员的革新改造不满意,埋怨中国同志不懂技术。这让关山林很生气。关山林对苏联军事顾问说,你以为什么? 你以为只有你们的伏特加才是烈性酒吗? 告诉你老兄,中国酿酒师傅的尿都有 80 度。

范琴娜向苏联军事顾问翻译道,苏联的伏特加是名酒,中国的二锅头也是佳酿,有机会我请诸位尝一尝,你们会对中国酿酒师的精湛手艺由衷地钦佩的。

关山林看着喜形于色的俄国佬们,心存疑惑,问范琴娜,你对他们说什么,他们这么乐?

范琴娜笑吟吟地说,我告诉他们,在中国,随便找一个酿酒师傅,一泡尿就能把他们全灌晕过去。然后她又补充道,苏联同志喜欢喝酒,他们尊敬酿酒师,所以他们乐。

关山林笑道,狗日的,他们馋干吗不早说,光在那儿傻乐。他们直接说嘛。他们说了,我要人送两箱尿——呃不,送两箱好酒给他们,省得他们干流哈喇子嘛。

范琴娜事后笑得眼泪都流出来了。范琴娜想,原来关主任也是哄得住的呀。

范琴娜毫不掩饰她对关山林的钦佩之情。关主任是老红军,是战斗英雄,据说他身上至今还留着没取出来的子弹,这是多么令人不可思议的事呀! 范琴娜没事的时候,老爱想象关山林当年爬雪山过草地时的情景,想象他指挥千军万马英勇作战时的情景,偶尔也红着脸想象他满是伤痕的遒劲有力的身体。保尔·柯察金当然令人敬佩,卓娅和舒拉当然令人敬佩,但他们毕竟离自己太遥远,遥远得不真实,而她的身边不就有一个和他们具有同样传奇经历的英雄吗? 范琴娜在心里暗暗地把关山林叫做夏伯阳。她这么称呼他,甚至真的把他当成了那个威风凛凛的骑兵英雄。

范琴娜对关山林的敬慕之情日益加深。很快的,它们转变成爱慕之心。有时候一天看不到关山林,范琴娜就会心烦意乱。她身体高挑苗条,皮肤白皙,喜欢穿一件白底小红碎花的布拉吉,这种连衣裙在她跳新疆舞的时候旋转得就像满天的星星。有一段时间她很沉默,很忧郁,有意识地回避着关山林。但这种回避并没有坚持多久。接下来,她索性不再压抑自己,人随心驰,不再顾忌什么。

范琴娜给关山林带来的心情舒畅是明显的。关山林很喜欢这个江苏姑娘。她的流利的俄语和普通话就像唱歌一样,把那些苏联顾问们摆弄得服服帖帖。关山林知道那些老毛子的德行,在东北的时候,他们就像一群发情的公猪似的满街乱蹿,一见到大姑娘就大叫哈拉梭哈拉梭! 他们喜欢的黑面包是一种奇妙的饲料,让他们身强体壮,精力充沛,充满激情,但是现在他们在一个来自江南水乡的中国姑娘面前却服服帖帖,蓝色的眼睛里充满了脉脉柔情。关山林不知道年轻的女翻译是怎么收拾这些老毛子的,但是他一向不喜欢这些趾高气扬浑身散发着雄性气味的家伙。他希望他的女部下把他们统统地干掉。

关山林开始注意范琴娜了。她真的很可爱,很活泼。她在一群男性将校军官中举止从容,应付自如。她军装合体、军容整洁、步子轻盈、反应敏捷。她肩章上的一杠一星比所有的将校星更加灿烂迷人。关山林为自己有这样出色的部下而骄傲。

有一次,关山林陪同苏联军事顾问到坦克生产厂去考察,有一群年轻的女工和知识分子围住了关山林。他们喜鹊似的叽叽喳喳叫着吵着,要求关山林给他们讲红军爬雪山过草地的故事。关山林不习惯一本正经地讲故事,如果让他站到讲台上去,那些期待的目光会把他搞得心慌意乱。他宁肯带一个连去攻打一个营据守的山头,也不愿意干这种让人出汗的事。关山林想对那些年轻的姑娘和小伙们说,不,他没有空,要听说书他们完全可以去找党委书记,那也是个老革命,而且是个挺能吹的老革命。实际上他已经让脸上表现出一种坚决拒绝的意思了。但是这个时候,关山林看见了范琴娜的目光。年轻的女翻译站在人群外看着他,目光中有一种替她的同龄人乞求的神情。她在那里微笑着,像一个纯洁的女神,同时更像一位同行的鼓励者。

关山林突然改变了念头,他对那些年轻人说,好吧,既然这样,那么好吧,我答应你们,给你们讲故事。只是现在不行,现在,你们看见了,我得陪苏联同志检查完你们的工作。要知道,老大哥同志有时候脾气古怪,你们现在把我弄走,他们会怀疑你们是不是把我也造成了一辆坦克车。我会来的,关山林转过头看了看站在人群外的女部下。小范同志,你陪我来怎么样?

范琴娜粲然一笑,脸颊上露出一对浅浅的酒涡。她轻轻地但同时又是极快地点了点头。

关山林心里顿时涌过一股快乐的暖流。他发现自己竟然变得幽默了,轻松了,不再刻板了。是什么东西使得他年轻起来了呢?

有一次,关山林在家里吃饭,他突然停了下来,嗅了嗅鼻子。他让他的大鼻子变得十分紧张。他对乌云说,我怎么闻到你身上老是有一股奶味?

乌云正在喂京阳吃饭。乌云听到这话觉得莫名其妙。乌云说,没有哇?老三早就断了奶,这你知道,你怎么会闻到我身上的奶味呢?

关山林又闻了闻，那种感觉还是没消失。也许是别的味道，不是奶味，反正味道不对。他胃口全无，扫兴地把筷子放下，拿起桌边的一份报纸。在展开报纸之后他说，不管什么味，都不好，一个军人，弄得像一头刚从圈里放出来的奶羊似的，还是当领导的，像什么话？

关山林看了两眼报纸，余兴未了，又说乌云，你就不能把身上弄干净点儿？你看人家小范，人家也是女同志，人家就不像奶羊。

乌云从儿子嘴边收回饭勺，奇怪地看了关山林一眼。她知道那个军代室的女翻译。她会说一口甜甜的吴侬软语，而且她确实收拾得很清爽。不过，这和她有什么关系呢？乌云纳闷地想，他是从什么时候开始注意起味道这种东西来的呢？

关山林坐在那里，把报纸翻得哗哗作响。他跷着二郎腿。他的皮鞋擦得油光锃亮。

说到皮鞋，军官每个人都有一双，真正的小牛皮，踢铁都不怵，如果打上点油，找一块旧布轻轻一揩，亮得能照出人的影子来。皮鞋是正规场合军官必备的着装条件之一，人套上它紧实得立刻有了一种威严的精神，踩在柏油路上，咔咔作响，那份英武之气别提多牛气了。还有另外一个用场，就是星期六的军官舞会时穿。军人俱乐部每个星期都要为军官们组织一场舞会。基地女军官少，男军官多，这个不要紧，俱乐部主任总是有办法弄来一些姑娘。基地里分来不少女大学生，她们青春盎然漂亮活泼，是男军官们最合适的舞伴。但是不管男军官也好女军官也好，他们一式的军官皮鞋是一种风度的显示。当他们穿着气派漂亮的小牛皮鞋走进舞池的时候，当他们踩着昂扬的舞曲扬头展臂翩然起舞的时候，你就会明白什么才是军人的舞会了。

乌云最开始没有参加军官俱乐部的舞会。乌云在东北时就学会了跳舞，而且是舞会中的小鸽子。但她现在却没有时间和心情飞。星期六的晚上是她最忙碌的时候,那些家务事总是挑着星期六这一天突然堆到了她的面前,多得她都没有心思去数它们。就算这些事不计在自己的账上,大儿子路阳在这一天从寄宿学校得意洋洋地回来了,这个小魔头正迫不及待地要把他在一周时间里学到或想到的破坏活动全部施展出来呢。对此乌云不得不精神紧张地瞪大眼睛,随时随地跟在他屁股后面转,准备着把那个小坏蛋捉捕归案,否则他那些伟大的创举只要干出随便的一件,就足够你一辈子后悔不迭。

但是有一天,乌云还是去参加了军官俱乐部的舞会。那是关山林要她去的。

关山林邀请苏联军事顾问团的顾问们参加基地的军官舞会。苏联顾问中有两个带有妻子,他们非常高兴地表示将携妻子参加中国战友的舞会。既然如此,基地最高军事长官关山林当然也得带着妻子一同参加舞会,以示礼节。

乌云忧心忡忡。她真的无心跳舞。她有一套很合体的毛呢料军官便装,皮鞋也很新,可是路阳怎么办呢?她可不敢冒这么大的风险把这个小破坏分子一个人留在家里。

关山林处理这一类事情十分果断。他命令勤务兵在家里看住路阳,然后他虎着脸对七岁的儿子说,你听着,要是你把家里弄乱了,我回来以后就下令打你二十军棍,一棍不少。如果情况比这还坏,我就关你的禁闭,叫你明天不能到外面疯去。关山林知己知彼,他知道二十军棍对他的儿子算不上什么威胁,但整个星期天不能出门去疯,等于是要了儿子的小命。

乌云就是在这次舞会上认识茹科夫·尼古拉耶维奇·奥特金的。

乌云被关山林逐一介绍给苏联军事顾问们。乌云着军装,所以她按规定向他们敬礼并称呼他们。上校同志。中校同志。少校同志。然后是他,大尉茹科夫·尼古拉耶维奇·奥特金同志。接下来是两位体态丰满热情洋溢的顾问太太。乌云二十八岁,长期的军队生活使她的身材保持得完美无疵,那套英国呢军便服穿在她身上十分合体,恰好地衬托出了她身体的各条曲线。她露在呢裙外的小腿光洁匀称,肌肤紧绷绷地富有弹性,肩头的一杠三星闪闪发光,更加显示出她的妩媚。她既依赖又独立地站在个头魁伟的关山林身边,微笑着,十分得体地和军事顾问的妻子们说着话。她不知道,这个时候有两双眼睛正从两个不同的角度一眨不眨地打量着她。它们一双是白俄罗斯青年的蓝眼睛,一双是江苏姑娘的丹凤眼。

舞曲开始了。作为舞会的主人,第一支曲子关山林和乌云第一对步入舞池。两位军事顾问也携着他们的夫人走入舞池。军官们接踵而入,舞池中衣香鬓影,左右撩人。关山林的舞步很生硬。他对跳舞没有兴趣也没有天赋。他只是自信而又武断地带着自己的舞伴随着曲子走一种刚健的步子,如此而已。乌云对此没有什么埋怨,只要他们的手在彼此的手里握着,只要有这悠扬欢快的手风琴声,哪怕他们站着不动,她也会感到快乐的。她只是仍然有些担心。她伏在他的耳边小声地说,家里不会出什么事吧?万一路阳玩火呢?关山林迈动步子,眉头动也不动地说,我毙了他。乌云抬起脸来,看了看关山林那副认真样儿,不禁噗嗤一声乐了,然后温存地把脸靠近了他宽大的胸前。

第二支舞曲乌云请顾问团团长巴甫洛夫上校跳。上校舞步活泼,人也很幽默。上校一边跳着舞一边对乌云说,上尉同志,您很漂亮。我并不怕关将军用他的手枪打开我的脑袋,我只担心我那位爱吃醋并且有一个拳击手父亲的妻子,要是她今天不在,我发誓我会搂着您的腰直到舞会结束的。乌云嫣然一笑,说,上校同志,您的舞跳得好极了。也许您愿意再带我跳一曲快节拍的?

两支舞曲跳下来,乌云出汗了。她想休息一下,但是一个高高的青年男子站到了她的面前。年轻的弹道专家奥特金大尉礼貌地对乌云说，我能请您跳这一曲吗，上尉同志。乌云抬头看奥特金上尉，他修长的个子，亚麻色的头发，蓝眼睛，鼻梁挺括有力，嘴唇的线条却柔和得让人怦然心动，就像那条哺育着俄罗斯人的母亲河水给人的感觉。因为有了这样的感觉，乌云想也没有想，就把自己的手交给了奥特金。他领着她迈入舞池，同时也迈入他们彼此接近的轨道。她生长在东北，会一点儿俄语，他的中国话很棒，这样他们交流起来就一点儿也不困难了。乌云最初的感觉是奥特金的舞跳得非常好。他一只手轻轻而妥帖地揽在她的腰后，另一只手若有若无地牵引着她，步子飘逸而充满变幻的活力。他不是那种自负而固执的舞伴，他总是在以他牵引着她和揽着她的两只手暗示着她，启发她灵魂之中的舞步，而他的舞步则忠实地伴随着她，让她时时有一种温馨的鼓励。实际上，正是在他的巧妙的暗示中，她才轻松地走向随心所欲，随后张扬开来。有一阵子他们像大多数陌生的舞伴那样，彼此看着对方的耳侧右方。但很快的，他们的目光对应了。他的脸上有一层绒绒的汗毛，在明亮的灯光下，它们显出一种柔和的姿态。他温情脉脉，举止有修养，在与其他舞伴相遇的时候，他带着她巧妙地避开，而不是把她往他的怀里拽。整支舞曲中，他们没有说一句话，但她似乎并不觉得累。

接下来的一支曲子是布鲁兹，还是他请她跳。他们开始说话。他说她很漂亮。她说谢谢。他说这是他头一次和一个中国姑娘跳舞，通常星期六他总是一个人待在军官宿舍里研究国际象棋。他觉得他很庆幸，他今天能来参加舞会也许应该感谢灵感。她觉得他的话很有趣。她说，大尉同志。他阻止住了她。他说，我们最好别互相称呼军衔，考虑肩头有几颗星会扰乱我们的舞步的。她说，奥特金同志。他说，您能叫我的名字吗，这样我就能肯定您并不讨厌我了。好吧，她想了想，茹科夫。他俩都被逗笑了。他露出一口洁白整齐的牙，而她的脸颊上红云冉冉。他带着她轻松地在打过滑石粉的水磨石地上转了个漂亮的花样，说，现在您可以告诉我您的名字了。我是说正式告诉,这才公平。他朝她略略俯下头。她这才发现他比她高出一个半头来。舞曲结束的时候他恰好把她带到座位前,这样他们又坐在那里谈了一会儿。她知道了他在东北待过很长一段时间,整整四年。她发现他们曾在同一个时间里在同一个城市里待过。这是多么有趣的一件事啊。于是,当《蓝色的多瑙河》响起的时候,没有人觉得他带着她走进舞池有什么不对的了。

蓝色多瑙河,为什么是蓝色,而不是别的颜色呢?这颜色就和他眼睛的颜色一样,让人感到一种亲切和信赖。他们在旋转。整个舞厅都在旋转。这才是真正的旋律。这才是行云流水,生动和永恒。这一回,他把她细心地揽在怀里,勇敢地泅入了蓝色的旋律之中。他带着她轻松而漂亮地旋转着。有一刻她觉得他们已经轻盈地飞了起来。她觉得轻松极了,快乐极了。她再一次变成了一只可爱的小鸽子。她不由自主地握紧了他的手。只有很短的一段时间,她把目光从他的肩头移开。她看见她的丈夫正搂着军代室的那个年轻的女翻译从他们身边掠过,很快被他们抛弃在身后。真逗,他们不是在跳快华尔兹。他们根本就没有旋转。他们只不过是在那里踏着曲子笨拙地晃荡罢了。

一周之后,当乌云差不多已经忘掉了那场令她快乐的舞会时,茹科夫却把电话直接打到乌云的办公室里来了。乌云心里突然有一种暖乎乎的感觉。大尉的声音富有磁性,也许是他的快乐让这一切都具有了感染力。

大尉说,我当然知道怎么打听到您的电话,别忘了,我是一名弹道专家,修正和准确命中目标是我的专长。

大尉说,为什么非得有事呢?难道今天不是星期六吗?

大尉说,不,我们今天不跳舞。如果您愿意的话,我想请您到专家公寓里来做客。您不会拒绝吧?

乌云当然不会拒绝。寄宿学校有个联欢会,路阳得等到明天才能回到家里来施展他的破坏计划。朱妈会把京阳带得很好的。关山林去长沙开一个会。家里只剩下她一个人,她为什么不可以身心轻松地去做一回客人呢?至于那些脏衣服和积攒了整整一周的家务活,星期天她还有一整天时间来对付它们。

茹科夫开着顾问团那辆红色的莫斯科人牌小轿车来接乌云的时候,乌云已经打扮好了。茹科夫站在台阶下,像是看着一位光彩夺目的公主似的瞪大了眼睛盯着乌云,深深地吸了一口气。

乌云被茹科夫的目光盯得有些发毛,不安地问,怎么,我有什么不对劲的地方吗?

不,茹科夫轻轻地说,没有,我只是被您的美丽震撼了。也许这一切都不真实,您只是一个梦中的女神。

乌云有些发窘。她只是换了一套普通的棉布做的布拉吉,把头发随便地盘在了头上,并没有刻意打扮。那件杏黄色的裙子只是比较合身罢了。她那样做,只是不想向每一个顾问一一敬礼。如果她穿着军装,就不得不这么麻烦和拘谨了。

实际上,乌云在顾问公寓里并没有见到每一位顾问。他们全都到五十里外的森林里打猎去了。对于职业军人来说,他们喜欢手风琴奏出的欢乐音乐,喜欢烈性的伏特加,但他们更喜欢密林深处的追逐和双筒枪低闷的轰鸣声。既然中国和世界上大多数国家一样休息礼拜天,中国同志又热情地提供了狩猎的好地方,他们当然不会像傻瓜一样呆在公寓里了。

茹科夫请乌云进了他的房间。这是一套漂亮的公寓,起居室至少有二十平方米,明亮的枝型吊灯,宽大的落地窗帘,华丽的柚木地板,盥洗室里有很大的镜子,甚至还有一个小小的储藏室。乌云在起居室里看到一幅油画像,画像里是一位美丽而气质超众的俄罗斯女人,她淡淡的微笑令每一个人看了都会心动。乌云问,这是您的妻子吗?茹科夫正在把一支蜡烛放到烛台上。他说,不,这是我母亲,她是一位音乐家。这幅画像是她年轻时一位宫廷画家为她画的。我非常喜欢这幅画,它一直跟随着我,它能让我每一天都有一个好梦。他说,我没有妻子。我还没有结婚。

茹科夫开始把他准备好的食品一样样拿出来:梭鱼罐头,枪牌鱼籽酱,自制的俄罗斯泡菜,肉肠,几品脱伏特加酒,两块白面包和一小包黄油,另外还有一点儿草莓酱。那些食物在烛光下散发着诱人的光泽。乌云拿出她带来的酱豆干。那是她自己做的。他们是供给制,很少有可能另外再弄到食品。为此她觉得有些抱歉。茹科夫却分外高兴。他说他喜欢湖南风味的豆腐干,它们嚼起来很有韧劲,吃完后满口余香。

茹科夫在一架科尼亚牌留声机上放了一张唱片,然后他们坐下来,开始品尝那些美味佳馔。乌云不喝酒,不过俄罗斯泡菜却让她大开胃口。她用一杯红茶和他干杯,说,祝您工作顺心。他盯着她,说,祝我们的友情与日月共存。他们都喝了一口,觉得心情舒畅。他什么时候不再称呼乌云您,而是关系密切地称为你的,乌云没有留意。一切都是那么的自然,那么惬意,乌云没有机会去注意别的什么。留声机放出的音乐是一支古老的俄国曲子,管风琴的旋律使音乐具有一种浓烈的乡村风格,在这样典雅的音乐背景下,他们开始谈论自己的工作和对生活的看法。

茹科夫告诉乌云,他出身在涅瓦河畔,家中有三个孩子,他是老二。他的母亲是一位出身名门的钢琴家,父亲是苏联红军的将军。斯大林格勒保卫战时,他的父亲在外线指挥一个方面军和德寇作战。

乌云顿时肃然起敬。斯大林格勒保卫战,那可是整个苏维埃军人的自豪呀。

他告诉她,他大学毕业后在西线打了两年仗,负过伤,伤好以后进入伏龙芝军事学院深造,专攻弹道学,教授是苏联有名的兵器理论专家乌托瓦·萨斯索伦斯基。

弹道学吗？那可是个有趣极了的学问，它可以使你射击的子弹和炮弹有效地命中目标。举例说，一战时德军的一种加农炮只能射出 5 英里，到二战时，这种炮几乎什么也没改变，只不过经过了弹道学专家的一点小小改进，它们就能把三十磅重的炮弹从二十英里外直接打到敌方的阵地上去了。

乌云不懂茹科夫说的这门深奥的学问，但她觉得这非常了不起。他二十六岁，这她倒没看出来。他看上去要成熟多了，也许这和他高贵的出身以及修养有关。负伤的时候他只是一名中士，现在他是大尉，也许他很快就能被提拔成少校，对此他十分自信。当然，她对此也毫不怀疑。他看去是那么的聪明、能干、博学，没有理由让这样年轻有为的优秀军官只是当一名大尉，那可太屈才了。

他还向她讲述了他自己的家乡。讲述了那条来往穿梭着冒着黑烟的小火轮的涅瓦河。一些双桅船停泊在码头边，橘红色的船体散发着新刷的桐油的芳香。一些长着大胡子，戴着无檐帽，叼着粗大烟斗的水手醉醺醺地从那里走过。穿着白色长裙的少女用唱歌似的声音叫卖着她们的酸牛奶。沿着涅瓦河富饶美丽的河域，人们在金色的橡树林中翻晒干草，在那里点燃篝火，烧烤新鲜的小牛肉。竖笛在六月的涅瓦河风的吹拂下就像一只欢乐的雷雨鸟，从人们心口飞过，消失在暮色之中。

她被他的叙述迷住了。在他一往情深的蓝眼睛里，她看到的是对故乡的忠诚和思念。他喜欢中国，在四年的时间里，他到过很多的城市。他有了很多善良和友好的中国朋友。这个国家比人们知道的更美丽，而它的人民则让人尊重和敬佩。他热爱他的弹道专业，那是一个神奇的天地。也许能够理解它的人很少，但这无妨。要知道，这就是生活，你必须忠诚它，决不怀疑你在生活中的位置，这样你才有可能成为生活真正的主人。他说着。她听着。他很快地喝光了那几品脱伏特加，并且殷勤地不断请她品尝腌梭鱼和醋浸胡萝卜。她的胃撑得都快爆炸了。

那是一个愉快的夜晚,摇曳的烛光和深沉的俄罗斯音乐使这个夜晚充满了一种浪漫的气氛,这种感受在乌云的生活中是绝无仅有的。然后他送她回家。他开着车。她坐在他身边,红色的莫斯科人牌轿车飞快地沿着碎石马路驶去。她不断地用手按住被风吹开的裙摆,以免露出光洁的膝盖来。

他把她送到她家的门口。在她准备走进自己家门时,他突然提出了那个绅士味颇浓的要求。他说,乌云,我可以吻吻你的手吗?她犹豫了一下,最终还是同意了。这是一个热爱中国的年轻的苏联军官,他有一个英雄父亲,他自己也是位英雄,她有什么理由拒绝他的敬意呢?

她把自己的手伸了过去。在黑暗之中,她感到他柔和的嘴唇在那上面停留了好一阵。

夏天到来的时候,乌云已经被提升为医院政治部主任,并且兼任医院机关党总支书记。她更加忙碌了。她不再做她的药剂士了。需要她干的事很多,但这并不妨碍她和茹科夫的见面。在周末的时候,茹科夫总能安排出一些让乌云感到意外而又新鲜的活动。参加顾问团的小型聚会,郊外的篝火晚会,森林里的逐猎,偏僻小河里的日光游。有一次他甚至把她带到枪弹试验场去,让她打了半箱改进后的子弹。两个人在清脆的枪声后跑向半身靶,看着被打得滑稽不堪的靶子哈哈大笑。

在乌云无法约会的时候,茹科夫便会在第二天到医院来看望她,决不会超过第三天。茹科夫在乌云的办公室里只坐上一会儿就起身告辞。他知道她很忙,要起草很多文件,要找很多人谈话。他是一个懂得事理的人,知道怎么节制自己,那正是他良好的风度。

乌云越来越喜欢这个比她小两岁的苏联大尉了。他给她带来了许多的快乐和充实。他的出现使她单一的生活变得生动浪漫,而这正是她缺少和渴望的。乌云已经在内心深处接纳了这个有着亚麻色头发、蓝色眼睛和线条柔和嘴唇的青年军官了。她觉得和他在一起的时候最能表现出她的长处,而且她丝毫没有拘泥和压抑。她不再称呼他为"您",而是改用"你"这个字。即便他没有那么明白地表露过,她仍然知道,她是一个美丽、成熟、充满无限魅力的女人。她完全能够从他的坦率欣赏中知道这一切。

关山林有一段时间没有和范琴娜接触。

长沙有一个会,然后是北京的会。半个月之后,关山林才风尘仆仆地回到基地。

从北京回到基地的当天下午,关山林和军事顾问团团长巴甫洛夫上校有一个互通情报的会晤。这个会晤本来可以由关山林的副手出面,可不知为什么,关山林突然改变计划,决定暂时不到生产线上去检查工作,而是留下来亲自和巴甫洛夫上校见面。

在两位首席代表亲切握手之前,关山林接到了那双美丽的丹凤眼投来的长长的一瞥。那个时候他们已经相当熟悉了。他已经知道了她是一个烈士的后代,父亲是一位八路军营长,1940年百团大战时战死在华北正太路上,她的母亲是白区的一名党的负责人,被叛徒告密遭到逮捕,1947年在上海遇难。这对患难夫妻临牺牲前都不知道对方当时的情况,组织上把他们的遗孤从一位同志的家里找到,先是送往长春,然后送往苏联学习。她无亲无故但却性格开朗活泼。他对她有一种父辈的痛爱,觉得和她在一起自己变得年轻了,不再那么烦躁不安了。在人少的非正式场合,他们甚至还互相开一些有趣的玩笑。

会晤结束以后,关山林留巴甫洛夫上校吃饭。从个人感情的角度讲,关山林并不喜欢这些自命不凡的老毛子。但是他是一名军人,他不得不执行上级的指示,对老大哥同志尽可能地表示出友好和尊敬。他们吃的是湖南的烧烤菜。关山林和巴甫洛夫各坐一方,年轻的女翻译坐他们当中。巴甫洛夫个子矮小身体肥胖,在熏血肠和透味烤火腿端上来的时候他赞不绝口,喜形于色,不过更让他津津乐道的还是茅台酒。

在将一片油浸透亮的火腿肉吞进肚子里后,巴甫洛夫对关山林说了一句什么。关山林转过头来看着女翻译,想听听他对他说了一些什么。

他发现她正看着他。她什么也没吃,一直那么看着他。她的美丽的眼睛里有一层蒙蒙的泪雾,这让她看起来令人疼怜。她说,走的时候为什么不告诉我?为什么不给我打电话?

关山林的脸上毫无表情。这是上校的话吗?他问。

不,这是我的话,她说。

告诉我上校刚才说的是什么,他说。

上校说,中国厨师是用什么方法把动物脂肪变成毫不相干的美味佳肴的,这简直是个奇迹。她说。

他把目光转向巴甫洛夫,脸上带着一种悠久的骄傲,说,上校,除了吃的东西之外,中国人不会再改变什么,我们更讲究表里如一和忠诚。

范琴娜把关山林的这句话翻了过去。巴甫洛夫听罢畅怀大笑,然后又说了一句什么。

关山林把目光再次转向范琴娜。她的眼睛早已在那里等着了。她说,我不知道你到哪儿去了。我到处打听你。我差一点儿就去北京找你了。她美丽的眼睛里的雾水越来越重,很快就会变成倾盆大雨了。

关山林粗犷的脸平静得就像一片冷峙的战场。他用平稳的声音说,告诉我上校的话。

她喉头哽噎了一下。她说,上校说,你不但是位令人钦佩的军人,还是一位天才的外交家。他说你的话很幽默——可我觉得你是个根本不顾及别人的人。你一点儿也不幽默!

她在最后那句话上提高了声音,这让巴甫洛夫上校有些吃惊。

他想他刚才说的是一句轻松的话,有必要把音节拔那么高吗?

关山林似乎是笑了一下。他坐在那里,身子很稳,腰背笔直,目光丝毫不游移。他说,你什么都不懂。你还是个孩子。但是如果你想来第二次,在工作的时候说这种话,我就下令降你的职。他说完这句话之后就再不看她了。他端起茅台酒杯,冲着巴甫洛夫举了举,嘴角带着一丝嘲笑说,为你那狗屁的幽默干杯。

那天晚上,关山林回到家时有一种烦躁的表情。他先嫌司机把车开得太快。又没仗给你打,你开那么快干什么?他说。在敲了三次自己家的门以后他似乎不耐烦等了,竟一脚把门踢开,大步走了进去,吓得跑来开门的朱妈连忙贴着走廊的墙壁站着,害怕挡了他的道。

这天是周末,他第一次破例没有问老大路阳的情况,也没有去孩子们睡的房间看看那个在梦中还在诡秘微笑着的宝贝大儿子,害得朱妈一直没敢闩门,直到半夜还坐在床边等着他进去"查铺"。

乌云那天在赶写一份报告。当关山林踢开门走进家之后,乌云放下笔,从屋里出来,走过去看了看掉在地上的门锁,什么也没说,回到屋里。她在关山林听不见的地方小声吩咐朱妈,让朱妈用凳子把门顶上,明天再请修缮队的工人师傅来换锁,然后她进了卧室。

乌云问关山林吃过饭没有。关山林心不在焉地嗯了一声。他只管在那里脱衣服。他把脱下来的衣服往旁边随便一丢,就上了床,拉过被子就睡了。

这是他出差半个月后第一次回家,对乌云来说,这是一份牵挂告一段落的突然欣喜。她本来有很多话要对他说的,可是那一脚把它们全踢得无踪无影了。她不知道他为什么要发火。他可以责备她们没及时听见他的敲门声,但没有必要一定要把门踢破。她站在那儿,想她应该为他分担点什么。肯定有什么原因刺激了他。但她不知道怎么接近他。一床被子成了他固若金汤的防线,她不知道突破口在哪里。他太疲劳了，一切等明天再说吧，她这么对自己说。她从床头拿起他的衣服，把它们挂到衣架上。她闻到一股浓烈的汗渍味。她能肯定他在这半个月时间里一次澡也没洗，也许连脚都没洗过。这让有洁癖的她无论如何不能忍受。

她轻声对他说，起来洗个澡再睡吧。

他在被子里闷声闷气地说，不洗。

她说，我把水给你放好，干净衣服给你拿出来，你快点儿洗，几下子就完。

被子里的他没动。她想他肯定是累坏了。

她在那里站了一会儿，走开了。她到厨房打了半盆热水，试了试水温，拿着肥皂和毛巾走回卧室来。

不洗澡，脚总该洗一下吧。她说，声音仍然轻轻地。

被子里的他没有动。这让她有些不能肯定，他是不是睡着了。

几乎所有的军人都喜欢烫脚，那是解除疲乏的最好方式。他为什么和别的人不一样呢？

她这么想着，用一只凳子把洗脚盆架好，坐到床头，揭开被子的下端。他如果真的累了，不想动了，那么她就来给他洗好了。当年在合江她嫁给他的那天晚上，她不就是这么做的吗？她这么想。

她把他的一只脚拿起来，轻轻移到水盆边，一只手去拿肥皂。

他突然用力一蹬，脚从她的手中滑落，水盆倾倒在地上，淋了她一身。

她呆在那里，看着半屋子的水，一时没有反应过来。

他猛地揭开被子，从床上坐起来，瞪着眼冲她大喊，我说过了，我不洗脚，我不洗就不洗！

她吃惊地看着他，半身水淋淋的，手里还捏着一块肥皂。她说，洗一下脚又有什么？难道不好吗？

他冲她喊道，不好！非常不好！

她不明白，声音也高了。她说，为什么？

他的声音比她的还要高。他说，我不愿意！我不愿意的事就是不愿意！你这么做，你要干什么?！你到底要干什么?！

她的声音有些颤抖了。她说，我什么也没干，我只是想给你洗个脚。

我要你洗什么脚？他的脸上有一种恶毒的青苔在迅速蔓生，你少给我来这一套！你以为我不知道，你是在嫌弃我，你嫌我，连门都不给我开！他气得呼呼直喘气。

泪水飞快地涌上她的眼眶。她想这算什么？这有什么意思？她想他太过分了。她使劲保持着声音不变调。她说，我不想吵架。我们别吵架。

他冷笑道，谁跟你吵架？你说我跟你吵架，你把我说得也太没有觉悟了！我可不是家庭妇女！

她说，你这样会闹醒孩子的。实际上你已经把他们闹醒了。

他的笑简直恶毒极了，好啊，他们醒了就让他们进来吧，也许他们也会嫌弃我，这样你就更得意了。你就是这么想的对不对？

她的泪水流下来了，不可抑止地流下来了，没有什么能够阻挡它们。他知不知道他这是在干什么？他把什么东西推倒了并用他的脚在上面践踏？他是个职业军人，一个出色的有着丰富经验的职业军人，他当然懂得如何杀伤对方，在这方面他太有经验了。他生杀予夺随心所欲，他是个蛮横霸道的老手。但更多的时候，他是一个坏孩子，一个比路阳还要不可救药的坏孩子！

她站在那里，一句话也说不出来，脸上的泪水越流越猛。她不愿他看到这个，不愿他看到她的软弱。她转过身来，从床上抱起一条被子，裤腿上一路滴淌着水走出屋去。

她听见他在她的身后声嘶力竭地喊，你少给我来这一套！你想干什么？你究竟要干什么?！

第19章 较 量

基地的绝大多数生产线都是由苏联方面提供的贷款和技术图纸建成的。实际上,这是一座中国的全套苏联军事工业生产基地,除了生产者和使用者是中国的军工和军人外,其它的一切都弥漫着苏联人浓烈的洋葱和莫合烟草的味道。苏联军事顾问团的权力很大,所有技术资料的最关键部分都由他们自己掌握着,即使是中国方面的总工程师和生产厂长,如果被认为没有必要,照样不能接近那些绝密资料。这些一身膻味的老毛子既目空一切又自命不凡,他们大多时候是在公寓里灌着黄汤,整天醉醺醺的,一有机会就和中国的姑娘调情,如果有一段时间不安排他们到各地去参观中国同志的社会主义建设新成就,他们就会吵闹着回家休假。他们也会突然开着红色的莫斯科人牌小轿 车或吉斯牌敞篷吉普车高速冲进某一个军工厂里,进大门时根本不理睬持枪卫兵的例行检查。然后他们遛腿似的胡乱走一圈。然后他们找来厂长或工程师把他们臭骂一通。然后他们扬长而去,回公寓继续灌他们的黄汤。

所有这一切都是关山林无法忍受的。他们算什么? 算狗屁。他们不过就是有一艘阿芙乐尔号巡洋舰,那艘巡洋舰向冬宫开了一炮,他们就成了共产革命的发源地,就有资格拿着一把肮脏的钞票来在中国人面前挺起他们俄罗斯的肥肚子。就因为他们是苏维埃的旗帜、共产国际的老大哥,一个小小的上校见了他这个将军竟可以不立正敬礼,甚至那个短矮肥胖的基辅小子还敢于和他拍肩打背。关山林老是觉得手痒痒,恨不得在那个猪猡红光满面的胖脸上重重地来一拳。他相信那一拳准会打得那小子吐西瓜子的。他才不想侍候他们呢。他要不是一名军人,肯定知道他会如何对付他们。可惜他是,而且是一名老资格的军人。这种积怨真是让人无法忍受。关山林枕戈待旦。他只能枕戈待旦。所以当例行的出厂产品验收的日子到来的那一天,关山林就像一只斜睨已久的豹子,找到了一次反扑的机会。

枪支验收结束以后,巴甫洛夫上校提议顾问团的人和军代室的人都各打一组,看看新式步枪更适合哪一支军队的军人使用。这句玩笑话算开得有些过分了,多少带着一点挑衅的味道,至少是一种不太尊重的表现,但这正中关山林下怀。关山林心里有数,军代室自己的那几个部下全都是从战场上淌过来的,差不多个个枪口下都有阴魂,既然想比试,那就比试一下好了。关山林爽快地同意了。

军人之间没有客套,顾问团的人先打。毕竟都是兵器专家,打得都不错。军代室的人接着打。轻武器是军人的看家本事,要是没几下还当什么兵,早回家搂着老婆睡觉去了。两厢里打下来的结果,军代室的环数略超顾问团。

巴甫洛夫有些遗憾,红鼻头上泛着一层毛毛细汗。巴甫洛夫认为,这种新式步枪缺少复杂的技术操作性,对于一个真正的军人来说,它简直就是一件玩具。关山林否认了巴甫洛夫的认定。关山林说,这种 7.62 毫米的半自动步枪具有重量轻、射击精度好、机构动作可靠和外形美观的优点,是步枪狙击手在近战中消灭敌人的优秀武器,该武器战斗射速为每分钟十发,在四百米内对单个目标射击效果最佳,集中火力能够打击五百米内的低速空中目标,在八百米距离上能杀伤集团目标,弹头飞行到一千五百米处仍具杀伤威力,这样的武器,何言与玩具一般?再说,该制式的步枪是仿制苏军 7.62 毫米 CKC 半自动卡宾枪生产而成,武器系统做过化学兼容性、零件互换性、寿命、高低温、裸露盐雾 96h、沙尘、泥暴露、拟拍岸浪、粗野操作及精度九项试验,性能决不亚于 CKC 半自动卡宾枪,若说像玩具,岂不让老大哥也受了连累?巴甫洛夫有点儿发窘。巴甫洛夫支吾了一阵,建议用几种真正的武器再试一次。这回兔子自己跳进套子里了。这是兔子自己找的。关山林一脸内容地微笑着,扬头示意人去试验处取武器。

枪很快取来了。一共三支。一支是 22 口径的勃朗宁自动手枪。一支是 12 口径的雷明顿散弹枪。再一支是重家伙——35 口径的马格南狙击步枪。所有的军官们都对这三支沉甸甸烤蓝幽冷的新式兵器发出了喜爱的啧啧声。

这回用不着全体出马,大家提议,由双方的首席代表用每支枪各打一组,这叫中苏友谊,枪响为证。

巴甫洛夫跃跃欲试,他请关山林先打。关山林漫不经心地看了他一眼,转身对站在身边的范琴娜说,告诉他,在这里我是主人,我说了算,让他先露一脸。

范琴娜将关山林的话委婉地翻了过去。巴甫洛夫也不推辞,自信地从枪台上取过那支镀铬的勃朗宁,走向靶台,熟练地退下弹匣,朝枪口里瞄了瞄,然后装上子弹,举枪瞄准二十五码之外的胸靶,少顷枪响,弹壳飞起,掉落在几步之外。规定一组为五发,子弹打完后,巴甫洛夫将枪收回,吹了吹枪口的一缕青烟。

报靶员很快报上环数,上校打了三十九环。巴甫洛夫很得意。这是一个相当不错的成绩,不是玩枪老手只配给这个数字的创造者提靴子。

军人没有鼓掌的习惯,他们绝对不会大惊小怪,但是看得出来,在场的军人全都为上校的枪法而心服了。

现在轮到关山林了。不是正式比赛,可这时的气氛比正式较量还要紧张。在场的所有军官都屏住了呼吸,而惟一的那位少尉女翻译竟连汗都紧张得冒了出来。关山林大步走向靶台,把那支勃朗宁拿在手中。他一点儿也不拖泥带水,没有半点儿多余的动作,枪一上手就举起来,几乎在举枪的同时枪声就响了。第一发子弹的弹壳还在地上滚动的时候,他已经把打完了全部五发的那支手枪放回到桌子上了。

在等待检靶报靶的时候,巴甫洛夫对关山林说,12 口径的勃朗宁是一支好枪。关山林同意,但他认为一个好军人即使使用一支老套筒也能将对手打得抬不起头来。巴甫洛夫不知道老套筒是什么,难道它的性能比具有一百年历史的勃郎宁这种名牌武器还要好吗?关山林一脸轻松地向他解释,老套筒是中国军人早期最常用的一种兵器,它只有一条锯短的枪管、一套铁匠用头敲出来的击发装置,没有瞄准器,有的甚至根本没有来复线,枪身则是土木匠用刀削出来的,采取后填手动单发方式射击。巴甫洛夫听罢,脸上露出一种尴尬的神色。他说,将军同志,您是一个懂得幽默的人,您很会说笑话。范琴娜把这句话翻给关山林听的时候意味深长地看了他一眼。关山林没有理会范琴娜的目光,他对巴甫洛夫说,上校同志,恐怕你没有明白我的话。我这个人从来不懂幽默,而且,我们中国军人不喜欢拿战争开玩笑。我们没有苏联的西蒙诺夫式、德国的伯格曼式、美国的伽兰德式、英国的斯普林菲尔德式这样的先进武器,但我们仍然赢得了战争。关山林这话说得太生硬,范琴娜从心里抵制翻译这句话。她拖延着,没有立刻把关山林的话翻译给巴甫洛夫听。好在报靶员解了范琴娜的围。

报靶员一脸涨红地跑来,报告说,关主任刚才的那一组打了四十三环。巴甫洛夫上校带头赞扬关山林的枪法,说能用手枪在胸靶上打出这个环数简直太难得了,差不多算是奇迹了。关山林听出了巴甫洛夫话里的意思,也不争辩,淡淡地一笑,说,不过是瞎猫逮到了死老鼠,碰上罢了。

第二轮他们使用霰弹打钢靶。巴甫洛夫精神抖擞,全神贯注。他先仔细地检查了一下卧式射击台,然后动作标准地趴下去。他持枪的姿势很漂亮,看得出来,他对使用 12 口径的雷明顿充满了惬意和自信。五发子弹全部击中了目标,如果不是规定射速稍稍超出了时间的话,用 28 秒钟击倒一百码开外的五个钢靶实在是太漂亮了。

巴甫洛夫从地上爬起来,很欣赏地掂了掂那支散弹枪,说了句什么。范琴娜将他的话翻译给关山林听。巴甫洛夫说的是,这是一支好枪。

关山林不经意地笑了笑,接过那支枪,朝射击台走去。关山林的第一枪和第二枪相距了很长一段时间,至少有十秒钟。第一枪响过之后,他似乎是趴在射击台上睡着了,那段寂静的时间让人莫名地恐慌和焦灼。有一只黄口麻雀从靶场外飞来,落在一只钢靶的上面,斜着头朝远处的那些木桩子似的人们看。后来它发觉情况有些不对劲,一振翅膀飞走了。就在它飞起来的一霎间,关山林的枪响了。第二枪和接下来的三枪相距时间不足五秒钟,它们是连续射击的,枪响靶倒,五只钢靶全被击倒了。

没有人鼓掌。大家都呆呆地看着一百码开外光秃秃的靶台,再回过头去看巴甫洛夫。

巴甫洛夫脸上已经挂不住了。他二话没说,从枪械员手中拿过那支35口径的马格南狙击步枪,几步走到射击台前,卧倒,装弹,击发。马格南狙击步枪不愧是专家钟爱的名流兵器,它的瞄准模块是一流的,矫正性也强,五发子弹打出去,除了第一发在六环上,其余四发在靶子中心打出了一个梅花形,鹿蹄一般的漂亮。巴甫洛夫脸色苍白地从射击台上爬起来。报靶员用小旗子冲这边报靶。六环、九环、十环、十环、十环。五发子弹打了四十五环。巴甫洛夫很粗地出了一口气,拿眼角看关山林,目光中分明有了一种胜券在握的感觉。

关山林欣赏地说,好。关山林目光炯炯,大步走到射击台前。在那个过程中,他咧开嘴笑了一下。军人的不同之处就在于他们是强者。他们永远都在寻找最出色的对手。只有这个时候,他们血液中的灵感因子才会充分地活跃起来。如果没有势均力敌的对抗,他们只是一座孤独的死火山。

关山林在众目睽睽之中走向射击台，从枪械员手中接过那支35口径的马格南。关山林没有用卧姿，他丁步站立着，右手持枪，枪口朝上，枪托抵住肩窝，左手退下空弹匣，往旁边一丢，接过枪械员递过来的弹匣，咔嚓一声拍进弹仓里。换手，左手托住枪托，麻利地拉开枪机，枪口自然下垂，握枪瞄准。须臾，枪声响了。马格南的声音清脆而短促，几乎听不见尾部的哨音，枪的座力也极小，老练的使用者几乎让人看不出击发时身体的震颤。关山林以立式击发射击，身子稳如泰山，纹丝不动地打完一组，然后退下弹匣，关闭保险，将打空了的枪交给了站在一旁的枪械员，不慌不忙地退了回来。

顾问团和军代室的军官们都在那里眼巴巴地看着二百米外的报靶员验靶。报靶员开始报靶。九环、十环、十环、十环。报靶员手中的小旗子犹豫了一下，不动了。报靶员发觉少了什么。大家也都发觉少了什么。少了的是一发子弹，其中一发不见踪迹了。报靶员重新验靶，他在靶纸上找，找了很长时间。军官们大气不出地在那里等待着。报靶员终于没有找出结果，他有些迷惑地在二百米外摇了摇头，然后他拿来准地卸下那面胸靶，扛着它朝这边跑来。

报告，靶上只发现了四个弹着点儿。报靶员向军官们报告说。

大家都围拢去看靶子。那面靶子上，果然就只有四个均匀的弹洞，一个在九环上，另三个在十环上，其余地方干干净净。有一发子弹失踪了，一点儿影子也没有留下。但是很快的，先是报靶员自己看出了他的忽略，接着，所有在场的军官们都看出了其中的奥妙——靶心的三个弹洞中，有一个弹洞比其它两个显得稍大了一点儿，如果不留心，几乎看不大出来。很显然，有两发子弹共同创造了一个弹孔！

军官们个个心里都倒抽了一口气，都在心里说，好家伙！但是无论顾问团的军官还是军代室的军官，他们谁都没有指出这个共同的发现。

关山林似乎不愿意让人过久地欣赏那面只有四个弹洞的胸靶,挥手让报靶员将它拿走。关山林呵呵笑着,说,妈的个巴子,怎么就打飞了一发呢?关山林在说完这话后非常阴险而又快意地大笑起来。

巴甫洛夫却一点儿也不想笑。他想不出这有什么好笑的。他的心里充满了对关山林的敌意。这个孤陋寡闻的乡巴佬,这个一身蛮肉自以为是的中国熊。巴甫洛夫在心中狠狠地骂道。他不知道自己该不该揭穿关山林的阴谋,以一名军官的勇敢和忠诚说出那一发子弹的去处。

如果不是关山林得寸进尺,茹科夫·尼 古拉耶维奇·奥特金大尉绝对不会站出来的。

无论从军衔的角度还是从别的角度来讲,奥特金大尉都没有和关山林将军在同一个时间和空间单位里较量的机会。这个长着亚麻色头发的年轻的弹道专家一直在默默地注意着关山林。作为军人和情敌,奥特金大尉对关山林将军的敬意和敌视几乎有着相等的分量。他知道自己难以成为对方的对手。他的经历和对方比起来相差太远,对方也许拿他当成了一只刚打鸣的公鸡,根本不会把他放在眼里。沮丧和兴奋,羡慕和嫉妒,钦佩和不服气使他一直在寻找一种机会。也许他不是他的对手,他还太年轻,但这又有多大关系呢,既然他已经深深地爱上了那个年轻貌美的女人,他就不可能回避一场属于男人之间的决斗。

这个决斗的机会很快到来了。关山林兴致勃勃地邀请巴甫洛夫上校再试一试坦克打靶。这让顾问团的团长很为难,因为他对这一项技能并不熟练。关山林一向不会给人台阶下,他有充足的理由坚持他的邀请。这种按照苏联 T-54 坦克模式制造的新式坦克尚处于试验阶段,它的全部技术图纸都由苏联方面提供,各种参数的验证和改进当然也得由苏联方面保证了。弹道专家茹科夫这个时候就站了出来,他说,将军同志,我希望您能给我这份荣幸。他补充道,坦克的射击系统是由我负责的,我想我是您最好的配合者。关山林看了看这个年轻的大尉。他一向不大注意他。这些技术专家们总是由他的部下负责交往的。他看上去太年轻,线条柔和的嘴唇边连几根硬胡须也没有,几乎还是个毛孩子,假使不是他经常在军人俱乐部的舞会上邀请自己的老婆跳舞,他差不多完全不会留意他。但是他没有理由拒绝这位毛孩子。他是射击方面的专家。他们不是要用坦克打靶吗? 一个射击专家当然是最合适的人选。再说,上校同志看来已经没有兴趣使用任何兵器了,至少此时此刻如此。于是,大度的关山林将军同意了年轻的奥特金上尉的挑战。

关山林和奥特金分别换上了坦克手装,两人进入同一辆开进靶场的坦克里。其他的人都退到安全区外,用观察镜观察射击效果。

这是一辆试验用坦克,坦克的动力、装甲、火器、载员各部分装置都经过了反复的试验和改进。它属于轻型坦克类别,机动性强,载员三至四人,乔巴姆装甲能抵御步兵用枪榴弹的袭击,自载火力有一门一百零五毫米线膛炮和一挺三十五毫米高速机枪,行进中配备有三十发一百零五毫米坦克炮弹。茹科夫建议打固定靶,但是关山林不。关山林执意要打移动靶。这样就决定下来了。

坦克以每小时四十五迈的速度在靶场里开动,几百米外,一辆轻型装甲车远远地拖带着靶子,像一头机灵的麂子在灌木丛中若隐若现。在颠簸的坦克里用观察镜捕捉目标是件十分困难的事,两个人头一次都让目标从自己的炮口下滑了过去。

第二次好多了。奥特金用炮长瞄准器套住了二百码之外的目标。他喊了一声停车。驾驶员将坦克停了下来。在炮口往回收缩的一刹那,奥特金开了火。坦克震动了一下,滚烫的弹筒砸得车体哐啷一响,闭封的车内立刻涌进一股呛人的硝硫味。那发穿甲弹在目标左边几米处溅起一片泥土，然后爆炸了，扬起的烟尘将靶子弄得有些脏了，但并没有击中靶子。奥特金再次填进一枚穿甲弹，然后开了火。这一回他稳稳当当地在靶子的下方穿了一个窟窿。

现在轮到关山林了。关山林对年轻的射击专家的表现很满意。他甚至开始喜欢起这个身体有些单薄的大尉了。他拍了拍奥特金的肩膀，说，小伙子，打得不错。他又说，不过你看来还没学会第一下就把对方打得爬不起来这一招。你得学会这一招，否则你会让它咬着你的手的。瞧瞧我是怎么对付它的。关山林不由分说地用宽大的肩膀将奥特金上尉扛到一边，自己挤到炮位前，从弹架上取下一发穿甲弹，填进炮膛。茹科夫离关山林那么近，有一瞬间他几乎闻到了他身上散发出来的一股味。很轻很淡的味道，他很熟悉。那是他所迷恋的那个女人身上的味道。奥特金有些迷惑。他贴在冰凉的车壁上，手心里捏着一把汗。他在心里默默地祈求着说，上帝呀，让他成为一个失败者吧！

奥特金的上帝这时醒过来了。关山林的第一发炮弹没有击中目标，炮弹呼啸着从目标上面飞过，在几丈远的地方爆炸了，飞起的泥土像冰雪似的垂直落下。关山林有些不相信地冲着瞄准器骂了一声。他转身从弹架上取下第二发穿甲弹，送进炮膛。这回他很慎重，打得好多了，但是他没有处理好坦克刹车后炮口扬缩的惯性，炮弹落在靶子前几尺处，等硝烟散去后，那家伙还傻乎乎地待在那里。关山林大怒，他一脚把驾驶员踹开，几乎把驾驶员的脊梁都踢断了。这是不可能的事，所有一切都在和他作对，那个蠢得像猪一样的靶子，它凭什么站在那里轻蔑地嘲讽他？它有什么资格？它算个什么东西！关山林一脚踢开滚到脚边冒着青烟的弹壳，扑向弹架，从那上面抱过一发爆炸弹。他把它像填孩子似的填进了发烫的炮膛，锁上炮栓。这回他连瞄也不瞄，恶狠狠地就击发了。

坦克在被履带翻起的虚土中下陷了半尺，沉闷地一震。炮弹直接落到靶子上，随着一团耀眼的火光，靶子被炸得四分五裂，飞扬开来,消失得无踪无迹。关山林的怒气并不因此而消去,他一把将站在一边发怵的驾驶员推开,自己坐到驾驶座上,挂挡,踩油门,高速朝已经消失了的目标冲去。他把操纵杆捏得吱吱作响。他的眼睛发红,死死盯着前方。他大声骂道,兔崽子,我碾了你个姥姥养的!

那辆试验坦克就在他的大声叱骂中冒着滚滚黑烟高速朝靶子的碎片冲去,活像一头被激怒了的猛兽。

茹科夫大尉当天晚上就去找了乌云。茹科夫把乌云约到了专家公寓他的房间里。乌云那天晚上几乎来不及收拾,她正在为京阳洗澡,小东西长了一身的湿疹,而老大路阳放暑假待在家里,他趁着妈妈无暇顾及他的时候躲在一边,把一只切断了尾巴的四脚蛇往妈妈的皮鞋里塞。乌云不知道茹科夫有什么重要的事非得单独和她谈。她看得出来他很严肃,而大多时候他总是显得开朗和文质彬彬的。乌云在匆匆上到顾问团那辆红色莫斯科人牌小汽车中时只是对没有来得及换上一件稍微正规点儿的服装而有些不安,别的她什么也没有顾得想。

在走进茹科夫的公寓后,茹科夫立刻握住了乌云的手,乌云甚至来不及有任何反应。茹科夫清澈的蓝眼睛里充满了柔情。茹科夫说,乌云,我今天要你来,是要对你说,我爱你!从我第一眼看到你的时候,我就爱上你了!你是我见过的最美丽、最善良、最迷人的姑娘。你让我有生以来第一次体会到了爱情的 动人力量。我想对自己说这不是爱情,它只是一种欣赏。但这不是真的。它就是爱情,是世 界上最伟大的爱情!

茹科夫真诚而激动。他的眸子因此而熠熠闪光。他把乌云的手都捏疼了。

乌云用了好大的力量才把自己的手从茹科夫的手掌中抽了出来。她在最开始的那一刻有些慌乱,有些害怕而不知所措。一切都来得那么突然，让她猝不及防。他离她那么近，她几乎能感觉到他急促的鼻息。她往后退了两步，与他拉开了距离。不，茹科夫，茹科夫同志，不要这样，她有些零乱地说，请你不要这样，这样不好。她语无伦次，言不达意，整个人感到一种头晕目眩的虚脱。

而这些都没有使处于激动中的茹科夫意识到。这个在美丽的涅瓦河畔长大的年轻人太急于要表达自己了。他站在那里，像是要把自己的心掏出来似的说，乌云，你听我说，我爱你！我非常非常爱你！我要你嫁给我！我要娶你做我的妻子！他这么说，胸脯在激动地起伏，脸涨得通红，红得像一朵鸡冠花。

乌云在一阵强烈的震颤之后终于明白了这位清秀而温情脉脉的年轻军官要干什么了。她的心里一阵激动。这反而让她平静下来。茹科夫的公寓里灯光明亮，房间的一角摆放着那幅油画像，那个美丽而气质超众的俄罗斯女人在那里安静地看着她，她那高贵的微笑让人有一种温馨的感动。乌云把她的目光从那幅油画像上收回来。不，她说，这不可能。我不可能嫁给您。您也不可能娶我做妻子。这些都办不到。

这是为什么？茹科夫惊讶地问。他朝她走来，重新填补了因为她的后退而出现在他们之间的那段距离。但是她的平静而圣洁的目光使他没有重新去握住她。有一段时间他几乎有些绝望了。但是很快，他战胜了这种绝望。告诉我这是为什么？他说，难道因为我比 你小两岁？我可不在乎这个！

乌云看着茹科夫。在明亮的灯光中，他光洁的脸上有一层绒绒的汗毛。他穿了一套正式的西装，打了领带，这全是为了要向她说出这件事来。他这个样子真像是一个慎重其事的孩子。她在心里微笑了一下。她也说不清自己为什么要微笑。她说，茹科夫，我不是这个意思。这和年龄大小没有关系。它们完全不干年龄的事。

茹科夫气鼓鼓地说，那是为什么？和什么有关系呢？难道是因为我不好？因为你根本不在乎我？因为我根本配不上你吗？

乌云说，不。乌云心里突然有了一丝令自己颤抖的感动。她说，您是个优秀的男人，是个令人欣赏的男人。我很愿意您成为我的朋友。但是我不能嫁给您，因为我已经嫁人了。您知道，我有丈夫了。

茹科夫咧开嘴笑了一下，这样他就更像一个孩子了。茹科夫说，这算什么理由？难道这也算是理由吗？我才不在乎你嫁给了谁，你有没有丈夫。你有没有丈夫和我有什么关系？我说的是我要娶你。我要你做我的妻子！

乌云感到了一阵冲动。这是有生以来第一次有人对她说这样的话，第一次有人面对面地对她说，我爱你！第一次有人向她正式求婚！活到二十八岁，她头一回领略到做一个女人应该领略到的骄傲。因为有了这样的骄傲，就算她对这个人一点儿好感也没有，她也不可能伤害他。何况这并不是真的。她对他有好感。不，不仅仅是好感，她甚至是喜欢他的。他是那么的出色，那么的英俊潇洒，那么的文质彬彬、具有高贵的气质和风度，她怎么可以伤害他呢？

乌云想让自己说出来的话委婉一点。她想尽量提醒他的孩子气。这不是做游戏，而是生活。可是她说出来的话却并不像她自己想象那么中听。

乌云说，您没有听明白我说的话。茹科夫，我是说，我已经嫁人了。我已经有了丈夫。我是说已经。我是说有了。这个您明白吗？

茹科夫这一回明白了。他明白他所钟爱的这个女人说的她嫁人了，她有了丈夫，就是说她不会再嫁给别的人了，不会再有别的丈夫了，他根本不可能有任何希望，她就是这个意思。这是多么奇怪的事情哪，多么的不可思议啊。她那么年轻，那么美丽，那么具有迷人的魅力，可她却用那么一种口吻对他说：我已经有了丈夫。

我是说有了。而且，她开始对他称"您"了。

茹科夫完全被气糊涂了。茹科夫说，你说什么？你是说你已经有了丈夫？你是说你的那个将军吗？你那个自以为是、根本不肯与人合作、整天板着脸的将军同志？他是那么的老。他根本不配做你的丈夫。

乌云打断茹科夫的话，不高兴地说，请您不要用这样的口气议论我的丈夫。他才不自以为是呢。他也并不是整天板着脸。而且，他一点儿也不老。我不希望听到您这么议论他。

茹科夫完全不顾及乌云的脸色。或者说，他就是有意要这么做。他说，你的希望可一点儿也帮不上他的忙。这全都是事实。你知道今天在试验场发生了一些什么事情吗？今天，他有意拿我的上校当猴子耍。他当众出他的丑。他知道上校作为一名职业军官是看重荣誉的，可他却故意说自己打飞了一发子弹。他拿谁都看出来的事实嘲弄上校，借此打击上校的自尊。我从来没见过比这更恶毒的事了。不是一个狭隘、自负、没有气量的小人绝对做不到这一点。实际上，你的丈夫他就是这样的人！

乌云有一种被外人侵袭和羞辱了的感觉。一刹那间血涌到她的脸上，她被激怒了。她朝茹科夫冲去，大声说，住口！

乌云那个愤怒的样子把茹科夫吓了一大跳。茹科夫从来没有想到她的嗓子会有这么尖。茹科夫甚至下意识地向后退了一步。

乌云看着茹科夫。她的目光中透着一种坚定的拒绝和敌意。她大声地说，您凭什么这么说他？您有什么资格这么说他？您对他到底了解多少？您说他狭隘、自负、没有气量，您知不知道，他打了二十八年的仗，他的身上弹孔累累，他为新中国的建立立下了汗马功劳，为这个他把自己的全部都搭上了！他从来没有过怨言，从来都是达观豁达，信念坚定！他有过那么多战功，就算打了败仗也绝不气馁，毫不放弃，这就是您所说的狭隘、自负、没有气量吗？如果这是，那么我告诉您，我是喜欢他这一点儿！我就看上了他这一点儿! 我还要告诉您,尊敬的奥特金同志,和他比起来,您连他的一个小指头都比不上! 这就是我想告诉您的! 我就是这么想的! 您听明白了吗?!

乌云一口气说了那么长,以至于她的脸因为充血而更加的美丽动人。她的睫毛因为极度的冲动而颤抖着。她的骄傲的胸脯起伏不停。她说完了这番话,高傲地看了站在那里手足无措的茹科夫一眼,坚定地转过身朝门口走去。在茹科夫回过神来朝她追来的时候,她转过身来,对后者说,谢谢,奥特金同志,可我用不着您的帮助,我有办法回到我自己的家里。

乌云就那么走出了茹科夫的公寓,一直走到马路上。一走到马路上,她就再也忍不住,眼泪刷刷地流淌了下来,但是她不转过身去,也不揩拭脸上汹涌流淌着的泪水。她知道茹科夫此刻在她的身后。她不想让他看见她在流泪。

茹科夫怔怔地站在那里,被拒绝在公寓门口。他甚至没有勇气追到马路上去。夜晚的风吹乱了这个年轻的苏联大尉的亚麻色头发。他看见乌云娇俏而又伟大的背影顺着长蛇一般的马路一点点地消失了。他在心里对自己说,正因为如此,我更不会爱上第二个女人了。

在乌云到家之前,关山林已经回家了。

这是一次破例。通常情况下,不是星期六,关山林是不回家过夜的。有时候他连星期六也不回家。但是今天关山林却突然想到了乌云,想到了家。当司机问他去什么地方的时候,他想也没想就脱口而道,回家。司机以为他说的家就是他的办公室,平时他总是这么说的。司机把汽车拐错了方向,为此他遭到在后座闭目养神的首长一顿好训。你要干什么? 你究竟想要干什么? 首长的坏脾气吓得司机好半天不敢大声出气。

从基地的军代室办公大楼到家属区要经过一段简易路,汽车在长满了低矮的灌木林的路面上要颠簸半个小时,嘎什牌吉普车的灯光不时惊起灌木林中的野兔子,那些灰褐色的家伙大脑迟钝,它们只知道沿着灯光照亮的地方惊恐万状地奔跑,直到跑得气绝倒地为止。若是平时,年轻的司机会不断停下来,开门下车,乐呵呵地把那些还在抽搐的野兔拎回车里,拿回去做一顿美味大菜。但是今天他却不敢。他惟一能做的,就是尽量避开那些晕倒在路面上的幸运的家伙。让你们活着,下一回老子可不会放过你们的,司机在心里酸溜溜地想。

女翻译是在关山林处理完一天的公务,打算去食堂弄点儿吃的时候,在关山林的办公室门口堵住他的。她显然在那里等了很长时间了。关山林总是最后一个离开办公室。有很长一段时间,他都没有学会怎样把自己从处理头痛的公文和手忙脚乱中解脱出来。赵秘书是位很能干的人,他能够把每天新到的文件筛选归纳得恰到好处,并且巧妙地附上处理意见,为首长提供适当的参考。但这并不能减轻关山林的烦恼。在部队学文化的时候,关山林一度对书本纸笔表现出了极大的兴趣。不过这种兴趣并没有延续多久。关山林更喜欢做一些实际性的工作,比如带兵打仗之类,所以当关山林看到站在门口的范琴娜时,脸上的倦意感和迟钝感一点儿也没有消失。

关山林问,小范,你在这儿干什么? 都下班回家去了,你怎么不回?

范琴娜站在那里看着关山林,目光幽深,一句话也不说。

赵秘书很适时地走进另一间办公室,在那里面大声地打电话,那电话似乎是在催着他去一个地方。赵秘书打完电话,果然匆匆地走了,那边的事情急得他甚至没顾得上和首长打一个招呼。

关山林后来明白了,范琴娜有事找自己。他把她领到自己的办公室。现在他们两人单独在一起了。

关山林看范琴娜。他见她像一株小草似的站在那里,身子瑟瑟地不断颤抖,仿佛觉得很冷。这是一种风来前的兆示。但是接下来的事情连关山林都没有想到。有一刻办公室里空气很沉闷,关山林甚至想去打开那架华生牌电扇。在他走向电扇的时候,他听见她在他的身后说,我爱你。

关山林站住了,目光离开华生牌电扇,转过身来,奇怪地看着女翻译。他眉头轻轻地挑了挑,说,你说什么?

她说,我爱你。

他看她。她也看他。他觉得脊梁上一阵燥热。

他问,你是什么意思?

她说,我不知道。我不知道我是什么意思。我就是爱你。

他说,这不可能。

她问,为什么?

他说,扯淡,我有老婆。

她说,我知道。我没想过。

他说,你太年轻。

她说,我比她只小两岁。我二十六了。

他说,你还是个孩子。我都可以当你的父亲了。

她说,我有父亲,他死了。

他惊慌地说,乱弹琴!真是乱弹琴!

她笑了,扑哧一声,人也松弛下来,活了。屋里渐渐黑了,但她那张粲若艳玫的笑脸在黑暗里依然让他感到刺眼。

他问,你笑什么?

她说,我发现,其实你并不讨厌我。

他有些窘,说,谁说的?谁说我讨厌你?谁说我不讨厌你?

这回她笑得更开心了,银铃似的,摇得一屋子脆响。

他有些烦躁了。他大声说,别笑。

她止住笑,骇怕得瞪大了眼睛。她的美丽的丹凤眼里露出惊诧。

他发现他吓住她了。他把口气尽量放得委婉一些，说，你别害怕，我不是有意识要这样。我不想吓唬你。我是说，你还年轻，你什么都不懂。

她委屈地说，我真的就那么小吗？在你的眼里，我真的什么都不懂吗？

他辩解说，我不是那个意思。我指的不是你的工作。我知道你的工作很出色。你翻中国酿酒师的那段话翻得很好。我指的是别的。

她穷追不舍道，别的是什么？你说，那是什么？

他觉得现在他好像是一个被审问者。他到底做错了什么？他凭什么被人逼到这个地步？他更加烦躁了。他一烦躁就有些顾不上别的了。他盯着她的眼睛说，你要干什么？你究竟要干什么？

她大胆地看着他，目光如水，波光潋滟。她说，我什么也不干。我只是爱你。

他无力地抵抗道，我不需要这个！我有老婆了！

她反问道，这和我爱你没有关系？

他觉得自己越来越没有力量了。他在一点点儿地坍塌。他不适应这种战术。他干巴巴地说，你这是什么话？什么叫没关系？这能没关系吗？

她看出了这一点儿。她很聪明。她知道他的城堡并非像人们想的那么固若金汤。她想，她应该把自己的意思表达得更明白一些。她说，难道我比不上她吗？难道我不比她漂亮，不比她年轻，不比她有文化吗？

这句话把他刺痛了。她犯了个极大的错误。她不该犯这个错误。她不该这么说到另一个人。她这么做就把她以往得的所有的得分全都失光了。他慢慢抬起目光，脸色变得十分难看。他的目光中有一种要保护什么的凶猛的内容。她被这种目光看得突然有些发怵了。

你以为你是什么？他压低声音对她说，你以为你是什么？你有什么了不起的？你就算脸蛋俏一点儿，年纪轻一点儿，肚子里的墨水多一点儿，你就骄傲得了不得了？就像皇帝娘娘了？就算皇帝娘娘，你也要吃要拉，和百姓没两样。就算有区别，你不也被革命的大炮轰垮了吗？你能比得上她吗？你能比得上乌云吗？

他提高了声音，同时下颏也抬了起来，根本就不在乎对方是不是受到了伤害。我的老婆，她一个苦孩子出身。她打过仗，从战场上救下过同志，成排成连地救过，为这她负过伤立过功。她受人尊敬，受人爱戴，所有人都喜欢她。她不但是我老婆，她还是我的阶级同志。在我的眼里，她比世界上所有的女人都漂亮！都年轻！都有文化！这个你能比吗？你有什么资格和她比？你有资格吗？嘿，别看你生得水珠儿似的，也只有这点儿你还像个女人，别的任何地方，你半点儿不如。你配吗？你还自以为什么似的。你，连她的一个小指头都够不上！

关山林大声地说着。他的粗大的嗓门在办公室里回响着，震得四下墙壁嗡嗡颤抖。他目光如炬，额头发亮，剃得极短的头发间冒着腾腾热气。他那个样子简直把她吓坏了。

她不明白发生了什么事。她说了什么使他这么恼怒？他为什么要这么大发雷霆？如果不是因为他的威慑，她几乎就要从那间办公室里跑开了。

但是首先走掉的不是她，而是关山林。关山林怒气冲冲地说完那一番话后，恶狠狠地瞪了惊恐万状又万般委屈的女翻译一眼，从桌上拿起他的帽子，用力往巨大的头颅上一扣，大步走出办公室，山崩地裂地摔门走掉了。

范琴娜站在那里，听见他重重的脚步声一点儿也不犹豫地走过走道，走下楼梯，走出大楼。好半天，整座大楼还在微微震颤着。年轻美丽的女翻译身子一软，坐到椅子上。她在心里发狠地想，这个粗鲁的蛮不讲理的老家伙，他有什么值得骄傲的？就因为他那一身的伤疤,他就可以这么对我大喊大叫吗? 他究竟有什么权力这么做?

可是,女翻译又悲哀地想到,他就是这么对待我,我还是无法忘却他。我这到底是怎么了? 我是中了什么邪? 女翻译就这么胡乱地想着,一个人,谁也不知道地坐在办公室的黑暗里。

那天晚上,回到家中的关山林和回到家中的乌云都同时感到了强烈的需要。在上床拉熄了灯之后,他们同时向对方伸出手去,在黑暗之中紧紧拥抱到一起。他们谁也没有告诉对方什么。关于新疆舞和蓝色的多瑙河,他们已经把它丢到脑后去了。两个人再度陷入一次炽烈的情爱中。他们突然发现他们是那么的需要对方,不仅仅是一种依恋和肌肤之亲,而是骨血的、灵魂的,由此他们更加深刻地渴望着把自己拼命纳入对方的身体之中。有一段时间他们什么话也没说,什么话也不需要说,就这样已经足够了。

后来她伸出一只手,轻轻抚摸着他胡子拉碴的脸颊。她在黑暗中喃喃地对他说,我爱你。

这是她第一次对他说出这样的话。他没有说什么,两条有力的胳膊用劲地箍住了她,箍得她喘不过气来。她把她的脸贴上去,贴到他肌肉凸突的肩头上。她有些急不可耐,更多的是醉心和痴迷。她微启芳唇,衔住了他肩上的一块肌肉。她让自己用心咬住了它,用劲,再用劲,直到她的齿舌间有了一股滚烫的血腥味。

第 20 章　渴望战争

1958 年是开始全面建设社会主义十年的第二年,对关山林来说,这一年也是十分重要的一年。

5 月份,中国共产党第八次全国代表大会第二次会议在北京举行,大会正式通过了中共中央根据毛泽东主席的倡议而提出的鼓足干劲、力争上游、多快好省地建设社会主义的总路线及其基本点。会议号召全党和全国人民认真贯彻执行社会主义建设总路线,争取在十五年,或者在更短的时间内,在主要工业产品产量方面赶上和超过老牌资本主义的英国。中共中央主席毛泽东在会上讲了话,强调要破除迷信,解放思想,发扬敢想敢说敢做的创造精神。

会后,大跃进的高潮在全国迅速掀起。

同月,中共中央军事委员会举行扩大会议,讨论当前局势、国防工作和今后的建军方针。会议的一个重要议程,是对建军工作中的教条主义倾向进行了激烈的批判。

军委扩大会的精神很快就传达下来。

关山林当时正热衷于基地的正规化建设和训练。他采纳了苏联军事顾问团提出的三十六条军工生产考核标准,把这些标准直接推广到生产班组;大树特树了一批生产标兵和模范,让他们戴着大红花去北京观光。他还在基地的军人和军工中实施正规化军队的训练和管理,下令基地按部队建制进行编制和训练。实际上,关山林很早就了解到了军委扩大会的主要精神,但他执迷不悟,依然故我,与党委书记发生了激烈冲突,这样,当军委扩大会议精神贯彻执行下来的时候,关山林自然就受到了严肃的党内批判。

关山林在受到党内批判后极为不服气,虽然按照组织原则,他在党内会上做了自我批评,并保证按照军委扩大会议的精神纠偏,但他最终还是没想通。战马还得驯呢,况且军队是国防力量。没有条条框框,那军队和拿枪的老百姓有什么区别?关山林在党内受了批判,回家就摔桌子打板凳地出气,骂道,什么鸡巴教条主义!不教不条,未必是聚众的土匪不成?连土匪也有三规六令呢!

乌云吓得不浅,连忙扑过去拿手捂关山林的嘴,说,你胡说什么?你这么说,你不怕再挨处分?

关山林一把推开乌云，瞪着一双豹眼，说，怕个屌。有什么怕的？大不了，老子回家种田去。老子干不了这个，未必当个人民公社的社员还不成？

乌云说，你这样闹抵制，你这个觉悟，你连人民公社社员也不能当。

关山林扭筋道，不能当就不能当，有什么了不起，你当我愿意当是怎么着？我还不想当呢！

乌云知道他犯犟了，这时若和他顶下去，非顶到南天门去不可，就不再和他搭话，走到一边去干自己的事。

关山林冲着乌云的背影直冷笑，笑得乌云心里发怵。

8月23日，人民解放军驻福建前线部队开始向盘踞在金门、马祖岛的蒋军进行警告性炮击。关山林在报纸上看到了这个消息，欣喜若狂。关山林想，嚷着打台湾嚷了几年了，眼见着一条丧家犬又苟延残喘了几年，这回大炮都响了，绝对是动真格的了。

关山林很快写了一份请求调往福建前线的参战报告交了上去。关山林把那份请战报告写得情真意切。他在报告上写道，如果让我参战，我关山林若不把军旗插到台湾岛上，我关山林宁肯做海峡鬼！

关山林把这份报告交上去后，就天天盼着复音，同时密切注意报纸电台上有关炮击蒋军的动态。可是左等右等，既不见报告的复函，也听不见前线调兵遣将的消息。关山林坐卧不安，整天心不在焉的。乌云好生奇怪，问关山林，他也不说，支支吾吾一通过去了。

一个月后，关山林到北京开会。在军械部开完会后，他去总参谋部看望红军时期的老上级王树声大将。其实看望老上级是假，探听虚实才是真。

王树声拿出一盘上好的胶东苹果给关山林，让他吃。王树声问关山林，你从哪儿得知要打台湾的？

关山林说,那还要人告诉?大炮都开火了,总攻还不得打响?

王树声笑道,你呀你关山林,你打仗都打出瘾来了,打了二三十年,你还没打够呀?

关山林说,老首长,你也别瞒我了,你就真话对我说,这回打还是不打?

王树声说,打是一定要打的。毛主席日日夜夜都在惦记着解放台湾,那还能放过它?但不是现在。福建前线的炮击目前只是一种宣传,一种战术,老蒋老是派飞机兵舰到大陆沿海来骚扰,不打他狗日的一下他不会听话的。但是打台湾就是另外一回事了,至少我在总参谋部里,我就不知道明天就打台湾的事儿。

关山林听了,立刻蔫了,话也没有,把两个苹果往衣兜里一揣,抬起屁股就走。

王树声说,关山林你吃了饭再走,我有好酒给你喝。

关山林头也不回,说,酒你留着,等有仗打了我再来喝。说着人已出了客厅。

这一年,乌云因为工作上极度的疲劳患上了低血糖病,而且发现有偏头疼,风湿性关节炎病,她怀了四个月的第四胎也小产了。据医生说,那又是一个男孩。

到来年的3月份,西藏地方政府和贵族集团在拉萨发动武装叛乱,人民解放军奉命进行武装镇压。关山林再次兴奋起来。可是这一次他又白兴奋了。这一次,他连写请战报告的机会都没有。西藏的那些梳了很多条挂面似小辫的家伙简直一点儿用也没有,他们拿了那么多的黄金和白银去买武器,筹谋了一百个世纪,却狗屎得不堪一击,几乎在一夜之间就被人民解放军平定了。

这个消息让关山林很消沉了几天,整天阴沉着脸,没有一点儿快乐,连乌云都以为他会彻底放弃了。但是很快的,关山林又振作起来。他开始锻炼身体。他每天早晨和晚上各做一百次俯卧撑。

他的肩肌仍然坚实有力,腹部结实得一点儿多余的脂肪也没有,脱光了的时候,他的胸大肌和紧绷绷的臀部让乌云感到一种温暖的诱惑。他做完俯卧撑之后就练跑步,跑两公里到三公里。有时候也练练双杠。他解释说,这样会保持他肌肉的灵活性。他总是练得大汗淋漓,一边锻炼一边旁若无人地大喊大叫,这样很快就把自己弄得疲惫不堪。

乌云实在不能理解关山林这一点儿。解放全国已经整整十年了,和平鸽都繁衍了几十代了,可这个人仍然心不死,仍然惦记着打仗,仍然要把自己绷得紧紧的,练成机器似的。她问他为什么。他说不知道,也许他生来就该做个军人。她伤感地问他,他这样难道就不觉得累?隔壁的房间里传来孩子们的笑闹声。他们在那边闹了很长时间了,一点儿也没有感觉到累似的。他沉默着,很长时间没说话。然后他说,我只能这样,作为一名军人,四十八岁已经不是一个年轻的岁数了,我没有多少机会了。

在关山林用一种忧郁的声调说上面这番话的时候,黄昏正在消去,窗外有丁香花的芬芳飘来,而屋内的光线正在迅速暗下去。乌云在暗淡的光线中注视着关山林。她觉得他具有一种品质,一种只属于英雄的超然品质。他渴望过一种冒险的、刺激的、征服的生活。他渴望对手和挑战。如果失去了这一点儿——正如现在这样——他就像一头被关进笼子里的豹子,无精打采,缺少创造的活力,烦躁并且孤芳自赏。他生来只配做军人。或者说,做一个英雄。他就是为此而出现的。正如一团烈火,一轮太阳,它们必定是要释放出热能和光亮来的。他的天赋是那么的好,他勇敢、坦率、不顾一切、信念专一、执著而具备了超凡的爆发力和韧性,这一切都让人感动,同时也让人倾心。他是一个多么出色的人哪!

乌云坐在那里,在黑暗完全降临的时候,她就那么心驰神往地遐想着,眼里噙满了泪水。

但是心驰神往也好,遐想中的泪水也好,它们一点儿也没有阻止住他们的吵架。他们之间的矛盾越来越深了,越来越激化了。吵架开始频繁起来。性格、工作、家庭、孩子,以及别的什么,这些都可能导致他们之间的争吵。他四十八岁,她三十岁,他们都不年轻了,他们都有自己的工作。他们的工作很忙,这也是一个理由。关山林希望摆脱这个令他烦恼的家。他又开始经常不回家了。乌云想,这样也好,这样省得整天磕磕碰碰的。可是他们分开没有多久,又开始牵挂,互相惦念,一有点儿什么相关的兆示就心惊肉跳,总害怕对方受到什么伤害。乌云先忍着。关山林不忍,没事儿就往基地医院打电话,一天打好几遍,问,家里有什么事儿吗?或者问,没事儿吧?乌云就说,没事儿。你有事儿吗?关山林当然没事儿,这样两边就把电话放了,各自再去忙各自的事情。这种揪心的思念在夜晚来得尤其厉害。在整个失眠的夜晚,他们都在心里咒骂对方,就像两只失去了伴侣的大雁一样,心里充满了哀怨。这种日子始终无法得到改变,爱意和憎恨却因为如此而愈发地加深了。

乌云那个时候已经担任了医院的副教导员,军衔也由上尉晋升为大尉。她的工作更加繁忙了。而家里的事却并不因此而轻松起来。

老大路阳那年十岁,上小学四年级,学习成绩不错,捣蛋的坏点子也在相应进步,而且具有相当的创造性了。有一次,他谎称刚才有人送信来,爸爸生了急病。还没进家门的乌云脑门子一炸,拦了一辆车就朝基地跑。等蓬头垢面的乌云赶到军代室大楼的时候,关山林正打算乘车出去。关山林一看乌云的样子吃了一惊,问乌云出了什么事?乌云急切地询问关山林病得怎么样。关山林莫名其妙地说,扯淡,你看我这样子,我有什么病?乌云看关山林说话底气十足的样子,知道他真的没病,于是恍然大悟,什么话也不说,转身就往家跑。

等乌云气喘吁吁地赶到家里时,路阳早已将家里翻了个底朝天。一脸灰尘和泥污的路阳心平气和地告诉乌云,他并没有找到爸爸的手枪,他连床底下都翻过了,可它却像只顽皮的小鸟一样躲着不肯出来。乌云问路阳,你找手枪干什么?路阳说,枪毙李建国呗。那小子偷了我们小队捡的废钢铁去给他姐姐的那个班,使我们小队从钢铁小主人的第一名落到了第二名。对这个可恶的叛徒,必须执行枪决。

事后乌云心有余悸地将这事讲给关山林听。关山林听了之后哈哈大笑。乌云很不高兴,说,你笑什么,你以为你儿子真不敢开枪呀?他要找到了你的枪,他早成杀人犯了。

关山林好容易止住了笑,说,对自己的同学开枪当然不是好事,但是,第一,他懂得维护自己的荣誉;第二,他爱憎分明,处理问题干脆;第三,他办事知道使用谋略,先把你骗过了。就凭这三点,将来他一定是个军事家的料。

乌云觉得这父子俩都让人头疼。她简直拿他们一点儿办法也没有。

还有一次,乌云正在忙着,路阳在乌云面前走来走去,一脸心事重重的样子。乌云问他在那里干什么,他转来转去的转得她头晕。路阳说他正在苦恼地做出一个抉择。乌云不相信一个屁大点儿的孩子能有什么了不起的抉择,但她不能对一在眼前晃来晃去的人视而不见,就随便问了他。路阳告诉她,有一部新到的电影,片名叫《钢铁战士》,是讲战斗英雄的,他很想去看。乌云说,看你就去看,别老在我面前晃来晃去的,我头晕。路阳愁眉苦脸地说,我也是这么想,可是我要上学,没时间。然后路阳又一本正经地问,如果我放弃三节课的时间去看一场电影,你会拿我怎么样?乌云正忙着,而且她对路阳不断蹦出来的那些怪念头早已烦透了,她不相信他真会那么做,就说,那我就要你写一份检查——好了,你到外面玩一会儿,我正忙着。

路阳果然心满意足地走开了。但是没过一会儿他又回来了,手里拿着一份工工整整的检查。他非常老实地坦白道,他真的很想看那部电影,而且他已经看了,是逃学去看的。因为有三节课没上,老师要家长拿一个处理意见来。乌云气得拿起鸡毛掸子要去打他的屁股。他跳开了,尖声叫道,你说过的,你说过只写一份检查就行了。你没说要打屁股。共产党员说话算话,《钢铁战士》里就是这么说的。他的话把乌云气得半死,乌云却不能揍他,因为共产党员说话算话,而乌云恰好是一名共产党员。就这样,这个一肚子坏水的小魔头成功地逃脱了一顿皮肉之苦。

老大路阳不省油,老三京阳也不省捻。京阳生下来就体弱多病,长到三岁,让人操了一千零九十五天的心。刚生下来的时候噎奶,喂了吐,吐了喂,喂一次得两个钟头。后来害黄疸,人家的孩子害个十天半月就嫌长了,他一害害了两个月。黄疸没好,又发现肚脐处理不得当,感染了,要不是乌云发现得快,说不定就染上败血症了。稍大一点儿,先是缺钙,快两岁了还不会走。后来又得了湿疹,身上起了一片片的疹子。接着是莫名其妙的习惯性腹泻,汤汤水水一天拉几次,拉得小人儿皮包骨头,脸上只剩下一双眼睛了。往下还有肺炎、百日咳、腮腺炎……

乌云被拖得痛不欲生。京阳的阿姨朱妈也觉得对不住乌云,老认为是自己没把孩子带好,闹着要回山东老家去。乌云反过来又要劝朱妈,让她别往心里去,让她留下来帮助自己。

关山林对老三京阳的冷漠甚过对老二会阳的冷漠。这孩子太让人操心了。他这种弱不禁风的样子,怎么可能是关山林的种子?当然,关山林自己是从不管家里和孩子们的事的,在家里他只是一个甩手掌柜,这一切事情都是乌云的,由乌云来处理。这就加剧了他们之间的矛盾。关山林常住基地不回家,稍有个风吹草动就嚷嚷要去打仗,除此之外他再不关心别的。他们已经很少交流了,甚至夫妻生活也开始稀疏了。乌云越来越淡漠这种事,特别是当她知道她又怀孕了的时候,她心里生出一种对生孩子的极端的厌恶。

医生告诉副教导员,她又怀孕了。乌云麻木地点了点头,起身机械地穿好衣裳。从医院疲倦不堪地回到家时,她的心情都坏极了。路阳在不知哪个角落里鼓捣着他的坏点子,会阳躲在某张床下,京阳在另一个屋里低声抽搭,朱妈在厨房里手忙脚乱地淘米做饭,整个房间里充满了一种混乱难闻的气味。乌云坐在那里,觉得头晕眼花,两条腿关节也隐隐作疼。她知道自己是低血糖和关节炎犯了。

她转过头去看窗外。窗外有一群紫翅膀的蜻蜓在那里飞来飞去。

也许今晚有一场大雨呢,她想。

第21章　饥　　饿

1960 年春节刚过,乌云生下了他们的第四个儿子湘阳。

乌云生下湘阳的时候,关山林正在组织一次基地大检查,没有去医院。乌云是在临产前一小时自己走到医院的。

孩子生下来后,乌云想回到家里去坐月子。东西都收拾好了,湘阳也打进了襁褓里,关山林叫赵秘书送话到医院,要乌云就在医院待着,别回家。关山林后来解释说,这完全是为了乌云好,在医院住着吃现成的,还有人端尿盆,省却了不少麻烦。

这一年,由于连年自然灾害,工农业生产大幅度下降,粮食、副食品供应极度紧张。政府除多次发出指示,紧急调运国库支援最困难地区外,还采取了减少民用布的平均定量,压低城乡的口粮标准和食油定量,并提倡采集和制造代食品等多种应急措施。基地对此也做了相应的规定,军官的口粮标准减为每月二十七斤,扣出五斤支援国库,另外扣出一斤来支援灾区;食用油每月一两,以后又减为半两,肉食基本上取消了。为了保证生产和科研任务的正常完成,关山林下令基地警卫营组织战士到森林里去打野物。野物倒是打了一些,但这些野物对两万多人的基地来说,实在是杯水车薪。而按照关山林的性格,如果不是这两万多人都人人有份的话,他是决不会吃一口的。

乌云刚生下孩子,食量正大,别说营养品,二十一斤口粮根本不够她吃的。何况二十一斤只是个标准,大多数时间已经是瓜菜代了。乌云整天处在半饥半饱的状态中,一听见吃饭,眼睛都亮了,亢奋不已。有时候饿急了,不到开饭的时候,没东西吃,就抱着水瓶喝水,把膀胱喝得鼓鼓的,闹得一时三刻地往厕所跑,人累得不行,旁人还以为她闹肚子。

大人还好办,小孩子就不行了。湘阳生下来后有五斤口粮,但这五斤口粮乌云不能动,得拿回家补贴朱妈。按照组织规定的定量标准,朱妈每月只有十五斤口粮,干活的人,这点儿粮食只够填牙缝。湘阳没牙,吃不动粮食却要吃奶。开头两天乌云还有点儿奶,可乌云粮食不足,吃不饱,没有奶水,只够湘阳半饱的。再往后,乌云的奶水索性一滴也没有了。没奶湘阳就闹,小东西嗓门又大,哭得四邻不安。乌云没办法,拿干干的奶头哄湘阳,让他吮。湘阳饿猫似的,一口咬住就不放,奶没吮出来,吮出了血来,吮得乌云五脏六肺往下坠,疼得直流泪。乌云没办法,只好拿小米磨的面糊糊喂湘阳。孩子饿了,逮住什么吃什么,一吃就吃个肚儿圆。乌云倒不是怕费粮食,大人怎么也能省出那一口来,只是小米面撑人,又不好消化,孩子要么拉不出来,要拉就是一大堆,一股子怪味,这样大人孩子都吃亏。乌云后来想了个办法,那时蔬菜已是稀罕之物,但乌云还是托人弄了点菜帮子来,煮烂了,捣成泥,把纤维部分滤出来大人吃掉,汁泥部分和小米糊糊和了,一道喂孩子。这样喂了几天,孩子的大便干结问题解决了,只是孩子通体发绿,像一只青蛙。

孩子落地一周后,关山林赶到医院来,进门头一句话就是:孩子不缺胳膊不少腿吧？

乌云拿眼剜关山林，说，你这人怎么不会说话？怎么就不兴说点儿吉利的？我哪一次少了你？你哪个孩子不是活蹦乱跳的？

关山林把帽子摘掉往边上一丢，嘿嘿笑道，我这不是吉利是什么？我说不缺胳膊少腿，我是往孩子的远处想，孩子只要不缺胳膊不少腿，日后当兵就没有问题，我这就是吉利。再者说了，咱革命者，信只信唯物，吉利什么的，咱不信那个。

关山林对抱在乌云怀里的儿子只看了两眼。孩子生下来都一个样儿，没什么好看的。倒是对乌云，关山林多看了几眼。关山林看乌云不是看别的，是看她的浮肿。乌云浮肿已有些日子了，还有好几次忙着忙着人一晕就栽倒在地上了，这回不是妊娠反应，是饥饿加上营养不良造成的。乌云嘱咐朱妈不要把这事告诉关山林，关山林自己却看出来了。关山林看出乌云的浮肿后焦虑万分，回去立刻要赵秘书通知膳食科，把他的口粮省出一半来给乌云，而且全要细粮。

乌云一看勤务员拿回来的粮食就恼火了，对勤务员说，这是首长的命，你也敢往回拿？首长过去吃多少你知道吗？他一顿能吃一斤半馒头，外带半只老南瓜，他现在肩上担子这么重，一天到晚连轴转，一月二十一斤口粮，你再往回拿，你要他死呀？

勤务员本来就不愿往回拿粮食，首长的口粮不够吃他是看到了的，平时不大敢吃干的，喝稀粥，一口气能喝十碗，那个馋样儿，看得人鼻子直酸。一个将军、老红军，组织上原先有照顾，他都给了身边那些生活上困难的工作人员，这么一饿下去，看着人眼也眍了，下颏也尖了，皮肤干巴巴的没有一点儿光泽，还整天乐呵呵的。那天闹着和技术处的那些知识分子打球，上场之前，偷偷把他叫了去，叫给弄两海碗水来，放点咸盐，就那么咕咚咕咚喝了，一抹嘴上场，又跳又喊，球投得嗖嗖的，下场以后人就瘫了，说，岁数大了，腿肚子直抽筋，不服不行。勤务员想，这哪里是岁数大了，分明是肚子里没有食,饿的。勤务员这么想,却不能说,还得违心地遵命把一点儿精粮往家里拿。挨了乌云一通抢白,他倒高兴了,二话没说,扛上粮袋就往基地走。

勤务员回到基地,关山林一看他扛着粮袋回来就火了,不管勤务员怎么解释也没用,非让他再扛回去。关山林耐心地向自己的勤务员解释说,这粮食不是一个人的命,是母子俩的命,我关山林能娶能生就能养。还说,告诉她,要再把粮食送回来,我立马倒进河里喂鱼!

谁知乌云并不吃关山林的硬,说什么也不让勤务员把粮食口袋放下。乌云说,我们母子俩饿不死,剜肉吃我们也能挺着。他一个七尺男人,他得耗多少粮?他也不属于自己,他是国家的人,革命的人,国家和革命容不得他倒下。还说,你告诉他,要倒进河里喂鱼他自己倒去,只要他不怕犯错误。

可怜勤务兵,扛着个粮食袋来回走了几十里路,走得脚上打了几个大水泡,累得直吐白沫子。别人还挺奇怪,这个小战士在干吗?扛着粮食袋来来回回地跑,说倒卖粮食吧不像,说练腿劲吧也不会,未必是在寻找失主?可如今这年头,粮食比命贵,谁又会把一整袋粮食随随便便丢失了呢?丢人也不至于丢粮呀?

乌云坚决不让关山林往家里拿粮食,关山林知道乌云的性格是外柔内刚,硬要她把粮食留下是不行的,可乌云那苍白的浮肿却令他忐忑不安。关山林老是担心乌云会由此而死去,这种感觉一直在纠缠着他,让他老是犯愣,夜里睡不安生。终于有一次,在外出打猎的部队再次拖回一车猎得的野物时候,他开口要了一只野兔。本来也不是什么大不了的事,他倒像做贼似的,闹得一脸通红。这以后,他又花了五十块钱,去自由市场里买了十个鸡蛋,让勤务兵送回家去,给乌云补补身子。野兔的事倒没什么,论理论情,基地最高首长就是要吃一头野象也行。可鸡蛋的事却犯了纪律。当时党内有精神,党员干部必须坚决抵制浪费和享乐主义,执行艰苦朴素、勤俭建国的方针。部队也有明文规定,干部战士一律不得在地方集市抢购粮食、副食品和日用品。关山林因为老婆生孩子,竟花了五十块钱买了十个鸡蛋,浪费和抢购这两条都犯上了,结果关山林受了一次党内警告处分,还做了一次深刻的检查。

这回关山林一点儿也没犯犟,老老实实做了检查,对组织上给予的处分也口服心服地接受了,半句怨言都没有。

知道这件事情后,乌云悔死了,恨不得把吃进肚子里的鸡蛋全吐出来。乌云替关山林委屈得直落眼泪,又恨自己不争气。乌云后来越想越想不通,拨通了关山林的电话,在电话里对关山林说,要知道会害得你犯纪律,龙肝凤胆我也不吃。

关山林倒是乐呵呵的,一边要赵秘书替他拿外套准备外出,一边大度地对着话筒说,蛋你也吃了,纪律我也犯了,是好是坏,我们家都占全了,后悔又有什么用? 以后咱吸取教训,再不买蛋吃就是了呗,咱要再买,咱等全世界的人民都吃上了鸡蛋再买。看赵秘书拿着外套出了门,关山林又小声地对着话筒说了一句,事情已经过了,别往心里去,啊? 只要能保住你,这处分挨得再重也算值了。

关山林一句话,说得乌云的泪水刷刷地淌成了两道小溪流,在这一头半天没有放下话筒来。

那年夏初,社会主义国家共产党和工人党代表在布加勒斯特举行会议,彭真率中共代表团赴会。在会议前夕,苏共代表团突然向各代表团散发了苏共6月21日致中共中央的通知书,对中共进行全面攻击。会议期间,赫鲁晓夫又联盟数国代表团对中国共产党进行围攻,彭真当然不服,就地反击,双方发生了激烈的争执。7月16日,苏联政府在事先没有通气的情况下,突然照会中国政府,单方撕毁几百个协定和合同,停止供应重要设备,同时宣布撤走全部在华的苏联专家。

基地的苏联军事顾问团是分两批撤离的。第一批是全部家属和部分工作人员。第二批是剩下的顾问。在此之前，顾问团已换过了一批人，团长是斯特金上校，一个卫国战争时的老战士，既坦率又豪爽，是典型的军人。巴甫洛夫上校和奥特金大尉则在一年前工作期满回国了。女翻译范琴娜也已调去总政。她的一个叔叔在总政工作，他通过组织关系把侄女调到了北京，让她永远地离开了那座给她造成了伤害的湖南大山。

在经济非常困难的情况下，基地仍然举办了欢送苏联专家的宴会。后勤的膳食科不知打哪儿弄来一些鲜鱼和罐头食品，还弄了两箱茅台酒。苏联顾问们个个在宴会上酩酊大醉。他们精神恍惚，言语错乱，在大厅里走来走去，和每一个中国方面的同志紧紧拥抱。

送顾问团离开基地的时候，那个场面实在令人激动，本来通知只有基地负责人和军代室的人到场，可是闻讯赶来的工人和技术人员却把基地大门围住了，车队不得不在那里停下来。斯特金上校热泪纵横地走下车来，和人们握手、拥抱。他向人们恭恭敬敬地敬军礼，然后他再向人们抱拳行中国礼。戎装威严、脸色铁青的斯特金上校站在那里拱手长揖的样子从此永远地留在了许多中国人的心间，以至很多年后，他们仍然忘记不了那幅动人的画面。

苏联专家的撤离使基地的工作一度陷入半瘫痪状态。基地既有生产任务又有科研任务，苏联方面撤走专家的同时，也停止了重要原材料的供应，并且带走了关键性技术资料，基地的生产和科研犹如釜底抽薪、瓦下卸梁。关山林在办公室里破口大骂了一通老毛子，虽然在送别专家时他也曾伤感得眼眶湿润，但这并不妨碍他把一些最粗俗的字眼丢在他们的后脑壳上。关山林在痛骂过一通不仁不义的老大哥之后，开始运筹帷幄背水一战。他长长地出了一口粗气。他感到一种受人挟胁消失后的豁朗和自由。他觉得洋葱和莫合烟的撤离真他妈令他痛快。他认为他再一次有了对手，有了一次挑战的机会。

关山林下令,要生产部门群策群力,土法上马,生产自己的零部件。他下令技术部门自力更生攻克难关,拿出自己的技术资料。关山林在下达这些战斗命令的时候,觉得自己一点儿也不生气了。打就打吧,未必老子还怕你不成?他这么惬意地想着,果断而头脑清晰地布置着整个战役的战略战术,然后他把粗大的红蓝铅笔往桌上一丢,走出作战室,跳上吉普车,朝他的前沿阵地急驶而去。

和过去的任何时候一样,关山林最快乐的事情就是在阵地的最前沿看着他计算在胸的那场战斗是如何打响的。对于那些背信弃义的家伙,你最好的办法就是对着他的屁股狠踢两脚,就是这样。在风驰电掣的吉普车上,关山林斩钉截铁地对自己这么说。

第22章　痴　呆

在关山林满怀豪情地热衷于他的踢屁股战役的时候,乌云经历了一场她这一生中最痛苦同时也是最绝望的伏击战。

那是一次命中的注定,命运之敌在早已设计好了的地点准确无误地伏击了乌云,猝不及防地解除了她的全部武装,她连还手的余地都没有,就立刻被打倒在地了。

两个月前,关山林在湖北老家的一个弟弟寄来一封信,诉说家中的困境。连年灾荒,地里颗粒无收,弟弟一家六口人,半年时间锅里没见过一粒米,湖边的水草,嫩一点的都被人刨光了,全家人眼看着就要饿死了。弟弟央求在外面当大官的哥哥,看在一奶同胞的份上,救济他一家人的性命。乌云不想让关山林陡生烦恼,她把那封信藏了起来,把家中能够拿出来的所有钱都寄往了湖北。

不久之后,另一封信又寄到家中来了。这回不是弟弟,是姐姐。出了嫁并且已经当上了婆婆的姐姐在信中反复回忆小时候摘莲蓬米给关山林吃的事。姐姐在信中歪歪扭扭地写道,二毛,想当年你是多么的馋嘴呀,我给了你一个莲蓬,又给了你一个莲蓬,给呀给呀,你就是没有个够。乌云怀疑这封信不是关山林一天书也没读过的姐姐写的,不要说信里通篇飞扬的文采,就是莲蓬两个字,不读三年私塾是绝对写不出来的。但是有一点儿是明白的,姐姐在信中不但写了"给了你一个莲蓬,又给了你一个莲蓬"这样的话,还写了她的丈夫——也就是关山林的姐夫——因为饥饿浮肿已经卧床不起气息奄奄的话,这个意思已经十分明显了。

刚给弟弟寄了钱,家中已经没有钱了。但这不是理由。你不能看着一个躺在床上的饥饿者眼睁睁地死去,况且这个人是给了你一个莲蓬,又给了你一个莲蓬的那个人的丈夫。乌云仍然不想打搅关山林,她知道他此刻正为苏联专家撤走的事大伤其肝。她得自己想办法。她会自己想办法。问题是,家中那个时候正处于最窘迫的境况里,老四湘阳出生后,乌云仍旧回医院上班,家中三个孩子一个阿姨带不了,组织上又给请了个阿姨,路阳平时在学校吃住,周末却要回家的,路阳正是如狼似虎长个头的时候,一顿没饱就嚷着要带小伙伴去劫粮车。三个大人,两个半孩子,一家人就那么点儿口粮,数着米粒做饭都嫌计算不过来,哪有多余的口粮接济他人?乌云原想收罗些家当变卖了,换点儿钱寄往乡下,可这些年关山林除了吃喝,什么家当也没置办下来。家具倒是有几件,可那是公家的,自己没权变卖,这么一筹算,根本就没办法可想。乌云最后还是咬了咬牙,瞒着保姆,从家中拿出一个人的口粮,换成了粮票和现钱,把粮票和钱寄往了湖北老家。乌云心里平静地想,反正那点儿粮食,多一口是不管饱,少一口也是不管饱。

乌云把粮票和钱寄走的当天又接到一封信。信是自己集贤老家寄来的。乌云拿到那信封,一看地址,心里咯噔了一下直往下沉,半天没敢拆信。乌云心里想,爹、妈,你们饶了我吧,这次就算活剥了我,我半粒粮也不敢往外拿了呀!可是等乌云一看信才明白,那封信不是找她讨救济的,而是说老二会阳的事。七岁的会阳令姥爷姥姥忧心忡忡。他整天沉默寡言,行为呆钝,从早到晚一个人待在角落里不声不响。有时候他也到外面去,到外面去他也找角落,不是鸡笼边就是粪坑边,吃饭的时间也不回来。天黑了,两个老人踮着脚满世界找他,嗓子都喊破了,从他身边过他都不吭一声。姥爷姥姥在信中说,闺女呀,这孩子怕是落下毛病了。他爹是当大干部的,我们怕负不起责任哪,你还是把孩子接回去吧。

乌云信没读完就落泪了。乌云想,我苦命的会阳呀。

乌云读完父母的来信,一分钟也不想耽搁,要把会阳接回身边来。正好大哥巴托尔回东北探亲准备返回广东,乌云就要大哥绕道湖南,把会阳带回湖南来。

会阳被巴托尔带到家里的那一天,乌云一下班就往家里跑,进门顾不得和大哥寒暄,一下子就抱住蜷缩在墙角里的会阳,泪水迷离地喊,会阳,叫妈妈。会阳,叫妈妈。会阳穿了一件新布褂,是姥姥特地给缝的,袖子和下摆都很长,这就使他显得异常地瘦小单薄。他剃了个一片瓦头,耳朵很脏,上面挂着一缕蜘蛛网。他用呆滞无神的目光充满敌意地看着乌云,一声不吭。乌云一刹那间感到了一阵钻心的疼痛,那阵疼痛从腹部传来,迅速地向全身弥漫。她突然之间想起了在干冷的空气中冻得乌紫的那只小胳膊和那条小腿,它们在她的眼前瑟瑟地颤抖着,固执地不肯消失,让乌云有一种犯罪的窒息感。乌云后来平静下来,坐下来和大哥巴托尔谈话。她一直把会阳紧紧地搂在怀里,这一回会阳居然没有反对。

吃饭的时候,乌云丝毫不考虑口粮问题,煮了满满一大锅白米饭,还把家里惟一的一听肉罐头打开了。那是关山林的一个老部下从上海托人带来的,放了半年没舍得动。乌云把猪肉罐头一半拨进巴托尔碗里,剩下的一半留给会阳。乌云拿筷子头敲四岁的京阳的脑袋,说,别动那些肉,那是给你二哥吃的。

巴托尔把自己碗里的肉拨给唾水巴巴的京阳,乌云又给夹了回去。乌云说,大哥你吃,上星期我们才吃了一只鸡呢。京阳委屈地说,没吃鸡,我们没吃鸡吗！会阳呆呆地看着要哭的京阳,突然从自己碗里搛了一块肉,隔着桌子放到弟弟碗里。京阳迅速地用手把那块肉抓起来送进嘴里,眼睛还盯着乌云,害怕乌云把肉从他嘴里抠出去。这个动作让乌云和巴托尔都笑了。只是巴托尔笑得豪爽,乌云笑得心酸。

乌云希望大哥巴托尔能多住几天,等到星期六,她托人把关山林叫回来。巴托尔却执意要当天走。他急于赶回部队是一个理由,还有一个理由他没说,但乌云心里清楚,他不喜欢自己的丈夫。从他给关山林当部下的时候起,他就不喜欢这个后来做了自己妹夫的上司。

巴托尔走的时候拍了拍乌云的脸蛋。这个动作让乌云差一点儿流出了眼泪。小的时候巴托尔就常拍乌云的脸蛋,一边拍一边唱:小闺女,俊脸蛋儿,长大以后嫁个官儿。现在她真的嫁了个官儿,可是他却没有机会再拍她的脸蛋了。巴托尔当了十几年骑兵,骑马把腿都骑盘了,走路一窝一窝的。乌云看着巴托尔窝着腿,摇摇晃晃地消失在马路尽头,悄悄地抹了一把眼泪,这才回到屋里,去忙碌会阳回到家里的头一个晚上。

整个晚上乌云都试图和老二会阳说上一句话,但是到最后她也没成功。巴托尔走后,会阳又躲到角落里去了,怎么叫他拉他都不出来。他甚至也不理睬弟弟京阳和湘阳。他瞪着一双茫然的眼睛,看着他的兄弟们,然后他就倚着墙角睡着了。

乌云没有把会阳送进孩子们的房间里。她给睡着了的会阳洗了脸脚,把他抱上了自己的床。在给会阳脱衣服的时候,她看见儿子贴身穿了一件红肚兜。那是姥姥给外孙缝的,用它来避邪的。他有多少邪需要避呢？那都是一些什么邪呢？乌云百思不得其解地想,胸口抽搐着,觉得心里越来越沉重。

那天晚上,乌云把会阳搂在怀里,让他在自己的怀里入睡。睡着了的会阳一反白天的样子,在梦中极不安分,一会儿高声地说着梦话,一会儿尖声地叫唤,好像在梦中他才是一个真正的孩子。乌云想,孩子的梦中有一些什么呢? 是不是有一大群五彩翅膀的蝴蝶,它们在绿草地上快乐地飞翔着,孩子赤着一双脚,踩着草地上的露水,伸开双臂去捕捉它们,它们飞得太高了,他捕捉不到它们? 乌云难过地想,他其实不会伤害它们的,它们为什么要飞得那么高呢?

乌云一夜没睡,不停地把伸到空中去的会阳的小手捉住放回被窝。她的心一直在那个干冷的空气中瑟瑟地发着抖,就像她怀里那个孩子出生时那样。

乌云对关山林的漠然态度已经顾不得气恼了。

会阳从伊兰老家回来几天之后,关山林从基地回来了一次。他只是路过家里,只在家里稍作停留,时间短得甚至连停在家门口的吉普车都没有熄火。这之前家里发生了多少事呀! 一奶同胞的弟弟来要钱,给呀给呀的姐姐来要粮,集贤老家又把老二会阳送了回来,这个家真是乌烟瘴气,和战时的救难所没有什么两样了! 关山林对此与其说漠不关心,不如说是不以为然。基地的事多小都是大事,家里的事多大都是小事,他就是这么想的。会阳的愚讷连外人都看出来了,关山林却固执地认为那是扯淡。他说,会阳那是在乡下待傻了,把他送到学校去念两年书就开窍了。关山林甚至连抱也没抱一下自己的二儿子,就匆匆登上停在门口的吉普车走了,剩下乌云一个人来对付残局。

乌云已经习惯了在家庭的战场上孤军奋战。她的友军只有两个乡下阿姨。她们倒是毫无怨言。但是她们没有荣誉感。她们不像乌云,守住这个阵地或失去这个阵地对她们来说并不是性命攸关的事,阵地丢失了或者打废了,充其量换一个阵地去守罢了。乌云则不然。乌云必须打赢这场战争。这个阵地是关山林和乌云共有的,现在关山林要去忙他更大的阵地,从这个阵地上撤了下去,那这个阵地就由乌云来守。乌云不会撤退,永远也不会。怎么说来着?人在阵地在。

乌云终于通过基地医院的业务关系联系上了湖南精神病医院。乌云请了假,带着会阳来到长沙。在长沙,她被介绍给精神病医院住院部的葛主任。葛主任是一位资深的医学博士,从法国留学回来。葛博士有一位姨父也是解放军的将军,所以他对将军夫人和将军的儿子表现出了极大热情和耐心。

葛博士领导着一个专家小组,他们都是一些富有临床经验的大夫。对会阳的检查和诊断一共进行了三次,每一次会阳被带进那间神秘的绿色房间时,乌云都有一种心惊胆战的感觉。她觉得她是在等待一种残酷的判决。事实上,从葛博士看到会阳时的第一眼里,乌云就感到事情不妙了。她赢得这场判决的可能性十分渺小。她几乎已经绝望了。但是她不能因为害怕就逃开。她不能把自己的孩子丢弃在那间绿色的房屋里不管。

诊断结果在第二天的下午出来了。乌云被叫到葛博士的办公室里。葛博士脸上的严肃神色使乌云根本不敢开口。她被指示先阅读一份诊断报告。当乌云接过那沓厚厚的报告的时候,她差一点儿喊出声来:不!

但她还是顽强地把那份报告看完了。

报告一:心理诊断

诊断日期:1960 年 8 月 17 日——18 日

诊断程序:明尼苏达多项个性测验

双向心理测验

语句补全能力测验

斯普雷学院生活测验

班德——格式塔心理测验

格雷后姆·肯 德尔测验

墨滴心理测验

智力功能:患者的智力功能范围在下与中下之间。词汇智商是38。抽象能力智商28。全面智商37.4。理论输入为3。在词汇测验中七组词汇,患者只能说出三个词,完成率为1.2%。

整体个性:在个性测验中,患者表现为戒备、回避、封锁、情绪压抑、与外界交往反常、对其他人的感情反应迟钝。患者有内向性的敌视情绪。

总结和结论:综上所述,患者关会阳,男性,8周岁。大脑器官无组织损伤迹象。无脑溢血迹象。无思维混乱、精神变态和其它精神反常症状。智力低下。属先天性智力低下患者。

主任医生:庄洁(签名)

1960年8月18日

报告二:精神病学诊断

交谈诊断:患者主诉困难,语言稀少且混乱,思维有明显障碍。感官体验在患者身上表现得不明显。患者有正常的记忆力,能记忆起四岁时一头母牛生牛犊时的情形。患者的主诉归纳为,那头牛犊躺在血泊中挣扎着爬不起来,母牛狠狠地踩了它一脚。患者有明显不规则压迫感。

病理阐述:

患者关会阳,男性,8周岁。本报告前无精神病诊断史及病历资料参照。

诊断:无损害社会型个性痴呆症。

主任医生:傅国屏(签名)

1960年8月18日

看完报告,乌云差一点儿就晕倒在葛博士的办公室里了。葛博士的办公室里有一套漂亮的苏式家具,红木的,沙发虽然有些旧了,但一看就知道它们是通过丹麦或者是西班牙籍的海船万里迢迢运到中国来的。精神病学专家甚至还在自己的书架上摆放了两件均州瓷器,他当然不会让乌云在这样的办公室里躺倒在地下。

博士很熟练地让乌云使用了一种镇定剂。乌云清醒过来以后开始流泪。泪水很多,但她一声也没哭出来。她就那么流着泪走出博士的办公室,走到隔壁的房间里去,一把搂住了双手抱住一个苹果呆呆坐在那里的会阳。

不用专家再多说一句话,乌云已经知道那两份专业诊断报告宣布的是什么了。乌云的脸上泪水迷乱,她把脑袋硕大、四肢细长的会阳抱了起来,走出了房间,走出了开满了鲜花的精神病医院。她要离开长沙。她要把她的孩子带回自己的家里去。

此后连续几个夜晚,乌云始终把会阳紧紧地搂在怀里。她不肯让他到任何地方去。她一直在流泪,泪水日夜不干。

一开始,会阳把乌云的怀抱当做另外一个黑暗的角落。他有些窘迫但却十分安静地蜷在里面,睁着两只无神的眼睛,一直到睡着。但很快地,他发觉那不是他的角落,他的角落是没有温暖没有光明的,而乌云的怀抱有。

乌云一直用她那双悔恨不已的目光看着会阳。她几乎搂得他喘不过气来了。会阳再度挣开乌云的怀抱,跑到一个黑暗的角落里躲了起来。乌云奔过去,想重新把会阳拥进怀里。会阳尖声地大叫着,目光中透出一种敌意和恐惧,他把自己全身都埋进两个瘦弱的膝盖头之中,像一个不肯出世宁愿缩回蛋壳的小鸟。他的那副拒绝和厌恶的样子,把不顾一切的乌云阻止住了。

乌云站在那里,不敢再往前走一步。她知道只要她一伸出手,她的手就会碰碎他,他的脆弱的身体和灵魂就会顷刻间被风吹散,消失在她后悔不及的地方。他们就那么对峙着。她站在那里。他蜷缩在那里。也许是他从她的目光中看出了她不会再试图把他拥进她的怀抱里了,他的瞳孔开始松散,脸上的恐惧之色也渐渐消退。他轻轻地挪动了一下,好让自己在那个黑暗的角落里蜷缩得更妥帖一些。现在,他的身体已经非常合适地贴在了他所钟爱的冰冷的墙壁上了。

乌云对这幅画面永远不能忘怀。她那个时候什么也体会不到,只有一种刻骨铭心的疼痛。那个孩子,那个孩子不喜欢她的怀抱!她的怀抱有什么东西使他感到害怕呢?他那么弱小,那么孤独,他一刻也不肯离开他的角落。他的角落里有什么让他不能舍弃呢?乌云心口疼得发抖。她知道那种感觉来自哪里。天哪,她知道那种感觉来自哪里!

关山林知道了老二会阳是先天性痴呆症患儿。

这不是要钱或者要粮,这是他们的一个儿子!天塌下来了乌云能撑得住,可儿子却是乌云致命的伤痛,她一个人怎么也撑不住。乌云头一回违反规定,在关山林工作的时候冲进了关山林的办公室。关山林紧锁着眉头听乌云断断续续地诉说。乌云在诉说着儿子的诊断结果时泪流不止,因为哽噎经常说不下去。关山林脸色难看得要命,一层有毒的铅灰色在他刚毅的脸上迅速地弥漫开来。关山林五十岁了,五十岁的关山林被告知他的一个儿子是个白痴,是个永远不会思想不会生活的白痴!一棵已经知道珍惜和回忆绿叶的大树被齐腰砍了重重的一斧子,还有什么打击比这个更重的!

关山林像一尊风化的石头一样坐在那里,黑着脸,目光吓人,半天没有说话。

乌云因为有了关山林在身边,不再需要掩饰软弱和支撑厄运了。乌云哽噎地擤了一把鼻涕说,怎么办?怎么办?我们拿这孩子怎么办?

关山林在长久地沉默之后长长地出了一口粗气,说,怎么办,你说怎么办?事情已然这个样子了,还能有什么好办法。

乌云思路混乱地说,这个样子,也得想点儿办法呀!没有办法,也得想点儿办法呀!

关山林闷闷地说,想什么办法?总不能把人毁了再造一个吧?

乌云病急乱投医地说,找个好大夫,找家好医院,兴许能治。

关山林没头没脑地说,你当是什么,是治脚气呀?

乌云抓住救命稻草说,不是治脚气,也不能眼巴巴看着孩子这个样子呀。

关山林不耐烦地说,早知今日,何必当初。

乌云一愣,看着关山林说,你这是什么话?什么今日?什么当初?

关山林烦躁地说,要知道他是这个样子,当初就不该生下来!

乌云被噎了一下,大声说,是我要生的吗?是我要生的吗?不是你,我会生他吗?会吗?

关山林不能忍受这个。他不能忍受人指责他。你可以打击他的头颅,打击他的胸,打击他的腹部,打击他的任何地方都行。他是强者,你完全可以冲着他的强处来,来试试他,看他站得站不住,他会喜欢这种挑战,但你不该打击他的私处。关山林气咻咻地说,住嘴。你这个头发长见识短的女人!我没有要你给我生一个傻瓜出来!

乌云哆嗦着站了起来,脸色苍白得可怕。她无法控制自己了。八年来,她从来不曾让这句话出口。她发誓一辈子不说出这句话。它们是阴影,她宁肯让这阴影永远啃啮她自己的心。但是他逼她逼得太狠了。他凭什么这么逼她?

你太蛮不讲理了!乌云冲到关山林的面前,声嘶力竭地喊道,是你交出了我写给你的纸条。那是我写给我丈夫的,不是写给组织上的。是你把我推到那个绝境里去的。她们斗争我,让我和孩子站在那里,而那个时候你在哪里?你为什么不负起一点点儿责任来?如果不是你的出卖,孩子他不会成今天这个样子的!绝对不会的!

关山林想也没想,扬手给了乌云一记耳光。他是一个当兵的。他的手重极了。她的脸上立刻浮现出五个手指印。她朝他扑了过去,双手揪住了他的衣领。这让他更加恼火。他像捉小鸡一样把她捉住,把她倒拎起来,用他那蒲扇一样巨大的巴掌在她的屁股上用力抽打,一边抽打一边恶狠狠地叫道,你这个女人!你这个女人!他的力气真大。她在他的挟迫下没有任何反抗的余地。她只能毫无用处地去撕扯他的衣服,去揪掐他的腿,可那无济于事。他打了她十几下,打够了,像丢一块烂抹布似的把她往地上一丢,摔门走了出去。

门轰然响过,然后声音消失了。乌云在冰冷的地上躺了一会儿,然后坐了起来,把头埋在腿里,心灰意懒地抽搭着。好几次她都抽搭得喘不出气来。她的头发散披着,被泪水和汗水零乱地贴在脸颊上,样子狼狈极了。她就那么在地上坐着,心里一遍又一遍绝望地想着,他打了我呢!他打了我呢!

关山林和乌云的夫妻生活出现了无法弥补的阴影和裂痕。

日子依然还是那么过,两个人都有自己的工作,工作是繁忙而有意义的,它们给人充实和自豪。但生活毕竟不再像原来那么纯粹如雨后的天空一样了。如果没有会阳的存在,也许一切都可以得到愈合和弥补,就像一盆被晃动过的水一样,只要你不再去捣动它,它总是会静止下来的。但是有会阳,这是一个无法改正的事实。

那个孩子,他在一天天地长大,但他永远是躲在他黑暗冰冷的角落里,呆滞的目光中透露出对一切的拒绝和敌意。他们不可能不看到他,不可能不注意他。即使在有了快乐的时候,只要他们的目光一接触到了他,或者一想起了他,他们哈哈大笑的声音就会戛然而止,他们的快乐就会荡然无存,他们就会被一种惭愧、自责、痛楚和犯罪感所包围住。他们会默默地对视一眼,然后默默地走开,把快乐终止在对自己的谴责中。这是一种随时随地的窒息和压迫,他们谁也跑不掉。

其实,角落里的会阳从来不说话。他只是在那里整天安静地蜷缩着。他几乎连看也不看他的父亲或者母亲。有一次或者两次,关山林打算把会阳送进托儿所里去。会阳是肯定不能念书了,对他对别人那都毫无意义。不过他总能上托儿所吧。他不能总呆在他的墙角里,呆在墙角里对他对别人同样毫无意义。

但是这个主意遭到了乌云激烈的反对。乌云不愿把会阳送到任何地方去,她要会阳就待在她的身边。也许他不需要她的怀抱,但他需要她的监护。他们会欺侮他的,她忧伤地说。在这方面她表现出了少见的偏激和执著。她的偏激和执著的潜台词是,关山林不能把会阳从她身边带走,谁也不能。关山林知道他这一次做不了主宰。乌云会像一只被伤害的母豹子一样扑上来,拼命撕咬企图接近她儿子的一切人。这样做不会有结果的。

问题还不仅仅如此。乌云对夫妻性生活已经表现出极度的冷淡了。他们仍然做爱。但她不会再有激情。关山林仍然有这方面的渴望。乌云从来没有反对他。她躺在那里,漠然地任他在那里折腾。她睁着大而忧郁的眼睛,麻木地望着天花板,自始至终如此。这让关山林感到不舒服,甚至感到厌恶。这反而使他有了一种更强烈的报复欲。他想征服她。他打算夺回这个高地。为此他不惜投入了全部的兵力,向他可恶的对手发动轮番攻击。然而这一切都于事无补。在他大汗淋漓气喘吁吁地占领了那个高地后,他发现那里竟然空无一人。除了他自己的损兵折将耗费弹药外,他什么喜悦也没有。没有人给占领者喝彩,那只是一片无人的高地,或者换句话说,他什么对手也没有。

失意使关山林心灰意懒,暴戾恣睢,性格反复无常。关山林开始寻衅滋事。

最先撞到关山林枪口下的是他最疼爱的老大路阳。这个读高小的异端分子完全不顾及家中的风起云涌,他关心的只是给这个世界创造一些惊心动魄的事件,好像惟有这样才能使他感到快乐。第一次他带领他的青年近卫军到学校附近的村庄里去收集粮草。他们等生活老师睡着以后偷偷翻出学校的院墙,去夜袭"敌占区"。他们把农民的一大片红薯地挖了个底朝天,然后把战利品送到学校门房大爷的门口。他们私下里将门房大爷视为他们一位牺牲的同伴的老父亲。在夜袭途中,有一条可恶的狗叫了起来,并不知好歹地追了出来,这帮勇敢的青年近卫军小伙子们用石头把这条法西斯纳粹的走狗砸出了脑浆。第二次路阳策划了一场更大的战斗。他带着他的青年近卫军战士到公路上去伏击"敌人"的运兵车。他们把钉了铁钉的木板埋在沙土里,结果使至少三辆基地的车辆在半道上抛了锚 。

这次路阳可干得太出格了。关山林把爱子揪在地上,抽出腰间的皮带,狠狠地抽打路阳的屁股,把一条结结实实的日本牛皮带都抽断了。路阳为此付出了惨痛的代价,整整一个星期趴在床上不能上学。

路阳之后的倒霉蛋是京阳。体弱多病的老三一天到晚总是哭哭啼啼的,没有一点儿像当兵的种。关山林固执地认为这全是因为孩子吃了太多的奶糕才成了这个样子的。他太享福了。他必须去吃苦。关山林开始考虑把京阳送到什么艰苦的地方去。京阳的阿姨朱妈是个三十七八岁的山东妇女,信佛吃斋,她对关山林处理孩子的方式抱有强烈的成见。朱妈带了京阳几年,已经和这孩子有感情了,这个死了丈夫的中年女人在晚上睡觉的时候总是偷偷地用自己的奶头哄京阳入睡。如果首长这么不待见这孩子,她再干下去也没有什么意思。既然首长要发落自己的孩子,朱妈就提出,她愿意带着京阳回到她的山东海城老家去。她有一个哥哥,有三间半房子和两亩沙地,不管算不算艰苦的地方,她不会让这孩子遭罪的。事情就这么决定下来了。

乌云对这个决定没有表示出太多的感情色彩。对她来说，孩子带来的烦恼比快乐更多。他们捆住了她的手脚，使她更像一头奶牛而不是一个革命者。也许奶牛也可以成为革命的奶牛，但她不能。她毕竟有她引以为自豪的工作呀！何况，他们还给她带来了无法言喻的痛苦。只要老二会阳在她身边，只要这个撕裂过她的孩子在她身边，别的她都可以听之任之。她甚至还用一种讥嘲的口气对关山林说，你把京阳弄走，你干吗不把路阳和湘阳也弄走呢？她以为这样可以难住关山林了，谁知关山林却不吃这一套。关山林从来没有被人将过军，半年以后，他把另一个孩子也送到了湖北老家，乌云怎样的揪心挂肠也没能阻止住他。这回不是老大路阳，而是一岁半的湘阳。乌云到车站去送儿子和来接儿子的关山林的外甥。当火车开走的时候，乌云泪水涟涟。她突然有了一种害怕的感觉。她从来也没有像此时此刻这样强烈地意识到自己丈夫的心硬，也从来没有像此时此刻这样强烈地意识到自己的软弱。

1962年夏天，乌云生下了他们的第五个孩子，一个长得模样俊俏的女儿。乌云给她取名叫湘月。

孩子是顺产，乌云已经体会不到生产的痛苦了，她想这和母鸡下蛋没有什么两样，咕嘟一下子就生下来了。按照乌云的状况，她在一天之后就可以离开医院回家了，同时把她漂亮的女儿一同抱回家。可是乌云却没有走出手术室，她躺在那里没动。在助产护士处理完伤口之后，她要人把外科主任叫来。她对她的同事说，给我来一刀，把我的子宫摘除了。外科主任吃了一惊。他以为他听错了。他说，你在说什么？你疯了？乌云十分平静地说，我没疯，我知道我要干什么。我只是不想再生了。我实在是生够了。

谁也不敢做这个主。关山林被通知到医院来签字。关山林拿着手术单愣了好长一段时间。没人敢去打搅他，甚至不敢去看他的脸色。院长闻讯赶来，把外科主任值班室的门轻轻掩上。院长断定这次自己肯定躲不掉一场厄运，要受到基地最高首长的批评了。可是关山林很快就走出了外科主任值班室。他已经用他那支粗大的派克金笔在手术单上签上了"关山林"三个大字。他的脸色像淬过了火的铁块那样发青，目光呆呆地，有些失魂落魄的样子。他愣了一会儿，嗓子嘶哑地对院长说，做吧。

手术很成功。这种摘除器官的手术对基地医院来说根本算不上什么。虽然如此，医院还是派出了外科主任和一位副院长亲自主持操刀。乌云很快被抬下手术台，送进病房。被摘除掉的子宫很健康，像一只在阳光下光滑丰满的梨子。如果让这只梨子继续长在树上，它一定会有更多的作为的。富有经验的外科主任却不这么认为，他要一位助手立刻把这只梨子处理掉，不得送进解剖室。这让助手很犹豫了一阵。器官实体对医院十分可贵，它能让很多新手走向成熟，如果你是一位想对解剖学认真地下一番工夫的实习大夫，你会觉得它是一个好东西。但是乌云的子宫除外。熟悉乌云的外科主任清楚，这个健康的子宫其实只是表面的现象，如果把它切开，就会在粗糙丑陋的子宫内壁上发现许多增生的小肿瘤，它们布满在疲惫不堪的纤维组织上，并且因为不断的刺激而迅速地长大。实际上，没有任何一个孕育并产下了五个婴儿的子宫会是真正健康的，而且其中四个是在这个子宫被切了一刀之后产下的。外科主任不想让任何人在看到了这只子宫的真实面貌后对生命产生憎恶甚至是绝望的念头。

手术后的乌云被推进了一间安静的病房。当她从麻醉药作用下的昏睡中醒来后，第一眼就看见了一张熟悉的脸。

那是关山林。他坐在她的床边。在她昏睡的那几个小时里，他一直那么拘谨地坐着，一刻也没有走开。看见她睁开了眼睛，他的脸上露出了一丝惊喜。他说，你醒了？

她躺在那里看着他,脸上是一种圣洁的苍白。他勾下他魁梧的身躯,冲着她艰难地笑了笑。他把他的手伸进了被单,摸索到了她的手。他把它紧紧地握在自己的大手里,紧紧地。

她的心一阵颤抖。她想,这是多么的好啊。她为他生过了五胎。她让他有了五个活蹦乱跳的孩子。他从来没有一次坐在产房外等待她被推出手术室。她早已经不再寄予期望了。想一想吧,五次生产,五次生命之门和死亡之门的洞开,她总是独自一个人应付,还期待什么呢?而他现在在这里了,在她身边了。在她不再期待的时候,他却奇迹般地出现了,同时紧紧地握住了她的手。他是怎么知道她需要他的?是他一直就知道这个,还是他终于明白过来了?可现在这一切都不再重要了,因为他毕竟已经回到了她的身边。

她感到她的伤口火烧火燎地痛灼起来。麻醉药的作用已经失去了,八十毫米的刀口和两条血管的缝合不能说不算是一次大手术。但她觉得这没什么。她觉得这是她得到的最好的报答。她觉得她很幸运,比任何人都幸运。她想为此她宁愿再挨上十刀也值了。她为自己的这个想法激动,苍白的脸上浮现出了红晕。她感到自己再一次的动情了。

他在很近的地方专心致志地看着她。因为离得太近,她能感觉到他的呼吸。他的目光中充满了关切和柔情。他轻轻地说,感觉怎么样?伤口疼吗?

她摇了摇头。她是疼,但这没关系。

他耿耿于怀地说,你用不着怜悯那个拿刀威胁你的家伙。如果他把你弄疼了,你就说出来,我会把那个倒霉蛋抓来,用力踢他的屁股。要不,也照原样在他的肚子上来一刀。

她噗嗤一声乐了,脸儿红红的,笑成了一朵花。

他一脸严肃地看着她,说,你别笑,我说得出来做得出来。他要真让你不舒服了,我会让他知道厉害的。

她笑得更开心了。她当然知道他是当真的。说不定他真的会在外科主任的肚皮上拉上一道口子。一想到这幅画面,她就觉得好笑,从而越发觉得他鲁莽得可爱。笑牵动了伤口,她不由皱着眉头哎哟叫了一声。

他惊慌地问,怎么啦?你怎么啦?他把她的手死死地握着,好像疼痛的不是她,而是他。他这个样子让她深深地感动了。他是那么的温存。他从来没有这么温存过。他以为她是一个脆弱的瓷娃娃吗?他怎么就认为她是一个脆弱的瓷娃娃呢?

她把脸别过去,朝着里面的墙壁。雪白的墙上有一只美丽的七星瓢虫在轻移莲步,不时振动一下它那对娇艳的翅膀。然后她把脸转过来,抱歉地对他说,对不起。

他没有听明白,问,什么?

她说,我不该瞒着你做手术,不该自作主张。

他明白了,认真地说,谁说你不该?你当然该。难道这有什么疑问吗?他说,我们已经有了五个孩子了,五个小当兵的,我们总不可能永远这么生下去吧,难道你想生出一支军队来吗?他说,就算你想生一支军队,我也干不动了。我已经五十岁了,我不是一个优秀的父亲呀。他顿了顿,又说,摘就摘吧,我只要你,只要你在。只要他们没有把你从我身上摘除掉,这就足够了。

她被他的话击中了,十分委屈地抽搭道,可是,可是它不是我一个人的。连我的人都是你的,我有什么权利这么做呢?

他听了这话,把身子往后移了半尺,一脸严肃地端详着她。她在手术台上多么勇敢呀,顽强得就像一个孤胆战士。可现在,她却完全像个娇气的孩子。他这么想着,让自己完全俯下身去,伸开胳膊,把她小心翼翼地搂进了怀里。他轻轻地对她说,好了,好了,一切都过去了,再不会有什么能够伤害你了。我保证,再不会有了。他一边说着,一边用手轻轻地抚摸着她的头发。

她则将她的整个脸全部埋进了他的怀里。她的身子在轻轻地颤抖。她想,让我死吧。让我死吧。我是多么的幸福呀。我宁愿就这么死在他的怀里!

他们就这么拥抱着,长久不说话。后来她就在他的怀里安静地睡着了。

墙上的那只美丽的七星瓢虫,这时终于爬到了窗台边。这回它真的振翅飞了起来,溜过遮阳帘,一直飞到阳光灿烂的院子里去了。

八天之后,乌云拆线出院了。两个星期之后,她重新走进了办公室。她的伤口还是新鲜的,没有痊愈,可她竟然比生孩子之前要胖了不少。医院的同事不明白乌云是怎么了,生活那么艰苦,生了孩子,又摘除了子宫,两个手术一块儿做,人怎么可能胖起来呢?他们问乌云。乌云不说,只是笑。乌云有些拿不准,不知道自己该不该说,她胖起来,是因为她回家以后,关山林专门请假在家里陪了她一天,整整一天。她想了想,决定还是不说。说出来,谁又会相信呢?

子宫摘除术后,乌云没有奶,湘月由关山林做主,交给了基地一位军工家属带养。那个身体健壮的乡下妇女生下孩子一年了仍然有充足的奶水,她十分乐意为一位老革命哺养女儿。再说,她喝水就长奶,奶水挤也挤不完,水变的奶,干吗要浪费它们呢?

关山林打算每个月给那个军工家里十块钱以作补贴,可那个乡下妇女却像受了侮辱似地把钱退了回来。乡下妇女不是嫌关山林给的钱太多了,而是嫌关山林没拿她当自家人。乡下妇女骄傲地说,俺不是奶妈子,俺不卖奶,俺是为革命哺养后代哩。

也就是乌云出院回家这一天,五十岁的关山林和三十二岁的乌云分床而睡了。似乎没有谁刻意这么做,也没有人提到分床的事。乌云刚出院,需要安静地休息,而关山林若在家,他是一刻也安静不下来的。关山林不愿乌云休息不好,乌云也不愿关山林改变习惯,事情就这么由着的两人替对方考虑而定了下来。关山林让勤务员把路阳和会阳的床搬进阿姨的房间,把儿童室腾出来给乌云住。分床的大致情况就是这样。

那天他们分别走进自己的睡房,上床以后两人都没有像往常那样很快睡着。从1947年他们结婚以来,十五年了,这还头一回在一个家里分床而眠呢。他们总觉得少了什么,睡得不踏实。直到半夜了,乌云仍然在床上辗转。关节有些隐隐作痛,她想她应该起来吃一片止痛药。她还想不知道他睡得怎么样。他的睡相一直不好,老是踢腿伸胳膊,后半夜了,他会不会把毛巾被蹬掉呢?

她放心不下,从床上起来,披了件衣服走到隔壁来看。他屋里的灯还亮着。原来他也没睡,正倚在床头看一本小册子。他笑着说,他得抓紧时间把这本《关于加速进行党员、干部甄别工作的通知》看完,基地有好些在拔白旗、反右倾、整风、民主革命补课运动中处分错了的同志等着平反呢。她进去以后他就把小册子放下了,替她端了一张椅子来。她在椅子上坐下,他就坐在她熟悉的那张床上。他们很随意地聊了一会儿,基地的事,医院的事,更多的是孩子们。老大路阳暑期过后就进中学了,他最近倒是不太捣蛋,而是迷上苏联的军事文学书籍;他一本一本地读那些战争小说,差不多是在吃它们。老二会阳那天突然对乌云说,太阳掉进河里了,河里烧起来了;那是一个美丽的黄昏,这事儿让乌云很是激动了一阵子。据说上海的大医院能治儿童痴呆症,等过一阵子有空了,就带会阳去试一试。山东海城的朱妈来信说,老三京阳越长越俊了,他很乖,听话得很,总是待在她身边,像个闺女。关山林笑骂道,朱妈倒是会带,把个儿子带成了闺女,以后怎么当兵? 当男兵还是当女兵? 湖北老家方面也有信来,说老四湘阳贼精,知道怎么把好吃的弄到自己嘴里,他想要什么决不大吵大闹,他有自己的办法把它们弄到手,在这方面大人都不是他的对手;当然,家里需要一些补贴,否则没法养活那个贪婪的小东西。老五湘月长势良好,谁都夸这个丫头长得像妈妈，漂亮，性子乖巧；不过也不能老占人家老百姓的便宜，三大纪律八项注意到哪儿都不能忘，得想办法补上这个情。他们就那么坐着，聊着，你一句我一句，一点困劲儿也没有，一直聊到鸡叫二遍。

后来他们不聊了。他说，天不早了，你身上有彩，不方便，早点儿歇着吧。她说，那就歇吧，你也早点儿歇。她这么说了，就起身回到自己的房间，上床灭了灯。不一会儿，她就睡着了。

从此他们就保持了这种分床的格局，两个人谁也没有再提起过合到一起来睡的事。一直到他们老了，他们再也没有睡到一张床上。

第23章　豹困樊笼

关山林的脾气变得越来越坏。他的焦灼不安、喜怒无常、暴戾乖张连他的部下都难以忍受。他仍然爱哈哈大笑，但即使在他开怀大笑的时候你仍然可以感到他内心深处的反复无常。他的笑声常常会突然间中止，就像一架飞快转动的风车骤然折断了扇叶，令人心里发怵。他对部下的严厉日益加深。他总是骂他们是一群饭桶，除了能把皮鞋擦干净之外什么事也干不了。他悲哀地说一支不打仗的军队是一群世界上最没有用处的窝囊废，一个窝在和平里的军人和一头猪没有什么两样。这就是他的观点。

他仍然坚持锻炼身体。他对渐渐隆起的小腹忧心忡忡，同时对出现在胳膊和腿上多余的脂肪表现出了一种敏感的抵制态度。应该说，他仍然十分结实。他身材魁梧匀称、肌肉有力、行动灵活、身体的活力没有任何衰老迹象。他每天早晚各做一百次俯卧撑，然后他跑步，跑三公里或者五公里。即使在刮风下雨打雷落雹的恶劣天气里，他也穿着雨衣坚持跑。他在双杠上做屈腿90度能坚持三十秒钟甚至更长,这得取决是在早饭前还是早饭后,如果是早饭前,他肯定能打破这个纪录。早饭是两个二两的馒头,两大碗稀饭,用不着任何菜;中午有半斤米饭和一碗红烧肉就足够了;晚上是他胃口最良好的时候,如果不加限制,他能干光一大叠摊饼和一捆大葱。当然没有人限制他,困难时候已经过去了,他的薪水足够他吃光半个湖南省产下的粮食。如果不算他那一身的伤疤和仍然躺在身体里的那些金属零碎,他什么毛病也没有,结实得像一只四周岁的豹子。他的生活习惯好极了,早睡早起,不贪懒觉,不吃零食,不吸烟,不喝茶,不在白天的任何时候打盹,没有任何恶习。他的问题只是出在他的脾气上。

很多时候,他总是一个人坐在办公室里,面对着一面白墙或是一张地图沉默无语。无论是三伏酷暑还是三九严寒,他赤裸的头上总冒着袅袅热气,让人感到他是那么的孤独,那么的令人不可思议。

关山林的坏脾气不仅仅来自乌云或他们的孩子。不,它和他们根本没有关系。乌云知道这一点,她知道她和孩子们会给他增添烦恼,让他感到束缚,让他心灰意懒,但他们伤害不了他。伤害他的是另外一种东西。是战争与和平。

关山林过去曾是何等的畅快过呀。他十六岁当兵,打了几十年仗,半个生命都是在枪林弹雨中打过来的。他早已习惯了那种拼搏厮杀的生存状态,以至连灵魂中都弥漫着浓烈而芳香的硝烟味。他从一个农家的放牛娃开始,走出湖乡,经历了战争的恐惧、憎恶、无知、无畏、洒脱,直到醉心与迷恋于战场。他渴望力量与力量、智慧与智慧、生命与生命的对搏,那是强者之间最高级的较量。他渴望战胜逆境与死亡,赢得战胜之神的荣誉桂冠!

广阔无垠的战场上两旗招摇两军对垒。壮丽的狼烟在凄厉的军号声中冲天而起。素昧平生的双方士兵在弹尽粮绝之后疲惫不堪地厮抱到一起,如同亲密的弟兄一般在泥泞中跌扑翻腾。军中帐帷中消息接踵,谋士颦眉,主帅乍目,从统帅到士兵,所有的战争参与者都在清冷的山风中经历着每一分钟都有可能由胜利者沦为失败者的忍耐与煎熬。枪声稀落以后,战场上寂静异常。如血的夕阳中,一匹胯部挂了彩的战马在遍地的尸首中寻找它的主人。一只良久无处停落的小鸟此刻在一个尚未散尽热气的士兵的胸脯上稍作小憩,而早生的夜风开始款款出动,吹散硝烟,评判这场战斗的失败者和胜利者。

如今这一切都消失了。它们已经成为过去的美梦。只有靠着回忆,它们才会出现片刻。回忆已经成为关山林生命中的海市蜃楼,虚幻得令人不可相信。河清海晏,天下太平,关山林在三十九岁之后失去了战场,此后他又在和平年代里度过了他另外的十一年。这是他作为军人的黄金时代,是无论智慧和信念还是勇气和经验都处于最巅峰的时代。除了期冀不停,日夜磨砺他彻冷的战剑之外,他无所作为。他有些迷惑了。他不知道在战争之外他还能做些什么。打铁吗? 缝衣服吗? 种地或者撵兔子吗? 对此他丝毫不感兴趣。他是血与火创造出来的。他是战争的儿子。他只属于战争。放马南山使他痛苦不堪。刀枪入库让他心疼不已。但是作为一名职业军人,他找不到敌人了,他失去了他的战场。他焦灼、烦躁、失落、寂寥、无奈、迷惘,脾气越来越坏,性格越来越令人琢磨不定。

军人关山林在整整十一年中经历着一种爪稀齿钝筋骨松弛的折磨,在实在无法忍受的时候,他就冲进打靶场中抱起一挺机枪狂扫一气,直到把枪管打红,直到把一整箱子弹打光,然后他将怀里的机枪丢在地上,看着子弹消失的方向深深地长长地叹一口气。他仍然每天早晨起来在大雨中奔跑,昂着头挺着胸奔跑,可只有他自己才知道,支撑他那双结实双腿顽强不屈地向前奔跑的,只是不死的信念罢了。

1962年10月，一个机会再次出现在关山林面前。那个月的二十日，印度军队自中印边界东西两段同时向中国发动了大规模的武装进攻，在自行火炮和轮式装甲车的掩护下，大胡子印度兵像一群黄羊似的往边境线中国一方冲来，不顾一切地扑进了中国边防军的工事里，与中国边防军厮杀作一团。中国军队忍无可忍，奋起反击，打响了对印度军队的反击战。

战况很快传达到关山林这一级。关山林听到这个消息之后精神为之一振。一瞬间，他豹目骤亮，短发乍起，全身的筋骨如水溅油锅一般噼啪噼啪炸响开来。关山林意识到这将是他军人生涯中的最后一次机会了。他要得到它。他必须得到它。

关山林立即向上级部门打了请战报告，要求调他到中印边境前线去。18军是四野的部队，他关山林是四野的人，四野的关山林到四野的18军去参战，这是天经地义的事。

有关部门没有理睬关山林。他们根本就没有打算理睬他。不是他一个递交请战书，全军上下，从参军三天的列兵到官至大将的将军都有人请战，别说那么点儿边境冲突用不着几百万军队一起上，几百万人往那儿一踩，踩得面目全非，叫外交部日后怎么和人家划分领地去？就算用了，关山林离开作战部队已经上十年了，一身武艺早疏松了，就算要人抬着担架往上送弹药，一时半会儿也排不到他头上。

这一回关山林咬死了，上面没有理睬他，他就一天一份地向上交报告。上面终于耐不住了，就在电话里向关山林解释说，你的工作是后方军事工业生产，你把你的活干好了就是对前线的最大支援。

关山林不服，说，光生产枪呀炮呀的不解气，看着人家打仗更憋气，让我上战场，我宁肯官降三级！

上面哭笑不得，说，你又没犯错误，降你三级干什么？军人以服从命令为天职，叫你干什么你就干什么。

关山林急了,火了,和人家吵架,说,我知道你们为什么不用我。你们不就是因为青树坪那一仗吗?那一仗我是失了手。我失了手你们处分我好了。该上军事法庭上军事法庭。该枪毙枪毙。你们为什么不处分我?你们不处分我,拿我流放,让我看西洋景,这比枪毙我还毒!

上面恼了,真的不理睬关山林了,放下电话就议论,说,这个关山林,无理取闹,真是胡搅蛮缠。建国以后他就没有老实过,一会儿要打美国佬,一会儿要打台湾,一会儿要去西藏,现在又闹着要去中印前线,还说搞军事工业是拿他流放,简直无纪律无原则。上面就打算给关山林一个批评处分,让他有一个教训。

有两件事为关山林解了围。

一个是有关部门接到了关山林的妻子乌云的一封信。乌云这封信是背着关山林写的。乌云在信中写道,1949年在青树坪老关他是打了败仗,给革命造成了不应有的巨大损失,老关他心疼了十几年,夜夜都没睡好觉,肠子都悔青了。可是,在这之前,老关他为革命打过多少胜仗呢?他打过的胜仗是他打过的败仗的十倍,百倍,难道这还不能相抵他一次的失误吗?就算不能相抵,就不能给他一次机会让他戴罪立功吗?你们让老关上前线去吧。他等仗打等得很苦。他已经等了整整十一年了。这一辈子,也许这是他惟一的机会了。如果要立军令状,我愿意和老关站在一起,以我们全家的名义签名画押,他若是输了,我和我的孩子,我们陪他一同上军事法庭!

这位女军官和她的丈夫简直如出一辙,是她而不是他使有关部门深受感动。而一位熟悉关山林的上级这时也发了话。关山林调皮是调皮了点,请战上前线也不是什么坏事嘛,当兵的打起仗来不往前面冲那还叫什么当兵的,那不成老百姓了吗?

乌云的信和老上级的话解了关山林的围,使关山林摆脱了一次处分。但是关山林终究还是没有得到上前线的机会。一个多月后,关山林知道了一个令他沮丧的消息:中国军队已经把那些兔崽子们撵过了麦克马洪防线,并且把他们的屁股踢肿了,中印反击战结束了。现在他又一次失去了机会,它像一只巨大的气球一样在他的上空晃了一下,然后飞走了。关山林失望极了。他想,他们有太多可以使用的人。他们根本就不需要我。他们不承认我是最优秀的。或者,他们认为我已经老了。

这一天,关山林第一次没有练他的俯卧撑,没有在车辆稀少的公路上挺着胸膛喘着粗气长跑。他仍然起得很早,差不多是天还没亮的时候就起来了。起来之后他就走出屋外,在院子里坐了下来。黎明时分世界很安静,空中还没有小鸟飞过的痕迹,空气里有一股泥土苦涩的芬芳味,夜风在这里做着最后疲惫的散步。他坐在那里,腰杆笔直,双肘枕在腿上,目光向前,一动不动地,直到晨露溽湿了他的衣裳。

乌云在早上6点钟的时候醒来了。乌云醒来的时候有一种失落感。她穿衣起床,先到关山林的房间看了看。他不在房间里。乌云想他也许去跑步了。但是没有,他坐在院子里,腰杆笔直,心如止水,像是一块在等待风化的石头。乌云在门口站了一会儿,轻轻地走过去,从旁边看关山林。乌云惊诧地发现,他的鬓角出现了好几根白头发!

他才五十二岁。他肌骨健壮、精力充沛。可他却有白头发了!

乌云站在关山林的身后。她没有做声。她想她是走过去把那几根白头发拔下来呢,还是听凭它们的存在? 有好长一段时间,她都为自己这个念头拿不定主意。

第 五 部

四川(1964 年－1975 年)

第24章 恩恩相报

1964年10月16日,中国自行制造的第一颗原子弹在西北的一片荒漠中爆炸了。

两天以后,关山林接到调令,前往西南军事工业基地工作。

数周之后,在军事工业重镇重庆市的一栋欧式红色洋楼里,关山林有了一间十分阔气的办公室。那栋红楼是旧时重庆市市长杨森的公寓,隐藏在一大片郁郁葱葱的花木丛中,方圆数平方公里围上了高高的栅栏,大门的持枪士兵有两个,另有一名军官执哨,对进出的车辆人员,无一例外地进行着严格的检查。

乌云带着老大路阳、老二会阳和老五湘月随同丈夫一道调往重庆。乌云在重庆脱去了军装,成了一名转业军人。

关山林说,组织上提倡部队干部转业支援地方,我是领导,我得带这个头,你还是转业吧。

乌云不愿离开部队,不愿脱下穿了十八年的军装,但是她拗不过关山林。关山林在做出这个决定之后,便命令人把乌云转业的一切手续都办好了,干部部门甚至已经准备了乌云的去向,容不得乌云分辨。乌云交出了军官证,拿回了转业军人证。她哭了。

关山林皱着眉头说,你这个人,你抹什么眼泪?又不是要你去死,有什么好伤心的?组织上需要,干什么不是革命?

乌云擤着鼻涕红着眼圈道,要服从组织需要,那你为什么不自己转业?你转业就不是革命了?你拿我来挣表现。

关山林觉得乌云太浅薄，太无知了。关山林说，笑话，你真是笑话。你这话既没有水平，又没有常识。我能转业吗？我是军人，我这个军人和你这个军人不一样，你懂不懂？

乌云很生气。这才是没有道理的话。他当然是军人，这用不着说。可她也是军人，这也用不着说。军人就是军人，没有区别。难道过去十八年她只是一个穿着军装的老百姓吗？她这么想，但是她和他说不清楚。他有他的一套理论。他才懒得和这世界上别的理论合作呢。

乌云转业以后分配到五机部161厂工作，职务是厂职工医院党委书记。161厂是一家大型兵工厂，生产坦克和自行炮。工厂有一万多名职工，老工人大多是解放前的老兵工，厂里的复员转业军人占了半数。因为系统仍属军事工业，复员转业军人又多，乌云在这里仍然感受到一种浓厚的部队氛围，同志之间，上下级之间关系很融洽，所以她很快就适应了。只是她发现自己的偏头疼、低血糖、风湿性关节炎越来越严重了，同时又新添了支气管哮喘的毛病。而且子宫摘除之后，她的脾气也变得急躁了，对很多事不怎么耐烦。连关山林都觉察出来乌云的变化，说，你是怎么回事？你过去不是这个样子的呀？乌云当然知道过去她不是这个样子。过去她快乐活泼健康随和，她身上的每一个零件都完好无损，她像一只小鸟一样，可现在呢？她才三十六岁就落下了一身的毛病，你要她怎么样？但是乌云不想和关山林说这些，一说他们准吵架。她才不想和他吵架呢。

十五岁的老大路阳已经是个非常标致的小伙子了。他和他的父亲一样，长得人高马大，宽肩窄臀，浓眉大眼。他爱剃发茬很短的头，这一点儿也像他的父亲。路阳学习成绩不错，他属于那种并不特别用功但天赋很好的学生，考试总是拿双百分。他把大量的时间用在功课之外，比如读军事小说，比如航模制作，比如到处找内部电影看。有两项业余爱好是路阳最投入的。其中一项是体育锻炼。路阳一直是学校篮球队的主力队员,十五岁个头就有一百七十五厘米,穿四十码的球鞋,中线球投得又快又准,令对手特别头疼。他还参加了田径队,跳高跳远的校纪录都由他保持着。他最拿手的体育项目是单杠,双臂大回环他能一口气做四到五个,这个数字让体育老师都感到脸红。有一次他还试图做一个单臂大回环,可是没成功,从杠上摔了下来,跌了个鼻青脸肿。

让关山林和乌云骄傲的是,路阳从来不是个大惊小怪的懦弱孩子,对于伤呀痛呀的,他一向满不在乎。要是他的手被刀子削去了一块皮,他一准不包扎,把伤口流出的血塞进口里吮干净,该干什么照样干什么。他的另一项爱好是沙盘。那是一种军事参谋和指挥官们使用的工具。路阳不知用什么方法说服或者贿赂了军械处的那些年轻军官,他们给了他整整一套沙盘。可变式地形盘、坦克、装甲车、重炮、轻炮、轻重机枪、使用各种武器的小锡兵、碉堡、鹿砦,甚至还有几架容克斯86轰炸机、B-17飞行堡垒战略轰炸机、马丁战斗机和三菱式战斗机,其兵力装备足足可以打一场大规模的战争。路阳对这套沙盘的着迷程度让关山林都感到吃惊,他常常在星期天一玩就是一上午。关山林不得不承认,大儿子路阳对于军事有着相当的天赋。他能十分熟练地在沙盘上复演出二战时欧洲战场上的所有著名战役。关山林有一次出于好奇,要正在读初中三年级的大儿子和自己比试一下。他们把床上的东西全部掀到地下,爬到床上开始开战。关山林吃惊地发现,儿子是个难以驾驭的对手。他运兵如神,常出奇策,把自己的实力演绎得令人眼花缭乱,让自己大伤脑筋。关山林花了两个钟头才勉强把儿子收拾掉,此时他已损失殆尽,汗流浃背。关山林对自己的表现十分恼火,但他仍然暗自欣赏儿子的军事才能。如果儿子日后不是一名出色的指挥官,那一准是老天瞎了他妈的眼。关山林想。

关于路阳的未来,关山林和乌云提起过。乌云有她自己的看法。乌云说，你注意没注意，你那大儿子太自负，太自以为是，他总想当第一。要是哪天你看见他脸上有笑容，那他准是第一；即使他在一千个人中间当了第二名，他也是一副气得要命的模样。

关山林不明白，说，这有什么不好？自负有什么不好？当第一有什么不好？不做第一难道还留给人家去做？你这个观点才莫名其妙呢。我就喜欢他这个性格，他这性格像我。

乌云想，没错，他就是太像你了，再往后他就该是第二个关山林了。可是这样他又要不高兴了，因为他不是关山林第一，你才是关山林第一，可惜这点你永远也无法让他满足。

老大路阳像关山林，其余几个孩子却一点儿也不像。傻老二会阳用不着说了，说老三京阳。全家搬往重庆之后，乌云把寄托在山东海城和湖北洪湖的两个孩子都接了回来。现在日子好过多了，用不着再把孩子丢那么远。老三京阳被接回来的时候，乌云几乎都认不出自己的儿子了。京阳紧张地躲在朱妈身后，始终不肯站出来。后来他就哭。哭还不是放声哭，是捂着脸小声啜泣，像女孩子那样。京阳确实像个害羞的女孩，他长得俊，细皮嫩肉，眉眼清秀，说话先脸红，一受了委屈眼圈就潮湿了，一副要死要活过不去的样子。他喜静不喜动，平常干的也全是女孩子玩家家干的事，刻剪纸呀、翻网绳呀、跳猴皮筋呀、收集歌片呀什么的，还特别喜欢小猫小狗，逮着机会就拿自己的小手绢给小动物洗脸扎辫子。他从海城回家的时候，自己就扎了个冲天小辫，还穿了一身大红大绿的花褂子，那副打扮，让乌云哭笑不得。

乌云埋怨朱妈说，你这么打扮京阳，你都把他打扮成闺女了。

朱妈不服气地说，闺女有什么不好？闺女性子温和，又知道疼人，强似那些野小子百倍。

乌云后来发现京阳晚上睡觉还要摸着朱妈的奶子才能睡，这让乌云不能接受。乌云坚决把京阳赶下了朱妈的床，让京阳自己睡一张小床。为此京阳啜泣了好几天，并且在相当长一段时间里睡不安生,老做噩梦,弄得朱妈心疼得不得了。京阳不喜欢和男孩在一起玩,而喜欢和女孩们在一起玩,因为他文静,女孩子们都很喜欢他。他拿出自己那一份糖果分给大家吃,她们都觉得和他在一起是一件十分快乐的事。乌云很快就发觉,京阳的性子确实很温和,他是家中最听话的孩子,不调皮不捣蛋,极少做让大人尴尬的事情。他很有同情心,有人受了伤或者是生了病他就很难受,一副郁郁寡欢的样子,如果是小动物遇到了这种情况,他同样也会悲痛欲绝。大多数时候,京阳不是引人注意的孩子,只有一次他表现得很强烈,让人吃了一惊。那一次是看电影,乌云带孩子们到两路口的中原电影院看《白毛女》,电影一开始京阳就在那里哭,以后哭得越来越厉害,等人们在山洞里找到一头白发的喜儿时,京阳差不多已经哭晕过去了。

京阳属于那种艺术天赋很强的孩子。他的歌唱得很好,什么歌他只要听一两遍就能唱,从头到尾一个音也差不了。他喜欢自己编儿歌。小猫小猫喵喵,妈妈叫它娇娇;小兔小兔跳跳,妈妈冲它笑笑。乖蝴蝶,俏蝴蝶,光有翅膀没有鞋。如此等等。这让乌云惊讶不已,弄不懂他从哪儿弄来这些东西。但是京阳最喜欢的还是讲故事。京阳给小朋友们讲故事。京阳讲故事不从老师那里学,自己编。有的故事有影子,有的故事连点儿影子都没有,纯粹是他想象的。比如有一个太阳王子和云彩公主的故事。太阳王子喜欢美丽的云彩公主,他要云彩公主做自己的妻子。云彩公主喜欢太阳王子的威武有力,但是不喜欢太阳王子的专横跋扈。太阳王子老是爱用他的金色的火箭杀伤那些可爱的小花小草,这让云彩公主不能接受。云彩公主要太阳王子改正他的缺点,但是太阳王子就是不改正。云彩公主很伤心,就躲着不见太阳王子。太阳王子到处追云彩公主,可是他怎么也追不上,等他刚刚捉住了云彩公主的白纱裙子,云彩公主就消失得无影无踪了。太阳王子很后悔,他每天都在寻找美丽的云彩公主,从东边找到西边,再从东边找到西边,天天月月年年,始终不肯放弃。他不知道,其实他根本不用找,只要他改正了缺点,不再伤害可爱的小花小草们了,美丽的云彩公主就会自己回到他的身边。

这个故事简直太美了,听得老师都流了泪,小朋友们把小手都拍红了。乌云知道这件事情以后,很兴奋地转诉给关山林听。关山林听了皱眉头,说,这孩子,哪来这么些怪念头?什么太阳王子云彩公主的?那太阳东升西落是在追姑娘呐?那是自然规律嘛,简直胡编乱造!

关山林坚持认为只有脑子有毛病的孩子才会有这么稀奇古怪的念头。这一点乌云最不爱听,一说这个乌云就想到老二会阳。乌云的心病被触动了,就反击关山林,说,这是什么毛病?这是艺术细胞你懂不懂?你要说这算毛病,那路阳呢?这孩子一天到晚琢磨那一堆飞机坦克大炮,折腾过去折腾过来,那一堆小锡兵里到底能折腾出什么名堂来?他那就不算毛病了?关山林护卫老大说,你懂什么,那是沙盘,是军事战术,那才是真正的学问。你怎么能把京阳和路阳比?京阳他连路阳的半个脚趾头也比不上。夫妻俩争论了半天,谁也不让谁,结果谁也说服不了谁。乌云对关山林的偏袒耿耿于怀。老大路阳是自己的儿子,实在也是个优秀的孩子,但总不能因为老大优秀,其他的孩子就全都一无是处吧?这么想,乌云从此偏偏要对京阳爱护得紧,凡是路阳有了什么值得骄傲的事,她就拿京阳的事来张扬。乌云在心里和关山林赌着气,说,看着吧,她的孩子,日后个个都要他们有出息。

四岁的老四湘阳从洪湖老家接回来的时候,让乌云大吃了一惊。湘阳又黑又瘦,干巴巴的像个小老头。因为头上长了些疮,把头发全剃光了,样子像一枚破了皮的蔫土豆,只有脏兮兮的脸上那对滴溜溜的小眼睛还有点儿精神,要不是这,乌云真的还以为站在她面前的是一个小叫花子。乌云当时眼泪都快掉下来了,她二话没说,三下两下就把湘阳身上那件让人怀疑藏有虱子的破布褂扒拉下来丢进了垃圾箱,然后把湘阳浸在热水中足足洗涮了一个钟头。这以后湘阳有好长一段时间肠胃出毛病。他把所有能看见的食品全往嘴里塞,一直到它们溢到喉咙口为止,乌云不得不让他服下大把大把的酵母片和表非鸣片,以使他肚子里的那些东西能尽快消化。

乌云开始留心控制这个小饿痨鬼的进食量,但这不大有用。四岁的湘阳有一种非凡的本事,他有办法弄到他想要弄到的任何东西。有一回他摇摇晃晃地去找阿姨。他把阿姨拽到厨房,指着高处的碗橱说,老鼠,老鼠。阿姨如临大敌地把碗橱里的东西都清出来放到一边,不安地在碗橱里面寻找老鼠的踪迹。碗橱里有两只蟑螂,没有老鼠。也许鬼东西跑掉了,阿姨想。不过阿姨很快就发现她上当了。湘阳正在一旁津津有味地大嚼一条上一顿吃剩下来的香肠,他看见阿姨朝他奔来的时候,迅速将剩下的一大截香肠塞进嘴里,并令人难以置信地把它立即吞进了肚子里,然后在脸上浮起一层讨好的微笑。

还有一回,关山林的司机从外面弄到一只很肥的狗,关山林要阿姨把狗肉炖了。关山林对炖狗肉有特殊的感情。把新鲜狗肉洗干净了,砍成大块,在生水里下上料酒、生姜、干椒、小茴香、桂皮,用文火细细地煨,炖得骨松肉烂、汤酽汁浓,那种香味真是美不胜收。阿姨煨好了狗肉就去洗衣服,衣服洗好之后晒到院子里去。阿姨正晒着衣服,突然感到一阵心惊肉跳,手中的衣服落到草坪上去了。她发现自己有好半天没有听到那个四岁的鼓上蚤的动静了。她知道只有两种时候这个孩子才会安静下来,一种是他睡觉时,另一种是他正吃东西时。阿姨丢下湿衣服就往家里跑。在厨房门口,她看到一幅令人毛骨悚然的画面——那个饿痨鬼正站在一只两尺半高的高凳上,用一把长柄汤勺在滚开的吊子里呼哧呼哧地捞狗肉。他的目光贪婪极了,唾水直接掉进吊子里。他把全身都勾向吊子,只差一点儿,他就要掉进滚开的汤汁中,和那些正

・ 321 ・

在被文火往烂里炖的狗肉为伍了。阿姨捂住嘴,强迫自己不叫出来,轻轻移过去,猛地一把将那个倒霉蛋抢下来,然后一屁股坐在地上大喘其气,而那孩子则在为自己的功亏一篑伤心欲绝。

湘阳这种偷嘴的习惯一直持续了好些年。湘阳实际上很快就胖了起来,食量也恢复了正常状况。从洪湖老家回到重庆两个月之后,他就不再比其他的孩子吃得更多了。但是这孩子有一种对东西的占有欲。他总想把尽可能多的东西弄到自己手里。阿姨在打扫清洁的时候,经常在某个角落里翻出发了霉的糕点、化成了糖稀的糖果或是干成了核的水果,那都是湘阳的杰作。他吃不了那些东西,但是只要他把它们藏起来,它们就是属于他的。连托儿所的老师都向乌云反映,湘阳的衣兜里每天都是鼓鼓囊囊的,而给小朋友发剩下的橘子苹果放在盆子里总是会不翼而飞。

乌云臊得不行,觉得脸都没地方放了。乌云把湘阳抱起来放在床上,在他面前蹲下来,看着那孩子的眼睛,认真地对他说,湘阳,你是妈的乖孩子,你以后要什么东西,就对妈说。家里什么都有,你一辈子也吃不完,你用不着拿别人的东西,也用不着把东西藏起来。你要听妈的话,好吗?

湘阳坐在那里,用他那双滴溜溜的小眼睛盯着乌云。他听完了她的话以后飞快地点了点头,表示他会听她的话。但是这一点儿用也没有,在那以后,湘阳依旧如故,把东西藏得到处都是。不知道在什么时候,阿姨就能在什么地方翻腾出一些零食来。它们就像一些地雷一样,让乌云和阿姨大伤脑筋,而湘阳则对四处建立他的宝藏洞乐此不疲。

乌云终于无法忍耐了,她在湘阳的屁股上狠狠地揍了几下,把他提拎到儿童室里坐下,然后把一大堆糖果点心堆到他面前,那些花花绿绿的零食差不多快要把那个可怜巴巴的小人儿埋起来了。乌云狠狠地对湘阳说,吃吧,让你吃个够!让你守着它们吃!看你还能把它们怎么样!

那孩子抬起一双惊恐的小眼睛，看着他的母亲，脸上浮现出一种痛改前非的样子。

乌云气呼呼地想，你还能怎么样呢？对一匹饿坏了的小马驹，你只能给它充足的饲料，让它敞开了吃、狠狠地吃。在满满当当的马槽前，它还有什么好害怕的呢？

但是这回乌云又错了。乌云到厨房里吩咐阿姨买些什么菜，又到客厅里去接了一个电话，然后回到儿童室去看湘阳怎么对付那些零食。她没有看见那些东西。仅仅几分钟的时间，那些足可以开一家儿童食品店的糖果糕点，竟然全都不翼而飞了。四岁的湘阳仍然坐在屋子当中，连窝都没挪一下，他手里捏着一小块桃片，正在慢条斯理地一小口一小口地品尝着。乌云疑惑地转来转去，到处翻找。她很快找到了那一大堆零食——它们有的在床下的鞋盒里，有的在五屉柜的背后，有的干脆在衣服里包着。乌云大惊失色，继而仰天长叹，唉，她究竟做错了什么？她怎么就生下了这么一个贪得无厌手脚通天的冤家来呢？

乌云把湘阳的这些事情告诉了关山林，试图引起关山林对孩子的重视。关山林听了以后哈哈大笑，笑得几乎喘不过气来。关山林用欣赏地口气说，狗日的，这小子倒是当侦察兵的料呢。乌云对关山林的这种说法颇有反感，心里想，难道你的那些侦察兵就是一些擅长打洞匿食的鼹鼠吗？但是乌云再往下想，又不得不承认关山林是对的，湘阳这孩子确实在某些方面有他自己的长处。他灵光、会看大人的眼色、敏感、忍耐性强。而且，他有目标性，知道自己要做些什么，并且怎么才能够做到。这一点，他的另几个兄妹不能比。

相比之下，让人操心最少的是老五湘月。湘月实在是一个知道疼怜父母的好闺女，在她两岁的时候，她就知道不给大人添麻烦是一个女儿家的本分。这一点她做得好极了，比如好好地洗脸刷牙，再比如夜里自己照顾起夜。正如人们看到的那样，湘月极像母亲,美目如杏、樱桃小嘴、脸蛋儿红扑扑的、皮肤有红有白。湘月的存在是关山林和乌云的一份快乐。但湘月从不以此争宠,安静得就像一块睡在深潭里的玉石,常常被人忽略了,一定要到大家都疲倦了的时候,或者都生着气的时候,才会想起她来。关家四子一女,无疑是男人的天下。一个男儿国就像一片战场,每一个雄心勃勃的士兵都在算计自己惊天动地的出击,他们随时随地都有可能发动一场战争,把世界搅得天无宁日,让乌云整天胆战心惊无从对付。可爱而又安静的小女儿就像一缕清新的风,她的存在是一件多么令人惬意的事情啊!乌云很少考虑湘月的事,但是乌云知道她在哪里自己的小女儿就在哪里,这就足够了。有时候,乌云觉得在这个家庭里,只有女儿才是真正明白她的,虽然女儿只有两岁,根本还弄不懂自己在想什么,但是她是明白自己的。

有时候家庭里的某个成员的重要性是让人难以估价的——你用不着说什么,用不着告诉她你的事,用不着去费心交流,甚至用不着知道她在干什么,但是你却知道她就在你的身边,在你的生活里,你就对生命充满了信心,你就不会轻易地放弃。这就是乌云对女儿湘月的想法。

在重庆沙坪坝区一个依山面江的院子里,关山林和乌云一家有了一栋不错的房子。那是一栋老式的青麻石砌成的二层楼房。过去它属于一位国民党的高级将领。房子隐藏在一大片樟树和夹竹桃之间,山墙上攀满了藤类植物,房子的前后有两个很大的院子,屋后的院子因为遮阳,长期荒芜了,在长满了青苔的石板路上,落满了金币似的枯树叶。院子前面有一个废弃的水池,喷口已经长出了一丛生机勃勃的剑草,一尊欧洲风格的大理石雕像站累了似的倒在池子边上,是个体形丰满的美人儿。池子里有一群无人打扰的蝌蚪,到了春天的时候,它们都乐意变成青蛙,但过不多久,那里又会重新出现一群蝌蚪。院子外面是一大片草地,草地在一年当中的大多数时间里都是青青的,由此做了孩子们最喜欢的游乐场所。有一条小路从这里一直通向山下的公路。黄昏的时候，乌云常常带着孩子们走出家，自己在草地上坐下来，看孩子们在山坡上玩耍。山下是化龙桥，红岩村坐落在半山腰上。对岸是江北，群山隐隐绰绰。嘉陵江从他们的脚下逶迤流过，江面上风帆点点，有时小火轮冒着黑烟突突地开来，鸣一声笛，两岸间就有很长时间的回音去去来来。孩子们在附近的草地上嬉闹，追过去又追过来。谁跌倒了，哭，其他的孩子不理他，那哭声一会儿就止住了，换成了笑声，一切仍然继续。天黑尽的时候，山城一片灯火，乌云就和孩子或静或动地坐着或站在那里，与那些童话一般的灯火遥遥相望。

这是关山林一家生活最安宁的一个时期。

乌云的单位离家不太远，交通也还方便。医院条件不错，用不着忙得昏天黑地，乌云有足够的时间来照料家庭。这是一个令人羡慕的大家庭，作为家庭主妇，乌云有太多的事情需要操持。家里一共有十口人，关山林和乌云夫妇俩，五个孩子，一个勤务兵和两个阿姨。勤务兵叫李部，十七八岁，河南信阳人，他负责家中的粗重活，以及家庭与外界的联系；人很腼腆，吃饭的时候总不肯上桌，躲得远远的。晚上没事了，李部就拿一支笛子，坐在后院的水池边吹《我是一个兵》，吹《毛主席的战士》，或者是《打靶归来》。反反复复就这几曲，有时换个新曲子，怎么吹也吹不好，还是变回来，继续吹《我是一个兵》，态度极认真。路阳读中学，京阳读小学，湘阳卜托儿所，只有会阳留在家里，什么也不读。路阳和京阳读的是西南军区八一子弟学校，是寄宿学校。湘阳的托儿所也是部队的，同样是寄宿，每周只回家一次，这样过去给每个孩子请的阿姨就交回组织上了。

带京阳的朱妈坚决要留下来，不肯让关山林和乌云把自己退回给组织上。朱妈在山东海城的哥哥不愿她待在家里，一定要把守寡的妹妹再嫁出去。可是朱妈对嫁人已经害怕了，她不想再和男人一起过日子,就是说她在山东老家不可能再待下去了。

要么你们留下我来,要么我出家做尼姑去。朱妈坚定地对乌云说。

朱妈是苦出身,是阶级同胞,我们干了几十年革命,怎么能让她去干封建迷信那一套呢? 关山林对乌云说。

朱妈确实是个尽心的阿姨,而且手脚麻利,又收拾得干净,所以,在考虑留谁下来照顾会阳和湘月的时候,乌云就选择了朱妈。朱妈对此感激不尽,她执意要把组织上给她的保姆费交给乌云。乌云当然不能收下。朱妈就急了,说,那你还是不把我当自家人。乌云给她细细地解释,说,组织上安排你到我家来,那也是一份革命工作,你看老关和我都从组织那里领了一份工资,你拿到的也是一份工资,你也是革命队伍中的一名光荣的工作人员呀。朱妈听了,就高高兴兴地把钱收了起来,说,也行,那我就存起来。我拿它们也没有什么用,存起来,日后给我京阳娶媳妇时花。朱妈最疼京阳,总是说我京阳我京阳的,弄得关山林醋兮兮地背后对乌云说,朱妈那口气,好像京阳不是你生的,而是她生的。

朱妈心地善良,但是朱妈和吴妈却搞不好,两个人总说不到一块儿去。吴妈是到重庆后新请的。吴妈不带孩子,管做饭、买菜和打扫房间。开始还加上洗一家人的衣服,朱妈热心快肠,帮她洗了几次,以后她就索性不洗了,让朱妈去洗。吴妈菜做得好,她做的川菜很合乌云的口味,而且她知道用东坡肘子这一类大油的菜去讨关山林的好。关山林总是在乌云面前夸吴妈,说她是他见到的最好的厨子。

吴妈解放前就在一个官员家干厨子,对官宅生涯很有经验。她深知要在这种家庭里取得信任和地位,最重要的是平衡男女主人的关系。男主人是一家之主,其重要性不可小瞧,他若说一声好,你就是躺上三天也没有人找你的碴;他若白你一眼,你就算累脱了皮也是劳而无功。女主人是家庭的内当家,别看人老说夫妻夫妻,把妻放在后面,其实这个说法,是指主外主内而言;主外当然是夫,主内就得靠妻了,以吴妈的经验看,没有一家大官的家里是丈夫管家的,他若一门心思都在家里,外面的事业如何做得大? 所以,在家中,仰着头的是男人,睁着眼的是女人,女人才是家庭中的真正主人。这样说就很难了,两厢都得讨好,到底讨好谁呢? 是一起讨好? 还是分别讨好? 是先讨好一个再讨好另一个? 还是讨好其中一个而放弃另一个? 都是犯难的事。别说夫妻之间再亲密也是有龃龉的,就算真有人间鸳鸯这一说,你一句话也奉承不上两个人呀。这就要靠经验了。其实说开了也不难。比方说一件事,饮食。在一个家里,讲吃的是男人,挑剔的是女人。女人的挑剔自有众多原因,你用不着和她费口舌费心计,她说什么你听着,不还嘴。听是白听,你只管冲着男主人的胃口去,你把男主人对付了,让他满意你,让他夸你,他的满意和夸奖对女人是一种制约,那是告诉女人,你别给我换人,你若换了个不如的,我就没有这份满意了。女主人当然是很精的,和男人一个炕上睡了这么些年,男人要的是什么她还能不知道? 食、色,性也,人之大欲。人之大欲其实就是男人之大欲。男人之大欲,又何况不是女人之大欲? 你把她男人侍候好了,你就算这个家里的大功臣了,你就得到这个家庭的信任和地位了。瞧,事情就这么简单。

吴妈对自己的经验很有把握。她出身城市贫民,一个大字不识,但她靠着日积月累不断完善的经验却征服了生活,即使在那些达官贵人面前,她的经验也从没有失效过。当然她不会把这些经验授之于人,包括朱妈在内。她们本来关系不错,吴妈比朱妈大几岁,四十五六了,一开始两个人还是很谈得来的,湘月睡了的时候朱妈也常帮吴妈做些事。吴妈很感激,朱妈还帮她洗一家人的衣服呢。但是吴妈有点儿不高兴的是朱妈老是往厨房跑,她跑当然是帮自己做事,可吴妈不喜欢别人进厨房。吴妈把厨房看做是她神圣的领地,那是她的,在她不高兴的时候别人不应该撞进来。你不是管带孩子吗？你就该呆在你的儿童室里，要不你干脆到前院的草地上去晒太阳。连乌云都意识到了吴妈这种怪癖，所以一般情况下她都不进厨房，只在厨房前的走廊里叫，吴妈，今晚老关回来吃饭，你给加两个菜。只有朱妈不知趣，这个没心眼的小寡妇老爱往厨房跑。

　　终于有一天，愣头愣脑撞进厨房的朱妈看见吴妈正在把几个松花蛋往自己的小布兜里装。吴妈有一个小布兜，有时候她那个给人挑水的老实丈夫来给她送东西，她就把换季的衣服装进这个小布兜让丈夫带回家去。朱妈看见吴妈往小布兜里装，当时两个人都愣了。吴妈后来解释说那些松花蛋太硬了，她打算拿它们去调换。她不是管买菜吗？朱妈可不相信这一套，她想起有一次她看见吴妈一边切烧腊一边把肉片往嘴里送，那次吴妈解释说她是看看肉卤透了没有。两个人吵了一架，从此互为敌人。吴妈倒是满不在乎，七十二行，厨师先尝，哪个厨子是饱在饭桌上的？再说，你没抓住我，你凭什么说我往家里带东西？新社会了，做佣人也不兴白受冤枉气。生气的是朱妈。朱妈把关家视为自己的家，她是这个家庭中的一分子，她得护卫这个家庭的利益，她不能容忍吃里扒外。可惜朱妈口齿不如吴妈伶俐，山东话，语调硬，绕不过抑扬顿挫的重庆话，吵架是吵不赢的，想把这事告诉乌云吧，又没有拿到切实证据，事关人名誉大节的事，能凭口空说吗？朱妈想得掉头发，终究没想出办法来，还是没说，从此却把目光磨亮了，时时刻刻提高着警惕，要捉吴妈个正着。一个是胸有成竹的老鼠，一个是忠心耿耿的猫，吴妈和朱妈俩就是这种不共戴天的关系，好不了。

　　乌云不知道两个阿姨之间的龃龉。乌云有自己的日子。乌云的日子细碎，一日复一日，但并非没有变化。

　　有一天，乌云接到工厂门卫打来的电话，说有个熟人来找她，正等在厂门口。乌云当时正在主持一个党务会，她问门岗那人叫什么名字。门岗放下电话出去了,一会儿又回来,在电话里说出来一个名字。乌云听了以后半天没有做声,然后她说,你让她等着。乌云让人家等着,并不起身,接着开会,但精力已不集中了,人坐在那里,老是发呆。党委副书记胡祥年也是位转业军人,干过侦察兵,他看出乌云心里有事,便凑过头来小声对乌云说,你要有事先办去,会我来主持。乌云摆了摆手说,没事,只是一个熟人,她会等在那里的。

党务会开了近两个钟头才结束,乌云抱着本子材料往自己的办公室走,进了办公室,她把笔记本锁进抽屉里,把材料归档,接下来她又把它们都重新拿出来,重新摊在桌上。她拿起暖瓶来给自己的杯子续水。她不喝茶,这些年她一直喝白开水。她捧起水杯来喝了一口,水温温的没滋没味。她想其实她并不渴,她用不着喝那口水的。做完这一些事情后,她不知道还能做什么,站起来,没有目的地走出办公室。

路过胡祥年的办公室时,乌云走了进去。胡祥年在听一个党委委员的汇报。胡祥年是个大个子,黑黑的连腮胡,红红的脸膛,块头大却一点儿也不笨重。他为人热情,爱开玩笑,一肚子的滑稽故事。乌云站在那里,有些发傻。胡祥年看见了,就笑了笑,冲她挥了挥手,说,老黄找我汇报,不找你,一会儿才是你的事儿。乌云也咧嘴笑了一下,转身走出胡祥年的办公室,这次没回自己的办公室,下了楼,慢慢朝厂大门走去。

工厂有好几个大门。厂区很宽,汽车绕着厂区开得用半个钟头,但医院离大门很近,门卫又在电话里说明了是哪个大门,不用绕道,乌云几步路就走到了。

白淑芬在值班室里等了两个多钟头,等得已经十分焦急了。她比过去更胖了,脸上已经看得出有松弛的肉,烫了头,穿一件双排扣列宁装,是时下女干部的时髦打扮。乌云走进值班室的时候,白淑芬有点儿紧张地从座位上站起来。两个人互相对视着,默默地，一时没有话。

乌云对面前的这个人充满了厌恶和仇恨。她一点儿也不想委屈自己说她不憎恨她。她们同学一场，战友一场，经历中有血有汗，但她们一点儿友谊也没有了。有一个门卫走进值班室，他看乌云和白淑花都站在那里不说话，就问，乌书记，你认识她吗？乌云点了点头。门卫拿了一样什么东西，出去了。白淑芬咽了一口唾沫，紧张地坐下。看得出来，她很羞愧，很难过，她是下了很大决心才坐下去的，她在战胜它们，她干了她不该干的事但至少她有勇气来面对它们。乌云却没有半点想迎合这位昔日的班长和所长的意思，她就那么站着，眼睛一眨不眨地看着对方。

后来还是白淑芬先开了口。白淑芬说，乌云，你还好吗？

乌云没有说话，心里有一种忍不住要抽身走开的强烈念头。

白淑芬把目光移开，看着地上的阳光。阳光在那里痉挛了一下，很快地跳了一格。白淑芬很吃力地开口说，我是从军转办知道你在这儿的。我想试一试，看能不能找到你。

乌云有些累了。她觉得自己再也支持不下去了。她想这个时候她要是离开一定会使自己松一口气的。她几乎已经准备转身走出门去了。但是白淑芬下面的话阻止住了她。

白淑芬说，我本来不该来的。我知道我不该来。可是德米有一封信在我这里，我想我应该把它交给你。

乌云脱口而出，德米？是德米吗？她在哪儿？信在哪儿？

白淑芬说，她在刚果。是非洲的一个国家。她爱人在那里当武官。半年前她打听到我的地址，给我写了一封信，信中夹有给你的一封信。白淑芬看出乌云是真的有些激动。她是急切地想要得到那封信。白淑芬自己也有些激动了。她从衣兜里拿出那封信，交给乌云。在交信接信的时候她们的手碰到了一起。乌云下意识地往回缩了一下，心里有一种很强烈的厌恶感。这一点儿白淑芬也感觉到了。白淑芬有些发窘，很抱歉地往回退了两步。

乌云拿到了那封信。她在信皮上一下子就认出了德米的笔迹。德米的字不像她人那么忧郁,女人味很浓的德米写的字却像男人,风吹似的往一边倒。乌云过去总爱和德米开玩笑,说,德米你这么歪着倒着,你想谁来扶你呀?德米说,我不拐不瘸,我要谁来扶呀?乌云说,你瞧你的字,红花无骨,娇滴滴的,不是想人来扶,又是什么?德米就还嘴说,乌云,你连婆家都没找下,你说这话臊不臊?乌云先没听懂,后来明白过来,就奔过去胳肢德米,两个人滚在床上格格地笑,闹得在一边咬着笔杆愁眉苦脸背拉丁文的白淑芬抢白她们说,一对疯丫头,你们还让人背书不背?

那是一个多么好的年代!乌云站在传达室里,不禁想起了那个年代,想起了东北,想起了拉丁文考试和冬天的小泥炉。在朔风呼呼的冬天,她和德米一边考对方的配剂公式一边互相暖着手,她们在炕上盘着腿,就像一对亲姐妹那样说着悄悄话。乌云想到这些不由红了眼圈。

白淑芬看出乌云受了感染。白淑芬干巴巴地说,信我没拆。我知道我不该拆。就算找不到你我也不会拆的。

乌云也不会拆,不会当着这个人的面去拆那封写给她的信。乌云把信收起来,抬起眼看着白淑芬说,你找我,还有别的事情吗?

白淑芬张了张嘴,样子很困难。她知道乌云希望听到她说什么。白淑芬说,没有了。

乌云先走出值班室。白淑芬跟了出来。她们没有说道别的话。很明显她们不会有什么再见的。乌云还是勉强自己站在那里,看着白淑芬低着头匆匆走出工厂的大门,消失在围墙的拐角处。她才四十岁吧,怎么就变得这么臃肿了?乌云这么想着,她转过身,快步往医院走去。

乌云:你好。

　　路过沈阳的时候我从过去东北药科专门学校的一位同学那里知道你和班长在一个部门工作过,我真为你们高兴!你们现在还在一起吗？可惜我必须尽快赶到北京。我丈夫在那里等着我。我们要赶乘17日的飞机去香港，然后飞刚果。错过了这趟航班又得等半个月，那就误事了。要不是这样，我一定会去找你们的。

1949年我从四野调回内蒙。那是我的故乡，也是你的故乡。组织上要我回去充实那里的干部队伍。我在那里认识了我现在的爱人并嫁给了他。他叫葛长林，是汉族人，1937年参加革命的。瞧，我们有多少共同之处。我们都是蒙族人，爱人却是汉族人，都是老革命，而且他们的名字中都有一个林字。

你的事是别人告诉我的。我真为你感到高兴！在学校的时候我就喜欢你。也许我不太善于表达，但我是把你当成我的妹妹的。你的每一次进步都令我由衷地高兴。你美丽、活泼、开朗、善良，那么纯洁又那么质朴。我知道你日后会遇到一个好丈夫的。我真是这么想的。现在这一切都实现了，我都差点儿为你流泪了。

老葛是1953年调到北京的。我们现在已经有两个孩子了。大的叫葛八一，是个男孩，今年十岁。小的叫葛胜利，是个女孩，今年六岁。他们都很活泼。老葛是个好丈夫。他很疼我。他比我大九岁。他说他是我的八路哥哥。他总这么开玩笑，让我很快乐。只有一点儿不好，他抽烟抽得太厉害。连周总理都批评他，说他要再不戒烟，就罚他脱军装。老葛那一次真的吓得不轻。但这个人阳奉阴违，当面不抽，躲到背后抽，而且变本加厉。现在他每天抽两盒牡丹，我简直拿他一点儿办法也没有。

我现在已经转业了，分到外交部做干部工作。老葛这次去刚果赴任，组织上要我照顾他，协助他的工作，在使馆里做参赞。我刚从内蒙探亲回来。我对刚果的情况一点儿也不熟悉。听老葛说那个国家曾经是古代刚果王国的一部分，十九世纪八十年代后，法国殖民主义者把它划为自己的殖民地，在刚果人民的英勇斗争下，于1960年8月15日宣告独立。刚果的人民对中国人民十分友好,他们非常理解和支持中国人民的社会主义革命和社会主义建设,一年之前我们刚刚和他们建了交。但是老葛又吓唬我说,刚果人很热情,他们见了男人要拥抱,见了女人要亲吻,不管谁的老婆,他们都亲。开始我真的给吓住了。除了老葛,我还从来没有让别的男人亲过,我觉得这挺臊得慌。你想想,你的男人站在一边,一个陌生男人过来搂着你亲嘴,那让人脸往哪里放? 老葛说那是人家的礼节,你得尊重人家。后来我才知道老葛那是开我的玩笑。他这个人,你真的拿他一点儿办法也没有。

乌云,你和咱们班长在一个单位工作过,我真是羡慕你们。想当初我们三个人亲如姊妹,那种日子我一辈子都忘不了。我不知道你现在的工作单位,所以托班长转这封信。我很想念你们,真的很想念。你能给我写信吗? 我的地址是:刚果共和国布拉柴维尔中华人民共和国领使馆。

来信告诉我你的情况。顺致

革命敬礼

德 米

1965 年 2 月 15 日

乌云那天晚上在灯下读着德米的信。她的嗓子一直哽噎着,许多往事都涌入了脑海。

十八年了,乌云已经从一个单纯的少女变成了一个历尽沧桑的中年妇女,差不多已经忘记了过去岁月的那一段生活,但是德米的一封信却唤醒了她的记忆。想想在东北药科专门学校读书的那段时光,那时她是一名十八岁什么也不懂的女战士,整天忙忙碌碌地学文化、学知识、尽情地唱歌,无忧无虑。她有多久没有唱歌了呢? 现在又有多少人知道她曾经是一只自由自在的百灵鸟呢? 还有东北暖呼呼的土炕,白皑皑的大雪,她们一群女学生在屋檐下乐哈哈地抢冰挂吃。牡丹江在一整个冬天都像银色的大路,她们在那上面追逐的时候不断地滑倒。她怎么就记不起来这些了？有一回白淑芬病了,来例假的时候小腹疼得如刀绞,抱着肚子在床上滚来滚去,把她和德米吓坏了。她和德米眼泪巴巴地安慰白淑芬。白淑芬叫她们替她疼,要么就滚蛋,别来烦她。她和德米不知所措地跑出去。聪明的德米想了一个办法。她们到街上买来了糖葫芦。她们人不敢露面,把糖葫芦伸进门里招摇。躺在床上哎哟哎哟呻唤的白淑芬一看见颤悠悠的红果,立刻停下呻吟,从床上一蹦而起,奔过来抢那酸果子,吓得她们丢掉糖葫芦撒腿就跑。这些她真的就忘了吗？

乌云那天晚上坐在灯下,很晚都没有睡。德米的那封信使她不愿离开灯光橘黄色的温暖,以及温暖后面源源不断涌来的往事。她听见隔壁儿童室里朱妈把湘阳哄起来尿尿的声音。朱妈的口哨吹得悠悠扬扬,湘阳的滋尿声漫长而响亮。窗外在下雾,从嘉陵江上涌来的雾使黑色的夜呈出一种绿幽幽的沉静。乌云就那么捏着德米的信坐在那里,脸上浮现着若有若无的微笑,脑子里满是十八岁的往事。

几天之后,白淑芬再度找到了乌云。因为有了德米的那封信,乌云已经不再有那么多的仇恨了。她把白淑芬领进自己的办公室,给白淑芬倒水。白淑芬从乌云手中接过茶杯的时候诚惶诚恐,差点儿没把水杯倾翻。

她们坐下来,说了几句不相干的话。乌云突然问道,你现在还那么喜欢吃糖葫芦吗？

乌云一句话,说得白淑芬的眼泪夺眶而出。白淑芬呜呜地哭着说,乌云我对不起你,那个时候我都做了些什么事呀！白淑芬呜呜地哭着说,这么多年了我一直不能原谅自己,我多么想有机会当面向你道歉呀！

乌云不想提到这件事。它让她想起那只在干冷的空气中颤抖着的小手,和那乌紫的颜色时时给她带来的噩梦。乌云想,对方要是聪明一点儿的话就最好忘掉这一切,至少别由她来提起。难道她还觉得不够吗?还要在她旧日的永远的伤口上撒盐吗?

但是乌云还是强迫自己原谅了白淑芬。为了德米,她必须这么做,这当然是最好的理由。乌云把话题引开。她们除了这个之外还有更多的话题。她们可以谈东北,谈1947年或者是1948年,谈东北药科专门学校或者是东北护士学校,谈德米。这才是她们最好的话题。在这些话题中她们可以找回很多她们失落了的东西。也许她们不能缝合什么但却能彼此宽宥。乌云这个时候才想起,几天前她们没有道别,但是她们还是再见了,难道这就是她们的缘分吗?她认真地打量了一下白淑芬。她当她的班长的时候热情待人,快人快语,但她现在明显有了很多压抑。她那个时候健壮、精神、整天不知疲倦,现在她显得那么萎靡不振、情绪低落。她的白白的脸上长着一些多余的赘肉,眼袋松弛,眉梢下塌,那是长期心绪不畅带来的后果。她坐在那里的样子拘谨极了,仿佛就是一个不知所措的小学生。

乌云开始同情起白淑芬来了。她问起白淑芬的情况。白淑芬告诉她,关山林和乌云调离空干校不久后,她和丈夫也调离了那里。他们先在东北的一个军事部门工作,又调到空9军。她的丈夫在那里被授予上校军衔,负责军事训练工作,她自己仍被分配到卫生部门做党务工作。1958年北京军委扩大会议之后,她的丈夫因犯有严重的教条主义治军错误受到了严厉的批判,并受到降职降级的处分,此后他一直做一些无关紧要的工作。他本来就很内向,这件事使他的胃病越发严重了,他们不得不把他的胃切去了三分之一。1962年他试图要求组织上为他的事平反。甄别工作进行了一年,本来已经得到了平反的承诺,但他这个人性格孤僻,同志之间的关系处理得不好,在征求意见的时候,他身边的人都不表态,而他过去的上级几乎没有一个喜欢他的,不肯替他说话。他气得不得了，一急之下，拿着手枪跑到干部部门，威胁人说他要以自裁来证明自己的清白。他太愚蠢了，军队本来就是制造死亡的地方，一支手枪能把军队怎么样？干部部门根本不理睬他这一套，两天后处理意见下来了，这一次一竿子撸到底，责令他转业回原籍。他的原籍是重庆。他回重庆她当然也得跟着他一道走。他们毕竟是夫妻。这种情况下她不可能再留在部队，只能脱去了军装。在重庆军转办联系转业单位的时候，她偶然得知乌云也在重庆。她手上有一封乌云的信，这样她就找来了。

乌云听罢白淑芬的叙述后长久不做声。她没有想到白淑芬的爱人会有这么坎坷的经历。他为什么不耐心地向组织陈述呢？他完全应该相信组织上的最后决断而不必鲁莽地使用那支手枪。她真为这位性格内向的军人感到难过。当然，她也替白淑芬难过。

乌云关切地问白淑芬，你爱人在重庆还有家人吗？

白淑芬擦了一把方才流淌出的眼泪，说，有，他的父母都健在，还有一个妹妹，在重庆大学当老师。

乌云问，你们住在哪儿？

白淑芬说，目前我们俩都没有找到转业单位，没有住房，暂时住在他家里。他和他父亲睡一间房，我和他母亲、妹妹睡一间房。

乌云说，那你们的孩子呢？——我是说，你们有孩子了吧？

白淑芬像是要证明什么似的抢着说，我们有一个孩子，是个女孩，叫余丽，已经三岁了，长得很可爱。过了一会儿，白淑芬又情绪低落地补充了一句，孩子不是我生的，是我们从孤儿院抱养的。我们做了检查，我没有生育能力。

乌云受了感染。她为白淑芬难过极了。一个女人，她的丈夫犯了错误，失去了前程，她本人又没有生育，还有什么比这更凄凉的呢？乌云想她真不该提这件事，也许她可以换个话题。

乌云问，那你以后打算怎么办呢？

白淑芬埋着头不说话，灰心丧气到了极点，然后她开口道，乌云,我说实话,我就是为这事来找你的。现在转业干部太多,不像前两年那么吃香。我爱人出了这种事儿,组织上又不太愿意积极出面,我在军转办已经碰过十几次钉子了,一直没有着落。有一次他们要我去消防局的水上打捞站工作。也许你从没听说过这样的单位,那是从长江嘉陵江里往上打捞淹死的尸体的。我都同意了。总不能老这么吊着吧? 可到了最后人家又不要我了,说一个女同志他们不好安排,就算他们愿意让一个四十岁的女同志背着尸体从江边往坡上爬,可为了节省衣服,他们在回水沱子里打捞尸体时都是光着身子的,他们总不能因为我而把衣服穿得严严实实的吧。军转办的人对我说,实在不是他们不做工作,客观条件就是这样了。他们要我自己联系单位,联系上了,他们就给办手续。乌云,我是实在没有办法了,我若是有一点儿办法也不会来找你。我知道我不该来找你,我不配,可我们毕竟同学一场,战友一场。我知道你一向待人好,你一定会帮助我的。

白淑芬说着,眼泪又流下来了,弄得一塌糊涂,满脸都是水迹。

乌云没有想到白淑芬的遭遇会是这样的。她被她的遭遇感动了。可是,她没有想到白淑芬会提出让她来帮助她联系单位。她帮助她调进161厂吗? 她们又在一个单位工作吗? 这个念头闪现出来的一瞬间就被她赶走了。她像是看见了蛇似的身上顿时起了鸡皮疙瘩。不,这个她不干,说什么也不干! 也许她倒是可以想想别的办法,比如让自己的丈夫想想办法。他在本市军界上层工作,接触的人多,会有办法的。可是老关他愿意吗? 他知道1952年那件事。他对那件事耿耿于怀。他见到白淑芬不把她活撕了才算怪事。这条路行不通。

白淑芬看着乌云。她的眼睛里透露出一种可怜巴巴的神色。那是一个走投无路的人的目光。乌云受不了这个。她心绪烦乱地站起身来,给白淑芬续水。水杯是满的,白淑芬根本没动。白淑芬不需要喝水,她需要的是工作。乌云无所作为地放下暖水瓶,重新回到桌后坐下。她想到了关山林。他也在1958年军委扩大会后受到过处分,和白淑芬的丈夫一样。她想到1947年,她在东北药科专门学校加入中国新民主主义青年团时,白淑芬是怎样涨红着脸带头拼命鼓掌,并且激动地把她搂进怀里。她还想到了德米。知道你和班长在一个部门工作过,我真为你们高兴!你们现在还在一起吗?乌云被自己的念头瓦解了。她像一只飞过了太远的路程突然发觉了旧日伙伴的大雁,坚强的翅膀骤然耷拉下来,笔直地往下坠落,往旧情的湖水里坠落。她坐在那里,显得那么的无力。桌上有一片纸被窗外吹来的风掀动了。她把那页纸按住,手在上面胡乱划着什么。她的眼睛盯着桌面。她不敢抬起头来。她知道一旦她看到那张一塌糊涂的脸,她的所有勇气就会消失,她就会放弃坠落。

乌云就那么固执地低着头,不看白淑芬,轻轻地说,好吧,我试试。我不敢保证,但我尽量试试。

乌云开始为白淑芬的工作问题四处奔波。一旦介入,乌云就不像她说的那样,只是试一试。她要把她承诺给人的事情做成,这就是她的性格。她才不是那种做事不负责任的人呢。

乌云在161厂的人缘相当好。她是厂里的中层干部,和厂领导熟,和各职能部门的头头关系处得也很融洽。当然也有不少困难,但干什么事情又没有困难呢?干革命不就是冲着困难去的吗?

事情开始有了些眉目。厂党委书记老黄对乌云说,乌云你推荐的同志我是相信的,就凭你这样的好同志,我能不相信吗?乌云很高兴,不光是为黄书记的信任,也是为白淑芬的好运。可是干部部门去军转办看档案,却看出了犹豫。问题还是出在白淑芬爱人的身上。161厂是军工厂,人事要求严格,不是随便什么人都可以进的。一个拿着手枪往干部部门冲的人,他的配偶怎么可以往厂里收呢?要是下一次他再想不通,开了厂里生产的新式水陆两栖坦克往干部部门冲,干部部门拿什么来拦他呢?

　　白淑芬三天两头往乌云这里跑,催问工作调动的事。乌云说,你别急,这种事不像蒸馒头,一气就能蒸熟的,得紧柴慢火一步步地来。乌云这么安慰白淑芬,自己却急出了一头的汗,好像跑的不是白淑芬的事,而是她自己的事。乌云去找干部处的周处长,说,老周你是怎么回事儿?你打算磨我呀?周处长说,乌云不是我磨你,你那个战友的事,问题有些复杂。乌云说,什么复杂?不就是她丈夫受过处分吗?她丈夫受处分是她丈夫的事儿,你怎么能瞎搞连带?还讲不讲党的政策?再说,我们老关不也受过处分吗?周处长说,你不同,你们老关也不同。你们是党的优秀儿女。乌云说,老周你别拿糖稀来糊我的嘴,你知道我不稀罕这个。周处长说,关键是怎么安置她。厂里中层干部超员一大批,还打算弄出一些来支援别的厂呢。你那战友转业前的军衔是少校,我要分她去总装车间滚滑筒,你不又得批评我不讲党的政策了?乌云说,这个好办,这个你早该说出来。不就是没地方安排人吗?我们医院工会主席老鲁刚调去市里,正愁没人抓工会工作,你把她安排在医院工会好了。周处长说,行,这事我们再议一议。乌云说,老周你又来这一套,你以为我不了解你呀?你都练油了。我实话告诉你,你要不立马把白淑芬的事儿给我解决了,下回你犯病,我就给我的大夫说,小病给你拉一刀,大病动刀不给你使麻药,疼死你。周处长笑着告饶道,乌云乌云你饶了我,你知道我一身的毛病,除了心肝好哪儿都不好,少不了去你们医院受罪。你积点儿德,手下留情,我这就给你办,还不成吗?乌云也笑,说,你们这种人,就是要给你们点儿颜色看看,要不光磕头也磕死了。周处长十分同意乌云的这个看法,深有感慨地说,要不毛主席说,革命不是请客吃饭,革命是暴力呢。

　　离乌云和白淑芬再度见面不到一个月的时间,白淑芬的工作问题解决了。白淑芬调进了161厂职工医院,成了职工医院的工会主席。为此白淑芬热泪盈眶,对党的恩情感激不尽。在欢迎白淑芬的干部会上,白淑芬情绪激动地唱了《义勇军进行曲》。她抹着眼泪大声地唱道,前进前进前进进!

会后女工委员带白淑芬去看医院的活动室,会议室里没有别的人。胡祥年走到乌云身边,一点儿也不掩饰地告诉乌云,他不太喜欢这位新任的工会主席,看得出来,这个新来的工会主席心里有一种很深的抱怨和仇恨,即使在她唱《义勇军进行曲》的时候,她也在心里发着狠。

然而,乌云并没有把胡祥年的话听进去。这个时候,她还沉浸在昔日的同学和战友的歌声里。她被白淑芬的歌声弄得很激动,久久不能自拔。

第25章　德米来信

乌云,我亲爱的战友:

收到你的信我是多么的高兴呀!我坐在非洲西海岸7月的阳光下读你的信,心里却沐浴着一阵阵凉爽的风。你的信写得多么好啊!有好几次我都流下了眼泪。我在心里想,你还是我熟悉的同志和战友,你还是我最牵挂的好妹妹,你永远是那么的出色、美丽和充满圣洁!我把这个念头急不可耐地告诉了老葛。老葛比我还要急不可耐。他要我详详细细地告诉他你的一切,要我给他找你的照片。可惜我们在东北照的那张相片我存放在北京的家中了,对此老葛非常失望。乌云,你能给我寄一张照片来吗?要你们全家合影的。当然我会考虑是不是给老葛看你的照片。我决定还是不给他看为好。要是给他看了照片中的你,一定会大惊小怪地叫道,上当了上当了,早知道你这位同学长得这么漂亮,我当初该追她才对。那我怎么办?留在这里改嫁给一位酋长?我可不愿冒这个险(这是开玩笑的话。

跟老葛这人生活久了,你没办法不学会玩笑。他总能像感冒一样地传染你)。

从你的来信中知道了你和你全家人的情况。我真是为你们一家人感到高兴。老关他是一个多么优秀的军人。孩子们又那么有出息。这是多么好啊!只有一点儿我不明白,你是怎么生下那么一大群孩子的?这是乌云吗?是那个性情如水、活泼单纯、美丽安静得像公主、一见生人就脸红的小乌云吗?她自己就是个孩子呢。天哪,她是怎么做到这一切的?还记得在东北药科专门学校的事吗?有一次,我们俩躲在被窝里拉呱私房话,我们脸烧心跳地说到日后的那个人。你说你是决不嫁的,要嫁你就嫁军人,跟着他走南闯北,横枪跃马。这一点儿你做到了。你说你要跟那个人死活相守,至死不渝。你说的是你们俩,就你们俩,你没说有别的人。可现在你们身后却跟上了一大群活蹦乱跳的小马驹,这让我想都不敢想,我真是羡慕死你了。不光我羡慕,连老葛也羡慕。老葛愤愤不平地对我说,你瞧人家姓关的那个福气。他不依不饶地说,德米你得给我再生几个,就算没有人家小乌的能耐,咱们总得再闹上一两个,咱们总不能太落后了吧?老葛他真的在跃跃欲试呢,这弄得我整天提心吊胆的。我才三十九岁,还能生,老葛他也雄心不老,宝刀仍在,我担心他真会借着这个机会把我的肚子再弄大。两个孩子就闹得我精疲力尽了,我可不想再生了。

会阳怎么会这样?他怎么会出这样的事?怀他的时候你吃过磺胺类的药吗?还是受了什么刺激?乌云,我真的为你和这孩子难过,真的!上海的医生如果对会阳的病拿不出好的治疗办法,你就带孩子到北京去。现在全国最好的医生都聚集在北京,我给北京的同事写封信去,要他们帮你先联系一下。

老葛要我对你说,我们革命了那么多年,不能让孩子们再受罪。

顺致

革命敬礼

战友:德米

1965 年 8 月 17 日

乌云,好妹妹:

　　接到你10月7日的来信。我陪老葛去南部参加了一次军方的外事活动,刚回来。这回我可体会到了非洲的厉害了。这里的太阳简直不是太阳,而是火炉,它能直接把你烤成北京烤鸭。看看我寄给你的这张我在黑角港拍的照片,你就知道非洲人皮肤黑是完全有道理的。有好几次我都差点儿晕倒在军事表演的观礼台上了,要不是老葛悄悄对我说,想想在北京的八一和胜利,我想我就回不到布拉柴维尔来了。

　　我真高兴你和咱们班长又在一个单位工作了,这对我来说是一个多么好的消息呀!你们真让人羡慕死了!为什么总是你们俩,而没有我呢?我不知道该高兴还是该难过,因为你们俩从来就不管我。老葛嘲笑我,说我是一只孤飞的大雁,在他身边养不住,迟早有一天会归群的,弄得他赔了夫人又折兵。我对他的这个玩笑倒是真的动了心。乌云,你说说,我们三个人有没有可能再在一处相聚呢?我真的盼望这一天。你说会有这一天吗?

　　看到了你寄来的照片,我没有想到你变化这么大。从照片上看出你很疲惫。你没有笑。你的笑容呢?过去你可是最爱笑的呀?哪怕现在我一闭上眼睛,也能听到你动人的笑声。你的工作就那么累吗?

　　从照片上看得出你有一个非常美满的家。老关的样子威风凛凛,比我想象的还要高大。老葛看了照片说,难怪他能把乌云搞到手,就冲这家伙骨子里那副自信,我也得服气。那个又高大又漂亮的小伙子一定是路阳。天哪,他都超过你一个头了。乌云你从哪儿弄来这么大个儿子的?路阳旁边的那个孩子大概就是会阳吧?而那个长得像个俊秀闺女的,我想他是京阳。这孩子身上有一种艺术气质,你是想让他做个音乐家呢,还是让他做诗人?这两种我都喜欢,但我更喜欢诗人。还记得马雅可夫斯基的那首《诗和炸弹》吗?"诗就是炸弹和旗帜/可以唤起一个阶级"。写得多好啊。我看我们还是决定下来,就叫京阳做个革命的诗人好了。那个灵头灵脑站在你身边的,他要不是湘阳才怪。这孩子身上没有你们俩的影子,至少我看不出来。他那双不大的眼睛里有一种令人心里咯噔的东西,我觉得那是一种智慧,可他不是才只五岁吗?这点儿我没有把握。我有点儿迷惑。湘月是我见到的最漂亮的小姑娘了。她像你。她的五官和眼神全都像极了。她在你怀里依偎着的样子真是一幅美丽的图画。哈,这回我可知道你小的时候长得什么样了!

有一件事我得快点儿告诉你,否则一会儿我会忘记了。我在外交部的同事给我回了信,他已经在北京精神病医院为会阳联系了一个好大夫。这位大夫是从德国留学回国的,很有名。他现在正在为几个中央首长的孩子治病。他答应看看会阳的病。你先和我这位同事联系一下,然后尽快把会阳带到北京去。我这位同事叫周雷,通讯地址是外交部专家局。记住,立刻给他去信,立刻!

给你写这封信的同时我也给班长写了一封信。我托她好好照顾你。别看你现在是五个孩子的母亲,又是咱班长的领导,可我知道你,关键的时候,你还得人来照顾。我这么说你可别不高兴。我不想袒护你的缺点。我就这么说了,谁叫你是我的妹妹呢?

致以革命的敬礼

德　米

1965 年 10 月 15 日

乌云,我日夜思念的战友:

我陪老葛去了一趟开罗。寄一张我们俩在金字塔前照的相给你以作留念。

老葛这次在埃及差点儿出了事儿。他乘坐的车翻到路边的山沟里了,司机当场死亡,老葛命大,只擦伤了额头和胳膊,还掉了三颗牙,是门牙。我知道这件事后差点儿晕了过去,现在想起心还怦怦跳呢。老葛还开玩笑,说司机想和路边的毛驴赌气赛跑,可他跑得太快了一点儿。他这人就是这样,一点儿也不接受教训。我没心思和他开这种玩笑。我都快吓死了。

周雷来信了,说收到了你的信。你要快点儿把手头的工作安排一下,尽快带会阳去北京治病。

　　没有接到你的信,你在干什么?老葛说他现在不想见到你,要见就等他镶好牙再见,他不想给你留下一个难看的印象。他让我告诉你他的牙是摔掉的,不是吃糖烂掉的。(这段话是我在给你写信时他要我一定加上的。他现在就在我身边,像个特务似的走来走去,我不写上这话他不会离开。)

　　致以革命的敬礼

德　米
1966 年 2 月 27 日

乌云:

　　你是怎么回事?我都给你写了四封信了,你为什么一封信也不回?你这个样子真让我生气。我可不想听你说工作忙呀家里事情多呀孩子闹人呀什么的。你别给我说这些,说这些我不爱听。我只要你给我回信,哪怕简单一点儿也行。你就写,德米,我想念你。就这我就满足了。

　　快给我写信,要不我可真生气了!周雷说你一直没带会阳进京。你这个不称职的母亲,我已经开始生气了!

　　致以革命的敬礼

挂念你的德米
1966 年 4 月 7 日

乌云:

　　没有你的消息。

　　你到底是怎么了?

　　出了什么事?

　　…………

德　米
1966 年 6 月 6 日

第 26 章 软　禁

1965年底,上海。

入冬之后始终没有下雨。天气干冷干冷的,让人觉得干燥的风是一把火,吹得人脸上老是有一种火灼的感觉。闸北那一带接连出了几场车祸,交通部门调查原因,发现因为天气太冷,有两个司机将一只手插在裤兜里保暖,只用一只手开车。交通部门立刻发出紧急通知,警告说如果再有用一只手开车肇事的,就对肇事的司机以故意伤害罪论处。交通部门的通知让所有的司机都紧张起来,再也没有人敢在开车的时候把手揣进裤兜里了,可这一点儿也没有让干冷的天气变得暖和起来。

就在交通部门忙着召开宣传交通安全常识会议的时候,另一个会议也在上海召开着,那是中共中央政治局常委扩大会议。由毛泽东亲自主持的这个会议,中心议题是处理罗瑞卿的问题。会议召开的前三天,毛泽东就在一份报告上就罗瑞卿问题做了如下批示:那些不相信突出政治,对于突出政治表示阳奉阴违,而自己另外散布一套折中主义(即机会主义)的人们,大家应当有所警惕。

政治局常委紧急扩大会遵照毛泽东的批示,揭发批判了罗瑞卿反党篡军的罪行。国防部长林彪的老婆叶群出席了这个会议,这个连中央委员都不是、军衔只是上校、被人戏称为浑身上下都是假的女人在会上竟然做了最有分量的发言。她说,罗瑞卿掌握了军队大权,一旦出事,损失太大。她说,罗瑞卿的个人主义已经发展到野心家的地步,就是林彪同志把国防部长让给他,他也不能满足。他当了国防部长又会要求更高的地位,这是无底洞。

总书记邓小平开始一直坐在一边吸着烟,什么话也不说。他厌恶这个女人,厌恶得吸烟都不香。不就是因为罗长子没给她一个大校的军衔,她才公报私怨吗? 邓小平最后忍不住了,在抽完第五支烟后他要求发言,为罗瑞卿申辩。但是这立刻招来空军司令员吴法宪、海军副司令员李作鹏等军方高级将领的攻击。

会议的第八天,林彪代表党中央宣布撤销罗瑞卿中共中央书记处书记、国务院副总理、公安部部长、国防部副部长、中国人民解放军总参谋长、中央军委秘书长、国防委员会副主席等一切职务,由杨成武代总参谋长。

据熟悉情况的人后来说,中央上海会议开得很热烈,不服气的人不少,落井下石的人也不少。不过,直到来年春天,上海的天气仍然干冷干冷的,没有一丝暖意,可见高层会议并不是灵丹妙药,不能解决冬天带来的问题。

1966 年春天,关山林被紧急召至北京。一下飞机,一辆黑色的伏尔加小轿车就将他接到西苑的一个戒备森严的大院里。这是总参下辖的一个研究所,涉及的课题与一战、二战、当前国际局势、今后可能发生的世界大战有关。门岗有两道,进出的车辆人等都要经过严格的身份检查。

伏尔加在第二道门岗稍作停留时,关山林看了看门口那个脸蛋儿红扑扑的持枪小战士。关山林觉得小战士那副严肃的样子十分有趣。坐在关山林身边那位去机场接他的青年军官见关山林朝外面看,顺手将车窗上的窗帘拉拢了,分明是不想让关山林看到什么。关山林有些生气,心想,老子在总参工作的时候,你他娘还在吃奶,你装他妈的什么样子? 但是伏尔加很快得到许可,通过了第二道门岗。关山林就把自己的烦恼忘掉了。

关山林被安排在招待所一套单人房间里。这里环境不错,让人根本无法相信这是北京的某处地方,因为它更像江南的一座深宅大院。塔松、罗汉树、迎春、红枫和女贞,这些植物生长得生机勃勃。院子曲径通幽。院子外有一片不大的湖。如果不是偶然有两个服装严谨的青年军人一脸严肃地从院子里走过,谁也不会相信这是一处军营。

关山林事后才知道,他不是惟一奉命被召至这里的人。被召来的人一共有二十几个,他们都是建国后在总参谋部工作过的人,每个人都和自己一样,一下飞机或出车站立刻被小车接到这个院子里,并安排进单人房间,在此后半年多的时间里,他们再没有见过面。房间的电话线被拆了,饭菜由别人送到房间里。可以在近处走动,但不能走出划定了的小院子。如果偶然和其他的人碰上了,不能交谈,不得打听旁边院子住的是谁,当然,也不能往外写信和打电话。

关山林在进入这个院子里的第二天上午接受了一次谈话,于是关山林明白他被突然召进京的原因了。

叫什么名字?

关山林。

多大年纪?

五十六岁。

哪一年参加革命?

1927 年在湖北洪湖加入红色少年自卫队。1928 年参军。

哪一年入的党?

1931 年二打光山时入的党。

现任党内和军内职务?

总军械部西南军代处主任、党委副书记。

立过什么战功? 受过什么处分?

大功七次,小功记不清了。受过三次处分。

说清楚,是什么处分。

这个档案里有。

我们知道。但是我们想听你自己说。

1945 年在冀西因为枪毙了一名逃跑的排长受党内警告处分。

1960 年在湖南因违反组织纪律用五十元钱买了十个鸡蛋受党内批评处分。1963 年因军事教条化倾向受行政记过处分。

有没有投过敌？有没有加入过反动党派？

你们是什么意思?!

请你坐下。请你回答我们的问题。

没有。

有没有复杂的社会关系？

没有！

有没有动摇过对党的信念？

没有！没有！

请你不要激动。好了,请你告诉我们,你是什么时候在总参工作的？

1950 年 11 月至 1952 年 2 月。

认识罗瑞卿吗？

认识。

怎么认识的？

他是总参领导,总参的人谁不认识？

你们是什么关系？

上下级。

我们的意思是,除了工作之外,你们之间还有什么关系？

没有。

第一谈话结束之后,他们要关山林写材料,写所有他知道的有关罗瑞卿问题的材料,包括他本人在总参期间所有的经历。对于后者,关山林还能够对付,可前者他就犯难了。关山林没有什么材料可以提供给他们的,如果他自己的材料不算的话。

他们对关山林交上去的材料十分不满意,打回来让他重新写。他们启发关山林说,罗瑞卿哪天在下面说了哪些话,做了哪些事,这些都可以写出来。这回关山林清楚了,于是就写,某年某月某日,我奉命到总参报到,罗瑞卿同志和我谈话,要我安心总参的工作。某年某月某日,我陪罗总长到某地检查工作,罗总长表扬了谁,批评了谁。某年某月某日,在总参小灶食堂吃饭,罗总长同刘副部长打赌,说自己一顿能吃四条半斤重的鱼,还开玩笑说他前世是猫变的,等等。

材料交上去,人家还是不高兴,说你这哪里是材料,完全是流水账。关山林问什么才是材料?人家不直说,而问,难道你就没听到和看到罗瑞卿的篡党篡军阴谋?关山林说,没有,我们都很信任他。人家说,那你是什么态度?关山林火了,说,扯鸡巴淡!我是什么态度,你说我是什么态度?他是我的上级,我是他的下级,我就是这个态度!人家说,你知不知道他现在的情况?知不知道毛主席和林总在他这个问题上的意见?关山林说,我怎么不知道?文件都传达了。人家说,那你还这样。关山林说,这是这,那是那,两码事儿。人家看关山林执迷不悟的样子,就走了。

过了几天,关山林被带到西山的一个院子里。走的时候神秘兮兮,也不说到哪儿去,也不说有什么事,到了那里人家才告诉他,是林彪同志要接见他。

关山林一下子就激动了。从 1946 年出关进东北一直到调往总参期间,他一直在林总手下工作。他和林总见过几次面,但都没有机会说话。和罗荣桓政治委员倒是说过话,和参谋长刘亚楼就更熟了。作为四野的老兵,他对林总敬仰和钦佩得五体投地。他是林总手下的一名光荣的战士呀!

关山林坐在那里心潮澎湃地等着,心里想,不知林总现在身体怎么样?

等呀等呀,一直等了两个多钟头,终于等来了。但不是林总,是叶群。

那个女人一进门就装腔作势地说,哪位是关山林同志呀?

关山林站起来，向叶群敬了个礼，说，我是关山林。

叶群热情地和关山林握手，说，关山林同志，林总有事不能来，他要我向你问好。

关山林感激地说，谢谢，谢谢林总，谢谢叶主任。

叶群说，怎么样，关山林同志，我们坐下来谈谈？

于是他们就坐下来谈。开始叶群绕了一个圈子，说了一些诸如现在工作得怎么样呀，四野的同志都是好同志呀之类的话，然后她把话锋一转，便说到正题上。

叶群说，关山林同志呀，听说你在罗瑞卿篡军夺权问题上有些立场不坚定呢，你是不是有些立场不坚定呀？

关山林说，没有，我没有。

叶群说，没有就好。他们向我汇报，我就不相信，林总也不相信。四野的老同志，觉悟不可能有这么低嘛。这是两条路线的斗争，毛主席和林副统帅态度是十分明朗的，我们应该旗帜鲜明，四野的同志更应该旗帜鲜明。

关山林说，这个我明白。我一定旗帜鲜明。

叶群高兴地说，明白就好，明白就没有什么问题了嘛！我早说过他们小题大作。他们不知道四野，不知道什么是四野。四野是随随便便的吗？

关山林本来不该再说什么。他们什么都谈了，他们又什么都没谈。叶群显然很忙，她已经欠起身子表示要走的意思了。她走了，一切都结束了，她已经在百忙之中屈驾接见过他了，她不可能再接见他。但是关山林却突然一下子犯了犟毛病。他不想让人认为他是两面派。他不想把一些事弄得模棱两可、含含糊糊。

关山林说，叶主任，我还有一句话，这话我得说。组织上要我写材料，我执行。我有什么说什么，我没有的，不知道的，我就不能说，我说了不就是胡说了吗？

叶群已经站起来了。她脸上本来有了一种轻松的表情，愉快的表情,关山林的话使她的那些表情受到了伤害。你是什么意思?她把已经迈出去的步子收住,睥睨着眼睛问关山林。

关山林说,我的意思是,组织上要我写材料,我写了,至于是不是组织上需要的那种材料,我不能保证。

叶群看了看关山林,好像是看关山林是不是四野的。关山林当然是,这一点毫无疑问。但是关山林不是她所认为的那种四野的,这一点儿也毫无疑问。叶群笑了一下,至少关山林是这么认为的。叶群说,好吧。叶群只说了这么两个字,她再没有说什么,抛下关山林走了。

关山林站在那里想,她说好吧,那是什么意思呢?但是关山林很快忘记了这件事。他的念头已经转到了别的方面去了。他在为没能见到林总而感到遗憾。

关山林被送回西苑的那个院子里,继续写回忆材料,但是上面对他的指望显然已经不那么大了。慢慢地,他被允许可以走出他住的那个小院子,因此他碰到了好几个过去在总参共过事的老同事。他们和他一样在院子里散步,彼此可以说些简单的话,但是不能谈别的。

四个月后,隔离解除,但是人还不能回原单位,有命令从军方文革小组下来,要求组织他们办学习班。这个时候,关山林获准给家里打电话。

乌云在电话那头焦急万分地喊道,是你吗?你在哪儿?到底是怎么回事儿?

关山林把耳机拿开了些,皱了皱眉头说,你嚷什么嚷?你把我耳朵都震聋了。

乌云不嚷了,可听得出来仍然很着急,说,组织上只说你上北京学习,内容保密,要我们不得打听你的情况,都四个月了,让我担心死了!

关山林说,有什么好担心的?叫你不打听你就不打听,你还是打听了嘛。过去别说四个月,一年半载不是也没消息吗？现在没枪没炮的,还能死人不成？

乌云就真的不打听了,说,你没事儿吧？

关山林说,没事儿。

乌云说,你什么时候回来？

关山林说,现在回不来,还得办学习班。

乌云说,办什么学习班？是真没事还是假没事？

关山林说,怎么又打听上了？烦不烦？

关山林说着突然没了兴趣,告诉乌云自己要收线了,然后就放下电话。

电话放下了,人却没走开。关山林在北京守着电话机发愣,乌云在重庆守着电话机发愣,隔着几千里路,两个人都在不约而同地想,不是没枪没炮吗,怎么又像打仗那会儿紧张起来了？

关山林是在深秋的时候回到重庆的。踏上火车的时候,他重重地吐了口气,心里想,妈的,难怪现在是文化人坐天下,别说写材料,光这学习班就够人受的。下回再叫蹲学习班,我申请去川藏高原修公路去。

火车开动的时候,关山林有一种逃离樊笼的感觉。他在心里快乐地想,去你妈的北京！

关山林坐在软卧车厢里这么想着,还冲着窗外的站台扮了个鬼脸,惹得他对面的一个老者疑惑地盯着他,半天没敢和他说话,好像他哪根神经出了毛病。

有两点关山林不知道。一个是在关山林离开学习班动身回重庆的同时,有一份关于他的材料通过军邮寄往了重庆,材料级别为"机密"。另一个是两个月前,关山林所在的军代办调来一位副政委,叫庞若飞,此人来自总后机关,四十出头,精瘦矫健,曾在军中大比武中一气捅倒了一百四十九个草靶而面不改色,因此闻名全军。这个人,将在关山林的生命旅程中扮演一个十分重要的角色。

乌云:你好。

　　终于接到了你的信,让我久悬的一颗心落了下来。老葛说我瞎操心,说我老把事情往坏处想,接到你的信后他很得意,说他打了那么多年仗,不说料事如神,起码的乐观和自信还是有的,他就不相信你和老关会有什么事儿。他这回倒是真对了。这种事,我愿意他一百回都是对的,我一百回都是错的。

　　老关从北京打了电话回家,你就用不着再担什么心了。他们男同志比我们强,无论是党性还是斗争经验,这点我们不可不服。记得上封信你给我讲过那个太阳的故事,1948年打长春时老关负了伤,伤愈归队你放不下心,他把你带到户外,站在白雪皑皑的大地上,他指着地平线上刚刚升起的那一轮红日说,我是太阳!今天把我打下去,明天我照样能再升起来!老关这话说得多么好啊!我永远也忘记不了这句话!

　　是的,他们是太阳,真的是太阳!没有什么能击倒他们。就算击倒了,第二天黎明,他们还会不屈不挠地升起来,继续燃烧他们的生命!

　　他们是太阳,我们也应该是。我们都来做太阳吧。顺致
革命敬礼

德　米
1966 年 9 月 8 日

乌云:你好。

　　老关从北京回来了,你们终于团聚了,我真为你们感到高兴!你瞧,我早说过,不会有事的,什么事也不会有的,能有什么事呢?(对了,这话不是我说的,是老葛说的。我没说这话。我跟你一样为老关担心。我们这些女同志,我们

就是没有他们沉着。)

国内文化大革命的情况我们这里都听说了。有一些消息，但消息仍然不灵通。毛主席的《炮打司令部——我的一张大字报》写得真好！你能给我收集一些这方面的资料吗？顺致
无产阶级文化大革命的战斗敬礼

德　米
1967 年 1 月 3 日

乌云：

老葛这些日子情绪有些反常，平时他总是乐呵呵的，是个大大的乐天派，可最近他的心情很不好，整天耷拉个脸，话也不爱跟我说了。

求你给我找的资料，怎么没见寄来？顺致
无产阶级文化大革命的战斗敬礼

德　米
1967 年 4 月 11 日

乌云：

又有几个月没收到你的信了。怎么回事儿？又出了什么问题？是老关又办学习班了，还是你生病了？

来自外交部的消息越来越少了，有消息说外交部也动了起来，革命造反派们已经开始向走资本主义道路的当权派开火了，从他们手中把无产阶级外交部的权夺了回来。

我们这里也动了起来，后勤已经成立了红总司组织，他们希望我也参加。老葛说这是胡闹，不许我参加。我不知道老葛是不是太保守了，照理说他是敢冲敢打的，他不是保守派，但是他对后勤红总司的事很反感。

我怕老葛犯立场错误。也许他是对的，但谁知道呢？最近我被很多事闹得越来越糊涂了。

给我写信,告诉我国内的事!告诉我你的事!我想知道一切!

德　米

1967 年 6 月 22 日

乌云:

我们已经接到外交部群众组织的通知,要我们回国参加无产阶级文化大革命。

使馆的工作基本上瘫痪了,各部门都已经夺了权,使馆成立了三支造反派组织,昨天他们冲击机要室,老葛很恼火,让他们滚出去,否则他就把他们送上军事法庭。老葛这回可把娄子捅大了。朱大使夫妇想回国,昨晚把老葛找去谈了一夜。老葛今早对我说,我们不走,说什么也不走,没有正式命令,死也死在阵地上。老葛说这话时很严肃,脸色很吓人,这些年来,我很少看到他这个样子。

从国内来的消息纷纷杂杂,莫衷一是,让人犯迷糊。前几天刚果武装部队参谋长的夫人问我,中国出了什么事,不是共产党执政吗?怎么又要夺共产党的权?我很尴尬,不知该怎么回答她。

我很担忧。

不知会发生什么。

依然没有你的消息。

德　米

1967 年 8 月 6 日

庞若飞坐在他那间不大但收拾得井井有条的办公室里,紧合双眼,宛如入定。

冬天的重庆给人一种神秘莫测的感觉。冬天的重庆在大多数早上都是有雾的,从两江之间生出的浓雾将整个山城笼罩得严严实实,城市浸泡在乳白色的液体之中,极像一座大雾中的孤岛。人在街上行走,就像走在迷宫里,谁也看不见谁,四周尽是影影绰绰的影子。路上与人相会,你只知道那是个人,但你看不清他的脸,也不知道他是谁,就是情人之间擦肩而过,也只有心跳,没有明白。

庞若飞这个人有时候也像冬天的重庆一样,给人一种神秘莫测的印象。他个子不高,大约一百七十厘米左右,身材精瘦,很有力量,并且总为自己的力量而骄傲。他的眼睛小而有神,脸颊瘦长,让人想到一面坚实阴冷的峭壁。他是 1943 年在辽西入伍的。他加入的是一支地方部队。1948 年,他转入正规部队,担任排长,打过一些仗,但前期基本上是躲躲藏藏,后期基本上是追追撵撵,没有真正的作为。他出生于一个武林世家,祖辈三代做镖客,吃送镖饭。他跟着父亲习了一身武艺,凭着这个,1953 年他被调到总后勤部大院,先后任警通营连长、副营长、营长。

大比武的时候,他露了一手。本来没有他的事,他是跟随总后首长观摩一场全军技术尖子的对抗赛。济南军区一个叫张世和的排长练刺杀时在规定时间内捅倒了一百二十个靶子,获全军对抗刺杀状元,他觉得这不算什么。他要求试一下。非战斗部队的军官要求在全军技术尖子对抗赛上向野战部队的状元挑战,这对在场的首长们是一种刺激,一个开得恰到好处的玩笑。总后的首长想,我也不能光给你们提供穿甲弹和防蚊油,我也练练,练不好,充其量是一个热情的票友,不计分,丢不了什么脸 。

他被允许上场了。当他手执一支 56 式新式步枪出现在首长们面前时,那些玩了半个世纪刺刀的老将军们立刻感觉到他行。他果然没让他们失望。在规定时间单元里,他一气捅倒了一百四十九个靶子。他把那些靶子捅得七歪八倒,零落不堪。

庞若飞立刻受到总后首长的青睐。他给总后长了脸,给总后的当家人长了脸,而且是长了大脸。想一想,管汽车大炮被服军粮的粮草军中半道杀出一个状元中的状元,这还不让人大跌眼镜!

他成了首长的红人,为此他被授予一等功臣,全军活学活用毛主席著作的标兵。

他和首长的关系日益密切。他可以自由出入首长的办公室和家里。他管首长的夫人叫阿姨。他把首长的保卫和服务工作做得滴水不漏。在极短的时间内,他被连续提升,由正营迅速跃至正师,成了一名炙手可热的作训军官。他是一个很稳深的人,艺不压身,技不夺人,这是他家祖辈传下来的世训,他信奉这个世训。他知道自己资历不深,身前没有枪伤,身后没有战功,在一支凭着几十年厮杀而不断强大起来的伟大军队里,他没有什么值得夸耀的。一百四十九个靶子吗,那是狗屁。他要表现的可不是这个。他要表现的和他要达到的比这个多得多,高得多。他在总后大院里始终不张不扬,不露声色。出手之前的气守丹田是最为重要的,如果你用了相当长的时间来运气,那你接下来的那一招一定是克敌制胜的一招。

1966年入冬的时候,庞若飞被再次晋升。这回他被调往西南。军方高层人士顾虑的是如火如荼的文化大革命会冲击到军事工业系统,大西南有着国家一半的军事工业,如果西南乱起来,轻则军队会失去军火供应,军队的战备保障和军事实力会大大降低,重则会导致一场军火失散后不堪设想的国内混战,因此必须有一个贴心的人去守住那一摊子。这就为庞若飞提供了最初的机会。

庞若飞被作为重要干部派往西南。他觉得机会成熟了,他应该为自己选择一个对手了。庞若飞一直在寻找这样一个目标。他的目的非常明了。第一,他必须有所作为,他得显示出他超人的魄力,别让人以为他只会一口气刺倒一百四十九个草靶。第二,他必须有一个对手,这个对手必须是个大号的强者,好让自己的能力在这个大号强者身上得以充分展示。正如武林高手从不与半吊子泼皮交手一样,那种三十八码解放鞋、正二号军装的小白脸才不对他的胃口呢。他甚至可以屈尊给这种小白脸一个微笑。

接下来的机会是北京寄来的一份机密材料。政委不在家,住院治疗前列腺炎去了,这一摊子工作由庞若飞负责。那份材料给他提供了一个猎物和一支猎枪。关山林主任简直是在拿自己的政治生命开玩笑,他在北京的表现令有关方面非常不满意。在看完了北京寄来的那份材料之后,庞若飞觉得他已经找到他的目标了,这个目标就是关山林主任。他设法弄到了关山林的一份档案副本。他关上办公室的门,把它们详详细细地研究了两遍。他发现有关关山林的传闻过于神化了,作为他的猎物或者说他的对手,对方并非无懈可击。庞若飞一直坚信,最强的高手也不是没有薄弱之处的,现在他证实了自己的观点。剩下的,就是一道较场虎符了。对于这个他不担心,他有这个能力,他会把他所需要的那道金牌拿到手的。

现在,庞若飞坐在自己的办公室里,双目紧合,如同入定。他想,当他站在关山林面前,要关山林接招的时候,关山林会是一种什么样的表情呢?

第27章 又见战场

仲冬的时候,关山林被隔离审查了。

关山林被关进一幢白色的小楼里,一个年轻的班长带着三名战士日夜看守他。关山林可以在小楼里自由走动,但 不允许走出那幢楼。名义上是反省认识自己在文革中的问题,实际上,关山林是被软禁了。

事情比预想得要快得多。江青一再指责军队在文化大革命问题上模棱两可,路线不清,不支持无产阶级文化大革命。她生气地说,对军队那些走资派为什么不揪? 就是有人压着,就是有问题。解放军总政治部副主任关锋起草了一份报告,提出彻底揭穿军内一小撮走资本主义道路的当权派。江青审阅后很满意,指示关锋送国防部长林彪审批。林彪在次日黎明时分用他那支细细的狼毫在报告上批下了四个字:完全同意。

消息不胫而走,军队,特别是军队院校的师生闻风而动,打响了一场向军内走资派进攻的战争。1967年1月14日,军方权威性报纸《解放军报》发表了《一定要把我军的无产阶级文化大革命搞彻底》的社论,社论言辞犀利地指出,决不能借口军队的特殊而对军队的文化大革命有所动摇,必须把军内一小撮揪出来。文章一出,狂飙顿起,一时间,元帅叶剑英、陈毅、聂荣臻、徐向前、贺龙均遭到攻击,朱德总司令也难逃一难,遭到红卫兵的冲击。几位军委副主席引颈呼吁:不能把军队搞乱了! 军队搞乱,天下大乱! 但火势已蔓延,几星唾沫无济于燎原之势。北京军区的杨勇、廖汉生,总政治部的肖华等将军先后被揪斗、挂牌子、坐飞机。贺龙、朱德的家连连被抄,军队中半数以上高级将领遭到了冲击。一个时髦而常规的观点是,各军种各兵种及至各部队,一二把手无疑是军内一小撮,先揪出来再说,绝对百揪百中。关山林在这样的背景下被揪出来关进小白楼里,这是再合理不过的事了。

关山林被关进小白楼里一周后,庞若飞和关山林进行了第一次正面交锋。在此之前,经庞若飞授意,军代办造反派成立的专案组已经连续对关山林进行了四天四夜的攻击了。庞若飞得到的情况汇报是,这家伙死不悔改,负隅顽抗,是个又臭又硬的堡垒。

庞若飞对这个看法很轻蔑。他当然知道他不是一个好对付的对手。不要说打了那么多年的仗,经历过了那么多次的死亡,就是把他身上那些弹头弹片取出来,回回炉,也能打出一副响当当的背夹板了,要让他俯首低头,不是什么容易的事。但这正是庞若飞希望的。庞若飞要打的是一场攻坚战,是一场势均力敌的攻坚战,倾巢之下的那种打法不能显示出自己的手段,如果真是这样,他宁肯不干。有一种说法是怎么说来着? 对手。是的,这个说法太好了。

这个说法才把最关键的问题点出来了。你和强者对手,你赢了,你就是强中之强,你才有资格进入更高一轮的较量。这就是真谛。这就是强者主宰者之间的真谛。庞若飞喜欢甚至是倾心这样的真谛。

庞若飞准备好了第一次的进攻。不是最后一次,不可能是最后一次,他们当然还会有很多次的交锋。

庞若飞心情平静步伐轻松地走进小白楼。庞若飞首先注意的是关山林军装的风纪扣。当然,庞若飞只是随意地瞄了一眼。关山林的风纪扣扣得规规矩矩,百分之百符合军人的内务条例。这个观察结果令庞若飞感到满意。较量才刚刚开始,对手要这个时候就敞开了风纪扣,那还叫什么对手?对方要一开始就垮掉了,他庞若飞一句话都不会说,费尔泼赖,他会扭头走掉。当然,庞若飞现在没有走掉。现在他和关山林主任面对面地站在一起了。两个职业军人。两个职业军人中的佼佼者。

庞若飞欣赏着关山林严整的军纪。关山林站在那里目光炯炯有神,腰板挺得直直,在庞若飞走进这间屋子的时候,他沉稳而有力地转过身子来,没有任何的惊慌和不安,甚至连眉毛都没有跳动一下。庞若飞有一个发现,那就是这间屋子太小了。关山林站在那里就像一个巨人,给人一种顶天立地的感觉。这不太容易做到。就算一只森林中的猎豹,如今关山林已经落入荆笼了,他的尖牙利爪,他的腾挪扑翦,他的雄心壮志凛凛威风,它们全都没有用了。何况那些没有章法但十分泼皮的猎人已经盘弄了他四天四夜。那些猎人当然算不上好猎人,正因为不是好猎人,才有了一种侮辱的效果,有了一种羞耻的效果,有了自尊心的伤害。可是关山林现在站在这间屋子里,却像是一个巨人,让这间并不算小的办公室显得十分逼仄。那四天四夜的盘弄好像什么作用也没有起到,它们甚至使他变得更加高大起来。他们是怎么说的?又臭又硬?是的,他们就是这么说的,只有这一点他们算是说对了。

庞若飞发现关山林比他想象的要难对付得多。当他意识到这一点的时候，他同时感觉到了来自关山林身上的那股震慑人的力量。他们站在那里，相距几尺，相互打量着，彼此的观察都是极致的，能洞穿对方的五脏六腑。庞若飞意识到这一点后，收回视线，走到一边去，从屋角拎过一张靠背凳，放在一处背光的地方，在上面坐下来。庞若飞很快就发觉这是一个错误。他根本就不该坐下来。原本他想要让自己走进暗处，而留对方在明处，这样他就好在暗处观察对方。可没想到他在暗处一坐下来，就不得不稍稍仰起头来看对方了。

　　关山林站在那里。从庞若飞走进这个房间直到坐下，他都冷冷地看着他，没有说一句话。关山林和这位新调来的庞副政委见过几次面，但没有太深的接触。他倒是听说了许多关于这位副政委的轶事和背景。关山林因此而犯了一个致命的错误，一个老兵常犯的错误。他太看重资历，从一开始就压根儿没有把这位副政委放在眼里。1943年入伍的兵，没有打过几次像样的仗，坐直升飞机攀到了如今的副军职位置，这一切都使关山林消解掉了警惕，没把对方当成一个真正的对手。对关山林来说，他现在没有任何对手，攻守都没有。他的面前白茫茫一片，枪炮声倒是响个不停，迷雾之中旌旗招摇，呐喊声喧嚣不止，可他却不知道他为何受到攻击、谁在和他打仗。关山林讨厌这种不明不白的对垒。如此一来，天时地利人和他都失去了。

　　很快的，关山林知道谁是他的对手了。

　　知道为什么把你关进来吗？
　　不知道。
　　你应该知道。
　　为什么？
　　你和郭清乾在军代办干了那么多事，你自己干的，怎么能不知道?

我不知道你说的是什么。你把话说清楚。

不要装糊涂。不要抵赖。这对你不起作用。

有话你就直说,有屁你就放,我没闲心和你捉迷藏。

明天有个批判大会。

他们告诉我了。

这才是开始。如果你态度老实,革命群众会考虑你认罪情况的。

我没有做过对不起党、对不起组织的事,有什么罪要认的?

你这是在给自己找麻烦。

你这是屁话! 谁给谁找麻烦了?

好吧,看来你真的是执迷不悟了。告诉你,你的问题是严重的,性质已经定了,你是军内一小撮。

1935 年军队打得只剩下三万人,我是其中一个,如今几百万,我还是其中一个。你要说我是一小撮,我就是一小撮。

你不要以为你打过仗,是老资格,就这么狂妄,你这个样子最终只会搬起石头砸自己的脚。

既然说到打仗,你打过吗? 也许你倒是冲着人家的屁股放过两枪。你连仗都没打过,有什么资格和我谈话?

当然,说到打仗,我是没法和你比,在这方面你是有历史的。但那是一些什么历史呢? 我好像记得,1949 年你在湖南青树坪曾经打过辉煌的一仗吧?

你什么意思?

你急什么? 不是要谈谈你打仗的光荣历史吗? 碰巧我多少知道一点儿。这真不幸。咱们刚才说到哪儿了? 对,说到 1949 年你在湖南青树坪打过一仗,是打白崇禧的 7 军吧? 7 军是白崇禧的嫡系吧? 要不是疲于逃命,军心不振,倒真是一块上好的肥肉呢。可是你那一仗是怎么打的,这我一点儿也不明白。你没吃上这块肥肉,倒被这块肥肉噎住了,噎得还挺厉害。要是我没记错,是丢了二千七百多条士兵的命吧?你倒是没朝人家的屁股开枪,是人家朝着你的屁股开枪。

放你娘的屁!

干吗那么激动?打仗的时候你像个一点儿出息也没有的列兵,这个时候你倒是威风凛凛的。

你个狗娘养的!我毙了你!

该毙的不是我,而是你。就冲着那二千七百多条战士的生命,枪毙你一百回也绰绰有余了。所以,关山林,你用不着在这儿趾高气扬的绷面子,你是个什么东西大家都清楚,你自己也清楚。

庞若飞知道他第一次的打击是成功的。他知道对方的薄弱环节在什么地方,也知道该怎么去打击它。可这还不够,战线撕开之后需要的是接二连三的打击,这方面,他不讲费尔泼赖。庞若飞站起来,轻蔑地看了站在那里气得发抖的关山林一眼,走出暗处,朝门口走去。他推开掩着的门,朝外面示意了一下。

等在门外的三个战士走了进来。他们都很年轻,身材高大,脸上长着灿烂的青春痘。他们是新兵,是那种从很苦的乡下招来、一开始就明白政治表现就是一切、不顾一切要去争取无量的前途和改变着的生命的新兵。他们事先就接受过指令,已经被告知要做些什么了。他们进屋之后,径直朝站在屋子当中的关山林走去。其中一个比另两个矮一点儿,长着一双可爱的对眼,他走上前去,抬起手来,一把揪掉了关山林军帽上的帽徽,然后以同样利索的动作,一边一下撕掉了关山林衣领上的领章。

关山林一下子没有反应过来。等他反应过来的时候,他的领章和帽徽已经落到了对眼战士的手中。关山林生气了,他就像一只被拔掉了尾毛的孔雀,脸色铁青,眼盯着对眼战士,低哑着声音说,臭小子,把它们还给我!对眼战士看了看关山林,再看看手中的领章和帽徽,天真地耸了耸肩。关山林再次说,你,把它们还给我。对眼战士没理睬关山林,转身走向庞若飞,忠诚尽职地将手中的帽徽领章交给了他。

关山林扑了过去。他想从庞若飞手中夺回他的帽徽领章来。那个对眼战士拦住了他。关山林一把掐住了对眼战士的脖子。他把那个小狼崽踉跄地抵到墙角。他的一双手像掐小鸡似的掐着他。对眼战士脸色发紫,翻着白眼,痛苦地呻吟着,想呕吐又吐不出来。

站在一旁的两个大个子战士先前一直闲着,这时高兴地发现他们也有表现的机会了,立刻冲过去,乱糟糟地揪住关山林。他们费了好大的劲才把对眼战士从关山林手中救了出来,怕关山林再上前,一边一个架住了他。关山林气急败坏地跳着脚喊,狗娘养的!把它们还给我!把它们还给我!否则我宰了你们!对眼战士吐着白沫从地上爬起来。他也生气了。他义愤填膺地扑过去,抬脚照着关山林的腹部猛踢了一下。

关山林哼了一声,喊不出声了,人从两个大个子战士手中滑落下去,痛苦地倒在他们脚下。

庞若飞冷冷地看着这一切,站在那里一动没动。他充满怜悯地看了一眼倒在地上的关山林,又看了看手中的那枚帽徽和那副领章,心里想起一句俗语,拔了毛的凤凰不如鸡。他想这话说的真好。然后他轻松地转过身来,走出房了间。

关山林被抓走之后,乌云提心吊胆地熬过了一周。

在这一周时间里,院子里铺天盖地的大字报由指桑骂槐迅速转为指名道姓,其中最触目惊心的是两条巨大的标语——打倒大军阀关山林!揪出残害我军战士生命的刽子手关山林!那两幅大标语让乌云有一种末日到来的感觉。

一周之后,专案组来抄家,进门先勒令乌云带着孩子到厨房里待着,然后翻箱倒柜,把家里抄了个底朝天。

抄家前后一共抄了三次,关山林的所有公私物品都被抄走了。京阳和湘月吓得直哆嗦,等抄家的人走了之后才敢放声哭出来。路阳一直冷冷地站在一边。乌云怕他惹事,过去把他往厨房里拉。路阳平静地说,我没想怎么样。他们抄得太慢了,我想进厕所去撒尿。

只有湘阳对这种混乱局面表现出极大的兴趣。他跟在专案组的人后面,趁他们不留神的时候就把他们集中起来的东西偷偷往厨房里拿,忙得一头大汗,等人走了之后,他又到处去捡破烂,连那些破布头烂纸片也不放过。

事情并没有结束。几天之后,乌云接到专案组的通牒,责令她立刻搬出他们住的那栋房子,迁到山下一栋平房里去。那栋平房原先是招待所,给来部队探亲的家属住的。招待所里还住着两个探亲的家属,一见乌云搬进去就像见了蛇似的远远避开了。

搬进招待所后,情况越来越糟糕了。有人朝他们吐口水,有人在他们新居的房墙上贴大字报。还有一次,乌云带京阳去卫生队看病,一个胖胖的干部老婆突然从一边冲过来揪乌云的头发,把乌云的头发揪住往墙上撞,要不是两个医生拦得快,乌云铁定被撞得脑浆四溅了。乌云受了袭击,没顾得自己,怕京阳受惊,连忙抱过京阳藏进怀里,娘俩往家里跑,连病也不敢看了。回到家后乌云才觉得头上火辣辣的疼,一看,头发被揪下来一大绺,流了不少血。朱妈见了,连忙去拿了冷水毛巾来替乌云敷上,敷了好几次才把血止住。

乌云并不为自己担心。如果不是惦记着关山林,她会表现得很冷静。她是担心关山林。她太惦记关山林了。她担心关山林会出什么事。

在家里最先发难的是吴妈。吴妈眼见大厦将倾,熬了几天,到底没熬住,卷行李走人了。这种事吴妈解放前就遇到过。她知道一旦失了宠幸,再大的官连个老百姓都不如,轻则摘了乌纱帽发配荒蛮,重则押往刑部满门抄斩,既如此,这番不走,更待何时!倒是乌云被弄得很过意不去,家里被抄了几遍,存折被抄走了,一点儿钱也没有,人家给帮了这么长时间,怎么也应该给一笔补贴的。乌云就让吴妈尽着自己喜欢在家里拿些东西。吴妈老实不客气,捡精细的收拾了几个大包袱,通知她那个老实的丈夫来接她,出门的时候连招呼都没打一个,一副逃难的架势。

吴妈这个样子还不如小勤务兵李部。李部接到调回后勤的命令,走之前专门来和乌云告别。李部手里摆弄着那只笛子,低着头,红着眼睛叫了声阿姨,下面就说不出话了。李部后来把那支笛子塞给乌云,说,这只笛子送给京阳,他喜欢。说完就低着头扛着行李出了门。乌云手里捏着那支笛子,看着李部的背影在太阳下面变成了一个小黑点,渐渐消失了,心里有一种说不出来的难过。

乌云在这种情况下本来是非常需要一个帮手的,但是乌云不想牵连任何人。乌云要朱妈也走,回到山东海城老家去。朱妈很生气,先还说些不走的话,要乌云把她留下来,后来就脸红脖子粗地和乌云吵架,说乌云从一开始就没把她当自家人,找借口要撵她走。乌云说,这不是撵你走,要撵能在这个时候撵吗?这个时候我是连撵人的资格都没有的呀。朱妈说,这个时候是什么时候?不就是遇着了点儿天灾人祸吗?做人吃五谷杂粮,哪一年又不遇着点儿天灾人祸呢?乌云是铁了心,任朱妈怎么求情也不让她待下来。朱妈后来只好同意了。但朱妈有条件,她走可以,必须带人一块儿走,一个是京阳,一个是湘月,这两个孩子她得带着一块儿走。朱妈固执地说,我不能看着我的孩子在这儿受罪,眼睁睁看着他们的爹娘落难。

乌云在关山林出事之后第一次哭了。她听见朱妈管京阳和湘月叫"我的孩子",一下子没忍住,就哭了。朱妈倒是很镇定,掏出自己的手巾给乌云擤鼻涕,像哄京阳似的拍着乌云的背说,你看,你看,你这个样子,倒像你是孩子,你叫我怎么放心。乌云哽噎着说,朱妈,你是我们家的大恩人。朱妈说,你这不是折我的寿吗?我一个做保姆的,我是什么恩人?你要真拿我对心,你就留下我来,这个家,梁塌了我也替你撑起一半来。乌云揩了一把眼泪,说,还是走吧,你说的对,孩子们经不住这些,还是离远点儿好。朱妈叹口气道,走就走吧,大不了就是躲上一阵子,等老关没事儿了,你就立马给我拍封电报,我就带着孩子们回来。

在带走京阳和湘月之前的那天晚上,朱妈办了一件事。朱妈把门关上,从自己的棉衣里衬上拆下一个缝得密密实实的小包,把小包拿到乌云面前,打开包给乌云看。

乌云看了吓了一跳,包里是厚厚一沓钱,厚得让人起鸡皮疙瘩。

朱妈说,这是这些年组织上发给我的保姆费,原来说交给你,你不要,我也没处花,都攒着了。十年了,一共攒了二千一百二十八块。我把它分成两份,每份一千零六十四块,你拿一份,我拿一份。这一份是你的。

乌云急急地说,这是干什么?这是干什么?

朱说妈不明白地说,什么干什么?这是钱,你才几天不使唤它,就认不出来了?

乌云摆手说,钱我认识,但这钱我不能要。这是你的血汗钱,你给咱家帮了十年忙,这是你全部的报酬,我怎么能拿你的?

朱妈越发不明白了,说,你为什么不能要?你怎么不能拿?它是钱,不是蝎子。我知道这是报酬,我知道我给你家干了上十年,这我还不知道吗?你怎么老觉着我什么都不明白似的?你这就让我发火了。我是不想发火的。

乌云说,你带着两个孩子,老关的事说不定得拖到什么时候,你的花耗是个无底洞。你哥哥那里,不是已经回不去了吗?你还得找地方住下呀?钱你还是留着吧。

朱妈就有点儿觉得乌云不懂道理,耐心启发乌云说,我把这钱留给你,不是让你花的。孩子要花销,老关这里也少不了用钱的地方。老关现在年纪不轻了,就算官作不成,摘了乌纱帽,也不能让他过得太寒碜了。孩子的事你放心,海城我有一个姨,和我一样,也是死了男人,没孩子,我就带两个孩子住到她那里去。乡下不像城里,我有的是力气,刨个瓜种个枣能对付一阵子的。你放一百二十个心,我要让两个孩子落了半两肉下去,我就不是朱妈。

朱妈这回做了一回主,不管乌云怎么说,硬是把一千零六十四块钱塞进了乌云手中。

朱妈带着京阳湘月走的那天乌云没敢送,怕专案组的人发现了生出什么事情来。朱妈这个时候就显出智慧来了,什么包袱也没背,让两个孩子把能穿的衣服都尽量穿在身上,然后一手牵一个,假装散步出了门。

出门之前,乌云把两个孩子叫到身边,挨个儿地狠狠地搂了一通,亲了一通。京阳已经大了,文文静静地不说话。湘月上小学三年级,正是撒娇的时候,母亲一搂一亲,就抽搭起来。乌云也流泪,搂着不松手。

朱妈急了,说,又不是生离死别,就当出门串个亲戚去,你们娘俩这个样子,倒叫人怎么个走法?

乌云连忙抹了泪,对朱妈说,朱妈,到了海城,一安顿下来就给我来封信啊!

朱妈说,行,我这俩孩子都识文断字,我到家就去买一大沓信封信纸,让他们兄妹俩轮着,间天给你写一封,让你美美地看。

朱妈一手牵着一个孩子走了。乌云不敢出屋,趴在窗户里朝外看,脸贴在窗玻璃上,把鼻子都压扁了。乌云看见两个穿得像企鹅似的孩子在朱妈的带领下一摇一晃地往前走,朱妈则像当年的地下交通员,一手牵一个孩子,眼睛机警地往两边睃,看有人注意到他们没有。乌云的心都碎了,碎得没有了形状,泪水糊住了窗户,怎么擦也擦不干净,等她把窗户擦干了,那一大二小三个人早走得没有影了。

京阳和湘月离家后,接下来的就是老大路阳。乌云对路阳的担忧比谁都重。路阳十七岁了,已经是个标准的小伙子了,人长得英俊挺拔,且有一副好口才,说起什么来一套套的,极具煽动性和凝聚力。文化大革命一开始的时候,路阳就停课闹革命了,牵头成立了重庆市部队系统子弟的八一红卫兵组织,出任组织的一号联络员。这支组织是最早冲击市委市府夺权的。但两个月后,这支组织又反戈一击,成了保皇派。组织后来分裂成两支,一支由54军政委于天龙的女儿于兵兵率领,继续举旗造反,另一支由关路阳率领,铁杆保皇。后者实际上多为父母被揪出来的子女组成。路阳一开始积极地组织他的队伍破四旧立四新、夺权、抄家、向地富反坏右和牛鬼蛇神们猛烈进攻,后来又竭力保护走资派,他这个样子,当然就成了大多数造反派组织的对头。乌云整天提心吊胆,忧心忡忡。乌云要路阳回到家里来老老实实呆着,路阳却不干,整天红着眼在外面冲呀杀的。乌云知道他们那样干,实际上是给自己已经被揪出来的父母添更多的乱子,可她不知道该怎么对路阳说。有一回路阳被围攻了,回家来换撕破了的衣服,乌云就把这话说给路阳听了。路阳不服气,说,我不是为爸爸一个人,是为毛主席的无产阶级革命司令部。在大是大非问题上,我不能当逃兵。

路阳大了,乌云拿这个孩子一点儿办法也没有。恰好这个时候靳忠人来了。

靳忠人在关山林到南京学习之后仍然留在原部队,一直随部队打到了广东,以后入朝作战,当连长、营长,现在是一支野战部队的团参谋长。解放后靳忠人和关山林续上了联系,以后隔三差五地写一封信来。部队批判大比武时,靳忠人也受了一些冲击,他觉得窝囊,就给关山林写信来,要求调到关山林身边工作。关山林写了一封信去批评他,说靳忠人,哪有你这样的兵,受一点儿挫折就丢下自己的阵地往别处跑,你这是逃跑主义。靳忠人回信分辩说,我不是逃跑主义,我才不逃跑呢。关山林又写了一封信去,说你不逃跑就好,你不逃跑就给我顶住,死也死在阵地上。

靳忠人这次是出差路过重庆,顺道来看看老首长。靳忠人一听说关山林被揪出来后就火了,一拍桌子说,放他娘的骆驼屁!我首长他怎么是大军阀了?他怎么是刽子手了?他要是军阀也是无产阶级的军阀!他要是刽子手也是革命的刽子手!过去一向不善言辞的靳忠人当了干部之后一张嘴练出来了,革命道理说得白沫子直溅。

靳忠人要去看关山林。他还真去了。去了之后人家专案组的不让见,一个劲地盘查他。靳忠人把军官证掏出来往人家面前一摔,说,问个屁,都在这上面了,77431部队参谋长,论党龄论军龄你都得给我敬礼。人家要把他的军官证扣下来,他瞪着眼说,你敢!你小样儿!你扣扣试一试!你泥捏的娃娃逮黑瞎子——给你一颗胆你也不敢!人家知道野战部队的官兵都是大妈养的,不好惹,惹急了砸你的庙还讹你掏力资,还了他的军官证,把他给哄了出来。

靳忠人回到家里了还气得直跳脚,说要回去弄一趟军列,拖一营兵来把老首长抢出来。乌云知道这都是气话,不能当真的。乌云就说,长子,这话咱们不说了,就算真行,咱也不能自己人打自己人。有一件事,我倒想求你。靳忠人说,嫂子,你就别说求不求的,有话你就直说,能干咱干,不能干咱也干,天塌下来无非是动静大了点儿,还能把人砸成神仙不成?乌云见靳忠人那副率直的样子,知道靳忠人跟关山林一场,是枪林弹雨踢踏出来的,信得过,就把话说了出来。乌云说的是路阳的事,靳忠人听了之后一拍大腿说,这还不简单,叫他跟我当兵去。他不都十七了吗,我在他这个年龄,小马枪都在屁股后挎了一年了。

当下就这么决定了。靳忠人也呆不下来，打发人给路阳捎信去，要他回家来。乌云有点儿担心，怕这事给靳忠人添麻烦。靳忠人一梗脖子说，怕他什么，未必他还啃我一口不成？

路阳不知家里出了什么事，匆匆赶回来，一进门，靳忠人上去一把拽住就往外走。路阳懵里懵懂的问，这是去哪儿？靳忠人说，去哪儿？去当兵呗。说着，人已出了大门。乌云还想给儿子收拾几件换洗衣服，毕竟是出远门，怎么也得有几样洗呀换呀的，等收拾出来撵出门，那两个人腿快，早已经走得没影了。乌云站在那里，怀里抱着个包袱，心里一阵一阵地抽搐，空空落落的，站了好半天才慢慢往家里走。

回到家，乌云把包袱放下，人极累地往床上一坐。床是木板搭的，原先的家具都让组织上给收走了。乌云坐在那上面无精打采，看看空空荡荡的一个家，原来热热闹闹的十口人，如今关的关、走的走，就剩下自己和会阳、湘阳三个人了。乌云想起会阳和湘阳，强打起精神，抬手想把两个剩下的孩子叫到身边来搂着。两个孩子都没依她的。十四岁的会阳目光淡泊，怕寒似的靠着墙角蹲着。七岁的湘阳则在一旁用一双滴溜溜的小眼睛不停地打量大哥路阳没带走的包袱。这孩子在揣摩那个包袱里装着一些什么，根本没有留心母亲伸给他的那只手。

当专案组到家里来给关山林取换洗衣服的时候，乌云提出了要见关山林的要求，这个要求立刻被否决了。

关山林的态度很不老实，他拒不交待问题，一直与专案组采取对抗态度，甚至在批斗会上他都与批斗他的革命群众争吵不休，简直是顽固透顶。如果他能与专案组采取合作态度，让他和妻子见一面的事倒是可以考虑，但是目前不行。

乌云没有放弃，不断提出探视关山林的要求，每一次都遭到了拒绝。专案组的人对她说，你们俩见不见面不由你做主，得他说了算。他若老实交待问题,你们就能见上面。他若不老实,这辈子你们都别想见上面。

乌云再次见到关山林是4月份的事,那时他俩已有三个多月没见过面了。

乌云是在关山林的批斗会上见到关山林的。过去的批斗会不让乌云参加,这次不知为什么突然开了恩,让乌云参加了。乌云很激动,甚至为有这个机会而感到庆幸,感到高兴。乌云想,不管是在什么样的场合和他见面,我都必须见他一面。

乌云被勒令呆在会场的一个角落里,不得坐下,不得说话,不得随意走动。有两个年轻力壮的家属负责看住乌云,一边一个,像亨哈二将。

关山林和其他几个人被推上台来的时候,乌云的心跳都几乎停止了。关山林穿着一套旧军装,没有领章,没戴帽子,身上光秃秃的见不着一星红,人显得很呆板。他的风纪扣扣得严严实实,这反而使他的样子显得更顽固。他的头被剃光了,但是看得出来那不是一次剃的,有一半剃得很干净,另一半却坑坑洼洼很不整齐。

后来乌云才听说,不整齐的那一半是关山林自己剃的。他们把他的头剃光一半,留下一半,剃成了阴阳头,以此来侮辱他。他回去以后趁他们不注意,把漱口用的搪瓷杯用脚踩平,砸破,把砸破的搪瓷杯踩成一块铁皮,用那块铁皮一绺一绺把剩下的头发割下来。等他们发现时,他已经干完了,手里拿着那块铁皮,平心静气地站在那里,头上到处都是血口子,血流下来,把他的眼睛都糊住了。

乌云当时并不知道这个情况,她只是觉得关山林的样子难看得很。他朝台上走的时候步履艰难,一点儿昔日的敏捷劲也没有。乌云早就听说专案组的那些人心狠手辣,他们肯定打了他。

乌云站在那里,手脚冰冷,浑身发抖,听见台上开始呼口号。领呼口号的是宣传队的两个兵,人和声音都很漂亮,只是高音喇叭没调好,扩音器里老是发出刺耳的尖啸声。乌云看见人们呼口号时关山林在台上也呼口号。人们呼,打倒大军阀关山林! 关山林就呼,我是毛主席的兵! 人们呼,誓把关山林拉下马! 关山林就呼,为人民服务! 样子正如专案组说的那样,十分嚣张。他把腰挺得直直的,胸也挺得直直的,有两个战士上去把他的头往下按,他不干,按下去他又抬起来,还喊,革命军人誓不低头! 两个战士把他的双臂倒剪起来,让他坐飞机,他拼力地挣扎,挣扎得身上的骨头咔嘣咔嘣直响,连乌云在台下都能听到那响声。又有几个战士涌上去,连踢带打地把关山林往地下按,关山林终于撑不住,给按倒在地上跪了起来。领口号的战士这时就喊,关山林不投降,就叫他灭亡! 关山林人跪在地上了,还挣扎着冲着地上肮脏的灰土喊着什么,但声音已被口号声淹没了。

乌云觉得一口血从胸膛里涌上来,一下子蹿到嗓子眼。她叫了一声,人就往台上扑去。身边两个家属眼疾手快,立刻跳起来将她揪住,脸也挠了,胳膊也扭了,很快地把她弄出了会场。

最终同意乌云见关山林的是庞若飞。乌云在军代办政治委员郭清乾自杀事件之后再次提出了要见关山林的要求。郭政委是1928年参加红军的老革命,身患多种疾病。关山林被揪出来不久,郭政委也被揪了出来,审查、交待、批斗,一关一关地过。郭政委是老病号,身子弱,抗不住,就要求专案组给服药打针。专案组嫌他屁事多,只给他阿司匹林和止痛片。郭政委有严重的胆囊炎和胰腺炎,专案组故意要人给他做猪油泡饭吃。郭政委先不吃,绝食,后来饿急了,给什么吃什么,一边吃一边流泪。专案组的人就说,郭清乾郭清乾,你看你多好的福气,犯了这么大的罪还吃猪油泡饭,你还哭,你有什么资格哭? 郭政委的胆囊和胰腺全泡在猪油里了,疼得受不了,再三要求专案组给结案,该定什么性定什么性,该杀该剐都认了。专案组认为郭政委是死老虎,没有多少油水,就拖着。有一天郭政委到院子里的厕所去大解,押他的战士守在外面,等了好一会儿不见人出来,连忙进去看,只见郭政委人倒趴在茅坑里,头揾在尿水里一动不动,拉起来时,人早溺死了。

乌云一听说郭政委用自己的小便自杀的事情,就不顾一切地冲进了专案组。这回她直接找到了庞若飞。乌云咬牙切齿一字一顿地对庞若飞说,要么让我见关山林,要么我就死在你们面前!

庞若飞当时心情正不好。庞若飞倒不是怕乌云要挟。这个女人丰韵犹存,手指细细的,近四十的人了,身材还那么苗条,很是招人喜欢,她说死的时候简直就跟说去听一场歌剧那么动听,没人会把她的话当真。庞若飞担忧的是,军委的《八条命令》下达了,命令规定军队的特殊单位坚持以正面教育的方针,今后一律不许冲击军事领导机关。毛主席在命令上批了八个字:所定八条,很好,照发。这个情况无疑对军代办的文化大革命运动不利。现在庞若飞要做的是必须让所有的案子既成事实,尽快结案,这样别人就无话可说了。军代办揪出来的一些人,别的案子都好办,就是关山林。他是个见了棺材都不落泪的家伙,对他什么方法都使完了,要不是避嫌,专案组都恨不得把离着不远的渣滓洞白公馆中美合作所那一套刑具拖回来,让关山林过上一回堂。庞若飞看着面前这个急切地要见丈夫的女人,心里想,也许让他们见见有好处。当年若没有虞姬那一刎,西楚霸王大概也就不会有乌江边上流芳百世的决一死战了。这个女人没有青龙宝剑,她也不是虞姬。她不死,看你关山林如何决一死战。

关山林见到乌云的第一句话就是,你来这里干什么?

乌云想说我来看看你,但是她说不出话。嗓子眼里有东西堵着,她怕她一开口自己就会哭出声来。

关山林看了看站在一旁的庞若飞和一个负责看守的警卫战士,冷冷地说,你们出去。

庞若飞朝那个警卫战士抬了抬下颏。战士出去了。

关山林看着庞若飞,傲慢地说,你也出去。我和我老婆见面,你在这儿掺和什么?

庞若飞说,关山林,你要弄清楚,让你们见面是我的决定。我同样可以收回这个决定。

关山林冷笑一声,说,那你就收回这个决定好了,我回房间睡觉去。关山林说着转身就走。

乌云急得不得了,想要拉住关山林又不敢拉。

庞若飞尽量不让自己生气,说,站住。庞若飞大度地笑了笑,朝门口走去,出了门,随手把门带上了。

关山林这才回过头来,重新走回到乌云面前。

现在房间里就剩下他们两个人了。房间有三十来平方米,没有桌子,也没有凳子,空空的,这样他们就坐不下来,只能面对面站着。房间的门被关上的时候,关山林突然像累了似的,绷紧的身子一松,穿在身上的那件特大号军装立刻就像是空了一截。

庞若飞这时并没有离开,躲在窗外往屋里看。看见关山林松弛下去的样子,庞若飞心里就想,关了他四个多月,还是第一次看到他有这副松弛的样子,看来让这个女人见他是对了。他这么想着,听见他们开始说话了。是乌云在那里说。

乌云是说家里的一些事儿。乌云平静地说,吴妈走了,李部走了,朱妈也走了。朱妈走,带走了京阳和湘月,走后来过两封信,说已经在海城住下来了,一切都好,让不要担心。路阳是靳忠人带走的,当了兵,是师警卫连的战士。

乌云说着,关山林一直站在那里听,脸上没有什么表情,只是在乌云提到路阳已经跟着靳忠人去当了兵的时候,眼睛里悠然掠过一道亮光。

庞若飞在窗外,心里暗暗吃惊,想这女人真是好生了得,男人一出事,一家上十口,大人孩子,主子仆人,该撤的撤,该疏散的疏散了,不声不响,滴水不漏,都安顿了。若是战争时期,到哪里去寻这样出色的后勤部长?

庞若飞这么想着,又听乌云在屋里说,家里都安顿好了,没有什么让人牵挂了,你放心,该干什么干什么。

关山林听着,脸上渐渐有了平常的神色,只说,嗯。样子是很放心的,或者说有她这样的后勤部长,他压根儿就没有担心过。

乌云说过了后方的事情,又问,你怎么样? 还好吗?

关山林说,还好,怎么也没怎么。过了一会儿,声音有些涩,又说,他们捆我的脸,这些狗娘养的。

乌云的身子轻轻颤抖了一下,往前倾了倾,似乎想伸出一只手去抚摸她丈夫的脸,但又忍住了,没摸。

庞若飞在窗外想,这女人厉害,知道男人需要什么,还知道男人在这个时候更需要什么。

乌云说,你不用理睬他们。

关山林说,哼。

乌云说,一切都会过去的。

关山林说,我饶不了这帮兔崽子! 我会把他们一个个活撕了!

乌云相信地说,我知道你会的。你能够做到。你想做到的都能做到。

关山林说,我当然能够。我怎么不能够? 你看着!

停了一会儿,乌云打破沉寂说,你面色发红,是不是身体有些不舒服?

关山林有些苦恼地说,我晚上睡不好觉。他们不给我褥子,没法睡。

乌云说,我来给你看看。乌云说着就移过去。她先抓住他的一只胳膊,两只指头搭在他的手腕上,替他号脉。然后她看他的舌苔、眼底。他们靠得很近,几乎没有间隙。他比她高出很多,至少高出一个半头,这样她要检查起来就很困难。但是她不要他把腰弯下来,把头低下来,她让他就这么站着,直着腰,挺着胸,她自己用力地踮起脚来,一只手搭在他的肩上,一只手翻动他的眼皮。她检查得很仔细。她的呼吸长久地吹拂着他的脸。他一下子把她搂住了。

庞若飞在窗外感到一阵激动。莫名的,心里有了一丝难过和妒忌。

他把她紧紧地搂住。她的整个人都靠在他的怀里,头抵在他的下巴上,一点一点磨蹭着。她的嗓音有些哽噎,声音很轻,说,没事儿,你没事儿,你结实得像头牛。

他说,我没事儿,我是牛。

她说,你能抗住的。

他说,我能抗住,我当然能抗住。

她伸出一双手,环住他的腰,双手在他的背后结成一个死结。他在她的死结里一动不动,一点儿也不想挣扎。他们就那么互相搂抱着,站在那里,一直站了很久。

然后她稍稍松开了他,抬起脸来看着他,说,郭政委的事听说了吗?

他愣了一下,说,听说了。

她说,我一听说这事就很害怕。我担心你。我担心你也会出事。

他冷笑了一下。他冷笑的那个样子很怪,让人无法分辨那是什么意思。

她说,你不会走这条路吧?你会吗?

他没有说话,脸色阴沉着。

她没有得到他的回答,就自己回答说,你不会的。我知道你,你决不会走这条路。你一生都讨厌这么做,是不是?

他目光呆呆的,说,他们太侮辱人了。他们就是想把人往死里逼。

她口气短促地说,有什么好怕的,那就和他们斗。打仗的时候,子弹炮弹不也把人往死里逼吗?

他干巴巴地说,这和打仗不一样,没有子弹和炮弹,你连枪声都听不到。这不是打仗。

她说,那又怎么样?你就认输了吗?

他说,不是认输。老郭他也不是认输。

她说,不是又是什么?你趴倒了,你就是承认自己输了。你帮着人家把自己杀死了,还有什么比这输得更惨的?

他的声音开始往上飘去,怪怪的,悠悠乎乎的,有些无着无落。他说,你不懂。你不知道。你什么也不明白。

她有些警觉了,抬起脸看着他,说,你什么意思?

他很困难,尽量不看她,把目光移到一边去,说,老郭那也是一种斗争。

她的心提起来了,脸色开始泛白,声音也有些发硬,说,他不是斗争,他是逃避!

他说,那是你的看法。

她说,我不管看法。我只是不喜欢这样。

他说,可惜不是你。

她说,你是说,你是你,你是老郭,你也要走这条路?

他说,我没说这话。我为什么非要说这话?

她说,不说,也不做。我要你活着。

他说,这么活着,比死了还痛苦。

她瞪大眼睛看着他,似乎有些不相信他的话。不,她的声音提高了,有些尖锐,有些急切,说,不,我不想听你说这种话。我不许你说这种话。我要你活着。她抓住了他的双臂,用力摇撼着嚷道,听见了吗?我要你活着活着活着!

她的摇撼和叫嚷对他一点儿作用也没有,甚至相反,让他觉得有些可笑。他站在那里不开口,一副无动于衷的样子。他真的像是无所谓了,像是被击垮了,像是什么也不想了。他的那个样子使她受了重重的打击。

她有些绝望了，真的绝望了。她从他怀里挣出来，推开他，站得远远的。她用一种异样的目光看着他，大声地说道，你知不知道，那天开批斗会，我就在台下。是他们要我去的。他们推你，搡你，打你，把你往地上按。你没有服输。你在喊。你喊，革命军人誓不低头！我在台下。我站在那里，看着他们把你按倒在地上，我在心里为你骄傲。我想，这就是我的丈夫，这就是我的男人，他们就是把他永远按倒在那里，他们就是把他打死了，我也会为他骄傲的！我没想到，真的没想到，你会成为这个样子。你怎么会是这个样子？你的勇气呢？你的信念呢？它们到哪儿去了？都丢掉了吗？都叫狗吃了吗？你不是一直都是个男子汉吗？你不是一直都是个战斗英雄吗？现在它们在哪儿？它们在哪儿？你说过你不低头。你说过今天你被打倒了，明天仍然会升起来。你说过的话，我永远记着。你呢，你是忘了吗？你是把它们忘了吗？

她说着这些，泪水流了出来，顺着秀丽的脸颊往下淌。可是现在呢？现在怎么样了？现在你却想去死，想一死了之。好哇，这是个好主意，真是个好主意。这个主意太妙了。妙极了。你一死，就什么都结束了，他们就不会再斗你了，不会再折磨你了，你也用不着睡没有褥子的硬板床了，他们也不会搧你的耳光了，你解脱了，彻底解脱了。好吧，你这么想你就去死吧。你可以这么做。你有这个权利。你放心，孩子我会把他们带大。我不用你操心。你要不想让他们知道，我也可以不告诉他们你是怎么死的。我会为你撒这个谎，告诉他们，他们的爸爸是被一勺饭饿死的。但是，关山林，你听着，我会瞧不起你！因为这个，我会鄙视你！我会每年在你的祭日到你的坟前对你说，你是个逃兵！是个懦夫！是个胆小鬼！我一辈子都恨你！恨你！

她一口气说完这些，喘着粗气，放声大哭起来。她站在那里，手足无措，孤立无援，全身都在剧烈地发抖。她的绝望的哭声淹没了整个房间。

他站在那里看着她。在她说那番话的时候，他什么反应也没有。现在，突然的，他的腰干挺直了，他的胸膛挺直了，他的空了一截的特号军装又鼓实起来，绷得像一面战旗。有什么东西重新又回到了他的身体内部。他看着她，然后朝她走了过去。他伸出双臂，把她重新搂进他的怀里。他像搂一个孩子似的搂着她，伸出一只大巴掌，为她揩拭掉脸上的泪水，这使得他的手掌一下子就变得湿漉漉的了。他笑了，轻轻地说，傻瓜，你真是一个小傻瓜。他就说了这一句，别的什么也没说。

但是这已经足够了。她浑身发软，仿佛刚才那一番话把她全部的精血都耗费光了，她是拿着整个生命去做了掘断他退路的最后的一搏。她重又伸出双臂去，让自己的双手在他的身后结成一对死结，让自己的脸牢牢地焊死在他的胸前。她无法止住自己的泪水。她说，我知道，我知道，他们不该掴你的耳光。她说完这话就泣不成声，几乎背过气去了。

庞若飞站在窗外，心里像推倒五味瓶似的感慨万分。庞若飞想，关山林这个高地的难以攻克，看来是有理由的，有这样一个女人，那个高地就算是打废了你也休想占领它，那个高地实际上一开始就是固若金汤的。庞若飞的面前又出现了一个对手，从理智上讲，他得承认他根本无法战胜他和她。他们是最好的联军，是那种真正意义上水乳交融的同盟者。但是有一点庞若飞是明白的，他不能继续让她待在他的身边了，如果那样，恐怕他连最后的幻想也没有了。

这回轮到庞若飞犯错误了。他把乌云弄到专案组谈话。他试图攻克这个看来十分娇小的女人。他以为他所掌握的那一大沓材料至少会让她保持一种沉默。他没有想到她是那么的强硬，她根本就不想沉默。她和他大声地争斥，竭力地为她的丈夫辩解和抱不平。不管他拿出什么样的材料她都置之不理，他一点儿也没有吓唬住她。她甚至固执到只相信一件事的地步，那就是她的丈夫是无辜的。她怎么会这样？她把庞若飞激怒了。庞若飞生气地拍桌子，她寸步不让，也拍。她那个样子简直和泼妇没有什么两样，庞若飞不得不下令将她关了起来。

但是她只被关了两天。两天之后他们不得不放了她。她两天没有去单位上班，一个叫白淑芬的同事到家里来看她。白淑芬看到的只是两个无人照看的孩子。那个十四岁的孩子一动不动地蜷缩在黑冷的墙角里，白淑芬几乎没有发现他，而那个七岁的孩子正躲在床底下抱着一捧从褥子底下翻出来的发了霉的饼干往嘴里填，他饿极了。白淑芬搜罗尽了饭柜，给孩子们做了一顿疙瘩汤，张罗孩子们吃了，吩咐他们不要到处乱跑，然后她把孩子们倒锁在屋里，匆匆赶回厂里去。

白淑芬是厂里最早起来造反的群众组织负责人之一，她那个组织的名叫红色军工。161厂的造反组织是由军工们组成的，战斗力极强，他们招之即来，来之能战，战之能胜。他们冲进了军代办专案组，勒令专案组放人。乌云是161厂的人，军队无权扣压。军队必须支持左派，要是不支持就不是人民的军队。专案组打算派出警通连弹压，但是军工们大多是复转军人，对他们来说警通连那些战士都是新兵蛋子，三尺半军装都没穿热，哪里配和他们交手。他们告诉那些如临大敌的战士们，他们拿枪的姿势不对，不够老练。他们言传身教，从那些一脸严肃的战士手中卸下枪，比划着教他们怎么拿。枪口别对着人，这样容易走火，伤着自己人；枪口朝下，这样抬手就能击发，迅速而快捷；侧身站，枪护着裆，别大八叉地愣在那里，别人脚一踹手一拽就夺了你的枪，你连信儿都不知道。有的战士怯怯地红着脸问，老兵，打过仗吗？被问的老兵就大言不惭地说，知道抗美援朝的事儿吗？知道中印反击战的事吗？知道抗美援越的事儿吗？没打过仗能叫老兵？这不，打仗打腻了，才脱了这身黄皮干上军工的。这么一说，两下的差距就真格地显了出来。那些军工造反派们像回了家似的楼上楼下到处蹿,问能不能看到大参考?问哪儿有厕所?问中午饭怎么解决?连机要室的门他们都敲过了,还挑剔地说军队的大字报栏太小气,不够贴两块尿片的,有机会到161厂去参观一下,看看161厂用造坦克的材料制造出来的大批判专栏,足有半条长城那么长,那才真正充满了革命豪情和革命斗志。

专案组所在的大楼里一片混乱,局势根本无法收拾。庞若飞闻讯匆匆赶到那里,白淑芬立刻带着一帮人将他团团围住。白淑芬口齿伶俐,严厉地斥问庞若飞为什么不执行中央文革小组的指示?为什么不支持地方上的革命造反派?为什么扣压造反组织的成员?白淑芬说你们这是镇压左派力量,你们这是与中央文革小组的指示唱反调。白淑芬扬言,如果两小时之内不交出人来,他们将立刻联络全市的红色军工组织围困军代办,武力抢夺自己的战友,不达目的,决不罢休,而事态是由军代办引起的,一切后果将由军代办的一小撮人负责任。

庞若飞发现自己在这帮兵不兵民不民的军工造反派面前毫无施展之地,他们完全是一帮无赖,是一帮兵痞子,和他们在一起没有什么游戏规则可讲。庞若飞不想让自己和这一帮人纠缠在一起。军代办的形势并不太糟,可以说形势很好,一二把手现在都被揪了出来,不管死了的还是没死的,对他庞若飞来说都不构成障碍了,他的面前,实际上已经是坦途一片。至于那个女人,他们要她他就给他们好了,她对他也没有更多的用处。庞若飞委婉地对白淑芬说,你们现在就可以把人带走。不过,他意味深长地笑了笑说,她对你们的真正用处,恐怕你们还没有认识到呢。

白淑芬没有料到庞若飞会那么爽快地答应交出乌云来。她为对方的儒雅和自己的过激而感到有些羞愧,为此她甚至有些讨好地向庞若飞投去媚态的一瞥。

事情过去一段时间后,白淑芬才想到庞若飞那意味深长的一句话。他说的乌云的真正用处是什么呢？白淑芬苦思冥想，但她怎么也想不出来。

白淑芬最终得出的判断是，那个精瘦而行动敏捷的副政委是个怪人。

第28章　退　役

1967年7月，在白色小楼里被关了整整六个月零两天的关山林被释放了。他被通知审查结束，可以回家了。

结案意见在关山林被释放时与他见了面。意见说，经审查，关山林同志自参加革命以来，在战争年代中的表现是好的，是可以信任的同志。1949年青树坪战役问题属战略判断错误，组织已有定论，不再追究。解放后在社会主义改造和社会主义建设时期，关山林同志曾先后两次犯错误，各受党内警告和行政记过处分一次，这两次错误查有实据，不再改正。文化大革命初期，关山林同志对运动认识不足，对群众的革命造反行为有抵触言行，经耐心细致的帮教有所认识，属人民群众内部矛盾。

关山林看这份结案意见没有看懂，他觉得结案意见通篇都是废话，什么认识不足，他根本就是反对的，他也不是有抵触言行，他和他们唱的是对台戏。这样含糊其辞的意见，连一个实质性的东西都没有，最主要的是关山林不喜欢意见书里的那种口气。但不管怎么样，关山林还是很高兴，毕竟这一仗是他赢了。他们关了他六个月零两天，他们使出浑身解数想打垮他，但是他们不得不灰溜溜地撤下阵地去。他的阵地还在，他的军旗还在，他的志气还在，他伤痕累累精疲力竭，但他仍然是胜利者。

关山林在一个阳光灿烂的清晨以一个自由者的身份走出那栋阴森的孤独的白色小楼。他非常高兴地看到乌云来接他。她远远地朝他伸出手来。他也远远地朝她伸出手来。他们捉住了对方,手挽手地走出小白楼。院子里没有人,所有的人都在窗户后面看着他们俩。走出几步之后关山林突然意识到什么。他站下了,把自己的手臂从乌云的手腕中抽了出来。他检查了一下军风纪,挺了挺胸,甩下乌云,大步向前走去。他的脚步坚定而有力,踏得黄尘在七月的阳光下如滚滚的硝烟。他是一个军人。他得走得像个军人。即使是凯旋的时候,他仍然是个真正的军人!

一个月后,一份盖有国防部大印的命令由北京寄自关山林手中。鉴于关山林同志身体情况不再适合长期担任领导工作,特调其离任总军械部西南军代办主任一职,离职休养。此令。关山林拿着这份离职命令,看了一遍,又看了一遍,看过愣了,半天没有明白过来。什么身体情况?见鬼,他有什么身体情况?他的身体棒棒的,什么情况也没有!这算怎么回事儿?他们在搞什么名堂?他们凭什么撤了他的职?他们这是要干什么?

关山林好半天才弄明白,他是被解除军职了。他是被撵下台了。他们要他休养,要他这个才五十七岁结实得能一口把炮弹头咬裂下一块儿来的老兵休养!放他娘的屁!他关山林需要休养吗?

关山林被激怒了。关山林要到他的办公室去打电话。他要责问国防部的那些混账王八蛋,他们有什么资格让他休养?他们凭什么?但是关山林发现他已经进不了他的办公室了。他的办公室已经有人占据了,鹊巢鸠占,已经不属于他了,它已经属于那个叫庞若飞的人了。想打电话吗?打长途?给北京打?是告诉你的老战友,你已经无怨无悔地完成了党交给你的任务,已经心情愉快地休息了?是的,这真是一个好消息,这个好消息真是应该告诉他们。对了,顺便通知你,我已经要营房部尽快修缮你原来的那栋住房,他们会把一切都处理好的。你很快就会搬进你的旧居了,你可以在那里继续打电话,你可以把你的喜讯告诉每一个人,让他们都来分享。庞若飞客客气气地这么说,样子谦卑极了,好像是在讨好他,但是就连一个傻子都能看出来,他的眼神里有着怎样一种得意,那种得意分明是在告诉别人,瞧,我才是真正的胜利者。

关山林受了刺激,他决定不在那里打电话了,他甚至决定不打电话了。他打什么电话?他要直接去北京,他要面对面地让他们说清楚,他们为什么要他休养?乌云劝关山林别冲动,凡事从长计议。关山林根本不听,完全不听,怎么想就怎么做,背上一个军用挎包就登上了北上的火车。关山林到了北京,找到了他要找的部门。为什么撸了我?为什么要我休个什么养?他怒气冲冲地质问。人家莫名其妙。人家反问道,你是谁?你是哪个部门的?然后人家弄清楚了他是谁,是哪个部门的,就耐心地告诉他,离职休养的命令是组织上下达的,组织上每天都要下达很多份这样的命令,下这个命令是有道理的,组织上不会做没有原则的事,再说,离职休养又不是新的发明创造,又不是针对你一个人来的,战争年代不就有吗?让你休养你就休养,等休养好了,你再回到工作岗位上来嘛。人家干部部门的同志工作就是很耐心,反反复复地给关山林解释,解释完了,人家就去看大字报去了。

问题没有解决,关山林并不罢休。你不给我解决,好,我找国防部,命令不是国防部给撤的大印吗?国防部不解决,我就找军委,反正我不能让你就这么把我给撸了!关山林一旦决定下来就干,找国防部,找军委,凡是能找的地方他都找了,结果并没有改变什么,得到的答复仍然是下发给他的离职休养命令没有差错,组织的决定是有原则性的。关山林发现他过于乐观了,他们根本就不打算理睬他,他们根本就没有把他的事放在眼里。人民解放军有几百万军人,我为人民扛起枪,我为人民放下枪,休息一两个人算什么大不了的事,就连大象抖落一两片皮屑也比这分量大得多呢。

仗打到这个份上,打出了胶着状态,打不下去了,关山林感到得动一点儿脑子了。你遇到牛皮糖堡垒,你硬攻攻不下来,就得换一种打法,打迂回。关山林就开始打迂回,找那些他过去熟悉的老上级,只要是在北京的他就找。肖克、王震、王树声、方强,但是这一招也不灵。他发现他们现在自身都难保,有的有职无权,有的天天得写检查,他一去还得拉着他诉苦。王树声对他说,算了,老关,叫你休养你就休养,现在休养比什么不好?安安静静养上一阵子,等乱过这一阵,你再出山,强似待在那里看猴戏。关山林坐在那里发呆,这一下他才意识到他是真的无望了。他无精打采地坐了一会儿,起身告辞。王树声说,老关你走什么?老关你别走,上回我那酒还存着呐,咱们找厨房要两个菜,喝一盅。关山林像是没听到似的,摇摇晃晃的,人已经出了院子,过门槛时没迈动脚,差点儿没绊在那儿,是真的要为人民放下枪的样子。

关山林回到了重庆。乌云看到关山林回来了,欣喜万分。问他结果怎么样,他不说。他胡子长了,眼也眍了,军装的领子上一层汗泥,人往那儿一坐,半天没有话说。乌云知道他事没办成,不能再问。那时家已搬回原先住的那栋小洋房里,家具和部分抄走的东西也给退回来了。乌云就要再度回到家里来的公勤员李部去买鸡,自己亲手操持,炖了给关山林补身子。

那天的菜很丰富,鸡汤炖得也很好,关山林也没有闹意见,很配合地喝汤,喝得山呼海啸。乌云以为事情就这样了,关山林已经接受这个事实了。谁知没有。饭快吃完了,一锅汤,关山林汤勺没放,一口气喝下一多半,一边喝一边拿眼角看乌云。乌云说,是不是盐放多了,咸了?关山林说,盐没放多,不咸。关山林说,你看我喝汤的样子,我能吃能喝的,嗝也没打,身体不像有毛病的样子吧?

关山林解放了,而且是彻底解放,连工作都不用做了,赋闲在家,乌云就考虑,可以把山东海城的两个孩子接回来了。

乌云和关山林商量,关山林不让,说革命尚未成功,以后还有恶仗打,孩子在身边碍手碍脚,放在老百姓那里,就像把鱼儿放进大海里一样,安全可靠。乌云说,你现在都休息了,没工作了,还有什么恶仗打?去哪儿打?关山林生气地说,你懂什么叫休息?休息就是打仗打累了,烫个脚,打个盹,喘口气,然后再上。休息又不是死,不死就还得接着打。乌云知道关山林并没有让人拿住,叫休息,其实贼心不死,还抱着希望,随时都会蠢蠢欲动,也不想落井下石,这个时候灭他的希望,就说,你打你就打,干孩子什么事?你要打仗,总不能老把孩子泡在大海里不管吧?你把孩子们泡在大海里,总要让他们上岸来喘口气吧?关山林说,怎么不干孩子的事?怎么不管了?我就是不干孩子的事,我就是不管!你革命了几十年,你怎么连这点儿道理都不懂?乌云说,我不懂什么道理了?我不懂什么道理了?我要怎么才算懂道理了?关山林看着乌云,一字一句地说,道理就是,一个革命军人,在他还有一口气的时候,他就没有权利撤下战场!

乌云被关山林这句话说得无言以对。乌云承认关山林说得对,全都对,一点儿错也没有,简直就是颠扑不破的真理,让人没法驳。乌云悲哀地想,这个人,他一辈子都在想着打仗,他想打仗都想疯了,他想打仗都想得自私透顶了。乌云这么想,还是忍无可忍,他们大吵了一架。

吵过架后的关山林脾气坏透了,看什么都不顺眼,有时候他把留在家中没泡进大海里的两个孩子揍一顿,有时候他逮着李部出一通气,但更多的时候他找乌云吵架。关山林仿佛喜欢上了和乌云吵架,在这方面他简直就跟一个坏孩子似的。乌云尽量让着关山林,不和他吵架,有时候关山林不讲道理,乌云实在被逼急了,也和他吵上一架。子宫摘除之后,乌云的脾气变得越来越烦躁,她要吵起架来,也是顺着风头子往上攀,雷霆万钧都不怵。

关山林和乌云吵架,李部不知所措,李部就只好把会阳和湘阳带到外面院子去,躲开家里的这个战场。其实会阳和湘阳都不在乎这个,这两个孩子正好是家里大人最不在乎两个孩子,也是不在乎家里的大人在干什么的两个孩子。李部把他们带到外面,会阳就找一个僻静避光的地方继续躲起来,一动不动。湘阳则到处溜达,满世界找可以收藏的东西。倒是李部自己,虽然手里又有了一支新买的笛子,可以继续吹《我是一个兵》,还能吹"哪里需要到哪里去,哪里艰苦哪儿安家",但关山林和乌云在家里吵得屋顶掀翻,他一点儿吹笛子的心思也没有。李部就托着腮帮子坐在那里忧伤地想,他们是多么令人尊敬的人呀,他们为什么要吵架呢?他们这是怎么了?李部对这件事一点儿也想不通。

有一次,关山林和乌云又吵架了,两个人吵得很厉害。关山林一气之下,打了乌云一耳光。乌云被激怒了,朝关山林扔出一个暖水瓶。接下来,乌云把能够抓在手中的东西都朝关山林扔去,像扔手榴弹似的。关山林躲也不躲,有一只闹钟差一点儿就击中了他的脑袋。关山林岿然不动地站在那里,一脸地恶毒,对着乌云冷笑。乌云朝他喊,关山林,别人一点儿也没说错,你就是个军阀!

李部当时在场。李部傻了似的站在那里,完全不相信他看到的一切。事情过后,关山林摔门出去了,乌云很快就平静下来,捋了捋凌乱的头发,开始清扫一片狼藉的战场。李部慢慢缓解了手颤,气也喘均了,就过去帮助乌云清理乱七八糟的家。

乌云轻轻地说,不用你,我自己来。

李部实在忍不住,吭吭哧哧地小声说,阿姨,你们,你和首长,你们都革命一辈子了,你们都战友一辈子了,你们为什么还要吵架?你们这样,让人看了心里难过。你们就不能不这样吗?

乌云手里拿着那只被砸烂了的钟,抬起身子来看着李部,把李部看得手脚都没处放了。乌云轻轻地叹了一口气,说,你不懂。你还年轻,这种事你不会懂的。乌云说完,把砸烂的钟放回到五屉柜上,又低下头去一点点的扫地。他们整整往垃圾箱里撮了几簸箕垃圾碎片。李部发现乌云的手被碎玻璃割破了。他连忙去找出急救箱来。乌云没让李部帮助,她自己给自己消了毒,自己给自己包扎伤口,然后,乌云坐在那里,说出了那段令李部永生难忘的话。

乌云抬起头来看着李部,她的脸色十分平静。乌云说,他打了一辈子仗,现在他休息了,没仗可打了。他心里有火,你要不让他把火发出来,他会憋死的。他失去了战场,没有对手了,等于就是一个没用的人,等于就是死了。我不要他死,我不要他没用,现在,我就来做他的对手,我来和他打。我们是夫妻,只有我们两个人,才能把仗打到最后。

1967年秋天,关山林搬进了干部休养管理所。

这一年的秋天,关山林的双鬓出现了大量的白发。他突然之间衰老了下去。

干休所是一处占地十几公顷的花园,最早是一个彭姓英籍买办的私宅,后来被四川军阀刘湘夺了去,做了刘公馆。无论是彭姓私家花园也好,刘姓公馆也好,主人图的都是一个静字,所以在拥有它的时候,都将宅子建得少少的,地界圈得大大的,花草树木种得多多的,弄得鸟比人多,蜂蝶比鸟多,花草树木比蜂蝶多。花园是人建的,这样的花园待到建成时,却显不出人了。人本来是想做趾高气扬的主人,于是挖空心思下足了征服的力气,等到真的有了征服,做了主子,终究还是见不到自己,自己还是被蜂蝶鸟儿花草树木湮没了。

最早干休所是没有骚扰的。被湮没中的干休所终日风和日丽,鸟语花香,在大都市里实在是一处世外桃源。外界的人偶尔寻错了路走进来,走不出一百步,便会心里忐忑地犯疑,迷惑自己是不是还在梦里,并没有醒过来,是从梦中直接走进了一处童话中的世界。

这样的安静终有一天被打破了。

1967年到1968年的那些日子,重庆市的武斗越来越厉害。山城各处都打起来了,白天一片枪炮声,作坊炒豆子一般响个不停,到了晚上,除了声响之外,还多了曳光弹掠过夜空的美丽的弧道,间或有燃烧弹制造出来的狼烟火图。人不肯忍耐寂寞,追求着心理和感官的刺激,鸟儿却不喜欢这个,被枪弹追得惶惶四下里逃遁,满世界寻找一片安静之处,就寻找到了这里。好在这里树木茂盛,凤凰爱的梧桐,黄鹂爱的白果,什么树都有,鸟尽所爱,各择枝头,筑巢的筑巢,觅伴的觅伴,贮食的贮食,都有劳动,都有归宿。刚来时还有些惊恐,园子外面枪声一响,如云的树林中轰地就飞起一片鸟儿来,胡乱扑撞,撞晕了头,落下两只来,被园子里人家养的肥肥的大白猫叼到一边去,也不伤害,只是扑挪玩耍一番。到后来都习惯了,有了经验,知道那只是响声,声音不中听,却是没有什么实在的危险,再有枪响时,就不再惊动了,只当没有听见似的,该筑巢的筑巢,该觅伴的觅伴,该贮食的贮食,都有劳动,都有归宿。

　　干休所大小也算是兵营,且不是一般的兵营,兵营里住的都是打了几十年仗没打死剩下来的命硬的兵。既是兵营,就有兵营的约束,平常外人是不允许走进来的。本来没有什么事,可是那一天,有一队学生造反派要去紧急支援被围攻的战友,因为时间紧迫,来不及顾及许多礼节,就翻墙进了干休所,又翻墙出了干休所,把一处美丽安静的花园做了一条战役捷径。学生们因为取了捷径抢了时间,再加上英勇无畏地打了胜仗,战斗结束后,他们又回来了,回到花园里来了。他们回来打猎。他们不是打那些鸟。他们对鸟不感兴趣。他们感兴趣的是鱼。他们在借道花园的时候发现花园里有好几个池塘,池塘里荷叶片片,鱼光点点,他们觉得这实在是一个庆贺胜利的好去处。

　　学生们找了一个最大最美丽的池塘,围起来,先用枪朝池塘里射击,射了半天,没见浮起一条鱼,先还拿相互的臭枪法取笑,后来发现这和枪法没关系。那池塘水深,子弹泼雨似的往水里一打,把水面打烂了,鱼知道了危险,都潜入深处去藏了起来,子弹在深水处就跟鱼饵似的胡漂,哪里还有威胁?一个长了一脸青春痘的学生收了枪,气馁地说,毛主席早就教导我们,鱼翔浅底,百舸争流。这池塘里的水这么深,到哪儿打去?另一个剃了光头的学生,看样子是这一队学生的领袖,气得脸都红了,说,毛主席还教导我们,宜将剩勇追穷寇,天翻地覆慨而慷。我就不信这个邪,我就不信我人都对付了,鱼就对付不了。光头说罢收了枪,从腰间解下一枚手榴弹,揭了仓盖,捅开油封,勾出拉环,小拇指套了,喊了声趴下,扑通一声就丢进池塘里。少顷,手榴弹在水里爆炸了,闷闷地掀起一束水花,池塘里立时浮起一片白花花的鱼来。学生们从地上爬起来,一看战果辉煌,都乐了,说,这办法好,早该想到了,刚怎么就没想到?又说,毛主席教导我们,集中力量打歼灭战,将革命进行到底。于是他们纷纷收了枪,去腰间摸手榴弹,准备好好将战果扩大一下。

枪响的时候关山林正在家里看报纸。枪声使他浑身机灵了一下。关山林放下报纸,叫李部出去看看,看什么人在那里放枪。李部出去看了,回来说,是一些学生在那里放枪。关山林说,怎么回事?怎么打进来了?他们要打,叫他们出去打,吵得人家看报纸都没个清静,末了再丢两具尸首下来,谁替他们收去呀?李部说,他们不是打仗,他们是打鱼。关山林一时没明白,问,打什么鱼?有什么鱼好打的?李部说,池塘里的鱼,他们拿枪打池塘里的鱼。关山林愣了一下,就笑,说,狗日的,一群傻兔子,鱼又不是山猪,鱼在水里待着,使枪能打上来吗?得炸,用炸弹炸,炸才管用,他们怎么这点儿都不懂?关山林说罢挥挥手,重新拿起报纸来,准备不理这茬事儿,继续读他的报纸。正在这时,那枚手榴弹响了,轰的一声,震得窗玻璃铮铮发抖。关山林把耳朵支棱起来,有点儿恼了,说,怎么回事儿?还真使炸弹炸呀?他们想干什么?他们还有完没完?还让人看报不让?一边说着一边站起来,把报纸丢到一边,大步朝外走去。

关山林来到池塘边上的时候,那里正闹得不可开交。有两个休息干部比关山林早到了一步,正在那里阻止想往池塘里继续丢手榴弹的学生们。学生们当然不吃这一套,双方争执起来。都是拿枪的人,或者说一边是拿枪的人,一边是曾经拿过枪的人,火气都旺,谁怕谁? 谁服谁? 所以争执得很厉害。

休干的家属远远的在树荫下着急地朝这边喊,回来! 回来! 别管那个闲事儿! 他们要干啥就干啥,他们有枪! 喊过老伴又吼孩子,你们往哪儿冲? 你们往哪儿野? 又不是放电影,没见人家手上有枪呀? 上去了一个还嫌不够呀?

关山林就在这个时候大步走来了。

关山林走得地皮噔噔作响,走近人群,伸手把外围的人拨拉到一边,自己直接进了中心。中心是那两个休息干部,被拿枪的学生们围住了,看样子很孤立,一副要被拿下来的架势。关山林不喜欢这样,不喜欢和自己一样的曾经拿过枪的人被人拿下,就说,干什么? 你们要什么? 你们要抢人不成?

学生们一看进来一个大块头,一开口声音炸得人头皮都发麻,分明是个厉害角色,于是都停止了争吵,放开两个休息干部,拿目光打量关山林。一个休干看关山林来了,气愤地说,他们炸鱼,拿枪打了不说还使手榴弹炸,老关你说这还了得! 另一个休干也说,搞什么名堂,简直邪了!

关山林听了,也觉得邪了,就拿凛凛的目光去点射那些学生。学生们都有点怵他的目光,都下意识地把眼睛躲开了。只有领头的光头不怵,仍用傲气的眼光看着关山林。

光头说,炸鱼算什么事儿? 炸鱼也算件事儿吗?

关山林看出光头是个头儿,或者说,是个首长,就把喽啰们放了,只把目光对准了光头。关山林说,要说呢,不算事儿也就不算事儿,但得分个时间场合。当年我也炸过鱼,比你这厉害,使的是旧炮弹,那是肚里没食,饥了,为着填肚子。你们这一个个红头绿脑的,你们也不像是饿汉,干吗炸?

光头愣了一下,的确没想过这个问题,就老实承认说,不干嘛,炸着玩。

关山林说,就为这个? 就为玩?

光头说,那还为什么?

关山林说,这就是你们的不对了。这就是你们不懂事了。哪有这种玩法? 哪有使手榴弹炸鱼这种玩法? 这是多大的浪费? 这是败家子!

光头有些不高兴,说,你凭什么这么说我? 你是谁?

关山林说,你别管我是谁,我说你是浪费你就是浪费,我说你是败家子你就是败家子。我这还没说完,我不仅说你们是败家子,我还说你们是散兵游勇,是流寇。你们拿着枪握着弹,怎么说也算是一支武装,既是武装,就得攘境安民,保护地方,秋毫不犯。过去年代,连稍大一点儿的土匪都明白这个,哪有像你们这样的,偷鸡摸狗,打家劫舍,这像什么样子? 你们这个样子,不是散兵游勇,不是流寇又是什么?

光头一听生气了,小脖子梗了起来,说,你这是什么话? 你这是怎么说话的?

关山林奇怪地问,我这话有什么不对吗? 我这话很正确嘛。

光头年轻气盛,受不得这个刺激,说,你这样说,我还真不信邪,我还真做一回散兵游勇,我就再做一次给你看看。光头说着,就去一个伙伴手中抓过一枚手榴弹,摆出架势要往池塘里丢。

关山林这下子恼了,他吼道,你敢! 你小样儿! 你再丢一个试试! 你再丢一个,我立马撽了你!

光头被关山林的吼声吓了一大跳,主要是没想到关山林的吼声会这么大,炸雷似的,连耳膜子都震疼了。光头分明是让那一吼吼伤了,人愣在那里动弹不得,但一会儿又清醒过来了,这一清醒,脸就没处搁了,心里想,吼也不是不能吼回去,但得分个局势,我这手里捏着的是武器，武器不是玩具，不是吃素的，一个小时之前我还把对立派打得丢盔卸甲，屎滚尿流，你这里也就三个撒尿都撒不远的糟老头，就算浑身是铁，你能打出多少子弹头来？凭什么就该你来吼我？

这么一想，光头就恼羞成怒了，就恶从胆边生了，也是一个下意识的动作，人往后退了一步，手中的枪栓哗啦一拉，枪口抬起来，笔直地戳住了关山林的胸口。其他的学生一看自己的首领操家伙了，都往后跳开，把手中的枪举了起来，对准了人群中的三个老兵。

这一招非同小可，站在远处观察敌情的家属们一下子就炸了锅，也有往前扑的，要替自己的老伴挡住枪口，也有往后跑的，急着要去叫警卫排的战士来救命，哭喊声响作一片。

关山林却很镇定，在人群之中没事一样，看了看光头指向自己的枪口，觉得事情演义到这个份上，就有些好玩了，他还真的咧开大嘴笑了一下。关山林说，怎么的？还真的打算玩一把呀？还真的操上家伙啦？要真玩，小子你可要吃亏了。关山林说着，朝前迈了一步，同时迅疾地出手，也不知使了一个什么招数，只一眨眼工夫，光头手中的枪就落到他手里了。

关山林的这一招让所有的人都大吃了一惊，但是没等光头和那些学生们反应过来，关山林已经在那里十分内行地摆弄起那支战利品来。关山林一边摆弄着枪一边啧啧有声地说，好枪，好枪，可惜保养太差，糟蹋了。

光头丢了手中的武器，先是吓了一跳，出了一身冷汗，呆在那里不知所措，后来看见关山林一门心思全在那支枪上，而把他和他的伙伴全丢在一边，其实不是威胁，就喘出一口长气，小心翼翼贴过去，问关山林，你们当年不是玩火铳吗？你也知道这枪？

关山林停下来，抬了头看光头，脸上是不快的神色，说，什么意思？

光头连忙解释说，你别误会，我知道你过去玩过枪，我是说，你们过去打仗,使的都是汉阳造呀毛瑟呀三八大盖呀什么的,不会见过这种新式武器吧?

关山林在鼻孔里轻蔑地哼了一声,颠了颠手中的枪,说,56冲锋式,根据苏式AK47突击步枪仿制,7.62毫米口径,有四条右旋膛线,采用击锤回转、击锤簧能量击发的方式,发射中间型步枪弹,枪口动能1990焦耳,初速每秒710-730米,弹匣容量三十发,枪机采用回转式闭锁方式。怎么样,不错吧?

光头明显地吃了一惊,说,不错,一点儿不错。

关山林并没有结束,也没有让光头的惊讶结束,说,不错这是其一,想你拿这枪射过鱼,也该知道的。还有其二,未必你就知道了。

光头很感兴趣地问,什么是其二?

关山林说,56式冲锋枪有两种改进型,一种是56-1式7.62毫米冲锋枪,一种是56-2式7.62毫米冲锋枪,这两种枪型比制式型小巧轻便,战斗性能丝毫不低于制式型,只是产量极少,用于特种部队的装备。我想,你怕连见都没见到过。

光头有些羞涩地抠了抠脑袋,不好意思地说,真没见过,听还是头一回听说。

关山林点点头,说,这就对了,你这样说还是比较谦虚的,有点儿实事求是了。

光头这时已和关山林没有多少隔阂了,极佩服地说,老同志,你对武器这么熟,看来不比一般人。你是打哪儿知道这些的?

关山林伸出一只手,拍了一下光头的肩,差一点儿把光头拍得歪坐在地上。关山林说,娃娃,我搞了几十年军火。我搞军火那会儿,你爹怕还在穿开裆裤呢。要论玩枪,我是不和你说,要说还真怕把你吓住。

光头瞪大眼睛说,吓,敢情你是《把一切献给党》呀? 敢情你是吴运铎呀?

关山林笑呵呵地说,差不多吧,要差也差不到哪儿去。关山林这么说着,将手中的枪关好保险,还给光头,说,好了,娃娃,把枪收好,该到哪儿玩哪儿玩去,别在这儿犯愣,撵得狗叫鸭子飞的,那不是事儿。

关山林说罢,转身分开人群,走了,回家看报纸去了。

光头一帮学生后来也走了。但走后不久,他们又回来了,是当天晚上来的。这回没带枪,带的是一支毛泽东思想文艺宣传队,张罗着要给干休所的老兵们慰问演出一场,算是为炸鱼的事情道个歉,替老兵们压压惊。学生们热情极高,挨家挨户把老兵和他们的家属请到操场上,在那里为他们跳《草原上的红卫兵见到了毛主席》和《金珠玛米亚古都》,唱《长征组歌》和《八角楼的灯光》。台上的学生们都穿军装,台下的老兵们反而不穿,但不管穿军装的还是不穿军装的,双方气氛一律都很融洽。学生们跳得极卖力,跳得一头大汗,观众们也很给面子,一遍一遍地鼓掌。这时,就有一个学生借着热烈的场面跳到台上,举着手臂挣红了脖子领呼口号,喊,军民团结如一人,试看天下谁能敌!

只有一个人没呼口号。这个人就是光头。打节目一开始,光头就在人群中转来转去地找人。后来光头找到干休所一位管理员,问,那个老同志怎么没见到?管理员不知道光头问的是谁,反问,你说的是哪个老同志?我们这里的同志个个都不年轻,都够老的。光头说,就是那个大块头,白天在池塘边下了我的枪那个。管理员明白了,就笑,说,你说的是他呀,他才不会来呢。光头问,为什么他不来?他还在生我们的气呀?管理员说,他不来,和你们没关系。他从来不看文艺表演。他连电影都不看。他是对蹦呀跳呀的事不感兴趣。光头听罢大失所望,说,那我们还慰问个什么劲儿?我们慰问,就是冲着他来的,我们是想请他给我们做军事顾问呢!管理员说,这你没想错,你请他做军事顾问没错,这想法是个好想法,他一准能教你们不少东西。管理员说罢就不理光头了,扭过头去继续看演出。管理员在心里想,这些娃娃妹子正经八百跳得不赖呢。

第29章　把我的老婆交给我

在揪出乌云的问题上,白淑芬一直处在一种两难的境地中。

161厂的夺权斗争起步较晚。和社会上如火如荼的文化大革命运动比较,他们几乎慢了整整一拍。但是厂里的退伍军人多,党团员多,不乏觉悟和热情,运动一经发动起来,就显示出这个厂的活力。

夏天过后,文攻武卫演变成大规模的武斗。重庆是军事工业基地,兵工厂遍及全市,兵工厂的造反组织近水楼台先揽月,迅速用自己厂生产出的军火武装了自己,有些武器属新式装备,甚至连部队都还没有用上,造反派们就扛着它们去攻打对立派的据点了。武器从步兵用轻器械到四联高机、高射炮,甚至坦克和飞机,无所不有。建设机床厂的造反派头头邓长春动用几十艘军用船舰,沿嘉陵江自重庆而下攻打涪陵,航程中遇重庆警备司令部一艘巡逻舰劝阻,邓长春下令开火,数舰齐轰,立即将警备司令部那艘巡逻舰打成了筛子,巡逻舰沉入江底,警备司令部一名副参谋长率领的战士全部殉职。飞机参战最先是用作撒传单和威震对立派,这还属于精神战范畴,后来就发展到丢炸弹了。炸弹不是真炸弹,是石头和钢碇。飞机飞临战区上空,舱门打开,成筐成筐的大石头和钢碇自天而降,铺天盖地,纵使不是真炸弹,也有着相当的气势和威力。但是也有差错,好几次飞机丢下的土炸弹都丢在自己人的头上,把自己人砸了个落花流水,骂娘都没处去骂,究其原因,是训练有素的飞行员难以找到,飞机由生手驾驶,飞得歪歪扭扭,炸弹自然就投不准,后来这种方法就不大使用了。倒是坦克的作用大得多。攻打对方的据点,若把坦克派出去,几乎每战必胜。161厂是生产坦克的,生产 T-59 系列主战坦克,这种坦克装配有新型发动机、乔巴姆装甲和车长炮长夜视仪,它的火力系统为一门一百零五毫米线膛炮和一挺 7.62 毫米并列机枪,攻击性相当强,所以161厂的两个主要对立派组织都很威风,曾在杨家坪地区进行过颇为激烈壮观的坦克群战。实力雄厚的各派若攻打对立面牢固点儿的据点,也都由坦克率先攻坚,以壮声威,一般的情况下都是无坚不摧,所向披靡。但是也有失手丢丑的时候。有一次西师8·31攻打六中红联,红联的那些中学生勇敢无畏地守在学校的主楼上,以猛烈的火力抵挡进攻,接连打退了几次冲锋。西师8·31这边看着久攻不下,就派出坦克助攻。坦克轰轰地开来的时候,枪声停了,战场上一片寂静。眼见着坦克已经冲到主楼下,正准备加大马力撞击楼房,但见主楼楼顶的平台上出现了一个浑身绑满手榴弹怀里抱着一个炸药包的中学生,他轻轻地纵身一跃,像只鸽子似的飞落到坦克上,霎时天崩地裂一声巨响,那庞然大物就化成了一堆废铁。还有一次,一派以嘉陵江大桥为屏障阻击另一派的进攻,另一派就派出坦克,原以为坦克一过,胜券在握,谁知对方事先在桥头牵上了高压电线,电线用钢板埋了,等坦克冲到,对方眼疾手快,合上电闸,坦克抽搐了一下就停住了,坦克里的人冒出一阵黑烟,都变成了一截焦炭。这里讲的当然都是坦克走麦城的事,但总归起来,坦克的威力和威风比起轻武器来还是大得多,所以161厂的造反组织在重庆仍不失为重要的武斗力量,造反派的人也就有一份不小的威风。

白淑芬很长一段时间不知拿乌云怎么办。作为厂里最早起家的造反头头之一,她的意见是举足轻重的。乌云在运动中期被当作走资派揪出来了,但这并不是白淑芬的主意,而是运动使然。从总厂到分厂到各单位各部门,所有的领导都尽数被揪出来了,医院不是世外桃源,当然不能例外。乌云开始没有受什么苦,她只是被当作走资派夺了权,揪了出来,被人踢到了一边。她每天仍然按时到医院,接受群众组织的批判和审查,闲下来的时间就写交待材料和搞卫生。

许多人的境遇都比乌云糟糕得多。比如胡祥年,他被强迫戴上了用钢板焊成的高帽子,胸前挂着钢铁做成的黑牌子,和他在厂俱乐部当主任的妻子一起到处游街。造反派揍胡祥年,把他的肋骨都打断了。他们还用弱硫酸烧他的手指头,把他的手指头一点点烧成了吹火筒的颜色。

乌云没有遭到暴力对待,一方面是因为乌云在医院和厂里的人缘一向很好,另一方面则是白淑芬的保护。白淑芬要乌云正确对待文化大革命,积极配合群众的批判,老实交待问题。乌云对此很感激,她知道有了白淑芬这层保护,她的日子会好过多了。有一次白淑芬埋怨乌云,说乌云不会转弯,给自己添了很多麻烦。乌云愁眉苦脸地说,他们要我承认去年那起工伤死亡事故是我执行资产阶级治院方针造成的。那起事故你知道,伤员送到医院来的时候已经停止了呼吸,心电监视仪上的电波只是反冲假象,和治院方针没有关系。白淑芬说,有没有关系不由你说,由群众说,你现在根本没有说话的权利,群众怎么说,你就承认下来得了,也让我对下面有个交待呀。乌云说,别的说我什么我都承认了,我没有的都承认了,可这是人命关天的大事,我怎么能信口雌黄?我要是承认那是一起医疗事故,那尤大夫、王大夫,他们不就成了事故的直接肇事者,他们不就遭殃了?白淑芬说,你现在不要管别人,你现在是泥菩萨过河,自身都难保,还操心人家的事,你自己说你迂不迂?你就承认下来,转一个弯,把事情推到别人头上,反正你又不是具体实施者,这样我就可以出来说话了。乌云摇头,说,什么弯都能转,他们说我投机,说我收买人心,说我宣扬资产阶级人性论,这我都承认了,但是这个弯我转不得,转了会害别人的。白淑芬跺脚道,你怎么是这样的人?你都快要把我气死了。你这个样子,叫我怎么替你说话？你要再这样榆木脑袋，我可不管你的事了。

白淑芬说了不管乌云的事儿，但她还是管了。她想尽一切办法保护乌云，不让乌云在运动中吃太多的苦头，为此白淑芬不惜转移目标，把批判的火力集中到院长周广太和副书记胡祥年身上。白淑芬天天组织批斗会，狠斗那两个倒霉蛋，她准备好的矛头都是对准他们俩的，而乌云则成了一个陪衬，只是站在批判台上陪杀场，没有动什么真格的，也少挨了不少打骂。

这种好日子没有保持多久，白淑芬这把保护伞渐渐地照顾不到乌云头上了。随着运动的升级，批判的火力越来越猛，乱世英雄层出不穷，很多新冒出来的造反力量都想打出一片天下来，需要在死老虎之外再发现新的斗争对象，老造反派要保护自己的胜利果实，也想要不断创造战绩，乌云要想逃开这种星火燎原的局面，几乎是不可能的事情。乌云受到的冲击越来越大，造反派开始像对付其他走资派一样地对付她。她开始挨打，打耳光或者往腿上踢。有一次造反派把一瓶墨汁往她头上倒，她想躲避，他们很生气，给了她一老拳，把她的眼睛打肿了。还有一次造反派批判妇产科的两个大夫，说她们把革命群众生孩子时落下来的胞衣煮了吃，那两个大夫解释说她们吃是吃了，但她们没吃别人的胞衣，她们吃的是自己的胞衣。她们说这事乌书记知道，乌书记可以作证。本来这事轮不到乌云开口，她现在的身份根本就没有开口的资格，但她觉得那两个大夫太冤枉，忍不住就说了实情，证明她们没有吃革命群众的胞衣。造反派恼羞成怒，罚乌云戴着三十斤重的铁帽子，挂着三十斤重的铁牌子，人跪在碎玻璃上，可怜乌云风湿性关节炎，半天下来，两个膝盖头被划得鲜血淋漓，腿也跪肿了。乌云实在受不了了，对这种日益升级换代的批斗她再也坚持不下去了，她想这比死还难受，这样还不如死了。有一天乌云就偷偷逃回家去，打算在家里躲上一阵子再说。

关山林先没注意，但乌云连续几天没上班，这事让他感到蹊跷。关山林就问乌云,为什么不去厂里上班。

乌云先支支吾吾不肯说,但耐不住关山林一再追问,就老实坦白了。乌云说,我实在受不了了。我在家里躲几天。

关山林对乌云这句话很反感。什么叫受不了了?什么叫躲?这话说得好没觉悟。关山林当下没说话,进屋去看了一会儿报纸,过一会儿又出来了,对正在给会阳洗澡的乌云说,你不能待在家里,你得回厂子里去。

乌云不明白,把手中的湿毛巾放回水里去,抬了脸问关山林,为什么我不能待在家里?

关山林说,什么为什么?你说为什么?厂子里搞文化大革命,你跑回家里来躲着,你这是怎么回事?

乌云说,他们打人。

关山林说,他们打人是他们的事,你正确接受群众的批评教育是你的事。战争年代别说打人,枪子儿一天到晚在身边飞,命都豁出去了,还怕挨两下打?

乌云心想,也真是,战争年代炮火纷飞,明知性命每时每刻都可能丢掉,从来也没有个惧色,哪儿危险偏往哪儿冲,怎么现在挨几下打,心里就屈得不行,难道人真的就变修了吗?心里虽这么想,嘴上却说,我真的受不了了。

关山林说,什么受不了?有什么受不了?受不了也得受。一个革命战士,任何时候都没有离开战斗岗位的权利。就是死,你也得死在阵地上!

关山林这话说得凛凛正气,说得乌云眼圈直热。乌云把裤脚卷起来,指着膝盖上的伤疤对关山林说,你看,你看,这就是你说的阵地,这就是你说的阵地。

关山林瞄了一眼乌云腿上的伤疤,轻蔑地笑了一下。关山林什么没经历过,什么没见过,他自己都死过几次了,死人堆里爬出来的,身上的伤疤,随便捡哪一块也比乌云的大,他哪能把乌云的伤疤放在眼里。关山林说,你少拿那个来张扬,你吓唬不住谁,你要吓唬会阳湘阳他们或许行,要吓唬我,你得把你那疤弄大点儿。

关山林这么一说,乌云就有一种灰心丧气的感觉。本来她在厂里吃的那些苦,遭的那些罪,都不愿给关山林说。她知道他休息之后心情一直不好,气老不顺,不想给他再添烦恼。现在经关山林这么一说,反而觉得好没意思,索性不与他争辩,放下裤管,哗啦哗啦地给会阳洗澡,洗得屋里一片水渍。乌云打算不理睬关山林,任他说什么,反正她不还嘴,反正她得在家里躲上一阵子,也许躲上一阵子,厂里的局势会有所变化,日子好过一些,她自己会回去。

哪知关山林不依不饶,整天撵乌云,追着乌云的屁股把她往厂子里赶。乌云在家里不得安宁,有时候正吃着饭,两个人就吵起来了,有时候乌云睡觉了,关山林还去敲她的门,乌云不开门,关山林就往乌云房间里打电话。家里有两部电话,关山林房间里是一部内线电话,乌云房间里是一部外线电话。关山林通过总机要通乌云房间的外线电话。关山林在电话里说,你怎么睡得安心?你难道睡得安心吗?气得乌云直摔电话。

关山林并不因为乌云摔电话就放弃了。战争这种事儿,不是两方都愿意打才能打起来,更多的时候,是一方想打另一方,找个理由,或者什么理由也不找,出手就打了。关山林是老兵了,在这一方面,他表现得很坚决。关山林对乌云说,你必须回厂坚守工作岗位。你必须离开这个家。这个家是我的家。我的家里决不窝藏任何逃兵。

关山林这话说得太气人,乌云听了这话,一股英雄豪气油然升起。乌云心想,你以为我真是胆小鬼呀?你以为我真就没觉悟呀?你不就是要看我能不能挺住几下打吗?我就挺一回给你看看,让你看看,我也是有骨头的。

乌云这么一想,当下就进屋收拾东西,把红宝书放进军用挎包里,背上挎包就走。

关山林见乌云往门外走,就问她到哪儿去。乌云不理他,心里还窝着一股子气。关山林大概明白了,撵出门来冲着乌云的背影喊,要坚持住,任何时候都不要放弃阵地!

乌云走在路上,听见关山林在身后的那声叮嘱,她不回头,不知为什么,眼里的泪水刷刷地流了下来。

乌云当天夜里又回到家里来了。乌云是走着去,抬着回来的。乌云为赶着回厂接受批斗,心急火燎地挤一辆满载的电车,被人从行驶着的电车上挤了下来,左腿摔坏了,抬到医院一检查,是左腿胫骨骨折。医院那时忙着搞运动,没有时间关照病人,再说乌云的身份很有些尴尬,不治吧,她是伤员,治吧,她是走资派,左右都为难,医院就给乌云打上石膏,开了一些跌打损伤的药,让人把乌云抬回家里来了。

关山林这回当然就无话可说了。乌云是摔断了腿才回家来的,不是逃兵,就算打仗,负了伤的战士也有资格撤下阵地,你总不能让乌云拖着一条断腿去坚守阵地吧?所以关山林对乌云回家没有说二话。倒是乌云,惦记着关山林不依不饶地往厂子里撵自己的事儿,心里有气,免不了说些风凉话。乌云躺在床上说,你看我这个样子是不是逃兵,是不是没坚守住阵地?要不你找两个人再把我抬回厂里去,我就躺在台上接受批斗?

关山林不理乌云的茬儿,一句话也不说,自己躲到一边去看《解放军报》《参考消息》和《红旗》杂志。但关山林也不整天都看报纸,关山林也给乌云煨骨头汤喝。关山林每天早上起个大早,提着篮子去买筒子骨。市场上正闹货荒,肉案上根本看不到肉,但关山林却有办法买来筒子骨,而且一买就是一满篮,像是给整排整连做饭似的,也不知他有什么办法。

关山林煨骨头汤不用李部动手,只要李部把骨头洗干净就行了。关山林操了斧头,把洗干净的骨头砍得稀碎,用一只大吊子煨起来。煨时不用炭火，用柴。这是关山林头一遭进厨房。关山林很得意地对李部说，我当兵那会儿，有一个说法，叫一个火头兵顶半个团长，说的是火头兵的厉害。李部很好奇地凑拢去，问，火头兵就是炊事兵吧？炊事兵真有那么厉害？关山林一脸认真地说，可不？你想呀，他火头兵管着什么？管着部队的肚子呀。他要把南瓜闷小米饭煮足了，部队吃饱了，一个冲锋就能打上胜仗。他要给你闹点儿情绪，部队吃不饱，饿着肚子，看着敌人你也撵不上，别说团长，就是师长又管屁用，所以说火头兵厉害。李部兴奋地说，首长，那我在你家做饭，我也该算半个团级干部了？关山林说，你不同，你是和平时代的兵，没仗打，没仗打你就只是个大头兵。李部有些扫兴，他心想，难怪首长老是惦记着打仗，敢情打起仗来，连炊事兵都是威风的，要这样，我也情愿打仗。

李部在那边做着打仗梦，这边关山林忙着煨骨头汤，汤煨好了，用大碗盛着给乌云送去，要乌云坐在床上喝。乌云喝汤，先还有滋有味，顶不住一天三顿九大碗，喝得她直想吐。但关山林不允许乌云吐，吐了还接着喝。关山林认定吃什么长什么，吃骨头就长骨头。乌云说，那你爱吃猪心、吃猪耳朵，也没见你多长心和耳朵出来。乌云说了自己忍不住先笑起来。关山林也笑，说你这是声东击西，围点打援，欲擒故纵，以矛攻盾，你是个狡猾的敌人。乌云让自己离汤碗远远的，说，狡猾不狡猾的，反正我恶心，我喝不下去了。关山林不让乌云离远了，不由分说道，喝不下去也得喝，这是命令。乌云拿手捂住嘴，耍赖不接碗。关山林眉毛一竖，说，你别惹我发毛啊，你惹我发毛，我就采取措施，我就打攻坚战，捏着你的鼻子灌。乌云知道关山林说得出做得出，万般无奈，伸手接了碗，还没喝，一看碗中浮着那厚厚一层骨头油，胃就翻了上来。关山林虎视眈眈站在身边，乌云上天无路，下地无门，逃是逃不掉的。再说，乌云嫁给关山林这些年，关山林这还是头一回给她做一口吃的，别说是骨头汤了，就是毒药，她也舍不得泼了，也得把它喝下去。乌云这么想着,心情激动地扬头往下灌汤,灌得她大汗淋漓,一碗汤灌毕,至少两个钟头咬着牙齿不敢开口说话,怕一开口嗓子眼里的汤蹿了出来。

不知是骨头汤的作用,还是乌云本人经摔打,半个多月后,乌云可以挂着拐杖下地走路了。拍过一次片子,说断茬处愈合得不错,已有增生物质出现了,如果不再出现意外,再过七八十天就可以丢拐杖了。

关山林对医生的诊断结果表示满意,但对医生七八十天的话却不满意。医生说伤筋动骨一百天,关山林说那是屁话,人身上哪一块都是活的,破了损了它自然会长好。关山林说,扭了脚脖子算不算伤筋动骨?要都等一百天,那人还到处走干吗?干脆躺在家里得了。

关山林要乌云别听医生的,现在就下地练习走路。乌云自己是学医的,乌云知道适当地走走会刺激伤口加速愈合,有利于早日康复,于是乌云就找来一副拐杖,开始试着练习走路。关山林十分热衷于这件事,他每天都催促着乌云下床来练习走路,对乌云的小心翼翼,他极不满意,一再要求乌云加大练习量,做一个战胜伤痛的模范伤员。关山林为此亲自制定了一个练习方案表,每天要完成多少多少运动量,三天要如何如何,五天要达到什么程度,一周后要怎样怎样。他把方案制成一张表,用毛笔抄在一张大纸上,把它贴在乌云的床头,如果乌云按方案完成了,他就高兴,如果乌云没有完成,他就不高兴,乌云因此就要受到表扬或批评。

关山林休息之后搬进了干休所,这是一个十分安静的园林似的院子,院子里有一些林荫小道,路边长满了阔叶梧桐和小叶香樟,人走在林荫小道上,即使出再大的太阳,仍然晒不到。但是关山林却坚持要把乌云弄到更远一些的操场上去练习走路。关山林喜欢太阳,同时喜欢操场,他认为在太阳下的操场上锻炼才正经八百像那么一回事。那一段时间关山林热衷于指挥乌云的锻炼,他站在太阳底下，收腹挺胸，人立得笔直，鬓角上大颗大颗滴淌着汗珠子，拔着嗓门气势恢宏地喊，一二，一二，一二。乌云就按照他的口令，丢了拐杖，鸭子似的挓挲着手往前走，走得龇牙咧嘴，大汗如雨。

李部有时候去给两个专心训练的人送凉水，凉水送过，家里要没有什么急事儿，就站在一旁看。李部发现，关山林在喊一二，一二的时候眼眉开朗，气息均匀，充满了快乐和满足。李部有些不明白，这种近似于残酷的训练方法，有什么值得首长那么着迷的。但是李部在这场训练中既不是教官又不是兵，他是没有资格说话的，所以他要么站在那里看上一阵子，要么干脆回家做饭，除此之外，他也没什么可干的。

于是，在1968年夏季的那段日子里，挺胸昂首站在那里大声喊着一——二的关山林和摇摇晃晃咬牙向前走的乌云就成了太阳下的那个操场上的一道风景，一旦某一天这道风景从操场上消失的时候，人们一下子就有了一种失落，一种不习惯，就好像每天每天都要升起的太阳突然消失了一样，让人迷惘。

事实证明，无论是骨头汤也好，还是大运动量训练也好，这两种方法对乌云都是有效的，乌云练习走路半个月后，她就能够不用拐杖一瘸一瘸地围着操场走到十圈了。

关山林对乌云的这个成绩是满意的，为此他把那些尊重科学的医生大大地嘲笑了一番。关山林故作惊讶地对乌云说，哎呀，乌云同志，你怎么不听医生的劝告呢？你怎么就起床走路了呢？医生要你在床上躺着你就躺着嘛，伤筋动骨一百天，这个简单的道理你都不明白吗？还要我来告诉你吗？你这样不听医生的话，你可是犯了自由主义。关山林说完这话后自己开心地哈哈大笑起来，他的样子简直得意极了。但是嘲笑完尊重科学的医生之后，关山林就变得严肃了。他对乌云说，好了，现在你的腿不碍事了，你能走能站了,你得回厂里去坚持工作岗位去了。

关山林这话连李部听了以后都大吃一惊。李部心里想,人家乌阿姨腿摔骨折了,不到三十天,是你硬让人家练走路,人家刚刚能站稳了,你就把人家往厂里撵,不说是夫妻,就是阶级兄弟也不兴这种撵法呀。

乌云没有李部那么的吃惊。乌云仿佛一直在等待着关山林这句话似的。关山林说出这话后,她什么都没有说,只是抬起眼睛看了关山林一眼,轻轻地叹了一口气,然后进了屋,去收拾自己的外套。

第二天早上,乌云果然起个大早,换了一身干净衣服,在衣襟上别上了毛主席像章,在挎包里装上了毛主席语录,一瘸一拐地出了门。关山林在自己的房间里听新闻联播,没有送乌云出门,实际上他一向也没有送人这个习惯。倒是李部送了出来。李部一直把乌云送到了车站,把乌云送上了车,看着车门关严实了,车走了,乌云没有再从车上掉下来,他才转了头,顺着来路回家。

在回家的路上,李部想着送乌云时乌云对他说的那番话。李部一直绷着个脸,乌云看见李部那个样子,明白李部是在为自己抱屈。乌云就说,小李子,你别生首长的气。你不明白,首长这样做是对的。首长当了一辈子军人,守了一辈子阵地,在哪儿都喊人在阵地在,他自己现在没阵地可守了,可是他这人最讨厌弃阵逃跑的事,谁要弃阵逃跑,他就瞧不起谁。我是他老婆,等于就是他的友军,等于就是他自己,他不撤下阵地,我当然就更应该死在阵地上了。李部想到这里,不知为什么,眼圈竟有些发涩,连忙往身后看了看,见四下没人,掏出手绢擦了一把,急急往家里赶。

李部赶回家后就忙着去食堂打饭,回来让湘阳吃了赶紧去学校上学。在接下来的一天里,李部发现关山林情绪很低沉,不爱说话,从早到晚都板着个脸,眉眼也不开朗了,气息也不均匀了,全然没有了乌阿姨在家时的那种活跃和兴奋。李部心想,真是怪得很,人家在家,您整天和人家打架,把人家往外撵,人家走了吧,您又没脸葫芦似的打不起精神,您要怎么才是一个好?

乌云赶天赶地往厂里去,去坚守自己的阵地,乌云没有想到的是自己是奔着死亡去的,在她赶去坚守阵地的时候,死亡已经张开了大口在等待她了。

在乌云养伤的这一个月时间里,工厂里的运动发生了很大的变化。原先掌权的造反派受到了对立派的威胁,对立派不断发展自己的实力,他们终于攻进了工厂,并占领了工厂的一部分,双方经过数次的拉锯战后,都不能击垮对方,形成一种对峙的胶着状态。对立派见武力一时无法攻下对方,就采取宣传战,他们宣布对方为保皇党,而掌握在他们手中的一大批走资派则是保皇党的代理人物。这一招果然奏效,被宣布为保皇党的那一派立刻有不少人带着武器投奔到对立派一边来,给了原来效忠的那个组织一记响亮的耳光。保皇党气得直吐血,但是很快的,他们找到一个报复对立派的机会。

这个机会是由白淑芬提供的。白淑芬先前是造反派一方的领袖之一,相当长一段时间她都是组织里的大红人,但是,自从武斗开始后,她的地位受到了挑战。造反组织的领袖当然需要头脑和资历,但在武力面前,大脑和历史知识就相形见绌了,不少亡命之徒后来者居上,成了组织新的领导人。白淑芬就算当过兵,不怕死,四十多岁的女人,若动起武来,攻守都不方便,眼睁睁看着原来自己那些五大三粗的部下一个个成了自己的上级,心里十分不是滋味。白淑芬在组织中的地位已经完全失去了,她更多的只是一个后勤人员,管管高音喇叭,管管宣传品的印刷和分发,管管伤员、俘虏或者是准备军粮。想到自己失去的威风,还有那些不断在变脸的战友,白淑芬恨得直咬牙。

白淑芬在咬过牙之后,采取了一个令人意想不到的措施,她带着一大批自己组织的秘密文件和情报反戈一击,投奔到那个叫猛虎造反兵团的对立派组织里去了。对于猛虎造反兵团,白淑芬的投奔不啻是一个飞来的大胜利,保皇派前任头头反水,而且带来大量情报,这难道不能说明保皇派的大失人心吗?猛虎造反兵团的一号联络员高过立即委任弃暗投明的白淑芬为猛虎兵团的三号联络员、兵团副政委。

白副政委上任后给高过献上了她的第一个计谋——采取偷袭方式,将集中关押在工厂医院的那些走资派劫过来,让对方失去攻击猛虎兵团的政治资本。这个计谋令高过大喜过望,直夸白淑芬谋略过人。高过当即组织干练队伍,在某个下雨天的夜晚突袭医院,果然就将关押在那里的走资派掳出七个来,乌云也是其中的一个。

乌云刚回厂就被抓了起来,和厂里其他的走资派关押在一起,充当两派斗争的政治人质。那个下雨天,猛虎兵团的人冲进医院,一部分人向守卫医院的人拼命射击,另一部分人拽着她和其他走资派往湿漉漉的卡车上丢,乌云被摔得伤腿碰在车厢板上,疼得她半天没有爬起来。乌云没想到运动会发展到这一步,她是自投罗网,但是到这个时候,后悔已经来不及了。

高过把人抓到手后就不知道下一步该如何办了。高过这人没有多少脑子,过去在机修车间当钣金工,划得一手好样,当过厂里的劳模,除此之外也没有出过什么头。高过就找白淑芬商量。高过说,要不,我们也宣传一气,说他们的代理人现在成了我们的俘虏?白淑芬分析说,那没用,该宣传的人家都宣传了,你能宣传到哪儿去?你就是捅娘骂老子,你也是五十步笑一百步,比不出个高低来。高过说,那咱们先把人关起来?白淑芬再分析说,你把人捉了来,人家的战斗小报今天就满街飞了,谁都知道你捉了人家的人,你把人关起来,人家就会说,瞧,说中了吧,他把走资派抢去保护起来了,他不是走资派的孝子贤孙又是什么?高过犯难了,说,这也不行,那也不行,那你出馊主意抓他们干什么?你不是拿糖稀让我往上坐吗?白淑芬冷冷一笑,说,我用了这个计谋,我当然自有主张。高过连忙问,什么主张?快说来听。白淑芬咬牙切齿地说,把捉来的这些人都毙掉!高过吓了一跳,说,你没犯病吧?我捉这些人,我丢了好几个战士,人捉来了,你让毙掉,我不是空忙一场吗?白淑芬点拨高过说,怎么是空忙一场呢?你想想,人家攻击你,说这些人是你的代理人,好,我就把人捉了来。你们拿这些人不就是斗一斗吗?我斗都懒得斗,我把他们给毙了,看谁更绝,看谁更革命,这样一来,那些谣言不就不攻自破了吗?高过一想,对呀,怎么自己就没有想到这一点儿呢,人家说头发长见识短,白副政委头发够长的,见识也没短到哪儿去,倒是合了那句话,最毒不过妇人心。

高过也不是手软的,若手软也做不到司令这个位置上,这么一想,高过就往下布置,枪决那几个掳来的走资派。但是在乌云的问题上,高过有些犹豫。高过犹豫的原因是因为乌云救过自己的老婆。高过的老婆是总装车间的工人,有一次被葫芦吊上的铁勾砸了,砸了个颅内大出血,是乌云组织医院的大夫把高过的老婆抢救过来的,乌云自己还为高过老婆输了两百 CC 血,算是高过的恩人,这个高过忘不了,他对乌云下不了手。当然这还不是主要的,主要的是高过知道白淑芬和乌云的关系,她们是老同学、老同事,白淑芬进厂,工作还是乌云给联系的。高过有心放掉乌云,又想把这个人情送给白淑芬,白淑芬为猛虎立了那么大的功,高过想表示自己的豪爽和大气,这也是一石二鸟。高过这么一想,就对白淑芬说,乌云的问题你处置,关起来也行,放了也行,总之你一句话。

白淑芬没有想到高过会提出这样的问题,没有想到高过会把乌云交给她来处理,实际上,白淑芬甚至完全没有这方面的准备,由她来决定乌云的命运。白淑芬反戈一击,本来是出于不甘冷落和另辟蹊径的目的,她向高过献计劫掳关押在医院的走资派,自然有深谋远虑,但平心而论,绝非冲着乌云去的。乌云是命里注定做了这一网中的鱼儿,这不是白淑芬的本意。可是现在,高过却将乌云交给白淑芬来发落,由白淑芬来决定乌云的命运,乌云的性命就落到了白淑芬手中了。把乌云放掉,还是把乌云关起来,让乌云活着,还是让乌云死,全在白淑芬的一句话,情况就完全不一样了。

白淑芬沉默了,好半天没有说话。

最开始,白淑芬对高过的信任和大度感到欣慰,不管这是一种奖励或者施舍,它都证明了高过对白淑芬是器重的,把一条生命的生杀大权交给她,这里面甚至有一种讨好的意味。但接下来,白淑芬心里就涌出一股复杂的快意。她们是老同学、老战友,她白淑芬和乌云,从一开始就有着一种说不清道不明的关系。她在落难之前,一直做着乌云的领导和大姐。她曾经真心地喜欢过乌云,爱护过乌云,帮助过乌云。可乌云很快就超过了她,不是某一个方面,差不多是在每一个地方都超过了她。乌云的学习是最好的,乌云的工作是最好的,乌云的人品相貌是最好的,乌云的性格和人际关系是最好的,甚至乌云的男人和孩子都是最好的,而这恰恰是白淑芬所欠缺的。和乌云在一起工作和生活,白淑芬永远不可能成为中心,成为众人的注目所在,永远都站在一尊美丽圣洁的女神的阴影之下,对争强好胜的白淑芬,这无疑是刻骨铭心之痛。都是同学,都是战友,都是女人,凭什么乌云就该比白淑芬优秀呢?凭什么她就该比她生活得好呢?老天爷就算不公平,也不该不公平到如此程度!如果她们不是同学、不是战友,白淑芬也许就不会有那么深刻的妒意了,但她们是;如果她们昔日没有那么真诚的友谊,白淑芬也许就不会妒忌得刻骨铭心了,但是她们有,这就使白淑芬欲忍而不能了。三反五反运动时,白淑芬出卖过乌云,使乌云的心灵蒙受了无可弥补的痛苦,白淑芬有过一时的痛快,但事过之后,也有过相当长一段时间的忏悔,特别当她事后知道了那个难产生下的孩子是个痴呆儿时,她的女性的天性让她感到了深深的内疚。

这以后,白淑芬自己的生活也出现了厄运,因为丈夫的事,她受到了不公平的牵连,连工作都找不到,是乌云帮助了她,使她在危难之中抓住了一根救命的稻草。白淑芬为此而感激乌云,由衷地感激乌云。同时,她对乌云的负疚感也再一次加重了砝码。她欠乌云的,欠得太多,太重。她已经不可能再超越乌云了。她们这一生如果始终在一起——假使命运是这样安排的话——那么她就注定得一辈子背着这沉重的负疚感,一辈子承受一个被拯救的弱者的名分,一辈子得抬起头来仰视乌云的美丽、圣洁和善良、大度。这是一个怎样的心灵重负呵!这是一个怎样的漫长耻辱啊!她白淑芬难道真的只能永远承受这样的心灵重负吗?真的必须永远接受这样的漫长耻辱吗?不!她不!

现在,白淑芬有了一个机会了。这是上天给她的机会,也许是她惟一能够抓住的机会。白淑芬几乎是本能地把这个机会紧紧地捏住了。她不会再放弃它,她要有所作为!

白淑芬拿眼睛看高过。白淑芬的眼睛深如古井,冷冰冰地放着寒光。高过被白淑芬看得有些发毛,就说,你看我干什么?人我已经交给你了,你要放,找个黑天,弄辆车,别让人看见,神不知鬼不觉地送走了,这个未必还要我教你?白淑芬说,不,不要你教。这个我会,我有主意。高过问,什么主意?白淑芬说,也不放,也不关。高过再问,那你要怎么样?白淑芬轻轻吐出两个字来,这两个字把高过吓了一跳。高过事后想,这个女人,真是绝到了极点,一番苦心,实在是男人都算计不到的,分明是干大事业的材料。像这样的女人,全世界又到哪里去找第二个出来?也合该她生在这乱世之中做一个枭雌了。高过这么一想就有些敬佩,又有些后悔,他在心里对自己说,这个女人,日后倒是要防她一手呢。

白淑芬吐的那两个字是:毙了。

那个夏天,重庆的天气出现了一种反复无常的奇怪现象,一会儿出太阳,一会儿下雨,中间还有过一场七月雪,豌豆大的雪下了半夜,第二天早上起来,满世界是天泪似的冰珠子。老重庆人都说,几十年没见天有这么燥过。

李部听人说七月的雪子是自然界罕见的现象,很兴奋,看着一地乱滚的雪珠子渐渐地化了,就跑回屋里去翻关山林的书架,想知这些雪珠子是怎么结成的。李部找了半天,没找着他要找的书。李部找到了别的一些书,书上全是关山林做的眉批,粗粗的红蓝铅笔,龙飞凤舞气宇轩昂,把书涂得面目全非,但那些书中以及眉批中没有自然。李部又到乌云的房间去找。乌云的书比关山林的还多,一本本的都很漂亮,只是那里面同样没有李部需要的。李部后来找到一册厚厚的《人体解剖学》,里面有许多彩色的画片儿。李部很快就被那些画片吸引了,忘了有关雪珠子的事儿。李部在那里看得面红耳赤,看过之后就发呆,然后忍不住又往前翻回去。李部有一个问题始终搞不懂。李部搞不懂的问题是,看着一张皮裹着的人,平常也就那么简单,怎么切梨似的一切开,就变得那么精细,那么复杂了?

这个问题使年轻的李部困扰不休。他想,如果阿姨在家,问题就好办了,可是阿姨不在家。李部想,要不去问问首长。李部拿着那本《人体解剖学》往会客厅走,走到会客厅门口时他站住了。他听见会客厅里有人在谈话。李部想,首长有客人,首长在谈话。等首长的客人走了,首长的话谈完了,我再向首长讨教。李部这么想,就转身到了厨房,泡了一杯茶,端着走到客厅门口,轻轻敲了敲门,然后走进去,把茶杯放到客人面前。客人是个女的,李部曾经见过,是乌阿姨那个医院的护士,到家里来过,姓刘,或者牛,要么是柳,李部忘了。李部为自己的忘性感到脸红。李部就在脸红的时候,听到客人嘴里说出的那两个字:枪毙。

关山林始终是很冷静的,当那个叫柳兰芳的护士说出乌云和其他几个人要被猛虎兵团枪毙这件事的时候,他既没表现出震惊,也没表现得急躁,只是用一双豹眼盯着惊惶失措的柳兰芳,似乎是在分辨她的话有多少真实之处。

柳兰芳是猛虎兵团的成员,当她得知猛虎兵团要枪毙从对立派手中夺到手的七个走资派,其中一个是乌云时,她心里不安了。柳兰芳对走资派没有好感,即使她不喜欢杀人这种方式,她也不会对走资派表示出同情。革命不是请客吃饭,不是做文章,不是绘画绣花,不能那样雅致,那样从容不迫,文质彬彬,革命是暴力,是一个阶级推翻一个阶级的暴力行动。但是,这里有一个问题,那就是乌云。柳兰芳是党员。柳兰芳入党乌云是介绍人。问题就在这里。柳兰芳可以蔑视走资派,但柳兰芳却不能对枪毙自己的入党介绍人无动于衷。就算乌云犯了错误,但她不是坏人,她要是坏人,怎么能够介绍自己入党呢? 这就是柳兰芳的看法。所以柳兰芳决定来给关山林送信,她的意思十分明显,她希望关山林能把自己的入党介绍人解救出来。

关山林的表现令柳兰芳很有些失望。他一点儿也不焦急。他的脸上看不出任何表情。他坐在那里,目光尖锐地看着她。如果不是这样,她甚至会怀疑他是否在听她说话。在他们整个谈话的过程中,他只问了她一句话。他问她,他们什么时候干? 然后他就站起身来送客了。柳兰芳在走出院子的时候有些迷惑。她弄不明白,也许这个上了年纪的退役军人是给吓坏了,要么他根本就不在乎枪毙人这种事,可不管怎么说,那个要被枪毙的人是他的老婆呀!

柳兰芳走后,关山林立即操起电话。他在电话里说,给我派辆车,要个不怕死的司机。放下电话后关山林就坐在那里等。几分钟后,一辆华沙牌小轿车开到门口停住,开车的是个笑嘻嘻满不在乎的战士。在途中他们几乎没说什么话,但是在车子驶入161厂的厂区后,那个战士在架着机枪的戒严工事前丝毫不减速,并且冲着朝他们拉枪栓的造反派轻松地吹了一声口哨,这个细节令关山林十分满意。

关山林从车上下来,没有向任何人打听地点,大步撞进一栋楼房,径直走进了一间堆满了沙包和武器的地下室。你说这是军人的嗅觉也好,素质也好,反正他什么弯也没有绕,直截了当地踏进了猛虎兵团指挥部的门。

猛虎兵团的司令高过正在干涩地啃着一块面包。高过啃得很艰难。高过的眼睛里充满了血丝,面容疲惫。高过试过,但他在这个房间里竟然没有找到一口干净的水让自己把干干的面包送下肚子去。

高过被闯进指挥部来的关山林吓了一跳,以至他都忘了去抓放在乱七八糟的桌子上顶满子弹的手枪。高过呆呆地看着站在他面前的那个剽悍的老军人,嘴边沾着一圈可笑的面包渣。很快,高过发现自己用不着担心什么,因为那个老军人的眼神十分平静,一点儿也不像要动手的样子,对于一个眼神平静没有任何威胁的人,你用不着寻求手枪的保护。不过高过还是有点儿生气,他不是生关山林的气,是生自己部下的气,他们里三层外三层,怎么就放了一个外人撞进他的指挥部里来呢?

关山林看着高过,声音不高,但很简捷,说,你是这里管事儿的?

高过盯着关山林,点了点头。高过是下意识地点头的,照说他是在自己的指挥部里,应该别人对他点头才对。

关山林以同样简捷的口气说,你给我把乌云放出来。我的车在下面,我现在要带她走。

高过没听明白,问关山林,你说什么?

关山林盯着高过,一字一句地说,有一个名字叫乌云的人,她现在在你手里,我要她。

高过这回听懂了。高过问道,你是谁?

关山林说,我是谁你用不着问,你把人交出来就完事了。

高过生气了,这回是生关山林的气。高过说,我凭什么要听你的? 我凭什么要把人交给你?

关山林说,因为她是我老婆。

高过这回明白了,说,哦。高过一明白了对方的身份就不生气了,相反,他十分感兴趣地看着关山林,说,原来你就是他们说的那个关主任?

关山林仍然是简捷地说,关山林,乌云的丈夫。

高过觉得这件事很有意思,太有意思了。他很早就听说过他,因为他是整个西南地区军事工业的军方总代表,是个大人物,说起来自己曾经还是他管辖下的一个小工人。关于这一点儿他几乎忘记了,甚至在决定枪毙乌云的时候,他都没能想起来这个来。现在这个大人物居然撞到自己的指挥部里来了。

高过把手中的半块面包丢在桌子上,抓起一块满是枪油的擦枪布擦了擦嘴,饶有兴致地问,听说,你当年爬过雪山,过过草地,有这事吗?

关山林说,准确地说,是爬过两次雪山,趟过三次草地。

高过像个刚入队的红领巾,追根究底地问,那你一定打过不少仗?

关山林没有回答高过的问题,他盯着高过看了一会儿,突然说,你当过兵吧,是步兵?

高过愣了一下,蹊跷道,你怎么知道?

关山林脸上什么表情也没有,说,你的腰杆很直,站了三分钟一动没动,大热的天不摘帽子,不是一个训练过的老兵做不到这一点儿。还有,你的右手食指和虎口有老茧,看人习惯性地虚左眼,只有长期练过瞄准击发的步兵才会这样。

高过佩服得五体投地,说,你说的一点儿没错,我当过五年兵,是20军的。

关山林想了想,说,20军,你们的军长是不是叫秦勇?

高过一咧嘴说，是叫秦勇。先是副军长，后来当了军长。

关山林笑了笑说，那小子，打了半辈子仗没过上正职的瘾，没仗打了他倒捞上了。

高过十分遗憾地说，可惜我没见过秦军长。我们这种当兵的，见军长比在电影上见毛主席还难。看样子你和我们军长熟悉？

关山林没有回答高过的话，瞄了一眼桌上的手枪，走过去，迅速出手，把枪拿了起来，在手中把玩了一下。那是一支新出厂的54式，枪体的烤兰闪着幽光，闻得到一缕淡淡的枪油味。是支好枪，关山林欣赏地说，他利索地哗啦一声拉开枪机，抬手将枪举了起来，枪口瞄准了高过的眉心。他的动作果断而干净，根本不容高过躲开。

高过吓得差点儿大叫一声，背上汗如泉涌，眼睛瞪得大大的，死死地盯着对方手中黑洞洞的枪口。

但是关山林立刻将枪收了回去。他关上保险，将枪颠了个个儿，枪柄朝外，轻轻地放回原处，然后抬头平静地对目瞪口呆的高过说，一个军人，武器就是他的生命，不能随处放，要让它和你寸步不离。当然，我说的是军人，而你不是。至少你现在不是。

没等高过吐出受惊吓淤在胸口的那股气，关山林又说，好了，我得回去听新闻联播了，告诉我到什么地方去领人？

高过这才缓过劲来。高过缓过劲来以后又生气了。这次他是真的生气。他觉得就算是开玩笑，就算关山林没把自己怎么样，他刚才的那个举动也实在有些过分。高过胸口冒起一股无名火，挑衅地说，什么领人？领什么人？

关山林说，我刚才已经告诉过你，我要把我老婆带走。

高过说，你是说过，我也听见了，但是我并没有答应一定要把人给你。

关山林平静地说，你是没有答应，但是人我一定得带走。

高过觉得关山林简直太盛气凌人了，太不把人放在眼里了。

不管你是不是大人物,不管你是不是打过仗,不管你是不是认识秦勇,这么做都显得过于傲慢了。高过本来对关山林是有好感的,他甚至已经在心里同意关山林把人带走了,但是现在高过不这么想了。高过挑衅地说,你一定要带走人,我要一定不让你带走呢? 高过说这话时朝前走了两步,这样他离桌上那支 54 式手枪的距离就比关山林近了半步。

高过的这个小动作关山林看出来了。关山林咧开嘴角笑了笑。他看着高过。他的目光中有一种出林豹子的杀伐之气在流动。关山林说,刚才我的车进你的防区的时候,我估计了一下你的兵力,如果我的判断不错的话,你在这个防区内的兵力不足五百人,而且没有太多的重武器。要对付你这种训练无素的乌合之众,我看有一个连就足够了。当然,你可以听听我的劝告,尽快修正你的错误。比如,叫你手下那些人别站出工事来大喊大叫,在正式的炮火之前,要想保住性命,先把你的屁股埋进沙包里;比如,把你的一道防线和二道防线再拉开一百米,这样,对方在攻下你的第一道防线后,你既可以有机会收复失地,又有了足够的开阔地做退守的屏障,否则人家一个冲锋,后脚踏着你的第一道防线,前脚就能迈进你的第二道防线,你连退守的机会都没有;比如,把你的重火力从高楼上撤下来,高楼上倒是视野开阔,打起来也威风,可你同时也暴露在对方的重火力覆盖网下,如果真要打你,用不着进行第二轮炮火,而且,假使对方采用偷袭或突袭的方式进攻,只要冲到高楼的死角下,就算人家不解决你的重火力,它们也和一堆废铁没有什么两样了;再比如——听着,这比你那支 54 式重要得多——把你的指挥部从地下室里搬出去,地下室挨不着炮弹枪子儿,倒是安全得很,但你却远离你的士兵,你根本不知道外面的战况,无法尽快地拿出对策,你的士兵,你的阵地,它们会因为你的指挥失度处在不安全的状态下。记好了,指挥官不是老鼠,他必须在视野最开阔的地方把握战情,指挥作战,而不是钻地洞。如果你能听我的劝,把你的阵地和兵力重新布置一番,我敢保证那要好得多,至少你的作战能力会增加三成。不过即使这样,要吃掉你也并非难事儿,我看再加上一个工兵排,多带点儿炸药包就足够了。

关山林说这番话时极其认真,丝毫没有开玩笑的样子。他的眼光里流露出一种轻蔑,就像一个老猎人看着一个还没有走进森林就走火打伤了自己脚背的年轻猎人的目光。他的那番话令高过目瞪口呆,羞愧难当。但是关山林一点儿也不顾忌高过的表情,他接着说,我还要告诉你一件事,1947年春天的时候,我在东北集贤和土匪打了一仗,那支土匪有六百多人,全都操着双家伙,他们把机枪和小钢炮架在屯子里,想和我较量一番。我带着一个营加一个连,也就六百来号人吧。我捎信给那土匪头子,说你投降吧,你投降我优待俘虏,我让人给你炖大肉粉条吃。那土匪头子让人捎信回来,说我就不投降,你还能把我的屁咬了?我说那好,那咱们就打吧。我的部下半个钟头以后就冲进了屯子,那个土匪头子真还实现了他的诺言,没投降,让我手下的一个班长用刺刀挑死在马厩里了。我当然不能违背诺言。我对手下的人说,把他的裤子扒了,让他咬自己的屁。我这人就这样,说话算话。

关山林说到这里哈哈大笑。他的目光中充满了自信和恶作剧。他一边笑着一边朝门口走去,走了一半停下来,回过头对阉割了睾丸似的高过说,你要是爱听故事,这样的故事我有不少。但你现在得带我去领人。我真的得走了,要不就赶不上中午的新闻联播了。

关山林说罢大步走出地下室的门。高过则像个木偶似的愣愣地跟在关山林身后。地下室里有一段路没灯,高过被一只弹药厢子绊了一跤。他从地上狼狈地爬起来,骂了一句。高过想,老家伙说得对,我这就要人把指挥部搬出地下室。

第30章 父　子

　　1969年深秋,身穿一套洗得略微发白的军装的关路阳回到了家里。

　　关路阳的突然回来,使这个相当长时间里显得过分沉闷的家庭有了一次意外的节日气氛。

　　乌云有一刻没有认出这个高大英俊、威风凛凛、目光中充满了机敏和自信的青年军官。他简直让她认不出来了。她叫了一声,手中的锅铲失手落到地上,扑过去抱住儿子。而个头足足比乌云高出一个半头的路阳则张开双臂,把乌云的整个人都抱了起来。母子俩在十月的阳光下像风叶草那么快乐地转个不停。

　　乌云高兴极了。她擦拭掉脸上的眼泪,把陆续接回家来的孩子们哄开,让他们别缠着他们的大哥,让他们风尘仆仆的大哥坐下来喘口气。她手忙脚乱地在洗澡间里放了整整一池子水,从箱子里找出新毛巾,又把关山林的干净军装找出一套来。不用看她也知道,她的大儿子已经完全能够穿她丈夫的军装了。

　　路阳非常孝顺地听从着母亲的安排。乌云怎么安排路阳就怎么做。当乌云来来回回从路阳面前走过的时候,路阳的目光中充满了柔情和温顺。晚上吃饭的时候,路阳把第一筷子菜搛进了母亲的碗里,这使乌云差一点儿又流出了眼泪。路阳很亲热地搂住乌云的肩头,给她讲了一个又一个笑话,逗得她把勺子里的汤都泼洒到身上了。乌云说起路阳小时候调皮的事时,路阳则哈哈大笑,声音洪亮,中气十足。乌云发现路阳太像他的父亲了,他的一投足一颦眉简直就和他的父亲没有什么两样。但路阳比他父亲更加富有头脑和智慧,这一点儿乌云也看出来了。在整整一天时间里乌云几乎不让自己离开儿子一步,她也同样这么要求他。他是她的,她要痛痛快快补偿一次母亲的饥渴。路阳自然心领神会,他果然就寸步不离地追随着母亲,像一只母鹿身后紧紧跟随着的年轻的麋鹿。只是有一点,他不允许任何人动他的手枪和一只赭红色牛皮公文包,包括他的母亲在内。即使在他进卫生间洗澡和晚上上床睡觉的时候,他也把它们放在他随手可以够到的地方。这一点关山林不经意地观察到了。关山林对此十分满意。儿子无疑是个合格的军人,关山林在心里这么对自己说。

关山林对路阳的突然回来表现出一种尽量克制的高兴。他没让自己脸上的神情流露出什么,只是当路阳规规矩矩站在他面前叫他爸爸的时候,他才把目光从报纸上移开了片刻,冲儿子点了点头。他这么点着头的时候,表情甚至有些冷漠。在整个白天的时间里,关山林都没有机会和儿子接触。先是乌云,她把她的大儿子像婴儿似的搂在怀里不放手,她就差一点儿没表现出对所有接近她大儿子的人的强烈的嫉妒了。接下来是那些孩子们,他们像一群得了首领的蚂蚁,把他们的大哥团团围住,簇拥着他从这间屋子到另一间屋子,甚至簇拥着他去上厕所。他们要看他胳膊上的肌肉,要看他的枪,要他讲故事,对他带给他们的那些糖果根本不感兴趣,他们还想知道他是不是打过仗,他会开坦克和飞机吗?如果他们发现了空投特务,向他报告,他管不管?要是美帝国主义侵略阿尔巴尼亚,他愿不愿意带他们一块儿去那里作战?

关山林被冷落在一边。但这并不妨碍他对儿子的观察。关山林始终在观察着儿子。他发现儿子成熟了,他的肌肉富有弹性和韧力,筋骨结实,眉宇间正气勃勃;他站立或坐着的时候都自然保持着一种军人的标准,说话声音不高却底蕴十足,反应灵敏快捷,在一只手把小妹湘月举到空中逗她咯咯大笑的时候,另一只手仍能急速抓住躲在一边的湘阳朝他投来的飞镖。他具有同情心,在和每一个弟妹拥抱的时候没有忘记躲在墙角的大弟会阳。他把剥好糖纸的糖块放进会阳嘴里让会阳吃,这个动作让关山林怦然心动。但是,最让关山林满意的还不是这些,是路阳对他的态度。吃晚饭的时候,路阳给乌云搛了菜,但他没有给关山林搛。他知道他的父亲不需要这种太富温情的动作。晚上他们父子俩坐在关山林的房间里谈话,关山林夹在书里的红蓝铅笔掉到地上了,关山林勾着身子在地上找。他够了一下那支笔,笔离他稍远了点儿,他伸长了手臂,把笔抓在手中,直起腰来。在这个过程中,路阳一直坐在那里没动,没有去帮助他的父亲,他似乎对他的父亲拾笔这个细节毫不在意,因为他的父亲还没有老到需要人帮助。实际上,父子俩是在拾笔这个动作中完成了一次心灵的沟通,由此关山林心里多了一分对儿子的感激。

关路阳在1969年秋天刚刚由排级提升为连职,并调至总参所属的一个机关工作。关山林对儿子优秀的军人素质丝毫不予怀疑,他知道儿子是最好的军人,但对儿子在短短时间里的迅速提升仍然感到一种吃惊。关山林在儿子面前没有表露出这种吃惊,他甚至没有去打听儿子新调任的那个部门的情况,儿子做的是什么工作。凭直感他知道,儿子供职的部门具有一定的保密性。儿子佩带的是一支警卫型的59式连发手枪,即便是在与自己谈话时也须臾不离身;他闭口不谈自己的工作,他只告诉父亲,他现在已经是一名光荣的共产党员了,这一切都说明,儿子是成熟了,成熟的儿子是在受着重用。

秋天的晚上,父子俩走出房间,到院子里散步。他们差不多一般高,身材同样魁梧,步伐同样有力。金龙菊和残桂在夜晚传送着暗暗的芬芳,大团大团的美人蕉静静地匍匐在院子的角落里,像内热外冷的火把,轻轻吹一口气就能将这些火把吹燃。几星流萤从父子脸前飞过的时候,他们都久久地沉默着,一句话也不说。

关路阳在黑暗中打量父亲。他发现父亲老了。这是不可思议的。在关路阳的记忆里,父亲从来不属于衰老这个词。他曾经是多么的有力量,多么的充满活力呀! 当他站立起来的时候,你会觉得天空一下子变得低矮了;当他大步向前跨动的时候,你会觉得整个地球都在震颤;当他哈哈大笑的时候,你会觉得全世界都受到了感染,这才是父亲,这才是他的父亲!关路阳崇拜他的父亲,就像崇拜太阳一样崇拜他。他迷恋他日日新鲜的光明和热能,迷恋那种永不停息的升腾。关路阳在心里甚至还埋藏着一个愿望,这个愿望是在他少年时期就滋生了的。关路阳希望有朝一日能和父亲比试一下掰手腕。他们各据一方,彼此伸出手来,从容握住;他们脸色平静地盯着对方的眸子,无需口令,他们开始用力,用力,再用力;他们的指关节咔嚓作响,他们全身的骨头咔嚓作响,支撑着他们那两只胳膊的石桌轰然塌坍,化作尘末,但他们的手没有松开,他们的手不会松开,它们仍然牢不可分地焊接在一起,较劲,整个地球都在他们的较劲中咔嚓作响!这是少年关路阳的一个梦。他知道那个时候他还小,还年少,没有资格向父亲伸出手去。现在他行了。现在他是一名合格的军人了。他有了这个资格。他可以向父亲伸出他的手去了。可是,父亲却老了。对于离家三年的关路阳来说,这几乎是一夜之间发生的事,那么不可思议,那么不近情理,但它却是事实。父亲鬓角上的白发使关路阳受到了深深的刺激和伤害,有一刹那关路阳痛苦地闭上了眼睛。他不想接受那些该死的白发。他只想没有任何障碍地向父亲伸出手去。但是父亲老了。

朱妈养的那只名叫上尉的猫在黑暗中从他们的脚边蹿过的时候,父亲犹豫了一下。勤务员李部在他们身后招呼首长接电话的时候,父亲又犹豫了一下。关路阳痛苦地想,父亲这是怎么了?他真的老了吗?

金龙菊和残桂的暗香在整个夜晚都给人一种忧郁的感觉。关山林回屋里接过电话之后,父子俩又继续他们的散步,这回他们走得很远,一直走到围墙边。他们所在的地方是这座城市的高处。山城重庆的夜景暧昧而不真实。1969年秋天重庆的大多数地区仍处在灯火管制阶段,整个下半城都是黑黢黢的,一片死寂。偶尔有亮着夜间行驶灯的车辆惊惶失措地从他们脚下驶过,灯光被山风吹得忽明忽灭。远处有零星的枪声,这也让人感到不真实。嘉陵江灰灰白白地卧在那里,没有船的灯火,无法弄清它仍旧在流淌着还是已经死去了。父子俩站在那里,有一刻他们都看到了一颗流星,它从东边的最黑寂中出现,摇摇晃晃飞到他们头顶上,似乎是迟疑了一下,然后下定决心,急速划过夜空朝西边坠落下去。关山林开口打破沉寂。关山林问,北边一直在吃紧?关路阳说,嗯。他没有问父亲是打哪儿探听到这个消息的。父亲是一个军人,即便已经失去了军职,他还是军人,一个好军人,哪怕只靠鼻子也能闻出硝烟味来。关山林问,他们到底有多少兵力?关路阳说,在北线和西线,他们一共有124个步兵师,全是一流装备。关山林说,我们呢?关路阳说,一线上有三十六个野战师,还有一些边防部队,你知道,我们的装备很糟糕。关山林沉默了一会儿。关路阳发觉自己说漏了嘴,他不该提到装备,父亲干了十一年军事工业,他和他们曾经是伙伴又是对手,你提彼此装备的优劣无疑是在责备他。关路阳在黑暗中看了一眼父亲,他发现父亲这个时候正把目光对着北边,他看不见他的眼神,但他觉得他那个样子有一种饿豹似的渴望和向往。关山林站在那里默默无声地看了一会儿,转过身来,他问儿子,你说,要打起来,我们能赢吗?关路阳迟疑了一下,说,我们不会输。关路阳极谨慎地选择了一个字眼,作为军人他无权盲目乐观,作为儿子他又不能伤害父亲,这个字眼无疑是最合适不过的了。关山林却根本没有留心儿子这个微妙的心理活动,他叹了一口气,轻轻说了一句,这一仗,我是没有希望了。说完这句话,他把身子再度转过去,面向北方,在黑夜中肃然遥望。关路阳心里突然涌起一种复杂的感情,他觉得鼻子涩涩地发酸,他站在那里,无言以对。好久好久之后,他才轻轻地说,爸爸,我们回去吧,天冷了。

关路阳在家里只待了十天,十天之后他就返回部队去了。临走的时候关路阳挨个儿地和弟弟妹妹们告别,他和他们告别的方式是拍他们的脸蛋儿,这使乌云想起小时候大哥巴托尔对她也是这样。关路阳像待家人那样谢了朱妈,他说朱妈烧的红烧肘子非常好吃,因为这道菜他简直就不想走了。他像对待另一个亲兄弟一样在李部的肩头重重地拍了一下,他说他会给李部寄回一大包山东莒县的大蒜,因为那种大蒜的膜衣是最上乘的笛膜。他朝乌云走去,他把母亲拥住,轻轻地一使劲,就把她抱了起来,有很长一段时间,他们母子俩就以这种方式站在那里。他在她的耳边小声地对她说,妈妈,你要保重。然后他把她放下来,松开了手臂。乌云掩饰着为儿子整理风纪扣,这是一个下意识的动作,几乎古今中外所有军人的母亲或者妻子都做过这个动作。他当然用不着她来整理什么。他服装严整,一丝不苟,但是他不动,就那么笔直地站立着,任母亲把他轻轻地摸索了一遍。

现在,关路阳和家里差不多所有人的告别都完成了。他转过身去,面对关山林。关山林站在台阶上,下颏微扬,目光平静。关路阳朝父亲走过去。他在离父亲几步远的地方站住了,看着父亲。那天有风,院子里,所有的植物的枝叶都在摇曳着,显得匆匆忙忙的,恍惚之间有如千军万马在穿梭奔跑着,这就让那两个彼此相望着的兵,有了一种雕塑的感觉,有了一种永恒观照的感觉。

不知过了多久,关路阳像一个士兵似的开口对父亲说,我已经准备好了,我可以出发吗?关山林则像一个调动着千军万马的指挥官,用力点了点头,严肃地说,好好干。关路阳还有一句话想要说。他差一点儿就大声说出来了。他想说,我已经准备好了,我能够和你掰掰手腕吗?那句话就在他的嘴边上了。但是他没有说,他把它咽了回去。关路阳挺了挺胸,啪地一个立正,朝关山林恭恭敬敬地敬了一个礼,然后他放下手臂,转身,迈着沉稳有力的步子离开了台阶,大步走出了院子。

没有人送行,全家人都站在院子里,目送着关路阳高大的身躯消失在大门外。他始终没有回头,而他们也始终没有动一下。这是一种默契,一种职业军人家庭的默契,一种近似于残酷的默契。乌云太熟悉这种默契了,如果不算上她和关山林新婚分别的话,她还记得在大凌河边的那个黎明,她还记得在沈阳他伤愈归队时的那个雪地,她还记得在武汉他大发脾气的那个早晨。军人以一种固执的偏见对待分别,他们反感送行这种方式,他们甚至反感家庭这种方式。无论出发或是战斗,无论生或是死,他们期待的都是一种从容不迫,一种征伐天涯若闲庭信步的自信,而所有的叮咛和泪水只能使他们的腿上缠裹上铅衣。乌云有一段时间怀疑那是不是军人特有的忌讳,但后来她不再怀疑了,她接受了这种方式,当她接受了这种方式以后,她就体验到另一种感受,那是自信、坚定和充满信心。作为一个常为出征人壮行的家人,她在每一次都能百倍笃信他的凯旋而归,就像他只是去后院的小河边提一桶水,或是去村前集镇的铁匠铺里取一柄加钢的锄头,用不着惊乍,他前脚出去,后脚就会回来的。

现在,乌云就是以这样的心境,目送着她的大儿子走出了她的视线。

老大关路阳走后不到两个月,冬季征兵开始了,十五岁的老三关京阳被54军毛泽东思想宣传队看中,作为文艺兵招进了部队。

先是一男一女两个军人到学校里,他们考核了学校推荐的几十名孩子,从唱歌跳舞到检查肌肉骨骼,考核得十分挑剔。关京阳走进考场的时候,两个严肃的考官不由得会心地相视一笑。这孩子生得太清秀太水灵了,他简直就像一个俊俏的女孩子,连他脸红的样子都像。他们先要他跳个舞。跳个草原上的红卫兵见到了毛主席,或者跳个北京的金山上。如果这些不会,你随便摆两个动作也行,比如说,亚克西这个动作你会吧?京阳轻轻地点了点头,表示他听懂了。他很秀气地说，那我跳一段红色娘子军，就是洪常青就义那一段吧。你们能帮我哼一下曲子吗？他说这句话时红了一下脸。他们点头，他们当然能，他们当中有一个就是前任吴琼花呢。他们开始哼。他开始跳。他吸腿、展臂、大跨。他一开始跳他们就不笑了。他跳得太棒了。他的节奏、动作、表情、美感，几乎让人怀疑他是否受过专业的芭蕾训练。而最难能可贵的是，当他跳完那一段舞蹈后，他们发现他大大的眼睛中竟溢满了泪水。他们被他的舞蹈天赋征服了。那么，能再唱一首歌吗？你能唱首歌给我们听吗？他点头，轻轻说，你们想听哪首歌呢？这回他们可是震惊了。你瞧他是怎么说的，你们想听哪首歌呢？想听哪首歌，也就是说，只要是想听的，他都能唱出来，先把能不能唱放在一边，这可是一名演员最重要的自信呀。那就唱一首《颂歌》吧，胡松华唱的那首，听嗓音你能高上去。他点点头，开始唱。啊哈嘿依哟嗬嘿，啊嗬嘿依哟嗬嘿。他一开口就把他们迷住了。天哪，他的嗓子好极了，他是那种极富魅力的抒情高音，他在 High 上能让自己像只云雀似的直插云霄，让他的歌喉在那里久久地、久久地环绕。他们给他鼓掌，拼命鼓掌，完全忘记了自己考官的身份。他们要他唱乌苏里江船歌，或者唱二郎山。他唱了，不是一曲，而是两曲。但他们还没有够。现在他们知道他能唱什么了。他们想知道他能不能唱俄罗斯民歌。不是苏修的歌，是俄罗斯民歌。当然，这个他也能。那就给你们唱一首《顿河我亲爱的母亲》吧。他站在那里，丁步侧身，微收下颌，双手交握。他们的脸上立刻有轻柔的河风徐徐地吹过。他那个样子就像一个真正的顿河的儿子。他们被他的歌声、被他的抒情陶醉了，很久以后他们才睁开了眼睛。这首歌是谁教你的？我妈妈，是她教的。你妈妈是干什么的？她是艺术家吗？不，她不是艺术家，但是她比歌唱演员唱得更好。这回他们才算找到真正的原因了。一只雌百灵生下了一只小百灵，她告诉他用什么来表达对生活的热爱，对大自然的热爱，对生命的热爱，这就是原因。好了,现在他们用不着再考核下去了。他们没有像对别的孩子那样对他说,你可以走了,而是微笑地对他说,再见。当他走出去的时候,他们在名单上找到了他的名字——关京阳。他们在那三个字下面用红笔重重地划了三道横杠。

关山林对京阳当文艺兵这件事丝毫不感兴趣。他毫不掩饰对文艺兵的不屑一顾。当兵为什么?当兵为打仗。打仗靠什么?打仗靠真刀真枪。我当了那么多年的兵,从来没有看见过哪一仗是靠蹦蹦跳跳、拉拉胡琴唱唱歌打下来的。关山林这么对前来家访的招兵干部说。倒是乌云帮着招兵的说话。乌云说,战争年代也不是没有宣传队,什么时候都有。你忘啦?辽沈战役的时候,那些宣传队的人站在路边打着快板唱,同志们,往前走,前面就是张家口。是英雄,是好汉,战斗打响比比看。这个我都还记得,你怎么会忘了?关山林望着天花板干巴巴地说,我忘了。我不记得有这种事。乌云揭穿关山林说,你不是不记得。你是不承认。你不承认,你就不是真正的唯物主义,不是彻底的唯物主义。关山林生气地说,谁说我不是真正的唯物主义、彻底的唯物主义?我不是真正的唯物主义、彻底的唯物主义,未必我还是唯心主义不成?扯淡。乌云毫不退缩,说,你要承认你是唯物主义,你就得承认事实,你为什么不承认事实?关山林说,谁说我不承认事实?你把事实拿来。乌云说,事实就是宣传队也是鼓舞士气,打击敌人的战斗队伍,有本事你就承认这一点儿。关山林说,战斗队伍就战斗队伍,承认这一点儿就承认这一点儿,有什么了不起。乌云说,既然你承认了,你就应该让京阳去宣传队。关山林说,去就去。我倒要看看,他整天在女孩子堆里蹦呀跳的,他能跳出什么名堂来!

关京阳第二天就穿上了军装离开了家,当上了一名文艺兵。

关京阳虽说离开了家,但他离家并不远。54军军部在鹅龄公园,离干休所所在的大坪只有三站路,他实际上是在家门口当的兵。关京阳被分在学员队,和他一起招进宣传队的还有十七八个兵,年龄都差不多,他们经过了很短一段时间的新兵操练,后来军首长说,算了,我又不要他们去走正步,我要他们唱歌跳舞,搞那些八股文干什么?这样他们就回到宣传队,开始了正规的艺术训练。

关京阳的艺术天赋很出色,他被任命为学员队的副队长。但是他太腼腆,太不爱出众,心肠又柔弱,副队长这个角色对他来说形同虚设,完全帮不上队长的忙。队领导找关京阳谈过几次话,关京阳不吭声,只是低着头坐在那里,队领导恨铁不成钢,只好把他撤了,另换了一个。这样反而帮了关京阳。他是个喜欢静处的孩子,除了练功和政治思想学习之外,他总喜欢一个人躲在宿舍里看书,撤了副队长,他就有更多的时间用来看他的书了。

关京阳看的多是一些文艺书。他一边看着那些书一边默默地流泪。他的感情太丰富、太脆弱了。他老是把蚊帐放下来,掖得严严实实的,一个人躺在里面呆呆地遐想。

学员队的小女兵们都很喜欢关京阳,没事儿总爱来找他说话。她们能找到很多的借口——在他当着学员队副队长的时候,她们可以找他汇报思想活动,谈谈学习毛主席著作的心得体会;一般的情况下他总是坐在那里或者站在那里安静地听,偶尔说一句赞同的话或是不赞同的话。在他不当学员队副队长的时候,她们也可以来找他,要他去看看她们的腰下得合不合标准,一字劈得直不直,他不是队里的尖子吗,他当然有资格指导她们;他确实也尽量这么做着,他对她们的请求总是不厌其烦地给予满足,他总是累得满头大汗,这样花枝招展天真烂漫的小女兵们就能争着给他拿来自己的毛巾揩汗,端来自己的杯子让他喝口水。她们喜欢他,不仅仅因为他人长得俊气清秀,不仅仅因为他的歌唱得好舞跳得好,不仅仅因为他性格温柔安静如兔,还因为他会讲故事,会背诗。他会讲很多的故事,那些故事大多是他自己编的,你在任何一本书中都找不到它们,他能随着自己的想象让那些故事任意地发展。他的故事里大多有一两个美好的人物,他们几乎与世隔绝,更多的时候故事有一个悲剧的结尾,让人唏嘘不已。在春天或夏天的傍晚,那些小女兵们搬来小板凳,在宣传队宿舍旁边的那块草地上围着他团团坐拢,听他讲故事。他讲着故事的时候双眼朦胧,目光越过她们的头顶飞往不知道的地方,而故事所有的开端、发展和结局全都随着一个不在躯壳中的灵魂若隐若现,让听故事的人心驰神往。她们听他的故事。她们手托着腮,美丽的大眼睛痴迷地盯着他的脸,他的眼睛,他的嘴。他的嘴多好看哪。它的线条是那么的柔和,就像一朵娇艳的豆蔻。它花瓣似的翕动着,流淌出那些动人的故事。她们全都为它和它们流下了少女的眼泪。

他还会背诗,背歌德、普希金、马雅可夫斯基的诗。

> 海伦,我,受尽了赞扬和毁谤
> 刚从海滨登岸来到这个地方
> 我感到水背高拱,风涛簸荡
> 化险为夷,多亏得海神的恩光
> 谢东风帮助我一帆力量
> 从佛利基平原回到海湾故乡

他站在那里,背着手,挺着胸,不是大声地,而是轻轻地念着他们的诗。他的记忆力好极了,仿佛那些诗全是他自己写出来的。这个时候他的听众们就会热烈地为他鼓掌,而鼓得最卖劲的则是小女兵季洁。

季洁比关京阳小一岁,一张还没长开的娃娃脸十分可爱,小鼻子小嘴,外加一对小辫,更使得她像个永远长不大的孩子。季洁的父亲是前中央乐团的弦乐演奏员,母亲是重庆乐团的小提琴手,季洁在父亲和母亲的熏陶下从小就弹得一手好琵琶,是作为乐队演奏员招进宣传队来的。季洁天性快乐好动,小女兵中顶数她最爱来找关京阳。她蹦蹦跳跳地来到男兵宿舍,人够不着,就踮起脚尖朝窗户里喊,关京阳,关京阳,快来呀,她们叫你去看她们把杆。

有一回关京阳和季洁开了一个玩笑。关京阳说,季洁,今天什么天气?季洁抬头看看天,犹豫地说,不知道。阴转晴吧?没听早上的预报。干吗?关京阳说,你不是叫季节吗,没听预报你也该知道的呀?季洁睁着眼睛看着关京阳,过了好一会儿她才明白过来,明白过来后就哭了。关京阳吓坏了,连忙上去劝哄季洁,不知费了多少力气才把她哄住。季洁恨恨地咬牙说,谁叫你拿人家来开玩笑,你拿人家开玩笑,人家就哭给你看!关京阳双腿发软地说,我再不跟你开玩笑了。我再不敢了。

过了几天,季洁找关京阳谈话。季洁把关京阳约到琴房,那里没有别人。季洁没说话先就哭,哭得伤心极了。关京阳又吓了一跳,说季洁你怎么啦?这回我可没拿你开玩笑呀。季洁一边抽搭一边说,谁叫你不拿人家开玩笑来着?你不拿人家开玩笑,人家就哭给你看!关京阳这才明白过来,他叹了一口气,说,不让开玩笑的是你,不让不开玩笑的也是你,你这个样子,让我拿你怎么办才好?

关京阳在学员队待了半年时间,那是一整个冬天和一整个春天的时间。到夏天的时候,学员队解散,除了少数几个学员兵被几个师的宣传队要走之外,学员队的那些男女少年兵们大部分进了军部宣传队。

这是关京阳盼望已久的事。关京阳等待这一天已经等得心里发慌了。

谁也没留意,少年关京阳的心早在夏天到来之前就偷偷飞往军宣传队了。那里有一个让关京阳敬佩和仰慕的人。她叫余兴无,比关京阳大两岁,是舞蹈队的女主角。余兴无身材苗条,脸蛋迷人,嗓音甜润,宣传队演《白毛女》,她就是喜儿,宣传队若演《红色娘子军》,她就是吴琼花,总之,她是舞蹈队的台柱子。

关京阳看过余兴无的一场《白毛女》。他被舞台上一袭白衫一头银丝的她迷住了。他的一颗心被舞台上她扮演的形象碾碎了。在那以后的日子里,关京阳始终在暗地里注意着余兴无。她曾为他们辅导过舞蹈基本功训练。她手把手地教他们。她蹲在软垫边护着他们翻小翻。她告诉他们,舞蹈是形、意、情的完美结合。比如喜儿从山神庙逃回山洞那一场独舞。她一边说一边示范着。她做了一个追扑出山庙门的动作,然后是一串细碎如鸟啾的挂步,一串轻盈如海风的大跳,再是一个漂亮的倒踢紫金冠。她的脸上渗透似的流露出阴悒和悲怆的神色,那是一种高贵的气质。他的心被她的那种高贵的气质刺痛了,收缩成一团,从此以后他就再也不能忘记她那高贵的样子了。

可惜的是,关京阳不能经常见到余兴无。宣传队和学员队不住在一起,他们之间隔着一个操场,宣传队又有很多演出任务,他要过很长一段时间才有可能见到她一次。有一段时间,关京阳很忧郁,不大开口说话,更不讲故事,整天躺在蚊帐里,情绪低落地翻着一本屠格涅夫的《猎人笔记》,就连季洁来找他,他也打不起精神来应酬。后来他听说宣传队下部队演出回来了。他一骨碌地从床上爬起来。他打定主意去找她。也许和她说一句话。也许什么也不说。反正他想见见她。

他真的去了。他看到了她。

她在水池边洗衣服。她洗一套军装外套,一件粉红色的的确凉衬衣,一件白色的衬衣。那件白色的衬衣雪白雪白的,他不知道她为什么还要洗它。她把衣袖卷到手肘上,手臂光滑圆润,透着细瓷似的光泽。她用力地揉着衣服,揉得肥皂泡溢了满满一盆子。

他的脸红了,一直红到脖颈处。他鼓足了勇气走上前去。他说,我能给你帮帮忙吗?

她听见有人说话,停下手中的动作,抬起脸来看着他。一绺散乱的长发从她的眉心垂挂下来,她那个样子就像神话中的人物。你是在和我说话吗?她说。她的嗓音好听极了,清亮清亮的像百灵。

他说,是的。他有些心慌意乱,差一点儿就逃开了。是的。他说。然后他就站在那里,什么话也说不出来了。

她说,那么,你是谁?是俱乐部来的新兵吗?我好像没有见过你?

他愣住了。她不可能没见过他。她当然见过他了。她不是给他们做过舞蹈基本功辅导吗?她怎么会把他当成俱乐部新来的兵呢?他有些把握不准地说,我叫关京阳。我是学员队的。

学员队的?她好看的大眼睛里流露出迷惑。我想想。我好像见过你。我想起来了,你是跳洪常青的那个小兵,对吧?她的眸子一亮。她真的想起来了,绽开雪白的牙齿,冲他粲然一笑。

可是他却生气了。她简直太目中无人了。她只记得那个跳洪常青的小兵,却不记得他,难道他不是学员队舞蹈组最出色的学员吗?难道他在她眼里仅仅是一部剧中的人物吗?他扭身就走了,连头也没有回一下,留下她一个人在哗哗作响的水龙头边摸不着头脑。

在整个冬天和春天,关京阳再也没有越过操场到宣传队的驻地去。他当然会去的,但不是作为一个想讨好女主角的小兵,而是作为宣传队正式的一员。他会让那个叫余兴无的女兵看到,他不是什么你是谁,不是什么俱乐部的新兵,他是他,他就是他。

现在,关京阳在夏天到来的时候等到了这个机会。他会做给她看的。

第31章　不打仗不洗脚

　　正如那句没有什么诗意但却实实在在的话所说的,日月如河流。关山林一家人的生活,一直像河流那样流淌着,终日不曾停顿。在路阳重返部队和京阳当兵离家之后,这个大家庭有过一段时间的失落,但很快就恢复到它原来的轨道上来了。

　　1969年冬天的时候,161厂成立了革命委员会,军队进入工厂实行再度的军事管制,革委会主任由军代表担任,从各派组织的领导人当中选举出革委会成员,同时也解放了一批问题不大、表现较好的走资派,结合进革委会班子,领导工厂逐步恢复中断了两年之久的生产。乌云属于问题不严重、过去工作中有过一些政绩、群众愿意原谅的当权者之一,所以,当职工医院成立革命领导小组的时候,乌云就被解放出来,成了领导小组中一名有名无权的成员。

　　乌云回厂上班的第一天,就知道了胡祥年被猛虎兵团枪毙的消息。

　　乌云是被关山林硬从家里撵走的,又是被关山林硬从猛虎兵团的死牢里抢回来的。关山林根本就没有告诉乌云,她差一点儿就成了人家枪下的靶子这件事。关山林把乌云带离猛虎兵团的牢房、带上华沙牌小轿车后,只是粗鲁地对她说了一句话:回家待着,这个熊命咱们不革了。

　　乌云被关山林抢回家后,断绝了和工厂的一切联系。乌云在家一待就是一年多,一点儿也不知道工厂里发生的事。

　　胡祥年要求造反派最后一个打死他。和胡祥年一同被打死的还有他的妻子储云芳。储云芳是13军文工团转业到地方的干部,因为人长得漂亮,能歌善舞,工作认真,待人热情,做了161厂厂工会俱乐部主任。文化大革命一开始储云芳就被揪了出来,理由是她爱臭美,是资产阶级的狐狸精。

储云芳本该不死的。猛虎兵团去掳走资派那天雨夜,在一片混战中,储云芳和胡祥年夫妻俩分开了。猛虎兵团害怕吃包抄,在黑暗中掳了几个人就走。储云芳本来没被掳走,但她发现丈夫不在了,她就在黑灯瞎火中到处找胡祥年。她摸了一手的血。她喊,祥年,祥年你在哪儿?胡祥年正被推搡上已经发动了的卡车。他听到了大楼里妻子的呼喊声,他回应了一声。储云芳跌跌撞撞地从大楼里跑出来,有个受了伤的造反派躺在地上冲她开了一枪,没有打中她。她奔到了已经启动的卡车边,朝丈夫伸出手去。胡祥年拽住了她,她在车后被拖了十几米远才被丈夫拉上了车。他们在颠簸的卡车上紧紧地搂抱着,浑身发抖,同时又为着不曾分开而感到庆幸。储云芳那时已经怀孕五个月了,那是他们的第一个孩子。胡祥年知道他们将要被猛虎兵团枪毙的消息时差一点儿就要发疯了。胡祥年希望妻子能够活下来。储云芳却不。储云芳说,我不想做一个寡妇。我不想我的孩子做一个孤儿。

胡祥年还是背着储云芳找了高过。胡祥年要高过放了他的妻子。高过说这不可能。胡祥年说,你们可以在我身上打一百个窟窿,直到把我打得稀烂,如果你们愿意,甚至可以用炸药包来炸我,那种方法很解恨,但是请留下我的妻子。高过说我又没疯,我费那个事干什么。胡祥年说既然这样,我的妻子已经怀孕五个月了,你们能不能等她生了孩子再枪毙她?高过瞪眼道,你这人烦不烦?你当这事儿还有商量呀?

枪毙他们那天,在去刑场的路上,胡祥年不顾造反派雨点似的枪托,挤到了储云芳身边。胡祥年把妻子搂在怀里,像搂着一只可怜的小鸟。他们的身边有个总厂的副厂长在哭,还有个老工程师一遍又一遍地念叨着冤枉,一个保皇派组织的头头在跳着脚破口大骂。胡祥年和储云芳对此毫不在意。他们一边被人推搡着一边给未出世的孩子取名字。后来他们决定给孩子取名叫胡同。不求同年同月生,但求同年同日死。他们都觉得这个名字不错,这个名字真好。储云芳伸出一只手,替丈夫轻轻地揉着被枪托打肿了的额头,当造反派把她拉走的时候,她不顾一切地扑过去,在丈夫肩头狠狠地咬了一口。她回过头来流着泪大声朝她的丈夫喊,我已经在你身上留下记号了,我在那边能够找到你的!

胡祥年在最后时刻说服了高过。他要高过第一个处死他的妻子,而不是由他的妻子看着他被他们打死。高过同意了。但是作为交换条件之一,高过把胡祥年安排到最后一个。总要有人看着别的人被打死,高过认为这样做才显得公平合理。他们把储云芳第一个押了过去。枪响的时候,这个美丽的舞蹈演员是斜着身子倒下去的。她怕压着了她肚子里的孩子。其实她这样做是徒劳的。行刑者使用的是一种被造反派命名为8·15式的试验型冲锋枪,这种枪是大名鼎鼎的苏式 AK47 型冲锋枪的改装型,使用由 N·M·耶里萨罗夫和 B·W·瑟明发明的 7.62×39 毫米中间型全金属被甲枪弹,这种不符合日内瓦条约精神的枪弹威力极大,在二千米处还有杀伤有生目标的性能,在贯通处能产生一个巨大的撕裂面,由于火力的作用它能使人的整个内脏器官都受到强烈破损,包括子宫和子宫里的生命。好在行刑者的枪法很准。他当过兵。他只用了一个点射就结束了她的生命。接下来是另外的人。他们一共枪毙了七个人。六个成年人,一个孩子。胡祥年最后一个被拖上刑场。他的目光自始至终都没有离开他妻子那姿势优美的尸首。枪响的一瞬间,他用力往前一扑,让自己正在迅速消失掉生命的身体扑向妻子和未出生的孩子。

乌云在接下来的几天里一直为胡祥年的死伤感着。他们是同事。他们相处得一直很好。她忘不了胡祥年的快人快语和连篇笑话。他总是不分场合地开玩笑。现在她听不到他的笑话了。乌云尽量克制自己不去想胡祥年和他那个美丽而又忠贞不渝的妻子,尽量不让自己的感情长久地纠缠在这种噩梦之中。有人死了,有人活着,她是活着的人中的一个,她还得继续活下去。

在职工医院革委会领导小组中,乌云是一个可有可无的人,领导小组开会她参加,决定或不决定什么,没人征求她的意见,她只用举手或者不举手就行了。没有人给乌云布置工作,乌云没有事,平时就自己到药房去帮忙。乌云是学药剂的,在充满普鲁卡因和氨基比林混合气味的药房里,她显得更自在一些。

医院领导小组的负责人是白淑芬。作为 161 厂最早的造反派、为 161 厂的文化大革命运动立下了不可磨灭功劳的功臣,白淑芬有权担任这样的职务。也有人提到过白淑芬反水的问题,还有人对一批厂里的领导和知识分子被枪毙提出异议。对于头一个问题,对立两派都是军管会承认的革命组织,都是结合对象,白淑芬在还没有开始结合的时候就率先走出了往来于两派的路子,可见她是有政治敏锐感的。至于后一个问题,关键是缺乏有力的证据。高过是在一次紧急集合出发攻打对立派的时候被炸死的。高过当时正在吆喝人上车,从院墙外飞来一枚木柄手榴弹,手榴弹砸在高过的屁股上,掉在他脚下,高过以为谁的枪托撞着了他尊贵的屁股,他想破口大骂,但没等到他骂出来,手榴弹就爆炸了,高过当场被炸成一堆烂肉。关于劫掳和枪毙走资派的事,只有高过和白淑芬两人知道它是如何动意和怎么被决定的,高过一死,天地都被蒙在鼓里,人也只剩下白淑芬自己,这样,白淑芬担任职工医院领导小组负责人这件事儿,就不存在任何疑义了。

乌云回工厂上班的第一天,在办公楼的楼梯口和白淑芬撞上了。她们两个人都有些发呆,都有点儿尴尬,或者说,都在心里有了一种下意识的惊悚和发毛。

白淑芬救过乌云,乌云对此感激不尽。后来白淑芬撒手不管身处困境的乌云,对此乌云也能够理解,毕竟她们俩一个是走资派,一个是造反派,水乳不相容。白淑芬没有剪乌云的头发,打乌云的耳光,冲乌云吐口水,这就足够了,这就相当不错了。乌云甚至还庆幸自己当时原谅了白淑芬,帮她调动了工作。但是不知为什么,乌云在楼梯口再度见到白淑芬时,她有一种强烈的隔膜感,一种发自灵魂的战栗。乌云就像见到了那个童话里的狼外婆似地,打了一个寒战。

白淑芬首先从发呆中缓挣出来。她热情地从楼梯上走下来,拉住乌云的手,说,哎呀,你总算回来了。你怎么瘦成这个样子?你没生病吧?她有些羞赧地说,为了结合你的事,我和厂革委会那班人吵了几架,吵得天昏地暗,最后还是我吵赢了,战胜了他们。她愤愤不平地说,你不要管别人怎么说,他们要说让他们说去,你只管抬头工作,什么也不要想。我相信你,我支持你,看他们能把你怎么样,我就不信他们能把你怎么样。她附在乌云耳边坚定地说,我们是同呼吸共患难的战友,我们是海内存知己的姐妹,我们的战斗友谊万古长青。然后她笑着拍了拍乌云的手背,深深地叹息一声,说,好吧,你先找吴组长先谈工作,谈完以后你到我的办公室去——就是原来你的那间办公室,我们好好聊聊。我们有不少话要聊,对吧?

白淑芬匆匆走了,去别处布置工作去了。乌云等她走了很远还站在那里发呆。然后她拉住一个从旁边走过的医生问,吴组长办公室在哪里?那个医生差点儿没把乌云叫出乌书记来,一想那是老皇历了,就把称呼省了,反问乌云道,你刚才是在和谁讲话?乌云说,是和白淑芬呀,怎么了?那个医生神秘莫测地笑了笑,说,没什么,随便问问——三楼左手第二间,挂了牌子的——我说的是吴组长,不是白组长。医生说罢就走掉了,留下乌云在云里雾里发着愣,半天没有明白过来那个医生神秘莫测的笑容里隐藏着什么。

乌云回厂上班,关山林既没有表示出高兴,也没有表示出不高兴。在这个问题上,关山林有过两次表态,两次都阴阳怪气的,令人无法理解。一次关山林说,结个什么合,不就是想吃狗肉吗?吃不上新鲜的吃腊的,总是一个吃,你也愿让他吃你?另一次他说,总有一天,一把火烧了草场,逼上梁山落草为寇,大家都落个痛快。

两次关山林说话,乌云都没有弄懂。狗肉的比喻她不懂,梁山的比喻她也不懂。不是不懂狗肉和梁山,光这两个词她是知道的,就是不明白关山林拿这两个词来打比喻,比的是什么,喻的又是什么。乌云知道关山林那段时间热衷于读书。关山林找了很多书来看,政治的、哲学的、历史的、军事的、自然科学的,他把那些书都堆在自己的屋里,堆得乱七八糟。他整天躲在房间里读那些书,读得昏天黑地,自然也就读出了很多怪名词和怪念头。

关于读书,乌云被关山林弄得头疼。倒不是读书本身,是读书带来的一些其它负面问题。关山林读书就像他当年看作战地图,是不让人打搅的,朱妈有时候进他的房间打扫卫生,动了他那些书,他就闹。他说,你出去你出去,我这里不用打扫。朱妈被撵出来,很生气地对乌云说,休息就休息,休息就好好休息,安心休息,又不让他教书,他把那么多书弄到房子里,脚都下不去。乌云替关山林说话,说,他想读书,你就让他读,房间不打扫,脏一点儿没关系。朱妈反驳说,怎么是脏一点儿?是脏得没有王法了。他不爱洗脚,又不肯换衬衣,被窝里子得三天一换,再 加上这一屋的书,这是脏一点儿的事吗?乌云拿认真较劲的朱妈没有办法,又不肯因此夺了关山林的快乐,就息事宁人地说,好了朱妈,洗脚和换衬衣的事情我来办。他那个房间你若要打扫,就趁他出门的时间打扫,他在家时你就不进去,就当没他那个房间,好不好?

吃了晚饭后,乌云想起朱妈的话,就叫关山林洗脚。关山林不洗,把自己关进屋里去读书。乌云回避和关山林吵架,叫李部端一盆水送到首长的屋里去。关山林发火道,你们到底要干什么?我又没行军打仗,我洗个什么脚?你们真是乱弹琴!李部连忙把水端了出来,出来以后朝乌云吐舌头。乌云拦住朱妈说,朱妈朱妈,你不要生气,他不洗,我洗,反正这盆水是不会浪费的。朱妈说,我生什么气?我一个当保姆的,主人爱怎么都不该我来说,我也没有说的资格。我就是不明白,他首长当到那么大,总是和人拧着来,未必做大事的都得把自己拧成麻花?我看毛主席就很和蔼嘛。李部在一边替关山林辩解,说,谁说首长不和蔼?首长也和蔼,首长高兴的时候还和我下象棋。朱妈转向李部说,别提你们下象棋的事了,你们不下棋的时候,家里静得像座庙,你们一下棋,又是喊又是叫,好像屋里生出一支军队似的,吵死人。李部不服气地说,首长说了,象棋就是战场,下棋就是打仗,楚河为界,两军相争,冲锋的时候就得喊叫,不喊不叫,那像什么战场?朱妈不懂战场的事,把话往自己懂的方向拧,说,就算你说得有理,那他为什么不洗脚不换衬衣?李部较真说,谁说首长不洗脚不换衬衣了?朱妈承认说,倒是也洗也换,就像过节似的,一年到头数都数得出来。李部得意地说,这你就不懂了,军人就拿这洗脚换衣当过节,你想呀,行军打仗后烫个脚,打了胜仗后洗澡换血衣,不是过节又是什么?朱妈在这个家里呆得时间长了,有经验,看着硬攻攻不下来,就采取迂回的办法,说,你这么说,你不也是当兵的吗?你怎么就天天洗脚,隔天往澡堂子里冲呢?李部听了朱妈这话,反而灰心丧气了,说,我倒是恨不得那样,可我生不逢时,既捞不着军行,又捞不着仗打,我连不洗脚不换衬衣的资格都没有,你说这话,我还抱屈呢。

　　乌云见他们一老一小争个没完,就在一旁说,好了好了,你们就别再争了,这事咱们就到此为止。朱妈说,别到此为止,我有一个好办法,包老关天天洗脚——李部你不是说下棋就和打仗一样吗?既然是打仗,你就多输几盘给你首长。李部不明白地说,干吗要我输棋?朱妈说,你输了棋,你首长就打了胜仗,你首长打了胜仗,还不该洗脚换衬衣过节吗?李部荣誉感强,偏偏不认这个理,梗了脖子说,凭什么?哦,就为了首长的臭脚丫子,我就该输棋给他呀？我不干。朱妈说，你这样做，还不是为了你的首长吗？你们下棋的人怎么说？叫丢车保帅吧？你要能让你首长洗脚，我也豁出来，让你们天天在屋里喊个痛快。李部凛然道，想得美。要我自己承认输就是让我投降，别说首长那里不答应，我自己首先就第一个不答应。朱妈气得跺脚道，你个小王八犊子，你也这么犟。好，好，不洗算了，你们都不洗才好，你们都不洗，我拿节约下来的水养鱼喂猫。

正闹着，关山林从他房间里出来了。关山林手里拿着一本《三国志》，不高兴地说，你们闹什么？什么养鱼？什么喂猫？朱妈和李部一看见关山林，立刻蔫了，什么话也不说，轻手轻脚地走掉了。关山林奇怪地看着他们的背影，正打算回房间，又站住了，朝着朱妈的房间大声说，朱妈，家里有一只"上尉"就够了，你别给我再养什么鱼呀猫的，把我这家里弄得像个动物园。喊完那一嗓子，他踏实了，再回到自己房间，关上门继续看他的书。

关山林看书看出了什么名堂，别人不得而知，只有乌云知道。对关山林而言，那是一种化解，一种梦游，一种精神上的战争。关山林卸了职，解甲归田，但他不能无所作为，他即便远离了战争，不可能真刀真枪去干点儿什么了，也要在想象中化解思想和体力的余热。有了那些书，他就有了梦游，有了梦游中的酣畅淋漓。乌云不会阻止关山林的梦游。自从休息后，关山林衰老得非常快，他的头发在两年之中白了不少。他似乎是在赌气，是在发狠地老下去，任何人和任何方式都不能阻止他，都会遭到他不顾一切的鄙视。乌云从来不在生活习惯上对关山林做出什么要求和限制，她知道战胜他的惟一办法就是任他为所欲为。让他攀上万仞绝壁上的那方高地吧，当他发现在那个战场上只有他一个人的时候，无论是胜还是败，对他都没有什么意义了。在万念俱灰的时候，乌云就是这么想的。

那段时间，乌云发现自己的身体状况越来越糟糕了。偏头疼差不多隔几天就发一次；支气管哮喘一年年地严重，一到春秋两季就犯得厉害；风湿性关节炎已经影响到心脏，她的心脏已经能听到清晰的二级杂音了；左腿胫骨摔断的地方时常骤然作疼，医生说可能是复原期刺激太过，生了骨刺。

冬天的时候，乌云感觉到下腹隐隐作疼，先没在意，后来在一次洗澡的时候摸到了一个硬块，到医院一检查，是卵巢瘤，因为长得太大，压迫了附件，所以才有疼痛感。

这一回连关山林都急了。关山林问是良性瘤还是恶性瘤？医生说手术前没法确定。关山林说，你不会把瘤子拿出来吗？你拿出来不就确定了吗？乌云悄悄拿手肘拐关山林，说，你冲人家大夫发什么火？瘤子是我自己长的，又不是人家大夫让长的。关山林说，长是你长的，拿不是该他拿吗？他不拿要他这个大夫干什么？

手术在关山林的一再坚持下很快就做了，连瘤子带卵巢附件全部从腹腔中拿了出来，差不多有一公斤左右，术后立即做了切片化验，结果让所有的人都松了一口气：瘤子是良性的。

但是乌云却伤了元气，很长一段时间身体都没有恢复过来。关山林让朱妈多弄点儿营养品给乌云吃。朱妈弄不到。那段时间重庆的副食品供应紧张，商店里买水果糖都限量，每人每月二两，白糖则是产妇才能享受，凭医院证明每位产妇两斤，居民凭食品券和工业票购买食品和生活日用品，水果则是长年累月看不到。朱妈急得跳脚，关山林反而不急了。事情弄清楚之后，关山林觉得英雄有了用武之地。他去捉了一窝小鸡来养，说这叫自己动手，丰衣足食，他要把小鸡养大，杀了煨汤给乌云喝。

小鸡有二十来只，个个绒球似的十分可爱，关山林怕别人养不好，决定自己养，下令家里人谁都不准动那群小鸡娃。从此以后关山林除了看书之外又多了一项事，喂鸡。关山林先用碎米粒喂鸡，有时在碎米粒里掺一点儿剁碎的菜叶子，菜青米白，煞是好看。等小鸡长得大了些，能满院子窜了，关山林就扛着一柄锄头到院子里去挖蚯蚓,用蚯蚓来喂小鸡。关山林说凡是肉食动物个头都大,他这样喂出来的鸡,保准个个长得赛过鹅,到时候杀一只,乌云一个人吃不了,湘月湘阳都可以沾点儿光。关山林信心十足,这点果然被他说中了,那些小鸡吃了蚯蚓以后确实长得很快,吹气球似的就长起来了,两个月后,小鸡再不是小鸡了,肥得都快走不动了,完全可以杀了煨汤了。

不过,关山林信心十足也好,料事如神也好,有一点儿他没想到,就是乌云没有耐心地等他。等那些鸡长到可以杀了煨汤喝的时候,乌云早已拆线下地了。

第 32 章   69 式自动手枪

1971 年 9 月 13 日零时 32 分,一架编号为 256 号的空军三叉戟飞机在没有副驾驶员、领航员、通讯报务员和机场紧急关闭了一切通讯设施、导航设施、夜航灯的情况下,从山海关机场的夜幕中强行起飞。飞机拉上夜空后就朝北边飞去 。与此同时,一条命令自中央的最高层发出:关闭全国机场,所有飞机停飞,空军开动全部雷达监视 256 号飞机。空军司令部调度指挥室奉国务院总理周恩来的命令向 256 号飞机不停地呼叫,到的答复是,256 号飞机开着机器,但不回答。周恩来对调度员说 ,请你向 256 号发出呼叫,希望他们飞回来,无论在北京东郊机场或西郊机场降落,我周恩来都到机场去接。256 号飞机仍然缄口不语,飞机先向北,再向西,在内蒙古西部上空突然改变航向,再向北飞去。凌晨 1 时 50 分,飞机穿过一段积雨云,越出中国国境,进入蒙古人民共和国领空。凌晨 2 时 30 分左右,256 号飞机突然坠落,地点是蒙古人民共和国温都尔汗地区,机上八男一女全部死亡。死者中有三个日后将永远载入历史史册的人物,他们是:国防部部长林彪、林办主任叶群、空军作战部副部长林立果。

9月15日夜里,熄灯的时候,一队全副武装的陆军乘着十轮卡车冲进了空军第二教导学校,将学校里所有的空军军官逮捕了,集体关进了5号营房。四个月前由陆军调往空军进行技侦训练的正营职军官关路阳也被逮捕了。

三个士兵冲进关路阳的寝室时,关路阳还没有睡,凭经验和预感,他知道他们是来干什么的。他迅速地判断了一下眼前的形势——那三个兵都端着56式冲锋枪,一个直接冲进了盥洗室,一个冲他而来,另一个守在门口。他们都是新兵,没有什么临战能力,这个可以从他们涨得通红的脸上看出来。关路阳知道,凭着自己的身手,只需两秒钟,他就能把面前这个士兵解决掉,门口那个也不在话下。至于盥洗室里的那个,对他根本不构成威胁,如果自己干得利索一点儿,甚至还没等那个士兵从沐浴帘后钻出来,自己就会冲出屋去。外面一片混乱,附近到处是吆喝、踢门、厮打的声音,只要他能穿过宿舍前的那片操场,从花坛边走到通讯大楼下,再从通讯大楼后面走到车库,设法点着车库旁边的那两座大油罐,趁着混乱,弄一辆车把自己送到3号楼后面,弃车下湖,泅过二百米公尺的湖面,登上附近生产队的田埂,他就会悄然消失在黑夜之中。这个计划成功的可能性很大。但是关路阳并没有动作,他站在那里,看着冲他走来的那个士兵从墙上摘下他的手枪,然后冲进盥洗室里的那个士兵出来了,他们把他推出了房间。

在5号楼里,关路阳先是被单独关在一个房间里。三天之后,他们让他换了个房间。警戒仍然很严,但是他已经不是一个人了,而是四个人被关在一起。也许他不在联合舰队和小舰队的名单上,也许他们认为他是刚从陆军调来的,危险性不大,总之他们对他的兴趣减低了很多。每天仍然要被提出去进行两次审训,但程序和口气已经比头三天要松懈多了。他和同房间的另三名空军的年轻军官彼此都不作交谈,在其它的时间里,他们各自做着各自的事情,盯着天花板出神,反复读一张过了期的《人民日报》,或者躺在床上蒙头从早睡到晚。只有一点相同,那就是他们仍然是军人,严格地按照军人的标准作息起居,没有一个人在着装内务方面有什么变化。

一个月后,一部分被逮捕的军官被宣布撤销隔离审查,组织办学习班。也就是说,对他们的甄别结束,他们的问题不在严控的等级内,可以取得半自由生活了。

关路阳也在这一批被宣布撤销隔离审查的军官之内。关路阳是在走出5号楼的第二天听到有关256号飞机事件的消息的。在此之前,他对这一事件一无所知。那天,关路阳被学习班负责的军官叫到办公室谈话,谈话结束后,他离开负责军官的办公室。在走过另一间办公室的时候,关路阳听到另外两名陆军军官的交谈。他们谈到256号飞机坠毁的事,谈到国防部长和空军作战部副部长,谈到蒙古人民共和国的温都尔汗。他们提到了投敌叛国这个字眼。

关路阳很快走过那道门,中途没有停留,但这些字眼已经深深刻入他的脑子里了。关路阳的记忆力是惊人的,同时他有着一副计算机似的大脑,联系这一个多月来的种种征兆和他们提审他时的那些问题,他立刻就明白出了什么事情。

一架价值几千万的空军飞机突然紧急起飞,匆匆越境,坠毁在别的国家。军队的最高统帅摔死了,他是在投奔别的国家的途中摔死的。情况就是这样。

关路阳杰出的头脑里立刻出现了障碍,它们有些怪异的信息但图像清晰。作为一个军人,他一直被要求忠实于军队的最高指挥官,以指挥官的命令为天职,以指挥官的荣誉为荣誉。他始终是这么做的,并且以此为自豪,为此,他被作为军队中最优秀的分子迅速地提拔起来,并被送进了这个教导学校。

关于这所教导学校,在军队中有着一种神秘的传说。人们普遍认为,解放军军事学院和南京高级指挥学院并非中国的西点军校,中国真正的西点军校是这里,这所在军事院校中根本没有挂名的兵种下属的教导学校,才是未来军队高级将领的摇篮,它通过各种渠道秘密地在军队中挑选优秀的青年军官,把他们送到这里,经过严格的培训和考察,然后再把他们安排到军队的各个要害部门,不合格者成为中下级军官的中坚,合格者则进入一份绝密名单,这份名单能够确保合格者在军队中的稳步上升,在适当的时候,合格者会成为他所在部门的实际指挥官。

这是一个对军队进行改革和终极统领的秘密计划,这个计划经过了长久的研究、论证和修改,并且已经开始启动。但是现在,军队的统帅死了,计划的操纵者死了,好比一个设计严谨的计算机中心突然出现了故障,作为终端之一的关路阳的脑子立刻就出现了障碍。

接下来的几天时间里,关路阳丝毫没有表现出异样。他神色平静,心态从容,一如既往,该政治学习的时候政治学习,该熄灯睡觉的时候熄灯睡觉,轮到他在学习班上念报的时候,他仍用他那中气十足的音调不愠不火地念,其间不会有一次错误的停顿或误念的字。不过,这中间有许许多多苦苦的思索,这些苦苦的思索除了关路阳,别的人一点儿也不知道。

军队的统帅为什么要逃离这个国家?他为什么要前往自己的敌对国?一个统帅弃自己的军队而不顾、仓皇出逃这支军队和这个国家出了什么事儿?这支军队昔日的荣誉、这个国家昔日的荣誉、作为这支军队中一员、这个国家中一员的他的荣誉,它们还在吗,真实吗?它们是不是一开始就是一个巨大的阴谋和谎言?军队的统帅否定了自己的一生,那么他呢?他的一生是不是也是虚假的?

到了那个星期六的时候,关路阳在晚集合后找到学习班负责人,向学习班负责人提出了几条请求。第一条请求是希望准许他给家里写一封报平安的信。他有好几个月没给家里写信了。这一条没有被批准。学习班有规定,所有人都不得与外界发生任何联系。第二条是希望批准他每天早晨例行的锻炼。这一条仍然没有得到批准。学习班有同样的规定,除了每天例行的以洗脑为目的的政治学习,任何人不得从事规定之外的活动。关路阳很失望,这点学习班的负责人从他的眼神里看出来了。其实学习班的负责人很同情这位年轻的军人,他的素质很好,他是那种年轻同时又最优秀的军人,可惜他把自己搅进这种麻烦事里来了。如果不是因为有明确的规定,如果不是上面的要求十分严格,学习班的负责人真的想给他一些关照。那么,关路阳用一种不抱任何希望的口气提出了他的最后一个请求。我能不能回办公室取一些东西呢?一套马列著作、一支钢笔、一个本子,学习的时候我用得着它们。学习班负责人犹豫了一下。关于这个没有明确的规定。他需要一些学习用品,这是合理的。学习用品不算什么,可以操作。好吧,负责人说,你可以去取,你确实应该加强学习,实际上,有一句话我不该对你说,但说了也无妨,你在学习班里的表现一直不错,你的问题也很清楚,最近正在考虑恢复一批人的工作,我想,这里面应该有你一个,你不要辜负组织上的信任,你要再接再厉,争取早日恢复正常的工作。负责人用一种充满希望的眼神看着关路阳。关路阳平静地点点头,说,谢谢首长的关心。然后他立正,敬礼,180度后转,步子沉着有力地朝宿舍走去。

关路阳的脑子出了毛病。关路阳的思维出现了混乱和障碍。不是生理上的,在生理上他没有问题,一点儿问题也没有,它们像往常那样十分正常。没有人看出此刻的关路阳和过去的关路阳有什么两样,甚至在他做出那个决定的时候,他的清晰和谋略都能足以证明这一点。关路阳对学习班的负责军官提出那些请求,实际上只有最后那一条才是他真正需要的,前面的两条,他知道它们不可能被允许,他只不过是拿它们作为一种试探,一种掩护,一种屏障,他是要对方事先在心理上消磨戒备,欠他的情,以便答应他最后的一条。他果然奏效了。但这并不说明他一点儿问题都没有。恰恰相反,他有问题,他问题大极了,他走进了死胡同。

关路阳是一名正统军人。他是为做一名职业军人出生的。他的素质和经历证明了这一点,而且不断地一次次证明着。军队由三种人组成,一种军人是靠着力量和技能存在的,一种军人是靠着思想和智慧存在的,剩下的一种,是两者的素质兼而有之,同时还具有着信仰。这三种军人中,前两者是军队中的大多数,后一种是军队中的佼佼者,而关路阳就是佼佼者中的一个。关路阳是军人中的优秀一员,他具有一名军人应该具备的优秀素质,正因为这个,他在短短几年时间内,由一名新兵迅速地被提升到营级军官的位置上,同时被军队从几百万成员里挑选出来,作为军队未来的高级指挥人员进行考验和培养,可以这么说,如果不是出现军队内部的问题,关路阳在今后的日子里仍将会迅速地提升上去,他的面前坦途一片。但是问题出了。问题不是出在别人身上,而是出在他自己身上,出在他的荣誉感上。关路阳太看重他的荣誉感,在荣誉感的问题上,他一向没有调和的余地。别人也有荣誉感,别人的荣誉感是生命花园中的花朵,是生命天空中的云彩。他不,他的荣誉感是生命的基础,是生命的支援。换言之,他的荣誉感就是生命,比生命还要重要,他的作为一名优秀军人的优秀品质和素质全都源于此。问题就出在这里。他看重军队,看重自己效忠的这架庞大的国家机器,他为自己作为这架庞大机器中的一员,而且是优秀的一员而骄傲。他的忠诚是不容动摇分毫的,他的信念是不容动摇分毫的,他的优秀是不容否定分毫的。他鄙视那种投机的、见风使舵的、诌媚的行为,他坚定地认为一名军人没有任何理由可以改变自己的初衷。于是,他走进了一条死胡同。他把他的思维程序锁死了。他认定了他的选择,从而也认定了由这一选择决定下来的解决问题的方式。

星期天一大早，关路阳手持学习班负责人写给他的通行令走进了办公大楼。一个陆军士兵拦住了他。关路阳把通行令交给那个士兵。士兵叫来自己的班长，班长正光着上身在刷牙，一嘴的泡沫。班长看了看便条，挥了挥拿牙刷的那只手，意思是关路阳可以进去了。

　　关路阳走进办公大楼，上了三楼。他的办公室在顶头的一间。他走过去，推开门。门没锁，屋里乱七八糟的，一股粉尘味，几张桌子上都堆满了各种各样的纸片，文件柜大敞着，呕吐似的倾倒出一堆文件档案，这显然是搜查造成的。关路阳迅速地朝南边的那个窗户的窗帘盒上方瞟了一眼，他发现那里没有什么异样，他放心了。他开始按计划行动。他先关上门，把门从里面别上。他走过去，搬起一张桌子。那种桌子是枣木做的，四屉两柜，庞大而笨重，是军队里常见的那一种。他轻轻一用力，将它搬起来了，把它放到门边，用它抵住门，再搬来另一张桌子，桌面朝下，把它架在第一张桌子上。他在做所有这些事时都很轻松，没有弄出一点儿声响，但是，门就在这不声不响中完全被顶死了。接着，他朝南边的那扇窗户走去。他用一张桌子和一把椅子搭脚，站了上去。房子是老式的苏式建筑，空径足有四米高，但是桌子有九十厘米，椅子有四十厘米，关路阳高一百八十一厘米，再伸出手臂，这样他就完全能够到窗帘盒上的一个角落了。他在那个角落里摸索了一会儿，取出了一个纸包，下到地面来，把椅子和桌子都搬回原处，擦掉上面的鞋印，直到他认为自己没有留下任何痕迹时，才走到自己的办公桌前，把办公桌上乱七八糟的东西都清到一边，在桌前坐了下来。

　　这时，有人在外面敲门。他听出是办公大楼门口站岗的那个士兵的声音。士兵不耐烦地问，喂，你完了没有？你快点儿。他没有回答，坐在那里没动。士兵想推门进来，门是反锁着的，他进不来。士兵提高声音大声问，喂，你在干什么？你把门打开。他仍然没理会。士兵踹了门一脚,门很结实,顶着门的那两张军队的桌子同样很结实,士兵没法把它们踹开。士兵朝楼梯跑去,一边大声喊,班长,班长快来!

关路阳坐在那里,听见士兵的脚步声奔下楼去,然后打开桌上的那个油纸包。包里是一个黑色的防潮套,他把防潮套的套口撕开,从里面取出一支枪和一匣子弹来。这是一支崭新的 69 式7.62毫米军用手枪,枪还没有使用过,枪体上蒙着一层薄薄的保护油。他从口袋里掏出一方干净的棉布手绢,开始擦拭那支枪。这种手枪有六十一种通用零部件,十五种专业零部件,三种改制零部件,全部拆卸开来擦拭十分麻烦。但他是老手,他知道怎么对付它们,他干得从容不迫。

楼梯上传来一阵急促的脚步声,脚步声直奔三楼尽头的这间办公室而来。从脚步声中,他分辨出至少有四个人。他们奔近了,急促地敲门,命令他把门打开。他没理他们,开始迅速地将拆卸开的枪装起来。套筒、螺纹枪管、复进簧导杆和缓冲器、套筒座、铰链锁和弹匣。他们开始撞门,用脚,用肩膀,还有枪托。又有几个人朝走廊这边奔来。他听到有人在喊,上天窗! 从天窗下去! 他仍然没有理他们,并且已经将那支 69 式重新装好了。现在它就握在他手掌里,枪显得有点儿小巧,沉甸甸的,让人感到一种磁力。他拉动了一下枪栓,扣动了扳机。他听出撞针击发的声音清脆悦耳,很正常。

门被剧烈撞击着,这回他们找到正确的方式了,几个人同时用肩膀冲击门,这种办法很奏效,门开始发出艰难的呻唤声,顶着门的桌子也开始摇动。他没有回头,从油包里拿出那匣子弹。子弹一共六发,浅黄座深黄头,是那种钢套的巴拉贝鲁姆手枪子弹。他很满意这种子弹,这种子弹穿透力足,同时又不含特种弹药,产生的永久性弹道远远小于 5.56 口径和 7.62 口径的步枪弹,击中目标后前后创口都能保持得很秀气,同时没有太大的反作力。他听到头顶上什么地方传来轻微的响动,他没有分散注意力。他把那六发子弹从弹匣里退出来,倒在桌子上,它们像六个孪生兄弟似的,精巧地躺在那里。他机敏地抬起头,同时把手中的空枪迅速地举起来对准了天花板。天窗揭开了,一个士兵的头从那里探出来,看见指向他的手枪,又飞快地缩了回去,接着天花板上传来笨重的跌倒的声音。

他收回伸出的手臂。现在他没有多少时间了。他将一发子弹装进空弹匣,把弹匣装入弹仓里,拉枪顶上了火,然后他抬起手臂,将枪口对准了自己的太阳穴。在这一瞬间,他想到了一件事,这使他始终平静如常的脸上浮现出一丝遗憾的神色。他想到的是,可惜他没有机会和另一位军人掰手腕了。这个念头如白驹过隙,一刹那就消失了。

天花板的某一处被踩穿了,掉下一条穿着军用大头皮鞋的脚来,门在这个时候被猛力撞开,门扇和桌子轰地一声一同倒了下来,几个士兵冲进了办公室。他轻轻抠动了扳机。枪声清脆而短促,在纷杂的响动中它几乎听不出来。因为枪口离得太近,他整洁的头发和半截军帽全被灼糊了,那中间出现了一个蚕豆大的枪眼。过了一会儿,有一汪鲜血从那里流淌出来,顺着他的鬓角滴滴答答地落到地板上。他的右手右臂慢慢地滑落下来,在空中荡了一下,手中的那支自动手枪仍然紧握着,像是沉甸甸的钟摆。他坐在那里,没有倒下,胸膛挺得笔直,至少当那些士兵冲到他的面前,目瞪口呆地看着他时,他还没有倒下。

11月底时,关山林的家里来了两名军人。两名军人是由当地保卫部门的干部陪同来的。他们是那种经验丰富的政工干部,看不出脸上有任何表情,到家坐下,也不喝茶,只是简单地询问了一下关山林和乌云有关他们的大儿子关路阳的情况。

关山林和乌云只能说出一些儿子小时候的事情,至于儿子在部队的事,他们所知甚微。儿子从事的是一项保密级很高的工作,他们都是军人,他们知道不该打听的事情决不打听。两个军人要提取关路阳在家里的一切寄存物品,他们出示了证件和命令。关山林要乌云带他们去找他们要找的东西,他们需要什么就拿什么。没有,他们什么也没有找到,关路阳没有任何物品寄存在家里。实际上关路阳到部队后只回家过一次,住了十天,他回来的时候只带了一支手枪和一个公文包,他走的时候原样把它们带走了。正像一个最典型的军人应当做的那样,关路阳没有留下任何私人物品,如果不算他在那个秋天的夜里在秋菊盛开的院子里和父亲的那番对话,还有他离家时对家人们说出的那些话的话。

两个军人后来走了,什么有价值的话也没说,但是关山林和乌云已经有了一种不祥之感。他们预感到儿子关路阳出了什么事,而且是非同一般的事。

1972年春节将至的时候,关山林和乌云才知道儿子关路阳死亡的消息。消息姗姗来迟,但死神的消息在任何时候都具有它无可抵御的打击力量。

那天家里接到一封黄色封皮的军邮编码公函。李部将这封信交给了乌云。乌云正在厨房里帮助朱妈收拾年货。灶台上堆满了朱妈采来的鸡鸭肉蛋,一群鱼在水盆里活蹦乱跳,把水溅得到处都是。乌云在围裙上揩干了手,拆开了那封公函。公函是薄薄的一张纸,是用打字机打的,品质很好,盖有公章,署有日期,那实际上是一份死亡通知书。通知书通知死者家属,原空军第二教导学校技侦组营职侦察参谋关路阳于1971年11月2日突然死亡,死亡原因是自杀。也许因为这份公函太短,几乎一口气就看完了,乌云一时没有回过神来,等她再看了一遍那份通知书,回过神来时,她大叫了一声,往后倒去,昏厥在那盆长须红鳞的大鲤鱼旁边。

朱妈吓坏了。她丢下手中的酒瓶子跑过去搀扶乌云。离开厨房朝外面走去的李部听到动静,也朝回跑,帮助朱妈把乌云抬进她的房间。朱妈用力掐乌云的人中穴,点了一把铁扫帚草在她鼻子边熏,李部则跑去给卫生所打电话。医生很快赶到了,他们给乌云注射了一针肾上腺激素。乌云醒过来之后就开始流泪,她是默默流泪的,泪水涟涟下淌,但她却一声不吭,不哭出声来,她那个样子,把朱妈和孩子们都吓坏了。湘阳躲了出去。湘月抱着一个布娃娃站得远远地朝这边看,她看妈妈靠在床上,脸上的泪水止也止不住,她忍不住丢了娃娃,扭头冲进自己的房间,害怕地趴在床上,哇哇大哭起来。

关山林是在家中一片混乱的时候读完那份已经被脏水弄湿了的公函的。关山林像乌云一样,读了一遍公函,回过头来又读了一遍,然后把公函放到了桌子上,用一枚60迫击炮弹弹头做的镇纸压住它。关山林读这份公函时李部在场,李部看见首长全身剧烈地震动了一下,像是挨了重重的一击。他背对着李部,李部觉得他肯定是痛苦地阖上了眼睛。好半天他才转过身来,没有说话,嘴唇紧紧咬合着,一直到晚上,他都保持着这个姿势。他朝李部挥了挥手,意思是要李部离开。李部犹豫了一下,不知道这个时候自己该不该坚持留下来,留在首长身边。但是李部最终还是出去了。关山林站起来,走过去,关上了房门,他把自己关在了房间里,整整一天他都没有离开那个房间。中午的时候李部叫他吃饭,他摆了摆手,仍然紧阖着嘴唇,没有说话。下午他还是没有走出房间。李部有些担心了。不管这种担心是不是多余的,他还是有些担心。到点灯时分,李部再次推开关山林的房间,他要首长出来吃饭。关山林摆了摆手。关山林还是保持着原来的姿势坐在那里。李部这回决定不离开,除非首长出去吃饭。李部说,您都两顿没吃饭了。朱妈熬了粥,您喝点儿粥吧。关山林开口了。关山林说,我不想吃。关山林是想这么说的,实际上他并没有说出这句话。他刚刚启开紧合的嘴唇,一大口鲜红的血就从那里喷了出来,一直溅到了几尺之外的白墙上。

关家在相当长的一段时间里都没有从老大关路阳的死亡阴影中摆脱出来。这个阴影十分固执地笼罩着这个家庭。不管谁失口提到路阳的名字，乌云立刻就会流下泪来。路阳的名字在这个家庭里已经成了一种忌讳。但即便所有的人都不提及路阳的名字，也不能把乌云从痛楚中拯救出来，因为别人不提，乌云仍然要自己去想，既然她还活着，她没有死，像她的大儿子那样，那么就没有任何人能够阻止她的脑子和心，同样也就没有任何人能够阻止她的眼泪。

　　相比之下，关山林的痛苦比乌云来得更甚。这个打击就好像有谁用一把大刀拦腰将关山林一截两段似的，他几乎要垮下去了。路阳是关山林最喜欢的孩子。谁都知道，家里五个孩子中，做父亲真正宠爱的，只有路阳。他是关家的老大，他给关山林带来了做父亲的权利。他像他的父亲，他们同样的勇敢无畏、充满力量、顽强自信、渴望一个真正军人的生涯。他是那么高大魁梧、信心十足、充满智慧、忠贞不渝，在关山林眼里，他几乎就是自己的化身，不，他比自己更强，更优秀。可是他却死了，在他刚刚度过二十二周岁的时候，他选择了自杀这种方式结束了自己的生命，结束了他优秀军人的生涯，这不能不令关山林肝胆俱裂、五内如碾，就像自己死去了一样。

　　有一段时间，关山林和乌云一直回避着提起路阳的事，这段时间整个家庭都像死去了似的，抑郁得让人感到一种窒息。这段日子也许有一百天，也许有一百年，也许比这还要长，长得漫无边际。但是有那么一天，他们突然觉得这是一个错误，他们突然觉得他们不能这么继续下去了。儿子死了，但他们还活着，他们不能让儿子死去的阴影就这么永远地笼罩着他们，主宰着他们。他们自己本人就是军人，就是战士，他们不能因为目睹了死亡就害怕了，就打出了白旗，就在投降书上签上自己的名字，就躺了下去，哪怕这个死亡是由他们最疼最疼的那个儿子创造的。不,他们不会害怕的,不会打出白旗,在投降书上签上自己名字,然后躺下去,他们决不会。他们不是军人吗?不是战士吗?他们知道怎么去面对死神。它翩翩飞来了,盘旋在他们头顶上,把它黑色的巨大翅膀扑扇得哗哗作响,想威胁他们,吓倒他们,就像它曾经无数次做过的那样。可是它找错了对手。他们不怕它,他们觉得把胸挺起来是个好办法,把腰直起来也是个好办法,他们就这么做了,于是他们感到一股自信念之源流淌出的勇气源源不断地注入他们的身体,使他们的身体铮铮作响,百折不挠。他们依然是痛苦的。他们正在日复一日地经受着这种痛苦。但是他们再也不会让自己倒下去!

有一天一家人正在吃饭的时候,关山林突然收回伸出去的筷子,抬起头,看着他的家人,说,你们记不记得,路阳小时候玩过一个沙盘,老乌你记不记得?吃过饭后你们在储藏室里找一找,你们把它给我找出来。

全家人都停下了筷子。朱妈和李部用一种惊愕的神情看着关山林,然后他们又用一种担忧的目光转过来看乌云。这是一次未曾预告的地震,或者说这是一枚被突然引爆了的定时炸弹,它将把所有的人在假想的平静中炸得粉身碎骨。

但是没有。乌云的脸色很平静。他们没有交谈过,但她似乎知道他的心里在想着什么。她和他想的一样。乌云很镇定地把手中的筷子放下,用手绢揩了揩嘴,顺便揩掉湘月嘴边的一粒饭粒,然后抬起眼,看着自己的丈夫平静地说,我还记得,就是那些飞机坦克大炮和小锡兵模型吧?你和路阳不是还在一起玩过吗?是我把它们收起来了。我怕别的孩子把它们弄坏了。等吃过饭,我就去把它们找出来。

说完这句话,乌云没动。关山林看着她,她也看着关山林,隔着饭桌,他们互相对视着。他提到了儿子的名字,她也提到了儿子的名字,他们都提到了他,他们都迈出了那一步。没有什么垮下来,没有什么轰然倒下。他们战胜了那对蝙蝠似的黑色翅膀,他们听见它胆怯而失望地从他们身边悄然飞走。他们互相对视着,眼眶里溢满了泪水。

那天晚上他们走出了院子,沿着院子里的林荫小道去散步。离那份死亡公函抵达的日子已经有两个月了,春天已经很浓了,浓得已经能闻到夏天的味道了,院子里到处开着花,开着烂漫的月季和累累的串红,他们沿着鹅卵石铺成的小道,一直走到了围墙边。两年以前,路阳回家的时候,关山林和他到这里来过,父子俩谈到了一场战争,那场战争直到现在还没有发生。现在他们就站在那里,站在儿子曾经站过的地方。夜晚,清风徐徐,整个山城一片悠悠飘飘的灯火,他们就像站在灯火丛中似的。嘉陵江从他们的脚下流过,江面上船灯点点,顺水而下或者而上,隐隐有轮机声传来,近了又远了。一艘船拉了一声笛,其它的船也相跟鸣笛,笛鸣声在两岸回荡,经久不息。他们都被这种夜里看不见的生动的回声震动了。

她突然开口道,你说,他怎么这么傻?他为什么要这么做?

她没有提到儿子的名字,但他知道她说的是谁。他说,不,我们并不知道他是怎么想的。我们不知道他发生了什么事。我们不能确定他是不是傻。

她疑惑不解地说,有什么事值得他这么去做呢?值得吗?

他说,那要看是为什么了。这才是重要的。可是我们不知道。

她还是不肯释怀,说,就算这样,他为什么非要选择自杀这种方式?他难道就没有别的选择了吗?你说,他真的没有了吗?

他说,我想是的。如果有,他一定不会这么做的。既然他这么做了,那这就是他惟一的选择,惟一的理由。他不是那种糊涂的孩子,从来都不是。

她陷得太深了。她不肯从哪样的深里挣脱出来。她说,是他太自信了？他发现他的自信骗了他？是他忽略了？有一道坎他过不去？是他太优秀了？他受不了什么羞辱？还是一次意外？

他说，自信不是理由。忽略不是理由。优秀更不是理由。如果有什么坎，只有自信和优秀能帮助他通过，别的只能是侥幸和巧合。也不是意外。他是个优秀的军人，一个优秀的军人没有意外。

她抬起脸来看着他。她是需要他那样对她说话的。他那样对她说话，其实是在拯救她。她说，你就这么相信他？

他在黑夜中不庸质疑地点了点头。他说，是的，我相信。

他们并排站在那里，靠得很近。他感到她在哽噎。他伸出一只手臂去，将她搂住，搂进自己怀里。

她软弱地把头靠在他的臂膀上。现在她找到依靠了。她说，他才刚二十二岁。他才二十二岁。他还是个孩子。她哭了，身子颤抖着，泪水汹涌地流淌出来。她说，我受不了，真的受不了。

他把她搂得紧紧的。他觉得自己的眼角也湿润了。他张开鼻翼，让自己的整个肺叶、整个胸腔都灌满清冷的空气，这样他就镇定多了。他说，我知道他才二十二岁。我知道他还是个孩子。他是我们的大儿子，是吧？他再一次张开鼻翼，让自己的整个肺叶，整个胸腔都灌满冷空气。他说，但是，你不要哭。我也不要哭。我们都不要哭。我们为什么要哭呢？我们还有会阳、京阳、湘阳、湘月。我们有五个孩子。五个孩子少了一个，我们还有四个。我们还有四个孩子，干吗要哭呢？

他这么说，她听着。她觉得他的话说得多么好啊。她觉得她已经找到理由了，而且，她应该听他的，把那个理由紧紧地抓住，不再松手。她从他臂膀里挣出来，有些不好意思地揩了一下脸上的泪痕。她说，你说的对，我们还有会阳、京阳、湘阳、湘月。我们还有四个孩子。我不该哭。我为什么要哭呢？我保证，我以后再也不哭了，再也不哭了。

她这么说，他听了以后笑了。她也笑了。他们都笑了。在黑暗中,他们看不见对方的笑脸,但是有夏天的味道被夜风送来,还有那些在夜里看不见的生动,他们能感到。

他们感到了。

他们就是感到了。

第 六 部

湖北(1975 年 – 1996 年)

第 33 章　老　家

　　1974 年,军队进行了一次大规模的干部调整,赋闲了七年之久的关山林向组织上递交了一份报告,要求恢复工作。

　　关山林的报告很快得到了回音,但不是工作调令,而是一份善后问题处理的组织意见。组织上认为,关山林同志在文革前期的表现没有问题,1967 年对他的休息处理是错误的,现宣布给予改正。对关山林要求恢复工作的请求,组织上的答复是维持现状。

　　关山林拿着那份组织上的批复,百思不得其解地说,这就奇怪了,既然 1967 年对我的处理是错误的,又宣布了改正,那为什么又不恢复我的工作? 关山林对组织上说,我不要你们给我平反,我只要求工作,就算不当领导,做点儿普通工作也行。

　　关山林为此再度上京,要求给个说法。但直到他绝望地离开那个越来越像京城的城市,他始终没有得到过具有实质意义的答复。

　　1975 年,关山林向组织上递交了回湖北原籍休息的报告。一个人活在世上,就得劳动,就得干点儿什么。军人的劳动是打仗,是保国戍边,失去了这个权利,那就和死了没什么区别,可在干休所这种地方,你他妈得活上一百岁才能死去,这和劳动一点儿关系也没有。既然组织上不再需要他工作,那他不如回老家等死去。

　　当年秋天,关山林携妻子乌云,孩子会阳、湘阳、湘月,保姆朱妈,一行六人,乘"三峡号"客轮自重庆沿长江而下,穿过瞿塘、巫峡、西陵三峡,抵达中原大都市武汉。在位于付家坡的湖北省军区招待所住了几天后,关山林由省军区一位干部部副部长和休干处处长陪同着,举家回到了洪湖老家。

关山林坚持不在大城市待,要回,他就回老家。他才不在家门口做一个盼望朝廷召唤的寓公呢。当然,关山林不可能真的把家迁回洪湖故居去,只可能把家安在县城里,因为这个家不是他一个人,他还有老婆,还有孩子,他们要工作,要上学,他总不能因为自己而把他的老婆孩子都弄回乡下去捡麦秸拾牛粪吧?

关山林的到来使县里很忙活了一阵子。关山林是老革命,是共和国的功臣,也是县里的骄傲,功臣和骄傲回到家乡来了,县里不可能不热闹一番。房子倒是抢盖出来了,军队拨来一笔营建款,地点是选在最好的城关西山上,这里环境又安静交通又便利,环山向水,气脉相承,是个等死的好地方。县里原先考虑安排乌云在县委或县政府挂个副职,人家十六级干部,比县委书记县长都高出两级,挂个副职都嫌委屈了,后来又考虑是不是再兼个文化局局长?大干部的老婆,文化自然低不到哪里去。可是到了关山林这里,县里的意见一下子就给他推翻了。关山林说不能让她当县太爷,你们给她换个工作。县里的领导征求关山林的意见,说,老首长您看换什么工作好,您提要求我们办。关山林说,我看什么? 我不看。我也没有要求。你们有什么工作都行,随便给她一个,反正不能让她当县太爷。县里的领导犯难了,说,老首长,我们县太小,连县委书记县长都只有十七级,实在不好腾位子。关山林说,又不是看戏,腾什么位子? 有什么位子好腾的? 看戏也能加个塞。你别往前排加,你往后面加,管它前台后台的,能瞅上个人影儿就行。县里领导有点儿明白了,说,您的意思,不是让乌云同志当县长书记呀? 关山林说,呸,你们怎么就这么点儿小肚鸡肠? 你们这么小肚鸡肠,还能干出什么大事来? 你们干不出大事,老百姓跟着你们还不是遭殃？县里领导羞愧难当，但毕竟一块石头落了地，就说，那就干脆让乌云同志当县文化局局长，不戴副县长帽子。关山林说，文化局长也不当。你们不是有县医院吗？乌云是搞医的，你们让她当院长不行吗？她那几十年的经验，管你们八百个医院也没有问题。县里领导当然不会反对，但有个问题一直困扰着，末了没憋住，还是提了出来。县里领导问关山林，为什么不让乌云当县级领导？关山林说，为什么？因为她是我老婆。我回县里来休息，我就是老百姓，别人做我的父母官行，我不能让我的老婆来做我的父母官。县里的领导于是恍然大悟。

事情就这么决定下来了。乌云的问题解决了，剩下的就是孩子的问题。孩子的问题好解决，湘阳在县一中读书，湘月也在城关小学五年级注了册，会阳待在家里，由朱妈照看。县里民政局原打算给老首长家派个公勤员来，关山林没同意。关山林说，过去跟个邵越走了，跟个靳忠人走了，跟个李部又走了，我是等死的人，年轻人守不住，还是不要的好，免得分手时让人心里不舒服。县里想，公勤员不行，那就帮着请个阿姨吧，一个不算小的家，上有老首长，下有个傻儿子，麻烦事少不了，有个小阿姨，总能帮着搭搭手吧。这个主意却遭到了朱妈的坚决反对。朱妈反对的理由是她才五十出头，她还不老，家里粗活细活她都能干，老关的日子、会阳的日子，这些她都操持了二十年了，她知道什么是冷暖，何时该咸淡，用不着外人来绊手绊脚。如果他们要找个小阿姨来，也行，等自己死了之后，什么时候自己一闭了眼，小阿姨就可以跨进关家的门了。朱妈这么一坚决，县里帮忙请小阿姨的主意就流产了。

县里是后来才知道的，关家的户主，外人知道是关山林，但日子那一块，却是这个朱妈说了算。关家平常如一日三餐，琐细如添东置西，普通如生活起居，都由朱妈做主，连关山林都插不上手。这是人亲眼看见的，说有一回，有个换沙发椅的拖着沙发从关家门前过，关山林正在门口和人聊天，卖沙发的问关山林说，老同志，换对沙发吧？关山林正聊得起劲,陡然被人一冲,没缓过神来。关山林说,换什么沙发？卖沙发的人说,坐的沙发呀？钢绕弹簧,整块海绵,小牛皮绷面,保你坐一百年不松不塌。关山林说,我有沙发,我换它做什么？卖沙发的人说,你有是旧的,我有是新的,换了我的沙发,你坐着舒坦,我也能养家餬口,两下一个好。关山林想想也是,自己以新换旧,对方养家餬口,怎么不是两好合一好,说,那就换呗。换沙发的高高兴兴地从板车上往下卸沙发,正卸着,朱妈买菜回来了。朱妈说卖沙发的,你把沙发往我家门口卸干吗？我家门口不是自由市场,不摆摊。卖沙发的人说,不是摆摊,这沙发已经卖了。朱妈说,卖给谁了？卖沙发的人说,就卖给你家呀。朱妈说,谁答应的？卖沙发的指关山林说,这位老爷子呀。朱妈说,这沙发我家不要,你赶紧拖走吧。卖沙发的说,老爷子已经答应要了。朱妈说,他答应不算数,得我答应了才算数,你赶快把沙发拖走吧。卖沙发的再看关山林,关山林却装着没看见,背着手,望着天,几步走掉了。这事一传出去,人家就说,嚯,到底是豪门深宅,气魄就是不同,连烧火洗衣服的老妈子也能大气不喘,当家做主,还不知道那家里的少主子老主子会有多大的威风呢!

关山林把家迁回洪湖没有多久,家中就变得热闹非凡起来了。
先是在县里的三级干部会议上,县长叫住关山林老家那个管理区的主任,说,关老头回来了,你们也不去看看人家？管理区主任说,哪个关老头呀？看谁呀？县长说,你说哪个关老头,你们那里还有哪个关老头？你们那片恶湖汉子,也就配出鱼鹰子了,还能出什么——关山林关老头呗。管理区主任一拍大腿说,是他呀!我还以为你说谁呢。他不是在外面当大干部吗,怎么回来了？他回来我们当然要去看,我们怎么能不看呢？于是,两天以后,管理区主任就带着区里的几个头面人物和大包小包的土特产,坐着一辆拖拉机到县里来看关山林了。

消息传得很快,没有几天,家乡人都知道关山林回到了洪湖。知道了大家就都来看,管理区来了公社来,公社来了大队来,大队来了生产队来。来的目的无非三个,一个是看望老首长,二是向老首长汇报家乡的工作,三是希望老首长能帮助家乡解决一些困难。关山林那段时间很忙,接待了这个又接待那个,有时候两拨人撞到了一起,就分开接见,先寒暄,再听汇报,然后处理问题。关山林对寒暄不感兴趣,但对听汇报和处理问题却做出责任在肩的样子,进行起来很认真。老家穷,若不穷也当不成苏区了,当不成根据地了,再加上来的干部们真心的目的想求他解决一些困难,所以在汇报工作上,多少就加了一些水分。关山林一边听汇报一边不断地皱眉头。关山林没有想到老家会这么穷,穷得干部们直落泪珠子,个个恨不得卖儿卖女来周济乡亲们。关山林即使想批评他们的无能也开不得这个恶口。关山林惟一能做的,就是拼着一份老脸去为家乡争得不断的支持。

关山林开始行动起来,到处去搞拖拉机、柴油、发动机、电线、化肥,而且尽可能死皮赖脸地不给钱。关山林找县里要,也找自己的战友要。关山林说,洪湖是二军团的摇篮,洪湖人民为中国革命把血都用尽了,你们有谁能说看得下去,你们就可以不给?你们要是还有一点点儿共产党的良心,你们就拿出实际行动来。你们要拿出实际行动来了,我关山林代表乡亲们给你们下跪,给你们磕头!

关山林这个样子,把县里给愁坏了。给吧,关山林开出的那些单子——实际上是别人开出的单子——都是紧俏物资,按计划分配都抢得打破头;不给吧,人家一个老革命,人家朝你亮出共产党的良心,人家给你往下一跪,当堂磕头,你这些局长县长的,担待得起吗?县里弄到后来只好躲着关山林,躲到办公室里给区里公社大队打电话,咬牙切齿地骂,你们这些狗日的,你们再拿关老头当枪使,我把你乌纱帽摘了,拿你的头当球踢!

县里愁，关山林的战友也愁。战友们在电话里说，老关你有完没完？你左一张单子，右一张单子，就算你不累，我这里也不是国库，也没有那么多东西周济你呀。我就算是国库，我还有世界上三分之二的劳苦大众没捞上饱暖，我也得天下有田共耕，有粥共喝吧？关山林不买那个帐，他冲着话筒说，你少给我打这个官腔。你这官腔我不爱听。你要记不得我提醒你，当年咱们革命那会儿，咱们是怎么举着拳头宣誓的？咱们挺着脖子喊，为天下受苦人洒血抛头！这话你忘了？你忘了我再说一件，那年打广济，你饿得受不了，你去偷人家马料吃，差点儿挨枪毙，是我把你救了回来，你苦尽甜来了，就把本忘光了，你还算个什么革命者？你还算个什么共产党员？战友笑，说，老关你狗日的，你给我上政治课呐。关山林不笑，说，政治课不政治课的，反正你得把单子给我办了。你是办也得办，不办也得办，你这个共产党的土豪，我今天是打定了！

关山林通过信件和电话向人伸手，关山林有时候还亲自出面。有一次公社书记来看望关山林，公社书记按照程序寒暄了一番汇报了一番后，就提出春耕快到了，公社缺少农耕机械，希望老首长能给帮帮忙，并提供出早已侦察好的情况，说，县里农机厂生产的一种手扶拖拉机很不错，它差不多就是专门为关山林家乡的土地生产的。

县农机厂的厂长和关山林熟，关山林听完汇报，二话没说就去了农机厂。关山林一见厂长就说，老胡老胡，你怎么这些日子不去看我了？是不是怕我打你的秋风呀？胡厂长喜欢这个半点儿官架子都没有的老革命，若是平时见了，总要拉上去路边的小酒馆喝上一气，但今天他一看关山林那架势，心里就明白了几分，暗自叫苦不迭，脸上还堆着殷勤的笑，说，谁说我怕您了？我什么时候怕过您？当年周总理来县里，我还和他老人家握过手呢。我怕谁呀？我这段时间不是忙着吗。您别再这么蹿，别影响我的工作，回家待着去，等我忙完这阵子，我就去家里找佻闹酒喝。关山林悠悠地说,原来你不是怕我,你是忙呀?忙好,老胡你忙好,你一忙,生产就上去一截,好。胡厂长一听这话有名堂,立刻做出一副苦脸,说,忙还不是白忙,也没忙出个什么劲儿来。关山林说,这就对了,老胡这就对了。我说这段时间没听见你的好消息,倒是听人说你偷懒。原来你是偷懒。老胡你怎么回事儿?你一个老劳模,这不是给我们老家伙丢脸吗?胡厂长一听这话就跳了起来,嚷道,谁说我偷懒了?谁说我丢脸了?是谁胡说的?我一个共产党培养出来的劳模,我人民大礼堂进了五次,我怎么会偷懒?我整天泼命似的干,我十盆血吐掉了七盆,我恨不得累死!关山林说,你嚷什么嚷?老胡你嚷什么嚷?嚷能说明什么?一点儿也不能说明。世界上怕就怕认真二字,共产党就最讲认真。你没偷懒,你就拿成绩给我看。胡厂长急得一脸通红,说,我当然有成绩。我当然拿给您看。你以为我拿不出来?胡厂长说着,就领着关山林走进落了大锁的成品仓库,领关山林看那一排排红漆锃亮的手扶拖拉机。胡厂长得意地说,怎么样,这算不算成绩?不是我老胡吹牛,省报都发了我的表扬稿,满世界都知道了,怎么就您不知道?您还批评我偷懒。关山林点点头,慢吞吞地说,谁说我不知道?我当然知道。正因为我知道,我才来找你老胡。胡厂长一听,明白上了当,作揖说,老关头您饶了我。关山林说,我是想饶你,可乡下不饶你。老胡你也别紧张,你这儿物产丰富,东海之大我只取一瓢饮,我只要三台,多一台我不要。胡厂长说,老关头我是有计划和任务的。我要完不成,县里要罢我的官。关山林硬心肠地说,我不管你的计划。我不管你罢不罢官。我只认你这个财主。你是财主,我就打你的土豪分你的田地。我不打你打谁去?胡厂长看着守不住,就讨价还价。胡厂长说,老关头我给您一台,款子您想什么时候付就什么时候付,我不催您,怎么样?关山林不容商量地说,三台,款子的事再议。胡厂长说,那,两台?关山林说,三台,一台不能少。老胡你怎么像个卖小葱的娘儿们?你太让我失望了,失望得都不像一个共产党员了。胡厂长哈哈大笑,说,老关头真有您的。老关头我这就知道当年你们是怎么把革命闹成功的了。老关头我就答应了,我就给您三台,一台不少您的,不过您得等一段时间。我这些都是有了主的,我再给您下单子去。关山林也哈哈大笑,说,老胡你给我来缓兵之计,你当我是新兵蛋子呀?行,要我等我就等,等多久都行。我就在你家住下,什么时候你把货给我,我什么时候走人。我也好侍候,每顿四凉盘四热炒,外加半斤五粮液,老胡这不为难你吧?老胡灰心丧气,他气呼呼地说,您这还叫不为难,您这还叫好侍候,您这住上几天,我一台拖拉机就没了,我还不如趁早给了您,来个痛痛快快的纸船明烛照天烧,送走您这瘟神的好。行了,您叫人明早来提货吧,但是老关头我有一句恶话在心口堵着,我不说不痛快,我得说给您听。老关头,您这个样子不像一个共产党,您完全像一个明火执仗的强盗!

关山林这样整天忙乎,就给家里增添了很多负担。首先是吃。老家不断来人,一来一大帮,一个月得几斤茶,好几条香烟,喝完抽完还得吃饭。乡下人干的是体力活,肚肠大,吃得多,朱妈几天就得往粮店跑,去背米。关山林有规定,凡是乡下来了人,饭桌上不能断了酒,不能断了肉,荤素加在一起,不得少于八个盘。关山林说,人家在乡下,一年到头难得沾上油水,过年才能割上一块儿肉,人家进城来看我,就算走亲戚,也得添两个菜吧。

朱妈整天大篮小篮地往家里提鸡鸭鱼肉,在厨房里忙昏了头。朱妈说关山林,你哪里是在待亲戚,你这是在闹共产呢。关山林说,共产有什么不对?咱们当年闹革命,咱们不是图共产又是图什么?朱妈你别给我耷拉个脸,你别给我丢面子。我告诉你,这不是一顿饭的事,这是共产党让不让人寒心的事。朱妈说,有这么严重吗?关山林说,有没有这么严重,看咱们怎么想,怎么做。再说了,人家每次来也没空过手,人家不也往这儿送东西吗?朱妈说,你也不看看那都是什么东西，一把粉丝见汤就糊，一口袋红苕干长了霉让我送人喂了猪，几条小鱼干连"上尉"都不吃，就送这个，也值得你这么念叨。关山林认真地说，东西你不爱那是其次，可人家那是一份心，人家一份心交给你，你就是手脖子再觉得累，也得恭恭敬敬把它举到头顶上供着。

　　朱妈为乡下来的人事和关山林犟嘴，其实朱妈打心眼里是赞同关山林这个心思的。朱妈就服关山林。所以朱妈再忙再累，也毫无怨言地往家里扛米，往家里大篮小篮地提鸡鸭鱼肉。但是朱妈这么做，也不是一点儿意见也没有。朱妈是有意见的。朱妈的意见不是吃，是住。乡下来了人，不光喝酒吃肉，还得住宿。关山林不让人家去住旅店，要人住在家里。关山林说，家里又不是没地方，宽敞得住一个团都行，何必花那个钱去住店。省下几个是几个，都是老百姓的血汗珠子，别拿着去烧包。关山林这么一说，家里就成了旅店，乡里无论谁来了，都住家里，有时候一两个，有时候七八个。住也是有住的，但就是住下的人没个讲究，首先是随地吐痰，吭哧一口，吭哧一口，吐得到处都是。朱妈特地多买了两个痰盂回来，一个屋放一个，都放在挺显眼的地方，但不管用。朱妈就专门叮嘱，说，你们吐痰往痰盂里吐啊。人家也点头，笑着说，我们知道了，我们再吐就往痰盂里吐。可是朱妈一背过脸去，吭哧一声又吐到地上了，不是故意，是没这个习惯。再就是不爱洗脚洗脸。大老远的来，一身的风尘，又都是干活的人，身上攒着汗泥，到晚上睡觉时，新崭崭的被絮往里一钻就打开了呼噜。想让人洗吧，人家脸红得不好意思，说是不脏，前几天才洗过。朱妈自己就出生在乡下，知道乡下人那点儿羞涩，也不好硬把人往洗脸间里拽，拿洗脸盆打了热水给端到房间里去。第二天早上人走了，朱妈去打扫房间，看那半盆水成了一满盆，白水成了黄汤，一闻还有股尿臊臭，原来人家图方便，把洗脸盆当作了尿盆。地可以天天拖，洗脸盆可以天天洗，但被絮不能天天换，天天换关山林就有意见，说是显出了嫌弃,显出了铺张,显出了隔阂。关山林生气地批评朱妈说,你们这是干什么? 你们到底要干什么? 不就是被子黑一点儿吗? 不就是褥子脏一点儿吗? 黑点儿脏点儿又能怎么样? 未必就死人了不成? 你们那么张扬,你们还有一点儿阶级感情没有? 哦,就显出你们的干净了? 我看未必。我看要说脏是你们脏,是你们的脑袋瓜子里脏。关山林一边说着一边拿粗大的手指用力往自己的脑门上戳,表示一种强调。

关山林这么一戳,就把朱妈戳得心虚了。朱妈背后找乌云诉苦,说,脏是事实吧? 不干净是事实吧? 我也没说嫌弃的话,也就是拆拆洗洗,这就不干了,还要挨批评。乌云也不好协调,明知朱妈是个有着洁癖的人,眼里和心里都看不下去,但关山林把问题上升到阶级感情的高度上,那就不是一般的问题了,那就是原则性问题了,在原则性问题上,没人敢做关山林的对手,乌云就只能单方面劝朱妈,要她睁只眼闭只眼。朱妈说,我能睁只眼闭只眼吗? 你没看看客人那个房间是怎么一个情况,我也不好形容,我也形容不出来,反正连"上尉"都不愿进去,"上尉"一到门口就绕着走,你想想它是一个什么样的惨状。乌云说,朱妈你就不要犟了。你在我们家几十年了,你该知道,要比试犟,我们谁都不是老关的对手,我们合在一起也不是他的对手。我是服这个气了,我劝你也服这个气。在别的方面,你该怎么管就怎么管,你想怎么管就怎么管,随你的心愿,客人房间里的事情,你就放任自流吧。

朱妈在这个家待了几十年,知道这个家是怎么一回事,知道这个家的实际统治者是谁,知道她不能拿那个顽固不化的统治者怎么样,先前来找乌云,也只当是找一个倾诉的对象,找一个理论上的同盟军,现在分明同盟军是没有的了,再往下说,说不定还会说出另外一个对头,朱妈只好不说了,只好扭头走开去做自己的事。但是朱妈嘴上不说,心里却禁不住想,你说这是怎么一回事? 乌云她也算是个爱干净的人吧,她搞了几十年的医,最认的就是一个干净,平时谁吃饭前不洗手她都不依,怎么碰到老关这人,她就软了虚了?她就什么原则都可以放弃了?这个家里,到底是什么样的东西在主宰着?

关山林父母早亡,老家已没有几个亲人,不过和关家沾亲带故的亲戚却不少,这些亲戚大多是穷亲戚。这很合情合理。老区过去很穷,因为穷,人们才无所顾忌且热情洋溢地起来闹红,闹得天翻地覆乾坤颠倒。但是不知是什么原因,老区在换了一个朝代之后仍然很穷,使了多大的劲儿都没能富起来。尽管如此,他们也不会再起来闹红了,因为这个朝代是他们自己嚷嚷着打下来的,在这个朝代里,上上下下都有不少老区的子弟在做着官,他们不能造自己子弟的反,他们只好一如既往地穷下去。但是老区人也有别的办法对付贫穷,最常用的办法之一,就是向在外做官的子弟讨救济。老区在相当长的时间里心安理得地成为国家的五保户,吃着国家粮库调拨的粮食,穿着国家军队支援的衣服,花着国家银行提供的钞票,老区应该算是共产主义的试验之地。

关山林的大多数亲戚都具有这样的素质,同时因为关山林回到了洪湖县,他们的这种素质就有了发挥的机会。他们一个个都非常善于写信。他们在信上写一些几十年前的人和事,问关山林还记不记得这些人和事?他们在信上潦草而又言简意赅地写道,二爹——或二爷——此信无它,只是家中生活困难。然后他们就敬祝二爹——或二爷——身体健康,长命百岁。他们源源不断地写来那些贴着八分钱脏兮兮邮票的信,用它们来瞄准关山林。老实说,它们的命中率通常都比较高。

关山林对这些"此信无它"的乡下来信长期以来都保持着一种饱满的热情。在乡下他已经没有了太多的直系亲属,但他还有一份浓得割舍不下的乡情,那些乡下来信就成了一条条毛细血管,一头连着散发着新鲜气息的乡土,一头连着他的肚脐。关山林一直热衷于遥控有求于他的穷亲友们摆脱穷困,走向富裕。他给他们寄钱去,同时也给他们出一些充满了理想主义的主意。关山林有一个远房侄孙是个孤儿,他的爷爷当年和关山林一同当的兵,以后战死在川北。这个远房侄孙向关山林诉苦,说自己家无隔夜粮,身无过冬衣,四十岁的人了,连媳妇都说不上一个。关山林很难过,给侄孙寄了一笔钱,让侄孙喂鸭子。老家湖汊纵横,鱼虾密布,喂鸭子只需花费一些力气,用不着更多的投资。关山林详细地给侄孙算了一笔账,按照他的算法,这笔钱加上侄孙两年的汗水再加上鸭生蛋蛋孵鸭的理论,是可以使侄孙过上宽裕的日子,并把一个健康正直的农家女娶回家里来。但没有过多久,侄孙又写信来讨救济。侄孙在信上说:遵照二爷的指示喂了鸭子,鸭子也长得很活泼,特别是它们集体在湖里嬉水的时候,样子是极可爱的。但是鸭子全被人药死了。侄孙说他打算改喂种猪,他不会被灾难所吓倒,他难道不是红军的后代吗?侄孙解释说,种猪是圈着喂的,不可能去别人家的塘子里戏水,所以绝对不会被药死。关山林觉得这个想法是正确的,有时候局势出现暂时的困难,就不能硬扛着,就得考虑战略转移的问题。关山林尤其感动的是侄孙不被灾难吓倒的决心,于是他又给侄孙寄去一笔钱,同时还写了一封厚厚的信,在信中他叮嘱侄孙多多向技术员讨教,学习科学养猪的方法。关山林守着晨露把那封厚实的信交给了邮递员,但这不是关山林写给他侄孙的最后一封信,实际上在那之后他还写过好几封信,除了鼓励和教育之外,信的内容都有所变化。关山林的那个不成气的侄孙不断地写信来诉苦,说种猪得了瘟疫,打算改盘豆腐房,又写信说豆腐卖不出去,准备改办榨房,接下去是榨房收了一大批发了霉的桐子,全亏了进去,想想还是不如开小卖店稳妥,就算小卖店一样东西也卖不出去,东西还是自己的,吃用不到别人头上去。

关山林终于发现他的错误了。他终于发觉事情在什么地方被弄错了。要么是他的那些穷亲戚,要么是他自己,反正事情不像他想得那么简单和单纯,不像他想的那样,仅靠着勤奋劳动就能改变穷苦的面貌。

关山林想弄清楚问题出在什么地方,它们的症结在哪里? 于是,关山林决定回一趟老家。

关山林震惊了。他没有想到老家虽然解放了近三十年,仍然还是那副老样子。小车在离关家垸子几里路之外就停下了,走不动了,通往垸子的路又窄又破,小车根本开不进去。关山林下车走,一路走着,眉头就越皱越紧。沿路全是荒芜败衰的景象,田里的野草比秧苗高,地里看不见耕牛也看不见庄稼;零落的农舍泥墙稀缝,屋顶的麦秸都发黑了;卧在农舍前的瘦狗见了陌生人连叫的力气都没有,性子烈点儿的也只是白着眼哼哼几声;有一个七八岁的光屁股孩子在路边没精打采地丢石头玩,显然是玩热了,也不嫌脏,就在田边用污黑的手掬着田里浑浊的水来喝。这一切都使关山林难受,使关山林的脸色越来越阴沉,越来越难看。

关山林回到垸子里的当天就召集队里的干部和大娃社员们开了一个会。会是在晚上开的,这样就显得有些神秘,有点儿像当年闹红时的秘密动员会。村里的干部们早早就来了,他们一个个袖着手勾着腰走进屋里,恭恭敬敬地管关山林叫爹或舅或爷,然后他们就把全部的注意力集中到关山林带回去的红牡丹牌香烟上。会由关山林亲自主持。关山林对垸子的衰败和贫穷十分痛心。他痛心得浑身发抖。他大声叱骂着他的那些堂兄弟和叔伯侄儿侄孙们,挨个儿指着鼻子把他们骂得狗血淋头。关山林血压升高,心跳加剧,面色赤红,嘴唇哆嗦,有一个时候他差点儿一头倒了下去。而那些远亲近邻们则一边点头哈腰,一边惟恐落后地一支接一支吸着关山林带去的红牡丹香烟,直到把它们全部吸光。他们谁也没有认真地听关山林骂了一些什么,也不管关山林为什么要骂,因为有了这些高级的香烟,他们甚至是很喜欢听关山林训话的。

只有一个人既没有点头哈腰,也没有吸关山林带回去的红牡丹,他吸自己的烟叶子。这个人是大队民兵连长关斗。关斗三十来岁,共产党员,当过兵,是关山林的一个远房外甥。关斗低着头吸他的烟叶子,吸得一头云雾。等关山林训话训够了,关斗就磕了磕烟袋开了口。关斗说,二舅,您老也教导了,也骂了。您老教导得也对,骂得也对。但是共产党讲的是唯物,我们没有把工作做好,让乡亲们吃了苦,我们也是有唯物的。关山林转过身来看关斗。关山林说关斗,你说有什么唯物,你把你的唯物讲出来。你若讲出一个唯物来,我就不骂了。你若讲不出个唯物来,我还骂。我不但骂,我还打你的屁股。关斗坐直了,不是怕打屁股,是下决心把一肚子的苦水倒出来。若不倒出肚子里的苦水来,受委屈是小事,让二舅认为共产党员和共产党员不是一个模子里倒出来,不是同心同德的优秀分子,那也是给党抹了黑。关斗说,二舅,不是我们不下力气,不是我们不给你这些老辈儿长脸,不是我们不想让乡亲们过上富裕日子。我们也是拼足了力气。我们恨不得都把自己当做牛。我们有时候都想哭,都想打个包裹背上走人,躲出去永远不见家乡。但光有这份心有什么用? 光有这份羞耻有什么用? 它能挡着什么? 二舅您老不知道我们有多么难。我们难。我们田少地瘦。我们劳动力都被征去围堰去了。我们旱了涝了弄不到机器抽水。我们地里的苗黄了弄不到钱买化肥。大人娃娃肚里没粮食,尿出的尿都没臊味,没肥劲,只能看着苗儿一日一日地黄下去,黄成一把引火的柴草。我们就去找管理区,求管理区拨一点儿化肥给我们。可管理区说化肥要指标,没有我们大队的指标。我们大队的干部一起在那里下跪 了。我们想跪也得为乡亲们跪回两斤化肥来。可是没有。我们没有跪回来。说两斤,连二两都没有跪回来。我们是白跪了。我们那天很晚才回来。我们在垸子外面转悠,直转悠到天黑。我们是没脸见乡亲们呀,我们连家里的狗都没脸见呀! 二舅您想想。您想想二舅。我们能怎么样? 您让我们能怎么样? 我们当的是乡亲们的干部。我们稍有半点儿办法,也不能让乡亲们苦着。我们都恨不得把自己零割了细碎着卖掉！可就算这样，就算能剁出百十斤人肉来，又能卖给谁去？二舅您说我们卖给谁去！

关斗说着，六尺高的汉子竟然眼里有了泪水，在眼眶里噙着没能噙住，扑簌簌地滚落下来。

关山林怔在那里，出声不得。他带去的烟已经被抽完了，一屋子的烟将他紧紧地笼罩住，没有了烟抽的乡亲们将他紧紧地笼罩住，憋得他连气都喘不过来。他那巨大的头颅上开始冒出缕缕的热气来。他的印堂间开始烧出火苗来。他腰杆笔直地端坐在那里，端坐在烟雾之中，端坐在他的乡亲们之中，一动不动。关斗抽泣了一会儿不抽泣了，抬起头来看着关山林，别的人也抬起头来看着关山林。他们不是在看，他们是在听。他们听见关山林的身上，先是两只手，接着是腿，然后是腰杆和脊梁间，嘎巴嘎巴地发出骨关节错动的声响。那些声音越来越响，越来越响，到后来，连他们坐着的这间屋子都给震动得摇晃起来了。

五十吨日本尿素在运往管理区的途中被一大群手执扁担打杵的农队劫住了。司机从驾驶室里伸出头来大声喊，干什么？你们要干什么？你们疯啦！没有人听他的，那些男男女女老老少少的农村人举着扁担挑着箩筐没命地往前拥，从车上拖下成袋的化肥再把它们运走。

在整个事件中，指挥者只有一个人，那就是关山林。

老区永远都贫困潦倒，贞洁似的守护着它的这一份荣誉。整整两代人提着脑袋搏命厮杀，几十万人的生命轰然倒下，把他们烧成灰，洒进大地里，再贫瘠的土地也是可以变得肥沃起来的。老区人直到如今仍然在饿肚子，这是说到天上也说不过去的道理。但这并不是关山林指挥这场抢劫化肥车的理论依据。关山林没有理论，他只有几十年屡试不爽的经验，那就是革命靠自觉。关山林从心底深处痛恨家乡人那种与前辈完全不同的逆来顺受和心平气和。关山林怒其不争。老家在战争年代死掉了几十万人,难道造反的骨气也死掉了吗?既然管理区的那些土皇帝们不把化肥指标分给咱们,那就抢嘛!

几百名脸上涂着锅底黑的农民突然之间出现在公路两旁,令司机和押送化肥的管理区技术员大惊失色。他们怎么也不会相信,打死也不会相信,在共产党领导的地方会出现这种揭竿而起拦路行劫的暴民行为。关山林像指挥一场战斗一样向大队干部布置了这场化肥劫案。一辆牛拉车歪倒在公路当中,赶牛车的小伙子躺在车上呼呼大睡,长长一溜运送化肥的卡车只能停下来。司机目瞪口呆地看着疯了似的农民一拥而上,身手矫健地攀上汽车,踢死猪娃似的往车上踢化肥袋子,车下的人则分工明确,配合默契,肩扛箩挑,迅速将战利品运下公路,顺着羊肠一般的田埂小路消失掉。空气中弥漫着一股浓烈刺鼻的尿素味,同时弥漫着老区久违了的同仇敌忾的精神。司机如果对历史稍微有点儿兴趣就会发现,这个场面和几十年前发生在这一带的众多事件有着十分相似的共同处;他还会由此领悟出一个道理,农民一旦真正被组织起来,煽动起来,就会发挥出最大的积极性和创造性。遗憾的是司机根本没能领悟这一点儿,除了节油标兵之外,他在哪一方面都表现平平。他只会一个劲地在那里喊,你们要干什么?你们疯啦?没有人理会他,人们全都处在一种极端的兴奋和突然产生的责任感中,惟恐做了群众运动的落后分子。司机后来不喊了,他的嗓子有点儿痛,风使他连续地咳嗽起来,他觉得喊也是白喊,他阻止不住什么,正在发生着的一切显然在一开始就被什么人决定下来了。

司机并不知道,此刻,在远离公路几百米的一个高地上,一个指挥过数百场战斗的职业军人正披着一袭英国呢大衣冷静地注视着一切。那个军人腰杆笔挺地站立在那里,脚下踏着一片盛开着的鹅舌草。当两辆五吨装的卡车被卸运一空之后,他在心里对自己说,这场战斗应该结束了。

　　他转过头来轻轻地对站在身边的大队民兵连长关斗说,通知他们,撤出战场。

　　关山林把家安在了湖北洪湖,安在了他的老家。关山林的样子,是要做永远的匿居,像一头走进森林腹地等待着生命最后日子的老象。他不止一次地对人提到他现在是在等死——他认为这是安度晚年最准确的说法。他在说到"等死"这个词时神态安然,甚至哈哈大笑。关山林把全家都迁回乡下来了,从此再也闭口不提要求重新工作的事。他起床、吃饭、上街和随便什么人聊天、回家和乌云朱妈说说话、睡觉。关山林晨起暮息,生活颇有规律,样子十分满足。人们都觉得他是一个少年出家历尽沧桑,晚年归来颐养天年的既富裕又幸福的寓公,奔波到头了,革命彻底了,心如止水了。

　　只有乌云知道,人们的想法是错误的。关山林的心没有死。他的心永远不会死。在他的胸膛后面,仍然有一颗顽强的火星栖伏在那里,它没有熄灭,永远也不会熄灭。有一个细节只有乌云一个人留了心。关山林为自己订了大量的报纸,从《解放军报》、《人民日报》到《参考消息》,差不多有七八份之多。关山林每天把大部分时间都花在那些报纸上。关山林看报不像多数人那样只看标题和感兴趣的文章,他是从一版到四版,每一篇文章都要认真读完的。他读报读得很仔细,与其把它叫做阅读,不如叫做研究。实际上他就是在研究。他把他认为是重要的文章用红蓝铅笔勾出来,标上"此处全家一阅","如此动向,发人深思"之类的眉批。他的情绪是随着报纸报道的消息而变化的。如果国内国际的形势一派大好,那么他那段时间就会表现得很安静,不声不响;安静久了,就会闲豹似地打一个哈欠;安静得再久了,就会困豹似的变得烦躁不宁。如果国内国际的形势有个风吹草动,他的情绪波动就会很大,兴奋、激动、焦灼、渴盼,那段时间他花在报纸上的精力就会多得多,报纸上出现的粗重的眉批也会多得多。这一点儿也许可以瞒过别人,却瞒不过乌云。乌云太清楚那头躺在老巢里伸着懒腰打着哈欠的老豹子觊觎的是什么了。乌云对此一字不提。她像什么事都不知道似的。她把它当作他闲得太久太无聊而自己创造出来的游戏。

当然,关山林并不仅仅是看报。报纸是必不可少的,但看报看久了,总有一种纸上春秋的感觉。关山林在看报之外,也不是没有行动。关山林最有说服力的行动之一,就是把老四关湘阳送去当了兵。

1977年,关湘阳高中毕了业。这一年,国家恢复高考制。湘阳天资聪慧,学习成绩不错,又是从大城市转学来的,基础扎实,学校寄期望于他这个高材生,希望他能考上大学,为本县争光。可是关山林却不让湘阳考大学,他要儿子去部队当兵。乌云为这事和关山林吵了好几架。乌云是希望儿子能念大学的。但在这方面,关山林的态度十分固执。吵归吵,在原则性问题上,关山林一向不会妥协让步。如果有必要,他甚至不惜为此打一场全面的战争。他打了,他赢了。1977年冬天,十七岁的关湘阳应征入伍,成了武汉军区某坦克部队的一名新兵。

关山林就是这么主宰着这个家。在他年届七十的时候,他仍然雄心不泯,宝刀不老。直到有一天,他在报纸上看到中国军队在广西云南前线对越南军队的挑衅进行全面反击的消息时,他仍然兴奋不已。他丢开报纸,站起来,背着手在房间里大步地来回走动。他在窗前站下,目光炯炯地看着远处起伏的山峦。他朝身边的桌子用力击了一掌,把从门口走过的朱妈吓了一跳。

朱妈听见关山林一个人在他的房间里大声地说,打! 狠狠地打这些背信弃义的狗东西! 朱妈不知道他是在对谁发火,对谁下这个命令,他究竟要打谁? 朱妈蹑手蹑脚地走过去,探头朝屋里看了看。

屋里只有关山林一个人。他是在自己对自己发火。他是在自己对自己下命令。

第 34 章　倒踢紫金冠

11 月秋凉的时候,部队开始沿着 10 号公路朝前调动。

调动是极机密的,要求是白天停止待命,夜间行军。

10 号公路上全是往南线去的部队。在整个黄昏到黎明这段时间里,M74 主战坦克、122 毫米自行榴弹炮和整队整队满载士兵的卡车源源不断地朝着南边驶去,空气中弥漫着浓烈的柴油味。按照命令,车队一律关闭了车灯,只用夜间灯探路,在路面危险的地段,有工兵在那里指挥和协助车队通过,即使这样,在快到哀牢山那段路上,还是有几辆车翻进了山崖里,有消息说至少有十几个战士牺牲了。仗还没开始打就有了伤亡,这不能不让前指的首长恼火。前指下命令道,各部队在不耽搁集结时间的前提下,必须保证安全;如果再出现车翻人亡的事,指挥员不用等通知,自己到军事法庭报到。

4 营文书关京阳依靠在一辆 YW701 指挥车的角落里,眼睛闭着,从黄昏上车后到现在,他都保持着这个姿势。他怀里抱着一支 65 式自动步枪,枪口随着车子的摇晃不断摇晃着,老是碰着他的头。路面的状况很不好,10 号公路本来就是一条二级公路,长期缺少保养,南方多雨,常年遭受侵蚀,再加上这段日子陡然增加了负载量,道路的情况就越发糟糕了。车子颠簸着,时走时停,驾驶员在驾驶楼里不停地叫骂着,这种情况下想要真正睡着是不可能的。但是关京阳不想睁开眼睛。他一直保持着让自己处在一种假寐的状态里。他觉得这种方式能使他忘记眼前的事,静静地想一些问题。

关京阳在 54 军军部宣传队待了三年。关京阳在那三年里从一个腼腆秀气的少年长成了一个文静内向的小伙子。那是怎样的三年哪,它简直像梦似的。排练、学戏、汇报、演出,忙乱的日子让他们感到充实;掌声、赞语、羡慕的眼光、热情的接进送出,荣誉又让他们感到陶醉。关京阳从一个学员很快跳到了主角,跳到了舞蹈组男 B 角,同时在声乐组里,他也有了一个相当重要的位置。他的基础相当扎实,艺术天赋无与伦比,领导对他十分器重,把他当作未来的台柱培养,而他性情温和,与人为善,修养良好,又博得了宣传队大多数人的好感,同志之间的关系处理得非常不错,这一切,都预示着关京阳有了一个良好的环境,预示着他将有一个充满希望的发展前途。

有一次,成都军区战旗文工团的一位领导到军宣传队来检查工作。他发现了关京阳。他对关京阳的艺术天赋和身体条件大为惊叹。在观看过关京阳的一场演出后,他提出要把关京阳带走,带回战旗文工团去。军宣传队的领导说什么也不同意,这事后来闹到军政治部那里去了。政治部主任说,不行,要什么都可以,人我们是不放的。战旗文工团的领导说,你要不放,我就找军区刘政委要人。政治部主任眨巴眨巴眼说,嗬,来头不小,要一个人,把军区政委都搬出来了。政治部主任说,放人也行,但有一个条件。你告诉刘政委,你就对他说,54 军还要一个师的编制,军区若给了这个编制,我们就放人。战旗文工团领导瞪大眼睛说,你这是棒老二的条件,哪有这种交换法,拿一个人换一个师,亏你想得出来。政治部主任哈哈笑着说,这么说你是不换了。你不换,我们也不换,大家扯平。

关京阳最终还是留在了宣传队,没有调往战旗文工团。很多人为关京阳遗憾,但关京阳自己却心如止水。关京阳知道这件事后只是笑了笑，没有把它当一回事。他对军区文工团没有兴趣。他并不想走，不想离开军宣传队。关京阳不是那种雄心勃勃的人。对于生活，他从来没有刻薄的要求，他从没有想过给自己定一个多么宏伟多么令人激动的目标。他是一个心态安静、性格内向、不愿追求大起大落、大喜大悲的人。他有着相当出色的天赋，但他不认为那是他获取世界的资本。他更喜欢独处，喜欢心灵世界的旅游，喜欢读书。他喜欢诗歌的那种意境，童话的那种想象，更多的时候，他宁愿避开喋喋不休、不知所云的人们，躲到他的帐篷里与那些书本为伴。对关京阳来说，人生不是一种行为上的步步登高，而是一种心灵上的自由。这就是他的想法。

关京阳对失去调入军区文工团机会的无动于衷，这些并不是全部的原因。实际上，关京阳甚至在为失去这个机会而暗自庆幸。他不愿去军区文工团，不愿离开军部宣传队，最重要的原因，是因为他在这里有一个不为人所知的向往，一个令他着迷的梦幻，一个他平生第一次许下的许诺。

那是一个女兵。那个女兵叫余兴无。关京阳忘不了余兴无。她是那么的美丽、充满魅力和富有气质。她是他诗歌里的境界和梦幻。他被她征服了、震动了。他觉得接近她才是这个世界上最美妙的事。他忘不了她带给他的尴尬。她不认识他，她只记得那个跳洪常青的小兵，这使他痛苦不堪。他发誓一定要洗刷掉这个耻辱，让她永远记住他、欣赏他。关京阳就是带着这个目的进入了军宣传队。

开始他们并不说话。她还是不认识他。她甚至都忘了洗衣服时他问过她要不要帮忙这件事。她是舞蹈组的主角，是整个宣传队的明星。她是一只骄傲的白天鹅，她不会随随便便和别人说话。但是很快地，她从新分来的那些小兵中发现了他。他艺术天赋出众，人长得文静秀气，举止言谈与众不同，她开始留心他了。他们还是很少有话。大多数时候，是他在她和他说话的时候不太爱开口。他好像很冷漠,对她和对所有的人一样并不在意。她觉得这个小孩子——她在心里就是这么称呼他的——真是有意思,他干吗要把自己弄得像个大人似的呢?很快,她发现她错了。他不是那种装腔作势的孩子。他比包括她在内的所有人都富有智慧。有一次,她发现他一个人躲在一边看着一本书。他看书的样子安静而投入,脸上带着一种神往的神情。她被他的那个投入的样子吸引住了,不由自主地走过去,想看看他看的是什么书。那本书是一个名叫屠格涅夫的俄国作家写的,是一个关于草原的故事,她只看了几段就被这本书迷住了。她问他可不可以把书借给她看一看?他同意了。她把书拿回了自己的宿舍,用了几个晚上的时间把书读完了。她泪水涟涟,为书中描写的大自然而感动,为书中的人物感动。她发现有好久她没有这么为了一种神圣的东西而由衷地感动了。他们开始有了比较多的交往,因为那本书,也因为随之而来的更多的书。在音乐和舞蹈之外,他们就有了别的语言交流。她发现他确实与众不同。他的心细致灵敏,易受伤害;他的感情郁悒丰富,多愁善感;他的头脑无拘无束,富于幻想;他生活在一个别人完全无力企及的精神世界当中。她开始关心他。她越来越想知道他那颗紧闭的心中究竟在想着一些什么。

因为他们同属演出组的骨干,他们有更多的机会在一起。她比他大两岁,但是他发育得很好,他差不多比她高出了大半个头。他们不是搭档。她演A角,和一个名叫温建华的男兵配对;他演B角,和一个名叫皇甫群英的女兵配对。但是有时候,如果温建华生病或者什么的,她就会请他帮着她一起练功。她喜欢他来做她的搭档。他和温建华不一样。温建华总是只惦记着表现自己,急切地把每一个动作都当作亮相,他的一招一式无可挑剔,但她总觉得他缺了点儿什么。而关京阳就不一样了,他能使她感到她有另一个灵魂,使她被那个隐藏着的灵魂所冲动,浮想联翩,通身充满灵感,使她有一种想要创造和飞翔的欲望。他会一步一步地启发她,诱导她,让她在舞蹈语汇的王国里淋漓尽致地流连、畅快毕露地旋转、充满信心地腾跃。他能给她一种渴望想象和倾吐的力量。这种机会不是太多,因为即使温建华不在,他和皇甫群英也有每日的功课必做,可是他们却有了一次比这更好的机会。

有一次,温建华回云南老家探亲,宣传队突然接到演出的任务,而且指定演出《白毛女》。宣传队领导安排他顶替温建华出演大春一角,演喜儿的自然还是她。这是他们俩头一回正式作为搭档同台演出。不知为什么,她有些紧张。她一向是从容的但这一回她却有些紧张。她怕她会演砸了,这种恐慌在她以前从来没有过。

灯光亮起来了,大幕徐徐地拉开,她的心提到了嗓子眼。他在一边看到了,朝她走过来。他看着她。在他那线条柔和的嘴唇边,挂上一缕轻轻的安静的微笑。她的心一下子就平静了,好像有一只温柔的手从她心口轻轻抚过。她恢复了以往的自信。他们同时向对方轻轻地点了点头。长笛响了起来,接着是小提琴。她合上了眼,又睁开,提气、伸展手臂、绷腕翻足、踮着脚尖,像一汪清泉似的流出了帷幕。整个剧场都被她那清纯脱俗的出场亮相征服了,全场的观众都屏气静心,看着她在满天的雪花中翩翩起舞。接下来,她越来越有信心。她知道她已经把握住了自己和观众。她一场比一场跳得更好,一场比一场跳得更出色。到走出山洞那一场时,他们重逢了。这一场他们有了更多的对手戏。他带着她旋转。他召唤着她跳跃。他托举着她如羽般向上,在空中缓缓飞过。他站在那里,朝她伸展双臂。他的目光中充满了鼓励。她朝他奔过去。他接住她,轻轻地将她托举起来。他的手在她的腰间妥帖而有力。她感到她的灵魂深处有什么东西点燃了,照亮了,启动了。她依依不舍地脱离开他的怀抱,一连串的横移、碎花、旋转,然后站定。现在她要做那个大难度的动作了。她朝前奔去,朝着山洞外奔去,朝着升起的太阳和新的生活奔去。她高高地跃起来,两条修长的腿在空中一字劈开,上身如柳般后仰,头轻盈地接触到了脚跟。这就是那个叫做倒踢紫金冠的动作,她做得漂亮而成功,从来没有这么成功!整个剧场掌声雷动,掌声雷动,久久没有平息。她突然想起来了。她想起她曾为学员队做过这个动作。那个时候他就在场。只是她并没有留意他。现在他在场。她又做了这个动作。但是她的这个动作却有了灵魂,有了生命,有了出神入化的魅力。是他使她脱胎换骨了!是他!她的眼睛模糊了,泪水涌了出来,她就那么满脸流淌着泪水,跳完了整场戏。

终场的时候,她和他作为主角站在前台,首长们上台来和他们握手。首长握着她的手笑眯眯地说,小鬼,跳得不错。她笑了,笑得很害羞,也很自豪。他就站在她的身旁,平静得就像一棵风过去后静止的树。她无意识地朝他靠了靠。她突然发现,她在他身边竟有了一种小妹妹的感觉。她为这种感觉心里一阵乱跳。那一夜,她很久很久没有睡着。她头一回失眠了。

接下来的日子平静而快乐。他们之间再没有什么障碍。他们的接触越来越多,越来越频繁,他们的交谈也更随意,更深入。他们都看出对方对自己的钦慕。他们都不掩饰自己对对方的钦慕。更重要的是,他们都意识到了对方对自己生命体验的重要性。但是有一层纸没有被捅破。也许太纯洁了,他们没有想到把它捅破。也许太美好了,他们没有狠心把它捅破。也许太羞涩了,他们没有勇气把它捅破。反正,他们一直保持着那种亲密而又纯洁的关系,直到三年以后。

那一年,关京阳十八岁,余兴无二十岁。他们在这一年成熟多了。照理没有什么事可以使他们改变,也不该有什么使他们改变,可是却发生了一件意想不到的事。事情是由一封信引起的。那一天,关京阳接到一封家里的来信,信是母亲写来的。母亲在信中告诉他,朱妈病了,发高烧,经查是患了肺炎,老人在睡梦中都在念叨着京阳的名字。关京阳看过信后,一个人呆呆地坐在寝室里,望着墙壁出神。关京阳从小由朱妈带大,小时候吃过朱妈的奶,家里不顺那几年,又是朱妈把他带到了山东海城,朱妈带他带得珍贵,只差没有珍珠似的含在口里了。打小的时候,关京阳就把朱妈当成自己最亲的亲人,他熟悉她那温暖的怀抱,熟悉她那快人快语的谈吐,直到五六岁的时候,他晚上睡觉,还吮噙着朱妈的奶头入睡。后来回到家里,母亲坚决不让他跟着朱妈睡,为此他大哭大闹了好些日,甚至很长时间都躲避着不肯与母亲亲近。他十五岁离开家,当上了兵。他还是个少年,他和父母不亲,他对家里没有太多的牵挂。如果一定要说有什么牵挂,那牵挂最多的不是父母,不是兄弟姐妹,而是朱妈。他管朱妈叫干娘,这个称呼是在海城那几年延续下来的。他每次给家里写信,抬头都写道:爸爸、妈妈、干娘,而信中如有问询,大多都是问候干娘的。现在,他的干娘病了,他的干娘在病中呼唤着他的名字,这不能不让他伤心难过。

关京阳连续几天郁郁不乐。有一天,余兴无来找关京阳,关京阳一个人在寝室里。余兴无推门进来的时候,他正在那里独自落泪。

余兴无吓了一跳,不知道出了什么事,等到她知道出了什么事后,她也束手无措了。余兴无出生于一个高级知识分子家庭,家里就她这么一个女儿,她从小娇生惯养,只知道人家哄着她宠着她,从不知道如何去安慰别人。现在她被流着泪的关京阳弄得心慌意乱,拿不出主意来。她不想看到他难过。她掏出自己洁白的手绢去为他揩泪。他默默地流着泪,泪水怎么也揩不干。她心里一痛,伸出手臂,把他的头揽在自己胸口上,一只手揽着他的肩,一只手轻轻抚摸他的头。她想,也许这样他的心里会好过一些。

他的脸贴在她的胸口上。他闻到了她身上那股清香的味道。他听到她的心跳。他感到了她小巧而富有弹性的胸脯传导出的灼人的热量。他停止了啜泣。他们靠得太近了,不知什么时候,他们的脸已经紧紧贴到了一起。

当余兴无发觉关京阳的一双手已经箍住她纤细的腰肢时,已经来不及抽身了。她感到一阵心慌意乱,一阵害怕。她想推开他,从他怀里挣脱出来。但是她没有那样做,相反地,她把他紧紧地抱住了,好像她的意识完全不听从她的指挥似的。她能感觉到他在发抖,她自己也在发抖,他们的颤抖迅速传染给了对方。她感到他全身都是僵硬的,好像他在拼命地抵御着,努力地把自己建筑成一座城堡,以便做最后的抵抗。她的脑子一片空白,周身的血液都凝止了。她的心脏停止了跳动,呼吸窒息了。她在心里对自己说,让我死吧!让我死吧!她在绝望之中抓紧了他,把她的脸转向他,把她芬芳无比的嘴唇迎向了他。他感觉到了。他也做出了相同的反应。他们的头顶在了一起。他们那两张豆蔻似娇艳无比的嘴无法抗拒地向对方贴近。他和她都意识到,再也没有什么可以阻止他们的结合了!

宿舍的门在这个时候被推开了。一个女兵一边快乐地喊叫着一边跑了进来。那个女兵喊,关京阳,关京阳,我拿到一套《黄河大合唱》的套曲,你快帮我看看。那个女兵猛地呆在那里,她看到了一个让她惊愕让她羞辱让她愤怒的场面。她不敢相信自己的眼睛。她哆嗦地指着从余兴无怀里骤然分离出的关京阳,屈辱万分地说,你,你,你这个流氓!

宣传队器乐组的琵琶演奏员季洁目睹了关京阳和余兴无在宿舍里搂抱亲嘴的场面,想也没有想,就向组织上做了汇报。这件事立刻在整个宣传队里引起轩然大波。宣传队的领导震动了,政治部的首长也震动了,两个深受器重的宣传队骨干竟然在军营里乱搞男女关系,而且关京阳还是士兵。部队有明令,士兵禁止谈恋爱,要不严肃处理,那军纪严明的军营还不成了乱七八糟的牲口棚子?关京阳和余兴无立刻被停职审查。

一周之后，处理意见下来了。余兴无副连职降至副排，从舞蹈组调入后勤组，管理服装道具。关京阳无职可降，记大过一次，调出宣传队，到军区俱乐部负责打扫礼堂。为了严明军纪，这个处理意见是当众宣布的。在宣布处理意见时，余兴无脸色平静地坐在那里，从事发之后她就一直保持着那种平静的样子。而关京阳却脸色苍白，他低垂着头，不敢向余兴无那个方向看一眼。

　　处理意见下达当天，关京阳就打着背包去俱乐部报到了。据说在他走了之后，季洁一个人偷偷哭了好几次，但关京阳从此再没有回过宣传队，所以这件事他从来不知道。

　　有关"大春"和"喜儿"在宿舍里亲嘴的那段丑闻，大院机关里几乎人人都知道，关京阳和余兴无是大名鼎鼎的人物，54军没有人不认识。在相当长的一段时间里，大家都用一种暧昧的目光看着他们，直到他们走过去，背后仍有紧随的目光和兴奋的议论。

　　关京阳感到抬不起头来。他缄默了，整天不开口，默默地打扫礼堂，整理礼堂外的花圃，帮助人布置会场，每天从早到晚都待在空无一人的礼堂里，什么地方也不去。如果逢着礼堂开会，他就躺到礼堂后面的杂物间里，在那里，他给自己用废弃的地毯铺了一个床，他就躺在那上面，双手枕在脑后，望着蛛网密结的天棚发呆，一躺就是半天。

　　军俱乐部主任是个胖老头，人很和善，1946年入伍的兵，资历不浅，到现在也只落了个团职。俱乐部主任看不过去关京阳那副要死不活的样子，就对他说，小关，你也不要这么没精打采的，该低头时低头，该挺胸时挺胸，错误嘛，人人都可能犯，我当年也不是没犯过，我这还不是过来了？关京阳没说什么，只是对俱乐部主任投去感激的一眼。

　　关京阳自从调离宣传队之后，一直没和余兴无见过面，他们再见面是几个月之后的事。那一次大军区有首长下来检查工作，宣传队在礼堂为军区首长做招待演出。关京阳本来是躲开了的，但演出前照明设备突然出了问题,电工来修检线路,要关京阳开杂物间的门拿梯子。关京阳扛着梯子从后台演员通道走过,在那里碰到抱着一大抱服装的余兴无。

余兴无瘦了,看样子有些憔悴,下颏尖尖的,这样就使她那双美丽的大眼睛显得更忧郁。以往每次演出前,她都是宣传队里最忙的一个,宣传队队长、导演、化妆师、服装师、舞台监督都围在她身边团团转,询问她,催促她,提示她,嘱咐她,宠得她像个公主。可她今天却闲散得很,脸上白卡卡的无妆无红,一条白手绢在脑后松松地绾住一头齐肩长发,心里空空地抱着一抱服装从演员通道那头走来,脚下一点儿声音也没有。

他们差一点儿撞到了一起。他们都有些发愣。猝然的见面是他们谁都没有想到的。她看了看他肩上扛着的梯子。他看了看她怀里抱着的演出服。他们站在那里不说话。后来他低下头,避开她的目光,扛着梯子匆匆地从她身边擦身而过。她张开嘴想叫住他,有人在后面喊,余兴无,余兴无,快把衣服拿来,演出要开始了!她看着他离去的背影,苍白着脸,慢慢转身朝化妆间走去。

关京阳把梯子给电工送去后,就一个人回到礼堂后面的杂物间,在那张旧地毯做成的床上躺下,抱着头望着蛛网密结的天棚发愣。舞台就在他的旁边,礼堂里歌舞声和掌声不断传来,他躺在那里,一个节目一个节目地把那台晚会听完。

第二天,关京阳在打扫头一天演出用过的礼堂时,余兴无来找他了。余兴无美丽的脸白得没有血色,像极品蜡的颜色,朦朦胧胧地浮着一缕郁悒。她问他,昨天晚上为什么不理她?为什么不和她说话?关京阳埋着头,机械地扫着地,一句话也不说。余兴无站在那里,眼里含着泪,不相信似地摇着头说,难道我们做了什么吗?我们做了吗?她大声地说,你为什么不说话?你怕什么?你究竟怕什么?她的声音在空阔的礼堂里像一只无所归依的小鸟,来回扑跌着,把所有那些虚幻的绿色的支撑全都撞得粉碎。关京阳仍然不开口,他把头低得更狠。他从她身边绕过,走出礼堂,去倒那些垃圾,把她一个人留在干干净净的礼堂里。

那以后,余兴无不断地来找关京阳,但关京阳一直设法躲避着她。他不敢见她。他太脆弱太软弱了。他有过一个美好的梦,那个梦是他整个生命的支撑,现在这个梦被他自己毁掉了,梦破碎的一刹那,一道永恒的障碍也就产生了。他自惭、自责、自残。他不再敢也再不愿从心灵的囚室中走出来。他知道余兴无的日子并不好过,在那个事件中,她所遭受到的非议比他多得多。她是个女孩子,一个美丽而又才华横溢的女孩子。她本来就清高,因为长期担任主角又埋下了许多积怨,现在这一切都有了生发的借口和机会。他觉得是他害了她。如果不是他,她现在仍然是一只高高飞翔着的白天鹅。这种念头让他更加自责,让他不能鼓起勇气来面对她的目光和眼泪。

这种状况持续了至少有两年。在这两年当中,余兴无不断来找关京阳。关京阳痛苦不堪又无颜以对,向俱乐部主任提出调动的请求。他被调到了电影放映队外勤组,这样他就有很多机会下到各个部队去,躲开让他无力自拔的机关大院。但是只要他回到机关大院,余兴无还是会来找他。她变得非常的固执。她反反复复地就是那两句话,难道我们做了什么吗? 我们做了吗? 你为什么不说话? 为什么? 你究竟怕什么? 他还是不开口,回避着她的目光和责问。他知道她的境遇有所改变,她已经回到了舞蹈组,只是有好几年没上舞台。她已经跳不动主角了,只能跳一跳配角。他还知道那个已经提升为副队长的温建华一直在追求着她,为此对所有饱含爱慕的语言、眼神和信件都置之不理。关京阳知道这些,于是他就更加不开口。他软弱得令人痛恨,却又心硬得无视一切,即便在她面对他默默垂泪或者放声大哭的时候,他也毫无知觉地站起来,从她身边走出门去,把她一个人留在那里。

一年之后,关京阳再次提出调动。下面部队的一个营长看中了他,表示如果上面放人,他可以去给他当文书。俱乐部主任恨得跺脚道,这算什么事儿?你他妈还有丁点儿骨气没有?我要是你,反正错误已经犯上了,索性就犯到底,就去找她,天塌下来不过就是砸头的事,至于这么东躲西藏的吗?

关京阳到了下面部队,一干又是两年,这一次他真的逃开了,躲避开了余兴无。他干的是营部文书,写写画画,跑跑腿,整理和管理营部的材料和文娱用品。他干得很卖力,营长和教导员都很喜欢他。这一年他二十三岁了,还是个大头兵,和他同年入伍的,好的已经干到了营级,差一点儿的也是排级,营里看不过去,就往上申报,要把他提起来,可是申报了几次,都被打了回来。营长和教导员忿忿不平,说,人家就犯了那一个错误,事情都过去五年了,未必那错误就得背一辈子?说过了想一想,营长又对教导员说,我算看透了,杀人都行,鸡巴上的这种事儿,打死都不能犯,犯了这辈子你就算交待了。教导员说,也不能一概而论,凡事都有个辩证,有个一分为二的问题。你说不能犯的事,有人就能犯,而且犯得很好。那年我探亲,生病住总医院,听了不少故事,说高干病房那些小护士,被点了炮的不少,点了就点了,屁事儿没有。说得不好听,那叫老牛吃嫩草,说得好听点儿,那叫首长关怀,你拿这事儿怎么说?营长说,你别说这个,你说这个我有气。他娘的都是人,是人就有鸡巴,谁的鸡巴比谁的鸡巴金贵些?教导员说,你别打断我,我的话没说完。我的意思是说,用马列主义的辩证法看问题,任何事都有两种可能。也就是说,一个因,可能有两个果,放在你这儿是这个果,放在我这儿可能就是另一个果。比方关京阳,在主观上他是个怯懦的人,软软绵绵的,强不起来,事情发生了,抵不住挡不了,自己先就背上了十字架,人家就觉得他是该受踹的,问题落到他头上,就永远是问题了,就永远迈不过这道坎了。说来说去,还是他主观上有毛病。营长听完教导员这番话,拿钦佩的眼光看着教导员说,听你这么一说,倒是有道理,不亏是搞政治思想工作的,鸡巴上的事,也能分析个哲学出来。这么一说,两个人就笑,笑过了,也就把这事丢到脑后,从此再不提关京阳转干的事,只是在工作上生活上尽量给他一些照顾,同时也考虑,过年以后干脆动员他复员。部队严谨,留不住他这种黄泥巴糊不上墙的弱种,不如让他换个地方混饭吃。

1978 年年底,南线吃紧,部队奉命南调。临战前,部队进行战备动员,搞得很热闹、很悲壮,闹着坚决要参战的,咬破手指头写血书的,什么样的都有,请战书保证书雪片似的往连部营部飞,上上下下都很激动。只有关京阳一个人很淡泊,既没提出请战要求,也没写保证书,就像这事儿和他没关系似的呆在一边,让人看了很瞧不起。

关京阳在这个时候听说温建华已经放弃了追求余兴无,恋爱并且结婚了,妻子是季洁,余兴无则以年纪大了、跳不动了为理由,请求调到了军部俱乐部,也就是关京阳先前工作过的那个单位。余兴无仍然独往独来,那一年她二十五岁。

第 35 章　属于天空的孩子

部队 12 月抵达哀牢山集结地,进行了两个多月的紧张战前动员和训练。

2 月 27 日凌晨,对越自卫反击战的炮声打响了。

关京阳所在的 4 营和大部队一起,在夜幕的掩护下渡过红河,沿着山路迅速向 4 号公路穿插前进,很快就攻克了波马和巴波两个敌军据点,然后又马不停蹄地向驻守有重兵的班腮挺进。部队在遍布山洞的班腮第一次受到了挫折,仗打得很苦,靠着火箭筒和火焰喷射器一寸寸向前梳理,才勉强击溃了班腮守敌。部队继续往前,沿着简易公路挺进到2号公路附近的那门,越军在那门两边的高山上埋上伏兵,居高临下,以猛烈的交叉火力突然袭击中国军队。部队暴露在开阔地上,再一次受到阻碍,伤亡不少。那门攻坚战用了四十分钟,虽然最终将那门攻了下来,可部队的伤亡数字却是越军的数倍之多。

部队在两天时间内打了四仗,其间还不包括一些小规模阻击和骚扰,所遇之敌除了越军的公安屯士兵就是民兵,根本没有越军的正规部队。开战不利,部队打得有些急躁,大多一线指挥员不讲究章法,一接触上就猛冲猛打,靠指挥员的决心和战士的勇敢把一个又一个据点夺下来,整个部队都被一种求战的急切和献身的悲壮气氛所笼罩着,缺乏一种冷静的分析和协调。再往下打,部队的伤亡越来越多,而且大量的伤亡并非来自正规的攻坚战,而是来自对方的一些偷鸡摸狗之道,这个时候部队开始有了一些反省,也有了嗜血性,温情脉脉和想当然的理想主义没有了,仗开始打得渐渐有了客观和现实。

战争开始的那几天,关京阳始终跟着营部行动,由于他们这支部队所担任的任务不是穿插和清扫,而是直扑谅山打攻坚,目标性十分明确,所以遇到敌人,大多派出排连一级的小单位进行攻克和剿灭,关京阳在营部,连放一枪的机会也没有。关京阳一路上始终紧紧抱住他那支56式自动步枪,他把它像保护神似的抱在怀里,脸色苍白,神色紧张,有好几次前边正打着的时候他禁不住地发着抖。教导员看见了,就安慰他说,小关,别怕,这个高地我们很快就能拿下来,你现在是还没习惯,等你自己有机会打一梭子,你就全放开了。营长白了关京阳一眼,说,关京阳,还没轮着你上呢,稀松也不能稀松成这个屌样。去,撒泡尿,撒泡尿就轻松了。营部的通讯员话务员听了营长的话在那里吃吃地笑,关京阳也不说话,依然苍白着脸抱着他那支枪。

3月1日,部队终于打到了谅山。

谅山是整个对越自卫反击战中最重要的军事目标,越军在这里集结了两个正规主力团的兵力,其中一个是越军中赫赫有名的精锐团。关京阳所在部队奉命攻打扣当山。扣当山是谅山周围四个制高点之一,是谅山要塞的最重要组成部分,控制着从谅山通往东北、东南的两条公路;它的主峰前山峦起伏,地势险要,有大小山头三十三个,山的两边全是悬崖绝壁,十分难攻。

关京阳所在的4营是扣当山战役主攻营。战斗打响之后,部队高声喊叫着诸松空叶!(缴枪不杀!)宗堆宽洪堵兵!(我们宽待俘虏!)一个劲地往山头上冲,山头上的越军则以猛烈的火力给予还击。天那个时候下着麻纷细雨,在强大的炮火中,扣当山被打得一片稀烂。两个小时后,越军的两道环行防线被冲垮,一二号高地相继失守。次日,4营又攻下三个高地,并开始向越军苦心经营了多年的核心防御阵地发起冲锋。越军在核心防御阵地受到危逼的情况下进行奋力反抗,它布置在扣当山三十三个山头上的一百七十多个火力点吐出集密的火舌,封锁了我军进攻的道路。

攻击相当激烈艰苦,主攻核心阵地的7连打得壮烈至极。营长急于攻下扣当山主峰,带着通讯员和关京阳跑到7连攻击阵地上,亲自指挥7连冲锋。冲锋之前,首要的任务是要把那些地堡和明暗火力摧毁掉,营长召集支委会,在雨中商量对策,分析了头一天的教训,决定集中使用重火器,各个击破。7连立刻把三门60、两门82无后坐力炮和十四具火箭筒分成四个组,由连长、指导员、副连长和一个排长分头指挥,先以机枪吸引敌人火力,然后用炮和火箭筒抵近射击,先后把三十几个敌人的明暗火力点打成了哑巴。剩下最后一个火力点时,却拿它没办法了。这个火力点是个暗堡,有几处分布隐秘的射击口,从火力分析上判断,至少有一挺高速机枪,一挺重机枪和两挺轻机枪,火力相当猛。这个地堡建构在山崖边,角度非常刁,有一些灌木和石头遮掩着,既不好抵近,又不利于重火器射击。2排4班班长陈士修好容易运动到近前,刚站起来

· 493 ·

用火箭筒瞄准,还没击发,就被一排机枪子弹击中,当场牺牲了。4班的另一个叫吴江河的战士绕到悬崖边上,想从那里射击,没站稳脚,连人带火箭筒摔下了十几丈高的山崖。营长一看这个办法行不通,命令暂停攻击,重新商量对策,最后商量的结果,是派出爆破组,抵近爆破。但是接连派出的两个爆破组,都没能接近那个地堡,因对方火力太猛,一个爆破组牺牲了,另一个爆破组被迫撤了下来。营长气得吐血,命令7连连长再次组织爆破组,就是把全连打光,也要把那个老虎的牙齿拔下来。

关京阳开始一直都没说话,这几年来他都一直没说话,这个时候,关京阳突然开口对营长说,营长,让我参加爆破组吧。营长看了关京阳一眼,没理睬他。营长对这个屡弱的文书根本没有过指望,上前线时他连血书都没写一份,营长不想让这个没有决心的兵白白上去送死。关京阳没得到答复,再次说,营长,我要求参加爆破组。营长又看了他一眼,这回营长看得比较认真。营长看出关京阳眼神里有一种平时没有的坚定。营长考虑了一下,说,好吧,你算一个爆破组,但你只负责火力掩护,爆破的事儿不用你管。

两个爆破组在猛烈的火力掩护下同时出动了。爆破组分别为两个人,一个是爆破手,另一个负责掩护。关京阳跟在他那个爆破组的爆破手后面,向前奔跑了二三十米,然后趴下,借着杂乱的灌木丛和山石往前匍匐前进。他躲在一块大石头后面,用冲锋枪向五六十米外的地堡射击,掩护爆破手往前冲。可惜他们的运气不好,没等他们进攻到一半路程,爆破手就被机枪子弹击中了胸脯,牺牲了。后面的人看得分明,营长骂了一声,妈的。然后营长对7连连长说,通知关京阳,要他撤回来。7连连长就要连部通讯员向关京阳喊话,要他小心点儿往下撤。大家把目光转向另一边,注视另一个爆破组的动静。那个爆破组的运气比关京阳他们稍好一点儿,他们差不多已经快接近地堡了。但是那个爆破手显得太急躁了一点儿,他把手中的爆破筒投了出去,爆破筒惊天动地的一声爆炸,地堡只被炸塌了一个角,在片刻的沉 静之后,地堡里又射出猛烈的火力。营长这回真的火了,他气恼得大骂道,我操! 你急个什么急? 你他妈的急个什么急! 7连连长也憋气得很,但憋气也没用,爆破筒打掉了,靠手榴弹炸不垮地堡,现在只能让那两个倒霉蛋撤下来了。

就在这个时候,营部通讯员突然喊道,营长,快看关京阳! 大家被通讯员这么一喊,都把目光转过来看,这一看,大家都愣了。营长不明白地问,他干什么? 他要干什么? 大家都听到了营长这话,但大家都没开口,因为大家都不知道关京阳要干什么,回答不出营长的问题。

关京阳并没有撤下来,不知什么时候,他已爬到牺牲了的爆破手身边。他在那里做了一件奇怪的事,这件事后面的人都看见了,事情过后他们猜了好久,但没有一个人能够猜出那是什么意思。关京阳费了很大的力气把匍匐在那里的战友翻了过来,让他面对着天空躺着。然后,关京阳从他身旁边拾过爆破筒,开始往地堡爬去。

后面的人屏气凝神地看着关京阳的举动。他们现在已经知道他想干什么了。

关京阳移动得十分谨慎。他似乎非常害怕那些从他头顶飞过的机枪子弹,有些迟疑和恐惧。他紧贴着地面缓缓蠕动,差不多是在一寸一寸地往前挪。但是在一段路面比较好的开阔地带,他突然跳了起来,像只受惊的兔子似的朝前奔去。他差不多跑出了有十几米。他的脚下冒起一团耀眼的火光,火光不大,大约只有拳头那么大。那是一枚压发式步兵地雷,他踩中了它并且将它引爆了。他跌倒了,在跌倒的时候他的左脚齐腿髁骨处被炸得断裂开来,整只脚掌只剩下几块皮牵连着。

后面的人不约而同"呀"地叫了一声。营长很痛苦地在心里想,完了,完了,这回连人都下不来了。

但是没有。硝烟散去之后,人们看见躺在血泊中的关京阳开始抽搐着动了动。他似乎是从晕阙中醒了过来。他醒来后的第一个动作是伸长手臂,去够滚到一边去了的爆破筒。他把它抓在了手中,然后重新抱进了怀里,显得非常吃力地抬起头,朝前看了一眼,朝地堡看了一眼,又开始向地堡爬动。

后面有人嘤嘤地哭了。是营部通讯员。激烈地枪声中,没有人听见他的哭声。

地堡里喷射出密集的子弹,至少有两个射击孔正对着关京阳。他前面的道路被机枪子弹打得尘土四溅,低矮的灌木丛不断折倒,然后继续被子弹切割成碎末,隔着五六十米远,人们都能闻到辛辣的鲜蓼叶和苍蒲的味道。他往前爬了一段,似乎是缓过气来了,爬得越来越快,越来越从容,现在他完全不再有害怕和迟疑。有一串机枪子弹飞过来,击中了他拖在后面的那条断腿,把那只只有一层皮连着的左脚击得粉碎。也许因为这样,也许因为那条左腿只连着一层皮,已经不属于他了,他只是浑身颤抖了一下,并没有停止爬动,而是拖着血淋淋参差不齐的左腿继续向前挪去。彻底地失去了那只左脚,他再没有什么牵挂,似乎轻松多了,自由多了。他开始仄着身子朝前滚动,这样他的行动要快得多,也省力气得多。那根爆破筒被他紧紧地抱在怀里,他好像认定现在只能依靠它了。又有一枚地雷在他滚动之中爆炸了,地雷爆炸的声音就和一只气球爆炸的声音一样沉闷和短促,后面的人看不清他是否被地雷炸中,因为他没有停下来,仍然在向前滚动,不肯停顿下来。他已经快接近地堡了。他只要爬上一段乱石岗就接近它了。他停了下来,不动了,被鲜血浸透了的身子靠在一块石头上,像是闭着眼在那里喘气。他喘了一会儿气,右手挟着爆破筒,左手伸出去攀住一块石头,上身挺起来,想要爬到那上面去。这个时候,他再一次被击中了。击中他的是一串高速机枪子弹。子弹打在了他的腹部和左腿上。人们看见一片发绿的血雾在他身后弥漫开来。他在一阵打摆子似的痉挛中被沉重的子弹的作用力掼下石头,摔出三四尺远去。

　　营部通讯员呜呜地哭出了声,紧接着又用手把自己的嘴捂住。营长回过头来朝通讯员吼道,哭你妈个屌!但是营长自己的眼泪也流了下来。营长抹了一把泪,转回头去朝前看。他看见关京阳好像是死了,躺在那里一动不动,爆破筒滚到了一边,像是一根再没人需要的老拐杖。地堡的射击松弛了下来,然后停止了。扣当山在那一刻显得一片寂静,寂静得都能听见山沟里清泉淙淙流淌的声音。有一段时间人们以为关京阳肯定牺牲了,那些地雷和机枪子弹足以把任何钢铁铸造的人击成碎片。实际上他已经被打得支离破碎了。他的身上乱七八糟的,分不清哪些是衣服的碎片,哪些是凌乱不堪的肢体。但是人们似乎不敢相信自己的眼睛,他们看到那个兵又活了回来,那个兵又动了。

　　他先是抽搐了一下,然后慢慢地欠起身子来,努力向一边翻动,把身子翻了过来。他爬过去够那个滚到一边去了的爆破筒。有一丛葛藤挂住了他被打出来的肠子,使他不能朝前去够住他想要够住的爆破筒。他停了下来,低下头,费力地企图把那些肠子从葛藤上往下解。地堡里的机枪又开火了,子弹像雨点似的泼洒在他的周围,将一块石头和那丛葛藤击得粉碎。这反而帮了他的忙,因为他的肠子和挂住肠子的葛藤全都不在了,他再用不着费力气去解他的肠子了。他就那么拖着半截肠子头朝前爬去,拾起了爆破筒,开始再一次朝石头上攀去。这回他成功了。他是那么的勇敢,那么的顽强。他比任何人都要勇敢和顽强。就像那个不断吐出死神火舌的地堡是个美妙的梦似的,它在呼唤他,他终身都在等待着它的呼唤,他急不可待地朝着它爬去。他的身后不断留下他的鲜血,以及从他伤口处断落下来的碎肉。他一点儿也不顾及这些,一点儿也不在乎这些。没有什么可以让他停止下来,只有一样他不会放弃,就是那具爆破筒。他把它搂在怀里,现在他把它搂得更紧了。

他终于爬到了那个地堡下面,他已经处在地堡火力的死角下了。机枪仍在狂躁地响着,但是它们打不着他了。他坐了起来,把爆破筒吃力地往上拽了拽。他闭着眼休息了一会儿,靠在那里大口地喘着气,然后他睁开眼睛,寻找合适的投掷位置。这似乎很难。地堡建筑的地点选择得很巧妙,它差不多完全是建在半个悬崖上的,四边几乎找不到可供攀援和落脚的地方。后面的人们看见他靠在那里,像是在犹豫着,但是人们立刻不约而同地惊呼起来。

一枚手榴弹从地堡的射击孔中滚了出来,冒着烟跌落到他脚下。他看见了。他撑着石壁把身子往前倾,似乎是想要去抓住那枚手榴弹。可是他没有抓住。他的胳膊上有伤,肚子全被打烂了,弯不下腰去。他伸出剩下的那一只脚去踢了一下手榴弹。手榴弹顺着乱石朝崖下滚去,在半途中爆炸了,飞起来的弹片和石头击中了他的头部和胸部。他全身上下都是血。他完全成了一个血人。但是这一次他连停顿都不想了。他似乎是感觉到了再没有时间可供他喘息和揩拭糊住眼睛的血了。他看中了一个地方,那是一块比地堡低一些的石头,石头很圆,无法站立,但他选择了一个更为有效的方式。他朝石头移过去。他艰难地攀了上去。他用那条好腿蹬着石头,把身子往里一滚,把自己紧紧地嵌在了石头和地堡之间的那条窄缝里,这回他非常稳妥地靠在地堡上了。

在他做这个动作的时候,营长猛地闭上了眼睛。营长懂得这个选择意味着什么。营长心里抽着筋地想,应该去撒泡尿的不是那个兵而是他自己,日他姥姥的应该是他自己!

接下来的情况就利索多了,也简单多了。他把那根粗重的爆破筒顺着射击孔往地堡里塞去。地堡里似乎早有准备,有人抵住了爆破筒。他把爆破筒抽了出来,抱在怀里,从身后取出一枚手榴弹。他拉开了手榴弹的导火索,停顿了一下,最后一刻才把它投进了地堡。手榴弹在地堡里爆炸了,浓烟从射击孔蹿了出来。他紧接着又拉开了爆破筒的引信,看了看它,然后把它塞进了地堡。

现在他做完了他该做的一切了。后面的人这时都大喊起来,快往下滚!快往下滚!连营长都禁不住地从掩蔽处跳了起来,大声地呼喊,快下来!你他妈给我回来!

他躺在那里没有动。如果是一个健全的人,也许能够帮助自己从那条石缝中挣脱出来,滚进乱石丛中。但他不能。他不能了。他伤痕累累,精疲力竭,已经用完了他所有的意志和力气。他再也没有力气从那里挣出来了。他把他自己嵌在那里了。他面向天空躺在那里,心里突然一下平静了,所有的怯懦和障碍都消失了。他睁大眼睛看着天空,在手榴弹的硝烟被猛烈的山风吹尽之后,他在蔚蓝色的天空中看到了一个熟悉的面庞。他颤颤巍巍地抬起了一只血肉糊糊的手,似乎是想要伸手去抚摸一下那张可亲可敬的面庞。他的嘴唇翕动了一下,在他和整个地堡都一起高高地抛向天空的时候,他声音轻微地吐出了他这一生中最后的两个字——干娘。

十五分钟后,部队攻下扣当山越军核心防御阵地并很快占领主峰,营长满面泪痕,几乎是连滚带爬跌跌撞撞地扑向了那个残破得分辨不清的地堡。

当关京阳在扣当山被一股耀眼的火柱托向天空的时候,54军军部机关俱乐部副连职干事余兴无突然感到一阵剧烈的撕裂感。二十五岁的前舞蹈演员余兴无当时正在处理一批全国各地寄给前线将士的慰问信件,她被一股突如其来的剧烈心痛慑住了,因此不得不用力地捂住心口。她有一种强烈的生命的失落感,仿佛灵魂中有什么东西突然折倒了,断裂了,一刹那间消失在一片烟尘之中。俱乐部主任后来回忆起,余兴无那一天脸色非常苍白,非常憔悴,就像全身的血液在一瞬间被猛地从她那美丽的躯体中抽空了似的。

　　余兴无是在5月份才知道关京阳战死的消息的。那个时候部队已经从越南境内撤回，并陆续返回驻地，忙着评功、开总结会、处理伤亡指战员的善后事宜。关京阳作为一等功臣被报到军里，军里要求整理材料，以便全军开授功大会的时候号召全军指战员向英雄学习。余兴无知道这个消息时完全惊呆了。她没有流泪，也没有说话。有好长一段时间，人们看不到她脸上的表情，只看到她拿着登着关京阳英勇事迹的《解放军报》，看了一遍又一遍。

　　余兴无设法找到了关京阳家里的地址。她给关京阳的父母写了一封不长的信。余兴无在这封信里说，我没有见过您们二位老人，但我相信您们是这个世界上最伟大的父母，因为您们生下了京阳。她在信里说，我必须给您们写这封信，因为除了您们，我再没有倾述的对象，我必须把心里的话说出来。她在信里说，我和京阳什么也没有做，我们甚至连手都没有正式地握一下，但是我要说，我爱他！

　　这封信发出不久，余兴无就申请转业了，去了一个地方上的文化部门工作，后来又转到沿海城市的一个外贸部门。八十年代后期，她出了国，在北欧的一个小国定了居，有时回国来探望她的父母，更多的时候她默默地呆在那个北欧的小国里，不与人来往。据熟悉她情况的人说，她经营着一所舞蹈学校和一家规模不小的书店，书店里卖卡朋特、惠妮·休斯顿、帕瓦罗蒂、沙金氏·史蒂文斯的唱片和欧美的后现代主义作家的作品，有阔气的住宅、小车和度假别墅，已经相当富有了。熟悉她的人还说，在她经营的那家书店里，有一个书架，即使长期没有顾客光顾，她也决不许经理撤掉。那个书架上摆满了《猎人笔记》、《罗亭》、《父与子》、《白静草原》、《贵族之家》，它们全是俄国作家屠格涅夫的作品。

　　余兴无直到四十五岁那一年还没有嫁人。见过她的人都说她一点儿也不显年纪。她脸色苍白，圣洁而美丽。她不知用了什么方式把自己永远固定在了二十五岁。

关京阳的战亡通知书是4月底送到湖北洪湖县他父母的家中的。除了战亡通知书外,政治部的两名干部还带去了一枚对越自卫反击战纪念章和一枚一等功臣战功章。在重庆前往武汉的船上,两个干部没有开口;从武汉前往洪湖的长途汽车上,他们也没开口;他们不知道怎么把关京阳的事告诉他的家人。直到他们走进洪湖城关西山的那栋院墙高筑的小院时,他们都没有想好该怎么开口。他们没有想到的是,其实根本不需要他们开口,关山林和乌云早就有了充分的思想准备,而且帮助他们把应该由他们说出来的话说了出来。

关京阳不大给家里写信,要写大多是问问他干娘的情况。去年深秋京阳给家里来过简短的一封信,说部队很快有行动,因属军事机密,具体情况不能透露。这以后有将近三个月京阳没给家里来信,但关山林知道儿子可能在哪里,他从近期的报纸和广播中早就嗅出硝烟味了。

3月初的时候,家里接到关京阳2月11日从哀牢山寄回来的一封信,信上只有一句话:我上去了。关山林从来不信宿命,但儿子的这封信却使他感到一种不祥之兆。那以后对越反击战打了起来,国内的媒介开始对战局战况进行报道,全国人民都振奋了。关山林和乌云开始每天收集和注视前线的消息,每天从早到晚开着广播,报纸一来就抢着看。关山林还设法找来一份1:80000的越南地图,照着地图根据综合消息给乌云分析战情。那段时间关山林足不出户,在家守着电台和邮差。乌云上班也不安心,不停地往家里打电话,问京阳有没有信来,情绪十分紧张,几天下来,人就瘦了一圈,神经衰弱得厉害,每晚服两片利眠宁都睡不安宁。这期间两个人什么样的猜测都有,有时候说着说着就争起来了。关山林还沉得住气,说,当兵就得打仗,打仗就得死人,当兵的不死,那人民就得死,国家就得死,千条道理万条道理,没有让人民死让国家死这条道理。乌云有些想不开,又驳不倒关山林的道理,就低下头抹眼泪。关山林看乌云抹泪就火了,说,你哭什么哭?你这个时候哭,不是动摇军心是什么?就算人战死了又能怎么样?你参加革命这么多年,又不是没见过这样的事,老了老了,成老革命了,你怎么反倒变糊涂了?乌云不服气,和关山林争,但却不敢再在关山林面前流泪。好在他们不睡一个房间,晚上关上房间,要是想不开时落几滴泪,那是她的自由。

好容易挨到3月下旬,中国政府宣布对越反击战取得辉煌胜利,中国军队开始从越南境内撤回国内,两个人就开始耐着性子等。3月份过去了,京阳没有来信。4月份又过去了,京阳还是没有消息。他们毕竟是老兵,知道任何事情都有可能发生,这回乌云反倒不哭了,反倒过来安慰关山林说,就算这样我们也该骄傲,我们为国家的安宁送走了一个儿子。但是这话却不能对朱妈说,自始至终他们都把京阳参战的事瞒着朱妈,他们不想让朱妈为京阳担心。

两个干部告诉关山林和乌云,他们是关京阳部队派来的。乌云迅速地瞟了一眼两个干部手中的皮包,脸色煞白了。关山林和乌云像约好了似地,让朱妈去买菜,给京阳部队的领导做饭吃,支走了朱妈,然后把两个干部领进书房,关上门。

两个干部刚落座,关山林劈头就问,京阳人呢?他是死了还是活着?

两个干部愣了一下,对视一眼,其中一个悲痛地说,关京阳同志牺牲了。

关山林和乌云听了这话后就沉默了,一言不发。乌云下意识地把手伸出去,捏住了关山林的手。

干部干巴巴地说,首长,乌院长,你们二位老人一定要节哀顺变。关京阳同志的牺牲是我军的重大损失,我们全军指战员都很悲痛。我们两个是代表军首长来向二位英雄老人表示问候的。

然后那个干部就开始汇报关京阳同志的英勇事迹,说关京阳同志生前在部队表现得如何如何好,临战前如何如何写血书,坚决要求上前线,领导不批准,他又如何如何再三请求。

关山林打断干部的话,说,这些你先不用说了,你先告诉我,他是怎么牺牲的?

那个干部说,是炸一个火力点时牺牲的,他是爆破手。

关山林又问,他是被前面打中的还是被后面打中的?

那个干部咽了一口唾沫说,前面。头部、胸部、腹部和腿部。

关山林似乎是松了一口气,说,好了,你们该办的事都办完了。你们现在先到武装部去,找个地方住下来,我晚上到你们那里去找你们。不要让我家阿姨看见你们,如果在路上碰见了,你们什么事也不要对她说。你们快去吧。

两个干部云里雾里地出了门,走在路上才想起,他们连事先准备好的材料和关京阳的遗物都没有来得及交给他家里。他们还想,那个老军人简直太不可思议了,他对儿子的牺牲似乎是早有所知,就算这样,他既不问儿子善后处理的情况,儿子是不是立下什么功,受了什么嘉奖,入了党没有,也没有对此提出任何要求,他关心的只有一件事,从头到尾只有一件事——子弹是从他儿子身体的哪个方向射进去的。

当天晚上,关山林和乌云在县里领导和武装部、民政局领导的陪同下去了县委招待所。关山林一坐下便要那两个干部把儿子牺牲的情况详详细细地讲给他听。乌云听了一小半就听不下去了,站起来走出房间,站到走廊尽头靠着墙发抖。她抱着双臂,全身蜷缩着,脸上一丁点儿血色都没有,浑身不住地痉挛着。县里的领导都走出来,站在那里看她。他们围着她,手足无措。他们叫来车要把她送到医院去。后来乌云可以说话了。乌云孱弱地说,你们离开这里,让我一个人待一会儿。

关山林在屋里听完了儿子牺牲的整个过程。他坐在那里，身板挺得笔直，双手安放在膝盖上，身体稍稍前倾，表情严肃地听着讲述，自始至终他都保持着这个姿势，没有移动，也没有问话。干部讲得很激动。他被自己的讲述感动了，当他讲完的时候他已经泪流满面。所有的人都被关京阳的英勇事迹感动了，屋里一片唏嘘声。关山林坐在那里，有一刻他一动不动，他的老眼里闪着两颗晶莹的泪花，那是一个军人父亲为军人儿子骄傲和自豪的泪花。他慢慢地站起来，抬起花白的头颅，深深地吐出了一口气，然后迈着一个军人的脚步走出了屋子，一句话也没有说。

京阳部队的两个干部办完了他们要办的事，很快就回部队去了。临走之前，他们小心地询问两位老人，是不是要把英雄的骨灰运回洪湖老家来？不，不用。他是军人，军人是属于他所尽职的那个国家的，不属于他的父母。如果他战死了，那他就应该埋在奉命戍卫的那个地方，生当守疆域，死亦当守疆域。

两个干部是含着泪离开关家的。他们在返回部队的途中依然无话。有什么话可以表达出他们对一对英雄父母的崇高敬意呢？

问题是朱妈。京阳的事关山林和乌云一直瞒着朱妈，为此他们严厉地告诫湘月不许当着朱妈流泪，同时他们坚决要求县里不要在广播和报纸上宣传京阳的事迹。但是即便保密工作做得再好，朱妈也并非那么好瞒。京阳长期没有音讯这是事实，朱妈在一个职业军人家庭里待了将近三十年，待得也差不多算半个军人了，能不能扛枪打仗姑且另论，军人那点儿警觉是有的，再说，瞒又能瞒多久呢，总不能永远瞒下去吧。

京阳的事儿是朱妈先提出来的。那天京阳部队来过两个同志，朱妈上街去买菜。朱妈买了不少好菜，一心想着要热热情情地把京阳部队上的同志款待一下。可朱妈从街上提着一满篮菜回家时，人家却走了，说是回部队了。人来得神神秘秘，走得也神神秘秘,关山林和乌云又只字不提京阳的事,这事儿不能不让朱妈心起疑云。朱妈憋了一段时间,实在憋不住,找乌云打听京阳的情况。乌云支支吾吾了一阵,看实在支吾不过去,就找关山林商量,两人决定,还是把实情告诉朱妈。

乌云先给朱妈打预防针,把人拉到客厅里坐下,握了朱妈的一双手,说些保家卫国的大节,说些当兵的天职和义务。

朱妈不爱听那些,急了,甩开乌云的手,对乌云说,你少给我讲这些套话,在你家做了这些年,别的不知道,仁义忠勇信我还能不懂? 你就告诉我,京阳他现在怎么样。

乌云说,我要说了实话,你不会怎么样吧?

朱妈说,我不会,我能怎么样呢?

乌云说,当真不当真?

朱妈一拍大腿说,你当我是什么,当我是孩子,哄你不成? 就算京阳有个三长两短,我也能挺住。

乌云说,京阳,他牺牲了。

朱妈拿眼睛盯着乌云,好像没听懂乌云的话,又好像她不知道牺牲是怎么回事。朱妈说,你说什么? 你说京阳他怎么啦?

乌云说,他牺牲了。他死了。

朱妈笑了一下,笑得快也收得快,样子怪怪的。朱妈盯着乌云说,你骗我。

乌云说,我没有骗你。

朱妈生气地说,你还是个当妈的,当妈的怎么咒儿子? 你咒也不能用这种咒法呀?

乌云见朱妈不信,也急了,怕解释不清楚,就去房间里拿出京阳的烈士证书来,给朱妈看。

朱妈把烈士证书接到手上,她先在衣襟上揩了揩手,像是想把手揩干净似的,然后她把烈士证书十分小心地打开。证书上有民政部盖的大钢戳,有关京阳的名字,这三个字朱妈认识。朱妈呆呆地看了一会儿,把烈士证书合上,还给乌云。

乌云看朱妈那个样子,好像真的挺住了,好像不至于有什么事儿,乌云就放心了,她准备把烈士证书放回箱子里去。乌云刚走到门口,就听到身后的朱妈双手一拍大腿,撕心裂肺般地长啸一声,紧接着就惊天动地号啕起来,一边号啕一边大声叫着京阳的名字。

她叫的是,京阳我的儿呀! 京阳我的儿呀!

第36章　似水流年

德米:你好。

我不知道你是从哪里打听到我的地址的。我离开重庆的时候整个人都处在一种悲怆和麻木的状态里,不记得曾经把我的地址告诉过谁。在鄂中这个偏远的县城里,我根本没有想到会收到你的信,我觉得这真是一个奇迹。

1968 年年底老关恢复自由后,我曾往刚果给你去过一封信,但很长时间没有收到你的回信。1970 年我又往外交部给你去了一封信,信被退了回来。后来我托人打听,人家告诉我,你和老葛早就回国了,在河北还是江西什么地方下放改造,这之后我的生活也有了很大变化,也就没有心思再打听你的消息了。

这么多年了,人世沧桑,人世沧桑啊!

知道老葛和你又恢复了工作,我真替你们感到高兴。我知道你们不会倒下的。战争年代我们都度过来了,那么艰苦的环境我们都度过来了,我们还有什么度不过来呢? 我们能够度过。我们什么都能度过。

人世沧桑,我不知道怎么告诉你我这些年的经历。离我们最后一次通信,该有十三年了吧? 十三年,不短。这十三年我有太多的经历,太多的话,不知该从何说起。有时候我有一种倾吐的急切欲望。我想说出一切来。我感到我快要被憋死了。但更多的时候，我什么也不想说。一句话，一个字也不想说。

这几年，我连续送走了我的两个儿子，他们是老大路阳和老三京阳。他们在十几岁的时候就离开了我，走向了他们的战场，去做了一名军人，从此再没有回到我的身边。他们好像很喜欢这样似的。他们喜欢离开我，去做他们自己喜欢做的事，做他们从不愿向我这个母亲透露心思的事。他们抛下了我，抛下了这个家，走了，义无反顾地走了。他们死了。我不敢想象我是怎么度过这些年的。这些年太漫长了。我的孩子，他们都是一个个活蹦乱跳地走出这个家的。他们走出家门的时候羞涩地对我说，妈妈，我走了。他们就走了。他们从此再没有回来，好像他们早就这样打算过了，他们从一生下来就这样决定了，他们只是挑选一个时间来通知我，我只是他们的一个守望者，一个孤独的守望者，一个注定没有希望的守望者。我不知道他们心里是怎么想的，真的不知道。德米，告诉我，他们会怎么想？他们难道就真的会这么想么？他们难道就真的不在乎我么？不在乎我这个母亲？

这段日子我老是做梦，在梦里我老是梦见生路阳和京阳时的情景。路阳是生在路上的，那一年我挺着大肚子从河南到湖北去寻老关。老关要我到他那儿去，他在那儿等着我。我差一点儿就把路阳生在火车上了，就差一点儿。生京阳时情况好多了，老关虽然出差，但有医院管我，京阳生下来像小猫崽那么大，他是孩子中最轻最弱的一个，那时我就想，这孩子怎么就这么弱呢？我憋呀憋呀，我是憋着把路阳带下火车才生的，我差不多把我的命都搭上了，可路阳他为什么就那么犟，那么急切呢？生他的时候，他是那么的体谅我，他已经对我做过默契的承诺了，可他为什么要选择那么极端的方式去死呢？京阳是脆弱的，我早已在心里承认他这种脆弱了，我在心里对自己说，这孩子生下来平静，他的终生都该是平静的，可他为什么要去滚地雷？要去堵枪眼？要去把他的身体弄得支离破碎？既然他是安安静静生下来的，那他为什么又要选择轰轰烈烈的死呢？

他们是我的儿子,但我不懂他们。

路阳死后,老关把湘阳送到了部队上。作为一个当过兵的和当兵人的妻子,我知道老关是怎么想的。我知道我不能阻止他,我知道一个当兵的家庭——如果这算一个家的话——这是惟一的选择。京阳死后,老关又要把女儿湘月送到部队上去。不,不,这回我不能同意,无论如何我都不会同意。我不能忍受他们一个个都去穿那身绿色的军装(它们为什么不是红色的呢?)不能眼睁睁看着他们一个个从我身边走开,走进另外一个世界,一个我触摸不到的世界!

他们羞涩地对我说,妈妈,我走了。他们就这么走了,永远也不回来了。

路阳死了八年了,他的死差一点儿把我带进死亡。京阳死了快一年了,他的死却要我活下来,活下来想着他们。我不能忘记他们。我忘不了。他们是我的孩子。

京阳战死后,我们收到一封信,信是京阳过去的一个战友寄来的,是个女孩,名字叫余兴无。她告诉我们她爱着京阳。我猜她是个长得很美的女孩子,因为她的信写得那么美。那封信让我难过了很长一段时间,后来我把它和京阳的烈士证书、战功章放在一起,锁进了箱子里。我的孩子,他们生前都有一些什么动人的故事不让我知道?他们死的时候都有一些什么遗憾不让我知道?他们为什么不让我知道呢?我是他们的妈妈呀!

有时候我想,也许我不该在生下湘月后就去做了子宫摘除手术。可那时我真的太累了,我觉得我都把自己生空了,生得只剩下一层薄薄的躯壳了。也许我真的不该有这个感觉,真的不该有这个念头,我该继续往下生,一个接一个地往下生,再生十个,二十个,一百个,再生一百个孩子。我要他们都是儿子,是活蹦乱跳高头大马的儿子,是虎背熊腰结结实实的儿子。我要他们这样,这样我就什么都不怕了,什么孤独、担心和牵挂都没有了。可真的会这样吗?要是他们都要走呢?要是他们都要离开我呢?一百个儿子,他们每一个人都羞涩地对我说一次,妈妈,我走了。他们就走了,就再也不回来了。如果这样的事真的发生呢？那我怎么办？我已经经历了两次撕裂，我已经被抽空了，我能够再经历一百次的撕裂，再被一百次的抽空吗？不，我再也经受不住这样的事了！一次都经受不住了！如果真的这样，我宁愿一个孩子都没有！我宁愿永远不做母亲！

还是有牵挂。还是放不下。不知我的路阳和京阳，他们在那边过得怎么样。

致

礼

乌 云

1979 年 2 月 20 日

德米:你好。

2 月 1 日的来信收到了。在此之前刚收到你 1 月 28 日的信。你哪有时间写这么长的信，这么密的信？你这个在外交部当人事领导的，难道就是靠成天写信来调动你的外交官吗？

不要担心我，我很好。1971 年和 1978 年都过去了，黑色的 11 月和 3 月都过去了，经过了那种突如其来猝不及防的撕裂，再没有什么可以击倒我的；我已经把脚跟站稳了，就是有风有雨的日子，我也不必躲在屋檐下胆战心惊了。其实，你应该知道我，我不是轻易就会被什么击垮的人，经过了那么多年，经历了那么多的事，有什么不能承受的呢？再苦再难的事我也能够承受。而且，有些事情你是不能说的，即使是对你的朋友，对你的亲人。折磨你的东西一样在折磨他(她)，在你承受不住的时候(他)她也有可能承受不住。我们都有责任，我们都该帮助对方来撑住彼此头上的那片天，只要那片天还在，只要我们不倒下，我们就能看到希望。

老葛什么时候去伊朗赴任？你同去吗？老葛的年纪也不小了，他还能骑在骆驼上开玩笑吗？你的胃病治得怎么样？如果你和老葛同去伊朗，得先把病治好了再去。八一的对象是哪儿的？在我的印象里八一还是个孩子，他什么时候谈上恋爱了？胜利都工作了，这怎么会？在照片上她还依偎在你怀里撒娇呢。天哪，孩子们都长大了。他们大了，我们老了。

我的情况还好。老关赋闲在家，整天看报纸，听广播。几年前买了一台电视机，可什么也收不到。洪湖这个地方是一片泽国，鱼肥鸟壮，人烟稀少，整天都有一股水葫芦的味道在空气中弥漫着，一到秋天芦苇如雪，景色十分美丽，可就是收不到电视。老关很喜欢他的家乡，说他的家乡适合打游击，拉杆子是个好地方，打输了躲进湖里，鬼都捉不住，真是个好地方。老关这个人，一辈子都惦记着打仗。战争年代他是那么的鲜活，充满了生命力，没仗打的时候，他就消瘦了，他就干涸了。有时候我觉得命运对他太不公正，想一想，他已经有三十年没听见过枪声了；三十年，他是在一点点儿地被风干，成了一具穿着军装的木乃伊。有一次他在书房给北京的一位老首长打电话，我听见了。他在电话里发牢骚说，我都守了三十年活寡了，你干脆把我活埋了吧。这话听起来一点儿也不幽默，还有点儿粗鲁，但我当时听了，不知怎么的，突然有一种想哭的感觉。老关，他真的很苦，心里苦。他比我要苦得多。好在他这些年迷上了读书，读那些与战争有关系的书。这回我找到让他安静下来的办法了，我给他买书。这办法很灵。我们县里的书店都快被我掏空了，但老关他不知足，他老是像个贪婪的孩子一样眼巴巴地等着我给他带书回家。前几天他看完了《中东战争》，要我再给他买，我太忙，忘了，昨天回家的时候，他跟我生气，把房间的门关了，赌气不吃晚饭，后来还是我去敲开图书馆的门，借回一套井上川泽的《第三次世界大战》，他才板着脸上了饭桌。你瞧，我拿这样的他有什么办法？

剩下的三个孩子，老二会阳你是知道的，这些年，他永远是那个样子，整天缩在墙角里，不说也不动，不管是谁，都不可能把他从墙里拉出来。他对黑暗和冰冷是那么地依赖，对光明和温暖又是那么地敏感，他蹲在墙角一动不动的那个样子，让人有一种心痛。他是我永远的一块心病，我不知道拿他怎么办，也许根本就没有什么更好的办法。老关有一次冲动了，说，难道是因为我过去杀人太多，老天要惩罚我？老关那句话让我难过了很久。老关他是从来不信命的,会阳这孩子却逼得他不得不向命运投降,所以在会阳的问题上我从来不对老关说什么。对于孩子来说,有什么责任都该母亲来负,要真有惩罚,就让他们来惩罚我这个做母亲的吧!

老四湘阳1977年当了兵,在武汉军区,是坦克兵。他进步很快,去年入了党,现在已经是班长了。有一次他那个营的教导员回家探亲,路过洪湖,到家里坐了一会儿,教导员说湘阳人很灵光,会来事,上下级关系都处理得不错,部队上正考虑送他到军校读书。教导员显然是很喜欢湘阳的,但我觉得他对湘阳的评价并不全面。这孩子聪明是聪明,也很精灵,但却有些自私,什么事都首先替自己考虑,而且他很会投机。他知道怎么争取到他所需要的,他常常能做到这一点儿。也许我这个做妈的不该对自己的儿子这么苛刻,可有时我真有一种预感,我觉得湘阳他会背离这个家庭。

老五湘月今年十八岁了,在读大学二年级。她如今已经是大姑娘了。她长得很漂亮,性格很开朗,爱笑,老关说她像我,像我年轻的时候。我年轻的时候是个什么样?我真的很爱笑吗?我自己一点儿都记不得了,一点儿都不记得了。岁月是个磨人的家伙,它能一点儿一点儿地把你磨平,让你松懈,让你淡忘,甚至让你忘记你自己的过去,就像我现在。但是有一点儿是肯定的,女儿不会像我,她会比我更有出息,她应该这样。我很少管她,她是几个孩子中让我操心最少的一个,我甚至都不知道她是怎么长大的。有一次我去她那个房间,她正在换衣服,我推门进去的时候她赶紧用一件衣服遮住自己,红着脸一连声地埋怨我说,妈,人家正在换衣服,你怎么连门也不敲就进来了?我离开了她的房间,把门带上了。这个时候我才意识到我的女儿长大了,她大得都不愿意让妈妈看见她的身体了。好长时间我都有一种失落感。但是我还是很高兴,我的女儿她毕竟长成一个大姑娘了呀。

我家那个老大姐朱妈,你是知道的。她跟了我们二十多年,从湖南的时候她就跟着我们。她没有什么亲人,十几岁时嫁人,二十几岁时男人死了，从此不肯再嫁，有一个哥哥，嫂子嫌她命硬，不愿让她回去，她也不愿回去，一直拿我们当她的亲人，我们也把她看做亲人。她是我们家一个不能缺少的成员。去年京阳死后，老关找县里领导开了口，为朱妈上了户口。填户口时，人家问与户主关系一栏怎么写？老关说，什么怎么写？她比我岁数小，当然是我妹妹。你就写妹妹。那天朱妈哭了一场。老关开始很高兴，闹着要弄几个好菜，庆贺朱妈成为我们家的一名正式成员，看到朱妈老是在那里抹眼泪，他就生气了，说，老妹子你哭什么哭？我不是说了吗，你就是我的妹妹，你就是孩子们的姑姑，你就是关家的恩人，是关家打不垮拆不散的亲人。你是关家的人，关家是你的家，活着你就在关家一辈子了，死了，要在我前面，我给你送终，要在我后面，乌云给你送终，要乌云也不在了，有孩子们给你甩钵子磕头，你怕什么？老关这么一说，朱妈哭得更厉害。老关这人心粗，他哪里知道，朱妈的泪，是为她这一辈子终于有了归宿而落的呢。

　　致
礼

乌　云
1980 年 3 月 15 日

德米：你好。

　　近段时间一直多病，所以没有及时地给你回信。你在 5 月和 7 月的两封信我都收到了，正好这两个月我都在医院里住着，5 月份是胆囊炎动手术，7 月份是左腿骨刺手术。1968 年我的左腿摔断过，现在长出骨刺了，医生说主要是没有休息好。两次手术都是县里最好的大夫做的，手术做得都挺不错，老关开玩笑说我这是以权谋私，当院长的，把好医生都弄给自己做御用大夫。我说谁愿意用这样的御用大夫？我只想要一个健康的身体，要是以权谋私都这样的话，我敢保证咱们这个社会没一个人愿意以权谋私的。老关还说，我一身的枪伤，你一身的刀伤，咱们这一对夫妻，真可以称为刀枪夫妻了。老

· 512 ·

关这话说得对,我这辈子不知惹下了哪路兵神,要让我挨那么多刀,剖腹产、子宫切除、腿断了接腿、腿好了又得磨骨刺、肚子里长瘤子、胆囊里又生石头,这一样一样,都得用刀划开,划开了,又用针来连上,好端端的一个身体,就这么一刀一刀、一针一针,弄得面目全非。我还记得我自己的身体原来是什么样。那还是1949年在武汉的时候,有一次我洗澡,房间里刚好有一面大镜子,我在镜子里看到了自己,我的脸臊得发烫,我真不敢相信镜子里那个青春、健康、生动的身体就是我自己,我真是骄傲极了。可现在呢?那个健康的充满活力的身体已经不存在了,不要说里面糟成什么样,就是外面,也已经刀伤累累了。有时候我真信了老关的那句话,这一辈子就因为我嫁给了他,做了他的妻子,命运让他一身枪戳弹毁,我也得用一身的切割划剖来陪着他。我们这种夫妻,也许注定了就该这样。

老葛就休息了吗?不是有文件说,像老葛这样的可以超龄不退吗?怎么年龄刚到他就退下来了?德米你要多关心一下老葛,特别是在这个时候,老葛的心情会非常不好,就算他是一个开朗的人、幽默的人,这一关对他来说还是至关重要的,或者说是致命的。他们这种人,干了一辈子,工作已经成了他们惟一的生命形式,除此之外他们再找不到别的生命存在的形式。如果他们还在工作着,他们再老也还活着;让他们退下来,等于是宣判了他们的死刑,等于是对他们说,你的生命已经结束了,不是生理生命,而是政治上的生命。他们是政治人,是政治让他们鲜活起来、旺盛起来、强大起来,除此之外他们什么都不会,什么都不感兴趣。定到这儿,我想起狼孩的事。还记得在东北药科专门学校时老师讲的狼孩的事吗?他们把狼孩抱了回来,狼孩失去了他的那个环境,他就死了。我还想起另外一件事。老关有一个战友,是福州军区的一位领导,头一天还坐着越野吉普颠了百十公里山路去部队视察演习情况,爬山时警卫员要扶他,他把警卫员骂了个狗血淋头,回来后组织上要他休息,要他退下来,他接受了命令,还去向别的同事告别,说这回轻松了,闲了,可以回四川老家钓鱼了,然而第二天人们却发现他没起床,他死了,死在床上了。后来医生说,其实他早已患了重病,是精神和信念支撑着他活下来的,活得比一般人还要旺盛,一旦抽去了支撑,他的身体就垮了,他就死了。这不是故事。德米你不要把它当成故事来听。尤其是我们这样的,我们这样的老兵的妻子,我们得帮助他们跨过这个死亡地带,帮助他们进入另外一个战场,一个和孤独、寂寞、冷落、闲置厮杀的战场,一个再生一次的战场。你会发现,老葛他会像一个初生的婴儿一样的不安,他真的是开始了他新的一次生命。问老葛好。

　　敬礼

乌　云
1984 年 8 月 12 日

德米:你好。

　　转寄来的书和相册我都收到了。

　　这对我来说简直像是一场梦,一场已经淡忘,却又突然延续上的梦。四十年,整整四十年了,我真的已经忘记了,全都忘记了。远藤熏一老师,他是怎么找到你的? 他还记得我这个学生? 我该怎么称呼他? 按照规矩,我该称呼他老师。他写的书很漂亮,印刷得很精美,扉页上的毛笔字写得也很有功力。我怎么不知道他会中国书法? 哦,我忘了,我当然不知道,我怎么会知道呢? 远藤老师,远藤老师,我都忘记这个称呼了,忘了。

　　东北的雪,牡丹江的冰河,我的读书生涯,我的傻乎乎的歌声,它们怎么一下子变得那么遥远? 那么模糊不清? 遥远和模糊得让人都不敢相信它们真实地存在过,确实地发生过。德米,告诉我,它们真的有过吗?

　　我现在早已不唱歌了,几十年前就唱不动了。有一次我从医院回来,大约是有什么高兴的事,我忘了,进门的时候我哼了几句歌,是苏联的曲子,回家来度假的湘月从她的房间跑出来,头发湿漉漉地搂着我的脖子说,妈妈,你的嗓子那么好呀! 看着她大惊小怪的样子,我突然意识到,我真的是很长时间没有唱歌了。我是在回避过去的

· 514 ·

那些岁月吗？有什么东西在驱使我回避呢？

湘阳从部队回来后分到省建行搞团的工作,最近当选为省团委副书记。这孩子开始显露出他在政治方面的才华了。我很吃惊地发现,他在人情世故、人际关系方面的理论和经验同他在政治方面的理论和经验一样的精深,精深得甚至有些圆滑。不久前湘阳回家里了一趟,和他父亲谈过一次。他父亲对他的进步十分欣赏。但我看得出来,他并不欣赏他的父亲。他那双眼睛很深,深不可测,让人觉得看不透它们。也许他确实是成熟了,一种不为我们理解的政治和社会的成熟。但我总有些莫名其妙的担心。我老是觉得这孩子离我们越来越远了。如果一个孩子的眼睛连他母亲都看不透,那么这个孩子就已经不是他母亲的孩子了。

湘月已经读完了研究生,拿到了硕士文凭,学校将派她到英国去留学,她将是离我最遥远的孩子了(如果不算上路阳和京阳的话)。这些天她从武汉回到洪湖,做些出国前的准备工作。她是这么说的,但我知道她是想在临走前陪陪我和她的父亲。这孩子知道疼人,心眼好,能够想着别人。老关开始恋着他的小女儿了。过去他可不这样。过去他只宠着路阳。路阳死后他又把希望寄托在湘阳身上。现在他开始疼爱他的女儿了。老关他七十六岁了,是不是上了年纪的人,都会转过头来疼爱他们的女儿? 但是老关对湘月还是有不满意的地方,老关的不满意在于湘月不太关心政治。湘月她根本不关心政治。她和她的四哥完全判若两人。她学的是生物,专业是遗传工程,发表了不少论文,还出版过一部书,但是哪个政党在大选中战胜了哪个政党,社会主义阵营出现了什么变化,这个国家和那个国家打成什么样子,这些事情她不关心,一点儿也不关心,这不免让老关失望。老关不希望他的孩子对政治漠不关心。老关认为这是大事,是原则问题,或者说是根本上的问题。湘月对她父亲的严肃批评总是嘻嘻哈哈。她有足够的办法让她的父亲没法严肃起来。实际上,最后老关他总是拿湘月没有办法。湘月年轻、活泼、迷人,她有随心所欲的权利,可一个战斗了六十年的老布尔什维克在一个什么政治也不关心的小丫头面前束手无策、缴械投降,而且这小丫头还是他的女儿,这种事,让你无论如何也高兴不起来。

我有一种莫名的感觉。我觉得我们和我们的后代之间出现了什么问题。同样用美好的眼光来看待这个世界,同样用善意的心来对待这个世界,同样用真切的胸怀去拥抱这个世界,但我们的世界观和方法论却根本地不同。

湘月还有一件事让我不能理解。她二十四岁了,一直没谈恋爱。说是有几个男朋友,但不是恋爱的那一种。当然不会是她的问题,这孩子迷人,也不好高骛远,没有哪个男孩子会不喜欢她。前几天她收拾出国前的东西时,把一大包信件交给我,要我替她保存,总有好几百封吧。她说那是人家写给她的信,大多是情书,从上大学开始就有。她说我如果愿意的话可以随便看,但不许告诉别人,因为这属于隐私。我问她,既然她不准备和人家谈,又何必保留那些信件?她说,那能怎么样?把它们退回去?把它们烧了?这是我生活的一部分呀!我能把我生活的一部分退回去或是烧掉吗?她还对我说,她日后若是有一个女儿,她不会干涉她女儿的恋爱和婚姻,她想和谁恋爱就和谁恋爱,想什么时候恋爱就什么时候恋爱,但有一点,她必须有出类拔萃的成就,还有,她的女儿最好别在十六岁之前恋爱,如果那样,她这个做母亲的无法向女儿解释清楚冰激凌和心灵之间谁更重要。你瞧,这就是我那个即将要出远门的小女儿。

说了这么多,有一件事我想应该告诉你。我这里有远藤老师的一封信,信是用中文写的,夹在他送我的那部书里。远藤老师在信里介绍了一些1948年他回国以后的情况。他回国以后先是在一家战争难民服务机构工作,以后又被美军招聘到一个处理国际间战争赔偿事务的组织做翻译,1956年他被他的老师召回早稻田大学,做老师的助教,四年后提升为教授并与他现在的妻子结婚。他有两个女儿,她们都去了美国,在那里定了居。远藤老师还说了一些与此无关的话。他提到了在东北药科专门学校的事儿。他说我是他教过的最好的学生之一,他为有我这样的学生而感到骄傲。远藤老师在信里留下了他的地址。他希望能和我见一面,在我的国家或是他的国家。想告诉你的是,我非常感激远藤老师。他是我的第一个老师,他教会了我很多。但我不会和他见面,也不会和他联系。我更不会像湘月那样,保留着生活的一切。我会把这封信烧掉的。我毕竟不是我的女儿。

如果你将来还有机会和远藤老师联系,请代我这个学生向他真诚地问好。

致

礼

乌　云

1986 年 11 月 8 日

德米:你好。

又有好长时间没有给你写信了。总感到精力不济,思维也有些迟钝,一坐到桌前,脑子就开始游移。我也退下来了,休息已经好几年了。家里大部分时间都是静静的,老关一个人关在他的房间里看书,这二十多年他该看完整整一个图书馆的藏书了吧,可是他总不肯放过那些书,犟得让人想流泪。组织上要他写回忆录,好多人都在写,可他不。他说,我这一辈子还没完呢,我写那东西干什么？他就那么固执地较着劲儿,不知是在和别人还是在和自己。

朱妈也老了,也不太爱走动了,这些日子,总是一个人坐在她的房间里发呆,有时候就坐在那里睡着了。她老家的嫂子来信找她要钱,说是给孙子娶媳妇用的。她就寄。老关说,你那个哥哥嫂子,比地主老财还要恶,你的家都不让你回,你还给他们寄钱干什么？老关不让她寄,朱妈就偷偷瞒着老关寄,让我给她填汇款单,说终归是一个娘生出来的,不看哥嫂的面,也得看爹娘的面。她这么一回回地往邮局跑,经我手填的单子总有近万元钱,差不多是我们给她的零用钱的总和。每回寄钱回来,她都显得十分高兴,脸上有一种欣慰的红晕。我知道这个时候是她最快乐的,所以在下一次她求我给她填汇

·517·

款单时,我还是无法拒绝她。

湘阳的两个双胞胎孩子已经四岁了。他妻子是省委辜书记的三女儿。我想这和湘阳被提到省林业厅当副厅长总有那么一些关系。湘阳的仕途一帆风顺,有传闻说今年"人代会"后他还可能动一动。当然是往上面动。老关曾经和我商量,是不是要湘阳把两个孩子送一个回洪湖来。我知道老关的意思。路阳不在了,京阳不在了,会阳从来没有过希望,能给老关家传宗接代的,就是湘阳了。老关他疼他的两个孙子。我打电话给湘阳说了,湘阳没有同意。他说他妻子正考虑把孩子送进一所私立幼儿园。他妻子抢过电话告诉我,说私立幼儿园就是贵族幼儿园。我把这话转告给了老关。老关吹胡子瞪眼地说,什么叫贵族? 中国还有三分之一的人连温饱问题都没有解决,就提贵族,就把两个四岁的孩子弄去培养贵族,问问他关湘阳是不是共产党员,是不是共产党的领导干部。老关这么说,湘阳夫妇并没有把孩子送回洪湖来。这个我能理解。老关那种想法如今已经不时兴了,已经落伍了,何况是湘阳,是在省里做了副厅长的湘阳。

更多的时候,家里是安静的,我在这个安静得有些寂寞的家里总是感到一种空荡荡的心悸。太阳好的时候,我把会阳带到院子里去,坐在那里晒太阳。这些日子我对太阳越来越迷恋了。也许我也老了。我在太阳下独坐的时间总是很长。它从很高的地方照耀着我,但我根本不觉得它离我很远。即便它移开了,照不到我,我知道它还在那里,并不曾坠落。从远处看太阳的回照更是一种鼓励,你坐在背阴处,坐在太阳照不到的地方,你朝远处眺望,看那些山水树木和村落,在阳光下面它们清晰可辨,充满了生命的生动和真实的凸突感,使你相信,如果没有太阳的照耀,万物根本就不会存在。

近段时间我身体的状况越来越不好了,除了夏天,一年当中我大多数时间都在喘着,老是咳个不停。医生说我的肺心病已经相当严重了,整个右肺的功能已经基本坏死,只能靠左肺来呼吸,这样就大大增加了已经十分衰弱的心脏和肝脏的负荷。医生要我尽可能地卧床休息,如果身体情况允许的话,医生还建议我到南方的海滨城市住几个月,增加我呼吸系统的抗体能力。湘月从普茨茅斯打来好几个电话,要我去她那里,她陪我去南安普敦海滨住上一段时间,并且请最好的大夫为我诊病。对了,前两次忘了告诉你,湘月已经结婚了,丈夫是个苏格兰人,叫巴斯克斯,是搞宇宙生物工程的教授,正负责国家的一个太空试验项目。湘月正在完成她的博士论文,同时她已得到了一份由政府提供的带有课题基金的工作。他们去年生了一个孩子,正如湘月希望的那样,是个女孩子。湘月让孩子在电话里跟我和孩子的姥爷说话。那孩子咿咿呀呀地,像是在唱歌。湘月和巴斯克斯在旁边哈哈大笑,说那孩子正把一个苹果往话筒里塞呢。后来湘月在电话里跟我说了半个小时的话,她哭了。她说妈妈,你让我怎么能够放心,你要是不答应来普茨茅斯,我就丢下这里的一切回洪湖,一分钟也不多待。她说见它博士的鬼去吧。这是我第一次听见湘月说这么粗鲁的话,她那孩子气把我给逗笑了。她仍然是个孩子,即便她现在已经成了博士,嫁了人并且有了她引以为自豪的女儿,她仍然是一个孩子。

我不能去,不管是南安普敦还是普茨茅斯。不是为了我,是为了老关。老关真的老了。在过去的年代里我从来没有想到过老关会老,我甚至不相信这种事会发生。他是那么的健壮、魁伟、充满生命力和创造力;他不知疲倦,不辨寒暑,不畏枪林弹雨;他可以几天几夜地不睡觉,饱一餐饥一餐,在零下40度的雪地里一动不动趴上二十四小时,可是枪声一响,他却能像一头精力充沛的豹子头一个蹿上山头。他是多么的有力量啊!我还记得他头一回拥抱我时的情景,那是在合江,在一个大雪纷飞的夜晚,在一个弥漫着大森林芬芳气味的小木屋里,那是我们的新婚之夜。他张开他结实的怀抱,几乎把我给揉碎了。没有人能比他更强壮,没有人能比他更富有活力,可现在他衰老了,不可阻止地衰老了。我是这个世界上惟一不相信他会衰老的人,但是我却眼睁睁地看着他一天天地衰老下去,那是一种多么无援的感觉呀!

今年的3月1日是老三京阳17年的祭日,11月2日是老大路阳二十四年的祭日。往年的这两天,我都要去西山上找一处干净的地方为两个孩子烧点儿纸。老关反对我这么做。我也知道他的反对是有道理的。我毕竟是一个受党教育和培养了几十年的人,不该相信这世上有什么灵魂存在,不该相信这世上还有一个收容了我的孩子却不让我知道的世界。但我仍然是母亲啊!一个母亲,不管她信仰的是什么,她总该有牵挂她孩子的权利吧!

今年老关突然提出来要和我一块儿上山去,去给孩子们烧纸。这让我吃了一惊。开始我还以为他是对我有意见,故意说反话。但不是。不是这样的。他很认真。我们去了。在我点燃那些黄裱纸的时候,老关一直站在我的身后。我知道飞扬的灰蝶会飞落到他的面前。我知道它们会迷乱他的眼睛。我没有回头,但我感到了他的目光。他的目光自始至终都停留在那堆旺了又熄了的火苗上。

老关一直不肯承认他的失败。自从1949年他在湖南青树坪的那场战役后,他就一步步地走向了失败。也许这么说很残酷,但这是事实。他的职务在晋升,他的待遇在提高,但是作为一名职业军人,他却一次次地被迫离开他钟爱的战场。他再没有那种自由的状态,他再没有用武之地。最终,他成了一名不再被指望派上用场的伤残老兵,奉命撤到了后方。老关他始终不曾气馁过,他始终不肯向他接到的最后一份命令投降。这些年,他拒绝参加任何复转军人招待会和老战士座谈会,拒绝写回忆录,拒绝接受任何形式的离退休干部慰问品和慰问金。在军委的8号文件下达后,他甚至拒绝和别的老同志一起脱下军装。他仍然穿着佩有领章帽徽的军装,除此之外,所有给他做的服装都会被他丢到大街上去。他是那么的固执,那么的褊狭,那么的专一。你可以想象一下,一个八十多岁、白发苍苍、步履生硬却挺着胸昂着头的老兵,他穿着军装,军装上领章鲜红,军帽上红星闪耀,他就那么在中国内陆一个贫瘠的县城的街道上旁若无人地走着,那是一种怎样让人难以忘怀的情景!没有新式军衔制的军服了,他仍然穿着他当年的旧军衣,他还把自己当作一个兵!当作一名永远的兵!

老关老了。我也老了。我们都老了。那么多的病,我已经感到生命在渐渐地离我而去,我已经能看到死神翕动着的黑色翅膀了。然而这个时候我不会离开老关的,一分钟都不离开,一步都不离开。我并不怕死。我知道这一天总会到来的。但是,在这一天到来之前,我必须留在老关身边,帮他撑起他最后的岁月。

　　致

礼

乌　云

1995 年 8 月 1 日

第 37 章　生　日

　　1995 年 10 月 22 日,关山林在洪湖西山他的家里度过了他八十五岁的生日。

　　关山林从来就没有过过生日,也从来反对祝贺生日;八十五岁之前,他没有庆贺过一次生日,如果不是几十年来一次又一次地填写各种各样的档案表,他甚至都早已忘掉了自己的出生日。但是这一次,乌云却坚持要给关山林过一次生日。

　　乌云似乎有某种预感,她表现得非常固执,固执得连一辈子固执到了顶点的关山林都不得不退却。关山林和乌云吵了一架,气呼呼地摔门把自己关进书房看他的书去了,末了丢下一句话,你们要祝你们就祝好了,我宣布我不参加。我不参加,看你们给谁祝去!乌云不管关山林那一套,她按照自己的主意筹办着一切。

　　朱妈提前几天就在张罗购买生日宴会所需的物品了,菜单是乌云亲自拟定的,朱妈忙得乐滋滋的,里里外外把屋里擦洗了个透亮,连厨房的地面都用洗洁精擦洗了三遍。朱妈说,老关革命了一辈子,早该庆贺他一次,庆贺得日子旺旺的,显出咱这革命家庭的

·521·

火红,省得那些没革过命的暴发户们瞧不起。乌云说,不是这个意思,咱们给老关过生日,是一种纪念。也不是暴发户。现在致富的人,他们也是一种革命,他们也是革命者,只是革命的内容不同,形式不同。朱妈听了,也弄不懂什么内容什么形式,她关心的,只是关山林的生日宴会办得热热闹闹丰丰盛盛,别的她不管。

乌云当然也没空和朱妈讨论新革命的问题。乌云忙着给湘阳和湘月打电话。乌云要湘阳22日那天不管多忙都得赶回洪湖老家来,带上他的妻子,并且反复叮嘱他一定要把他那一对双胞胎儿子带回来。湘月远在英国,并且正忙着手中的课题,回不来,但她答应到时她和巴斯克斯会有一份礼物送给老爸。湘月要爸爸听电话。乌云去敲书房的门。关山林很警觉,不开门。湘月说,妈你把电话放下,我拨到爸爸书房里。乌云果然放了电话。湘月把电话打到关山林书房里。关山林仍然不接,铃响了半天,还是乌云拿钥匙开了门接了电话。关山林说,问问她是不是来当说客的,当说客的我不接。你们母女俩串通好了来攻我的城,我会上你们的当吗?你们也太天真了!后来他接了,神经绷得紧紧的样子,好像只要湘月一提生日的事,他就会立刻把电话挂断。湘月聪明,生日的事儿半个字也没提,只问了父亲最近看了些什么书,又闲扯了一会儿,双方才把电话放下。关山林这会儿心情已经好多了,得意地说,还是我女儿好,我女儿知道疼我,不当狗屁说客。

10月22日那天到了。那天是个极好的天气。太阳高照,风和日丽,空气中流动着一股暖洋洋的小南风。朱妈是最早筹备停当的,那天一大早,没等关山林起床,就把一碗手擀的银须细面端到关山林床前。关山林不吃面,说还照往常那样,吃小米粥下油条。朱妈说小米没筛,油条卖光了,关山林要存心破坏纪律的话,饿肚子不吃早餐也行。关山林不知是计,知道了也不能把朱妈怎么样,勉勉强强还是把那碗面吃了,喜得朱妈接过空碗就一迭声地念,长寿长寿!

女儿的礼物是几天前通过国际快邮寄到的,到22日这一天乌云才把它们拿出来。礼物一共四样。当过二战时老兵的巴斯克斯的父亲送给亲家的是一块英军使用的老表。表已经很旧了,满是磨痕,似乎还沾染着当年的战火硝烟,用一方铺着金丝绒布的小盒装着。湘月送给父亲的是一套《大不列颠百科全书》军事卷。巴斯克斯别出心裁,给老岳父送了一个制作精巧的宇航船模型,在船体上巴斯克斯还用中文歪歪扭扭地写了五个字:中国爸爸号。外孙女 B·丹送给姥爷的是一张密集 CT 影碟,灌有二十四部有关"二战"的纪录片。湘月在信中说,她和巴斯克斯抱着丹去给爸爸买礼物,丹一进书店就指着这张影碟,所以,这张影碟就成了丹送给姥爷的礼物了。湘月在信中说,爸爸,我不知道您是否能有一百年的寿命,但我是真心希望您健康长寿。关山林对四样礼物都很满意,但他更喜欢亲家和外孙女丹送的礼物,这两样礼物他立刻就收进书架里藏起来了。

　　老四湘阳一家是下午赶到洪湖的,为此湘阳推辞了一个十分重要的公务会议。湘阳没用司机,自己开着一辆凌志车,带着老婆孩子,赶到洪湖时已是风尘仆仆。

　　湘阳一家赶到时天已擦黑,朱妈将丰盛的酒菜摆上了桌,满饭厅里点上了八十五支红蜡烛,可关山林却躲在书房里不肯出来。关山林在书房里大声说,我说过了,我说过了不过生日,不吃席。我说过了我就不出来,看你们能把我怎么样。乌云和朱妈敲不开门,拿关山林没办法。湘阳一看就明白了,笑了笑说,我来。湘阳让乌云和朱妈先去饭厅里待着,乌云就和儿媳妇辜红领着两个双胞胎去了饭厅。湘阳去敲门,说,爸,是我,我是湘阳。关山林半晌才开了门,脸上挂着老大不高兴。湘阳也不点破,装着什么也不知道似的,进屋先拿起满处散放着的书随意看着,不经意地说起与书有关的事。

　　湘阳读书时成绩非常好,到了部队又是读书积极分子,转到地方后搞了几年团的工作,那工作的重点之一就是找时髦的书来读。湘阳绝顶聪明,书中的东西能用不能用,过目总是不忘的,所以谈起这方面的事来,他也算是老爷子的一个对手。但湘阳并不口若悬河,他有这本事也不会在此时用。他用的是启发式,先谈一本美国随军记者霍勒斯·格里托利写的《海湾战事录》。这部书关山林也读过,这就有了话题。湘阳持武器致胜论,认为多国部队的胜利是一种必然。关山林却不同意,关山林认为萨达姆的失败在于他的外交政策失误,过高地估计了自己在中东海湾各国中的地位,天真地相信了伊斯兰国家的同盟性质,犯了轻敌的错误,如果远交近攻的计策再酝酿一段时间,两年之后再打这一场,就算赢不了,多国联盟一方也会被久陷在这场战争中,使战争包袱转为各国国内矛盾,最终打个平手或反败为胜。湘阳对父亲的这个观点稍稍做了一些争论,主要是引起父亲的谈兴。然后两个人又把话题转到波黑战事上。这回湘阳完全赞同父亲的分析,认为联合国插手波黑战事太晚,一旦插手后又犹豫不决,缺乏果断的平息策略和能力。关山林很高兴,把自己的分析又引申开,由点及面地分析。湘阳暗自吃惊父亲对波黑战事的熟稔程度,仿佛他一人身兼着塞族、穆族、克族三方军事领袖和联合国调停大使明石康的诸种身份,胸有百万雄兵似的,不由就对父亲升起一种敬佩之情。这样父子俩又谈了一会儿,辜红怂恿着一对双胞胎进书房来请爷爷。一对双胞胎精精神神的,十分可爱,爷爷爷爷地一叫,关山林再想把脸板起来已是不可能的事儿了,再说不过生日,早上那碗长寿面已经是吃进肚子里了,又吐不出来,生日已成了事实,说不过,总不是唯物主义的态度。于是两个红彤彤的苹果脸,一边一个拉着一头银发的关山林,喊着叫着就一路去了饭厅。

饭厅里的红烛不等人,已燃去了一多半,好在朱妈准备充分,事先买了一整箱回来,是想往后年年给关山林过生日备下的,这时就立刻换上新的,一支支重新点上。乌云招呼大家入席。关山林居中,坐了上首。乌云坐在关山林右手,旁边是会阳。朱妈忙着,一时不肯上桌,在关山林左手边给她留下了位子。两个小孙子,一边一个坐在下面,湘阳和辜红坐在关山林对面。一家老少三代八口人,热热闹闹地围成了一桌。

菜是佳肴,朱妈为这一天使出了平生本事;酒是佳酿,乌云拿出了二十年前藏下的茅台,气氛也因为有了湘阳一家的回来而热烈异常。

乌云先敬关山林的酒。乌云刚把酒杯端起来,关山林就阻止住她,伸手夺下她手中的酒杯,也不说话,把一杯白葡萄酒递到乌云手中,自己先一口饮了面前杯里的白酒,又拿过乌云的白酒一扬脖饮了。乌云知道关山林那是怕自己饮了白酒又犯喘,想一想当年在合江结婚时,自己不胜酒力,想让他代,没敢说出口,四十八年后的今天,她没说,他主动替她代了,这么想着,就把手中的杯子送到嘴边,轻轻呷了一口白葡萄酒。

待乌云坐下后,朱妈从厨房出来,端了自己位子上的酒要敬关山林。关山林说,朱妈你坐着。你是咱们家的功臣,你的酒我要喝。但你得坐着,你站着我不喝。朱妈不坐,说,老关你是寿星,哪有给寿星敬酒坐着敬的,那不没有规矩了吗?关山林说,都是自家人,要什么规矩?你坐下,你坐下我才喝。朱妈仍不坐,说,你不喝我就不坐,我就一直站在这里,反正你是当大首长的,看你忍不忍心让我这老百姓在这里站一晚上。关山林无可奈何,只好端起杯来与站着的朱妈碰了,两个人一饮而尽。朱妈端了空杯,捂着嘴,泪光闪闪地说,老关,我跟了你家快四十年,我这还是头一回给你敬酒,往后你还得给我这样的机会。关山林听了也有些激动,说,朱妈,往后我们有的是机会,往后不光你给我敬酒,我也给你敬酒。乌云你记着,往后每年到了朱妈的生日,你都照原样给我弄一桌,让我给朱妈敬酒。

乌云一边答应了。接下来就该轮着湘阳辜红夫妇敬了。辜红先拿出早已准备好的礼物。礼物是两支上等高丽参和一对名人书轴,书轴上书有一联:马嘶西风,剑鸣鞘匣;雄心一起,绕走通宵。这样的礼物,既显出了贵重又显出了脱俗,足见选择礼物人的匠心。辜红不说是湘阳和自己送的,而说是自己的父母送的。关山林不知道客套,连个喜欢和赞赏的话都没说,还是乌云代为接了礼物,又问了辜副书记和亲家夫人的安康,谢谢他们送的重礼。湘阳在敬酒时有一番演说,当然是不亏不盈,不疾不徐,既充满感情,又不让人犯腻的话,时间也把握得恰到好处,显出他做政治家的演说才能。辜红在一边附和着,又添了几句吉祥的话。关山林面有悦色,说,也祝你们两口子工作上进步。这样父子公媳间碰了杯,三人把杯中酒痛痛快快地喝了。

　　一边两个小孙子早等得不耐烦了,双双端着雪碧摇摇晃晃抢下桌来敬爷爷,人还没走拢杯里的饮料就先洒了一半。祝辞是辜红事先就反复教过的,无非是福如东海寿比南山之类的喜庆话。两个小东西抢着说,谁也不肯落后,抢急了,说成寿比东海福如南山。关山林听了哈哈大笑。乌云也笑,朱妈也笑,湘阳也笑,辜红则嗤笑着拿眼睛去示意儿子,要他们改口。双胞胎哪里还顾得上改,腆着小肚子先扬头灌雪碧,竟也是两条小好汉,半杯雪碧一气干了,还朝爷爷亮亮杯底。关山林说,好,像咱关家的种!自己也端起杯子,扬头饮下。这一家人的气氛,到这里就融洽到高潮了。

　　酒敬过,大家坐下吃菜,都夸朱妈妈手艺,又找起高兴的话题来说。这中间湘月从英国打来电话,说是正在试验室里做试验,偷空出来打的,要祝老爸生日快乐。关山林脸色红红的,被一家人簇拥着,对着话筒大声说,你给我谢谢你公公,他送我的礼物我最喜欢,今年不是反法西斯战争胜利五十周年吗,你就说,我这个老兵向他那个老兵敬礼了。再替我亲亲丹,小鬼头送的礼我也喜欢。湘月在话筒那头委屈地大叫道,就不谢我啦?就不谢巴斯克斯啦?我们不也送了礼吗?我们那礼就白送了呀?再说,没有我们俩,您上哪儿找你的老兵亲家,您不也抱不上您的外孙女吗?关山林呵呵笑着说,谁说我不谢了?我的话还没说完嘛。那就谢谢我的女儿女婿了。湘月不依不饶,说,光谢还不行。关山林说,不行还能怎么着?湘月说,我要您像对丹那样,我要您也亲亲我。关山林被女儿弄得有些不好意思,嗔怪说,老大不小了,都做妈妈的人了,还想赖着撒娇呀?湘月说,谁叫您小时候不让我有机会撒,弄得我蓄着憋着,巴斯克斯都嫌我老长不大。湘月和爸爸说了一会儿话,又要妈妈说话。乌云接过话筒,湘月在电话里停了一会儿,轻轻说,妈,我替爸爸谢谢您,也替我谢谢您。一句话,说得乌云眼里有了雾气。乌云轻轻说,傻孩子,说什么话,要谢,得我们谢谢你,是你们兄妹让我和你爸有了寄托,我们打心眼里为你们骄傲。

乌云放了电话,回到饭厅里,大家正在议论湘月打电话回来的事儿。湘阳怨妹妹没让自己说上两句,就拿出手提电话要给湘月拨过去。乌云说,算了,你妹妹不是从家里打来的,她正在试验室里,要打晚上再打过去,现在先吃饭。于是湘阳收了手机,大家又接着吃菜,说一些家庭里的事,间或湘阳给父亲敬一杯酒。乌云知道关山林酒量大,这些年都是按时检查身体,除了白内障和静脉曲张,别的毛病都没有,能经酒,所以也不阻拦,任他们爷俩尽性。倒是湘阳不胜酒力,几杯酒一下肚,脸就开始发热,话也越说越飘。也是怪乌云自己,一边给会阳碗里撰菜,一边和辜红说了一会儿话,主要是问辜红家里的事和两个孙子的情况,顺道就问了湘阳最近的工作。湘阳就在那边把话接过去,说起年底要召开的人代会来。

湘阳为这届人代会做了充分的准备,要往上挪一挪。湘阳提升副厅级没几年,照说这一届人代会再讨红利是不大有可能的,但湘阳却雄心勃勃,不想在副职这个位置上有太多的耽搁。他年轻,是省里年龄最小的副厅级干部,有过当兵的经历,又干过大企业、共青团和省委组织部门的工作,这期间他替自己弄到了一个经济管理专业的硕士文凭,文化程度这一档,就有了相当的实力。最重要的是,他有辜红的父亲做后盾,在省委方面可以拉到足够的票数,这两年在林业厅当领导,又为人大常委们做了不少好事,可以说深得人心。省林业厅的正职是个五十出头的干部,上一届才上去,政绩不错,没有可能腾出位置来让给湘阳,湘阳不想等着正职从五十出头到六十出头,也不想等着人家犯错误,湘阳瞅中了另一个空缺,省工业厅厅长的位置。原工业厅厅长调往北京,位子空了出来,包括工业厅副厅长在内的好些人,都在打这个位置的主意。湘阳先给自己争取到一个中央高级党校学习班的培训指标,从北京学习回来后,就开始积极活动。擂者虽多,擂主却只有一个,湘阳的竞争对手,别人都排不上名次,只有那个工业厅副厅长,因省府方面有中流砥柱,构成了对湘阳的威胁。两人都明白谁是自己真正的对手,平时见了,拍肩打背,称兄道弟,暗下却咬牙较劲,各自霍霍磨刀。人代会将近,湘阳从辜红父亲那里探听到,大多常委们认为湘阳虽年轻有为,但那个副厅长也不是弱材,两人相比,势力相当,各有所长,副厅长长期在工业厅工作,有本系统工作经验,自家的猫若会捉鼠,又何必抱邻居家的猫来?湘阳为此和辜红的父亲做过一次长谈。湘阳说,省里应该知道,工业厅这些年步履蹒跚,工作上徐徐缓缓,没有什么成效。辜副书记说,不能那么说,省委省府有定论,工业厅的工作,还是有发展的。湘阳说,发展要看什么样的发展,现代工业社会,经济是各行业中面对国际接轨的第一环,经济的发展同时也是最快速的,考察发展,应该放在这个背景上。一匹马在走,其它的马在跑,相对个体来说,这匹马确实在前进,但相对群体来说,它就是落后了。辜副书记说,别的马都吃饱了,练出来了,在一马平川的大草原上跑,那是该的,我的马是在负重爬山,能走就不简单了,就是用鞭子抽,能抽出个世界纪录来?若再遇上洪水泥石流什么的,它就是停在那里不动,也是胜利。湘阳说,什么时候我们对干部的要求由不进则退演变成了不退则进的理论了？辜副书记笑笑说，这话问得好，但湘阳你得记住，在理论和实践方面，我们共产党更看重后者。这是一种比较，谈到工作上的比较，如果你不能证明你比别人强，那么你至少可以证明别人不如你。你能不能证明这一点呢？湘阳是何等聪明的人，岳父的话他立刻心领神会了。翁婿谈话之后，湘阳找到了工业厅办公室一个副主任，那是当年他们坦克团的一个战友。湘阳开诚布公，许诺战友办公室主任位置，日后还有重任，条件是提供他所需要的证明。战友欣然承诺，当即秘密活动，数日后便交给了湘阳一份用电脑打印的厚厚的材料，材料之翔实丰富，足以证明战友作为一个办公室主任的能力。仅举其中三条就能说明许多，一、工业厅下属某房地产开发公司，由某领导做主交由某人承包，承包性质实为公产私营，某人查为是某领导的内亲；二、某年某月某日，某领导带属下某某、某某、某某某赴深圳考察，所耗银两几数，其中洗桑拿一项，列有内容可疑的大数额小费在内；三、工业厅下属某大型零售商业企业，在某领导的硬性干涉下，被迫收购一倒闭手表厂，因贷款、人头费、再启动资金负荷甚巨，该商业零售企业损失达千万，并使企业背上长久的重负。这份材料是一枚威力巨大的定时炸弹，湘阳将它仔细收好，以待年底人代会时从容引爆。当然，对于那个出卖自己顶头上司的战友，湘阳自有分寸。他不会信守诺言的。他已经决定，在自己上任之后，就立刻把战友调得远远的，调去香港或美洲，给他一份美差，使他既永远捏在自己掌心里，又不至于探听到自己的丝毫隐秘。

　　这就是湘阳最近的一个大秘密，在父亲八十五岁的生日家宴上，他乘着酒力把它们说了出来。湘阳在说这件事情时，辜红从关山林的脸上觉察出了什么，暗暗用手肘碰丈夫，示意他别再往下说。湘阳不领会，埋怨妻子说，你拐我干什么？这是洪湖，是我的家，不是省里，不是官场。平时做戏，把人都做成角色了，憋了一肚子话，不敢说给人听，现在回到我自己家里，还不兴让我发泄一下

· 529 ·

呀？

关山林在湘阳炫耀他的计谋时，就已经开始变了脸。先是放了酒杯，然后又把手中的筷子搁下了，脸上慢慢地消失了笑容，褪去了红晕，一副凝重的样子。等湘阳吹完，关山林脸色已经相当不好看了。桌上除了湘阳，其他三个成年人都看出来了，要想拦住湘阳，那一罐氨气已启了盖，白雾迷蒙，封锁已来不及，她们心里都捏了一把汗。

湘阳一说完，关山林就接了湘阳的话，说，你很得意呢。

湘阳酒劲已上了头，两颊如潮，辨不清父亲那话的意思，说，不至于得意，但对这一招，我还是比较满意的。此招一出，可以说胜券在握。

关山林沉着脸说，你玩这种小动作，自己也满意？

湘阳说，老百姓才这么说。官场上，这叫谋略。

关山林说，什么谋略？这叫阴谋，叫诡计，是见不得人的东西。

辜红连忙站起来，说，爸，湘阳他平时也不这样，湘阳他平时总是正大光明的。

关山林不看儿媳，说，那就更不应该了。如果平时也这样，那是你的性格，生就的胚子，可节骨眼上干这种偷鸡摸狗落井下石的事，那就是人格问题。

湘阳这时已看出父亲是对自己不满意了，但他此时已亮了相，再回到后台去重新扮妆已是不可能的事。他把妻子扒拉到了一边，说，爸，别人说这种话情有可原，您就不该说这种幼稚的话了。我们刚才谈论的是政治。政治，你能够像年轻人谈恋爱那么纯而又情吗？不要说政治，连谈恋爱都得讲究手腕呢。

关山林轻蔑地盯着儿子，嘲讽地说，我还是头一回听说这个理论。我倒想问问你，你和辜红，你们之间是不是也有手腕？

辜红窘得要命，不敢顶撞公公什么，只能拿眼去剜丈夫。湘阳却不管妻子的想法，毫不回避地说，可以这么说。至少我们俩之间,我是用了手腕的。我爱辜红。我需要她。我想把她弄到手。我的目的无可非议。至于用什么样的手段才能达到这个目的,那并不重要。我想这话即使说出来,辜红她也不会在意,因为就恋爱的实质来说,我们是利益的共同者。

关山林转过头看着儿媳妇,说,辜红,你也这么看吗?

乌云先前一直坐在一边没开口,这时就站起来,说,老关,孩子们的事儿,他们自己有主意,咱们别去管它,咱们吃饭。大家都坐下,咱们吃饭。

关山林坐在那里没动,仍然盯着儿媳妇,一字一顿地说,辜红,他说得对吗?

辜红已是一脸的窘红,不能违着公公,又不能打丈夫的脸,急得不行,一急之下就说,爸,我和湘阳过得很好。我们一直都很融洽。

关山林听了,点点头说,这就难怪了。

湘阳说,爸,我们不该转移话题。恋爱的事,其实是无法和政治相比的,它们没有可比性。政治是人类社会最高级的社会生活形式,它拒绝单纯和理想主义。为了达到目的,有时候我们不得不使用一些过激的手腕,甚至是让人难以理解的手段。

关山林把目光转回儿子脸上。他在儿子脸上看到一种深深的信念。关山林说,目的我能理解。你想要那个位置,你想获得更大的权力,这种想法我也有过。可我会公开地表示我的目的。如果有对手,我会公开地向对手挑战,而不是利用收买、封官许愿这种卑鄙的手段向对方下刀子。

湘阳冷笑了一下说,这就找到在中国这样一个政治大国里政治为什么永远不成熟的原因了,因为我们永远在回避政治的复杂性和功利性,我们永远把政治限定在一种平面的道德准则之下,就像古罗马的角斗,一切都是公开的,事先设计好了的,标准衡量化的,其实这就是我们幼稚的一面,貌似公正而实则虚伪的一面。政治它根本就不吃这一套。对它来说，目的只有一个，而方法却可以有无数，可以从零到兆，可以千变万化，这点儿我们恐怕只能正视。如果这一点儿我们都不承认，还把自己吊在温情脉脉的理想主义上，还坚持一种见者有份的原始共产主义制度，甚至在政治斗争中愚蠢到实行古典的决斗方式，恐怕我们这个政党就永远只能在低年级的教室里做游戏了。

关山林勃然大怒，扬手一拍桌子，把在场的人都吓了一跳，两个小孙子吓得连忙跑到奶奶身边躲起来。关山林大声说，放屁！你这是什么混账逻辑？你把政治当成了什么？你以为政治就是你说的那种卑鄙的游戏？

屋里的空气顿时紧张起来了。乌云一手揽着一个孙子，严肃地说，湘阳，你是喝多了。你快给我坐下，不许再说什么。朱妈，你去给湘阳泡杯浓茶来。

辜红也埋怨丈夫，说，你是怎么回事儿？平时总没看见你这样过，今天爸的生日，你犯了什么毛病？

湘阳看也不看母亲和妻子。他的目光和父亲对视着。从父亲的眼光中，他看出在他恼怒的背后有一种深深的瞧不起，或许这种骨子里的瞧不起是从自己小时候就开始了。他知道这一点儿。这样他就更不能放弃了。湘阳冷冷地说，如果这种说法您不能接受，那就换另一个说法。您打过仗，战场上您是一名军人，您在战场上和对手作战时，是不是从来就是公开下战书的呢？您是不是从来没有使用过侦察、收买眼线、安插间谍、立功晋升这样的手段？您是不是从来就没有在背后偷袭过您的对手？

乌云脸都发白了。她想要去阻止都来不及了。关山林脸色阴沉得如雷雨前的天空，腮帮子上的肌肉抽搐着，全身绷紧，向前倾去，似乎随时都有可能扑出去。他盯着儿子，嘴唇哆嗦着，想要说什么，但是他什么也没有说出来。他一掀桌子，猛地站起身来，看了一眼儿子，大步走出饭厅，回到他的书房去，把门咣地一声重重地关上了。在他身后，桌倾碟翻，一片狼藉，八十五支红烛被他走过时带起的风吹得摇摇曳曳，至少有好几支被吹灭了。

朱妈对风灭红烛的预兆连续几天都心神不安，老是觉得有什么大祸要降临了，这种感觉弄得她吃不下饭，睡不好觉，一天到晚不是眼皮跳就是心跳。这样坚持了几天，朱妈再也耐不住了，瞒着关山林和乌云，到几里路外的清云寺里为关山林抽一签。签上是一首歪诗，写的什么朱妈看不懂，要寺里的道士解给她听，道士就说一句，解释一句。别的朱妈都没听进去，惟有"不期血光绕梁走"这一句她听进去了。这一句让朱妈吓得连呼吸都快停止了。

朱妈第二天又去了一趟清云寺。这一次朱妈带了一个包袱，包袱里有七百块钱和一对金耳环。钱是朱妈寄往海城老家后所剩的全部积蓄，耳环是前些年乌云找人给她打的。朱妈把钱和耳环全部捐给寺里的道士，请道士在寺里为关山林布符消灾。

朱妈在清云寺里所有的泥塑前都满心虔诚地磕了头，甚至还给寺里的所有道士认真地磕了头，以至头上都磕出了青包。回家后乌云发现了朱妈头上的青包，问在哪里碰出来的。朱妈不说，支支吾吾。乌云想，也许朱妈年纪大了，糊涂得在哪里把头磕肿了都说不清了，也不再追问，去找来红花油和药棉，蘸了轻轻给朱妈揉肿。

关山林的生日宴会不欢而散，最伤心最难过的是乌云。那晚她狠狠把湘阳责备了一通，说得哮喘病都犯了。辜红也帮着婆婆说丈夫，说湘阳这种沉不住气的样子，本身就是政治上幼稚的表现。湘阳酒醒，自知无趣，坐在那里低着头不说话。事情到了这一步，悔已晚了，一团欢欢欣欣的气氛风吹一般散了，又到哪里去把它们找回来再捏到一块儿？当晚大家惶惶地早早洗了睡下。第二天一大早，湘阳一家就要往回赶。湘阳去向父亲告别，敲门，关山林不开。要两个双胞胎去叫门，门仍然不开。乌云知道那不是办法,就说,你爸爸大概昨晚看书睡得晚,还没起来,你们要赶路,先走吧,待会儿他起来了我再替你们说一声。湘阳无奈,沉着脸不说什么,领着一家人到院子里上了车,把车倒出院子的门,凌志车连喇叭都没响一下,滑进大路驶走了。

以后几天家中相安无事,谁也不提生日家宴上的事,但都知道那是一块心病,是一个生在心里的肿瘤,尽管不说,它还在那里。几天之后,关山林眼睛疼,先忍着不吭声,后来疼得厉害了,夜里睡觉时咬得牙咯咯直响,视力也有了障碍。乌云拉关山林到医院一检查,是眼底出血,黄斑部有一条毛细血管破裂了。医生说病因可能有两个,一是用眼过度,二是太激动。好在血管已经自己封口了,属陈旧性出血,医生给开了些药做吸收治疗,千叮嘱万叮嘱,一定要卧床休息,禁止用眼,八十多岁的老人,再犯一次,搞个视网膜脱落,到时后悔都来不及了。

乌云回到家里,先按照医嘱给关山林上了眼药,安顿关山林在藤椅上躺下休息,再找来些纸箱子,不顾关山林的反对,把书房里的书一股脑全收了起来。

关山林躺在那里,眼睛上蒙着药巾,不满意地说乌云,你把我的顺序全弄乱了。

乌云干脆地说,你没有顺序了。从今日开始,眼睛是第一顺序,除此之外没有顺序。

关山林看出乌云是认真的,妥协说,你别动我的书,我不看还不行吗?

乌云一边噼噼啪啪收书一边说,不是你不看,是我不让你看。

关山林听乌云这么说,心里就不高兴了,说,你不让我看,眼睛长在我身上,我非要看,你能把我怎么样?

乌云停下来,手里捏着一本书,像是捏着一枚手榴弹,眼睛看着关山林,一字一句说,你试试? 你要看一眼,我把这一屋书全烧了。

关山林没有见过这样的乌云,吓了一跳,心虚地说,你烧书,你就成了秦始皇,秦始皇才焚书坑儒,未必你还连我一起坑了不成?

乌云冷笑一声,接着收书,说,你是儒吗?你不是。你是兵。

关山林不依不饶说,兵又怎么样?兵就不能看书了?我就是兵。我就要看。

乌云说,没说不让你看。看可以,得等医生说能看了才看。我们是法制国家,医生的话对病人就是法。

关山林不屑地哼了一声说,屌,什么法不法的,我才不吃他那一套。

两个人就这么一人一句顶撞着,这工夫乌云已将书收好了,分类装了纸箱,关山林没看完的书,还留心做了记号,一切收拾妥当,才关了门出去,让关山林一个人躺在那里休息。关山林休息是休息,眼睛上敷着药巾,心里不踏实,老往那一箱箱书看,看不老实了,药巾掉在地上,连忙弯腰捡起来盖在眼睛上,怕乌云一会儿进来查房,抓他现行,让他过不去。

关山林眼睛出了毛病,朱妈吓了一大跳,想着签上的话果然应验了,血光血光,眼底出血,看不见光明了,不是血光两个字都占全了吗?那一刻朱妈一屁股坐在厨房里,觉得天地都坍塌了。后来问清事情和性命无关,血已止住了,如果静心歇息,很快就能恢复,不会碍着什么,这才松了一口气,转念一想,这倒是好事了,血光之灾来过了,不是就躲过了吗?

朱妈不放心,又跑到清云寺去问过道士。道士说此人这辈子后一百年就犯着这一次,若过了就过了,再以后是享不尽的颐寿延年。朱妈认定这是寺里的钟撞得好,符灵了,这才化大灾为小灾,于是千谢万谢,许愿回头手中宽裕了,再来重重地还一回愿。

从寺里出来,朱妈乐得颠颠地,往家走的路上嘴一直没合住,人有一种飘飘扬扬的感觉,这感觉朱妈还是头一回有。朱妈想,往后这日子,该是心满意足了。

第38章　飘向空中的树叶

12月份,省里的人代会如期召开,关湘阳果然将准备好的材料抛了出来。各代表团看了材料义愤填膺,立刻有提案送到主席团要求进行审查。正是反腐倡廉的风口上,有关部门不敢怠慢,火速成立专案班子进驻工业厅,调查结果与材料所提供的事实大同小异,于是做出决定,当事人停职反省,等候行政、党纪和刑事处分。关湘阳一箭射出,便收了硬弓,策马回营,偃旗息鼓,只等拾雕。虽说厅长人选与人代会无关,要等到新的常委们来拍板,但据辜副书记私下透露,人选不是没有,湘阳之下的都让老同志们不满意,所以,年后湘阳换办公室的事儿,基本已成定局。

湘阳踌躇满志地准备离开辜副书记那间宽大的书房时,辜副书记突然叫住了他。老岳父疑惑地从他那副老花镜后看着女婿问,据专案组的同志说,那份材料十分严谨,所列问题个个切中要害,不是受过专门训练和具有特别心智的人整理不出这样的材料,有人猜测这份材料出自一个当过兵的人的手,你消息灵通,知道的也许多一些,你说说,这猜测是真是假? 关湘阳笑了笑,笑得很轻松也很含蓄,笑过之后很有礼貌地对自己的领导和岳父说了一句话,然后退出书房,走的时候没忘了把书房的门轻轻地掩上了。

关湘阳的那句话是:对一个富有战争历史和经验的国家来说,全民皆兵嘛。

关山林是在医院里听到儿子即将坐上省厅厅长位子的消息的。

乌云给湘阳打电话,询问双胞胎孙子的情况。湘阳不在,电话是辜红接的。辜红汇报完双胞胎的最新动向,顺便就把湘阳的事告诉婆婆了。

　　关山林那几天正在医院住着。几天前例行体检,查出关山林的血压有些不正常,压差略高,关山林自己没有什么不适,但医院建议住院观察几天,乌云坚持要按医院的意见办,关山林拗不过,就住下了。乌云在家里接完儿媳妇的电话,到医院去看老伴,带了几个血橙和鹅蛋柑,到了关山林的病房,先打来温水让关山林洗了手,才把剥了皮的橙子一瓣一瓣撕开,用一方消毒纱布垫着,让关山林吃。关山林不喜欢吃水果,他喜欢吃肉,而且专喜欢吃大肥肉。也是奇怪了,一辈子生的熟的,从来没有忌过口,而且全是一咬一溅油的那种肉,一日三餐,吃了几十年,也没见过他心血管硬化胆固醇增高,不像那些忌口忌得连猪油都不沾的,到五六十岁还是栽倒在脂肪的门槛上。关山林的口号是,食无肉,毋宁死。医生说,这属于特殊例子,违反科学常识,不能推广。关山林说,共产党人,胸中一团浩荡之气,不能发之于剑,亦当泄之以牙。言谈之中,豪气毕露。医生就笑,说,难怪你们那个时候医院少,人都是特殊材料制造出来的,既打不垮又吃不伤,要医院做什么?关山林也笑,笑是扬眉吐气地笑,隔着二里地也能听见雷响的那一种,笑过以后说,那是。

　　关山林不怎么吃水果,吃就吃苹果,且指定有品种,非国光黄帅不吃,理由是别的品种粉气十足,咬不出性子解不了气,惟国光黄帅口脆,一咬咔嚓一响,凑合着能吃。平时乌云知道这人固执,不与他作对,但这个时候就依不得他了,一定要他吃橙子,理由也有,血橙鹅蛋柑降血压,可以做辅助食疗。都说良药苦口,柑橙不苦,就做药引子吃下,又有什么不行?共产党人连死都不怕,难道还怕一只橙子吗?关山林原本是不怕乌云的,几十年也没有怕过,近来不知为何,乌云是越来越犟,越来越紧迫,急急地全是对自己的改良,要自己改邪归正,摒除恶习,顺应自然,好像她身后有什么在撑着,催着,让她那么做似的。关山林不知这是什么原因,但总有些气短似的,不让自己拗着老伴,于是从消毒纱布上拿起橙瓣,一边嘴里唠叨着不满一边气呼呼地吃,赌气把那些血红的橙瓣都吃了。吃法也怪,嚼也不嚼,往嘴里一丢一伸脖子就咽下去了,鱼鹰似的。乌云知道他有情绪,也不理睬他,嚼不嚼的,反正牙后有胃,该营养的一点儿也跑不了。看关山林吃完了,拿过湿毛巾来让他揩了手,这才把儿媳妇电话里说的事告诉了他。

关山林听了乌云的传达,脸色不好看,先不说话,闷了半天,后来开口道,共产党也有瞎眼的时候。

乌云说,也不能指责湘阳,那个副厅长本来就有问题。

关山林瞪眼道,魏延不能用,邓艾就能用吗?一样不是好东西!

乌云说,孩子要求上进,也许方式方法上有问题,但要求上进总是没错的。再说,现在时代不同了,世界观价值观有了很大变化,我们不能拿我们那套标准来衡量现在人的思想行为。

关山林发作道,世道不同了,道德良知还在不在?忠诚正义还在不在?光明磊落还在不在?共产党的骨头还在不在?

关山林的嗓门大,把值班的医生和护士都引来了,推开门进来看出了什么事儿。乌云解释了一番,把医生护士送出门,门关上,看和关山林说不通,也不想把他血压又气出什么差错来,就息事宁人地说,好了好了,咱们不谈湘阳的事,他也是三十五岁的人了,你三十五岁时当旅长,带兵打仗,也没父母管着你。我们也不管他,我们读我们的书。

乌云说罢,就拿出一册阿瑟·因佩拉托雷写的《太平洋战争》来,准备为关山林读书,人在床边坐好了,书翻到头一天读到的那一页,正打算读,发觉有什么不对,放下书看关山林。关山林呆呆地,直着眼在那里犯着愣。

乌云问,你怎么了?

关山林奇怪地笑了一下,说,你说三十五岁,我是那一年娶了你的呢。

乌云被关山林那么一说，心里一咯噔，也愣了，想，可不是吗，可不是三十五吗，可不是那一年吗。乌云这么想着，人下意识地往床边靠了靠，窗边一缕阳光，就照在她身上了。

这是他们每日的功课。自从关山林眼底出血后，乌云就禁止他读书，一定得等他眼疾痊愈后才可以重温功课。关山林先憋了几天，实在憋不住，就嚷着抗议，说乌云是纳粹专制，还威胁说要绝食。乌云自然要铁定地坚持原则，同时又知道关山林不是威胁人的人，他说什么，是一定会照说过的去做，比如抗议，比如绝食。乌云就选择了一个折中的办法，由她读给关山林听，关山林若有什么心得，也由她代为在书上做眉批，只是时间上不能打持久战，每天只读两小时，剩下的时间由关山林在心里做读书思考，算是一种功课。关山林滚下坡的老虎，吼两声行，抗议和绝食也行，真要要求全部的理想权利，自己也知道做不到，于是就顺着杆子从天上下来，同意了。

乌云打开书，找到上次读到的地方，继续往下读。乌云的嗓子很好，声音不高，速度不快，徐徐娓娓地，有一种梦幻的感觉。关山林很爱听乌云读书，乌云一读书，关山林就安静了，不声不响地躺在那里闭着眼听。入冬了，医院里烧着暖气，锅炉房嗡嗡地把蒸气往每个房间里送，暖气管里时而有汩汩的水流声，仿佛那里面藏着一条正在解冻的山泉。房间里暖洋洋的，让人有一种幸福的睡意，假使没有乌云娓娓的读书声和翻动书页的声音，安静得就像天堂。乌云这么读着，慢慢地没了关山林充满激情的评判声，先没在意，又读了一阵，读到美军收复班塞岛一段，就觉得情况有些不对，放下书一看，关山林已躺在那里睡着了，微微地还发出呼噜声。乌云笑着摇摇头，放下书本，把毯子轻轻扯开，替关山林盖好了，这才觉得坐了那么半天，已经腰酸背痛了，两条腿也在隐隐作疼，乌云就想站起来松弛一下筋骨。人还没站起来,关山林的呼噜声停了,人也睁开了眼睛,说,怎么停下来了?怎么不读了?乌云说,你睡着了。关山林大声说,谁说我睡着了?我没睡,我在听。乌云说,还要继续读吗?关山林说,读!乌云就重又坐下,拿起书,打开,再读。这回关山林果然没再睡,眼睛瞪得大大的,精神头十足,一边听一边做些点评,有时言简意赅几句话,有时轰轰烈烈一大通议论,这么读了两个钟头,医生进来查房,照例量血压,问问情况,再看着病人服了药,就到了吃晚饭的时间了。

晚饭是朱妈送来的,牛肉饺子和小米粥。乌云招呼关山林吃饭,自己也陪他一块吃。关山林胃口不错,吃了二十个肉馅瓷实的饺子,还喝了一大碗小米粥。乌云胃口有些堵,只勉强吃了四个饺子,喝了几口粥,剩下的,就要朱妈拿回家去了。

晚饭吃过,关山林看新闻联播和本地新闻节目,新闻看完,乌云替他洗完脚脸,就准备睡觉。乌云本来打算就在医院睡。关山林住的是特别病房,单间,房间里也有床,但关山林不让。关山林看乌云的样子是有些疲倦了,脸都有些肿,像是哮喘又要犯的样子,想要她回家去安安心心睡一觉,免得在这里受自己呼噜的干扰。

关山林说乌云,你干吗脱衣服?你回去睡,别在这里睡。

乌云说,我在这里守着你。

关山林说,我要你守干什么?我这病不是生出来的,是大夫看出来的。大夫都说用不着陪宿,你守什么?

乌云说,我不守,我是你老婆。

关山林说,老婆也不是一天,是一辈子。

乌云说,那是。

关山林说,既然如此,你回去吧。

乌云拗关山林不过,就说,那我就回去。你睡时靠墙睡,床不大,别睡着了滚下来,老年人跌着了容易患中风。

关山林冲乌云挥着蒲扇似的大巴掌说,行了,我又不是三岁的孩子,滚下来我还不会再爬上去吗?你回吧回吧。

乌云就收拾了东西,把痰盂拿到床前放了,不放心,又用两张椅子并排靠住挡在床边,替关山林掖好被子说,我明天一早就来。这才关了灯,掩了门,沿着长长的走廊朝医院外走去。

天已黑尽了。冬天的夜晚寒风刺骨,乌云穿得不少,但仍然觉得冷。老寒腿的毛病好像又犯了,膝盖以下到脚跟钻心地疼。乌云想,女儿从英国寄来的热疗器今晚又要派上用场了。乌云还想,明天得把关山林的保暖鞋带来,病房里虽说有暖气,但老年人火气小,保不住冻脚什么的。这么想着,乌云从医院大门出来,拐向左边,沿着人行道往家的方向走。

家离医院不算太远,但是像乌云这样腿脚不方便的,得走三四十分钟。乌云刚调来洪湖时,上下班都骑自行车,从家到医院,也要不了十分钟,后来腿病严重了,骑车不方便,在路上摔过几次,人摔得半天爬不起来,还是过路的人送回家的,关山林就再不准她骑自行车了。医院看乌院长上下班走着不方便,派医院的救护车接送。乌云坐过几次,嫌碍眼,不肯再坐,坚持自己走,这样一直走到离休为止,所以这条路,她是极熟的。乌云沿着这条熟悉的路走,走过集贸市场,前面就是公路,过了公路,拐上通往西山的便道,再走几分钟,就能到家了。乌云甚至已经看到了山上自己家里透出的灯光。

乌云觉得背上湿漉漉的,已经走出了汗,但腿上仍感觉发寒。一阵凛冽的风吹来,乌云打了个寒战,犹豫了一下,移动发硬的腿迈上了公路。

乌云根本没有看见那辆疾速驶来的东风卡车。

据事后交通部门调查,肇事的个体户司机头一天跑沙市长途,第二天又连夜往回赶,困极了,当时已处于半睡眠状态,完全没有看见车灯笼罩下的那个老太太。东风卡车是那种八吨装的柴油车,车上满载着荆州地区盛产的水稻,卡车从公路的拐弯处划弧而来,速度很快。

乌云有一刹那抬起了一只手臂,似乎想遮挡晃眼的车灯。她被卡车前面的保险杠挂了一下,朝一边旋转着飞开。卡车没有减速就过去了,至少在下一个拐弯处,它仍然没有减速,粮食包还洒漏下几粒金黄的稻粒。

乌云像一片风中的枯叶,轻轻地、轻轻地倒了下去。

乌云是在第二天凌晨6点多钟才被人发现的。

一辆进山拖木头的货车在公路上发现了躺在那里的乌云,但是这辆拖木头的货车没停。不久后,另一辆红色的桑塔纳牌小轿车也看见了乌云,司机噢地叫了一声,减了速,坐在车后打盹的干部说,别停下来,我们还得赶到省城开会呢,不要耽误了时间。红色的桑塔纳拐了个弯,小心翼翼地从乌云的身边开过去,车身带起的寒风掀动了乌云头上的缕缕白发。大约一小时后,县里体校的一位老师带着他的两名弟子练长跑,他们发现了乌云。他们拦住了一辆进城卖菜的板车,把乌云拖到了县医院。夜班护士很不耐烦,至少拖了十五分钟才穿上衣服开了门。值班护士立刻认出了车祸的遇害者是老院长,她一边让体校的老师把乌云抱上检查台,一边跑去叫起了值班医生。半小时后,外科主任、院长和院党委书记都赶到了医院,医院立刻组织急救,几乎所有科室都有人介入了这场大规模的急救活动。

乌云送到医院时手脚已经冰凉了,呼吸相当微弱,心跳几乎测不到了,血压也降到极限,人处于昏迷状态。好在医院的抢救是及时的,院长亲自上了手术台,直到中午他都没有离开一步。院党委书记下令,不惜一切手段,不考虑一切代价,一定要把老院长救过来。到下午5点钟左右,乌云的呼吸、心跳和血压都得到了最大限度的控制,乌云的生命得到了挽救。从某种角度说,这种病例的急救成功在县医院的历史上还是第一次,可以被写进院志。但是,说乌云的生命得到了挽救,这是一个含糊的说法,至少在当今一些欧美国家的临床和法律界定中,这个说法已被列为谬误或与事实不符。对乌云诊断的结果是,腿部、肘部深度擦伤;膝关节严重挫伤;左腿胫骨多处断裂,其中包括 1968 年摔断过的那个地方,因为体校老师和他的两个学生不懂得急救常识,在搬运病人的时候没有采取保护性措施,致使断裂处严重错位,给日后的复位和愈合带来一些麻烦。但这些并不是最重要的,最重要的是,由于病人头部受到了严重撞击,受伤后又没有得到及时抢救据事后调查,伤者从事发的头天晚上 8 时到次日凌晨 6 时 30 分,这其中十个半小时处于无人监护的休克状态大脑长期缺氧,致使病人在抢救措施实施之前大脑组织已全部坏死,病人除了呼吸、心跳和血压可测之外,已经不再有别的生命表现状态。用医学术语说,病人已经成为一个植物人。

诊断结果出来后,外科主任一而再再而三地向院党委书记申明态度。外科主任说,骨折的地方我负责复位,擦伤和挫伤的患部我负责治疗,要治不好,我愿意接受任何形式的处分。但脑坏死我不能负责,也不是我想负责就能负得起责的。院党委书记也是搞医的出身,虽说搞党务之前只是个麻醉师,但脑坏死的无可逆转性他还是懂的,所以他并没有为难外科主任。医院仍不放心,担心误诊并企望有一线希望,决定请大医院的专家会诊。因为患者有骨折现象,不便长途搬运,医院找县银行和一家私营企业主借了一辆宝马牌轿车和一辆蓝鸟王轿车,从武汉请来了同济医院的两位专家。专家的诊断很严谨也很简单,除了诊断出患者带有陈旧性脑震荡之外,诊断结果和县医院的诊断结果一致:患者为缺氧性脑组织深度坏死,已经失去脑治疗意义了。专家临走时还教给外科主任一种判断脑坏死患者的简易而准确的方法:用神经反射和脑电图观测双结合的观察方法,连续二十四小时观察,所诊断出的结果,其正确性目前在临床上为百分之百。院党委书记不肯放弃最后一线希望,在送专家上车的时候他问专家,她还能活回来吗?难道完全没有希望了吗?专家很耐心,一点儿也没有怪罪党委书记对常识性的缺乏。专家说,按照中国的临床理论和法律解释,患者并没有死亡,她仍然活着,只是活在一种无意识无外在生命表现行为的状态之中。至于说到希望,你可以有,而我只能相信科学事实,科学事实告诉我,这种希望的可能性几乎等于零。

乌云的事,院方一直对关山林进行消息封锁。乌云送进医院的当天,县委和县政府就接到了汇报,县委书记和县长都专程赶到了医院,详细询问了有关乌云和关山林的情况。院长告诉两位领导,关山林的眼病和血压恢复得都较为理想,但老人毕竟上了年纪,不知道是否能承受住这样的打击。县委书记考虑了片刻后对院长说,再过几天吧,过几天再告诉他。这段时间你们除了要加强对乌云同志的抢救和监护工作,还要尽可能地加强关老头的抗震能力,这种事,瞒得过初一,瞒不过十五,天大的案子,总有见包公的一天。院方坚决贯彻执行县委书记的指示,有关部门对关山林的解释是,世界妇女大会北京会议之后,一批非政府组织的各国妇女代表前往湖北考察,省里通知乌云急赴省城,与这些代表座谈交流有关妇女的地位和现状问题,至于时间,那是由省里决定的,县里不知道。所以,关山林始终被蒙在鼓里,对乌云出事的情况一点儿也不知道。于是,在差不多近十天的时间里,关山林和乌云就住在同一栋住院部里,关山林住在楼下,乌云躺在楼上,他们的病房如果不考虑一二楼这个限,属于相邻的两间,甚至有时候院长查房,从乌云的病房出来,会有一种莫名的情绪驱使着他下楼,直接走进关山林的病房。院长想,什么是命运呢?

关山林是在出院当天知道乌云的情况的。县民政局局长和院党委书记亲自送关山林从医院回家,到家之后,他们就按照事前决定的那样,十分谨慎地把乌云的事告诉了关山林。关山林听到这个消息时的表情事后谁都回忆不起来,就算能够回忆起来,他们也不可能向别人描述清楚,至少他们不能让其真实度还原。关山林坐在那里,一动不动,他的目光停留在民政局长的脸上,但他不是在看民政局长,好像民政局局长的脸是一个虚无的东西。好长一段时间关山林就用这种目光盯着民政局长。屋里的三个人都没有说话。他们听见朱妈在院子里喊会阳。朱妈喊,会阳,会阳你在哪儿? 民政局长感觉到自己的脸像是一块正在融化的冰,开始往下滴淌。他有些坐不住了,想逃出这个房间去。关山林这个时候从藤椅中站起来,用一种低哑的嗓音说,给我备车,我要回医院。

关山林没等车子停稳就打开门跳下车来。他的急切的动作让人怀疑他是否有八十五岁。民政局长和书记跌跌扑扑地才能跟上关山林的步子,他们好容易才能跟上他。关山林推开监护室的门时两个护理员正在为乌云翻身和按摩,这是预防病人患上褥疮和肌肉组织萎缩的措施。关山林显得十分粗鲁,将一个护士推到一边。他的手很重,把那个护士的胳膊都弄疼了。现在他站在她面前了,站在他妻子面前了,站在他去省城与那些世妇会非政府组织的代表座谈妇女地位问题的老伴面前了。

乌云躺在那里,脸色苍白,毫无意识。她的身上插满了脑电图监视仪、心脏监测仪、静脉注射管、鼻饲管和氧气管,那些大大小小粗粗细细的管子就像一张结实的网,紧紧缠住了她,使她动弹不得。她动弹不得,于是放弃了这种努力,一动不动地阖着眼,心无旁骛地躺在那里,十分安静而又疲惫地躺在那里。也许真的累极了,否则她不会把眼睛合得那么紧,那么无援。她抗争过吗? 呼唤过吗? 期待地伸出过她的双手吗? 如果有过,那么在她抗争的时候,呼唤的时候,期待的时候他在哪儿? 他在干什么? 她那双好看的眼睛在闭上之前是不是向他的方向投来过一瞥? 他感觉到了她那一瞥吗? 他站在那里,站在她的病床前,他离她很近,但是谁都能够看出来,他和她不在一个世界里。他的脸色铁青,吓人极了。监护室里,民政局长、院党委书记、两个护理员以及闻讯赶来的院长和外科主任都被他吓人的脸色而心惊胆战。他们从来没有见过这么吓人的脸——一张被绝望、伤心、恐怖、暴怒和不愿接受所扭曲得变了形的脸。整个监护室里没有人敢出一口大气,安静得只听见心脏监测仪发出的迟缓而单调的脉冲声。

至少经过了十分钟的无生命状态,关山林慢慢地从乌云脸上收回视线,慢慢地抬起头,慢慢地转过身来。他的目光呆滞而发红,他的表情似乎有些犹豫,好像不明白那么多人屏气凝神站在他的身后是为了什么。他在人群中搜索,然后把目光停留在院长脸上。院长立刻感到一阵彻骨的寒意从脚心一直涌上头顶。他看见那个老人朝他走来。旁边的人下意识地退开了好几步,留出了一条通道,关山林就沿着这条通道一直走到院长面前,在离他几尺远的地方停住。院长被定在那里,退步不得。他想他会吃了他的。他会一块块地把他撕扯开然后再把他吃下去。他不会有什么犹豫。甚至他连水都不会喝一口,就那么把他干嚼下去。院长的绝望到了顶点。他从来没有过这样的感受。他的心脏开始发出破裂的声音。但是院长并没有被吃掉,院长听见关山林说话了。

关山林的声音很低,很轻,似乎不是从嗓子里,而是从更深的那个地方发出来的。他说,告诉我,植物人是什么意思,是不是说,人永远都活不过来了?

院长听见了这句话。院长张开嘴,说了一句什么,但没有声音发出。不是害怕,他现在已经不害怕了。一个人的恐怖如果超越了极限,他也就无所谓恐怖了。他只是声带瞬时发硬罢了。院长清了清嗓子,把先前的那句话重复了一遍。院长说,是的。

关山林看着院长的眼睛,他不是从院长的话而是从院长的眼睛里得到了那个答案。关山林说,也就是说,她得永远这么躺下去,永远不能够站起来,永远不能够开口说话,永远不知道发生了什么,没有意识也没有知觉,就这么一辈子?

院长再一次清了清嗓子,说,是的。

关山林又说,那么,这和死有什么区别?

院长说,从临床上来说有,患者仍然有呼吸、脉搏和血压,并且仍然保持着新陈代谢。院长被关山林看着自己的目光震动了一下,思维立刻坍塌了下去。院长迟疑了一下,接着说,不过,从患者的社会生理状态上来说,没有,这和死亡没有区别。

关山林看着院长,他又问,没有任何希望了吗?所有的人都看出他的身子绷得很紧,他是在用一种信念支撑着自己,所有的人都从心底深处希望院长此刻不要开口,至少是此刻,他们甚至觉得这个时候即使院长成为一个哑巴也没有什么了不起。

实际上院长确实有好长时间没开口,但最终他还是开口了。院长说,我希望有这样的奇迹。但我不能欺骗您。从目前国际医学界的临床资料来看,这种希望近似于零。

人们看见关山林闭上了眼睛,人们也闭上了眼睛。这是一次死亡的宣判,在场的所有人都是死亡宣判的目睹者,如果他们无法逆转这个宣判,就等于他们每个人都在死亡书上签上了自己的名字。人们再度睁开眼睛的时候,发现关山林已经不在院长面前了,他已经回到了他妻子的病床前。他背对着他们,样子极疲惫极苍老,疲惫和苍老得几乎看不出任何生命的现象。他朝他们吃力地挥了挥手。他说,请你们出去,我要一个人守着她。

他就是那么说的。

第39章 日落日出

这个冬天是那么的漫长,漫长得近似于无期。太平洋和印度洋的暖气流迟迟不肯光顾中国内陆的这片水乡泽国,而西伯利亚的冷气流却保持着旺盛的精力,它像一个所向披靡的指挥官一样,每天都派遣出若干个军团挥师南下,所到之处,烧杀掠夺,无恶不为。冬天是一个专横跋扈的侵略者,侵略的结果是它的占领区万木凋零、生命稀匮、天地僵滞。也许还有一个奇迹,这个奇迹就是等待春天。可等待是一个漫长而无望的过程,在这个过程中一切都显得那么虚渺和无望,让人怀疑,大自然把春天安置在冬天之后,是不是专门安排了一场强存弱汰的肃杀,而只让极少数的生命在春天里得以延续?如果是这样的话,等待无疑是一处地狱。

在春天到来之前,关山林每天都要从西山他的家里走出来,通过公路,走向医院。院方专门为乌云安排有负责医生和值班护理员,监护方面的事,其实用不着关山林插手,关山林也插不上手,但关山林每天都要到医院去一趟,在乌云的病床前坐一会儿,什么话也不说,只是默默地坐在那里。关山林在那一段时间里衰老得非常可怕。他的牙齿在进冬前还能嚼啃没有煮烂的鸡腿,现在却飞快地脱落掉。他的脸颊深深地凹陷下去,显得颧骨高耸,下颏削尖。他的背驼了,胸窝了,腰塌了,腿硬了,一头银发雪染一般,皮肤干巴巴的毫无光泽。有人看见他往住院部的楼上迈步时,因为抬不动腿,差一点儿被楼梯绊倒;还有人看见他在推开监护室的门时手有些发抖,好一阵才找准了扶手,把门推开。富有经验的院长知道,这是老年痴呆症的先兆。

院方无法阻止关山林朝拜似的固执和虔诚。你不能把一个八十五岁的老人挡在他植物人妻子躺着的那间监护室外。他们共同生活了半个世纪,你没有这种权利。况且,院方正在为乌云新的病兆发愁——乌云的肺心病因为呼吸方式的改变而开始出现了不适应的恶化趋势,外科主任已两次向院长提出要为患者做开胸手术,切除已完全坏死的右半肺了,可乌云的身体状况非常糟糕,根本就不可能接受任何方式的手术。医院面对着这样的困境,还能对那个孱弱的老人说些什么呢?

在春天到来之前,关山林就这么每天准时出现在医院里。说准时出现,是因为白班早上查房时,值班医生推开监护室的门,一准能看见怔怔地坐在那里的关山林;到中午的时候,他会一句话不说地从那里离去,接替他的是同样白发苍苍的老保姆朱妈。在整个下午和晚上这段时间里,关山林都待在他西山家里的书房里。但他不读书。他已经不读书了。自从乌云成为植物人之后,准确地说,自从乌云给他念过美军在 B - 29 和舰炮的狂轰滥炸下从一百多条运输舰上涉过浅滩跳上塞班岛那一段战史后,他就再也没有接触过书。成堆成堆的书被晾在书房的各个角落里,而他与书的战争被定格在久攻不下的塞班岛收复之役上,永远没有了结局。关山林就那么坐在书房里,坐在那把用川东的楠竹烤编而成的竹制椅子中,从中午坐到晚上,再从晚上坐到子夜。这么长时间的静坐,如果有思维,一百个哲人都能产生了。人们当然不可能知道坐在那里的关山林到底做过一些什么样的思考。但肯定是有思考的,这一点儿谁也不会怀疑,否则他就不会在整个冬天里一句话也不说,除了每天准时去另一个地方静坐半天之外,一件事也不做了。

春节是春天总攻前的试探性战役,这场战役更具有一种攻心战性质。这个春节湘阳一家没有回洪湖过年。湘阳很忙。湘阳果然心想事成,得到了他所希望得到的那把厅长的交椅。而且据说在决定人选的省委常委会上,他几乎是全票通过,由此他成为全省最年轻的正厅级干部。湘阳要在春节期间对支持过他、帮助过他、提携过他的同志们表示盛情的感谢,同时也要对阻碍过他、反对过他、敌视过他的同志们表示同样盛情的感谢。他把整个春节期间的每一分钟都安排得满满的,没有时间回家来过年。辜红打过电话来,邀请公公、婆婆和朱妈去省城过年。辜红说他们预备下的年货是有史以来最富足的,他们全家应该在一起热热闹闹地度过一个有纪念意义的春节。辜红最后说,湘阳对上次冒犯爸爸的事儿非常后悔,湘阳说,要是能在一起过年,他会非常谦逊地向爸爸敬一杯酒的。关山林在听完儿媳妇那番真情的邀请后只淡淡地说了一句,你们自己过吧,就把电话挂上了。

大年三十和初一早上湘月都从英国打来电话,给爸爸妈妈拜年。湘月在电话里像只无忧无虑的小麻雀,叽叽喳喳地说了半天。外面县城里的鞭炮声响得惊天动地,好一阵关山林没有听清女儿在遥远的英吉利南海岸说了些什么。湘月后来要和妈妈说话。关山林说,她睡了。她有些不舒服。关山林一辈子没撒过谎。即使在战场上,即使对敌人,他也没撒过。他曾经这么告诉过湘阳。他对湘阳说他讨厌撒谎。他确实是这样做的,他没有说过假话。他不知道这次他是怎么脱口而出,撒了平生头一句谎言的。

初一早上湘月开始抱怨了。她既找不到妈妈通话,连爸爸也不接电话了,接电话的是她的二哥会阳。这个痴呆人在听了半天电话后,突然学着对方的口气说了声,喂。然后他笑了。笑过之后他又说,放鞭炮,嘭。湘月放下电话后有些生气,也有些纳闷,难道这么早两个老人就出门团拜去了吗?

湘月不知道,父亲这个时候正坐在医院监护病房母亲的床头,安安静静地握着母亲的一只手。窗外是一片白茫茫的雾,窗棂边上结了一些图案美丽奇妙的冰凌,样子像童话里的境界。过年期间,医院里只有三个医护人员和一个保卫干部值班,此时他们正在值班室里围着炭火边看电视边炒年糕。医院里静极了,只有这两个老人一动不动地待在一起,他们的手握在一起,你要说这算一种拜年也不是不可以。

德米是在大年初四中午赶到医院来的。德米大年初一早上给乌云打电话拜年。德米想在电话里由衷地对自己的战友和姐妹说一声新年快乐。电话是关山林接的。关山林告诉德米乌云不在,她躺在医院里,已被车撞成了植物人。关山林没有把乌云的事告诉孩子们,但他告诉了德米,告诉了东北药科专门学校的德米。关山林知道这是乌云的想法——如果乌云有想法的话。

德米初三就心急火燎地从北京飞到了武汉。在这之前她与重庆的白淑芬取得了联系。

白淑芬是在市总工会副主席的位置上离休的,这些年无论在台上台下她都过得心满意足,风调雨顺。白淑芬在电话里咋咋呼呼地喊,你说什么?乌云被撞成了植物人?这怎么可能?她不是一辈子都享着清福吗?她不是骡马无数儿女成群吗?她怎么会被车撞了?她怎么会变成植物人?白淑芬在电话里唉声叹气地说,我现在身体不大好呀。我现在被糖尿病折磨得死去活来呀。我现在连老年迪斯科都跳不动了呀。医生说,我现在得卧床休息,为革命保护好本钱。你就代我问候一下乌云。你告诉她,要乐观一点儿,积极一点儿,顽强一点儿,既来之,则安之,自己一点儿不着急。你一定要替我把这个话带到哟。白淑芬还在电话里兴奋地说,德米我告诉你,我又去抱了个孩子。这回是个男孩,没爹没娘。我觉得男孩比女孩好,有出息。我这也是希望工程,也是发挥余热嘛。

德米不想勉强谁,放下电话就奔了机场。德米坐在驶往机场的出租车上想,乌云呀乌云,好战友,好姐妹,你可得挺住啊,你可得等着我啊,你可千万别死了啊!

德米让出租车直接把车开进了洪湖医院,一脸尘土地冲进了监护室。德米一路都在想,她会怎么样?她会怎么样?现在德米站在乌云的病床前了。德米看到乌云了,看到她昔日的战友和姐妹了。在这之前,她们分别了四十六年!四十六年,半个世纪,她们的牵挂、思念、鼓励和祝福从来没有间断过。她们知道她们还会有再见面的一天。她们以这个时代再不曾拥有的信念约定过。不管是这个世纪还是下个世纪,她们一定会见面的!现在她们见面了。她们真的见面了。她老了。她也老了。她们都从青春盎然风华正茂走到了老年。但这不是真正的理由,真正的理由是德米没有想到她们会在这个地方见面。她们没有做过这样的约定!

德米一脸尘土地朝着病床走去。她甚至都没有向坐在那里为乌云梳头的朱妈打一个招呼。她一眼就认出了乌云。她简直不敢相信那就是她,是那个唱着牧歌、跳着二人转的十八岁的乌云!德米设想过许许多多,但她惟一没有设想过 这么苍老这么憔悴这么干枯这么没有生命迹象的乌云!德米被止住在那里,一步也上前不得,一字也开口不得。泪水从她的脸上流淌下来,越流越急。她猛地用手捂住自己的嘴。她在心灵深处撕心裂肺地喊道:乌——云!

春节之后,春天就冰消雪融地来了。不管你怎么抱怨它,对它的期待失望或绝望过,它还是按着它的预定战略挥师城下,策马临江,开始了它摧枯拉朽的总攻。而春天到来之际也是关山林的乌江之役。关山林固守了一整个冬天的防线在春天到来的时候彻底地被摧垮了。乌云的肺心病在春天到来的时候呈现出急剧恶化的趋势,生理抗体能力急转直下,数次被推进抢救室。院方组织了好几次专家会诊,拿出了几套治疗方案,但这些方案逐一被强大的死神击溃。院方在使出浑身解数后不得不承认,病人的健康状况已经陷入无可救药的绝境,就算没有脑坏死这一关,病人也不可能活过春天了。

接到这个诊断结果通知的第二天,关山林破例第一次没有在早上到医院来。

她要死了。她很快就要死了。她真的要死了。关山林坐在书房里这么想。他就这么坐在那里整整地想了一个晚上。在这一个晚上里,他的精神完全垮了。他的眼睛深眍,面无血色,神情呆滞,仿佛他已先她而丧失了生命。他坐在那里,睁着眼睛,目光始终盯着面前的白墙,脑子里只有一个顽固的念头——她要死了。在黎明到来的时候,他有些发困。他保持着原有的姿势坐在那里睡了一会儿,大约有一个时辰左右。他醒来的时候,天色已经大亮,外面有轻快的鸟啼声,鸟儿把它的语言整理成了一支歌,白天就是寻着这支歌到来的。他坐的那个地方可以通过窗户看见院子。院子里很乱。其实院子里一点儿不乱,相反它们很整洁。朱妈即便老了也保持着洁癖和利索的身手,但他就是觉得院子里很乱。当乌云不在这个家的时候,他就会有这样的感觉。没有她,这个家里就没有了秩序,没有了协调,没有了生动,没有了支撑。她是秩序。她是协调。她是生动。她是支撑。这一点儿他直到现在才发现。但是发现了也就没有了,一切都晚了。他把目光从窗外收回,缓缓地转移,最后落到书桌前的电话机上。这是一部老式拨盘式电话机,不像她的房间里的那部脉冲双音频新式电话机。他喜欢老式的,喜欢拨动它时的那种感觉,那种从容不迫表达信心、决心和信念的感觉,这种感觉是任何新式话机都没有的。昨天晚上,他用这部老式话机给女儿拨了个电话。他在电话里把她母亲的事告诉女儿了。没有任何隐瞒,全都告诉了。女儿在电话里哭了,先是一种被堵住的哽噎和抽泣,然后是放声大哭。他就在这边听着,麻木、迟钝、一声不响地听着。后来女儿说了一句话,我今天就飞回来。

和女儿通过话后,他曾想过是不是也给省城的儿子通个话。也许应该把他母亲的事告诉他。他相信儿子在放下电话后会立刻带着全家往这里赶,说不定还会带上一大帮这方面的专家。但是最后他放弃了这个念头。他没有使用那部老式电话。他不想把这事告诉儿子。

现在他坐在那里,坐在那部老式话机前,他在等。也不知道自己在等什么。等女儿飞回来吗?他不知道。他说不清楚。接下来的事情却是有条不紊的。他站起身来,在原地站了一会儿,然后朝衣橱的方向走去。

衣橱和他一样,也是个老衣橱,是用樟木做的,很结实。他把衣橱打开,从衣橱里取出一只皮箱。皮箱是德国货,双护带铜扣的那一种,很有些年头了。他把皮箱放在沙发椅上,解开皮带,打开锁,把箱盖掀了起来。皮箱里是一套老式军服,一些各种颜色的证书和委任状,更多的是一些勋章和奖章。他把这些东西都倒在地上,一点儿也不爱惜它们,好像它们和他丝毫关系也没有。他从皮箱的底部拿出一件东西。他直起腰来,走回桌前,重新坐回椅子里,然后把那件东西放在书桌上。

一支老式柯尔特手枪,撞针外装式,22口径,五发装,它静静地躺在那里,枪体黯然无色。它和他过去使用的那些枪不一样。他过去使用的那些枪,不管样式如何,性能如何,有一点儿是肯定的,那就是它们绝对是同类武器中威力最大的。他喜欢大威力和干脆利落。而它不同。它太小巧太玲珑,玲珑得就像一件玩具,这是他不喜欢它的原因。然而它不是玩具,而是武器。作为一个出色的前兵器专家,他知道它的性能。它也许不能阻止一个兵团的进攻,但在近距离内,它的击发装置和火药的联袂演出足以将一个人的头颅击得粉碎。现在他得感谢王树声大将赠送给他的这件礼物了,感谢他没有把它随手丢进哪一条河流里了,也感谢这件小小的礼物有可能带来的那一种结果了。

他坐在那里,目光停留在那支枪上。他听见外面传来一阵响动和人的说话声。他很快听清楚了。他还是军人,军人的敏锐和辨识力使他听清楚了,响动是从洗澡间里传出的,是朱妈在给会阳洗头,水哗啦哗啦作响,然后是用洗发水揉头的声音,沙沙地。朱妈在说话,和会阳说。朱妈说,你别老是整天蹲在墙角里,墙角有什么好的?你到外面晒晒太阳,你瞧外面的太阳多好。其实朱妈只是自己一个人在说着,会阳只不过是一个根本不会有反应的对象罢了。

是不是把他也一块带走呢?还是留下呢?带走,一切了断,一切干净,是他的罪孽他就不能推卸;留下,至少朱妈可以有一个厮守的人,朱妈年纪大了,朱妈还是需要一个厮守的人的,不管这个人是不是痴呆儿。这个问题他想了好一会儿。这不是他的性格。老了和犹豫不决是同义词吗？也许是。他后来还是决定了，带走。他不能让傻儿子留在这个世界上受罪。这么一决定，他反而轻松了，释放了，再没有什么让他放不下了，再没有什么可以阻挡他了。他平静自若地吐了一口气，朝书桌上的那支柯尔特伸出右手。他得在事先检查一下这支武器的状况。

他抓住了它。那只有些嫌小的光滑的枪柄滑入了他那只大手掌中，显得有些不真实，不过它的金属的冰凉感很快弥补了这一不足。他把它从书桌上拿了起来，举到自己眼前。有什么东西掉到地上。不是枪。枪在他手中，牢牢地握着。他想去他妈的吧。但他还是低下头去看了一眼。是一张小纸条，就躺在他的脚边。他略微犹豫了一下，最后还是勾下身去把那张小纸条拾了起来。

那是一张用哈德门牌香烟盒折成的纸条，从颜色看它至少有半个世纪的历史，因为时间久远，纸条已经发黄了。他记不得这张纸条的来历了。它先前一直躺在包枪的红绸布里。他不知道它怎么会在那儿。它和那支枪有什么样的联系？他把纸条翻过去，翻到朝里的那一面。他先看出那上面写着一排字，一排歪歪扭扭的字，是用硬炭铅笔写的。然后他就认出了那些字。一共八个字，两个标点符号。它们是：革命到底，誓不回头！

他先是呆了片刻，随之而来的是排山倒海般剧烈的震动，以至他被这种震动推动得霍然一下从椅子中站立起来了。那张纸条捏在他手中，烫得吓人，但他松不开它，无法松开它。他再一次看了那张纸条上的字一眼，现在有一股血从他的脚心一直涌上他的脑门。它们是那么的强劲有力，使他的全身都挺了起来，绷直了，使他的灵魂炽烈得剧烈地发着抖。他的目光在一刹那间变得炯炯有神，炯炯有神。

朱妈是在用干毛巾为会阳揩头发的时候听见书房里的动静的。朱妈那时候正唠叨着说，头揩干了，去外面太阳下坐坐，别一天到晚躲在墙角里。墙角有什么好，墙角又没光，又不暖，一点儿也不好。谁知道你怎么就那么喜欢墙角，怎么就离不开它。你有什么好怕的，你到底怕什么？朱妈就是在这时候听见书房传来嘭的一声巨响。朱妈吓了一跳，她抓着毛巾朝书房跑去。朱妈看见关山林离开碰上门的书房，朝屋外走去。他的步子很急，很快，很有力量，这是几个月来不曾有过的。

朱妈不放心地问关山林，你去哪儿？关山林没回答，连头也没回一下，推开大门，咣当一碰，走了。朱妈站在那里发呆，手里仍拿着那条毛巾。她不知道关山林要到哪里去。她不知道关山林此刻正迈着大步，挺着胸膛朝西山下走去，再过二十分钟，关山林就会大步走进医院的大门，大步走过长长的走廊，大步迈上住院部的楼梯，径直撞进乌云的监护室。他会把那个年轻漂亮、多愁善感、正在读一本张爱玲小说并且为之掬泪的护理员吓一大跳的。

院长这一天累极了，从一大早直到上午 10 点钟，他都没有坐下来喘口气，喝口水。昨天晚上因为胃痛他没有吃饭，今天早上的这一餐他还是刚刚吃到嘴的。因为太累，饭又冷了，吃下第一口时他差点儿没吐出来，这使他显得更疲惫、更烦躁。先是十床那个肾摘除的病人，术后发现感染现象，需要做抗菌处理；接着是一起抗生素注射过敏事故，患者在注射过肾上腺激素后抢救过来了，但家属不依，闹到院长办，威胁说要么赔十万元损失费，要么到法院打官司；然后是一起砸伤事故，一家私营工程队承包的建筑正在装修时突然倒塌，将一名十三岁的童工砸得血肉模糊，人抬到医院后已休克了；还有一连串络绎不绝的伤病患者，不断地走进或者被挽进抬进医院，仿佛这个世界突然之间失去了秩序，所有的病魔都从那个神话的细颈长瓶中冒了出来似的。所以当监护室那个年轻的女护理员大惊失色地推开院长办公室的门冲进来时，院长的疲惫、烦躁和沮丧就达到了顶点，他差一点儿就将饭盒里剩下的那一点儿冰凉的汤粉绝望地扣在自己的头上。但一分钟后，院长就振作起来了。他推开饭盒站起身朝外走去，一边吩咐那个护理员迅速通知党委书记和外科主任，然后他急速走出办公楼，穿过花坛，朝住院部走去。

院长小跑着上了住院部的二楼，来到监护室的门外。他听见监护室有动静，是人的说话声。院长平息了一下气喘，深深地吸了一口气，然后轻轻地把监护室的门推开了一道缝。院长接下来看到了一幕让他永生难以忘怀的场面——

他坐在那里，坐在病床前，腰背坐得笔直。那个老人，那个白发苍苍的老人，他坐在他妻子的病床前，捉着妻子的手，他正在对她说话。

他说，我已经给我们的女儿打电话了。她立刻就回来。她说她立刻就回来。她是乘飞机。这很快，非常快，用不了多久。从曼彻斯特到伦敦，从伦敦到莫斯科，从莫斯科到北京，从北京到武汉，这样她就飞到了。也许这条航线远了点儿，不要紧，我们再找一条近点儿的航线。别忘了，我可是做过空干校的校长，我的那些兵如今都当上空军司令了。我不会比他们差的，我当然不比他们差，我能替咱们找到一条更近的航线。看看，从普茨茅斯飞香港，从香港飞武汉，这条线怎么样？这条线近多了吧？我说过我能行，我早说过我能行。但是，你也得保证一点儿，就像我保证过的那样，你要保证得坚持下去，你得坚持到女儿回来。你不能这么不负责。当然这还不够，你还得活下去，活下去。想想女儿，想想丹。你还没抱过她一次，我想抱抱她。这个爱尔兰血统的小鬼头，应该像她妈妈，像你。

医院党委书记和外科主任急匆匆地跑来了，后面跟着那个护理员。他们跑得气喘吁吁，满脸通红。春天的时候人容易这样，容易气急也容易脸红。院长呆呆地站在门口，即使这样他也能伸出一只手去阻挡住他的同事和部下，让他们不发出任何声响，别惊动了屋里的那一对老人。

　　那个老人,白发苍苍的老人,用他那一双饱经沧桑的手捏住他妻子的手,他轻轻地充满深情地抚摸着它。他说,3月快到了,还有几天就是3月了。还记得这个日子吗? 3月1日,是京阳的祭日,是我们儿子的祭日。我们的儿子,记得吗? 每年你都要去西山上烧纸。你瞒着我,偷偷地去。你怕我说你。你不告诉我。可去年我也去了。我没有说你。没有吧? 我一句也没有说。我不是也去了吗? 今年我还要去,去给儿子烧纸。那些纸你是从哪儿弄来的? 它们真的能送到那边吗? 管它呢。我们去。我们。我和你。我们俩,没有别人。我们互相搀扶着。你拿着纸。我不习惯那个。我还是有点儿忌讳。但我不忌讳你挽着我。我原来讳忌,现在不了。现在你不挽不行。你不挽,我这两条老腿怎么走? 我怎么爬那么远的山路? 所以你要挽着我。你挽着我我才觉得踏实。我也挽着你。你的腿的毛病比我还厉害。你哪里是腿,简直是用一截截骨头斗起来的。没我挽着,我看你能爬那么高的山? 你不能。没我你不能。没你我也不能。但我们俩互相挽着,就能了,就能爬了。我们爬。一二,一二,一二。我们去给京阳烧纸。京阳后面还有路阳。记得路阳的日子吗? 11月2日。3月,4月,5月,6月,7月,8月,9月,10月,然后就是11月。我们也去西山,也去给路阳烧纸。你挽着我。你不挽不行。你不去更不行。你得去。

　　门外的人,院长、书记、主任、护理员,他们都听到了那个老人的话。那个白发苍苍的老人,他在说给他的妻子听,说给他植物人的妻子听。但他们都听着,他们不出声,是出不了声。他们被一种庄严的情感所慑服了,他们就站在那里,一动不动。他的妻子也是个老人。他的妻子躺在那里,浑身插满了管子,像是缚在一张网里似的。但是她仍然非常美丽,那张苍白的脸上浮现着一种令人肃然起敬的圣洁,是他们从来没有见过的那种美丽。她的双眼紧闭,她干吗不说话呢? 他不是在对她说话吗? 他说了那么久,那么多,难道他说的这一切她都不在乎吗？

　　他有些烦躁了。那个老人，已经有了些烦躁。他说，你别这样。你别像什么也没听见似的。你别以为我不知道。其实你听见了。我知道你听见了。你听见了就是不想开口。你躺在那里不动。你要懒。告诉你，我知道这些。我知道你很累，你想睡。但是我不允许，我就是不允许。你以为你这么一闭眼就万事大吉了？就什么都不管了？你想得倒美。你休想。你的事还没完。你别想得那么便宜。你想甩手就走。你走了，谁来给我念书？你想让我自己念？让我把眼睛念瞎？让我成一个瞎子？你想这样？想也不成。我不同意。我不批准。我不批准你还得给我念。我们念的哪一本书？是《太平洋战争》吧？我们念到哪一段来着？哦，对了，是塞班岛那一段。这一段你念得不错。你念得不错我就表扬你。以后我还要表扬。但你不念可不行。你不念我就批评你。我没有同意不念你就得往下念。听着，你听好了，我——不——同——意。所以，你还得念。

　　他的声音带着一种烦躁，有些语无伦次。他肯定不适应这样说话。也许这是他第一次说这么多，对她，对他的妻子。这一辈子他从来没有像今天这样说过这么多的话。但是她却躺在那里一动不动，根本就没有理会他。他说的一切她都没有听进去。他突然把她的手甩开了。她的手在床单上无力地奔拉了一下。这个动作令门外的人大吃一惊。他们不知道他要干什么。他们的心一下子都提到嗓子眼上了。他们看见那个老人从床边猛地站了起来，神色激动，在监护室里走动着，双手叉腰转着圈，然后他在病床前几步远的地方站定，气呼呼地看着躺在病床上一动不动的她，大声地说，你要干什么？你究竟要干什么？我说了这么多，我把话都说给你听了，你还要怎么样？要我求你吗？要我给你跪下吗？你是不是这么想的？你要这么想就错了！大错特错了！你有什么了不起的？你不就是被车撞了一下吗？车撞了一下就值得这样吗？过去,战争年代,我们什么没有经历过?我们什么都经历过了。我们苦了,累了,饿了,冻了,委屈了,冤屈了,被大刀砍倒了,被枪炮炸倒了,我们怕过什么?我们怕过吗?我们什么也没怕过!打倒了我们再爬起来!我们仍然是英雄好汉!可你只是被车撞了一下,居然就躺倒不动。你算什么?你算什么英雄好汉?你算什么革命者?要我说,你是想偷懒!你是想逃避!你是要做叛徒!

门外有人在啜泣,是那个年轻、漂亮、多愁善感的、爱读张爱玲小说的女护理员。其他的人眼圈都红了。他们觉得他太过分了。那个老人,那个白发苍苍的老人,他太苛刻了,太残酷了!

他站在那里,万分激动,愤怒至极地大声说,乌云,你做我的同志,你做我的老婆,你做了整整四十八年!我原来没有对你说过,我今天就对你说了,你是我的好老婆!好同志!但是我也实话告诉你,我没有做够,你也没有做够,这一辈子,我们都欠着了,我们还得做下去!你若是害怕了,若是半道撒手去了,我就不依你!我就视你为叛徒!你要害怕你就走!我不害怕,我不走!我就这么抗着!我就这么抗到最后!我有什么害怕的?你有什么害怕的?我们有什么害怕的?我们难道没有倒下过吗?我们难道不是又站起来了吗?就像它一样!

他转过身,大步朝窗前走去。那个老人,那个白发苍苍的老人,他大步走到窗前,拽住窗帘的拉线,刷地一下子把百叶窗打开了。

窗外,人们的视线内,一轮火红的太阳正在冉冉升起,它那庄严的固执的强大的升腾让所有的人都肃然起敬。

那个白发苍苍的老人指着窗外的太阳对他的妻子说,看见了吗?看见了吗乌云?它也跌落过,可它不是又升起来了吗!

突然,他有些精疲力尽似的摇晃了一下。他朝床前走去,朝他妻子走去。他在他妻子的面前蹲了下来,伸出双手,重新握住他妻子的手,把它握在他的掌心里,摇晃着,摇晃着。他用一种轻轻的、充满深情的声音对她说,乌云,我要你活着！我也要活着！我要我们都活着！说完这句话后,他就把他的脸埋进了他妻子的掌心里,再也不动了。

那个年轻的护理员突然抓住了院长的手,她用了那么大的力气,都把他给抓疼了。她失声地叫道,看！看哪！

其实她根本用不着叫,因为所有的人都在同一时刻看到了。他们看到了一缕灿烂的阳光从窗外照射进来,径直投在病床上,投在那个病人的脸上。她的脸依然苍白,但是她紧闭的双睫间,有一颗莹亮的泪珠涌了出来,那颗泪珠迅速地滑到她的眼睑外,然后像一枚珍珠似的滚落到雪白的被单上了。

那一刻,所有的人,所有的人都听见了窗外那个火红的家伙轰轰隆隆升起的声音。

1995 年 10 月 31 日黎明稿于汉阳南湖畔
1996 年 1 月 14 日深夜修改于汉口二七路
2004 年 1 月 2 日深夜修订于汉口花桥村

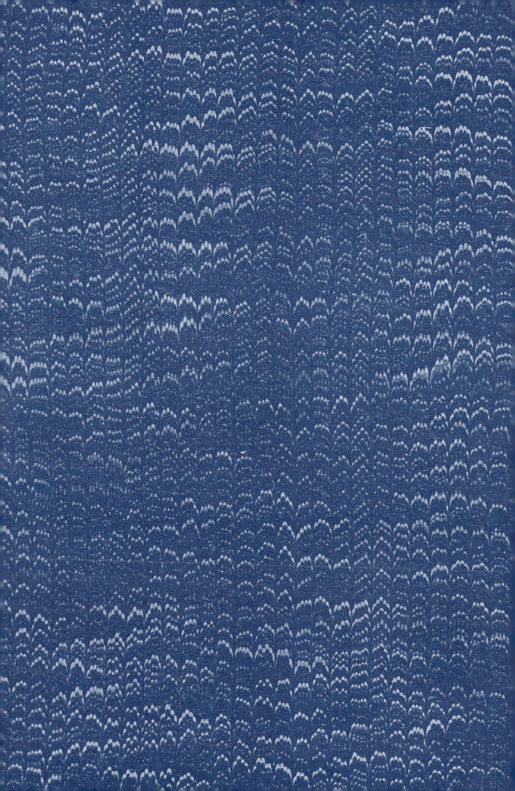

WO

SHI

TAIYANG